柳青文学思想与文学陕军创作论

冯肖华 著

中国社会科学出版社

图书在版编目(CIP)数据

柳青文学思想与文学陕军创作论/冯肖华著.—北京:
中国社会科学出版社,2016.7
ISBN 978-7-5161-8071-6

Ⅰ.①柳… Ⅱ.①冯… Ⅲ.①柳青(1916~1978)—
文学思想—研究 Ⅳ.①I206.7

中国版本图书馆 CIP 数据核字(2016)第 084406 号

出 版 人 赵剑英
责任编辑 周晓慧
责任校对 无 介
责任印制 戴 宽

出 版 中国社会科学出版社
社 址 北京鼓楼西大街甲 158 号
邮 编 100720
网 址 http://www.csspw.cn
发 行 部 010-84083685
门 市 部 010-84029450
经 销 新华书店及其他书店

印 刷 北京明恒达印务有限公司
装 订 廊坊市广阳区广增装订厂
版 次 2016 年 7 月第 1 版
印 次 2016 年 7 月第 1 次印刷

开 本 710×1000 1/16
印 张 25.25
插 页 2
字 数 415 千字
定 价 92.00 元

目　录

中编 文学陕军个案论

下编 集外文化现象论

自　叙

每逢清明时节，当我透过窗棂，瞩目着细雨蒙蒙的秦岭山峰时，仿佛那就是一位个者的伟岸身影。此时便由衷地想起了秦地文学先辈柳青，这位倔强、耿直而又慈祥大度的“老汉”。老汉，是长安人对这位敬重的父母官（时任长安县委副书记）、写他们生活的作家的尊称和爱称。学生时代，我曾在西北大学中文系选修了蒙万夫先生的《柳青研究》课程，先生对柳青文学道路的解读使我震撼。一位作家竟然是如此工作和创作的，一桩桩贴近生活、躬身实践的事例，颠覆了我对作家概念的理解。当时，还算年轻的我，重新认识了什么是好作家、品质型作家。也就是从那时起，我不仅十分敬畏作家柳青，青睐《创业史》的艺术魅力，而且走上了关注和研究陕西文学的学术道路，撰写、出版了三部关于陕西文学的书，抒写了我对本土文学前辈柳青和陕西文学的一腔眷恋和敬佩之情。

如今，虽然前辈柳青已谢世多年，但现实主义精神的文脉依然烛照着千万后辈学子；如今，恩师蒙万夫先生也走了，而研究柳青文学思想、人格典范的学术传承仍在延伸……

地球上一切美丽的东西都来源于太阳，而一切美好的东西都来源于人（普利什）。做一个真正的人，光有一个合乎逻辑的头脑是不够的，还要有一种强烈的气质（司汤达）。要想写作，就先生活。要想塑造英雄，就先塑造自己（柳青）。扎根皇甫，干钩莫弯；方寸未死，永在长安（长安百姓挽联）。是啊，一切美好的词语都无法修饰柳青文学精神的光彩。

他，来自于陕北乡间，从黄土地上走来；带着乡土的纯朴和浑厚，知识分子的文气荡然全无。然而有谁不说他是地道的文化人。

他，瘦小，精神，清癯的脸颊透出几分刚毅；一双黑炭般的眼睛，透出睿智而又冷峻的光芒；满口浓重的陕北乡音，更平添了几多敦厚笃实。

他，衣着简朴，对襟褂子，蓝布裤；留光头，戴毡帽；那质朴的神色，俨然一个关中明理老汉。“永远不失去一个普通人的感觉”，他如是说。

惊叹吗！一个中外著名的作家；感慨吗！一位有身份的父母官。从生活方式到为人气质，你分不出他是作家，还是百姓；也道不明哪算创作，哪属于工作。

少年的他，稚嫩而冲动。居然不囿旧学，不拜“至圣先师”，在老秀才长烟袋的敲击下，好奇于“赛先生”“德先生”。

青年的他，时代丛涌，掩入其间；积劳成疾，而独识渐成；习文弄墨，竟成了“陕北的契诃夫”。

中年的他，迢迢赴延安，党性铸丹心；米脂砥砺得甘苦，从此生涯定终身。

晚年的他，认准一道，九牛不回；淡漠了名利欲望，失去了女性的温存；不顾生死安危，终使长安文章盛千古，人格品性留世间。

然而，天有不测风云。1978 年 6 月 13 日，正值人间万众雀跃，弹冠之庆仍未消退时，他，一个历尽沧桑，劫后余生的伟大灵魂却悄然窒息了，没能过多地分享其间的欢乐，给中国文坛留下了少有的悲怆和抱憾。

柳青，一个大写的人，长安百姓眼里的好“老汉”，他的匆忙故去，使人们心理失衡，一种力的依傍飘却了。黑格尔讲：“个人的价值，就在于他代表民族精神，参与创造。”卢梭说：“人生的价值，是由自己决定的。”作为一个社会人，他所呈现的献身文学事业的精神，植根农村之执着作风，俨然不苟的创作态度，刚正自律的品性，盖出于他的自我抉择，绞合着一种民族精神，有其鲜明的阶级指向。作为一个个体，在完成社会化过程中所形成的独特的思维、个性、才能和气质，又是那样的卓尔不群。平凡中见伟大，伟大又掩映在平凡中。当生活日趋翻新，文学乃至一切几经曲折，彻悟梦醒，返璞归真时，柳青的人格光点，更显示出不可或缺的烛照意义。

生前为楷模，逝后是丰碑。萧瑟秋风沧桑尽，换了人间。他仍从黄土地走来，仍带着乡土的纯朴和浑厚，在凡人与伟人之间，演示着一个大写人的足迹。

上　编

柳青文学本体论

第一章　柳青的文学道路

一　青年投身革命(1916—1937)

若照实说，不足20岁，一个弱冠男子，究竟徒趟几条河，独过几座桥？其彳亍学步，小人大语，比及笄女子高明不了多少。倘貌似成熟，确也不免汗颜。然而这般年岁，有时性至酣处，其举事之猝然壮观，倒觉可爱，能使人刮目。不过平心看去，哪算激情，不过是一种猛烈的、迅速的、短暂的情绪状态而已。心理学家美其名曰“自我角色认同”。这自然与那成熟的人格相距较大。此时的柳青，其定位也大致不差，即使有激情过后的亮点，也无一改观其经历不能超前的事实。所以他说：“那时，我所认识的世界太小，只有家庭和学校，加之年幼无知，接受知识的能力有限，又不善思索和分析”，因而“大家革命，我革命”“环境一变，大家都读死书，我也跟着读死书”①。

其实，青少年谁又不是这样呢？柳青师出有名，那还源于西北黄土坡，一座高踞黄河边上的西北城堡——吴堡，他的桑梓地。

西北，奇峰峻岭，大漠积雪，烈日浊浪，冰川彻骨，在人们的眼里，神秘而又恐栗。这里，旷古辽阔，荒的原生淋漓尽显，野的蒙昧生气勃勃，古时便为贼配囚徒遣散地。然而这世间却充满机巧。有道是乾坤转换，阴阳相克，利弊两间，并非以一隅之贫瘠渺荒为然。正是这荒的珍奇，野的丰茂的无垠的西部沃土，却蕴含着华夏民族国运之灵气。

从神秘学观点讲，西北在奇门遁甲的秘术中居为“天门”，西北部为“乾部”，是八门中仅有的两个“吉门”之一。“天门”为正，“乾部”留中，集吉、祥、瑞、仙之灵气于一聚，统率他部，合为“天”体。古书

---

① 蒙万夫等：《柳青传略》，陕西人民教育出版社1988年版，第6页。

《周礼·大司徒》有载："天不足西北，西北为天门。"是说天不能无有西北，因为西北是天门。《山海经·大荒西经》曰："大荒之中，有山名日月山，天枢也。"言及西北固然有荒山逶迤，奇峰嶙峋，但那并非凡山顽石，而是日月山，如天枢、天柱一般不可或缺。《神异经·西北荒经》更描述了西北灵气之祥源："西北荒中有二金阙，高百丈，上有明月珠，经三丈，光照千里。"荒漠之中，金阙耸立，明珠光焰。凭西东辐，顿辉千里，瑞祥之气使国运气脉仙然不衰。因之，"天不足西北，无有阴阳，故有龙衔义精以照天门也"（《诗纬含神雾》）。也就是说，如果天没有西北，也就无有阴阳。因为西北乃龙衔火精所照，才阴阳分明，和气相存，万物相生。缺了西北，便阴阳失调，白昼不分，气不通脉，物不生还，其国运气脉也难以守命。

当然，神秘学之奇门秘术不可实信，但中国之史实演迹却当思之。首先，华夏族类之初元衍生，始于炎黄二帝，始于西北草蒿。嗣后，国渐成雏，人渐成群，生息繁衍而遂一隆盛。自此至战国前，中国国事便以西部兰州为中心，诸侯盟约，东周为尊，内可平守中原，外可分拒夷（东夷）、蛮（南蛮）、戎（西戎）、狄（北狄），均衡天下。虽秦汉后，国力之隆昌盛况东移长安，但仍未离开"韩部"西北。历史上强盛王朝之都也无不择定于西北（长安），如周、秦、汉、唐，以及雄踞西北（延安）数十年的共和国开创者。其次，西部的自然地貌也概莫能外。尽管时轮疾逝，万物消长，斗转星移，山川更迹，河流异道，但地壳运动之自然变化，却使这东低西高之阴阳亘古未改。因而在客观上，山川仍凭西东俯，宛如人之骨络以贯通肌体；河流亦西源东泻，犹如人之血液而渍渗经脉。更有明珠灿射，龙吐火精，华夏国运之气脉于亦真亦假中昌兴盛崛。然而重要的还是人。有语曰："一方水土养一方人。"这西部人，刚烈剽悍，直不可折。西北风吹塑出男性的"硬汉子"气质，其品格秉性是国力的象征；黄土坡朴厚宽坦，给了女性柔韧与博大，其胸襟与情怀是国魂的折射，显然与那自强不屈、自立不挠的民族精神相印相辉。单就文学而言，地灵人杰，远有杜牧、白居易、李太白；近有杜鹏程、王独清、郑伯奇；今有路遥、贾平凹、张艺谋。文才奇才盖开西北，爆出"天门"。其启悟前人，垂之后昆之不可遮蔽之势，西卷东来，响彻大半个中国。柳青正是这天门中的魁星，他的师出有名，岂不暗合了这西北"乾部"。柳青之"青"，岂不也源于这黄土坡；黄土使他永"青"，黄土使他守命。

因之，他仍属于黄土坡，一个平凡人。

《三字经》说："人之初，性本善。"善，不仅指人之性情，也含有平和之意。伟人和凡人坠地之呱呱啼声，决无曲高和寡之分，同处于"善""平"的概念。至于年岁加，善渐恶，或善且美，那实为后天所致，不可以荒诞之天赋说来搪衍。柳青初为人世，既善也平，还险成弃儿，遗珠之憾，真使人嗟吁一代文星的毁落。那是 1916 年 7 月 2 日，位于西北吴堡张家山寺沟一座庄户小院里，婴儿落地的清脆啼声，给主人带来了添人续后的喜悦。然而这种得子得福的古俗，并没有给家人带来心理宽慰。因为此刻，柳青家境日渐衰落，尽管会经商也很能干的父亲苦苦支撑，但民国初年动乱飘摇，使原有的商号遭劫，虽几经官司，但人衰财去，哪里还有个说理的去处。经济拮据，早先还算富裕的家境，难以养活柳青及其四兄两妹，百般无奈之下，只好忍痛弃子，以保命为主走为上，父母决意将柳青过继给一姓呼的地主为子。然而这天降文星，守命不移，民国初年之陋俗深弊，倒无端地惠泽了柳青。这柳氏族人有非议，柳青终未做得地主的孝子贤孙。于是，母亲含泪念苦之柔肠与希冀，使他刻心有知，父亲改商为农，日出而作，日息而归，发愤供子求学之恒心，使他感动非常。"他（父亲）的出发点虽不正确，但其坚韧不屈却可佩，我们兄弟几人在这一点上，都多少受他的影响。"于是，一个凡童，在襁褓中，在初育中，就默化于母爱的柔肠，含泪的苦心，潜移着父亲的坚韧与刚强。后天的循序渐教，开始了他人生平凡而又非寻常的行为演示。倘若当初成为弃儿，今又会何为？安在否？这真是一代作家的历险记。

也许家道中落，困于拮据之现状，使幼时的柳青目睹耳闻有所悟吧，也许母亲的苦心，父亲的刚强，给他为人之初的心灵有所厚补吧。因而，他初入私塾，一种孩提般的聪灵与顽执已露端倪。《孟子》之类全然淡之，不困旧学迷新学，"至圣先师"从不跪拜，常常在先生烟袋敲击下厌而逃之，且还颇有些说法。

不能不看到，五四运动的爆发，各种新潮的到来，与柳青初涉人世是同步的，时代的得益敦促他的早熟似乎已在必然之中。诚如他回忆所说的："我得到'五四'的好处，收到一些效果，在我学生时代的行动思想极有作用。"① 当他进入高小时，虽然十一二岁仍未脱去孩子的稚气，但

① 柳青：《我的生活和思想回顾》，未刊稿。

青年前期的心态，使他本能地接受了周围形势的影响。“济南惨案”的震惊，引起了家乡民众的愤慨，抵日货，打教主，兴奋和激动使这位小学生也置身于大人们中间，爬山串峁，宣传抗税。革命的年代，一个小学娃娃竟然过早地参加了中国共产主义青年团，一个严肃而又神圣的组织。此时，他仅12岁。12岁的柳青竟然也革命了。于是，环境影响，组织教诲，连字也认不全，就读《共产党宣言》，为的是追求革命真理。然而，对革命的理解，对真理的把握，他毕竟仍很幼稚。因而，他的参加革命具有很大的盲目性，与环境的影响与怂恿不无关系，大家革命了，他也便跟着革命了。

具有独立思想，革命意识日渐清晰，那是在柳青的中学时代。他曾愧疚于过去学业的平平，深感对中国社会知之甚浅，往往左右于环境的涌动而不能自已。于是，这时期的他，其思维触角首先伸向了史地、文学及哲学，以企用知识来拓开他的视野。他读《世界史纲》《法国革命史》，了解何为革命；热衷于鲁迅、郭沫若、高尔基，获得了思想的启迪；涉猎了哲学与政治经济学，懂得了辩证法与剩余价值。知识的增加，视野的开阔，使他一反旧日的幼稚与浅薄，俨然有了对中国社会的一己之见。他把蒋介石的卖国求荣形象地比作“私生子”，把帝国主义对蒋介石的勾结比作“父亲”，把中国封建统治比作“婊子”，认为“婊子”“父亲”与“私生子”的娼盗结合，是中国社会罪恶的渊薮。因而，他能清醒地分辨出国共两党的本质，并由衷地感到抗日民主根据地是抵御外来侵略，引导中国走向光明的唯一希望。“五四”革命文学，苏联社会主义文学的潜移默化，激发着柳青的兴趣，他愈来愈钟情于文学。1936年，也即柳青20岁，他的处女作《待车》发表了。这是体现他独立思想和见解的文字，反映出作者痛心于国民党投降政策，向往抗日的强烈情感。可以说，这些初见报端的文字，其思想情感指向，是一个青年日渐成熟的标志，是他涉足社会，确立人生目标与信仰的进步的起点。

罗曼·罗兰说过这样的话：“信仰不是一种学问，信仰是一种行为，它只在被实践的时候才有意义。”如果说，我们从《待车》中所窥见的是柳青初落笔端的民众之痛苦，以哀民众之多艰为信仰选择的话，那么，1935年的“一二·九”学生运动，西安事变的爆发，给他提供了实践这种信仰的历史机遇。

“一二·九”爱国运动引发了全国的革命高潮，西安学联积极响应。

初显才华的柳青，身临其间，无不激动，接受了学联刊物《救亡线》主笔的重任。一年后，西安事变爆发，全国抗日高潮到来。在学生请愿，要民主，但抗日的澎湃日子里，他狂欢，他振奋，他愤慨，从更大范围、更高层次上目睹了共产党的胸怀及力挽狂澜的能力，这些对他20岁立世，思想初成给予了极大的促进。他担任《学生呼声》主编，废寝忘食，累得吐血。家人劝阻，他宛然一笑，仍是发奋工作，大有一股“拼命三郎”的劲头。他广识共产党员朋友，并义无反顾地跻身于中国共产党这一组织，那是1936年12月，年仅20岁。20岁的柳青奠定人生信仰，已不再是某种潮涌之使然，更多的是自我选择和对旧我的超越，对中国革命的认识和对中流砥柱的中国共产党的认同与信赖，这在同辈中显然是早先了一步。思想独立，意识清醒，理想坚定，他日渐成熟了。参与陕西省委宣传部的工作，负责青年文艺的党团活动，及时翻译介绍共产党领袖毛泽东与斯诺的谈话，聆听着党的上层领导人博古、罗瑞卿的教诲。这些实践，无论从哪个角度看，都赋予柳青人生起步以奠基意义和铸模意义。

一个陕北乡间的娃娃，蹒跚学步，初涉人生，不靠西部之神山暗佑，却怀着母亲朴素的希望，带着父亲顽强的因子，独思独断，求索独趟，柔嫩无茧的脚板，终于涉足在这宽阔而又古朴的黄土路上。

二　延安文学熏陶(1938—1949)

延安是中国革命的摇篮，自1935年中国工农红军转战万里，雄踞陕北后，延安便成为中国革命的中心。于是，爱国志士成千上万，历尽艰险，不畏重挠，投奔这块民主、自由、光明、进步且又充满着生机的净土。

这时，从心理学角度看，已进入青年后期的柳青，踏着朴厚宽坦的黄土路，于1938年5月也来到了延安。这是他自觉选择信仰，自愿追求光明的前奏。此前，他的家人希望他学理工，得一门技术，以强自身富家吃稳当饭。然而，形势的发展，周围的影响，青年人愤世嫉俗，思想进取，何能按捺。涌动使他终于违背了家人的意愿，决意选择文学，投身社会，献身事业。延安是他不曾经历的全新环境，这里书卷醉人，民主、团结、进步气氛浓郁，温暖和惬意，他感到幸福无比。这里，有先进的思想武库，足以使人心明旷达，马克思主义哲学给了他辩证唯物主义的思维；这里，有浓厚的文化氛围，足以使人吸吮美的甘露，毛泽东文艺思想奠定了他文艺为什么人的方向问题；这里的勃勃生机足以使他陶醉在如火如荼的生活感受之中，这些都坚定了他走与工农相结合的道路。从心理到精神，柳青的面貌焕然一新。八路军的灰军装，紧束腰间的牛皮带，平添了几分干练与英俊，帽檐下那双炯炯有神的眼睛，掩藏不住内心的兴奋与激动。一群年轻人常常漫步在延河边，理想与幻想，热烈争论与会心的交谈和着陕北信天游曲调，飘散在宝塔上空，蓝天白云之间。

如果说，柳青与文学有缘，那缘头便始于此，相缠相绕，结伴一生。而这些无不归根于延安新的文化氛围的熏陶，以及党的直接教育与栽培。他深有感触地说："作为一个革命的文艺工作者，只有过着严格的组织生活，受党内教育，才能把握住现实的本质。所以，要使自己的工作绝对地服从于党的领导。要乐于做平凡的实际工作，实际工作做不好，文艺工作也做不好。至于根本不到实际工作中去，那就根本写不出像样的东西。"① 理解文艺工作，从理论上认识且能置身于实际，这对于柳青文艺思想的形成是十分重要的。

向来重实际，好扎实的柳青，并不留恋延安较为舒适的环境。到延安后的第二年，他便抱定实践的决心，来到了晋西南八路军某部前线。在一次战斗中，两名机枪手为掩护他过河而献出年轻的生命，他心情沉重，内疚万分，连长的热心安慰更激发了他文化人的重负。不久，小说《牺牲者》带着他的沉重问世了，那位八路军战士马银贵负伤后宁死不做俘虏，坠河牺牲的悲壮吐出了柳青的鲠骨。马银贵悲壮地死去时留下了遗言，那是用手指头在河滩上抠出的清晰的大字："打倒日本鬼子！中国共产党万岁！"马银贵的壮烈，两个年轻战士的牺牲，成为一种永恒的力量，支撑着柳青度过了以后的艰难岁月。《牺牲者》的创作，作者情到深处，其感人效果是自然的。加之所写形象着实，深得好评也在情理之中，因而被誉为"陕北的契诃夫"。一个青年作者就这样从黄土地走来，沐浴着延安的阳光，开始了他坚实的实践步伐，相偕在与民族精神共忧患的文学之路上。

有人曾这样说，缺乏对事业的热爱，才华也是无用的。是的，才华只有通过事业方能显露，只有在对人类社会创造出财富后，其价值才能得到

---

① 柳青：《我的生活和思想回顾》，未刊稿。

承认。一个缺乏事业心的人，即使才华横溢，其用场也无从派上。柳青的文学起步，综合着他的人格因素，初显了应有的才华。最可贵之处在于他一开始就没有沉溺在风花雪月的缠绵中，囿于空泛无力的呐喊中，囚困在个人利欲的情绪发泄中。他以出乎人意料的明哲与成熟、清醒与自觉，把文学与民族解放事业融为一体，显示出人格社会化过程的新起点、新视角、新步伐。1924 年以前的小说，作为他早期的创作，反映了柳青不可遏制的激进思想态势及自觉集文学与革命于一炉的行为指向。在《误会》《牺牲者》《待车》《地雷》等小说中，他以亲身经历，情饱笔酣地讴歌抗日军民的义勇与坚贞，挖掘出民族解放事业的脊梁在于中国共产党，从而奠定了初作的较高品位。《土地的儿子》《喜事》《故乡》等小说，以儿时与劳动人民共同生活的感触为视角，描述了他们在经历新社会生活后行为、情感发生转化的心理过程。不妨说，柳青早期创作的这两个新视角，一改当时小资产阶级知识分子思想情调之旧臼，跨越了那带有普遍性积习的忧情愁肠，一步定位于民族解放事业的格局，稳步在现实主义的坚实基石上。然而，创作毕竟是一种复杂的、具有诸多因素的劳动，虽立足于现实主义，但并不能包揽其艺术的方方面面。作为初涉文坛的柳青，自然十分明白自己的短处，觉得“我太醉心于早已过时的旧现实主义的人物刻画和场面描写，反而使作品没有获得足够的力量”“感情的魅力不足”“人物的心理过程粗略”，这自不当言。我以为他的深邃更在于透过现象，思虑出产生上述原因的根本所在。“从一九三八年到延安至这次下乡当文书中间的这几年里，我总是以一个文艺工作者的名义吃饭穿衣和游来游去。我到实际斗争中去是看别人工作，在部队里是马上来马上去的客人，在农村里是把双手插在裤袋里站在旁边看群众开会。”① 一句话，与人民群众的思想感情问题还没有解决。解剖是严肃的，认识是清醒的。在作了思想深处的反省后，他终于又有了一个新的起点。不久，柳青经历了延安整风运动的洗礼，尤其对什么是思想上的革命领悟较深，他再次坚定了实践的方向，那就是投身于群众斗争，如同佛门中受磨难方能成佛一般。于是，他要求长期深入基层，带着他的热情，带着受磨难受戒的真诚，成为毛泽东文艺方向最早的实践者，开始了他人生道路上的新转折。

“人生的道路是漫长的，但要紧处常常只有几步，特别是当人年轻的

---

① 柳青：《毛泽东思想教导着我》，《人民日报》1951 年 9 月 10 日第 3 版。

时候。”这句话出自《创业史》，并非一般泛说、闲笔，而是柳青人生经验的总结。1943 年，他带着一张明明白白的介绍信，从延川来到米脂县民丰区的吕家捻乡政府，那里的环境岂能与延安相比，先是环境的落差，一孔老乡暗而黑、阴而湿的小窑洞便是他的栖身之处。土炕光席，连同那塞满杂物的窄小空间。延安明亮宽敞、齐整洁净的昔日氛围已成为历史。再是生活的苦俭，作为知识分子的他，从未有过如此的饭食习惯，那见天的糠炒面，高粱饭，干白菜，山药蛋。本就矮小瘦弱，早年成疾的柳青，在较大的环境反差中，在难以适应的生活困苦中，仍以初来乍到的百般热情，爬山串峁，拖着打狗棍昼夜奔忙，缠身于诸多琐事乡务之间。过多的体力支付与精力消耗，因为难以补济而使他旧病复发，新疾又添，使其生活全然不能自理。寂寞、悔悟、失落伴随着不可名状的“放逐感”困扰着他，柳青陷入了人生道路上又一次选择中。

哲学家狄德罗说：“人是一种力量和软弱、光明和盲目、渺小和伟大的复合体，这并不是责难人，而是为人下定义。”人就是这样怪异，随着环境的改变而适应，而遇安，而狂躁，而逐步走向完善抑或走向自泯。柳青是人，不是神，他的伟大，他的光明，作为一种人格力量，正是在这种不断地苦觅与求索，不断地困扰与选择中超越、升华与完善，扬弃旧我，再造新我的。这时，他临病而卧，倒有了相应的清静与时间来思考人生的诸多问题。这个城市知识分子第一次感到自身价值的失落与困惑，在群众能生存的环境里，他竟是如此的软弱与渺小，如此的不堪一磨。他甚至怀疑过去的路，是否配用“革命”二字，他解剖自己引以为荣的三个“红包袱”，即出身好，成分好；入党时间早，历史纯洁；早期作品倾向好，觉得自己是那样的幼稚与无知，妄自与尊大。他的思维触角开始从往日的自负中移出，伸向了知识和人民群众情绪的深层中。相形之下，他明白，所谓过去的革命，着实未必真正懂得什么是革命，什么是一个文艺工作者的革命。这远非几次实践活动、几篇文字、几多激昂的情绪所能囊括的，其根本要素在于立足点的转移以及与人民群众思想感情融合这两个问题。立足点的转移，思想感情的投入，对于一个革命者，尤其对以表达人民群众的感情与愿望为能事的作家来说，无疑是他的第二生命。因而他清醒了，摆在他面前的并不是一个简单的创作问题，而是能否成为一个革命人的问题。

在严肃的审视，真诚的投入，自我与非我的较量下，他沉重的心理负荷，连同那病躯情愁顿觉释然了，苦闷中的放逐感消失了，于困苦中“变得坚强起来，活跃起来”，获得了“在困难中微笑的革命品质”。与群众隔膜的打破，感情的建立，黑夜会后合睡一炕，“不嫌他们的汗臭，反好像一股香味”，用老百姓长烟袋抽烟，不觉别人笑话，反觉“挺带劲”。“我不仅不想延安，反而在县上开会日子长了，很惦念乡上的事”。文弱的柳青以他的执着和毅力，在延安精神滋补与沐浴下，终于耐住寂寞，不辞艰辛，克制住欲念，在他生活道路和创作道路的紧要处，完成了转折，将自身人格的完善向前推进了一步。这真是“涧水尘不染，山花竟自娇”“为塑英雄像，何辞沥血劳”[①]。这时，他正值“三十而立”之年。

三　长安创作甘苦(1949—1965)

“要想塑造英雄，就先塑造自己。”这句名言出自柳青，又作用在他的生活和创作中。在他笔下，一个包头巾、端老碗、年仅25岁的中共预备党员梁生宝脱颖而出了。尽管他是艺术形象，但却是英雄。那年，他的互助组成功了，亩产997斤半，差2斤半就是整整1000斤，活生生的事实，它不长嘴巴，自己会说话，传遍了整个蛤蟆滩。偏偏在这时，一个名叫虎头老二的中农，硬是不愿出售余粮。村代表主任、能说会道的郭振山，倒尽了肚里所有关于总路线的学问，也无济于事，老汉就是只出售三石，并赌咒说，要是再加一斗，他就是四条腿了。蛤蟆滩曾使地主吓得尿裤的郭振山宣告失败，无力地退出了老汉的院房。再进去的，是脖颈里围一条白毛巾的梁生宝。他不叫大号，却亲切地笑笑说：“兴发叔！听说你心情不畅快，侄儿看你来了！”虎头老二惭愧地低了头。眼前站的是民国18年来蛤蟆滩的小叫花子，如今人人尊敬、个个喜爱的社主任梁生宝。老汉抬不起头，他怎能折梁代表的面子，否则，全村人将会怎样冷淡他。“唉，二叔没脸和你侄儿说话，想不到你侄来了，罢罢罢，就是了，五石就五石！”生宝什么也没说，嘻嘻笑笑，尝了老汉一袋生烟叶，告辞走了。这是什么力量呢？是英雄的威望在震慑，是他作为英雄所付出的一切感动着对方，以至其无以言对。这时，他年仅25岁，从一个小叫花子，到做长工，躲壮丁钻终南山，惨败于个人发家，成功在创集体大业，几经

① 林默涵：《忆柳青同志》，《大写的人》，中国青年出版社1982年版，第7页。

曲折，他成为英雄，贫人的头，蛤蟆滩一个惊天动地的人物。

柳青塑造了一个成熟的英雄，又何尝不是在塑造自己。25 岁的梁生宝，30 岁的柳青，无不包含着几多辛酸、困苦和奋争。如果说，这时的梁生宝及其事业，正如其老子梁三老汉所认为的那样，最担心害怕的时期过去了，那么，此时的柳青也度过了青年人那种情绪浮躁、思不定式的恍惚飘移时期，衡固在一个相对稳定的心理、情绪、信仰的良好格局上。所以，这在柳青人格轨迹演示中具有根本性质及其转折意义。有论者这样界说：

> 以“米脂三年”（1943—1945）为标志。前期，从世界观上说，他还没有超越革命的小资产阶级知识分子民主主义思想的范畴。他的生活和创作道路，还不能不带有盲目性，处在一种并非完全自觉的摸索的过程中。他还不能明确意识到自己有些脱离人民群众，脱离革命斗争实践的根本弱点。“米脂三年”是柳青生活和创作道路上的转折时期。此后，他的思想，他的精神面貌，他对自己今后如何生活，如果写作的考虑，发生了巨大变化，进入自觉追求状态，开始按照一个无产阶级战士的要求，把自己的生活和创作，安置在一个新的轨道上。……如果说，“米脂三年”，主要还是受着环境的驱使，把他推向这条对他以后发生了深远影响的道路，他的实践还有一个从不太自觉到开始自觉，从比较粗糙到多少显得精致的过程的话，那么，从 1952 年下半年开始的“长安十四年”，则是他的这条道路的继续和深化时期，是柳青生活、创作进入高度自觉和成熟的时期。他的生活道路和创作道路的基本内容和特点，它的实践成果，以更加完备的形态，呈现在文艺界面前了。①

这种界说大致不差。柳青人格的演示，其政治的、文学的、道德的、生活的等重要侧面，都进入了一个高度自觉和成熟的全新状态，其人格的诸多亮点，也一并在此时和此后多侧面地呈现出来。

一个人一生干点事业并不难，难的是行为的选择与定位。这是一种集自身的爱好、志趣与所属阶级事业之需于一体的综合性抉择，而阶级事业

---

① 蒙万夫：《略谈柳青的生活和创作道路》，《文学家》1982 年第 4 期。

之需却往往兼容了个人的志趣，尤其是对一个渴求革命，并愿为之献身者而言尤其如此，柳青就属于这一类。他作为一名知识分子，青年时就痴迷于文学，“三十而立”后更为执着，选择已有明显偏顾。这时，民族革命斗争的需要使他定位于文学的轨道，如同当年鲁迅那样，以“遵命文学”服务于民族革命事业，这对于柳青来说倒很惬意。以文学为能事，将意味着什么呢？柳青是清醒的，有足够的心理准备。以他的理解，文学是“愚人”的事业，只有愿意为文学卖命的人才能干好这一行。当1949年共和国诞生后，那硝烟弹痕、流血存亡的枪炮革命事业已结束，而和平年代的革命不管怎么说，枪弹的惊恐、血腥的战栗毕竟并不多见，温良舒坦相对居多。那时，柳青已在共和国的首都北京工作，其政治环境的荣光，文化氛围的浓郁，生活条件的优越，无不处在绝佳境况。然而他却随遇不安，无心思居，再三请求离京西去，回到他那难以割舍的热土大西北。因为他是作家，作家与舒坦无缘，舒坦中无事业。在他看来，作家就是循环不绝的生活实践和创作实践，并须历经长期的磨炼，为此他提出“一切归根于实践，对于作家，一切归根于生活”。而他的生活、实践基地在西北，在那里的乡情、乡民、乡俗、乡音之中，这是他从事文学的守命地。京城的繁华无补于他已定位的艰苦的文学路。于是，他急不可待，思归如箭，匆匆踏上了西去的列车，离开了这个常人为之羡慕的环境。

应该看到，生活环境的更迁与柳青所具有的独特的认识论有关。他看重创作的实践性，更看重作家直接在具体生活环境中的摸爬滚打，以便苦中寻理，苦中亲耕，苦中获得甘甜，这是他一贯的思想。譬如1947年，柳青在大连书店任主编时，其生活之舒坦是他有生以来最惬意的。当时，配有小车、电话、保姆，独住小楼一栋，然而他却随遇不安，无心定居。不足一年，便绕道东北，历经数月，返回延安，投身于硝烟弥漫的战争生活中。如果把柳青一生中的更迁加以梳理的话，其结果无疑是相似的，那就是避舒坦，就苦寒，重亲耕，吸啜甘苦。1943年从延安下米脂；1947年弃大连返延安；1952年离北京去西安；由西安奔长安，再皇甫，均可作如是观。归根实践，归根生活，在柳青一生的足迹演示中已为定势，说明他选择文学，定位于文学道路之目的的持恒，以及对文学的理解程度。

作家重视生活，其普遍性是出于创作的需要，必要性自不待说。然而在这一点上，柳青自有独到之处，且十分典型。他选择皇甫僻野小村，作为文学的固定基地，且又长期居住，开始全面的文学“愚人”的行为活动。他并非盲目亦非情性所至，心潮所涌，而是从认识论上入手，提出作家必修的三个学校，即生活学校、政治学校、艺术学校的著名论断，并以“生活学校”为基地，全面展开文学创作所包含的所有方面的工作。基于这种理解，后半生的柳青，作为一个革命的作家，除对文学的付出以外，其大量的、不为别人所为的对实际工作的呕心沥血难以计数。文学为革命，革命在文学，在皇甫14年的岁月中相生相存，你难以分清何为文学，哪是工作。在皇甫老百姓的心目中，他既是写书的，又是村干部，更是终南山下善良明理的“老汉”。柳青提出了“三个学校”的主张，作为学员，他是出色的，在今后较长的时间内很少有后来者。殊不知，这是一种多么艰难的磨炼，长期的、无条件的，单是那份清苦就令人难耐。但他耐住了，是意志、认识论的渗透，从整体意义上看，是人格力量使然。既然择定文学，定位于创作，那就要亲耕寻理。这一点，柳青没有含糊。1952年初到皇甫，他怀着一腔热血，便一头扎进农业社会主义改造的热潮中，革命使他无暇于写作，却从实际工作开始，白昼黑夜，如同当年在米脂民丰乡一样，托着打狗棍，又奔波在镐河两岸，村里乡间。他慢慢发现，并非人人都热衷于互助合作，有人竟把土地证挂在毛主席像下，埋头于个人发家致富。于是出现了“春组织，夏一半，积雪落，冬不见”的局面，互助组有了困难，柳青退了堂，闭门写作，然而他哪能心静如水。不久，王家斌显山露水了，柳青激动不已，其热情较前更大，辍笔投入，实实在在地做稳了互助组的一员。他虽不比王家斌年轻力壮，但却有王家斌所不比的满肚子关于社会主义合作化的说法。于是在庄稼人的草棚屋里，在村干部簇簇围坐中，扯起乡情没完没了。他讲私有制，说总路线，形象生动，入情在理，炎阳之下，千人大会，无一喧哗，就连有人上厕所也一溜小跑，唯恐少听几句。话是开心的钥匙，柳青讲明理，群众开了窍，憨厚的笑绽上眉梢。于是，干部们亲柳青，即使挨了训，也还是不由自主地去“中宫寺”（柳青住地），并诙谐地叫做“去西天取经”。这是一种信任，一种长期交往所换来的默契，一种人格力量。

“先工作，后创作，当你身在其中了，创作的动机就来到了。”这话源于他的体会，为经验之谈。互助组谁有了情绪，别人不急，柳青急，即使黑夜，他也要前往耐心说劝。一个叫郭远彤的生产能手，30多岁无力娶妻而离组他去，柳青深感这是他“1953年里最痛心的一件事”。社里牲畜饲养经验不足，他立刻着手编写《牲畜饲养管理三字经》，并视之为己任，从未为没有大作品而感到失落。因为他心里有数，他是皇甫的一名社员，对儿女也这么讲。吃、穿、住、行一副关中农民的打扮，自在自为，与农民同化了。然而柳青内心十分洞明，他追随马列根基深，不会为现象所遮盖。1957 年“反右”，1958 年冒进，1964 年社教，他直言抛心，这种秉性影响着村干部，他教育村干部说，你能吃几碗饭，能打多少粮，能写几本书，只有自己最明白，不能放狂言，他执着地拒绝着虚假冒进的一方喧嚣。

选择文学，亲耕寻理，于一切事务中、巨细之间，坦露出他的热情真诚，不灰心，不浮夸的结合方式。他是这样一位固执的实践者、实干者：“一部作品，如果没有作者对客观事物发展的准确把握和独立的见解，要想经得起历史的检验是不可想象的。”柳青寻的这个理，可谓创作之大理。再上升一步看，叫作与实际相结合，属于无产阶级文学的党性原则范畴。这是柳青作为作家，走文学的路所呈现出来的最得力、最精彩的一面。其独到的见解，足以被视为创作之真理，试作如下归纳：（1）社会实践决定着作家的思想、个性、才能、气质；（2）作家的倾向、风格、技巧来源于对生活的研究；（3）文学中的学习借鉴，师承关系，无不以生活作为出发点和归宿点；（4）文学创作与生活的关系重在“同化”，也即常说的“对象化”；（5）作家与生活同化，其目的在于发掘事物本质；（6）马克思主义理论指导对文学创作的直接渗透意义。对此，他实践了一辈子，也呐喊了一辈子。

正因为如此，柳青亲临生活，九牛不回，首先塑造自己，死也要埋在农村，其啜得的甘苦，使他的创作也获得了巨大的成功。当《创业史》这部描写中国农村社会主义改造的“史诗”，在 50 年代洋洋农村题材中，以技压群著，诞生在皇甫村一座破庙里（中宫寺）后，文坛哗然，人们震惊，一个共同的意念不谋而合，柳青成功了，《创业史》成功了。于是人们向往作者那亲耕寻理的甘苦路，一并奔拜而来，似乎要从他走过的田间、待过的院，那打狗棍的结节里，抑或那饱经风霜的眉宇和皱纹间，捕捉些成功的秘诀。然而，他们都失望了。因为柳青的成功，其秘诀分明只有两条，那看似平常却深沉的两条：对实践的认知，对实践的执着，也即理论与实践的暗合。

当初，柳青深入生活，选择一皇甫小村曾引起纷争，连权威也有歧见，在别人也许作罢得了，而他心里清透，不为讥言，背水鏖战，成败皆不移，其实践之愚之苦，使常人难以持之。一个几百户人的皇甫村，他翻了个透彻，能说上几代人的历史，唯其如此，他才结识了“梁生宝”“梁三老汉”“王二直杠”，摸透了“姚士杰”“郭世富”。一个人物，一个细节，一段描写，都要达到力透纸背。为了对得起读者，他常常凝神思索，一刀一笔，一刻一画的抠，从不仰慕那些洋洋洒洒者，所以称自己“愚”，是笨人。然而当他读了《保卫延安》，并请教了作者杜鹏程后，他心急火燎，如止水般的心境被打破了。于是，他又做了一次带根本性的住地转移，即搬家皇甫村，切入生活，直面群众，进而把已经成书的《创业史》初稿推翻，再历经六年心血，四次大改，《创业史》终于一鸣惊人，这是用甘苦换来的。然而，他却真正地脱胎换骨，长了一身黄水疮，“从五十年代到六十年代的这十年，在死亡线上挣扎了过来，没有死，我胜利了”[①]。所谓胜利，对于柳青似白昼转换般平淡，他仍旧是托着打狗棍，其身影仍旧闪现在田埂间，衣着仍旧故我，甚至连那万余元的稿费也分文不留，冷静而自然地充公。

柳青毕竟是柳青，在他这段生活创作的最光辉的足迹演示中，其亲耕之典型范例何止于上述，其寻理之甘苦又岂止于这些。“三十而立”后的他，不仅塑造了英雄，更塑造了自己。梁生宝是他的化身，他就是梁生宝，“作家在展示各种人物灵魂时，同时展示了自己的灵魂”。看似寻常最奇崛，一个平凡人，起步于黄土路，于自身的艰辛中，终于走进了英雄的行列。然而他永远是一个极普通的平凡人。

四　“文化大革命”中的正气傲骨(1966—1978)

哲学家康德有一段至理名言：“一个人的富有，并不凭着他所拥有的东西，而更凭着那些他可以没有仍然保持着尊严的东西。”骨傲气高的柳青，一生讲的就是尊严，于政治，于人生，于大节。愈到晚年愈老辣，高寒险处似九鼎，显示了应有的本质特点，折射在他的创作中，贯穿在他的行为中。

纵观柳青的创作，其更多的着眼点是那如椽的笔，透过情景、场面等外在事物的描写，于字里行间，做着挖掘人物精神尊严的工作。梁三老汉

---

① 王维玲：《柳青和创业史》，《延河》1980年第8期。

坐着爷爷的担笼来到蛤蟆滩后，日渐长大，父辈创业和他为人父时创业的宣告失败，似乎销蚀了老汉做人的尊严。当蛤蟆滩富户郭世富盖瓦房的鞭炮声飘进了草棚院后，梁三也夹在人群里，其眼羡是很自然的。但老汉明白，这是郭老大用力气挣出来的，非偷非讹。这时，一个不十分敬老的青年发现了人群中卑微的梁三，于是以欺人欺帽的恶作剧，使老汉的尊严受到了伤害。然而，他并未过多的生气，无所谓别人的不敬老。在他看来，蛤蟆滩只有像梁大、郭世富这样创起家业的人，才值得人们的尊重。梁三老汉的如此悲哀，如此的卑微心理，正是旧时期农民缺衣少吃之精神尊严的失落、变态。柳青看着心疼，想着心酸，为之不平而仗义执言。他在创作中要着力做的，正是挖掘、框正这些失落的应有的尊严，将之还给贫苦人民。他通过互助组的力量，通过互助合作道路的胜利达到了这一创作目的。

合作化胜利了，日子的富足使人们精神大振。生宝母子决意先为老汉“圆梦”，让他穿穿这里外全新的三新棉衣，结束以往几代捉襟见肘的屈辱。当梁三老汉穿着不怎么习惯的新棉衣，出现在黄堡集上打油的人群中时，人们发现了他，那情景不再是往日的恶作剧，而是以社主任他爹的荣光提议让他先打油，站久了腿会酸，老汉感动得落了泪。这人活在世上最珍贵的是什么呢？还不是人的尊严吗！梁三老汉提起了豆油，庄严地走过庄稼人群，一辈子生活的奴隶，现在终于带着生活主人的神气了。梁三老汉尊严的回归，也是灯塔社主任梁生宝尊严的回归，是整个社会主义新制度尊严的回归，而这一切都在柳青的笔端表现了出来。鲁迅当年痛其国民性，以满腔的“哀其不幸，怒其不争”的思想来拯救一代灵魂。柳青在新的历史背景下，极力挖掘、高扬人民群众中不幸而难以遮掩的尊严感。高增福贫，但骨高气傲，不与富农厮磨。梁三老汉自守，但骨子里清澈，思量着要靠双手起家；梁生宝更是于平凡之中见尊严，25 岁便惊天动地。就连那还留着清朝大辫的瞎老汉王二，也要打折一度投靠富农姚士杰的儿媳素芳的腿。这些都挖掘着尊严的描写，构成了柳青创作中的重要一翼。他不仅描写着劳动人民在旧时期屈辱中的尊严、被长期埋没的尊严，而且揭示出他们在新时期作为主人的尊严，转换乾坤，改变现实的浩气和骨气。这是作者的气质、尊严和希冀的贯注。正如“文如其人”的道理一样，尊严的长期积淀，在柳青是先发的。母爱的柔，父爱的刚是他尊严衍生的因子；自身立世，心高不俗是他尊严萌动的基石；先哲的教诲，早谙世事是他尊严的添加。于是他领悟了做人要有尊严，以及尊严的价值，并认识到价值就在于与民族事业的融合，在于足下事业中的点点滴滴。贫而不残，富而不淫，成而不骄，败而不馁，于权贵不媚，于善良不欺，大节中气高，原则中骨傲。可以说，这些尊严的积淀才有了笔下的梁生宝、梁三老汉、高增福、王二直杠们的尊严，才有了柳青这样一位骨傲气高见尊严的人格典范。

“欲知圣明除弊事，肯将衰朽惜残年”，这是一种直面人生的人生观，很适合柳青的晚年。他一生虽有过道路的选择，灵魂较量上的艰难时节，但那都是自身的，与历史发展相吻合的顺向追随。然而孰料他的晚年，历史奇迹般地旋转，出现了他不曾经历的荒诞：读书无用，越有知识越反动，革命愈久，反倒成了那个时候的民主派，这个时候的绊脚石；造反有理，破坏有功，不摧毁这个世界不显其英雄本色。……国人的迷茫，醒者的忧愤，强者的抗争，他不无例外地陷入这十余年的浪逐中。其人格足迹的演示，别是一番苍凉，更显一派浩气，一副傲骨，一首壮歌。

傲骨气高见尊严，是柳青生涯后十年的嘹亮挽歌。那时，他已被迫离开苦心经营多年的皇甫，惜别了朝夕与共的王家斌们，消失了那辗转腾挪在长安黄土路上的足迹，来到他 30 年前曾放弃的西安闹区。这是他人生第一次非他所愿地由乡间到闹市的迁徙，其悲哀不仅是他个人的，也是整个民族的。

历史无法超越，现实更需面对。他作为作家，考虑的是已经千疮百孔的文学中的真实性和党性原则的捍卫。《创业史》是历史的真实，他花费了许多心血，将生活的真实变成文字，又还原给创造历史真实的人们，但却被说成是“毒草”，硬是要把梁生宝改成“三突出”式的英雄。柳青不服，拒不从命，认为它可能有缺点，修改在所难免，这是党的事业，不能随便说，人民没有否定它，“我能违心地自己臭骂一顿，全部否定吗?”“尊重自己和自己的作品，决不能糟蹋自己和自己的作品，决不能人云亦云，决不出卖灵魂!”坚持文学的真实性，坚持文学的无产阶级党性原则，是他一辈子的理论建树和实践。从第一篇小说《待车》起，中经《种谷记》《铜墙铁壁》，再到《狠透铁》，直至《创业史》，无不是现实主义真实性原则的硕硕之果。早年的他，曾为之呼号；中年的他，更为之亲耕苦作；晚年已炉火纯青，老辣霜红的他，岂能为一时一得而更改其一世的观念，相反却视之比命贵。他是真实的，真实就是他。当晨鸡报晓，

《创业史》重版，第二部续出时，柳青为之拼命了。还是那股“愚”劲，字字抠，句句改，“不向人民交草稿”。病危之时，于病榻上，于助器之间，第一部重版，第二部下卷未竟，给世人留下了遗憾，连同他的坚强。他终于为文学的真实，为他所遵循的原则闭上了尊严的双眼。

柳青一生，于生前逝后，说富有，那就是文学，文学的富翁在于拥有生活，拥有真实。它如同士兵拥有勇敢，工匠拥有技巧，叫卖者拥有嗓音一样。《创业史》就是他拥有真实的结果。在上述正反不同的两种心态下，前者他拒不从命，维护真实；后者，他以命惜之，力求达到更高的真实。所以，他人虽然去了，却留下了抗击邪恶，捍卫真实的尊严，留下了守命真实，不惜生命以达到真实的尊严。这尊严便是作为文学家的一种傲骨，一种气节，一种人格力量在文学上的体现。当人们每每谈起文学，论起真实，鲁迅、赵树理、柳青等大师们捍卫真实的尊严，便浮现在人们的心中，进入历史的回忆。

大凡一个真正的文学家，无不有干预生活的本能特质，其执着性和不可遏制的心向，愈曲折危艰时愈见其本色。屈原的强于表达政治理想，愤世嫉俗的品格；陶渊明不苟腐朽政治团体，不愿同流合污的精神；鲁迅拯救国民，呐喊抗争的斗争；闻一多、朱自清哀民生之多艰，拍案而起，走出书斋的无畏气节，都集合了中国知识分子的一种忧国忧民，不惜干预生活，匡扶正义的“骨气型”人格。受深厚的文化积淀熏陶的柳青，其“骨气型”人格，正是在旧时期进步文化和新时期文化先哲们的双重沐浴下的产物。于是，经历生活的风风雨雨，40年在党的敏锐嗅角，作家的责任感，干预生活的本能意识，使他自觉不自觉的，或在更高的自觉程度上，对变态时期的生活败迹鲜明地予以干预，延续了中国知识分子的骨气型人格史线，其骨傲气高的品格在更大程度上得到了展示。

20世纪60年代中的所谓“文化大革命”，实际上是革文化的命，于国家、于民族、于个人有百害而无一利。“牛棚”中的柳青，他万万没有想到历史的陡转，更未料到生活基地被劫洗一空，置身于实际建设却被说成走修正主义道路，万余元稿费充公则被诬为吃小亏占大便宜，惨淡经营的《创业史》成了反社会主义“毒草”，甚至连他自身也成了黑作家。真实的歪曲，事实的颠倒，一切往日的常规全都不复存在。“文化大革命”初期的他，即使面对了现实，也无法接受现实，每每言起，如鱼鲠在喉，发颤的声，听着叫人心疼，向来自制极强的他，竟失声痛哭。

然而，他并非为自身受曲，为自身所失去的东西而委屈。因为在“文化大革命”中，他失去的何止是些许的名誉、基地之类，甚至他的妻子的生命也先他而去了。自身的东西在柳青看来全然是身外的，不足惜。他是为国家的安危，民族的灾难，人民的乐居与不幸而哀而痛。在人人自危，个个自顾不暇的阴风恶浪中，他保持着共产党员的自信和自尊。用他的话说，那就是对自己，只能坚持实事求是的原则，对党只能持党性原则，别的不考虑，也没必要考虑。其实，实事求是在那个年代价值连城，是何等的重要、金贵。而抛弃者有之，变通者有之，违背者有之，柳青却坚持着它，视之为抗击邪恶的底气、元气，所以他也金贵，在人格上。

面对铺天而来的大字报的谎言，他冷静地观看，持着拐杖，觉得不应该屈头屈脑，应该不屈不挠。别人要他自报“黑作家”，他却说：“正在受审查的共产党员”。一板一眼，掷地有声，那浓厚的陕北调。有人劝他识时务些方能免皮肉苦，他圆睁双眼说：“我是共产党员，要有坚持原则的骨气，不能作软骨头。”于是，拳脚齐加，雪中围冻，赤脚雪埋，而他仍不屑一顾，岿然不动，战争的残酷他经历过，这算什么！法西斯的兽行使他病情加重，几次死里逃生。然而一个“黑作家”“反革命”却无处就医，医门难进，亲友难帮，否则株连之类无休止，没完没了。曾几何时，他危在旦夕，在幼小的儿女们的簇拥下，蜷蛐在自行车后座上，奔走在车水马龙的西安大街上。对这些涉及自身的安危、得失、荣辱，他从未觉得惋惜，他唯一觉得惋惜的是失去的时间，宝贵的十年光阴，《创业史》不能如期完成，因为那是党的事业。即使署上“柳青”的名，这柳青也属于党。因为从 14 岁开始，他已不再属于自己了。有语曰：“无私才能无畏。”此话颇有哲理。超越了自我，忘却了自我的柳青，那剩下的全然是情系于民族的危亡上。在那非常时期，他用那黑炭般的双眼，注视着违背了真实的迷乱的生活风云，思维的高度清醒，其己见愈加精辟，针砭愈加切中。他毕竟是有声望的作家，“文化大革命”后期，柳青要被结合进“革委会”，然而他说，“革命的怎能与反革命的在一起”，这招牌，他拒不愿要。《红旗》杂志约他写稿，他自有理论：文字不能写，改头换面会被利用。字到此处却金贵，就是不肯卖。最令人敬佩的是，对几个历史贼子，他竟能一枪戳下马，准、狠、淋漓尽致。“看赫鲁晓夫是怎么发迹上台的，再想想林彪、康生这些人，是怎样上台的。”“林彪、康生、江青这伙人，使多少老干部被关押，受审查，遭毒打，受折磨，伤亡有多少？

历史不会忘记这些为建设社会主义江山而献出生命和鲜血的烈士们的，历史终究要清算林彪、康生、江青这伙人的罪恶的！”“我始终相信，那些人的日子长不了！”[①] 一语言中，“遥传京中除四害，未悉曲折泪满腮。儿女拍手竞相告，病夫下床走起来。”柳青的胜利和“那些人”的短命，证实了他的判断，而这种判断靠的是对马克思主义的坚强信念，自立人世的一种目力。他清醒地表白说：“他们最终只能毁灭我的身体，却毁灭不了我的思想、我的精神、我的信念！我对我所从事的事业，从来没有怀疑过、动摇过，没有这样一个信念，我的精神支柱就垮了，有了这样一个信念，我就敢于牺牲自己的一切。”[②] 一语破的。所谓他的骨傲、气高、尊严，全都是数十年积淀而成的信仰所给。他本就崇尚鲁迅，认为鲁迅骨头最硬，表现了中华民族的气节，仰慕闻一多，认为他具有鲁迅精神，为不可多得的民主战士，敬重古代先哲，那匡扶正义的献身精神。所以，这些信念使他晚年捍卫了文学的真实性和党性原则，其人格尊严可敬；信仰使他晚年政治气节不衰，骨傲不媚，其人格尊严更灿。一代人格轨迹的演示，在晚年血与火、生与死的考验中，“堆中三载显气节，棚里满年试真金”，给中国骨气型文人志士的行列中，又添了一位光辉典范。

---

① 王维玲：《怀念你呀，柳青》，《大写的人》，中国青年出版社 1982 年版，第 116 页。

② 蒙万夫等：《柳青传略》，陕西人民教育出版社 1988 年版，第 142 页。

第二章　文学修养与文学践行

柳青是一位文学家，也是一位思想家和革命家，对其人格作完整意义上的研究，必须从一个全方位的角度着眼。本章试图从一个新的视点，以文学、社会学、人格心理学理论，对这位作家在社会化过程中的一系列求异思维和人格行为模式作详尽探讨，归纳抽绎出“求异十六维”与“行为八模式”这样一种概念。

一　文学修养与文化人格

法国启蒙哲学家狄德罗在他的“人学”理论中有过这样的解释：人是一种力量与软弱，光明与盲目，渺小与伟大的复合物，这并不是责难人，而是为人下定义。这话十分有趣，矛盾中且有几分真理。因为人的这种二重组合，多维心理机制，把一个个“这一个”与“那一个”活脱脱地区别开来，而这种区别则主要体现在人的个性特质上。独具的个性沿着自身不断完善的发展轨迹、演绎、嬗变，并存在于人类宇宙的每一个空间，才使得世界变得如此奇妙，使人类由原生状态，进化到了难以捉摸自己的境地。于是，揭开人的神秘的面纱，便成为人类自身凝重而又永恒的课题。

纵观人类初年，大自然则以几千年的时间，孕育创造出神秘的人，并不断改造人、释解人的神秘。同时大自然又被人所改造、所创造，反作用于它。人为了自身的生存和发展，从他诞生的那天起，便皈依于社会的强化之下，逐步从初始的洪荒演化出各自特有的人格行为模式。历史辩证法表明，人类自身的发展，要经过漫长的苦难历程，要以沉重的代价来换取。尤其是完成人的自我认识，自我超越，自我完善，自我实现，自我创造的较高境界，也概莫能外。几千年的阶级社会，便是人类在痛苦中寻找自己位置的社会，一部人类文明史，就是人类寻找自己位置和价值的历史。几千年的痛苦和磨难使人类的自我意识逐步觉醒，在大自然的孵化中，通过自身的劳动、创造等一系列社会实践活动，蜕变出自身的成熟。

于是人便有了狄德罗所描述的那种改造社会的力量，以及面对社会却无法企及的某些软弱。具备了超越自我的光明，以及难以把握自己的某些盲目，具备了人类作为大自然的对立物，以主人的姿态站起来的伟大，以及内在不可名状的苦闷和渺小等人格共性，同时也由此生发出更具歧义的人格个性行为模式，如缄默孤独冷淡型、外向热情乐群型、谦逊聪慧尽职型、幻想狂放任性型、激动澎湃易恼型、稳定成熟自信型、坦白率直朴实型、精明能干机灵型等。这些普遍存在于各年龄和社会文化环境不同的人身上的人格特殊性，无不显示出一种漫长的痛苦的抉择。

我们这里所研究的柳青人格行为模式，正是他历经人生痛苦之后形成的异于他人的一种个体特殊性的行为模式。它来源于自身一种良好的求异思维。这种思维是柳青个性形成的特殊动力，是奠定他人格特殊性的心理基础，也是我们打开柳青人格行为模式秘宫的一把钥匙。

在整个柳青研究领域中，不少有识之士从一开始就关注着柳青的文学创作，尤其是在《创业史》问世之后，便及时地发现了这位文学“愚人”与众不同的某些特殊性，以及作品本身的历史性价值。随着柳青生活道路和创作道路典型性的日益突出，随着《创业史》在中国当代文学史上价值的日趋显示，人们开始以惊讶而又凝重的眼光打量这位满身农民气息的作家，追寻他所走过的路，住过的屋，一字字抠成的书。于是阎纲的专论《〈创业史〉与小说艺术》问世，徐文斗的《柳青创作论》推出，尤其是刘建军、蒙万夫的《论柳青的艺术观》则从更高的理论层次着眼，勾勒出这位作家步履维艰的文学生涯及全部社会行为过程。与此同时，一批诸如《柳青专集》《大写的人》《柳青纪念文集》《柳青传略》等资料性的著作相继出现。人们更清晰地了解了中国当代这位并不起眼，然而却十分深沉敦厚的淡泊作家的人格光彩。这里不应遗漏的是，在整个柳青研究中，围绕他及其作品先后引起的四次文坛波澜，大有泯灭作品及其人格价值之势，然而其结果无一不是云过日出，丝毫无损于柳青及其作品之光辉。因为历史已把他和他的作品凝固在应有的位置上。

人们如此推崇柳青，很显然他足以成为中国当代作家的典型。这是一种文学现象，也是一种社会现象，有人又称其为“柳青现象”。其核心便是异于他人的良好的求异思维，和异于他人的从事社会化过程的人格行为模式。这一被实践证明了的成功模式，极大地吸引着初涉世事的文学青年，以企为媒介求取进入文学殿堂之妙法；也使已有成就的作家们刮目，惊诧于他何以推出如此厚重的作品，进而揣摸其技压群芳的秘诀在哪里。更使批评家欣慰的是，他把文艺与生活的关系理解得如此透彻，把文艺的工农兵方向实践得如此执着，这在中国社会历史的大背景下，既同于陕西同类作家杜鹏程、王文石、李若冰的路数，又异于他们；既与赵树理、周立波等的创作有着同一方向，同一使命，在具体实践上又显示出它的不同凡响。这些客观存在，为研究柳青思维的求异性及人格行为模式的特殊性提供了先决条件。

然而，纵观上述研究，由于时代的局限，人们研究观念的拘谨，研究家们普遍着眼于柳青生活道路、创作道路、艺术风格及其对具体作品进行平面式的探讨上。也就是说，研究家们多从文学角度切入，进行常规研究，虽都取得了突破性的成果，但是，当我们再次接触柳青作品及其史料时，便发现他的一系列社会实践活动，他以革命工作为依傍的一系列行为，他的作品所产生的强烈反响，他的人格形象所显示出的烛照意义，又远远超出了文学研究的范畴，透射出的更多的是他自我完善、自我超越、自我实现的人格诸因素。因此，从一个新的角度透视人格形成的特殊规律，研究他特殊的人格行为模式，研究这一模式的形成过程，挖掘深藏在这一过程中的求异思维之内核，正是为了将柳青与其他作家区别开来，总结出他人格的特殊性，以期烛照当代文学新人及其创作。这在柳青研究的深化上仍是一个凝重而又严肃的课题。

当历史进入 20 世纪 70 年代后期，中国彻底抛开了一个时期的尴尬与困境，从作茧自缚的大网中摆脱出来，跨入一个新的时代，于是整个意识形态的冰封终于融化了，而首当其冲的思想解放运动的推进，使人的概念重新复归了它本身的含义。人们开始重新认识自己的价值，讨回自己的尊严，争取自己的权利，担负自己的历史责任。总之，人的解放成为新时期文学复苏的神圣主题。也就在这时，哲学界、文艺界乃至整个学术界对于人格、人性、人道主义等有关人的研究，出现了一个自“五四”新文化运动以来从未有过的“人学”高峰。借助人格理论来研究当代代表性作家的人格形成规律，研究人格力量的永恒烛照意义，便很自然地成为一个新的理论课题。于是，人格研究的基本途径是什么，所论对象的研究方法又如何与此相适应是涉及的首要问题。

人类在几千年的繁衍发展中，不得不承认自身是一个复杂、神秘而又微妙的存在物。人与人很少相同，完全相似的两个人是很难找到的，或是没有的。因此，人对自身的评估便有了很大的差异，由此派生出了有关人格基本理论上的歧义性，形成了人格研究的多体系、多格局的散状势态。但是，在人格研究上，以什么为着眼点，沿着怎样一种途径切入，这在各派论者中似乎达成了一个共识，那就是人格的一般规律研究和人格的特殊规律研究两大基本途径。

人格的一般规律研究者强调人格特点的共性。他们承认人格具有某些独特性质，但认为一切独特性都可以纳入共性的量的系统中去，使众多的独特性排列起来，组成共性。因此，一般规律研究者的兴趣在于探讨人格中人们所共有的东西。探讨共同的发展趋势，以求取共同的规律。这种以群体为对象的研究有助于概括群体之情况，释解公共之特质。英国著名心理学家雷蒙德·彼·卡特尔便是这一理论的倡导者。他从事人格的一般规律研究，首先尽可能用较多的方式去测量大量的个体，然后对测量结果提出相关分析，并列出相关矩阵。这一方法，卡特尔称之为因素分析法。卡特尔认为，人们的许多行为是由他们的群体隶属关系所决定的。因此，尽可能详尽地了解人们所属的群体就显得十分重要。他运用因素分析法研究了不同的宗教及民族群体，发现他们群体间的一些普遍性的规律，以及群体间并无很大差异的因素。例如，卡特尔评价了 40 个国家中与人有关的 72 个变量，对测量结果作了相关因素的分析，发现这些国家之间的主要差异只有四个因素，而更多的还是共同性的因素。卡特尔的一般规律研究理论，不仅在人格研究方面是独一无二的，而且这一方法论之普遍实用性则是不言而喻的。

在承认人的遗传基因、环境因素等有所不同的前提下，每个个体人也就具有自己的独特性，对这一点心理学家似乎并无异议。他们承认每个人的气质和性格，都是各自的生物因素特点以及社会因素特点相互作用的结果，是在多种复杂的关系和变化的作用下形成的，因而每个人的人格与行为模式十分不同。于是他们强调人格的独特性，研究个体，从每个人的各种行为中获取材料，总结出这个人的人格属性，这种方法叫特殊规律研究。

特殊规律研究者重视个别特点，反对个体间的比较，与一般规律研究者相反，认为进行被论者之间的比较，是不具有重要意义的，认为寻求有关人格的共同的东西，不会获得真正的成果。美国心理学家奥尔波特便是这一理论的坚持者。他强调人格是动力的、有组织的和独特的。认为人格是真实的存在，因而它激发并指导着人们的行为。他区别了性格与人格、气质与人格、类型与性格，建立了体现个人人格特征的结构体系和独特性的性质理论。奥尔波特从他所成长的独特的家庭经历中，体察到个人所形成的独特个性的依据。奥尔波特这样说过："我母亲一直当教师，她培养了孩子们对哲学探究的热切感和懂得追求终极的严谨答案的重要性。由于父亲缺乏充足的医院设备，多年来，我家里都住病人和护士。我早期受到的训练有照料、诊所、刷洗瓶子、护理病人等等。父亲是一个不信奉休假制的人，他极力奉行他自己的生活法则。"① 对父亲的这种恪守和严谨，奥尔波特解释说："如果每个人都尽最大努力工作，而只领取家庭需要的最低报酬，那么社会就会有足够的财富可供分配。因此，这种掺杂着责任感和博爱之心的艰苦劳动正是我们家庭环境的标志。"奥尔波特的这种特殊经历使他终生不渝地关心人类福利事业，热心于他那富有浓厚色彩的人本主义心理学研究。因此，他的经历便是最好的个体案例。于是在他的研究中，坚决不齿于任何掩盖人类个性或尊严的观点，个性的重要性贯穿在他整个学科理论中，使他的特殊性真理研究和普遍真理研究并存发展，这一方法论也同样辐射到各个研究领域里。

在明确了人格研究的基本途径后，我们对所论对象的研究便有了可供选择的理论依据。首先，柳青作为一个社会人，作为一个阶级的代表，必然体现着这个阶级的利益和愿望，势必形成符合这一阶级的意识的、道德的、观念行为等的人格特质。这一点作为柳青人格研究途径的一个前提是显而易见的。也就是说，要将柳青人格研究置于他所在的这个社会的环境中，置于他所为之献身的这个阶级中。然而，一个人所形成的行为模式又具有各自的特殊性，是其独特经历和人生经验在不同的具体环境和氛围中形成的，因此便构成了诸如心理、性格、观念等上的鲜明差异。譬如作为陕西同代人，柳青的"愚"与杜鹏程的"苦"则具有各自的内容，王文石"微笑着看生活"与李若冰严肃的生活观又是那样的分明。这一点决定了柳青人格中的特殊因素。因此，从马克思主义辩证唯物主义历史观出

---

① ［美］B. R. 赫根汉：《人格心理学》，海南人民出版社 1988 年版，第 167 页。

发，我们对所论对象人格研究的切入，其途径只能是既从一般规律上把握社会大环境对他人格的形成所注入的诸种因素，又从特殊规律上挖掘他对社会环境诸因素的能动适应与选择，以及在选择过程中的特殊思维方式及其行为模式。

二　“求异十六维”的文学视野

（一）“社会化过程”，一个自然人的必经途径

柳青的思维及行为从他所处的生存环境看，似乎和同辈哲人们一样，并无多少特异之处。他作为阶级的一员，党的先锋队的一分子，人民作家行列中的一个普通人，所从事的一切实践活动都与他所依附的阶级和为之献身的事业密切相连。因此，他又是极平凡的。别人革命他献身，别人写作他从文，别人呐喊他前进，忠实地实现着他所代表的这个阶级的利益和愿望。然而，宇宙间矛盾的特殊性往往存在于普遍性之中，人尽管作为一切社会关系的总和，或依附于这个阶级，或是成为那一个阶级的信徒，抑或栖居于二者之间，然而作为他，要从事生物性和社会性所必须从事的实践活动，并形成具有个性特点的思维和行为，这却是社会关系总和的大模式所无法完成的，而势必成因于他所处的具体生活环境和一定的文化氛围。因而这一思维和特点，便更多地体现了自身的独特经历和人生经验，已不再是完全意义上的社会关系总和之共义。柳青的思维与行为也正是源于他自己的个体独特经历和人生经验。思维规范着行为，思维超前之求异心理，又带来了行为模式之鲜活。个中包含了三个相同环节，即人→思维→行为，就本论题而言，也即柳青→思维→行为。

关于“人”，西方存在主义哲学家提出了一个“被抛入的设计”的观点，认为这是一种被抛入大自然的物体。人的基本存在方式，是一种“被抛入的设计”，进而研究这一方式，使人的存在成为可能。从一定意义上讲，存在主义的“人学”观是以人为研究对象的较为完备的人格哲学，有它的客观性。一位倾向于存在主义的美国作家格列娜夫曾说：“存在主义企图既不求助于超人，也不求助于低于人类的东西，而只是在人的地位中去把握人的性质。”[①] 倘若依照这一观点，我们要研究的则是一个

① 让·华尔：《存在哲学》，三联书店 1987 年版，第 137 页。

“被抛入”的自然人如何转化成为能适应一定的社会文化、参与社会实践活动，并充当一定的社会角色行为的成员，从而推绎出影响人格的诸因素，并释解这些因素之相应结合，最后创造出一个独特的个体人的社会化过程。

研究人的社会化过程，或社会化过程中的人，为一切科学提供了广阔的命题。存在主义如此，马克思主义也如此。柳青的幼年时期，作为一个“被抛入”的自然人，还没有完全输入社会化这一程序中去。但是，自然规律并不以他幼小的意志为转移。当他稍微懂事后，一种自觉意识促使他辗转归辙，求生存，变自然人所属的生物属性为社会属性。于是，便萌发了尽快适应社会文化，参与社会实践活动的生存意识和幸福意识，产生出饮食、求知、交往、劳作等一系列社会行为。当他年仅 20 就成为中国共产党的一名先锋战士后，从各个方面都具备了一定的社会角色所必需的思想、才能、文化等素质。至此，柳青作为社会人的一面，集早年渴望进步，追求真理如饥似渴，选择共产主义信仰一以贯之，跻身于先进行列，终生不渝。中年革命与文学熔为一炉，胜似生命；急群众之所急唯独没有自己；严于律己，心宽志明。晚年集气节刚烈，原则不苟，真理永存，信仰永驻等社会属性于一身，形成了集热情、宽宏、和蔼、平易、执着、感情丰富、情绪易激动等个性侧面于一体的完全意义上的社会过程的转化。

（二）“求异十六维”的弥散与相因

思维是人的理性认识活动。作为对客观存在、物质及其规律性的反映，它又是主观的。它依附于历史的客观物质条件，有着客观现实的内容。客观物质条件发生变化，思维的结果也必然发生相应的变化。因而马克思指出：“人的思维是否具有客观的真理性，这并不是一个理论问题，而是一个实践问题。人应该在实践中证明自己思维的真理性，即自己思维的现实性和力量，也即自己思维的此岸性。”[①] 这是一个认识过程。40 余年的社会实践使柳青的思维形态逐步销蚀了青少年时期的稚嫩与冲动，更加显示出贴近现实性、真理性的人格力量。一种于逆境中见深沉，于升平中见敏锐，于变故中见严峻的求异思维形态，弥散在他全部的人生旅途中，呈现出多重相因的良好态势。这一态势姑且称作“求异十六维”。

---

① 《马克思恩格斯选集》第 1 卷，人民出版社 1988 年版，第 16 页。

1. “从革命到文学，融文学与革命为一体”的思维

这是一个自然人社会化后的必然选择，尤其是无产阶级作家。柳青对此十分明晰，思维深处潜藏着难以掩饰的渴求。他精细地研读了毛泽东《湖南农民运动考察报告》，非常欣赏毛泽东“你若是一个确立了革命观点的人，而且是跑到乡村里看过一遍的，你必定觉到一种从未有过的痛快”这样的感受和体验。1942 年，当他初到米脂乡村后，遇到了未曾经历的困难。病魔、环境、生活一度严重地困扰着他，现实提出了是留还是走的问题。柳青思忖道：“我知道搞下去或搞不下去对我往后发展的影响是重大的。很明显，这时摆在我面前的问题不仅是搞文艺不搞文艺的问题，而更重要的是革命不革命的问题了。这个问题自我参加革命以来都未曾重视过，或者认为这是不成问题的，现在成了严重的问题。我清楚地感觉到问题只有一点：我和工农群众有没有感情？……我以为作家要以正确的阶级观点与思想感情进行创作活动，除了走毛泽东同志所指出的这条路，再没有其他任何捷径。”[①] 处于两难境地，柳青的思维取向却格外明确。他从未感到文学是作家之文学，作家是以文学为能事之执端，却尖锐地提出文学即革命，革命必文学二者划一的观点。这一思维在 40 年代初是颇为新颖的。

2. “一切归根于实践，对于作家，一切归根于生活”的思维

这不是解释文艺与生活之关系的泛泛说教，而是柳青认识社会的哲学思维方式。它对于文学创作更具其指导意义，所以他一生说它说得最多，实践得最力。譬如著名的“三个学校”理论，即作家要进“生活学校，政治学校，艺术学校”。三者并非平行，柳青认为基础是生活学校。他说：“所谓生活学校，就是毛主席在《在延安文艺座谈会上的讲话》里说的，深入生活，改造思想，向社会学习，这是文艺工作的基础。认为，“总得先懂生活，然后才能懂得政治，脱离生活，那政治是空的”。至于文学技巧“归根结底，是作家的生活基础造成的，不是由技巧造成的。技巧很重要的，但是技巧是后来起作用，根本上起作用的是生活”。“作家的倾向，是在生活中所决定的，不是在写作时候决定的。作家的风格，是在生活中形成的，不是在写作时候才做的。我说的作家的功夫，主要在生活方面，不仅仅表现在他和人民群众在一起的时候，而且表现在他写作

---

① 柳青：《毛泽东思想教导着我》，《人民日报》1951 年 9 月 10 日第 3 版。

的时候。作家在屋子里写作的时候，主要的功夫，是用在研究生活上。他总要回想过去体验过的生活，很好地来理解这种生活，然后才能进入表现的阶段。”① 生活、政治、技巧、风格、倾向、作家的功夫诸方面的关系，被柳青如此确切地界定。既看到各自间的绞合，又抓住了生活这一纲目，确认其文外之旨的作用。因此，他大声疾呼：“一切归根于实践，对于作家，一切都归根于生活。”② 只有在生活里，学徒可以变成大师，离开了生活，大师也可能变成匠人。“米脂三年”“长安十四年”，便是一种匠人变大师的生活。柳青得益，实乃生活之成全。

（三）“六十年一个单元，文学事业是‘愚人’的事业”的思维

柳青有个很鲜明的个性贯穿在他一生的创作中，那就是认准一条道，九牛不回的韧性和不达彼岸不死心的心理内驱力。当他步入文学后，丝毫不敢视文学为消遣、闲雅之性情所致，而是作为终生为之献身的伟大事业去力行。具备了这种思维定势，因而提出“六十年一个单元”，文学事业是“愚人”的事业的观点。这就是说，“文学事业，是一种终身的事业，要勤勤恳恳搞一辈子，不能见异思迁”（柳青）。“文学是愚人的事业，只有愿意为文学卖命的人，才能干这一行。”（柳青）他谆谆教导有志于文学的青年，只有对这种事业有相当的认识，才能有一种坚韧的精神，不怕困难，不怕失败，直到最后功成。文学事业是清苦的，自古以来人们的认识都大致不差，然而从理性上爬梳剔抉之认识，从文字上力透纸背之表达在柳青还是独有的，在当代作家中并不多见。实际上，柳青的“愚人”型所付诸实践的何止这些。他甘居于远离闹市的乡村，淹没在一群乡间百姓之中，克制着应享受而不去享受的待遇，历时之久，竟达 14 个春秋（倘若不是“文化大革命”，则将是终生的）。其间的悲苦甘甜，人们难以想象，然而这毕竟是事实。究其因，源于何处，分明是他所信奉的神圣信仰所致。“我在那些漫长的春夏天的日子里，读了五本斯大林选集，这些东西在我当时的生活和工作情况下，是非常亲切的，所以影响就最大。无疑在精神上支持了我，使我克制住一切邪念：享受，虚荣，发表欲，爱情

---

① 柳青：《毛泽东思想教导着我》，《人民日报》1951 年 9 月 10 日第 3 版。

② 柳青：《和人民一道前进》，《人民文学》1952 年 6 月号。

要求，地位观念……把我在乡下稳住了。"[①] 这段自白是真实的。有了这种信仰，才坚定了他从事文学至终的决心，实现并完善了他"六十年一个单元"的思维初衷。这无疑是一种超常的求异思维。

（四）"要想写作，就先生活。要想塑造英雄人物，就先塑造自己"的思维

这是一种崇高的信仰意识。众所周知，柳青一生留给人们的并不仅仅是他创作的文字，更是人格形象。当我们寻根延览，便不难发现，在自然人如何完成社会化的转化中，柳青极重视自身形象的塑造，起步是较早的。人们不会忘记，当他还是一个不谙世事的孩子时，其初元意识较为清醒，他严于律己，自觉不自觉地进行着塑造自己的工作。"为追求真理，连字甚至也不全认就啃《共产党宣言》"（柳青），进而办刊物累得咯血也决不退却。从唯物主义历史观看，应该承认人的初元意识之清醒对人所产生的初拓之功，这一点在柳青身上得到了应验。譬如在 1942—1945 年"米脂三年"中，柳青吃了有生以来未吃的苦，经受了磨炼。见天高粱饭、钱钱饭（黑豆压得像麻钱一样和小米做的稀饭）、山药蛋、糠炒面和干白菜。加之常常通宵开会，于是"两三月之后，我大病一场。我的一个种地的哥哥听到后来看我，见我躺在一个塞满东西的小窑的土炕上，颇为怜悯。你怎么革命到这步田地了？你们共产党里头的事我解不开，你自己拿主意，觉得可以，你就回家里来，家里总比这里强一点"[②]。是的，柳青的家虽一度中落，但毕竟见天不吃钱钱饭、糠炒面。然而，他还是坚持了下来。因为他知道："假使我不能过这一关，我就无法过毛主席文艺方向的那一关。"对此，"我根本没有考虑，在革命队伍里知难而退是莫大的耻辱"。[③] 自我塑造，自觉的、清醒的意识见于字里行间。"长安十四年"是柳青更大程度上的自我塑造阶段。而且面对"文化大革命"十年的皮肉之伤、非人折磨他也是正气凛然。当他复出文坛后，病情未愈，又继而进行新的耕耘。对于这些，柳青是这样认识的："我一般地说是个要强的人，还有点完成自己志愿的韧性；可是一个人如果没有充分为人民服

① 柳青：《转弯路上》，《柳青专集》，福建人民出版社 1982 年版。

② 同上。

③ 同上。

务的高尚理想，而只有个人打算的话”，“他终要没法度过困难，摆脱痛苦的，单凭咬住牙忍受是不长久的”[①]。一语破的。仅有急功近利的思想显然是无法解决这个问题的。“要想写作，就先生活，要想塑造英雄人物，就先塑造自己。怎样塑造呢？在生活中塑造自己，在实际斗争中塑造自己，不要等拿起笔来写小说的时候，在房子里头塑造自己。”[②] 这既是柳青完整人格形象的源头，也是解决这一问题的最好注脚。同辈作家李若冰深有感触地说，他忍受了常人无法忍受的折磨。一个垂危的病人所能做的和难以做到的，他都做了。他为无产阶级文学事业耗尽了生命的最后一滴血，留下了一个大写的人的形象。

（五）“崇尚真理，信仰马列，决不拿原则作交易”的思维

柳青 14 岁加入共产主义青年团，20 岁加入中国共产党。两大步，两个台阶，择定了马克思主义的人生信仰。从此于一生中尽可能地“努力掌握马克思列宁主义和毛泽东的基本原理，做到大体上能够把导师们的个别观点放在他们完整的思想体系里来理解。这样我们才能在复杂的社会问题和艺术问题面前保持清醒的头脑”[③]。他一生依傍马列，大节不失，头脑清醒，于逆境中见深沉。“十年动乱”的非人折磨，致使柳青创作中断，家园被毁，妻子含冤而逝，批斗接踵而来，病魔缠身却不能求医，陷入了常人无法生存的困境中。当时，皇甫村的一位烈属老汉，在家里哭成了泪人。家人劝他“你想柳书记，就去看看他吧”。老汉哽咽着说：“他这个样子，我咋能去看他，我不忍心啊！”然而，柳青却十分冷静地分析说：“这并不是真正的群众运动，更谈不上‘革命’二字。”“造反派不是党，群众组织怎么能代替党组织！”[④] 有人曾暗示说，他能得到造反派的结合，他却斩钉截铁地说：“我不能和他们在一起，我不能拿我三十多年的党龄同历史开玩笑！”[⑤] 柳青崇尚真理，躬行人格的完善，“决不拿原则作交易”是他一贯的本色。他崇敬鲁迅的硬骨头精神，闻一多的民主战士气节，以及屈原、司马迁、文天祥、李固等古代先哲坚持正义、忘我舍

---

① 柳青：《毛泽东思想教导着我》，《人民日报》1951 年 9 月 10 日第 3 版。

② 柳青：《生活是创作的基础》，《延河》1978 年 5 月号。

③ 同上。

④ 曾刚：《战士 · 党员 · 作家》，《大写的人》，中国青年出版社 1987 年版，第 29 页。

⑤ 同上。

身的高风傲骨。宁愿自报家门说“柳青，受审查的共产党员”“反革命的把革命的打倒了”而多吃些拳脚，也不玷污真理以苟生。面对变故中的现实，他研究了《史记》，深沉而又愤然地说：“这种情况，古已有之，并不稀奇，而且比我们遇到的还厉害。”[①] 他很欣赏司马迁的结论：“屈原放逐，乃赋离骚。左丘失明，厥有国语。孙子膑脚，兵法修列。诗三百篇，大抵圣贤发愤之为作也。”叹历史的重合，先哲们的壮迹，一种于逆境中发愤疾书之情溢于言表。身陷囹圄，更使他十分看重不畏权贵的李固，蔑视屈从苟活的胡广、赵戒。竟然高声朗读李固临死前的绝命书；“因受国恩，足以竭它股雄，不顾死亡，志欲扶持王室，此隆文宜……”他认为胡广、赵戒屈从升官，灵魂却死了。李固虽死，全家遭诛，然而历史无私，他的精神是永存的。崇尚真理，信仰马列，奠定了他观察社会、分析问题锐敏的理论触角和胆识。在“四人帮”覆灭之前的1975年，柳青满怀信心地说：“我们这个制度，是人类历史上最先进的社会制度。没有任何时代能比得上这个时代。无论在中国，还是世界上其它地方，任何人想跟这个制度为敌，破坏这个制度，这种人只有完蛋!”[②] 嗣后不到一年，预言被事实所证明。阴谋家的咎由自取和柳青不拿原则作交易的共产党人壮迹一同留给了历史。

（六）“文学的马克思主义党性原则和美学原理的一致性”思维

文学于作家不仅是一种职业，更是一种信仰的寄托。阶级社会决定了文学及作家的阶级性。柳青作为无产阶级作家的一员，其文学的阶级性在他的心理天平上尤为厚重。他认为，党的文学的原则，其核心问题是作家和人民群众的关系问题。甚至认为，无产阶级的美学原理，也是和这个原则密切联系着的，在和这个原则的联系和区别中获得自己的独特生命，因而革命文学的党性原则说到底是“作家和革命群众相结合，和革命斗争相结合”。1962年，他总结了自己所经历的生活道路和创作道路，明确地指出：“文学的马克思列宁主义党性原则和文学原理的一致性，建立在作家对待整个革命事业和对待革命文学事业的态度的一致性上。”[③] 这就从

① 曾刚：《战士·党员·作家》，《大写的人》，中国青年出版社1987年版，第29页。

② 李若冰：《柳青是个大写的人》，《柳青纪念文集》，《人文杂志丛刊》第1辑，第9页。

③ 蒙万夫等：《柳青传略》，陕西人民教育出版社1988年版，第120页。

理性思维上把那种文学和革命视为若即若离关系的错误认识从本质上区别开来。柳青一生的文学创作也正是建立在这样一种一致性上。从他的纯文学《铜墙铁壁》到《米脂县民丰区三乡领导变工队的经验》这样的总结，从小说《狠透铁》到《长安县三王区人民公社的田间生产点》这样的报道，从文学巨著《创业史》到《耕畜饲养管理三字经》这样的俗文口诀，无不典型地体现着这样的一致性。尤为值得一提的是，在自身和家人难保，生死难料的危难关头，仍集忧虑与深情于笔端，书写着《建设改变陕北的土地经营方针》一文，唯独没有自己。这些文字虽难登艺术之殿堂，但却分明折射出柳青和党的革命事业的直接联系。革命作家的崇高愿望，是以自己的文学活动为人民群众服务。柳青认为，一切人民所需要的，都是和他日常用笔为人民服务的工作不相矛盾的，他都满腔热情地倾其全力从事它。这就是柳青所理解并实践的无产阶级文学党性原则的全部含义。

（七）“只求死前留一定稿，不能拿草稿向人民交卷的精益求精”思维

从表面上看，这是作家的创作态度问题，从实质上看，却是对待他所依附的阶级事业的立场和感情的问题。世人皆知，创作态度之严谨，作品出手之细是柳青一贯的原则。1964 年，在《延河》编辑部召开的一次会议上，柳青讲了这样一个观点：“文学事业的特点，决定了它是以质取胜的，要质量第一。”“人民的作家不能拿草稿向人民交卷”，凡出手的文字要本着“为社会负责，为读者着想”的宗旨。因而他常常为只言片语而斟酌再三。每日写作速度不快，多则千把，少则几百，不是写，是在抠，但他心里踏实，觉得“这是经过反复琢磨才写下的，是十分结实的”。他称自己为“笨人”“愚人”，从不向往那些洋洋洒洒数万言者。这种严谨风格突现在他全部的创作生涯中。譬如《铜墙铁壁》再版一事，虽然鉴于种种历史原因时进时辍，但柳青严谨认真的创作态度，坚持以生活为尺度的胆识俨然可见。他非常重视修改工作，在一封信中这样说道：“校样（指 1973 年初发排的《铜墙铁壁》校样）不看则已，一看就感到不安。二十二年前出这本书本是平庸的，如果不印也就算了，可以给人考察一个作家的发展过程。也就是说仅仅供少数人翻一翻它。现在要重新再印，肯定流传颇广，能够改动的不加改动，这就是对人民的态度问题了。鉴于此由，我决定进行必要的修改。"[①] 数日后，修改稿已定，他高兴地说："费了三个星期，总算赶出来了。没有想到我活着做了这件事。多少年不敢再看一遍的东西，这回终于把它修改成一本书的样子。这大概是我最后一次修改，费点周折是值得的，为了我国文学的利益和广大读者。"[②] 其求精之严谨不言而喻。编辑部要求对小说人物金树旺的"我们时常喊叫保卫毛主席，保卫党中央。毛主席和党中央留在咱陕北，除不要野战军保卫他们，他们还配合行动哩"这段话予以修改，其原因是毛主席是"圣人"，高于一切，野战军怎么能不保卫毛主席，还要毛主席配合他们行动呢？这段话在个人迷信达到极点的1973年，是无法通过审查的。然而柳青执意不肯，觉得"不当"，断然拒绝，驳回意见。认为此话才是生活语言，才不至于伤害文学作品的主动性。一切从生活出发，坚持运用生活语言的勇气，在当时特定环境下显得极为可贵。至于对《创业史》的长期琢磨，四次大改，更是精中求精。他只满意"题叙"一章，遗憾地说："如果体力还可以支持的话，真想重写一遍，把那些坑坑洼洼的地方解决了，争取全书都达到'题叙'的水平。"仅一部《创业史》上卷，写于1962年，十年后的1973年修改，四年后的1977年再改，文学史上的小说哪有这样雕刻的。柳青却视此为己任。他说："写作品，不要梦想轻而易举能够成功，而是要经过读者反复地看，反复地争论。一个作品出来，必须制造机会、进行原则性争论，让人家指出最严格的要求，容许人家最充分地分析书的缺点，也容许有人辩解，辩解的人不算绝对地肯定，分析缺点的人不算抹煞成就。然后看群众的反映，广大群众批判作品，既快又准，一定要交给群众，我认为，这是我们文学登峰造极的唯一途径，但也是一条非常崎岖的艰苦的道路。除此而外，没有第二条道路，你生前不这样做，死后还得这样做。应该争取经过争论，这是我一条最重要的意见。"[③] 针对他的《创业史》，柳青语重情恳地说："不要给《创业史》估价，它还要经受考验；就是合作化运动也要受历史的考验。一部作品，评价很高，但不在读者中间考验，再过五十年就没有人点头。"[④] 一言以蔽之，"死前留一

---

① 启治：《〈铜墙铁壁〉的再版和柳青的谈话》，《柳青纪念文集》，《人文杂志丛刊》第1辑，第76页。

② 同上。

③ 阎纲：《四访柳青》，《柳青全集》，福建人民出版社1982年版，第95页。

④ 同上。

定稿”这便是柳青的创作态度。

（八）“透视生活本质，敏锐观察事物”的超前思维

超前思维是一个人思维成熟的最高体现。柳青的超前思维表现在两个方面：一是对社会变革时期新事物的敏锐感悟；二是对历史变故时期不正常现象的科学预测。柳青经历了新旧时期的社会大变迁，培养了一种善于从大处思索问题的思维方式，自始至终贯穿在他的革命生涯和创作生活的各个方面，在一些重大问题上尤能体现出他的思维的超常性。新中国成立后，柳青在北京工作，无论生活环境和写作环境都较为优越。但他却心急火燎地要回西北这个更为熟悉的黄土高原去，投身于业已展开的农业社会主义改造运动，决心和人民一起前进。他很快发现，出身于陕西农村的一些老同志，在经历了残酷战争考验后的今天，却过多地考虑自己，回家种田，为子女之便。“我感到特别惋惜”，一种强烈的责任感促使柳青在《群众日报》撰文推荐获得斯大林文学奖的长篇小说《我们这里已是早晨》，企望“愿我们每一个同志都能意识到自己在整个国家共同努力中的地位”。透过生活，敏锐觉察出老干部在新的形势下能否适应新环境的重大问题，无疑是一种潜在的本领。于是他准备构思创作一部关于老干部思想问题的作品。不久，农业合作化运动蓬勃展开，为柳青提供了又一个新的思维点。他冷静地思忖，要“跟上时代的脚步”，写一部社会主义制度在中国农村诞生的小说，为此，柳青在合作化运动期间，观察生活，常常透过某些现象，发现许多还处于萌芽状态的问题。譬如新中国成立之初工作中的宗教问题，认为“宗教问题，很长久了，不能用粗暴的方法去管它，必须做长期的工作”。教育农民的问题，认为“互助组工作，也是个教育农民的工作。谁不会教育农民，谁就不会组织互助组”。“不能合理解决农民生产中纯粹实际性的问题（即经济利益问题），互助组光靠思想教育是无法普遍巩固和逐步提高的。”实现农业合作化，是开天辟地的新事物，其间的重要问题便是人的观念的尽快适应。柳青察觉到了这一点，深虑合作化初期培养起来的建社骨干，由“小当家”一下子变成了“大当家人”，严重缺乏办社会主义农业的经营管理经验，缺乏必要的思想准备，很可能造成阶级敌人破坏集体经济的可乘之机。现实迫使他停止《创业史》的创作，写了《狠透铁》，以期对合作社发展中一哄而上现象的予以揭露，反映出这场变革中的一些弊病，为人们将来总结合作化运动的成败得失时，有个参照。如此等等，举不胜举。当历史出现不正常变故时，柳青依傍马克思主义的基本原理，剖析社会异象之科学预见更显其锋芒。他虽一度失去了自由，但信念永存。“我对我从事的事业，从来没有怀疑过，动摇过，没有这样一个信念，我的精神支柱就垮了。有了这样一个信仰，我就敢于牺牲自己的一切。”① “在我们国家，社会主义制度是深入人心的，只要这个不变，国家就垮不了，党和国家的颜色就变不了，这是关键。我国社会主义制度的建立，是千百万共产党人用生命和鲜血换来的，不是那么轻易就能变的。只要这个不破坏，就有希望。我始终相信，那些人的日子长不了！你相信不相信？”② 超前思维之科学性、预见性，来源于社会实践的长期砥砺和对社会现象的深思熟虑，这在柳青身上是最好的体现。

（九）“抓机遇，贴近生活，以保持其鲜活的血肉相连”的思维

“机遇”，这里指生活，它是客观存在，对于作家来说却是一种选择，其结果如何，“决定作家创作之成败。柳青深谙其中之奥秘。他认为：“生活不会再重复，面对一种新的生活的出现，你遇到了，便要身临其间，决不能错过这种机会。作家必须在实际生活中，在斗争中认真研究各种人，如果在实际生活中错过了这种机会，一旦进入创作过程，就无法补救，因为你所写的战争或革命，不再重复。”③ 这段话说到底还是个革命事业和文学创作的关系问题，是革命家和文学家的关系问题。柳青抓机遇，贴近生活正体现了这二者的同一性。在1953年底，柳青就解放战争生活，完成了一部30多万字的长篇小说，正待润色。就在这年，农业社会主义改造运动迅速展开。面对这一前所未有的大事，他预感到新的生活机遇的到来及其所产生的划时代的意义。于是他振奋：“我想把我正写的东西里的一章写完再参加，可是我的思想已经拢不住了。” “人真有无法控制自己的时候，我不说写完一章，就是一页也写不下去了。正如外面是暴风雨，我在屋子里不能工作一样。”④ 心情是真实的。于是，柳青坚决放弃已经完成的这部小说，重新调整创作计划。倾其力投身其间，贴近生

① 蒙万夫等：《柳青传略》，陕西人民教育出版社1988年版，第142页。

② 王维玲：《追忆往事》，《大写的人》，中国青年出版社1982年版，第88页。

③ 柳青：《生活是创作的基础》，《延河》1978年5月号。

④ 柳青：《灯塔，照耀着我们》，《文艺报》1954年8月号。

活，关注合作化这一新事物的诞生。他举家再迁，直至皇甫村。不轻易放过任何生活现象及问题。譬如《狠透铁》创作意念产生缘由之针对性；《耕畜饲养三字经》编写之目的性，以及无法计算的各种村干部会议的介入等。从表面看来这些都使时间过多地流失了，似乎是一种损失。但柳青认为，作家和人民群众的结合程度，和自己所处时代先进人物、英雄人物结合的程度，从根本上决定着作家作品爱憎分明的程度。要解决这一问题，单是艺术表现是无法达到的，根本在于作家创作思想。因而他觉得，既然要搞创作，就要苦搞，否则，倒不如做其他工作。为了更好地和自己描写的对象一起感受生活的艰辛和欢乐，经常使自己的艺术思维和精神状态与时代、时代英雄保持一种鲜活的血肉相连的内在联系，从而真实地表达出他们的心声，达到更高程度上现实感和历史感的统一，柳青深感有必要解决生活上的深层问题。于是他不但举家皇甫，而且安家于皇甫，成为“皇甫的一名社员，才使他在这种机遇中心游万仞，写出了反映农业社会主义改造之第一鲜活的鸿篇《创业史》”。

（十）提倡“刊物要多登青年来稿，这是个辽阔的大海，要到那里面去淘金子”的思维

青年是社会的未来，是最有创见性的群体，一个严肃的作家大都有这种共识，并视其为一项神圣的事业去引导他们。原则性向来极强的柳青对青年作家要求很严格。他曾说：“最糟糕的是，对于一些有才能的、有希望的年轻人采取庸俗的吹捧态度，吹捧入世未深的年轻人，如果不是迟缓他们的进步，就是扼杀他们的前途。”为此，他提醒青年们：“请注意，如果有人吹捧你的时候，你就冷静地想想，他想利用你做什么，还是对你有所希望。”“成名和成功不完全是一回事，成名不一定成功，成功一定成名。然而对艺术家来说，名并没有多大好处，老老实实下苦功，这才是艺术规律。”① 柳青一生从事编辑生涯颇多，青年时期主办《学联救亡》，后创办《延河》，又对青年进行文学教化。他亲自编发了青年作家刘绍棠的《红花》，加了热情洋溢的按语：“这篇稿子的作者是一个十六岁的共青团员，虽然是一篇习作，但写得相当动人。希望作者继续虚心努力，写出更好的作品来。”在读了刚出版的《红岩》后，柳青很感兴趣，觉得这

---

① 王维玲：《追忆往事》，《大写的人》，中国青年出版社 1982 年版，第 79 页。

是很大的收获。"这两个同志，第一本小说，达到这样的水平，的确是令人鼓舞的。"同时严肃地提出作品的某些"低洼"之处，从较高的理论层面要求青年。柳青以真名、笔名写了不少《写群众斗争中的新人物》《谈谈写诗》《复一个有志于文学创作的青年》等文章，指出有志于文学创作的青年，应该对这种事业有相当的认识，才能有一种坚韧的精神。不难看出，柳青关心青年，是从一个良好的促其自身完善的角度出发，让他们学会游泳，从不主张无原则的吹捧。有人向柳青讨教过这样一个问题，说国外的莫泊桑、高尔基以及中国的鲁迅等都培养出了成名的青年，你准备培养谁？柳青对此不以为然。他认为，时代不同了，我们这个时代，不再是作家个人去培养，而是党和人民去培养。"在今天，好石匠可以教出徒弟来，但文学却办不到。老作家的任务，一是要在深入生活上做出榜样，二是在写出优秀的作品上做出榜样。以自己的行动，影响新作者，带动新作者。作家是有条件的，一要有文学天才，二要肯付出艰苦的劳动，二者缺一不可。"[①] 说到底，仍是个无产阶级文学的党性原则问题。因此他谆谆告诫青年，文学事业是"愚人"的事业，是要吃大苦耐大劳的。并强调不要埋没青年人才，刊物"要多登青年来稿，这是个辽阔的大海，要到那里面去淘金子"。

（十一）"宽宏坦诚与平易近人"的思维

柳青是一位很有学问和修养的干部，然而，多年的实际行为又表现出与百姓无有二心的宽宏、坦诚、随和、热忱，因而赢得了百姓的由衷爱戴，这在当代作家中也不多见。凡和柳青接触过并共过事的人，不论其身份如何，文化程度高低，都被他宽宏坦诚而又严谨有序的性格与胸怀所感染。如一件颇为有趣的小事，皇甫乡团结高级农业社主任冯继贤，清早和社员在家门口闲谈。因为天冷，他便双手插在裤兜里。当日晚上，柳青见他劈头就问："今早你和社员谈话时手是怎样放的？社员手是怎样放的？"冯继贤如实作了回答。柳青说："这你就不对了。一个干部最要紧的是接近群众，和群众打成一片，群众才能对你说心里话。你把手插在裤兜里，站在那，像这样官僚的样子，群众就在心里和你划了道道，在心里说，你才脱离生产几天，就摆官僚架子，比大家高一头。他有话就不想给你说

① 王维玲：《追忆往事》，《大写的人》，中国青年出版社1982年版，第88页。

了，天长日久，你不就脱离群众了?”[①] 这一小事反映出两个问题：一是柳青坦诚相见和宽厚为人的心理；二是反衬出柳青习惯于农民举止的心理。正是柳青这一坦诚平易思维之效应，使长安县及皇甫村大大小小的干部都乐于亲近他，听他说话，以其为享受。干部们一时间把去柳青住处叫“上西天取经”。柳青在一篇文章中曾写道：“作家在展示各种人物灵魂时，同时展示了自己的灵魂。”“作家的世界观，他的生活态度，写作态度，气质和性格在他的作品里找得到表现。”[②] 他曾对友人说：“《创业史》也是我自身的经历，我把自己体验的一部分，和经历过的一部分，都写进去了。生宝性格，以及他对党、对周围的事物、对待各种各样人物的态度，就有我自己的写照。”[③] 当我们从梁生宝身上看到的那种宽宏、坦诚、善良、热情、平易的性格特征后，难道不认为是柳青思维的一种寄托么?

（十二）“永远脚踏实地，不急躁，不骄傲”的思维

柳青的谦虚谨慎、脚踏实地是世人皆知的，留下了不少文坛佳话，这与他“宽宏坦诚，平易近人”“一切归根于实践”的思维是紧密相连的。他曾说：“我在农村生活，就是农民，要名干什么，要利干什么，有啥用。唯一要的就是生活好，写出好的作品来。”中国知识分子轻名利、重事业的品行俨然可见。柳青的《创业史》问世后，其轰动效应使他一下子蜚声文坛，编辑记者纷至沓来。然而，柳青却不以为然，严格恪守他50年代初就自立的不介绍经验，不接见记者，不拍照，如果讲演也不录音的三条戒律。北京新闻纪录电影制片厂和中宣部出于工作的需要，准备拍摄柳青在农村生活和创作的纪录短片，柳青说什么也不同意。他认为，作家的生活道路是多种多样的，因现实的不同而有种种，不能对他们的生活道路做不适当的规定，而要帮助作家走自己的路。因而拒绝将他的这种生活和创作的方式做普遍的经验去宣传。后经多方工作，他勉强答应，并提出所拍的片子只能满足国际朋友的需要，不在国内放映。“一个作家最重要的是永远不要失去一个普遍人的感觉。如写出一点受读者欢迎的作

---

① 《冯继贤谈柳青在皇甫十四年》，《柳青传略》，陕西人民教育出版社 1988 年版，第 250 页。

② 柳青：《永远听党的话》，《人民日报》1960 年 1 月 7 日。

③ 同上。

品，就把头昂得高高的，摆出一副大腹便便的绅士派头，群众就会离你远远的了。”[①] 不失去一个普遍人的感觉，多么深刻而又富有哲理的思维。

（十三）“持之以恒的求知欲望和贯之一生的实践修养”思维

知识是思想的结晶，大凡优秀的作家，无不具有思想家的博大与精深。柳青是文学家，更是思想家。自他早年步入社会后，一种求知识，重实践修养的态度贯穿他的一生。在一次创作座谈会上，有人问道：你在深入生活时，是如何借助党的政策与马克思列宁主义理论的指导才深一步理解生活的？柳青回答说：“据我看来，对党的政策更深刻的理解也靠对社会生活的更深刻的理解。这是一个问题的两个方面，需要长期的锻炼。作家是思想工作者，他不能像邮局的办事员一样查规章办事。一个人的政策水平和他的马克思列宁主义理论的修养，主要是一个素养问题，要靠日常不间断地学习和一定的实践过程提高。我很难举出党的哪一条政策或我的马克思列宁主义理论知识的哪一条帮助了我，深一步理解哪个社会生活的现象。它们每天随时都在帮助着我理解事物。它们不是一条一条，而是以一定的水平在我的头脑里起作用。”[②] 这段话总结了柳青求知识重实践修养的过程以及所达到的总体水平。有了这个过程和水平，才使得他在好多问题的认识上具备了洞察力和科学性。柳青这种思维过程有以下几个阶段。

1. 早年涉世，追求真理，确立信仰的求知时期，也即青年柳青时期

这期间他先后阅读了《共产党宣言》《世界史纲》《法国革命史》、高尔基的《母亲》、法捷耶夫的《毁灭》、小仲马的《茶花女》、哈代的《雅丽莎日记》、屠格涅夫的《初恋》、歌德的《少年维特之烦恼》，以及蒋光慈、鲁迅、郭沫若、茅盾、丁玲、成仿吾等左翼作家的作品。随着他对政治兴趣的浓厚，又涉猎了政治经济学、哲学，以及《左翼评论》《立报》《文学》《译文》《大公报》等报刊。留心国内外大事，并养成了看报的习惯。直至50年代初他还说：“报纸是我日常的先生，如果报纸有一天因故没有来，我就觉得这一天是多么空虚！”知识不仅使柳青政治视野日趋广阔，独立思想日渐形成，也认清了国共两党的本质，确认抗日民

---

① 蒙万夫等：《柳青传略》，陕西人民教育出版社 1988 年版，第 113 页。

② 柳青：《回答〈文艺学习〉编辑部的问题》，《文艺学习》1958 年 8 月 5 号。

族根据地是全国最光明的一片净土，而且也培养了他的文学兴趣，并创作发表了《香客》《待车》等作品。于是，柳青追随光明，呕心沥血主办西安学联的救亡刊物便成为自觉。

2. 奔赴延安，实现思想、立场彻底转变的求知时期，也即柳青的成熟期

延安这个新的氛围，使柳青十分敬仰这些先哲，求知欲望愈加强烈。他学习了艾思奇的哲学，陈云关于党的干部政策的报告，毛泽东《在延安文艺座谈会上的讲话》《整顿党的作风》《反对党八股》《湖南农民运动考察报告》及《斯大林选集》，并躬身实践毛泽东的文艺方针，历经了生活、思想、环境、感情的磨难。正如他所说的："《佛经》曰：'不受磨，不成佛'。我们是不受锻炼，不经自我否定与肯定，不成布尔什维克。"[①] 求知，在实践中磨炼，柳青从根本上完成了立场、思想感情的彻底转变。"变得坚强起来，活跃起来""也获得了一点在困难中微笑的革命品质"。同时也推动了他创作的长足进展，完成了《误会》《牺牲者》《地雷》以及很有影响的《种谷记》《铜墙铁壁》的创作。可以说，此时所获得的知识，不仅给了柳青以思想感情上的内补力，也给了他参与实际斗争的驱使力，以及浇铸了一个作家不可或缺的先进世界观。

3. 处于生活与创作两难境地中的求知时期，也即柳青的"长安十四年"

这是柳青生活和创作进入高度自觉和成熟的阶段。创作的甘苦，生活的悲欢，家庭的纷争接踵而来。理论上的渴求迫使他埋头钻研《哥达纲领批判》《国家与革命》《矛盾论》《实践论》《世界通史》《中国通史》《关于正确处理人民内部矛盾问题》《辩证唯物主义》《历史唯物主义》《中国革命战争和战略问题》等经典著作。与此同时，他较为系统地研究了心理学，读了《个性心理学》《心理学讨论集》《马克思列宁主义美学》《马克思列宁主义美学概论》等文艺类经典著作，收到了显著的效果。解决了有关"对象化"，人的思想行动和环境对人的影响等创作中的难题，以及树立了认识现实，认识世界变化，加深对社会主义新制度的理解等科学的思维。柳青深有感触地说，学习，不断地学习，入党多年来，从来没有这几年看的政治书多。创作的时候，用马克思列宁主义、毛泽东

---

① 蒙万夫等：《柳青传略》，陕西人民教育出版社 1988 年版，第 32 页。

思想分析生活，理解生活。写作的时候，战战兢兢，用两只眼睛看世界：一只阶级的眼睛，一只辩证的眼睛，两只互相连在一起。作为作家，对马克思列宁主义、毛泽东思想的基本原理，党的方针政策，要经常地不断学习，这样才能适应工作。在谈到创作态度时，他说："接受什么政治思想的指导和接受什么阶级意识的影响，永远是每个作家最根本的一面，如果不首先从这一面看，而是首先从技巧上的一面看，那无论什么时代的作家，都不能够正确对待。回避思想改造的人们，总是向托尔斯泰和巴尔扎克求援，但这两个文学史上的人物并不能援助他们。不学习毛著，和普通劳动者没有感情，任何文学天才，都不能写出人民今天所需要的作品。"[①]

4. 于危难中求知的时期，也即"文化大革命"中的柳青

已有30多年党龄的柳青，"文化大革命"中光明磊落，坦然处之。他自信地说："我对自己，只能坚持实事求是的原则；我对党，只能坚持党性原则。别的我不考虑，也没有必要考虑。"柳青在"文化大革命"中由于被隔离，却有了相对集中的时间，他主要阅读了历史书籍：《世界通史》《中国通史》、各朝代的演义。谈古说今，乐观旷达，他的小屋几乎成了历史研究室。他从人类历史中，从阶级斗争历史中思考问题，坚定了对社会主义制度的信心。"我们对人类历史，阶级斗争的历史，过去知道得太少，看了这些书籍后，对自己的精神上有很大的影响，使得我更热爱我们这个制度。我们这个制度，是人类历史上最先进的社会制度。"信念的坚定使柳青在最后的摧残中抗争着。"他们最终只能毁灭我的身体，却毁灭不了我的思想，我的精神，我的信念！"当他看了一本美国人写的《赫鲁晓夫发迹史》后，对朋友说："看看赫鲁晓夫是怎样发迹的，再想想林彪、康生这些人是怎样上台的！都说历史不会重演，这是不完全确切的，历史是会重演的，只是演的方式、对象、期间不同而已！历史终要清算林彪、康生、江青这伙人的罪恶的。"[②] 马克思主义对现实的印证，历史对柳青预言的印证，使他终究看到了这一天。

5. 生命的最后冲刺，仍念念不忘学习

柳青晚年的主要精力放在《创业史》的再版和第二卷的赶写上，时间之紧是可以想象的。然而，他于极有限的时间里仍念念不忘《中国青

---

① 蒙万夫等：《柳青传略》，陕西人民教育出版社1988年版，第32页。

② 同上书，第58页。

年报》的复刊工作。“要解决青年思想、生活、学习中的实际问题，请那些在各方面确有学问，又在青年中享有威望的人写文章。”同时不惜余力，托人借刊物阅读、思考问题。这种持之以恒的求知欲望和贯之一生的实践修养是柳青人格结构中的重要思维，因而使得他在这个时期，保持了晚年变故期间应有的高风亮节。

（十四）“一贯坚持求实务实”的思维

了解柳青的人都知道他有两条处世原则：“我这个人就是遵循两条：客观规律要求我的，党性原则要求我的！”他一生反对浮夸，说大话，说假话。坚持实事求是的作风，尤其是在50年代后期提倡放“卫星”的年代里。他要求村干部王家斌实事求是，不说假话、空话。能打多少粮食，就报多少，“你自己肚子能装几碗饭你不知道？”在作协召开的放“卫星”会上，柳青闷在墙角一言不发，只表示尽量写就是了。“王家斌打不下粮食，不放卫星。我说我身体不好，是个慢性子人，我尽量写，放不起卫星。”[①] 是的，柳青一生的作品数量似嫌不足，但却是他从实际出发，忠于生活所留下来的智慧文字，给后人的启迪是深刻的。

（十五）“热爱群众，与其交心，解其危难，建立深厚的感情”的思维

中国的作家大多来自农村，然而，像柳青这样热爱农民，感情笃深者并不是很多。这不能仅仅看作是作家体验生活之创作需要，而是视百姓为衣食父母的一种新的思维点。早在延安时期，柳青作为第一批实践毛泽东文艺方向的作家，就一头扎在米脂基层，从事着与群众感情接触的社会化过程。新中国成立后，柳青放弃在北京工作的优越生活条件，再次扎进长安县一个小村落，十几年如一日地为百姓鞠躬尽瘁，相互间形成了一种难割难舍的感情。他挚爱村民，曾关心一个30多岁尚未娶妻的郭远彤留在互助组，并深夜前往劝说。后来因不曾解决郭远彤的婚姻问题而觉得“这是一九五三年里最难受的一件事情”。他保护、关心王家斌一大批村干部，不顾仗义执言所带来的后果，他日夜操心农民的生产、牲畜管理情况，不惜放下《创业史》的写作，而编写《牲畜饲养管理三字经》。晚年

---

① 王维玲：《怀念你呀，柳青》，《大写的人》，中国青年出版社1982年版，第117页。

身卧病床，听说陕北老百姓日子过得很苦时，痛楚之泪打湿了枕头，赶写了《建议改变陕北土地经营方针》一文，直呈陕西省委。一旦他身体稍好，便要女儿扶他去长安县看望群众。“那里有山，有水，有农村。”“我是长安一户人，我在城里住不惯，这儿离农村近，有空可以到村里转转，和农民拉拉话。”他甚至留下遗言：“我死了以后，请你们以朋友的名义，把我的尸体拉回去，埋在皇甫村的原上。”这是一种用文字所无法表达的情感。作家挚爱群众，群众无不保护作家。“文化大革命”中，长安的百姓力拒为柳青作“罪证”，坚定地说：“柳青和我们一起生活，不特殊，是个好党员！”王家斌等庄稼人听说狼油能治哮喘病，这些善良而又质朴的人们钻终南山打狼。1969 年除夕，王家斌代表乡亲，给柳青和孩子们送来了狼油和 20 元钱，看望爱戴他们的作家。当时，一个劳动日值二三角钱，柳青不肯收，双方僵持，这位刚强的庄稼人哭成了泪人。感情使柳青和群众结合，感情使他获得了创作上的成功，感情更使他体验到了人生的欢乐和意义。“在中国的作家中，柳青是最熟悉农民的一个。”（周扬）这一评价是真实而又恰当的。是的，在柳青看来，一切都是人民的。“我们写了书，不应当是党和人民共有的精神财富吗？有时候，你在屋子里写作，觉得自己出了力，但你跑到人山人海的水利工地上一看，就觉得你做的那点工作，比起党和人民的集体事业，算得了什么呢？没有这些伟大的事业，你又写什么呢？”①

（十六）“生活方式的简朴淡泊及自我约束”的思维

生活方式的选择取决于一个人的生活态度及其对所追随的事业的认识。按照柳青当时的实际待遇和工作环境，完全有必要，也应该生活得优越些。但是，一种与其事业同甘共苦的创业思维在他的人生观中颇为牢固。于是他选择了异于他人的极为简朴淡泊的生活方式，其内容有二：一是坚决落户农村的生活方式。柳青放弃闹市，举家于僻野乡村，如果出于创作上的需要，是可以理解的。然而使人惊诧又敬佩的是，他不应体验生活之虚名，毅然定居农村，入乡随俗，甚至将孩子们籍贯填成皇甫村。他对孩子说：“这里就是咱的家，我是皇甫村的社员。”一副对襟袄、小毡帽的村民打扮，地道的关中明理老汉形象。对落户农村的生活方式，柳青

---

① 蒙万夫等：《柳青传略》，陕西人民教育出版社 1988 年版，第 99 页。

是非常执着的，不强求别人和他一样。认为“我的生活方式不是唯一正确的方式……也不是错误的方式。它是唯一适合我这个具体人的生活方式”。与农村对象化，与农民对象化，没有与事业同一性的创业思维是难以达到这一步的。二是坚持农民的生活水平。柳青生活之简朴可谓一代作家的楷模。在怎样生活，如何生活上他有明确的原则。“奢侈生活，必然断送作家。”这是他的名言。他限定全家人月生活费在 45 元以内，几乎为当时的最低水平。而他觉得“只要有农村生活的条件，我什么也不想，什么也不要求”。三年困难时期，他教育干部说，共产党员饿死事小，保持气节事大。要多吃多占，就是吃了人民的生命。每当他旧病复发，家人在膳食上有所偏顾时，他严厉批评不让买鸡蛋，“社员能过去，咱就过不去?”他晚年哮喘病十分严重，无力买医疗助器。有人提出可以报销时，柳青极力反对，坚持从《创业史》第二卷稿费中支付。对私对己严格约束，然而对公对民却慷慨无私。他曾两次捐款达 2 万余元（《创业史》第一部稿费 10650 元，全部捐给王曲公社作工业基建费用。另将 1 万元捐给陕北老家修桥）。柳青认为：“国家养活我，我的稿费就应该给人民。”“工作不仅在精神上不是为了自己，而且在物质上，也不是为了自己。”“这种生活培养出来的感情和作家创作劳动的感情，以及作家要唤起读者的感情，才是一致的。”①

生活方式的简朴或奢华，本是一种客观存在，重要的是人如何选择，而今已故去的柳青在生活选择上给人们留下了什么呢？是简朴和淡泊。这是一种精神，一种追求，一种可贵的人格力量。

综上所述，我们对柳青完成社会化过程之中之后的求异思维态势作了全方位的考察。不难看出，这是一种弥散而又相因相合的多重思维结构。有了这些思维，才奠定了他进行社会化过程的良性契机，进而规范着他一系列人格行为模式的形成。

三　“行为八模式”的文学实践

人的行为无不受其思想的支配，这是不言而喻的。行为受思想支配所表现出的外在活动，往往具有某些规律性、惯常性，因而理论家称之为人

① 蒙万夫等：《柳青传略》，陕西人民教育出版社 1988 年版，第 102 页。

格的惯常行为。这种行为是人格结构的外在规定，是人格的本质外在化，人格正是通过一定的行为来表现自己的特征的。不同的行为表现方式反映出不同程度和不同性质的人格结构。当我们根据一个人的惯常行为模式加以描述时，便能全面地掌握其人格结构的主干部分及其部分间各人格要素，才有可能对其未来作出具有一定准确性的预测。当然，人格的惯常行为起因，不单纯是遗传、存在等生物性因素，而更多地取决于文化、实践学习等社会因素。积极、健康、进取的惯常行为更是受制于这些因素之驱力，之反应，之强化，之刺激。柳青作为一个自然人，在较好地完成了社会化过程的转化后，所产生并形成的一系列人格行为模式，其主干部分或部分间的主要因素，不仅都是积极进取的，而且惯常性地持之一生，具有相对稳定的固有势态，呈现出多侧面的行为表现模式。我们姑且称之为“行为八模式”。

（一）作为革命家，追随马列信仰

自信“单元”六十载的行为，这是柳青人格结构的主干，行为模式之主导。在人类社会中，每个个体人出于生存需求，均以各自不同的方式进行着社会化过程的转化。其间，人们对人生的价值取向又是多样的，甚至在完成社会化过程中的缓急程度也是因人而异的。作为一个革命家，其信仰选择首当其冲。从这一规律看，在同辈人中，柳青苦于寻求，14 岁阅读《共产党宣言》，并加入共产主义青年团，20 岁加入中国共产党，自觉追随马列，确立信仰之先，之执着，之坚韧的惯常行为是卓然于群的。

（二）作为思想家，坚持真理，抗击邪恶的行为

这是柳青人格结构的又一主干，行为模式的又一主导。柳青所坚持的真理，是被实践所证明了的，能代表民族、阶级整体利益的真理，甚至对自己所依附的阶级、政党由于失察而形成的虚假现象也从不苟同，明察秋毫，敢于犯颜直谏。这些都典型地体现在“社教运动”“反右”“办食堂”等问题上。至于对“文化大革命”中的畸形社会现象更是疾恶如仇，即使家破人亡也在所不惜，留下了中国知识分子“骨气型”人格以及不屈、正义的行为足迹。

（三）作为文学家，忠于生活，归根实践的行为

柳青一生从革命到文学，文学与革命达到了“化境”。革命启发了文学创作，文学遵命于革命的需要，很难分清哪些是革命，哪些是文学，因此也可以说，文学活动伴随了柳青的一生。文艺与生活的关系是一切文学家都不可回避的一个认识问题和实践问题，其认识程度和实践程度如何，因人而异，有高低粗野之别。柳青以他独特的经历和感受，视生活为文学之本，视实践为作家之命，极不习惯于把作家到生活中去称为“体验”。体验是一种浮浅的概念，他却称为“归根”“沉入”。当然这并非概念之替，而是入木三分的理解。他忠于生活，自愿归根长安，做出了集普遍性和特殊性于一体，令同辈后人眼漾的行为范例。

（四）作为中国的知识分子，崇知识，重修德的行为

客观地说，柳青作为一名高级知识分子，不仅生活在中国这个历史悠久的文化古国里，而且有幸在延安解放区一大批精英们周围，备受熏陶。少年、青年、成年后的柳青，自然而然地继承了中国知识分子的传统美德，崇尚知识之陶冶性情之作用，重视修德之自勉与他勉。他一生求知于各个时期，重于修德，从不懈怠，其思想道德水平达到了较高的程度。柳青认为:“一个修养完备的作家是在实际生活、马列主义和文学修养各方面都很成熟的，这样的作家可以写出光芒四射的作品。”① 这就是他崇尚知识，重视修德的最高行为追求。

（五）作为党的干部，体恤百姓，同甘共苦的平民行为

干部与百姓在共和国的历史上是同一性质的两个说法，是以共和国的建设为己任的两个分工不同的层次，截然异于旧时期统治与被统治之概念。干部来源于百姓，百姓又是干部的衣食父母，这一点，柳青从他的思维深处有一个理论认识的高度。譬如对村干部讲：“当主任一不是为务人，坐汽车，指拨人。必须下决心把社会主义事业办好，任何情况下不能退缩。二要全心全意为大家打算，一点也不能为自己打算。坚定社会主义思想，再困难也决不回头。三要公道，还要准备着人家骂。你，像和尚的

---

① 王维玲：《追忆往事》，《大写的人》，中国青年出版社 1982 年版，第 50 页。

木鱼子一样，一边被敲，一边嘴里还要叽哩咕嘟地骂（念经）。四要能干。干就要有办法，干就有经验，干，石头也可能变成金子，不劳动金子也可以变成石头。”这些理论来源于他对现实的认识，反过来又举一反三地输送给村干部。而他所要求和提倡的正是自己身体力行的。“个人的名誉、地位、享受的欲望，能使人走上自绝于党，自绝于人民的路子。我自己既然走上了和群众在一起的路子，常年住在农村里，需要名誉做什么？需要地位做什么呢？要那么多钱做什么呢？我绝不能和别人比政治待遇，比职位高低，比物质享受……只要有乡下生活的条件，什么也不打算。”①一个作家、县委副书记，严于约束自己，与百姓共苦的平民行为足以见出。难怪长安人不把他称“书记”，而尊称“老汉”，其间包含了多少意和情，爱和戴。

（六）作为农民的儿子，不失农民之质朴本色的行为

中国的农民博大宽厚，其温良谦和包容之胸襟是世界其他民族少有的。柳青生于农村，长在农家，成家立业也难舍农村。因而从心理意识、情感志趣、言谈举止、生活习俗等方面无不形成了农民特有的习势。在《创业史》第一部还未问世之前，在长安生活了许久的柳青，村民并不知他是作家，是为写书来体验生活的。这种与农民的结合，其质朴谦和的执着行迹，使他抱定死也要死在农村的心理。“终生和群众在一起的决心更坚定了。我将死在农村，埋在生前和我在一起的群众的坟墓里。”② 柳青的行为本色就体现在他作为农民的儿子身上。

（七）作为慈祥的长者，严而有则，坦中见诚，把臂扶助后辈的行为

柳青曾在青年时期，幸逢有识之士的点拨，较少周折地选择了人生的起点。当他具备了点拨后辈的素质和条件后，便又自觉地承担了这一历史性的传递使命。他在先后从事的“大众书店”、《中国青年》《延河》等编辑工作和指导合作化工作中，究竟扶助过多少文学青年和农村青年干部，已无法计算。然而留下慈祥、诚挚、热情的长者风度和严师形象却是共同的。尤为可贵的是，他认为当今时代的不同，培养青年成才的真正动

---

① 蒙万夫等：《柳青传略》，陕西人民教育出版社1988年版，第137页。

② 同上。

力，是取决于党和人民，而不是某个作家个人。几十年来，他正是恪守这一新的认识，严谨理智，从不倨傲。

（八）作为严父慈夫，集大局与家庭、傲骨与柔情于一身的行为

在柳青研究中，人们注重于作为党员作家的柳青，坚持无产阶级党性原则，顾大局识大体的一面，这是无可非议的。但也应该看到他作为严父慈夫，惜妻爱子，感情笃深的一面。小柳青 12 岁的妻子马葳，自结发以来，便随同柳青定居长安，在十几年生活的悲欢中彼此确立了深厚的感情。“汝下乡三年，虽苦志犹坚。”“五年汝离职，攻读在我侧。”“八年我初成，汝已是同行。”“寸步形影随，体切则入微。”[①] 当柳青备遭迫害无望时，马葳却以死抗暴，以争得他的存在。面对妻子的故去，柳青无法抑制心中的悲伤，写下了长达 40 余行的诗句，以表达心中的思念。“咄咄复咄咄，长安夜耕机。独坐望南山，不眠念故人。结发未深知，相偕皇甫居。”“风吹略草动，嘱我唯谨慎。人讥我小人，汝知我任重。”“棚外汝重义，煎逼即轻生。水落石自出，我重见天白。呜呼汝有灵，如何得安息。”[②] 字里行间，可谓情深义重。一部《创业史》浸满着马葳的心血，柳青曾对她说：“《创业史》凝结着咱俩的心血，写完四部以后，我将在后记里说明这一点。”[③] 不难看出，在柳青与马葳之间，夫妻情、事业情和谐地凝聚在一起。马葳去后，柳青充当了孩子们的爹娘，相依为命，保护着处于危难中的孩子们。“我像个老母鸡一样，儿女们要抚养大呢，我走了，这一群鸡娃就没人管了。”爱子之心溢于言表。柳青的爱子，是深明大义的。他对女儿柳可风说：“一个人活在世上不能看到更远的将来，算啥呢。我不能随着形势，改变自己的意志、思想和党性原则……一切都是暂时的，只有人民是永恒的。”在可风结婚时，柳青送了这样一首诗：“襟怀纳百川，志越万仞山。目极千年事，心地一平原。”[④] 这首诗既是柳青作为父亲对孩子从政治上的关怀，又是父女间的情长寄语。严父的柔情，慈善的严父同样和谐地凝聚在一起，才构成了一个真正令人敬重

---

① 《王家斌谈柳青在皇甫的生活》，《柳青传略》，陕西人民教育出版社 1988 年版，第 232 页。

② 同上。

③ 贺抒玉：《苦涩的回忆》，《柳青纪念文集》，《人文杂志丛刊》第 1 辑，第 64 页。

④ 刘可风：《晚秋精耕创业田》，《柳青纪念文集》，《人文杂志丛刊》第 1 辑，第 64 页。

的人。

以上几个方面是柳青求异思维支配下所呈现的几种主要人格行为模式。它的相对形成来源于柳青一生社会化过程的转化。当柳青进入中年后期，作为一个成年人，从心理定势和人格行为方面来看，对“自我”的角色、价值和人生方向已经具有明确、稳定的认识和理解，符合其社会生活角色所必需的知识、行为方式、思想观念、各种能力等，因而其人格思维及行为具有相对的稳定性和固有态势。但是，应该看到，构成人的社会化过程的外在诸因素对人格心理发展又起着决定性的作用，只要人依然在现实社会中生活，他的社会化过程便不会完结，其相对稳定的人格行为也继续发生着变化。由于柳青的人格行为及思维是在一种良好的环境和教育氛围中萌发的，加之他独特的经历，社会化过程中的不断自我追求，重大生活变故的磨炼，以及追随真理九牛不回的积极心理定势等内外驱力，使他的人格行为及思维在这种变化过程中更加趋于稳定、成熟、完善，达到了真正认识自己、把握自己命运的最高境界。

当我们全面描述了柳青人格行为模式及求异思维的社会化过程后，不能不产生这样一个疑问，为什么自我实现者不是普遍存在的？是的，这其间的一个根本问题便是选择。萨特认为，人的自由选择是既无根据，无确定的标准，又没有任何理由的。他指出：“自由之为自由却仅仅是因为选择永远是无条件的。”选择“向自己规定着自己的动机”，因而“它毫无支撑点”。“人的自由先于人的本质并使人的本质成为可能，人的存在的本质悬置在人的自由之中。”这就是说，通过人的自由选择而实现人的本质。懦夫把自己变成懦夫，英雄把自己变成英雄，这一人生的质变哲理，在柳青的人生实践中是最好的阐发。

第三章 延安文化圈与人格的外部营造

柳青生前很看重自身形象的塑造。他一再表示："要想塑造英雄人物，就先塑造自己"。他极力反对作家为风格而风格，畅言风格乃是作家人品的必然结晶。认为"作家个人的特色是相对的，而阶级性、党性却是绝对的"。在柳青的脑海中，风格与人品、与马克思主义党性修养是两位一体的，因而被文坛誉为"大写的人"。本章就柳青人格形成的外部因素作一综合考察，以便在更深意义上全面理解，把握其完整的人格结构。

一 文学生涯中的人格史线

37 年前，一颗执着于文学的精灵虽然消失了，留下无限悲怆和遗憾。然而，柳青这位当代中国具有优秀人格品行的作家，在他生前逝后的几十年中，从未有过片刻的平静和安宁。他伴随着文坛的风雨阴晴，及客观上的人为荣辱沉浮，艰难地衍异着一曲壮烈而又悲哀的人格史线。

早在 20 世纪 50 年代，名未蜚声的柳青，在衡估了自己的方方面面后，做出了适度的抉择，沉入农村，扎根落户。不料，这起步却引起了一些人的怀疑和讥讽。认为柳青那样长期生活在一个村子里，根据这样的生活进行创作，其作品的典型性程度会不会受到影响呢？于是，一时间"权威有歧见，远近流谗言"，然而柳青是冷静的。他解释说，我并不强求别人效仿，觉得这样深入生活"只适合我自己，适合我写《创业史》这样的作品"。时过境迁，今天看来，这种指责极不明智，而《创业史》之反响在事实上回报了众议。柳青初创告捷，他认准路子，九牛不回，这种奋力前行，并没有销蚀他人格中的执着底色，反过来倒增加了一定的厚度和力度。

不久，1960 年前后，又一场对《创业史》的评论成为 60 年代初的文坛热点。投笔参与者自然不在少数，就连作者柳青也不避嫌疑，“不能沉默”。诉诸了关于《提出几个问题来讨论》的文章，希望“来一次公开的，严肃的讨论”。

在这场争端中，江淮学者严家炎力排众论，从如何塑造社会主义新英雄人物的创造问题出发，发表了《关于梁生宝形象》《梁生宝形象和新英雄人物创造问题》等文，阐述了他的独到而又泼辣的见解。在理论上，严家炎认为：“社会主义文学要从社会主义精神和共产主义精神教育人民，这就要求作者必须用无产阶级观点去考察、反映社会生活，并且努力去创造真实动人的体现无产阶级美学理想的正面形象。”“从这点出发，我们主张对于作品中所写的新英雄形象，在热情欢迎的同时，也应该实事求是给予批评，总结其成功的经验，研究其存在的弱点和问题，借以不断推进新英雄人物形象的创造工作。”① 正是基于这种良好的创作意识，他从作品实际出发，细致地体察出梁生宝这个新英雄人物形象塑造上的“弱点”和“问题”，即“三多三不足”。并且虔诚地解释说：“（三多）未必是弱点（有时还是长处），（三不足）却是艺术上的瑕疵。当然，这并不是指梁生宝形象艺术塑造的全部而言的；如前所述，这个形象有很多写得好的地方，有成功的一面。但是，这里毕竟提出了一个需要探讨的属于文学创作如何加高人物，如何塑造新人物形象的艺术方法的问题。”②

严文中不免的逆耳之言，在当时溢美之词涵盖的氛围下，足以引人惊诧。然而，柳青人格的高尚就在于，并没有把分歧变成仇隙，以至于挟私加罪，却是从“我国的文学事业是人民的革命事业的一部分，我们为千百万读者的利益而负责”的高度积极参与了讨论。他诚恳地表示：“《创业史》第一部的确是有缺点和弱点的。我每每感到自己学浅才疏，力不胜任。严家炎同志含蓄地指出我生活加艺术上的艰苦准备都不够，是正确的。我的确要好好学习古今中外人类进步遗产的艺术手法。特别是他关于我深入生活还不够的批评，我是乐于接受的。我很感谢《文学评论》发表了严家炎同志的文章。”③

---

① 严家炎：《关于梁生宝形象》，《文学评论》1963 年第 3 期。

② 同上。

③ 柳青：《提出几个问题来讨论》，《延河》1963 年 8 月号。

我以为，作家与批评家如此敷弘体理的切磋问题之明智之举，在60年代的文坛上尤为令人眼羡。由此可见，只要为了艺术，为了“读者利益”，他都能够接受，反映出柳青人格结构中求异思维之优长。然而遗憾的是，这场令人念及的有益活动并没能很好地展开，但他毕竟给柳青坦诚宽厚、平等的人格品行增色不少，这是不言而喻的。

可以说，这两次文坛衍变，其机缘很好。前者属于柳青的自我把握，其草莱初拓之功正好折射了他的聪智和卓识。后者虽属于同仁善意的剜切肯綮，也反映了柳青忠于艺术规律等方面的文化品格。

20世纪80年代，当代中国随着政治、经济体制的改革，牵动了理论界新的审美观念的嬗变。于是，柳青和他的《创业史》再度成为潮头，经受了第三次斑驳而又失衡的文坛衍异史。怀疑合作化运动的正确性，提出“梁生宝的道路对，还是梁三老汉的道路对”问题的有之；指责柳青笔下的生活与现实生活相矛盾，进而消泯《创业史》的历史真实性的有之；认为土改以后，是否要立刻进行“社会主义革命”的有之；还有认为柳青受了极“左”思潮的影响，加强了阶级斗争的内容，即使他政治上严肃，艺术上成熟，也不可能不打上时代的印记，因而在作品中出现了反映政治生活与艺术描写上的反差现象，复蹈了巴尔扎克、托尔斯泰曾经遇到的矛盾之辙，并以此作为绳墨，把《创业史》与当前的社会思潮延揽，在理论不足的情况下，急于全盘否定，等等。这些不免失衡的多思维、多角度的评论，构成了本次衍异中时代性与游离性并具的特点。归纳起来有三：一是从反思“左”倾思潮的角度，诋毁柳青政治上的所谓幼稚与轻率；二是从社会主义初期理论的正确与否角度，诋毁柳青整体把握上的密合性；三是从合作化运动急功冒进的角度，否定作品局部描写上的真实性。

应该看到这次衍异是发生在柳青逝世后，以及西方文学思潮与传统文学观念初撞消亡的背景下。因而无论结论多么盲目，论者的指向多么模糊，其中的偏颇与失衡都是能够理解的，它最低限度地反映了理论界一种新的审美观念的裂变。同时它也带来了积极影响：一是柳青牵动了文坛，因为这是一位中国当代文学史上有代表性的重要作家和有代表性的重要作品；文坛关注的仍是柳青和《创业史》，因为它具有代表性，更具典型性和时代性。二是这种典型性始终代表着新中国成立以来诸如《三里湾》《山乡巨变》《不能走那条路》等五六十年代两个不同历史时期的一面，缺了这一面，历史将会出现断痕。这就不能不确认柳青在当代文学史构体中的质核地位，从而窥视到他的典型的文化品格，这是任何人也无法代替和超越的。因而，衍异的终极却是再一次高度意义上的确认。

如果说上次衍异属于新的审美观念的嬗变与评估会标的失衡的话，那么80年代中后期，随着检视“十七年”文学，重写文学史的所谓“柳青现象”，便是一次对柳青人格的又一次认识，《“柳青现象”的启示——重评长篇小说〈创业史〉》一文便集中代表了这一指向。[①]

该文就“时代更替和文学的发展为我们提供了更广阔的视野”的角度，认为从“柳青和他的《创业史》里，更多地看到了局限和教训”。文章首先从《创业史》总体结构方面，指出柳青“十分重视他们（人物）所处的阶级、阶层状况”“把它们放在阶级阵线上予以区分”；得出了“以狭隘的阶级分析理论配置各式人物”的结论，这正好说明柳青的“文学功利观念”和“比附政治观念”的“根深蒂固”。其次，文章进一步从柳青主体化渊源中搜寻“柳青现象”的根源，认为柳青的文化渊源是一种在解放区文化环境中形成的以“农民为本位”的“农民文化”。在这种文学背景下，“于是狭隘的阶级论，简单的经济决定之类，就成了马克思主义的替代物，统治了整个社会”。而当年对柳青生活方式的赞扬，“是以农民文化为本位的时代文化对文学领域的一种外在要求的体现”。柳青的深入生活，是建立在自我忏悔的情感基础上的，建立在对马克思主义的一种非科学的简单化的信仰主义理解的理智基础之上的，是自觉与不自觉的矛盾选择。这种选择丧失了创作主体性，导致作品人物主体性的失落，“自觉的文学”成为“听话的文学”。“这种对马克思主义的简单的而不是科学的信仰主义态度，实际上贯穿了柳青同志的一生。”

不难看出，该文以所谓柳青文学功利观念和比附政治观念的“根深蒂固”，以柳青褊狭的“农民文化”渊源，以柳青的生活方式所带来的创作主体性的丧失三方面，基本上否定了这位身兼两个历史时期一代典型的柳青的创作。

值得注意的是，这种以柳青和《创业史》作“的”的，有所指涉的关于中国社会主义历史发展的指向性观点，颇具倾向性。该文编者说：

---

① 宋炳辉：《“柳青现象”的启示——重评长篇小说〈创业史〉》，《上海文论》1988年第4期。

“正因为他（柳青）长期地‘深入生活’，对农村现实相当熟悉，这种到政治定义中去寻找生活‘本质’的做法，对他艺术创作的损害就尤其令人心痛。”“柳青以一种先验的超越国情的错误观念窒息了生活真实”。“在某种意义上，历史人物正是通过后人的这种总结才对当代生活继续发生影响的，至于那些硬造出来的完人，只会被后人迅速地遗忘。”[①] 然而实际上，被遗忘的恰恰不是像柳青这样的具有历史性的传世雕塑者。从近两年文坛的返璞归真中，人们不是已经领悟到究竟什么将被迅速遗忘的端倪么？

综上可以看出，展示在文坛衍异中柳青的人格史线（姑且称作“四级波澜”），实际上反映了他毕生追求生活实践和艺术实践的道路。这条道路是中国新民主主义革命时期涌现的一代无产阶级革命作家具有典型意义的道路，是一条根本不同于任何时代的艺术家所走的新的独特的生活和创作道路。这一点是时间和人力都无法冲刷得了的。

更应该看到，这一典型道路是柳青自身稳定而又异于他人的典型的人格特质模式，反过来又给予他的行为以一定的倾向性。柳青曾这样表述道：“作家在创造人物以前，早已开始创造自己的形象了。”“作家的风格，实质上，就是作家的人品。”“风格是一种精神，人品，是作家用以分析生活、艺术地处理生活的东西。当然，它要见诸文字，表现于语言，但它实际上不只是文字语言。要把它与党性，与革命精神联系起来。”[②] 如此深刻的理解和明确的认识心向，完全得益于强有力的“延安精神”的铸造。由这一基点确立的牢固性和久驻文坛的稳固性，更是几十年的时间和人力所无法冲刷得了的。至于所谓柳青的“农民文化意识”“宗教信仰主义”之类，历史已经告诉人们：这是一种主观武断。

二　解放区生活氛围的影响

所谓人格，是指一个人的各种心理特征的综合，也可以说，就是一个人的基本的精神面貌。每一个具体的人，由于他从先天遗传所获得的解剖

---

① 宋炳辉：《“柳青现象”的启示——重评长篇小说〈创业史〉》，《上海文论》1988 年第 4 期。

② 李专一、荣一岚：《忆柳青关于风格与人品的一次谈话》，《柳青纪念文集》，《人文杂志丛刊》第一辑，第 108 页。

生理特征的不同，以及他在后天环境里所具有的社会特质条件的不一，就会在他所进行的各种心理活动中表现出各种显著的心理特征。其中既有与众相同的，也有与众不同的。而一个人当时所具有的各种比较重要的和相当持久的心理特征的综合，就是他的人格，也就是他的基本精神面貌。我们这里所论及的柳青的基本面貌，当然指他在后天环境里所具有的社会物质条件中形成的占主导性和持久性的心理特征。这些心理特征都是柳青在一定社会关系中，受物质财富的生产和消费关系的影响，受政治关系的作用所逐步形成的，因而具有一定的社会性。它不单独是指生物实体，同时也是社会实体。没有了他赖以生存的社会生活氛围，也就不可能形成他的人格品行，充其量是生物意义上的肌体“成熟者”。从这个角度看，马克思认为：“特殊的人格本质，不是人的胡子、血液，抽象的肉体和本体，而是人的社会实质。”[①] 柳青人格本质的形成，正是延安解放区的生活氛围的滋补和浸渗。

柳青是 1938 年 5 月回赴延安的。说回赴，是因为他生来就是陕北人。那里的山山水水曾孕育了他，陕北的革命风云较早地唤醒了他。在震惊中外的“济南惨案”发生的愤慨日子里，12 岁的柳青已不安于平静的课堂学习，开始投身于人民群众解放的社会运动。此时已加入中国共产主义青年团的柳青，如饥似渴地追求革命真理，“连字也不全认识就啃《共产党宣言》”。他也听说孙中山革命不彻底，国民党叛变了革命。目睹了共产党员白明善在榆林笑容可掬地走上绞架，他的心灵受到了有生以来最深刻的感动，从心底里崇敬气节凛冽的革命志士。于是，别人革命，他便也跟着革命了。这反映了柳青向往革命，但还未真正懂得革命的真实，在很大程度上是受周围环境氛围的影响和推动的。嗣后，柳青几经学堂的沉闷，家庭对其学业定向的困扰，以及他背弃家人，迷恋于蒋光慈、鲁迅、丁玲，《母亲》《毁灭》《铁流》等进步作家与作品，更经受了“一二·九”学生运动和“西安事变”抗日浪潮的涌动，极大地改变了柳青的情绪和思想。无论从生理还是人格的社会意识方面，其独立的思想与不可遏止的情感与日俱增。

如果说，柳青早期活动的社会范围是这样一种不失革命风云，却又夹杂着僻壤边陲封建意识的氛围的话；如果说，他的倾向进步，追随革命，

---

① 《马克思恩格斯全集》第 1 卷，人民出版社 19561 年版，第 270 页。

还受动于一种环境、情绪与浪潮的怂恿，意识的能动性还缺乏一个自身的认识和获得了新的认识后的飞跃的话，那么，1938 年 5 月的回赴延安，无疑是他人格主体意识的自我完善，追随其真理的自在自为。这个过程柳青也作过总结。那时（指早年），“我所认识的世界太小，只有家庭和学校，加之年幼无知，接受知识的能力有限”，当“环境一变，大家都读死书，我也跟着读死书”[①]。后来，“经过我有生以来所见的人间最热烈的场面——通州事变克复以后北平的情景，和人间最沮丧的情绪——北平失陷后困在死城。在大沽见到英国‘海口’号上的中国海员罢工，使我感动得流泪，亲身领略了无产阶级伟大的斗争精神”[②]。

由早年“别人都”怎么样，“我也跟着”怎么样，到后来“感动得流泪”，以至于亲身领略的递进过程，印证了马克思的“意识是被意识到的存在”的道理。柳青面对满目疮痕的社会现实，意识到了自身的存在，自身与周围客观事物的联系，感到要做些什么。于是，他的意识的能动性便集中地反射出要回赴延安做些什么的行为。

1938 年后的延安解放区，早已不是过去笼罩着封建狭隘思想和封建意识的边陲小镇了。中国革命的一批精英驱散了延安上空的层层云雾，策动着整个中国革命向一个理想的目标前进。在这样良好的生活氛围里，柳青迅速地成长着，他对党和革命的认识也更具体，更全面，更带明确性。

这片圣地沐浴了柳青八个春秋，他惬意地穿着灰军装，齐整地扎着牛皮带，帽沿下一双探索的眼光时常闪动着兴奋的光泽。他曾请求去前线工作，也曾因掩护他过河的两名战士的牺牲而无比痛惜和不安，以致把这种悲痛作为自己在艰难困苦中不屈不挠、坚持斗争的一种精神力量，保持在他大半生的人格品行中。他不仅在当时挤更多的时间，在更大的范围内亲身体验战士生活，了解解放区人民艰苦卓绝的斗争事迹，以《地雷》《牺牲者》《待车》《在故乡》《土地的儿子》等作品真实地回答了只有共产党的领导，才是民族革命斗争胜利的保证问题，而且这种认识支撑着他度过了“文化大革命”中的种种迫害，它是柳青人格形成的极重要的一翼。

延安整风使柳青受到了一次深刻的思想教育。他深有感触地说：“到

---

① 柳青：《我的生活和思想回顾》，《柳青传略》，陕西人民教育出版社 1988 年版，第 9 页。

② 同上书，第 21 页。

延安文抗参加了整风，亲身体验了整风在我身上的力量，才知道这是一次思想上的大革命。”“整风对我们原来是一种痛苦的事件，因为他要割尾巴。但痛苦之后，会愉快起来。因为在党的领导下，可以建立起新的自己。”① 事实上，延安整风对柳青人格质核的形成构成了重要的两点。

一是严于解剖自己。柳青诚恳地说：“我自己是一个小资产阶级知识分子，虽然共产主义是我的基本方向，但在实际生活中统治我行动的却是小资产阶级思想占主要地位。”② 他在不久下乡米脂后，觉得农民的衣服有汗臭味，农民的长烟锅土气，糠馍馍高粱饭难咽下等。缺点的暴露印证了他的这一严于解剖的现实性。于是他表示“不经自我否定自我肯定，不成布尔什维克”。人们似乎都知道，柳青曾有一种优越感，即出身农民，成分好；入党时间早，历史纯洁；所写作品都是歌颂革命的，没有问题。然而他在整风中，面对“参加革命是为什么”的问题，逐渐感到过去不仅不懂得怎样做一个革命文艺工作者，而且实在不懂革命。有了这种觉悟，柳青才舒心地说：“我变得坚强起来，活跃起来”“也获得了在困难中微笑的革命品质”③。

二是投身于群众斗争是改造思想的唯一方向。延安整风使柳青及其一代作家明确了向社会学习的重要性，他与作家林默涵于半斤白干，一斤肘子的杯酒豪情中相约，“努力工作，改造自己”，结果米脂下乡一蹲就是三年。乡下的干炒面、干白菜、山药蛋，以及拖着打狗棍昼夜奔波乡里的艰苦生活，导致柳青大病一场，经历了灵魂深处的搏斗。然而，柳青硬是于病魔和困境中吸吮了《湖南农民考察报告》《斯大林选集》《悲惨世界》等著作的思想营养，从情感上真正接受了马克思主义、毛泽东思想关于革命和人民关系的教导。这位倔强的、执着的人，“克制住一切邪念：享受、虚荣、发表欲、爱情欲、地位观念……”坚定地走着他所认定的路。皇甫落户14年，九牛不回，出水才看两腿泥，如此执着与真情，已经在他的心灵深处有了凝重的积淀。“涧水尘不染，山花意自娇。相逢纤月上，对语大蜡摇。为塑英雄像，何辞沥血劳。”（林默涵赠柳青语）这里的“水”“山花”正是对柳青不慕繁华，不求名位的淡泊性格的一种

---

① 柳青：《我的生活和思想回顾》，《柳青传略》，陕西人民教育出版社1988年版，第31页。

② 同上书，第32页。

③ 柳青：《毛泽东思想教导着我》，《人民日报》1951年9月10日。

概括。解放区的生活氛围得天独厚地给柳青人格以滋补；柳青也因此获得了不是肉体和本体，而是社会本质意义上的人格内核。

三　新的民族文化圈的融入

民族文化是一个民族的政治、经济、道德等各方面本质的深层体现，换句话说，民族的标志，民族的象征，民族的特色，民族赖以存在的一切现象都从文化角度显示出来。人们对一个民族的辨别，也往往从审美文化的视角加以界定。因此，民族文化不仅渗透在一个民族的日常生活中，他们的道德准则、人生哲学、生存意识、风俗民情、服饰礼仪、行为规范、饮食嗜好等无一不表现出这个民族的文化特点。从这个角度讲，民族文化熏陶着人，而人又集中体现着本民族的文化。越是民族的，越是世界的。文化使民族间区别得更加分明，文化是彼民族与此民族间谁也替代不了的。除人类共具的生老病死、以食为天等生物需求以外，更多的不同则体现在人格特殊性及各自的行为模式上。蓝眼睛、红头发的西方人与黑头发、黄皮肤的东方人，其性格的激烈与平顺、易暴与自制、外向与内向、幽默与机智、冒险与稳重的他异性则如此鲜明。这种区别都是本民族文化所长期制约、改变、陶冶的结果，任何人都无法超越它。很难想象，一个长期生活在西方国度里，受西方民族文化陶冶的人，在他的人格品性中却有着东方民族浓烈典型的气质和习惯。

柳青作为一名中国人，尤其作为一名文化人，所受本民族文化的制约、陶冶则更加深厚。这中间除一般意义上规律性的陶冶以外，更主要的是他自觉地、有意识地置身于民族文化之间，形成他独特的文化性格和心境。这里需要指出的是，我们所论述的民族文化，不是一般意义上中国人所共同拥有的那种普遍性的大背景式的远传统文化，而是柳青成年后从事文学创作初始，自觉进入的独特的小背景的近传统文化，即延安解放区新的民族文化圈。这一新的民族文化圈是中国革命的希望所在，是集几千年来古老中华民族文化之粹，它对改革、根治中国的弊端，改变中国人民脑际中旧有文化积淀的沉渣，建构一个崭新的国度，具有史无前例的意义。柳青的幸运也正在这里。

从实际看，柳青从事文学创作的初年，就已经进入了这一文化圈的外围。1936 年底，他加入中国共产党，在陕西省临时宣传委员会和西安文协党组工作，并创作了散文《待车》。不久便只身奔赴延安，汇聚在解放区这一新的文化圈内。作为圈内的一员，他创作了《肖克将军会见记》《烽火边的人民》《误会》等作品。这些行为不仅较早，而且时间较长，尤其是在他文学创作起步时幸逢这种机缘，而且其作品的思想、艺术观及文化品格的早熟，也似乎是不言而喻的。

在这里，柳青聆听着毛泽东等中央领导同志的谆谆教诲，接受着马克思主义哲学思想的熏陶，也受柯仲平手擎狂飙旗高声吟诗形象的感染，使得他常常在黄昏中沿着延河学吟歌唱。一曲陕北流行的延安颂，伴随着柳青惬意的神情与和谐的音符回荡在河岸山间。他由衷地感受到这民族文化圈以及形成这一文化圈的伟大先哲们不可估量的超前思想意识在灌输着他的思维中枢。“我们要努力掌握马克思主义列宁主义和毛泽东思想的基本原理，做到大体上能够把导师们的个别观点放在他们完善的思想体系里来理解。这样我们才能在复杂的社会问题和艺术问题面前，保持清醒的头脑。”① 特别是在延安文艺座谈会后，柳青更是高度自觉地把他的文学创作同人民群众的革命斗争紧紧地结合起来，纳入党的整个事业的轨道。完全理解并接受了毛泽东《在延安文艺工作座谈会上的讲话》的精神实质，第一批投身于人民大众火热的斗争，去实践毛泽东指出的文艺的工农兵方向。正是从这个意义上讲，柳青是“从延安出发”，走着一条从革命到文学、先革命后文学的路子。在几十年的生活道路上，他对这一点从不马虎，无有半点含糊。他说：“我们要以文学的马克思列宁主义党性和美学原理，把自己自始至终巩固在毛泽东文艺思想的轨道上。要有这股坚持的劲头，除了革命自信心，还将有股决心，准备着自己一辈子终于不能得到成功，而仅仅给其他的同志和后来的同志提供失败的经验和教训。”②

然而，柳青并没有失败，他正是从延安出发，从解放区新的民族文化圈出发，这么坚实地走过来了。

由以上不难看出，这样一种积极的、健康的、充满生命活力的民族文化圈，对柳青人格的形成，对他创作道路和生活道路的延伸，铸定了两个重要的质点，即忠实捍卫文学的无产阶级党性原则，一切归根于生活的坚

---

① 柳青：《三愿》，《陕西日报》1961年7月3日。

② 柳青：《我的生活和思想回顾》，《柳青传略》，陕西人民教育出版社1988年版，第132页。

实的现实主义创作原则。前者在柳青看来，党的文学的原则，“其核心问题是作家和人民群众的关系问题”“是作家和革命群众相结合，和革命斗争相结合”，同时，无产阶级美学原理，也是和这个原则密切联系着的，也是在和这个原理的联系和区别中获得自己独特生命的。他认为，服从无产阶级政治，并不是在作品里图解政治，或离开对生活的真实反映鼓吹某种理论，而应当是在马克思主义世界观的指导下，站在党的正确路线和政策的原则立场上，依靠自己的全部直觉，深入群众生活里头，按照艺术的规律，对现实的斗争生活做出历史的具体的真实反映。《狠透铁》的写作，《铜墙铁壁》的反复修改，以及《创业史》总体构思的前后更变，都说明柳青的这种原则立场。这就保证了他的作品与他一贯鄙视的“赶场作品”“帮风作品”“作匠作品”严格地区别开来，从而在文坛 40 余年的衍异之中仍不失其固有的光灿。

一切归根生活的坚定的现实主义创作原则，是柳青一生讲得最多、实践得最出色的一个问题。人们都知道，柳青凡有机会谈创作，必强调生活的重要。正因为生活实践对于作家，对于文学创作具有决定性意义，所以柳青认准：“一切归根于实践，对于作家，一切归根于生活。”“生活培养作家，锻炼作家和改造作家。在生活里，学徒可能变成大师，离开了生活，大师也可能变成匠人。”①

他信奉生活，生活也成全了柳青，使他更坚定了这一原则。他甚至抱定了这样的决心；“终生和群众在一起”“我将死在农村，埋在生前和我一起的群众的坟墓里。过去有人怀疑我住在一个村子里的做法，现在许多人都走这条路子了。这是一条非常结实的路子……”② 从米脂三年后的《种谷记》的出现，到皇甫村十四年的《创业史》的面世，证明这是实践毛泽东文艺方向的一条正确的、有效的路子。这两个质点的确立无不来源于解放区新的民族文化圈的滋润，也很自然地编织了柳青优秀的文化性格。

总之，依照心理学的解释，在充分看到个体人格的生物学意义的同时，绝不能把它归结为先天的；也不能把这一人格的发展看成是由遗传所

---

① 柳青：《我的生活和思想回顾》，《柳青传略》，陕西人民教育出版社 1988 年版，第 89 页。

② 同上。

决定的过程。没有了人赖以生存的社会生活条件，也就没有了人所具有的人格。基于此，马克思说："人的本质并不是个别人所具有的抽象属性，就其现实性来说，它是一切社会关系的总和。"[①] 在我看来，柳青人格本质的成因及发展，虽不外乎那些先天的生理基因，及早年社会生活条件的印记，但其根源特质、主导方面乃是1938—1948年延安解放区沸腾的生活氛围和崭新的、充满活力的民族文化圈的铸模，它像一个模板，对柳青人格本质做了造型。

① 《马克思恩格斯选集》第1卷，人民出版社1972年版，第16—18页。

第四章　政治信仰与人格的内部建构

在前章探讨了柳青人格的衍异及其外部成因后，就有必要进一步窥视柳青人格的内部各层面。我以为柳青政治信仰的确立，从人格理论上讲，叫人格的“枢纽特质”。

一　政治信仰的寻觅与抉择

所谓“枢纽特质”，也叫基本特质，是构成人格的基本要素和代表行为属性，是一个人的主要情操、优势倾向等的集合，它在一定程度上代表了这个人的身份和面貌，规定着人的一切行动。因此这种特质有其弥漫性、渗透性，顽强地密合于人格全部活动的所有方面。虽然人均以特质来迎接外部世界，但却没有两个人会有完全相同的特质。所以每个人对环境的经验和反应又都是不同的。特质可以作为个体的人格来对待，也可以作为群体的一种发散性来看待，可以影响人的生活伦理的改变。任何特质都有两个方面，即独特的方面和普遍的方面。若从独特的方面来探讨，就是研究此特质在某一个人的人格结构中的作用和意义。我们研究柳青的政治信仰特质，就是从独特的方面来研究这一枢纽特质在柳青整个人格结构中的耗散渗透作用和奠基制模意义。

依据心理学家的解释，特质不是孤岛，它们是彼此重叠的，一种特质与另一种特质的区分没有死板的界限。从这个意义上讲，如果把人格看作一种网状的、相互牵连的重叠形态的话，那么柳青人格中的政治信仰特质，便是连接这种网状形态之纽带，之核心。它对于柳青整个人格品行的早熟有着不可或缺的滋补作用。

当然，政治信仰作为人格特质的一个层面，是一个社会人立足于社会所必须寻觅和选择的，这是不以人的意志为转移的。人类在从大自然完成自身社会进化的过程中，便通过各种途径来寻求一种赖以改造社会、发展自我的信仰准则。法国哲学家尼采认为："人类是应该被超越的。"在他看来，人类要超越的不仅是痛苦，而且要超越人类本身。因为生命是必须不断自我超越的东西，它不会满足于自身，而要不断向上，从高于自身的东西那里寻求自身的意义和目的。他形象地比喻说："人类是一根系在神与超人间的软索，一根悬在深谷上的软索。往彼端去是危险的，停在半途是危险的，向后一瞧也是危险的，战栗或不前进，都是危险的，人类之伟大处，正在它是一座桥而不是一个目的。人类之可爱处，正在它是一个过程与一个没落。"① 尼采认为，人要为自己的生命提供一种意义，这意义超越了生命本身的意义，人的自我创造需要一个目标，这个目标高于人自身。这就是人的自我超越性。

从理论上看，人类的这种超越性是共有的，因为无超越便无发展，便寻不到一种意义，达不到一种目的。而要超越势必具备一种能借以超越的力量，那就是信仰。只不过在信仰的选择上因人而异，表现出各自对社会、人生、理想所不同的理解并为之奋斗与追求的信仰形态。柳青在这个问题上的选择可以说在其同代人当中，在当时的社会环境下趋于前列，选择了一种光明和崇高，争取人类进步与和平的政治信仰，这在今天看来也是令人敬佩的。

那时，柳青还未成年，其心理和生理的发展还处于青少年状态。究竟什么是社会，什么是人生，什么是黑暗与光明、进步与反动等社会哲学问题，他一时也无法弄清。加之他的父亲所开的商号遭劫，家道衰落。其经商的父亲和地道乡村妇女的母亲更无法给她过多的人生点拨，何况在人生信仰的选择上。这一切使毫无凭借和依赖的少年柳青，要立足于社会，寻求一种人生的意义和目的，并在更高意义上进行超越，以建立与此相适应的信仰准则，只有靠自己，走自己的路，凭借自己稚嫩的眼光审视复杂多变的人生社会。

应该承认，实现这一点确实很难。但也不得不承认，柳青的寻觅和选择是主动的，一种渴求型的欲望迫使他自在自为。从 1916 年出生到 1938 年奔赴延安，在 22 年的人生经历中，他基本上已确立了自己的政治信仰。然而其间的痛苦是不言而喻的，所经历选择的阶段性也是明显的。我以为

---

① 尼采：《查拉斯图拉如是说》，上海文艺出版社 1988 年版，第 9 页。

以 1938 年为界线，分为前后两个时期，前期姑且称为“入世时的稚嫩，1916—1928 年，12 岁”，后期“醒世时的抉择，1928—1938 年，22 岁”。

法国心理学家爱利克·埃里克森把人类的发展分为八个阶段，即从出生持续到一周岁的“基本信任对基本不信任”；出生一年后至第三年的“自主性对羞怯和疑虑”；第四年至第六年的“主动性对内疚”；第六年至第十一年的“勤奋对自卑”；第 12 年至 20 年的“同性对角色混乱”；第 20 年至 24 年的“亲密对孤立”；第 25 年至 65 年的“繁殖对停滞”；第 65 年到死亡的“自我完整对失望”这样八个阶段。埃里克森认为，这八个阶段的顺序是由遗传决定的，因而是不可变更的。这种由遗传决定的发展顺序被认为是遵循渐成原理的，是生物所具有的大体的生长方案。由于有了这个方案，机体各部分才得到生长，才能形成一个有机的整体。埃里克森的这一理论基本确切，有它的科学性。倘若依据这一理论来考察柳青 22 岁以前政治信仰的基本确立，也是大致不差的。12 岁以前是柳青自出生到入世的稚嫩时期。这个阶段体现了人由童年期向青年期发展中的过渡。他必须仔细思考所积累起来的有关自己及社会的知识，最后致力于某一生活策略以获得自己与这一生活策略的同一性，并由此寻觅确立人生信仰的契机。这一点柳青是有自己的特点的。从他早年私塾生活来看，对发蒙老师张鸿儒，清末秀才马学禄和高凤岐先生所传授的《孟子》等旧学颇为反感，三易其师。一年中只给“至圣先师”的牌位磕过一个头，故而常被秀才老师用长烟袋敲肩膀。因为当时的旧学、旧体已经在五四运动新学新体的爆发声中受到质疑。而此时仅有 8 岁的柳青，却能以稚嫩的眼光和感觉，分辨出新旧之学的优长与沉闷，凭着童年天性中的一种兴趣，在做着对旧学反感、逃学、拒学以及对新学的兴奋、好奇、新鲜的儿时选择。当然这种游戏般的选择，正反映了人在生长和发展过程中所面临的一场内部生理发育的革命，还不能提高到一定的社会意识层次上去，也就是说，柳青并没有达到从中国社会发展的高度去认识旧学之弊，新学之替代的历史趋势，全然一副童年时稚气和心态、兴趣与娱乐上的心理满足而已。这些从他后三年，11 岁时离开本土去他乡读高中时想家哭鼻子等趣事中足以反映出来。尽管如此，儿时柳青的这种兴趣也正是他童年个性的一种表现，一种聪慧清醒，有独立思维，无依赖性特点的显现。

值得提及的是，这种特点是柳青开始超越自己的起步，是一种对周围所接触人和事从道德习惯上的重新评估和认识。尼采认为，人开始超越自己的出发点就是摧毁所有的习惯信仰，即事实上的偶像，以便能自由地建立他赖以生活的信仰。一个人在试图铸造他自己的生活道路之前，要“重新评估一切生活价值”，冲破他那个时代的神话和习惯的束缚。从这一角度讲，幼年的柳青厌恶旧学，不屑于几千年来人们所推崇的那些“至圣先师”之偶像，在心理上对其十分淡漠，而对新的国语、常识、算术、图画、唱歌、体操等的热衷与迷恋，是他对学习内容的不经意的重新评估，是开始超越自己的新的契机。到了1928年，他似乎成熟了许多，较多地接触了外面的世界，光明与黑暗的斗争，涌在他新的起点上，孕育着一种有明确心向的选择。恰好这一年，由于国民党的不抵抗，日本侵略者在济南屠杀了中国军民5000余人，造成了震惊中外的“济南惨案”。消息传来，少年柳青无比愤慨，毫无顾忌地参与了米脂群众的游行示威活动，捣毁了米脂城最大的日货销售局“发盛炉”，并捧打了老板和基督教主。12岁的柳青已不再稚嫩了，少年早熟，顺应了当时的环境，抵制日货、打教主，不分昼夜地爬山串岗，宣传抗租抗税。也就在这一年，他自愿加入了中国共产主义青年团，为了追求革命真理，12岁甚至连字都不全识，便啃读《共产党宣言》。这在同代人中并不多见。

由此可以看出，年满12岁的柳青的如此作为，实在是一种人为的选择。选择在一个人人格的形成中起着决定性影响。心理学家克尔凯郭尔有一个著名的观点，即对于个人人格的形成和发展，“选择”是决定性的因素。人应该把选择作为自己的任务，如果你不选择，你就一无所有，只有下决心并声明做一个选择，你才开始成为你自己。所以选择对于个人具有重大的意义。选择不是靠理性去指导或服从外界的规范，而是人主观意志的自由活动。柳青较早加入中国共产党的外围组织，则完全是个人主观意志的一种自由选择，是他突破了旧有习惯，旧有道德信仰，重新做的重大选择，从而初步奠定了他政治信仰选择的良好基础。

1928年，12岁“入世时的稚嫩”柳青似乎并不稚嫩。

1938年，十年后的柳青已22岁，从埃里克森的人类发展八阶段看，已是“成年早期”。也就是说，是一个人从生理到心理的基本成熟，是其思想定型、心理定势、人生观、世界观、理想信仰完善铸模的重要阶段。而柳青对其政治信仰的最终抉择，并付之于实践也恰恰在这十年中。

这十年是柳青人生政治信仰选择中的一个里程碑。在青年团的教导下，他曾为国民党一士兵枪伤学生事件而愤愤不平，不听家人劝告，组织同学发动请愿退学运动；他常听说孙中山革命不彻底，国民党叛变革命，加之耳闻目睹身边所发生的事，从心理上仇视社会之不合理，并十分崇敬共产党员白明善在柳林笑容可掬地走上绞架，受到一种心灵上的震动。于是，柳青悄悄地爱上了历史政治和文学，广泛涉猎了进步作家蒋光慈、鲁迅、矛盾、丁玲、成仿吾的小说，大量阅读了高尔基的《母亲》，以及《毁灭》《铁流》等苏联文学，研读了《世界史纲》《法国革命史》等历史、哲学著作。这些五四革命文学和苏联社会主义文学的熏陶，对柳青后来接受共产主义思想给予了极重要的启示。

这里我们不应忽视这样一个事实，即柳青当时所处的环境仍然是国民党旧势力占统治地位。他所在的省立柳林高中就直接受制于国民党政府的领导，校长及训育主任均为国民党八十师师长井岳秀所荐，学校开设了“中国国民党党义课”。此后所在的西安高中无一不是如此，对学生的“政训”，政治课里讲授蒋介石倡导的“新生活运动”等。而这一环境气氛似乎没有为柳青所接受，反而使他渐渐认清了国共两党的本质区别，认为国民党“安内攘外”是慈禧太后主义者，宁赠外邦，不予家“奴”的继续。于是他对世界和中国革命有了自己的看法，阅读《大公报》有关红军的消息，积极参与学生殴打来西安宣传蒋介石卖国媚外国策的反动政客戴季陶。在两种思想、两种主义、两党各自的主张中，青年柳青毫不迟疑地做出了倾向性的选择，显示了他的一种独立思想和不可遏止的热情。1935 年，他以“柳青”署名，发表了处女作《待车》，作品记述了东北军一批伤兵在西安火车站里等待列车时相互间的一席话，反映了中国人民对国民党反共，调兵遣将进攻边区，对外投降的谴责之声。文学作品是作家思想的结晶，《待车》的发表表明这位青年一开始踏上文学道路，就立足于现实，着眼于社会的坚定思想。此时，柳青仅 19 岁。

倾向性的选择也就是埃里克森所说的，当一个人承担了一定的社会角色后，便具有了与之相适应的自我同一性的感觉。他认为，自我同一性的感觉是一种不断增长的信念，一个人在过去的经历中所形成的内在恒常性和自我同一性，一旦与他心目中的感觉相配时，就表明一个人的“生涯”是大有前途的。柳青对倾向性选择的恒常性和自我同一性的感觉是自信的。著名的“一二·九”运动和西安事变的爆发，大大推进了柳青的情绪和思想。他作为西安抗日救亡联合会成员，受聘主编学联机关刊物《救亡线》和学联会刊《学生呼声》。在那抗日高潮沸涌的日子里，他亲身领略了学生于华清池向蒋介石请愿之震天地、动魂魄的悲壮情景，于是他办刊物日夜不眠，累得咯血。他觉悟到救亡运动是国民党统治下人民生存之希望所在。于是他下决心断念一般课程，专致于文学创作，以文学为救亡运动服务。也就在这年（1936年），柳青加入了中国共产党，并在《密勒氏评论》上翻译、分载了毛泽东和斯诺的谈话。不久，柳青奔赴延安，完善了他对马克思主义这一政治信仰的最终选择。

二　以自我塑造为己任的价值观

如果把一个人的人格本质比作一个“圆”，那么，政治信仰便是“圆心”。换言之，政治信仰作为人格本质的内核，具有明显的社会属性，它随着人的社会创造活动而不断完善。从马克思主义关于人与社会相统一的理论就可以看出，人格应该是一切社会关系中的某一部分——伦理关系、道德关系的一种自我塑造过程。人格的本质是主体的人在社会生活中所进行的人际关系、创造活动凝聚的结果，也是作为客体的人自我认识、自我完善和自我确立的价值评判。柳青以政治信仰的确立作为自我塑造的价值观，无论从主体的人或客体的人方面说，既符合马克思主义关于人区别于动物的本质，不是自然属性，而是社会属性的科学学说，更使他的人格品位在社会生活、人际关系、创造活动中趋于同代人的前列。作为社会主体人的柳青，其人格中政治信仰的确立，首先来源于社会诸因素。我们知道，从根本上看，人格无非是人的内在的道德素质、思想与行动模式的统一。因此它受意识形态、社会风气、社会思潮和社会价值观念等因素的影响极大。政治信仰作为一种意识，是社会存在的产物，反过来又对社会存在产生影响。人们在思想修养和道德修养的实践过程中，总是受到既存社会意识的影响。历史发展表明，任何占统治地位的思想都不过是统治阶级的思想。因此，生活在社会中的人们，或多或少都要受到统治者思想的左右。譬如在中国漫长的历史发展中，孔子、孟子提出的“忠”“孝”观念被确立，一直延续到近现代，并被视为至善的社会意识形态，这就不可避免地造就了成千上万的“忠孝”“节义”等类的人格。这些便是这一社会意识形态、社会风气、社会思潮、社会价值观念下的典型人格。那么，作为社会主体人的柳青，又是怎样受益于社会诸因素的呢？

柳青出生在五四运动爆发前夜的1916年。此后历经了第一、二次国内革命战争、抗日战争、解放战争，直至 1949 年新中国诞生，也就是说，在这 30 余年间，正是我国进入新民主主义革命的时代。漫长的封建帝制时期的意识形态还不能用“残存”去概说，这些败迹仍有根深蒂固的市场，而西方大工业生产力今胜古的价值体系被一些维新之士们所倡导、所传接、所吞剥；尤当刮目相看的是，十月革命的炮声送来的马克思列宁主义学说，被中国革命的早期先哲们所接纳，使之创立了一种与中国革命的实际相结合的科学理论。于是，主义纷然，思潮蜂起，不同的价值观念，各自的政治信仰交会在几十年狭小的空间里，构成了中西撞击，新旧相悖，自生自发，淘漉和选择的陆离斑驳之逐鹿之势。这期间，无一主义为统治之主义，无一思想成其为统治阶级的思想，而是各派政治力量在其社会嬗变和社会实践的冲决与抵消下的优胜劣汰，以赢得其适合中国国情的统一权和民情的背向权。

一个分化组合的时代，一种动荡演变的社会格局无情地给了柳青更多感知体察和选择的机会。他在缧绁与惆怅的环境里生活了 21 年（1916—1937），在新的生活氛围（延安解放区）里生活了 11 年（1938—1949）。而这 30 余年正是一个人人格形成、思想定式、完成“社会化过程”，进入完整意义的成熟的“社会人”的重要阶段。俗话说“三十而立”就是这个意思。30 岁，作为一个成年人，从心理定势和人格行为方面来看，对“自我”的角色、价值和人生方向已经具有比较稳定的认识和理解，符合其社会生活的角色所必需的知识、行为方式、思想观念、自控能力已具备。因此，在当时主义喧嚣，思潮纷至，诸多信仰杂存的社会形态下，柳青将要怎样选择的人生，接纳什么样的人生信仰，确是一件不易之事。当时两种不同的生活形态在客观上都不依柳青的意愿而毫不费力地对他起着濡染和耗散的作用，这种社会意识的内倾和外化之惯力结伴而来，柳青作为社会人又不得不接受诸种社会因素的支使，这使他在长期的创造活动、人际关系中体察、感悟、评判这些客观的社会存在。

柳青在少年时代的确不愿听清末秀才有气无力的迂腐之调，一年中只给“至圣先师”的牌位磕过一个头。这种罕举引得老秀才经常用长烟袋打他的肩膀。稍后，柳青留心注意了世俗社会和周围所发生的种种事情，耳闻目睹，凭直观感到国民党太糟，社会太不合理。于是受周围环境涌动的影响，大家都革命了，他也跟着革命，环境一变，大家都读死书，他也跟着读死书。早年这些幼稚盲目的举动，不近世态的模糊指向，虽然对社会问题分不出高低粗野，但却是他作为社会主体人在社会生活中所进行的创造活动的结果，它们无一不归咎于诸种社会因素。这时期，柳青所认识的世界很小，只有家庭和学校，加之年幼无知，接受知识的能力有限，又不善于思索和分析，还没有以什么主义作为自己立身的信仰。

依据辩证唯物主义的人格心理发展观分析，柳青20岁以前，就其人格心理结构来看还属于“青年时期的人格心理”。这一时期的心理发展和人格行为，自我的自觉程度很低，缺乏个体的主动性，社会化的媒体也只局限在父母、家庭成员和学校教师、同学等比较狭窄的范围里。他接触的仅是很会经营而又好胜的农民父亲，贤明持家的母亲，以及仅保持人伦的同胞关系的七兄八妹（柳青排行第七）。在学校虽不乏时显某种开明与进步，但国统区的教育管理使得学校“就是变相的集中营。它把所有的青年——落后的和进步的通通用‘坛里养鹅’的办法，填给学生富于毒素的思想”①。这种陈旧的、还没有造就出一种新型的组织性、计划性和系统性的“社会化过程”，极大地限制了柳青人格心理的发展与完善，框束着他对人生信仰的选择。20岁以前的柳青只能是如此，这是迫不得已的。

1938年，步入“青年后期”的柳青已22岁。这时他脑的发育已经完成，脑细胞增殖旺盛，生理上的急剧变化带来了心理上的变化，高级神经系统活动不论在智力、记忆、思维、感情、意志和行为方面都具有与青年前期不同的特点。尤其是思维的发展使他的全部意识和行为表现出更大的自主性和能动性。他对事物的观察不再局限于具体形象，也不再是零散和表面的，而是更有目的、有计划，比较全面、深刻和分清主次。再加之他奔赴延安，生活环境的改变，延安全新的组织性、计划性和系统性的“社会化过程给了他充分选择的天地。解放区的生活氛围和新的民族文化圈，从外部织补着柳青的人格心理本质，从而激发了他的内部心理机制的自主性和能动性”。他充分认识到这一生活氛围中的人们所创建的学说，不是一般意义上的、局部的或者短视实用的功利泛说，而是马克思主义与中国实际相结合的、科学的、普遍适用于中国革命实际的共产主义新学说。这一学说之博大、内涵之深，是他所目睹和经历的任何一个主义，一个政党，一种信仰所不能比拟的。因此，“他永远听党的话”②，明确确立

① 柳青：《我的生活和思想回顾》，《柳青传略》，陕西人民教育出版社1988年版，第8页。
② 柳青：《永远听党的话》，《人民日报》1960年1月7日。

了以共产主义信仰作为自我塑造的价值观，并奉为圭臬，奠定了终生之信仰。

由上可见，作为社会主体人的柳青，在当时诸多社会存在和社会意识的趋新与恋旧两种天性之沉浮中，确立了以共产主义信仰作为自我塑造的价值观，把一个尚未具备社会成员资格的人类个体，转化为一个合格的社会成员，完成了人格社会化的转化；而这种转化反映了一种人对环境的顺应，或者说环境对人的一种单项外化，姑且称作“外化顺应接受式”。

从另一方面说，完成人格社会化的转变，虽然存在一种外部条件影响的动态过程，但又不得不承认这种转化还有一个自在自足地自我发展的动态过程，也就是作为客体的人的自我认识、自我完善、自我确立和自我接受的价值评判问题。著名心理学家阿顿·阿尔波特对人格成因的解释也不外乎这样两个方面。他认为，一是强调“个体内部”的“心理生理系统组织”机制的决定性作用。二是突出每个个体人格对环境“顺应”的独特性质。人离开母体降生到世界上以后，他的生长发育无不经过自然生理过程和社会化过程这两个基本过程，而环境条件和教育条件（即社会化过程的必备条件）是通过人的心理的内部矛盾发挥作用的，这一作用的过程是一个复杂的量变、质变过程，从而显示出人格心理发展的阶段性。柳青在确立选择信仰的心理发展上，也明显地表现出这种阶段性，体现了柳青不可遏制的心理轨迹。我们姑且将之称作“内倾能动选择式”。

柳青前期的人生信仰，在我看来并没有超出小资产阶级知识分子民主主义思想范畴。他的生活以及对周围事物的感觉，还明显地带有某种盲目性，处在一种并非完全自觉的状态。虽然当时的时代环境，也就是说民族斗争和阶级斗争的势态勃发了他的革命倾向，但是，这一倾向的构体和质核却是不稳定的，它随着环境的变异而漂移。柳青这样说道：“老实说来，我在高中以后才关心政治。小时候参加革命完全是环境影响。我并不懂政治，只是革命潮流里的一滴水星。大家都革命，我也革命。环境一变，大家都读死书，我也读死书。连报也不习惯去看。”① 柳青 1934 年的这些自白是令人置信的，最低限度地说明了这时期他在接受共产主义信仰时，内部心理的发育还没有完成由量到质的转化。这时期的柳青正是二十

① 柳青：《我的生活和思想回顾》，《柳青传略》，陕西人民教育出版社 1988 年版，第 6 页。

几岁集中接受知识教育，广泛接触社会的时期，每一种社会知识的积累，每一种生活的体验，都使他发现自身之外新的知识对象，知道自己在所处环境中的地位，以顺应这种社会角色。尤其是在他后来奔赴延安解放区，“米脂三年”“不受磨，不成佛”的求索期，以及“长安十四年”的发展期等重要阶段，他都渴望清晰地把握自己的内心活动，以自己极大的能动性，主动根据信仰教育的需要，以他所向往的社会角色的范例来不断完善和发展自己，通过这些实践发现自己个性心理及个性行为中的优缺点。譬如，他以毛泽东衡量青年的标准来衡量自己说：“根据这个标准来衡量，很显然，我至少是不彻底革命的。那么，我在十几岁时连字也不全认就啃《共产党宣言》，‘一二·九’前后参加救亡运动，‘西安事变’后为办刊物累得大口咯血，1939 年又到敌后跟部队上前线去打仗，这都是为什么呢？这里面也有为革命的成分。但极大的成分是个人的抱负，总不愿做一个无声无息的人。难道小资产阶级知识分子带着纯粹个人的志愿到革命队伍里来还是少见的吗？我这样说显得我的确不很‘伟大’，但这却是事实，掩饰这个事实就是虚伪。”① 如此发现和解剖，从而使自己进一步进行自我约束和自我调整，最终使心理和人格行为趋于马克思主义、毛泽东思想之上。他觉得文学的马克思主义列宁主义党性原则和美学原理的一致性，建立在作家对待整个革命事业和对待革命文学事业态度的一致性上。这种先革命、后文学的内倾能动选择心理状态及价值观，使他较早成为中国作家中很出色的人格典范。

三　文学党性原则意识的恪守

“信仰”这个词，在词典中解释为“对人或某种主张极度相信和尊敬，拿来作为自己行动的榜样和指南”。柳青在完成“社会化”转变的过程中，较早地选择人类崇高的共产主义作为自己的人生信仰，它代表了人类的先进阶级，是在人类社会活动中被实践证明了的一种前所未有的、全新状态的理想信仰。柳青对社会环境的外化顺应，以及内倾能动地选择是极明智的，同时也反映出他立身初元意识的敏锐洞察和劈流探源之目力。这一基础就保证了他在今后几十年的生活道路和创作道路上，极度崇尚道

① 柳青：《毛泽东思想教导着我》，《人民日报》1951 年 9 月 10 日。

德，躬行人格的完善，坚持无产阶级的党性原则，保持共产党人的革命气节。他经常用“决不拿原则作交易”的名言来激励自己。一生尊敬鲁迅，认为鲁迅硬骨头精神表现了中华民族的气节；尊敬闻一多，认为他是具有鲁迅精神的坚强战士；尊敬古代先哲司马迁、李固、文天祥等，认为虽然他们都是封建时代的人物，但为了坚持正义而舍身的精神，则是中华民族极其宝贵的精神财富。因此，他集“永恒的党性所要求的；艺术的规律所要求的；对客观事物我所认识的”三种思想于一体的人生准则，几十年的风浪冲刷也无奈他何。可见，先进的信仰一旦被柳青所掌握，就会在改造社会、改造世界的实践中，从各个方面呈现出力的向度。

（一）在马克思主义理论研究上的内在渴求性

作为一名党的文艺工作者，其动力心向的明确性至关重要。在这个问题上，柳青极其清晰地认识到：“一个修养完备的作家是在实践生活、马列主义和文学修养各方面都很成熟的。这样的作家可以写出光芒四射的作品。”“作家要以正确的阶级观点与思想感情进行创作活动，除了走毛泽东同志所指定的这条路，再没有其它任何捷径。”① 于是他涉猎了大量的马克思主义有关哲学的、文学的、历史学的、美学的等方面理论，对《哥达纲领批判》《国家与革命》《马克思主义美学概论》《矛盾论》《实践论》《在延安文艺座谈会上的讲话》更是精心研读。

似乎人们公认，柳青对马克思主义理论的研究并不是出于一般作家创作上的需要，或更低于此的应景、装潢什么的，而出于对共产主义信仰的一种理论上的内在渴求。他深有感触地说，学习的结果，“最重要的收获是更加坚定了对社会主义制度的信心。我们对人类历史，阶级斗争的历史过去知道得太少。看了这些书籍后，对自己的精神上有很大的影响，使得更加热爱我们这个社会、我们这个制度，没有任何时代能比得上我们这个时代。人类历史有这么长的阶级斗争，然后才有这个社会主义制度，这是件了不起的事。”② 过去物质生活的贫困并没有减缓他对精神生活的追求，他对马克思主义理论的研究始终贯穿于一生的每一个阶段。他回忆童年时的生活说：“‘五四’运动中提出的‘赛先生’（科学）和‘德先生’（民

---

① 柳青：《毛泽东思想教导着我》，《人民日报》1951 年 9 月 10 日。

② 柳青：《在陕西省出版局召开的业余作者座谈会上的讲话》，《延河》1979 年 6 月号。

主）的口号把中国革命多少向前推进了一步。我得到‘五四’的好处，收到一些效果。”① 这是一种追求、一种倾向，十几岁时连字也不全认识就读《共产党宣言》，办刊物累得大口咯血，在米脂三年中面对生活关，思想感情关的重要时刻，柳青意识到摆在他面前的问题不仅是搞不搞文艺的问题，而更重要的是革命不革命的问题，这中间丝毫没有勉强和做假的余地。“我是要坚持搞下去的，我一般地说是个要强的人，还有点完成自己志愿的韧性。”“现实强迫我读起了马列主义的书籍。我能在这年夏天读完五本斯大林选集，特别注意那些关于党的工作和农村问题的演说，可见我是急于加强思想修养来坚持搞下去的。这些书籍在我当时的生活和工作的情况下，是非常亲切的，所以他对我有不小影响。”“使我克制住一切邪念：享受、虚荣、发表欲、爱情要求、地位观念……”“获得了一点在困难中微笑的革命品质。”② 尤其是在“文化大革命”期间和病魔缠身的最后日子里，作为一名马克思主义的忠实信徒，更是主动地用马克思主义理论来判别眼前的人和事，来抢时间为他选择的神圣事业尽余热。接受什么政治思想的指导和接受什么阶级意识的影响，永远是每个文艺工作者最根本的一面，如果不从这一面看，而是从艺术技巧的一面看，总是向托尔斯泰和巴尔扎克求援，对无论什么时代的作家，任何文学天才，都不会写出人民所需要的作品。柳青崇尚这一点，无不生发于共产主义信仰这一源泉。他说：“我们要以文学的马克思列宁主义党性原则和美学原理，把自己自始至终巩固在毛泽东文艺思想的轨道上。要有这股坚持的劲头，除了革命自信心，还得有股决心，准备着自己一辈子终于不能得到成功，而仅仅给其它的同志和后来的同志提供失败的经验和教训。”③

事实上柳青成功了，他于共产主义信仰这一底色中所反射出的重马克思主义理论的研究，先革命后文学的创作实践，卓然有别于他人，不仅给同代人以启迪，而且给后来者留下了划时代的指导意义，这是不言而喻的。

（二）在行为准则上以马克思主义为规范的律己性

人们似乎不用怀疑柳青是当代作家中严于律己的一代楷模。刘白羽在

① 柳青：《我的生活和思想回顾》，《柳青传略》，陕西人民教育出版社 1988 年版，第 4 页。

② 柳青：《毛泽东思想教导着我》，《人民日报》1951 年 9 月 10 日。

③ 《柳青纪念文集》，《人文杂志丛刊》第一辑，第 295 页。

柳青逝世追悼会上的悼词中，概括了他的四个“一贯”，其中之一便是“一贯严格要求自己，坚持理论和实践的统一，坚持世界观的改造，谦虚谨慎，平易近人，光明磊落，艰苦朴素”[①]。这里说的“律己性”并非泛指一般生活诸事，而是具有柳青在一生重大政治风浪中，怎样以马克思主义为规范，针砭现实，以捍卫共产主义信仰，保持共产党人气节的指向性含义。

纵观柳青的一生，很有一些能体现他的精神气质和共产党人行为品行的重要阶段。在这些人生的重要阶段，他的一系列高尚的思想境界，其外在的和内在的精神气质，全都在其环境中突现出来，这正如黑格尔所说的“人格的伟大和刚强只有借矛盾对立的伟大和刚强才能衡量出来”[②]的道理一样。具体来看，柳青一生中值得重视和研究的阶段有：

1. 极力摆脱家庭、学校的封建氛围，向往光明。

2. 在贫、病交加中追随革命，一腔热血只身奔赴延安。

3. 吸吮《讲话》精神如饥似渴，完成思想立场的根本转变。

4. 放弃安静舒适的生活环境，回奔艰苦的斗争之地义无反顾。

5. 保持清醒的政治头脑，抵制“左”倾干扰方寸不乱。

6. 铁骨铮铮与“四人帮”作殊死斗争气节长存。

7. 劫后仅余抱病身，沉疴未痊即耕耘。

这七个阶段是柳青进行“社会化过程”转化的必经之路，那么，他一生所遵循的马克思主义行为规范，也就必然地贯之其间。

我们考察柳青的家世，就会发现，他生在一个比较富裕的大户农民家庭。父亲善于经营且又好胜，与人合资开办了“天和厚”商号，后因民国初年之乱，商号遭洗，家境败落。在这样一种环境中，柳青较早地被置于当时合俗且又弥漫着浓厚的封建私塾的教育圈子里。然而，他有一颗不安分的灵魂。清末秀才强迫学生所读的旧学，他大为反感，这在他学生时代的思想行动中极有作用，进而较早地加入了共产主义青年团，参与声援“济南惨案”的游行和打教主，抵制日货，宣传农民抗租抗税等斗争。在白色恐怖之中，他所在的学校成了“变相的集中营，填给学生富于毒素的思想，使其适用于反动的国民党的统治”。他觉得“如此环境使落后的

---

① 王维玲：《追忆往事》，《大写的人》，中国青年出版社 1982 年版，第 79 页。

② 黑格尔：《美学》第 1 卷，人民文学出版社 1987 年版，第 172 页。

青年和糊里糊涂的人会驯服地接受那些富于毒素的营养，而对于进步的青年，只能造成普遍的苦闷、不满和反抗”[①]。于是，他极力摆脱家庭对他发展文学的阻挠，毅然放弃数学、工程学，狂热于蒋光慈的小说和一些根本看不懂的哲学和政治经济学书籍。同时，他接触了进步教员郝志俊（教国文，劝柳青退学去参加红军）、孙先生（给柳青以历史唯物主义基本概念的人）和地下党员董学源（曾为陕西省人大常务委员会副主任委员）。柳青说，“必须承认”，他们对我的“赞誉和指导”“给我以后的选择道路有很大的影响”。于是，他逐渐对世界和中国革命有了自己的看法和思想，越来越认清了国、共两党的本质，认为中国封建统治者是一个臭婊子，“她”勾搭上洋财主——外国资本主义，生出以蒋介石为代表的中国大资产阶级这个私生子。离开“父亲”，这个私生子就做不成任何一件大小事情。国民党“安内攘外”，实际上是慈禧太后主义者——宁赠外邦，不予家“奴”，是中国社会罪恶的渊薮。广阔的政治视野和日渐成熟的革命思想，使他确认抗日民主根据地是全国最光明的一片净土，是抵抗异族法西斯侵略者和推动中国社会前进的强固堡垒。柳青在家庭、学校的沉闷，封建意识、白色恐怖的笼罩，前途选择的艰难境地中依然在行为上寻求光明，表现了他追随马克思主义的前行意识。可以想象，倘若柳青并未以共产主义为立本的信仰，没有对马克思主义理论的内在渴求性，那么，他的整个社会行为势必会是另一种情景。

1936 年，年满 20 岁的柳青加入了中国共产党，标志着他从青年时期起就参与了这个党的斗争史。也许这个时期柳青就喜欢文学，曾幻想在这条道路上发展，但民族斗争和阶级斗争的客观现实，却把他推上了革命的道路。这在柳青却未感到勉强和为难，相反，他是梦寐以求、乐于为之的。在他全身投入革命工作的过程中，当党的事业，当革命需要他搞文学的时候，他便把文学工作当作革命工作的一种，当作自己为无产阶级解放事业出力的手段，这是很自然的。譬如他在这一时期的求学中，因生活贫困、营养不良而患的肺痨病大作，咯血不止，他却一方面以《香客》《待车》等文学作品，反映国统区民众反对国民党对内反共对外妥协的呼声，一方面亲自主编学联机关刊物《救亡线》《学生呼声》，翻译毛泽东和斯诺的谈话，亲临“西安事变”，会见了博古、罗瑞卿、李一氓等党的领导

① 柳青：《我的生活和思想回顾》，《柳青传略》，陕西人民教育出版社 1988 年版，第 4 页。

人。独立思想和不可遏制的激情，使这位20岁刚出头的病弱青年，一开始踏上文学道路就显示了立足于现实主义，眼光投向社会的坚实基础以及一腔热血，奔赴延安净土的理想归属。

在延安这块净土上，柳青度过了人生道路上的第三个关键阶段，无论是思想修养还是艺术修养，都较前有了极大的发展。这期间，他参加了延安整风，聆听了毛泽东《在延安文艺座谈会上的讲话》，完成了小资产阶级知识分子与人民大众思想感情的结合，完成了立足点转移的两个根本转变。他深有感触地说："到延安文抗参加了整风，亲身体验了整风在我身上的力量，才知道这是一个思想上的大革命。"他认真回顾自己以往所写的文章和行动，诚恳地说："我自己是一个小资产阶级知识分子，虽然共产主义是我的基本方向，但在实际生活中统治我行动的，却是小资产阶级思想占主要地位。""《佛经》曰：'不受磨，不成佛'。我们是不受锻炼，不经自我否定与肯定，不成布尔什维克。"① 柳青自己称这段生活为"转弯路上"。事实正是这样，它对改变柳青以后的精神面貌，学会如何生活、如何写作具有重大意义，促使他进入自觉追求状态，真正懂得了革命是怎么回事，怎样才叫与工农群众相结合。

当柳青的追求进入自觉状态，按照无产阶级战士的要求，把自己的生活和创作安置在一个新的起跑点上后，他想到的不是安闲舒适，相反，却把组织安置给他的舒适工作放弃一边，心急火燎地回奔艰苦的斗争环境中。那是1947年，组织分配柳青去大连任大众书店主编。当时，一人独住一栋小楼，装有两部电话，配有4000瓦的电炉，有佣人，以及外出工作用的小汽车，这对一个作家来说，其环境再好不过了，柳青也承认这段是他有生以来生活享受最好的时期。然而，他在精神上却感到很不舒服，想离开那里投身于火热的解放战争，特别是在1947年胡宗南进攻延安后，他更感到不安。于是，他找到刘白羽，争取他的理解，"我想调去陕北，毛主席还在那里，我想我能赶上，我还要为最后一战出力"。终于，柳青离开了仅待了一年的大连，绕东北，经沙漠、草原、大山、十几道封锁线，历时十个月转回陕北。人们不禁要问，究竟是什么力量促使他如此诚心受磨呢？答案只能是一条，那便是一个无产阶级战士的自觉心理状态，

① 柳青：《我的生活和思想回顾》，《柳青传略》，陕西人民教育出版社1988年版，第32页。

一种新的人生目标的力量。

保持清醒的政治头脑，以马克思主义理论衡量眼前的人和事，在柳青的一生中显得尤为鲜明。他的冷静和多思、观察和预见，常常是非常正确的。他并不是靠什么灵感和推算，而是因为他有着相当的马克思主义理论水平，加上他丰富的生活实践经验和忘我的求知欲。他对形势、政治动向、未来趋势的感觉非常敏锐。当20世纪50年代末“左”倾思潮涌来时，兼任县委副书记的柳青保持了高度的冷静，以一个现实主义作家特有的严峻眼光，始终注视着潜藏在生活底层的本质东西。他放下《创业史》写《恨透铁》，是对合作化发展中一哄而起现象的控诉，反映这一变革中的弊端，以期人们将来总结合作化运动的成败得失时有个参照；他抵制“浮夸”风，说王家斌打不下粮食，不放“卫星”，我身体不好，是个慢性子人，我尽量写，放不起“卫星”；他反对“共产风”，替王家斌出谋划策，上面检查时食堂就做饭，检查过去了，又分开各家做饭；他为保护长安县一大批好干部而被诬为“四不清”干部的“黑后台”，他却刚直地说：“你说是黑，我说是红，你说我保护了某某，我还后悔保护得太少了。”当党的这些失误还未改观时，他就曾说：“如果党的方针政策、路线方面有了问题，到一定的时候，党一定会纠正的。”[①] 事实正应验了柳青的话，而这并非他的推算，而是来自于多年对党的信赖和理解。因此，在他人生的第五个多事阶段，他方寸不乱，坚信“在群众中生活、创作、政治学习，三者扭成一股，没有搞不好的！我抱住了毛主席的腿（听毛主席的话），毛主席过了长江，我也过了长江”[②]。

然而，正当柳青在写作上大力铺排时，谁也无法料到，一场更大的考验横在他面前，一夜间柳青成了“资产阶级作家”，经受着众所周知的非人折磨。但是，作为一名献身于共产主义事业的作家，却始终表现出共产党人的气节和硬骨头精神。他自信地说：“我对自己，只能坚持实事求是的原则，我对党，只能坚持党性原则。别的我不考虑，也没必要考虑。我只觉得我是一个革命者，在恶势力面前，我是不应该低头屈服！应该不屈不挠地斗争！”[③] “给我戴上的几顶帽子，强迫我下跪弯腰，无休止的游

① 柳青：《我的生活和思想回顾》，《柳青传略》，陕西人民教育出版社1988年版，第94页。

② 同上书，第95页。

③ 王维玲：《柳青的最后十年》，《大写的人》，中国青年出版社1982年版，第90页。

斗；让我挨饿受冻，不准我外出躲病……这一切为了什么？不都是让我屈服吗！我不屈服，等待我的是什么，我清清楚楚。他们最终只能毁灭我的身体，却毁灭不了我的思想，我的精神，我的信念……我对我从事的事业，从来没有怀疑过、动摇过。没有这样一个信念，我的精神支柱就垮了。有了这样一个信念，我就敢于牺牲自己的一切。”[①] 柳青把政治信仰确立为自己的价值观，其稳固的信念使他无论在小事或大节上都光彩照人，气节长存，坚定地度过了人生道路上的第六个非常阶段。

劫后余生，柳青有幸活了下来。此前他有过预言：“无论在我们中国，还是世界其它地方，任何人想跟这个制度为敌，想破坏这个制度，这种人只有完蛋。”[②] 他说准了。“四人帮”的完蛋，标志着柳青新的艺术生命的开始。尽管此时的柳青已是劫后仅余抱病身，“但他沉疴未痊即耕耘，一日当十日”。“只求死前留一定稿，足矣。从炉口看，火已灭，但炉内燃烧甚旺。眼看夕阳西下，赶路心急，可惜诸事不宜……虽如此，心志不灰……”[③] 这里所剖露的是一个真正的共产党人的精神境界，一个真正意义上的优秀的完整的全方位的人格体现。

至此，我们粗略地勾勒了柳青人生道路上的七个不同阶段，不同内容的行为过程，虽然其间各有特点，程度不同地对他的精神气质，人格品行均有多层面的折射，但归根到一点，都是源于以共产主义信仰为立身之本，以马克思主义理论为规范的律己性这个坐标。这是笔者所阐述和强调的。

（三）在创作上信奉党的文学的原则性

文学作为一种意识形态乃是社会生活的产物；而阶级社会的文学又不能不具有阶级性，作为作家也就不可避免地成为某一个阶级的代言人，依据他所在的这个阶级的要求，去信奉这个阶级所需要的文学原则。鲁迅先生有这样三段精辟的论述：“文学有阶级性，在阶级社会中，文学家虽自以为‘自由’，自以为超阶级，而无意识地，也终受本阶级的阶级意识所支配，那些创作并非别阶级的文化罢了。”[④] 这里讲了文学的阶级性。“因

---

① 王维玲：《柳青的最后十年》，《大写的人》，中国青年出版社 1982 年版，第 98 页。

② 柳青：《在陕西省出版局召开的业余作者座谈会上的讲话》，《延河》1979 年 6 月号。

③ 王维玲：《柳青的最后十年》，《大写的人》，第 95 页。

④ 《鲁迅全集》第 4 卷，人民文学出版社 1987 年版，第 166 页。

为不问哪个阶级的作家，都有一个‘自己’，这‘自己’，就是他本阶级的一分子，忠于他自己的艺术的人，也就是忠实于他本阶级的作者，在资产阶级如此，在无产阶级也如此。”① 这里又讲了作家的阶级性。“无产者文学是为了以自己之力，来解放本阶级并及一切阶级而斗争的一翼，所要的是全般，不是一角的地位。”② 这里还讲了无产阶级的党性问题。由此可见，衡量一个作家的创作，必然要看其对阶级文学的理解、作家阶级立场的背向、文学的党性原则的捍卫三个方面。这里，我们完全有必要把柳青置于信奉无产阶级文学的党性原则这一高度，来俯瞰他在文学上的阶级性、作家的阶级性、文学与生活的关系诸类问题上的理解与运用。

关于文学的党性原则，不同作家依据自己的创作实践，有其不尽相同的理解。柳青在 1962 年 3 月 17 日，为纪念毛泽东《在延安文艺座谈会上的讲话》发表二十周年，写过一篇题为《二十年的信仰和体会》的文章，这是一篇体现柳青艺术观点和美学见解的重要论文。当我们从中细致地探析柳青毕生的生活、艺术实践时，便可以看出，他主要在革命文艺的服务方向，作家和新的时代、和人民群众相结合，文艺和生活的关系这三个方面，坚持和实践着《讲话》的精神。他提出的作家要进“三个学校”的主张，“六十年一个单元”的主张，集中表现着他对这三个问题的高度重视，实行这些要求的决心和毅力。这些内容则清楚地囊括了柳青关于文学的党性原则的内涵，因此他如此崇尚甚至固执地认为党的文学原则的核心问题，就是党和人民群众的关系问题，就是“作家和革命群众相结合，和革命斗争相结合”。他甚至认为，无产阶级的美学原则，也是和这个原则密切联系着的，也是在和这个原则的联系和区别中获得自己的独特生命的。这个见解颇具分量，更具有超前性和朴实的实践性，使他在这个问题的理解上较早地起步，超越了他人，在这个问题的实践上愈加显示出凝重的创作后劲。从他早年咯血办《救亡线》，到处女作《待车》的发表，《狠透铁》创作的动因，以及并非文艺性的《米脂县民丰区三乡领导变工队的经验》《长安县王区人民公社的田间生产点》《耕畜饲养管理三字经》《建议改变陕北的土地经营方针》等既耗时又不能体现一个作家创作量的费神的这些作为，足以让人信服他在奉行无产阶级党性原则上的身体力

① 《鲁迅全集》第 4 卷，人民文学出版社 1987 年版，第 169 页。

② 同上书，第 406 页。

行。由此看他不惜时力地滚爬在农业合作化运动期间，甘心情愿地缠身于纷繁的具体工作事务中的种种做法，也就见怪不怪，可以理解了。再由此诠解他何以强调文学的阶级性，作家的阶级性问题，就更能迎刃而解了。那么，这条条埋线，柳青一生执着追求的谜底，便都在这“作家和革命群众相结合，和革命斗争相结合”中找到了答案。

从本节的论述中，我们似乎可以作这样的界定：柳青一生在生活、艺术实践的苦苦追求上，在较高层次上较好地、准确地理解并掌握了无产阶级的党性原则这把钥匙，才顺利地解决了文学有阶级性、作家有阶级性的问题，才顺利地摆正并处理了文艺与生活、文艺与政治的关系问题，才顺利地一开始创作就踏上了坚定的现实主义道路，使他成为当代作家中信奉无产阶级文学的党性原则的一代楷模。

第五章　人格气质与文学系脉

本章主要探讨柳青人格的心理基础——情感表现与精神气质，侧重于其两极情感系脉和三种气质图式的研究，姑且称“情感系脉”与“气质三图式”。

一　情感是人格本质的寓居地

不论人们怎样评价柳青，从什么角度界定他，他都作为一个活生生的有血有肉的“人”存在着，属于“人”这个现象的范畴。人类历史是一部充满着情感交织的历史，要了解人是什么，就必须懂得他们的情感，反过来说，要知道什么是情感，便只有了解“人”这个现象。从这一角度说，情感是“人”这个现象的核心，是人的寓居地。人类均受制于情感，于是，人便成了情感符号，什么是人，人是情感的集合物。

在近现代哲学、心理学研究领域，对情感的研究有两大趋势：一是由詹姆士提出、以躯体变化为基础的情感理论说；二是由弗洛伊德开创的以无意识为基础的情感理论。二者虽有理论上之不同建树，但有一点是相通的，那就是情感规定着人们的存在。情感的分裂将会导致人格的损害，乃至自我毁灭。因而无有情感，生活将是毫无生气，缺乏内在价值，缺乏道德意义，空虚乏味的，充满着无穷无尽的机械交易般的生活，那是多么可怕与贫瘠。因此，古神话传说中的女娲，在初造人类时便赋予人情感，分辨出阴阳两种性别的钟男情女，从此人类便带着本身的情感走向宇宙的每一个空间。其间相互作用，便滋生出诸如父子情、母女情、夫妻情、兄妹情、同乡情以及较高境界的爱情等。当女娲在偷吃了禁果之后，一种幽怨、悔恨之情顿生，于是给情女们规定了带有惩罚性的一系列赎罪之戒律：来经血于时时防范之困扰之中；生孩子于十月怀胎之磐累之中；存长发于终年遮颜之幽阴之中；缠小足于忘情野奔之不便之中；依男身于无自立受束之中，等等。这里，惩罚性的戒律便成了造物主女娲情感释放的一种符号。当然，这毕竟是神话传说。

然而，神话传说从某种程度上讲，也不失为现实的一种折射。鲁迅先生认为："夫神话之作，本于古民，睹无物之奇触，则逞神思而施以人化。""神话大抵以一'神格'为中枢""迨神话演进，则为中枢者渐近于人性，凡所叙述，今谓之传说。当传说之所道，或为神性之人，或为古英雄。"① 这就是说，当人类发展面对大自然无可企及的现象时，便萌发了借助神话、神力以助人力，从而奠定人的心理内恒性及内在生命力。于是，神话中的情感也成为人类情感发展史上的一种初元记录。

从社会学角度看，柳青完成了社会化过程中的一切体验，成为一个"大写的人"，形成了他的人格本质特点。正是在这一过程中，当他面对一切事物时，常常与自己已形成的思想意识，各种需要，所显示出的态度、观念、信念，以及习惯之间发生这样或那样的关系，表现出一种对此切身体验之后的情感反映。这种反映是一个复杂的情感流程。当他对某一件事偏爱或趋尚时，所呈现出的态度便有一种愉悦的情感性质。反之，当他厌恶、间疏某件事物时，他的情感体验便释放出否定与排斥的情绪。因之，情感成为他人格本质的寓居所。柳青一生坎坷，体验几多，情感的起伏、释放、归位伴随着他人格本质的全部行为过程。

从心理学范畴讲，情感是人们对与之发生关系的客观事物及自身状况的态度和体验。当人在社会生活中，同别无选择的客观事物相互作用时，其自身也处在一定的状况之中，如生活状况、行为状况、健康状况等，这些又无不在自身的需要选择中显示出肯定或否定的态度。于是需要便由两个方面构成：一是人类的天然需要；二是人类的社会性需要。而社会需要是建立在天然需要基础之上的，是受社会历史条件制约的社会化情感。它在不同时代、不同阶级的不同人身上有着不同的情感色彩差异。柳青作为一个公认的人格形象完备者，其社会情感因素的厚重是毫无疑问的。他有意约束自己本已俭朴的生活状况，为他所依附的阶级事业的前行状况，都浸满着他人格本质中难以表达的情感源。正是这情感源的不断释放，情感寓居地的涌现，才使得他一生勇锐盖过踌躇，进取压倒平庸，乐观驱走自

① 《鲁迅全集》第8卷，《中国小说史略》，人民文学出版社1985年版，第12页。

扰，坚定于百折之中。虽日月疾过，年岁有加，但心境恢宏炽热，无有半点垂老衰微。诚如北宋教育家张载所言："学者不论天资美恶，亦不专在勤苦，但观其趋向看心处如何。"可见，青春不是年华，而是心境；这心境之源便是情感。情感成为人格本质的寓居地。

人的本质是一切社会关系的总和，这是不言而喻的。而人的情绪是经社会生存条件所改造过的、人化了的受社会制约的形式所表现出来的一种心理机制，人的一切创造活动都伴随着一定的情感活动。"没有人的情感，就从来没有也不可能有人对于真理的追求。"（列宁）作为个体人各种心理特征的综合、基本精神面貌彰显的人格，情感便成为其构成的极重要的经络中枢，是人格形成的内在心理基础，是思想道德、文化等特质的策源地和载体。它对个体人、对社会群体人格的塑造，都具有举足轻重的意义。柳青人格之所以不断趋于完善，说穿了乃是他情感的不断净化和升华。他在 1941—1942 年曾写了一篇名为《被污辱了的女人》的短篇小说。作品描写了根据地一个农村妇女被日寇侮辱后的痛苦心情。由于作者本人的情感观被笔下妇女的痛苦心情所遮盖，也就是说，如同作家欣赏这样的痛苦心情一样，因此他认为是败笔，至死也羞于提起它。柳青解剖说，这是对人民群众的爱还不够深，爱情观念模糊所致。于是，情感之升华，带来了他人格本质之跨越。他在以后的创作中，常常自责性地提醒自己："我们革命作家写作时，永远不能忘记认真地思考三个问题。我看见的是什么？我看得正确吗？我写出来对人民有利没有利？"很明显，情感成了推动柳青人格完善的杠杆和动力。从这个角度看，情感过程是个人与社会的交叉过程，一切个人都必须通过他们在日常生活中感受到、体验到的自我情感，来加入他们自己的社会群体中去。所以说，情感是人格本质的寓居地，是人格形成的内在基础和载体，它对个体人格生成，对群体人格塑造的直接作用是显而易见的。

二　两极组合的情感系脉

上文探讨了情感对人格形成的密合作用，这是一般意义上的说法。然而，作家的使命则以反映生活，描写生活中的各色人为能事，而写人必得写情感，如何写好情感，又不得不反观到作家本身的情感世界中来。心理学认为，情感是一种通过人的意识流而传播的活生生的、可信的、处于某种状态的、暂时具体化的经验，它在人的躯体中被感受到并通过身体起作用。情感一旦被感受到，就形成了一个独立无二的自我包含的世界，它与稳定的社会事件的内容密切相关，同人的高级社会性需要相联系。它从多方面、千百次感受的事物的过程中，逐渐形成某种持久的、稳定的、反映本质的态度体验场，从而使人在面对任何事物触发后的各种意识流活起来，流露出对事物的鲜明态度。这一点对于情感世界丰富且又历经较多生活体验与感受的柳青来说也不例外。

记得在“文化大革命”中，柳青处境维艰，失去了自由。当他一生所培植的情感场中的事业支柱断裂后，他的欲望一度窒息，于是想到自杀、逃遁。在他走向死神的一刹那间，过去曾为掩护他而牺牲的两个八路军战士的形象，陡然触发了他麻木而又疲惫的神经。他情感复活后清醒地意识到，如此毫无价值地死去，何以面对英灵的诘责。于是，一种爱（对英灵，对人间的依恋）与恨（对“四人帮”的暴行）的情感态度，变为他尔后行为的动力。在柳青的一生中，爱什么，恨什么如同白日黑昼，泾渭分明，形成了他极为鲜明的爱憎情感观。毛泽东也曾说：“世上，绝没有无缘无故的爱，也没有无缘无故的恨。”爱与恨的情感都是建立在人和人之间的关系，人与物的关系的认识基础上的。阶级的爱和恨是建立在对阶级关系认识的基础上的，朴素的阶级感情是建立在一般认识的基础上的，深厚的阶级感情是阶级觉悟的体现。俗话说“知之深，爱之切”便是这个道理。因此，人们完全有理由理解柳青情感世界何以如此丰富与厚重。在与他相互作用的任何一个人中，那种被马克思、恩格斯所批判的人与人之间赤裸裸的利害关系、“冷面与无情”“现金交易”等资产阶级情感特征全然皆无，呈现出一种高尚的道德情操和洒脱坦荡的情感世界。柳青的情感世界，就其表现形态及感情色彩来看，首先呈现出主客体中真善美的张扬与崇尚，姑且称之为“崇高极六系脉”。

事业情——执着一生、至死不渝的情感；乡情——热土难离、迷恋偏爱的“渭河情结”；民情——忧患愁肠、呕心沥血之拳拳情怀；友情——不以长幼贫富、热肠共处之阶级情缘。夫妻情——志趣相同、相濡以沫的对等恩爱之情；儿女情——以深明大义、晓之以理为方圆的儿女笃情。

其次呈现出主体对客体中假恶丑的抑制与抨击，姑且称之为“正义极六系脉”。

假意假情——憎恶痛之；私利私情——一概驱之；欲望虚情——如水

淡之；不求实情——断然制之；无原则人情——不循拒之；团伙帮情——鞭笞抨之。

以上层面构成了柳青情感系脉的重要两极，其相互渗透、排列组合，作为互动的流程，完整地编织出一个丰富的情感世界。在柳青一生的感知和体验之中，或率真、炽热、坦荡、洒脱之付出，抑或淡泊、淡漠之内守均荧荧可见，如天地日月，分明了然。

（一）崇高极情感六系脉：对真善美的张扬与崇尚

1. 论事业情

执着一生、至死不懈的事业情是柳青两大情感系脉的核心。自从他初涉生活之时，便苦苦追寻适合于自己个性发展的事业，最终他选择了文学，相缠一生，至死不懈，并且从理论高度作了即使不能成功，也要为后人留下教训的思想准备。于是，事业成了他的生命，而他却以“愚人”之苦行忠实地给予生命以活力。在《创业史》中，柳青这样写道：“每个人精神上都有几根感情的支柱——对父母的、对信仰的、对理想的，对知友和对爱情的感情支柱。无论哪一根断了，都要痛心的。”[①] “文化大革命”中，他的事业支柱曾一度断裂，他不但痛心，几乎要自杀，一种对事业孤注一掷的情感使他无法忍受片刻的安闲。这种情怀的宣泄，他用笔，不，是用心，分明倾洒在笔下的梁生宝身上。在《创业史》第五章里，梁生宝买稻种来到秦岭脚下的郭县，沥沥春雨夹杂着纷纷扬扬的雪花，使光着脚板在泥泞中奔走的生宝打了个寒战。他等不及雨停，舍不得住店，顾不上下馆子吃一碗热乎面，披着麻袋径直朝汤河对岸的村庄走去。春雨的旷野里，天气是凉的，但梁生宝的心是热的。作者写道：“他胸中燃烧着熊熊裂火——不是恋爱的热火，而是理想的热火。年轻的庄稼人啊，一旦燃起了这种内心的热火，他们就成为不顾一切的入迷人物。除了他们的理想，他们觉得人类其他的生活简直没有趣味。为了理想，他们忘记吃饭，没有瞌睡，对女性的温存淡漠，失掉吃苦的感觉，和娘老子闹翻，甚至生命本身，也不是那么值得吝啬了。”[②] 这里，柳青对事业的直抒胸臆，对梁生宝理想之火的饱墨赞美，又何尝不是他自身至死不渝的真

---

① 柳青：《创业史》，陕西人民出版社 1960 年版，第 104 页。

② 同上。

实写照。他劫后仅余抱病身，却“沉疴未愈即耕耘”。当他病体稍见好转，便“问讯医师期何远，晚秋精耕创业田”。他在生命垂危时刻，还恳求大夫“让我再活上二三年，就能完成《创业史》，那我就安心了”。执着一生，至死不懈之事业情替代了生命本身，字里行间，溢于言表。那情似水，比水澈，似海，比海深。

2. 论乡情

热土难离，迷恋偏爱的“渭河情结”是柳青凝重的乡情特点。它源于家乡山川、黄土、河流及善良质朴的人们的乡音乡情乡俗的浓郁氛围之中，也是柳青长期与之交臂相濡以沫培植的必然结果。从他择定事业，踏上文学道路之初，便与西北的古道热肠结下了不解之缘。延安之巍巍宝塔，湍湍之延河流水是这种情结缘起的发端；米脂三年是这种情结的深化；长安十四年是柳青从心、境、情与之相生相发达到同化，并凝聚成迷恋、浓郁的“渭河情结”。从此，渭河两岸，黄土高原之乡情成了他文学创作之气脉，任何外界舒坦优越的环境，都无法改变他对家乡古土的痴情与迷恋，任何艰难困苦都无法销蚀乡情给予他的内补力。柳青说他一生所享受的最高待遇是1946年在青岛《大众书店》任主编时，那时他住一栋小楼，配有小车、两部电话、保姆，然而他却主动放弃，转辗数月返回延安。新中国成立后，柳青本已留在北京，但同样因对乡情之迷恋而迫不及待地西归乡里。究竟什么使他如此痴情，那是家乡黄土的醇香，乡音的悦耳，乡情的开怀，乡俗的诱惑，这些又恰恰构成他创作取之不尽、用之不竭的源泉。他游刃其间，信手拈来，无一不神形栩生；梁三老汉是柳青，柳青成了地道的梁三老汉。有时他去粮食集，混迹于人群中，也讲价钱，其装束模样竟也瞒过了卖主的眼睛，真以为他是认真的庄稼人，便捏一通指头，而他却一笑走了。何也？他在体验生活。“文化大革命”中，柳青生死未卜，处于“灾祸累累无望时”，然而“草蘖还我有生机”，家乡的黄土片叶无疑给了他无穷的内补力。这些自不当言。1959年5月，柳青去延安养病，有人建议他去青岛、北戴河。柳青说，他们不知道，一切疾病，除了生理因素外，精神因素是很重要的。我回到延安，住的地方，吃的东西，睁开眼睛或闭上眼睛都是舒服的。世界上没有一个地方能给人精神上这样的满足。是的，他和王家斌、梁三老汉、石得富一同来到了延安。晚年，当他暂离家乡去京治病时，激动地说：“我生在陕西，战斗在陕西，写作在陕西，没想到，现在我不得不去北京。”说到这里，柳青紧闭双眼，咬着嘴唇，颤抖着说不下去，强忍着欲滴的泪水。正是这种凝聚着丰富内涵的“渭河情结”，使他向长安县的干部嘱咐着后事：“我死了以后，请你们以朋友的名义，把我的尸体拉回去，埋在皇甫村的原上。”此情此景、此行此终是何等的痴迷。真可谓“扎根皇甫，千钧莫弯”。

3. 论民情

拳拳民情展示出柳青忧患愁肠，为之呕心沥血的依依情怀。柳青人格的完善与高尚，以及他对历史哲人的崇尚，其要脉在于对民众的一个“情”字上。古往今来，多少为后人所称颂者无不如此。如屈原的“长太息以掩涕兮，哀民生之多艰”，杜甫的“穷年忧黎元，叹息肠内热”，关汉卿、曹雪芹的人道主义，包拯、海瑞的“为民请命”，以及鲁迅先生的“哀其不幸，怒其不争”。体察民情，抚恤民苦成为苦难中国一切有识之士共同力行的魂脉，它不以时代，不分阶级，呈现着深广宽厚的人道主义的丰富内涵。正是源于这种博大深广的人道主义积淀，柳青的拳拳民情，忧患愁肠愈加显示着阶级的指向、主体人格的本色。他为民情哭：“庄稼人啊！在那个年头遇到灾荒，犹如百草遇到黑霜一样，哪里有点抵抗的能力呢?”（《创业史》中对民国十八年的描写）他为民情喊：“家业使弟兄们分裂，劳动把一村人团结起来。”他更为民情奔走呼号，高河两岸，庄稼人的草棚院庭，不时闪现着一位佝偻着身子，托着棍子的“老汉”。柳青是作家，然而更是互助组组长，组里一有事，他搁下笔就走。他初到皇甫，看到人们用镜框子把土地证装起来挂在毛主席像下，心中却打着自己的小算盘，焦急万分。当一个重点组组长思想退坡，锁上门睡觉时，柳青连夜前往，直说得他悔泪满面。因一个 30 多岁讨不起老婆的生产能手，没能吸引到互助组来，他深感不安，觉得是 1953 年最难过的一件事。1954 年，有 13 户社员因麦子长势良好，私根欲念泛起，要退社。正在患病中的柳青让孟维岗（区委书记）背着他连夜过河去劝阻。趟至河中，孟维岗说：“柳书记，你怎么这么轻?”柳青说：“我只有 85 斤重。”孟维岗一阵难过、心酸。一个身体如此瘦弱的病人，在互助组合作化头几年里，还要以常人的精力工作，怎能不让人为之感动！当王家斌互助组丰产，柳青喜出望外，深感相见恨晚，两颗恤民爱民之心灵顷刻交融了，从此他与王家斌结下了不解之缘。拳拳民情，忧患愁肠，及为之呕心沥血的依恋情怀，远远超出了一个作家的职业范围。然而正是这为民之情的涌动，情的真诚，情的互补，才赋予他创作的生命，给他的人格本质滋润了崇高、晶莹的基因。

4. 论友情

如果说柳青的拳拳民情情怀相生于他文学创作的需要，那么，不分长幼、贫富，热肠共处之阶级友情，更是辐射在他一生的全部工作之中。柳青从青年到晚年，其革命生涯涉足延安、大连、北京、上海、西安、长安等地域，共事、相处过较多不同层次、不同身份的人。有高级决策层的领导们，周恩来、罗瑞卿、博古、陈云；有文艺界老一辈先哲们，柯仲平、艾思奇、周扬、胡乔木、夏衍、林默涵；有同仁同辈，马加、刘白羽、杜鹏程；有后辈新人刘绍棠、杨益言、罗广斌；有县区乡农村干部；更有无以数计的、朝夕共处的老、中、妇、幼农民朋友。他们在柳青的心里，不以长幼性别而论，不以贫富贵贱而分，在姓“共”的阶级情怀下，热肠共处，一家人看见一家人亲。“他觉得同志感情是世上最崇高、最纯洁的感情”（柳青语）。因而在他生前逝后的相当长的时间内，在与他共事或未共事的人们的心目中，其热肠、平易近人、豁达之情怀久久难忘。

5. 论夫妻情

夫妻情的基本特征是对等性，以互爱为前提。真正的夫妻感情，是人们精神上的一种感情的享受，它能促进人们热爱生活，鼓舞人们奋发向上，给人们的生活带来幸福、朝气和力量。因此，夫妻是家庭的主体，夫妻关系的好坏关系到家庭的全局；而好坏的标志则是情感是否和谐。柳青与马葳，是在共同思想基础上建立的完美家庭。虽然 1959—1964 年似有矛盾发生，但事业上的长期依存，生活上的相濡以沫，给夫妻情感注入了更多的理解、互敬、互爱、互助、互让。在三年困难时期，柳青一家数口甘苦共饮，他又痼疾在身，加之写作劳累，却从不偏顾，对马葳以及老母尽力照顾，相依为生。情感的无私付出加深了马葳对丈夫的理解与支持。柳青受害，马葳哭成了泪人，茶饭不思；而在被批斗台上的柳青，则不时抬头环顾，那眼神分明是在搜寻马葳，以得到亲人的安慰和力量。当马葳以死抗暴的消息传来，柳青老泪横流。“马葳一走，好比抽了我的筋!”生活上的伴侣，事业上的助手马葳的身先而去，使这位刚强的人陷于极度的虚弱之中。他对马葳的情感不是一般意义上的夫妻情分所能概括的，其间凝聚着事业的“结发未深知，相偕皇甫居”，社会的“汝下乡三年，虽苦志犹坚”，政治的“牛棚非猪圈，宁死树党性。棚外汝重义，煎逼即轻生”“夫妻同庭院，口角朝与夕。汝怨我固执，我谓汝幼稚”等多重意义的难以割舍的情缘。燕妮在谈到她对马克思的爱情时这样说:“他(马克思)的道路就是我的道路,他的思想就是我的思想,相信我们的目标一致,要不然我为什么献身于他而不献身于另一个人呢?”正因为具有共同的思想基础,燕妮才心甘情愿地抛弃豪华的贵族生活,与马克思同甘苦,共患难,为人类的解放事业而奋斗,几十年如一日。倘若以此论比,也同样因为他们的共同志趣,使马葳放弃省城西北党校机要工作之舒适,相偕柳青于乡野,十几年如一日。至此,我们从中岂不反观出柳青在夫妻情感上的深邃、相知、信赖、真诚之恩爱情缘么?

6. 论儿女情

儿女是维系夫妻感情的纽带。自古以来在如何教育子女问题上,不同阶级、同一阶级的不同人都有各自的方式。作为子女,能否情愿接受父母的训导,那又是各种各样的。然而,柳青的子女们则更多地随父母历经了生活之难,失去了同龄同等条件下孩子们所享受的基本待遇。父母在长安农村一扎数十年,期间的衣、食、住、行不仅得不到足够改善,甚至不及当时农村中的小康人家,但他们幼小的心灵都承受了。尤其是在“文化大革命”中,母亲早逝,父亲朝不保夕,儿女们过早地担起了生活的重担,柔嫩的心灵烙下了不该属于他们的历史印痕。应该看到,他们的早熟并非是天生的,而是得益于父母的持久熏陶与教诲。柳青教子,不以生物遗传意义上的亲缘之儿女私情为意,而以深明大义为方圆,事无巨细地晓之以理,动之以情。他传给了儿女们平民意识、忧患思想、吃苦耐劳的意志,识人论世的政治视野,磊落做人的本色本性,逆境中默然抗争的刚正性格。十几年的艰难岁月,患难共度,父子感情笃深。“文化大革命”后期,柳青既当爹又为娘,一腔严父慈母的情源浸润着儿女们干裂的心田。一部《创业史》凝聚着妻子和儿女们的心血,他一生的事业,是与妻子、儿女们结伴而行,共同创造。13年后,儿女们思念父亲,缕缕情思,犹如昨日。“我不知道,还有哪件事情会使我留下这么深刻的记忆,也不记得我何曾经历过这样焦虑、悲伤、感情复杂的日日夜夜。13年前的1978年6月13日,父亲柳青离开了这个世界,在他最后的日子里,我一直相守在侧。沧桑岁月年复一年,如烟的已荡然无存,如丝的缕缕清晰。我追忆那诀别时刻的一点一滴,希望他永远活在我的心中。”① 是的,父子之

① 刘可风:《我的父亲——柳青在最后的日子里》,《陕西日报》1991年9月21日。

情是父子间最大的财富，也是人世间最原始、最古朴、最纯洁的财富，它胜似金银，比金银昂贵，胜似衣食，比衣食更显价值。它反映在不同人身上，其所蕴含的内容不尽相同。而柳青的儿女情，分明是以深明大义为方圆的情感世界。

上述六系脉，是柳青人格情感特质中对真善美的高扬与崇尚，其表现形态的洒脱与坦荡，给他人格赋予了深厚的人道主义内涵。

（二）正义极情感六系脉：对假恶丑的抑制与抨击

正义极情感六系脉，是柳青人格情感特质中的另一方面，更具其鲜明的社会性。众所周知，人是一切社会关系的总和，人的情感的产生是人对客观事物和对象所持的态度体验的结果。所谓喜、怒、哀、乐、爱、惧、恨感情，都是人对现实的不同态度和独特色彩的体验形式，都是情感的不同表现形态。倘若把柳青进入社会化过程看作一个完整的系统。那么，他的一切行为便毫无疑问地带有社会性情感色彩。历史的陈迹与社会的巨变；人们观念的蜕变与痼疾的根深；远大理想与狭隘自守的抉择；个人利益与大众利益的冲突；公正的与自私的；虚假的与真诚的；原则的与交易的；坦荡的与诡辩的；明枪的与暗箭的；勇敢的与怯懦的；献身的与保命的等社会形态，无一不呈现在柳青所历经的半个世纪的生活之中。面对如此纷繁的生活流，他不能不表示出对此所持的态度和体验，以袒露出其正义的情感系脉。

假意假情是人类情感中一种丑陋的情态，与人的初元善良本性形成了反差。对此，柳青十分憎恶。作为蜚声文坛、极有声望的作家，他从不假意假情交友待人。凡事总要求个“真”，讲个“诚”，在真诚的交往中感动了别人，自身也常常被对方的真诚所感动。建社初期，王家斌为喂养社里的一窝猪娃于磨棚借住，数日未归，顾不上家里正在患麻疹的小女儿。柳青得知后很不满意地说。“你太过分了吧？要爱护牲畜，也更要爱护人啊！”王家斌苦笑着、沙哑嗓子说：“民国十八年冬里，我九岁，跟俺妈讨饭，冻得受不住，钻进人家烧砖瓦的窑里，不冻了，可是窑主人撵我们，我跟我妈在雪地里哭。”柳青说：“他见我眼里漂起泪花，不再说下去了。我承认，我的感情太脆弱，经不起这样感动人的事刺激。我这个知识分子和家斌相处了一年，从他学到的东西太少了。他是这样的豪迈，说着他悲惨的童年时的事，好像说着旁人的事一样。”[①] 这里没有假意假情，只有真诚的交流。20 年后，在柳青的追悼会上，一个被人扶着的农民模样的老汉，悲痛欲绝。他就是柳青的朋友王家斌，哭悼先他而去的另一位真诚的人。

真诚与私利私情、欲望虚情是不能同日而语的。虽然在人的生命本能中不乏“各自私也，各自利也”的生存欲望，但大多数着眼于阶级整体利益的人们，其社会需要之心理因素往往抑制着个体的需要，柳青便是这样的人。在他的感情系脉中，向来排斥私利私情，对欲望虚情淡泊如水，这是远近闻名的。无论从他本身、家庭生活、教育子女着眼，还是对集体、国家、他人利益的宏观考虑上，都超常于他人。他把两万余元钱毅然充公，自己却舍不得买一个鸡蛋，那是在60 代初；病魔缠身，生命垂危，却坚决放弃用公款购买医疗助器的方案，那是在 70 年代中。几十年过去了，柳青含恨九泉，身后无有像样的资产，却将公正、无私、无畏、淡泊、坦荡的崇高人格刻在了熟知他和他所不熟知的人的心里。

人们更不会忘记，在柳青的情感世界中，不顾实情及无原则讲人情的现象为大蠢，断然制之，不循而拒之。这两点铸就了他情感中的正义、壮美之底气。所谓老汉的“直”“倔”大致来自这里。尤其在“反右”、办食堂、社教运动中，对一些重大问题表现得极为分明。在教中，他对王家斌说：“有一就一，有二就二，有啥说啥，一丝一毫一点也不要瞒哄，以实为实，这是共产党员应该的。你拿了人家啥就说啥。有了就交代，没有了也不要编。”[②]

柳青捐献稿费，引起人们议论。柳青对友人说：“作家除了自己营养好一点，以及支付脑力劳动的热量，子女教育不成问题，工作条件过得去，或不发生住房坍塌的意外外，就应该过简朴生活。这种生活培养出来的作家的感情和作家创作劳动的感情，以及作家要唤起读者的感情，才是一致的。奢侈生活，必然断送作家，败坏作家的情感，使作家成为名不符实的家伙，写出矫揉造作的虚伪作品，只有技巧而无有真情。”[③] 这便是“直”与“倔”的含义。在皇甫十几年里，巨细之事都躬身去做。所以老

---

① 《柳青小说散文集》，陕西人民出版社 1988 年版，第 339 页。

② 蒙万夫等：《王家斌谈柳青在皇甫的生活》，《柳青传略》，陕西人民教育出版社 1988 年版。

③ 同上书，第 112 页。

百姓深知他，吃透了他。在他逝后的墓碑上刻的都不是“体验生活”，而是“亲自参与生活”“参与运动”的字样。不仅如此，正义更表现在对团伙帮情的鞭笞抨击之上。晚年的这种指向，将其对假恶丑之抑制、抨击的正义情感系脉推向了更高境界。一个本就感情脆弱的知识分子，对真善美高扬的人道主义作家，在生活的磨砺中，在与一系列假恶丑现象的斗争中，洗刷出一付铁骨铮铮的腰板，真可谓“堆中三载显气节，棚里满年试真金”。

综上所述，柳青严谨的现实主义一面，给人以可触可摸之铁的坚硬，两极组合之情感系脉，则更具其丝的摇曳，水的洒脱，云的飘逸。情感的密合效能，对他人格本质的生成起了直接的作用，因而他属于情感型。

柳青是永“青”的。

三　气质“三图式”的个性特质

上文探讨了人格的情感表现，我们窥视到了柳青丰富的情感系脉的两极组合及洒脱坦荡的表现形态。它作为人格形成的心理基础，弥散在他的全部社会化过程中，并且对其过程中的行为起到了启动、离合的情感互为作用。从这个意义上说，人是情感的，人的一切社会行为无不是情感行为，因而人格的建构不能不以情感为基础。这是问题的一端。

从另一端看，情感作为人的一种互动的力，人格的一种“造器”，其熏陶培植之功能也是显而易见的。有什么样的情感，便能造就什么样的人的气质，培养什么样的人的精神。人们习惯于将“情感气质”或“精神气质”合一而说，便是这个道理。如此看来，精神，指人的意识、思维活动和一般心理状态表现出来的活力。气质，指人的相当稳定的个体特点，是高级神经活动在人的行为上的表现，也称风格。可见，情感与气质都是作为人的一种心理基础，对人格的生成作用是不容置疑的。前者作为内在的心理基础，重在作用内力，后者作为一种外在形态，是前者的外化，一种表象，二者合一，体现着人格本质的主要特质。所以说，精神气质不是指偶然表现在心理活动和行为方面的特点，而是一种典型的稳定的心理特点，它在人们所进行的一切活动中，总是显示着自己的特色，也就是说，都无不染上气质的色彩。

心理学认为，气质是表现在心理活动的强度、速度和灵活性方面的典型的、稳定的心理特征。它的内在特质具有遗传而来的因素，表现出一个人一般的风度和速度的特点，它决定一个人对情境做出反应时所表现的能力强弱、速度快慢和情绪状况，从气质特质方面可以推断出一个人是激动的、温和的还是持久的等。因此，气质主要代表一个人的情绪性。由于气质的遗传性因素以及它依赖于生物组织而存在，所以它在人的生活进程中的变化，较之于人的兴趣、爱好等是缓慢的。俗话说“江山易改，禀性难移”大致指这个方面，这就指出了气质具有稳定不易改变的某些特点。但也应看到，人的这种遗传因素及依赖于生物组织而存在的气质精神情态，又是在整个社会生活进程中伴随着全部的行为活动而不断发展的。因此，它并非是固定不变的。后天所获得的一系列因素，可以掩盖先天的神经系统之特性，并在长期影响、陶冶下促使其得到发展和改造。从这个角度说，人的精神气质也是在社会生活与教育条件影响下得到发展和改造的。因此，气质本身就其生物属性来说，并不能决定一个人活动的社会价值和成就的高低，它在人的实践活动中并不起决定作用。任何一种气质类型的人，如“多血质型”“胆汁质型”“黏液质型”“抑郁质型”，以及巴甫洛夫从神经系统学说所划分的“不可遏制型”“活泼型”“安静型”“弱型”，都能在后天社会化生活的进程中，在后天教育条件的影响下，在自身的不断进取、追求、完善中或有所作为，或有所创造，抑或自灭。由此看来，研究人的精神气质的表现形态，不能囿于遗传、生物学的范畴，而要将其置于后天的社会化生活进程中，着眼于人的精神气质的社会性，从而勾勒出如马克思所说的那种社会关系总和的人的本质。

我们这里所说的柳青的精神气质，主要是指社会性的范畴，即从社会学角度考察其精神气质特质，对柳青人格本质的密和、弥散之作用。依照我的理解，所谓柳青气质的社会性，是指他对生活对象所表现出来的某种情绪，包括对人生信仰的态度，对阶级事业的态度，对人类阶级的和非阶级的情感态度，对人类生存环境所产生的一系列生活态度四个基本方面。任何一个个体人的精神气质，无不包括在这种无法超越的社会性范畴里，只不过因其所从事的职业、身份、地位的差异，所呈现的形态的侧重点不同而已。柳青自己对此也有一定的理论认识，他认为：“作家的气质更具有社会实践的性质，离开了社会实践，就很难评定‘作家的气质’了。社会冲突在作家、生活和创作的情绪和感情上，反映出来的速度、强度和深度，标志着作家气质的特征。”这是从作家的职业角度谈气质的。柳青的职业是作家，是阶级的作家。从作家这一本体角度看，他的精神气质综合着一个阶级作家所具备的一切，主要表现为以下三个方面。一是具有敏锐、深刻、稳定的心理素质；二是具有苦作、愚行、实为的文学家气质；三是具有豪气、正气、骨气的政治家风范。姑且称之为精神气质“三图式”。

把柳青的精神气质归纳为“三图式”，仅仅是从作家这一特殊职业而言，从他所从事的社会实践的相互关系中界定的。不同职业的人，可根据其不同的相互关系、社会实践构成不同的“图式”。柳青气质“三图式”，实际上呈现着这样相互关系的三个层面：作家思维层面；作家把生活转化为形象的层面；作家阶级的指向层面。三图式并非孤立，而是呈现出一种通合与耗散状。

（一）敏锐、深刻、稳定的心理素质

这是作家柳青潜在的主体心理素质，具备这种心理素质的作家，在他选定的生活领域内，他的思想总是深刻而精辟、洞察幽微、发人深省的。面对生活，他不习惯于接受一种现成的观念，欣赏以自己的眼光对生活的独立思考。人生的隐秘、社会的隐情，尤其是人的情感世界的微波，均很难逃脱他的眼光。对自己所处情境的反应，表现出很强的能力，做出较快的决策，并带有较浓郁的情感色彩。柳青的这种心理素质比较稳定。譬如他第一次选定米脂，第二次辗转数地后又选定了长安，前后定居 17 年之久。其间对生活的认识，对人生的理解，对创作的执着，对政治的关生，对所处人的感情的熟悉无不带有“柳青式”的敏锐、深刻，很少依赖现成的观念，常常视那些走马观花般的体验生活者为“赶场”“打现成”。面对某些权威对他这种生活的不以为然，柳青表现出对自己的做法固守的内在稳定心理，但又不失明智地很快做出反应。他认为，这种方法只适合他，并不是人人都能采用的方法。敏锐、深刻、稳定的心理素质，成为一种很难被外界因素所同化的“图式”。这图式的稳定性越强，对生活的选择性越强，因而他的思维显示出一种不轻易为流行观念相容的敏锐、深刻、稳定的，属于自己个性的“气质图式”。

（二）苦作、愚行、实为的文学家气质

文学家的工作是创造。当人们将人才的智能划分为再现型、发现型、

创造型三种时，文学家自然属于创造型，而且是带着情感的创造型。这里的情感创造型富有两层含义：一是作家是否情愿为之创造的情感；二是创造过程中怎样作用于客体的情感。我们主要论及前者。选择文学这个行当，柳青是情愿的，也就是说，他情愿从事这种创作。他认为，既然要搞创作，就要苦搞，否则，何不做其他工作。他提出的“文学事业是愚人的事业”“六十年一个单元”等观点，都是表达这种思想的。古人曰：“书山有路勤为径，学海无涯苦作舟”均讲这个道理。具体到柳青，所谓“苦作”，是指创作思维之苦；所谓“愚行”，是指对生活体察、参与的行为；所谓“实为”，是对生活的忠实、真诚热情关注的程度。倘若归结于一句话，那就是在生活中苦作舟，在生活中勤问路，摸爬滚打于生活之中，这便是文学家的气质。似乎每一个了解柳青的人都明白，他创作之苦，参与生活之愚是常人所不及的。苦于使笔下形象不失生活之原样，为写好《创业史》中一个次要人物李翠娥，他不惜三次与原型攀谈；为写一张地主剥削农民的地契，他不惜走十几里之遥去翻阅档案原件。真是斟酌一个字，捻断十根须。以至于参与生活之愚，自不待言，而这两点都缔结在对生活的忠实、真诚、热情、关注的“实为”上。在米脂三年中，他病倒于农民的土炕上；长安十四年，他滚爬在高河两岸；“文化大革命”中，他仍念念不忘第二故乡皇甫；晚年于病榻之上，他希冀“女儿待翁登栖楼”等实为现象，这些都铸就了一个文学家认定文学，舍命于文学，魂随文学而去的特有的个性“气质图式”。具备了这种独有的“气质图式”，才能给文学创作滋补元气。从这一意义上看，文学家气质的形成不在才能，而在生活。柳青说：“每个时代最先进的世界观水平即最先进的政治觉悟水平，要求每一个时代最先进的作家气质是与群众同生活，同感受，同爱憎。所以，尽管作家在生活和创作中才能和气质都起很大的作用，但是仍然不能把文学才能和作家气质混为一谈。”马克思说艺术家“不仅通过思维，而且也用一切感觉在对世界中肯定自己”。他把这称为艺术家的本质。高尔基称作家是阶级的感觉器官。毛泽东说：“我们所说的文艺服务于政治，这政治是指阶级的政治，群众的政治，不是所谓少数政治家的政治。所有这些说辞帮助我们分清楚革命作家和贵族作家、资产阶级和无产阶级中间的气质差别。”[①] 可见，在气质、才能、风格三者中，

---

① 柳青：《典型 · 才能 · 气质》，《柳青纪念文集》，《人文杂志丛刊》第 1 辑，第 282 页。

气质更具其阶级属性，而柳青的苦作、愚行、实为的文学家气质，则更凝聚着阶级特征的“气质图式”。

（三）豪气、正气、骨气的政治家风范

大凡文学家必是思想家，而思想又无不是阶级的思想，不乏政治因素，因而可以说，文学家也是阶级的政治家。柳青作为一名党员作家，在解放区的氛围中，在延河边革命精英们的熏陶下成长，他一生为了阶级利益忠实地奉献着一切，在几经曲折，几经危难中，表现出一个无产阶级政治家的豪气、正气、骨气，铸就了他精神气质上的又一“图式”。

纵观柳青一生，其顺境与逆境并生。以我的理解，于逆境之中的豪气、正气、骨气更为鲜明，更能体现其政治家的风范，体现它精神气质的高下。柳青一生确有过几次较大的逆境，出现过濒于绝境的精神危机。青年疾劳早衰的危机；米脂灵魂搏斗的危机；“文化大革命”中生死抉择的危机；晚年困病于身的危机。

1. 青年疾劳早衰的危机

柳青的外在形象不属于那种魁梧敦实的大汉型，而是瘦弱体，加之他那特有的坦率、机智幽默、风趣，故称“陕北的契诃夫”。然而，就是这位文弱的青年在接触了先进的思想武器后，开始对社会、政治、人生产生了极大的兴趣并有了独立的见解。于是随着革命形势的高涨，他置身于革命大潮之中。十几岁连字都不全认便啃读《共产党宣言》，继而办刊物，常常累得大口咯血。他大哥担心疾劳出事，几次劝他，无一次奏效，气愤地说：“我看你非把这命送到这文字上不可！”① 然而，柳青总是一笑置之。“笑”，是一种豪气，是青年柳青涉足社会，显示自身价值，其热情与豪情遮盖了肉体之渐衰的必然情态。“笑”使他振作，毫无怨言地跨过了青年早衰的危机，给他在人生道路上的施展增添了几分坚定的内补力。

2. 米脂灵魂搏斗的危机

在米脂三年中，柳青经历了有生以来第一次真正的精神危机。作为作家，生活关和感情关如同佛门的剃度一样无法超越。而出身于较富足家庭的知识分子柳青，初到不久，于生活、劳累之中一下子病倒在乡民的土炕上，于是一场退还是坚持的灵魂搏斗困扰着他。“我知道，假使我不能过

① 柳青：《柳青专集》，福建人民出版社 1982 年版，第 8 页。

这一关，我就无法过毛主席文艺方向的那一关，我就改行了。”在那漫长的日子里，他读了《斯大林选集》五大本，读了关于写善与恶的《悲惨世界》，目睹了乡村干部党员对革命的热忱，给他精神以极大的支持。于是“使我克制住一切邪念：享受，虚荣，发表欲，爱情要求，地位观念……把我在乡下稳住了”①。他称这种变化为“转弯路上”。我以为这种转变，其结果有两个质变点：一是情感的归位；二是吃苦思想的确立。而转变的过程便是灵魂搏斗、精神危机的自我调节过程，也就是柳青旧图式于危机中的瓦解，新图式在危机中的形成，其内在动力源是由情感、蔑视困苦之豪气的直接推动所致。因而他又较好地跨越了一次精神危机。

3. “文化大革命”中生死抉择的危机

所谓“文化大革命”，实际上是两个阶级、两种路线的政治决斗，是进步与愚昧、革命与反革命的大较量，文化只作为一种介质，变成了工具。那么处在文化之中的文学家柳青，便无可回避地卷入其间，历经着远远越出文学范畴的政治演示史。也正是在这一演示过程中，他的政治家的一派正气、一身骨气得到了极好的展示，形成了他人格本质中重要的一环。对“文化大革命”从理论上的认识，柳青是清醒的，他说：“这几年我想了很多，经过‘牛棚’一段考验，我观察了，分析了，我们党的老干部，绝大多数是不错的，这是我们党的财富。他们为真理不怕牺牲，敢于牺牲。他们有原则，不出卖原则，也不拿原则作交易。你想想，有这么一大批有威望，有影响，有号召力的老干部，能对眼前这样的现实袖手旁观吗？能不挺身而出吗？我国社会制度的建立，是千百万共产党人的生命和鲜血换来的，不是那么轻易就能变的！只要这个不破坏，就有希望。我始终相信，那些人的日子长不了。”②

理性思维是一个人生命中的较高意识层，这种意识层愈明晰，其行为指向便愈执着愈坚定，愈能规范其行为。“文化大革命”中的柳青保持了一个共产党人应有的气节。当辛苦创建的长安皇甫村生活创作家园被捣毁时，他起初除愤然外，仍以解剖自己，接受教育和考验的正确态度为前提。当罪名升级，批斗升温，连累一大批老干部时，柳青愤怒了，矢口否认《创业史》是毒草，公开宣称自己是“正在受审的共产党员！”在所谓

---

① 王维玲：《柳青的最后十年》，《大写的人》，中国青年出版社 1982 年版，第 88 页。

② 李须东：《和柳青谈戏》，《大写的人》，中国青年出版社 1982 年版，第 204—205 页。

革命发生转折时，造反派企图结合他“入伙”，他对此不屑一顾，蔑视地说：“为革命的怎么能和反革命的在一达！”于是，柳青第二次被打倒时有好心人劝他：“别那么倔了，承认一下，少吃些苦，识时务。”柳青大眼圆睁说：“我是共产党员嘛，要有坚持原则的骨气，不能作软骨头。”“要坚持实事求是，有时剩下一个人了，也要坚持，不动摇，甚至要牺牲生命。识时务为俊杰这句话，在我看来，不符合实事求是，是带有市侩哲学气息的。凡是实事求是，凡是不惜一切坚持真理的人，就不能有投机心理。投机心理有大有小，是由个人主义产生的一种精神状态。两千年以前诗人屈原，是封建社会的，他敢于坚持一种信念。鲁迅在当时上海的文艺界中，他坚持真理，他是完全为人民和革命的，我也是一个文艺工作者，我觉得，像在泥泞道路上走着一样，要一步一个脚印，要经得起一切考验。”① 于是，换来的是“特务”“现行反革命”“里通外国分子”等罪名。妻子马葳不堪忍受这种屈辱，更不堪目睹对丈夫柳青的残酷折磨，以死抗暴，含恨而去。此时，柳青悲痛万分，欲望窒息，精神处于极度危机之中。“那时，我确实想自杀，这是我唯一能采取的反抗和自卫的形式。我在触电时，心里很坦然，很从容，很清楚，电把我的手心击黑了，烧焦了，我昏死了过去，什么也不知道了。……尽管我主动采取自己处置自己的手段，但我可以告诉你，我对自己的信仰没有动摇，我的精神支柱没有垮！”② 不难看出，在生与死、荣与辱的关键时刻，柳青信念犹存，精神不倒，宁死不屈。一种抗争邪恶之正气、骨气、豪气保证了他人格本质中最光辉的一面。

4. 晚年困病于身的危机

多灾多难与柳青的壮行结伴而来。诚如他的女儿刘可风所讲：“一生瘦弱多病，十四岁就患了肺结核，开始吐血，以后，每遇过劳和过苦，就咯血不止。他的一生和文学并蒂而生，也和病魔有着不解之缘。”③“四人帮”粉碎后，他劫后余生，剩下了什么呢？是病弱的身子，一群无人照料的孩子，以及无法倒流的宝贵光阴。这些旧恨新愁都给他急于工作，争夺时间，完成《创业史》全卷带来了极大的困难。然而，面对这些心理

① 王维玲：《柳青的最后十年》，《大写的人》，中国青年出版社1982年版，第95页。

② 同上。

③ 刘可风：《我的父亲——柳青在最后的日子里》，《陕西日报》1991年9月21日。

危机与压力，他总是处在一种良好的精神状态中。病稍见好，就希望女儿扶他去看望乡亲，并一再恳求大夫让他再活两年，把《创业史》写完。对友人说："人已老，不思腾达。只求死前留一定稿，足矣。从炉口看，火已灭，但炉内燃烧正旺。眼看着夕阳西下，赶路心急，可惜诸事不宜……虽如此，心志不灰……你怕此事对我的身体有影响，应该理解我的心情吧！精神境界绝不局限于个人一时的利害得失。"① 是的，生命的垂危，个人一时一刻的利害得失，柳青全然不顾，除了事业，没有别的。

以上四次危机，四次蜕变，四次超越，其间虽不乏消颓、自泯，但最终却以豪气、正气、骨气而奠定，柳青人格的崇高也正是来自于这些蜕变、超越之中、之后。

① 王维玲：《柳青的最后十年》，《大写的人》，中国青年出版社1982年版，第95页。

第六章　文学创作的人格诗化

人类生存环境是广阔丰富的，集多种因素而成的一种大氛围，其物质因素固然不可或缺，然而文化因素则是人类赖以生存的更好条件。它对人格的形成是一种无形的渗透，是促使人格完善的能源。主体人格的建构和完善往往受动于文化并与其达到一种内化。本章所要研究的正是文化的渗透与主体人格建构的内化关系，以及柳青人格在创作中的显达。

一　文化与人格的内化关系

文化与人格是两个不同的对等范畴，且又是密切相依的。当人类社会形成后，便与文化相蒂并生，从人对社会、大自然的认识，到饮食、服饰、习俗、伦理道德等无不体现着文化因素。人类愈发展，其文化愈发达，个体人格的建构也更趋于完善。倘若把一个与外界长期隔离，只供温饱而成年的婴儿看作人格心理正常的普通人，那是很难想象的。所以说，人格是个人在特定的群体文化或民族文化中形成的心理特征和行为特征，个人的人格是群体文化或民族文化的内化物，要洞悉一个群体或一个民族的文化特质，只要观其在这个氛围中生存的单个人的心理和行为状况便一目了然。

文化与人格虽是两个不同的对等范畴，但它的相因是显而易见的。诚如上述，文化首先是人格赖以形成的土壤；其次是人格完善渠道的主要信息；最后是个人的人格反过来又体现了特定文化的一般性质。文化作为特定群体或民族漫长的生活过程中共同创造、享有和遵循的相对稳定而抽象的思想与行动的动态复合结构，它势必通过社会化过程传递给所属的每个人，并构成其心理、行为结构。张峰先生在《当代中国人对西方文化的心理取向》一文中，较为详尽地将文化与人格做了结构上的解剖，认为文化具有结构性，它是各种文化要素的集合体；作为文化内化物的人格也具有结构性，它是各种心理特质和行为特质的集合体。文化结构的四个基本要素是知识体系、价值取向、强化系统、行动准则。人格结构也同时具有四个基本要素，即认识方式、评价标准、态度倾向、行为模式。二者又构成一种对应关系，也就是说，文化的知识体系带来了人格的认识方式，文化的价值取向决定着人格的评价标准，文化的强化系统左右着人格的态度倾向，文化的行动准则规定着人格的行为模式。这种关于文化与人格的理性界定，毫无例外地覆盖着每一个个体人，作为文化人的柳青，其文化与人格的内化之特点自然更为分明。

柳青一生的主要社会行为是从事文化的建设，是在文化的氛围中实现他的全部信仰、理想、道德、人生目标。文化作为意识形态领域内的一个特殊部门，它不同于政治那样激烈轩然，有别于经济的机巧而有序，却更具其潜移默化的深层渐进的特殊功能。柳青置身于这样一种环境中，久而久之，文化人所特有的博识、敏锐、刚直、深沉等文化属性之特点便自然形成。这表现在两个层次上：一是显性文化特点，即可观察到的柳青的外部行为；二是隐性文化特点，即指导柳青行为的一系列思想规则、隐秘而稳定的心理程序。他的人格的全部含义毫无例外地通过显性和隐性文化的不同形式表现出来，还原在他的每一个阶段、每一个行为模式中。

（一）文化的知识体系与人格的认识方式

柳青的文学生涯起步于40年代，那时，由于日寇的入侵，民族矛盾急剧上升，时代不允许他潜心于某一学府而营造自己的学术武库。作为一名激进青年，他较早介入了现实斗争，献身于当时革命洪流的每一个环节，无缘于文化知识的系统性深造，却完全处在工作即学习，学习在实践中这样一种方式上，因而，远不能与学富五车的学者们并论，其文化知识的不完备是可想而知的。

知识体系的残缺势必影响到一个人对生活认识、判断的方式和方法的准确与科学性。然而，人生课堂可谓大，有先哲明言，读书先读生活书，只有读懂了生活书，才能更好地理解书本这些书，尤其是社会科学。柳青正是立足于生活，淹入现实之中，以后天的不懈努力与实践来弥补、充实其知识体系的。他也深感读书的重要及对创作的指导意义，尽可能广泛涉猎了哲学、马克思主义美学、文学理论、历史以及中国社会各个历史时期的变革等书籍。这种社会科学知识的增加，不仅对他知识体系、文学创作带来了后潜力，更重要的还在于完善了他整个世界观、认识论，从而奠定了他的人格的新的认识方式。譬如，他对新文学与旧文学做出比较后，认为五四运动中提出的“赛先生”和“德先生”的口号把中国革命多少向前推进了一步，对他学生时代的行动思想极有作用。再如，他对国共两党进行比较后，认为国民党的行为是慈禧太后主义者——宁赠外帮，不予家“奴”，是中国社会罪恶的渊薮，进而确认抗日民主根据地是全国最光明的一片净土，是抵抗异族法西斯侵略者和推动中国社会前进的强固堡垒。

知识体系作为一个文化概念，是特定群体或民族对客体世界认识的总和，这个总和规定着什么便是什么。柳青具备了上述实践认识知识，便产生了如此明确的概念，于是带着他人格的新的认知方式，使他 14 岁便啃读《共产党宣言》，22 岁奔赴延安。他的这些看法和观念，内化为个人的信念，形成了他人格结构的一部分，并且规定着他个人对客体世界的认知方式，也即认同什么，或不认同什么，这在柳青以后的生涯中是十分明确的。

（二）文化的价值取向与人格的评价标准

当人类进入生存状态后，便产生了一系列面对大自然、社会现象的生存选择，在不断地选择与淘汰之中求得其自身的存在与发展。于是，选择什么，什么对自身乃至对群体或民族的生活有意义，其价值观便成为衡量的绳墨。于是，价值取向也便内化成为个人的评价标准，并以此来评价某个客体的价值，进而确定是否选择该价值，或是否认同该价值。价值取向在这里成为个体人评价客体的思维坐标。

柳青一生思维敏捷清晰，小事不失，大事千虑，在任何艰难困苦中，依傍马列信仰而确定自己的价值取向，以此来评价、判断他所面临的事物。这方面的事例举不胜举，暂择三例，以窥见貌。其一，不惜将巨额稿费充公，以求得符合共产党人以大众利益为目的的价值取向。《创业史》第一部稿费 16000 余元，在当时确为大数目，对生活水平较低的柳青一家人来说十分重要。然而在捐与留的问题上，各级领导诚劝他捐留各半，以供家人给养。柳青认为，作家为人民之作家，焉有钱财归己之理？留一分也是留，不符合共产党的主旨，捐比留的价值更大，他选择了前者。这种极为鲜明的价值取向成为他的心理定势，规定着对子女的教育，对村干部的教导，自始至终。其二，面对50年代后期我党对国情民情的失察所制定的一系列方针政策，柳青保持了应有的价值取向，处于不能认同状态，这种来源于对现实生活体察后的价值取向，内化成为他个人的评价标准。于是他写小说《狠透铁》，作为现实的参照，提醒人们防止因失察所导致的更大程度上的失误，进而防微杜渐，并且坚信党在一定时候一定会纠正的。也就是说，柳青价值取向的可贵处就在于，不是盲目追随，盲目崇拜，而是在对现实社会中人民大众利益得失的基础之上，去评价去判断，即使他无力改变这些现象，却敢于正视它，以求得与其信仰相一致的价值观。其三，作为作家，始终认同与群众在一起的真理。因而，他评价一个作家是不是有出息，其首要一条就是看其是否与群众打成一片，如果做了，他便认同，赞赏；反之，他会说是“赶场”“打现成”，不予认同。这一价值观是他一生中最为鲜明的一点，即使死后也留嘱将其埋在与他朝夕相处的群众之中。

（三）文化的强化系统与人格态度倾向

文化的强化系统，可以理解为执行党所从事的、为本阶级利益所鼓吹的一种宣传系统，它具有明确的阶级功利性，以及持久、稳定和一定强度灌输的规定性。同时，强化系统的阶段以及各阶段所规定的强化程度，强化措施也是很明确的，同样具有一定的规定性。从强化系统来看，它以价值观念为媒介，为准绳，对各种社会现象及行为予以正强化能量的宣教和张扬，也即在赞赏、奖励和肯定的同时进行负强化宣教和张扬，即批评、否定和斥责。我们应该看到，文化的强化系统，作为一种工具，需要作用于人，于是便内化成为每一个人的态度倾向，并由此规定着主体人对客体行为的肯定与否定的倾向和态度。这一点也与其人格态度的倾向构成一致，甚至左右着人格态度的倾向，这是文化的深层积淀、潜移默化、长期熏陶所致，而人格态度和倾向则恰恰从文化角度反映出来。

依照中国传统的文化道德强化系统，做人最起码的尺度应该是正直，有正义感和同情心，以及由此所产生的爱国爱民、质朴善良等正强化极。中国共产党诞生后，作为一个崭新的政党，她所提倡的强化系统，除旧有的基本准则外，另有新质，如为人民大众利益服务，争取平等自由、和平富强等，这又构成了一种新的文化强化系统。作为共产党人的柳青，一个阶级的文化人，其人格指向、人生态度无不受这一新的文化强化系统的约束，因而，它左右并规定着柳青人格态度的倾向。柳青青年时期所读的《共产党宣言》等书籍，所从事的办进步刊物等事业；中年时期所涉猎的有关创作、实践方面的知识以及行为，都具有阶级文化性的强化系统性质，他正是在这种明确的规定性系统中，内化了一种属于自己人格态度的倾向。于是在他人生生活的每一个关键时刻，他的人格态度的选择性是十分明确的。他放弃了在国统区从事旧文化人所能从事的事情而渴望光明，奔赴延安解放区这一净土。他放弃了当时主义繁多的信仰招摇，却坚定地确立了共产主义信仰作为自己的价值观及违背家人的意愿，选择了文学这一拯救灵魂的事业，并与其阶级的实践相结合。他不以别人的模式为束缚，却苦寻出一条为别人所不为的文学路，且一举成功等。因此，结合起来看，柳青的这些人格态度倾向，无不是文化的强化系统之内化的结果，它作为一种能源，为人格补充能量，其渗透力将是长久的，很难予以改变。

（四）文化的行动准则与人格的行为模式

人的行为准则，作为一种规范，它由文化的价值观念取向所规定。一般地讲，这种准则的内涵有其一统性、绵延性，规劝教化人们的各种行为，应当与本阶级的根本利益相一致，一致的就应该去做，不一致的就应该却步不行。准则的文化属性一旦内化为人格特质，就成为个人固定的行为模式，因而它对人格的行为模式具有规定性。我们在上编第二章中所谈到的柳青的文学修养和文学践行内容，就是文化的行动准则，是对人格行为模式规定的体现。

思维是实践的反映，更有着文化的特质，它对人格行为是一种铸模，人们的一切行为都随着这一铸模准则而展开。柳青为什么会追随马列，自信“单元”六十载的行为；为什么会具有坚持真理、抗击邪恶的行为；为什么有忠于生活，归根实践的行为，以及崇知识，重修德，农民本色，平民意识等行为，而且如此坚执不苟，同样也来自于文化的价值取向所规定的行动准则，因而才生发出符合于这一准则的行为模式。

综上可见，不论是个人人格还是民族群体人格，都不能离开文化的浸润。文化作为人格建构的土壤、能源，往往与人格的发展、完善形成一种对应关系，而对应交流之方式便是潜移默化，最终达到二者的内化，尤其是隐性文化对人格质核更具深层的内化作用。所以说，当我们读到柳青的一系列小说、诗歌、散文等文字时，甚感其人格意识的浓烈，文品与人品的完美，从这个意义上说，一方面，文化作为一种渗透力，对柳青人格的建构功能无疑是直接的。另一方面，其人格意识对创作的贯注更是一种必然，这便是文化与人格的对应与内化的辩证关系。

二　文化视野中的忧患意识

柳青的创作生涯历时 42 年（1936—1978），不能谓之短，主要作品却不过六部：散文集《皇甫村的三年》，短篇小说集《地雷》，中篇小说《狠透铁》，长篇小说《种谷记》《铜墙铁壁》《创业史》，这些文字也不能谓之多。试问，这位作家究竟以什么取信于读者呢？每个为文者当深思之。

面对这个问题，我们不妨回视柳青的诸多作品，便不难发现，他的这些文字不全是所谓的纯文学，有许多篇目是在具体工作中因事有感而发的，这些都表明了柳青以广阔的文化视野来面对生活，观照生活中的人和事，从而培养了一种强烈的忧患意识与参与意识。

革命作家的崇高愿望，是以自己的文学活动为人民群众服务的。柳青认为，一切人民所需要的，和自己日常用笔为人民服务的工作不相矛盾的，他都会满腔热情地倾其全力从事它。实践证明，柳青是先革命，后文学，先生活，后创作，视工作为己任，自觉为人民代言，毫不惜时。譬如，40 年代的《米脂县民丰区三乡领导变工队的经验》，50 年代的《长安县三王区人民公社的田间生产点》，60 年代的《耕畜饲养管理三字经》，70 年代的《建议改变陕北土地经营方针》等文，都说明了柳青和党的革命事业的直接联系。数十年来，他从事实际工作所花费的心血是无法计算的，其价值何止一部《创业史》。也许有人会惋惜，殊不知，正因为如此，才使得他成为生活的富翁，以致产生了巨著《创业史》，使他不仅享有描写中国农村生活能手的盛名，同时又享有党的出色的实际工作者的声誉。而这一切都是他忧患意识和参与意识的具体反映，是他置文学活动于广阔的文化视野之中的必然结果。

参与社会，参与实际工作，反映在他的创作生涯中，大致涉及这么几方面。一是关于在实践中自我思想改造的文字记录；二是关于文学创作与实践相结合的文字记录；三是关于亲身参与合作化运动的文字记录；四是关于对群众生活疾苦的关注文字。从这四方面足以窥见一代人民作家，献身事业的深广的忧患思想和积极入世的强烈愿望。

（一）忧患，源于情感转换的自我意识之中

关于思想改造、情感转换的文字记录，是柳青写作中的重要一面，代表篇目有《转弯路上》《毛泽东思想教导着我》《永远听党的话》《三愿》《我的生活和思想回顾》等。在这些文章中，柳青主要强调了与人民群众的思想感情问题，它决定着一个作家的生活方式、生活态度、创作态度等重要方面，是一个作家具有忧国忧民意识，以及为之忘情献身的重要基础。因而柳青从一开始便从这个问题入手来衡量自己。在《转弯路上》这篇文章中，柳青记载了他初次介入群众中所遇到的种种现象，以及由此所带来的思想上的变化。农村工作可谓具体，在米脂乡下全印证了。“写介绍信，割路条，吵嘴打架，甚至娃娃头上长了个疱有无治疗办法，都得找我。”而你必须做出相应的态度。于是，柳青首先想到了感情上的结合问题，他认为：“这里提出了两个问题。一个是群众关系，一个是干部关系——要和群众打成一片，还要和干部打成一片，认真地做好工作。通过工作，和群众结合，这种结合就是感情上的结合，就可以逐渐地改造自己。”在他面对另一个生活、物质关而病倒后，他从毛主席文艺方向的大处着想吸收各种精神力量，战胜病魔坚持了下来。“黑夜开会和众人睡在一个炕上，不嫌他们的汗臭，反好像一股香味”“拿着农民的一杆烟锅走得挺带劲”“背着铺盖卷走过十字街不脸红了”。他觉得这不仅是他个人的变化，而且是“我们全党全解放区在1943—1944年间的大变化”。这种思想上的变化，从狭义上看，奠定了他以后参与实际工作、思虑民情的良好意识；从作家立足点这一广义上看，具有普遍意义，也是一切从文者所极力奉行和实践的长久问题。

毛泽东《湖南农民运动考察报告》一文是柳青反复琢磨、刻意理解的一篇文章。他认为，毛泽东无论在行动上和思想感情上，都是同工农群众结合在一起的最早的与最好的典范，他才真正理解了毛泽东同志是伟大的人民领袖的含义。重视感情的转变，柳青有了更新的认识。他说：“对于小资产阶级出身的文艺工作者来说，还必须首先通过与工农兵大众的结合，来改造自己的思想感情。”“《湖南农民运动考察报告》更在我自我改造的思想斗争最痛苦的时候，教育了我，鼓舞了我，使我有了足够的理智

和意志坚决地改造自己。”[①] 他解剖自己自认为的三个包袱，即出身农民阶级，成分好；入党时间早，历史纯洁；以前的作品是歌颂革命，歌颂人民的。然而正是这种盲目的自信与自持，使他忽略了思想修养，才出现了米脂三年期间几乎难以支撑的局面。这里，柳青从一般的感情问题出发认识到感情产生于正确的阶级观点这一高度。阶级观点使一个人首先生发强烈的革命要求，而不是个人的创作要求。也就是说，首先要看群众以为痛苦的，我是不是以为痛苦，群众觉得愉快的，我是不是觉得愉快，这不单仅凭咬住牙就能忍受的，重要的是思想深处的革命。毛泽东《在延安文艺座谈会上的讲话》里谈道：“没有这个变化，没有这个改造，什么事情都是做不好的，都是格格不入的。”柳青由衷地感到“我以为作家要以正确的阶级观点与思想感情进行创作活动，除了走毛泽东同志所指定的这条路，再没有其他任何捷路”[②]。认识上的飞跃取得了思路感情上质的变化。1964 年初，面对国家的困难，柳青写下了《永远听党的话》和《三愿》两篇反思性的思想认识文字，表示了他的一些人生态度及其具体行为规范。他在前文中这样说道：“听党的话，不断地改造思想；同人民在一起，积极参加实际斗争和实际工作；在艺术上，努力地发挥自己的独创性和独特风格。”这三点是他尔后长期参与实际斗争的理论准备。他从创作角度特别强调文学创作过程中所包含的个人艰辛和才能因素，尤其是思想感情方面的因素，提出著名的“作家在展示各种人物的灵魂时，同时展示了自己的灵魂”的论断，提出了“作家的世界观，他的生活态度，写作态度，气质和性格，都在他的作品里得到表现”的观点，这种理解使他更加自觉地将忧患意识与参与意识明朗化、实践化。作为一名党员作家，始终置于党的行列之中，在党的 40 周年诞辰之日，柳青又以《三愿》共勉。一愿永远不脱离群众，不脱离社会实践，写自己的感受，不向壁虚构；二愿在不脱离社会生活的基础上，有重点地阅读马列著作，提高自己的文学创作水平；三愿永远脚踏实地，不急躁，不骄傲。这些文字是柳青对前篇思想的一个发展，其人生态度和行为规范更坚定了。此后，他的强烈的忧患意识、参与意识在整个文化视野中已成为稳固的心理定势，源头均生发于上述理论之中，这是应深刻认识的。

---

① 柳青：《毛泽东思想教导着我》，《人民日报》1951 年 9 月 10 日。

② 同上。

（二）忧民，在受审查期间和呻吟病笫之余

柳青观照社会、体察民情之强烈的忧民思想是世人皆知的。他出身于陕北乡间，虽然尔后离家去他乡，但时时关注着家乡群众的疾苦。如果把这种关注局限在乡情的圈子里，那无疑是一种狭隘的看法。在他的胸怀中，只有一个姓“共”的家庭，无论是陕北人民还是长安群众，无不在他的忧思之中。人们不会忘记那万余元稿费捐给了长安人民，另有万余元稿费又捐给了家乡人民，这些都说明柳青文化视野中深邃的忧民思想根源。

1955 年，柳青出于一个作家的责任感、使命感，曾给陕西省委上书建议改变陕北的土地经营方针，由于客观原因，下文不明。十几年过去了，历史发生了深刻的变化，尤其是在 1972 年的变故时刻，柳青自己正处于危难之中，在受审查期间，逢陕北老家的亲友，谈起连年干旱所造成的集体经济困难和人民生活艰苦状况，他于心不安。于是，他在危难之时，在呻吟床笫之余重新认真考虑这个建议，写下了《建议改变陕北的土地经营方针》一文。柳青说：“我自信为了人民，绝无私念，更无其它意图，因为我没有完成写作计划以外的任何目的。”他一生磊落坦荡，从不苟于私心杂念，一腔忧国忧民之心世人可见。该建议不仅饱含着他科学认真、重实情、重实效的严谨求实态度，而且也反映出他谙熟家乡风土人情、地理环境、资源人文等基本情况，科学详尽地提出了一个集园艺、植桑、蔬菜、粮食、电力、毛纺、矿藏、造纸、酿酒、铁路以及文化教育于一体的综合性开发方案，以便因地制宜，全面发展，改变旧有的十年九旱，不宜种粮的现象。这里，柳青思维之周密，分析之详尽，自不待言。而令人敬佩的是他的参政议政、为民请命之强烈愿望，置自己安危于不顾，无须他人的提示与催促，完全出自内心之忧民意识，自觉从事文字的参与，意识的参与，行为的参与。

（三）参与，创作与实践的同步意识

文学创作与生活的关系，与实践的相结合是柳青一生强调最深刻，讲得最多的一个问题。在这方面，有许多极有见地的文学记录，标志着这位作家的独特见解。他不仅如是说，而且如是做。做，是一种参与，从意识到行为的参与，在参与的过程中加深认识。譬如已成书的《铜墙铁壁》，

他感觉不尽如人意，认识到这是生活实践上的差距，在于他对生活的理解与体悟，于是他从思想上产生出一个长期落户农村，不为别人所为的计划，并从自身排除一切干扰去力行它，完善它。当他身在这种生活实践的大海之中后，一系列切身的体悟和感受便由衷而来：先生活，后创作，当你身在其中了，创作的动机便来到了；一切归根于实践，对于作家，一切归根于生活；文学事业是一种终生的事业，要勤勤恳恳搞一辈子，不要见异思迁，在生活里，学徒可以变成大师，离开了生活，大师也可能变成匠人，诸如此类的界说，不胜枚举。柳青在他的《创业史》及其他作品中，坦露出他对生活的一种热切关注，从这个角度讲，他的文学创作，则是更大程度上的参与。

（四）视野，合作化生活的文化审美观照

众所周知，人类由初年的蒙昧时期向文明时期的发展，实际上也是一种文化的发展，人类伴随着文化的发展，逐渐有别于他种族而主宰了世界。因而，人类便更多地蕴含着不同时期的文化属性。当人们以自身的眼光回视生活时，其心理定势中的文化视野的规定性是难以改变的。这种心理定势一般而言，是主体人主观心理的某种反映，于是客观事物便随着主体人的主观心理之愉悦、之烦恼等情感因素而变化着，并得出不同的评价效果。文化人善于从文化视野，从文化角度来审视生活，评判新事物的根由及其发展前景，柳青正是从这一广阔的文化视野中，对合作化生活予以深刻审美观照的。

合作化运动在柳青的视野中，岂止是一场农业革命，更深的意义还在于它是几千年来农民文化意识、心理积淀的一次大革命、大跨步。梁生宝，一个建社初期扫过盲的青年，竟能成为合作化的带头人，这是他心理文化意识的觉醒。梁三老汉从依依不舍他的大白马，到用小眼睛窥视还有谁敌对合作化的根本转变，不是别的因素所致，而是他心里沉重积淀的悄然释放。柳青这样一种积极的审美文化观，一旦投射在整个合作化运动中，其大事小情、悲欢忧愤统统被纳入他的文化视野中加以真诚的反映，显示出这位文化人崇高的热爱生活的态度。观照合作化运动中的琐碎小事，并不是一个作家的根本任务。然而柳青不这样认为，他主动为此写下了为数不少的文字，譬如《长安县三王区人民公社的田间生产点》《耕畜饲养管理三字经》《一九五五年秋天在皇甫村》《王家斌》《邻居琐事》

等。这些文字无不洋溢着柳青的一种热烈情绪，即对合作化的由衷赞美及热情参与。

合作化的前身是互助组，那是 1953 年，柳青初到皇甫，互助组处于零散状态中，当时就有“春组织，夏一半，秋零落，冬不见”之说。人们用镜框装起土地证，挂在毛主席像下，心中却打着自己的小算盘。柳青也很沮丧，发誓再也不弄这事。然而，王家斌互助组的出现，极大地调动了他的情绪，于是他埋头在王家斌互助组里，直至高级合作社的成立和稳固，带动了还处于徘徊之中的大批农民。当人们评价说，王家斌“胜利社的人走路多么带劲时”，柳青的心情格外激动，他在《王家斌》一文中写道：“这些赞叹的声音，给人造成了一种鲜明的印象：劳动在胜利社的确已经不是沉重的负担，而是光荣的，豪迈的，英勇的事情了。我也没有想到，仅仅经过一年的生产和分配的成功，社员们在劳动态度上就起了这样大的变化；我更没想到，年轻的王家斌只当了一年社主任，就能把一个扩大了的农业社料理得这样井井有条，生气勃勃。”在《一九五五年秋天在皇甫村》一文中，柳青放笔描写了许多感人的事。多子女户陈恒山，地少娃多，劳力弱，他认为世界上没有什么“主义”能把我从贫困中解救出来，除非我的娃娃们长大成人。然而，合作社却使他够吃，够穿，够用了，他高兴得像个小孩子，再也看不出一点“混社”的态度了。秋后扩社时，开会锣声一响，小学校的教室霎时人员爆满，哪管大雨如注，天黑地黑。如果有人开玩笑说：“你今年入社恐怕审查不上吧?”那人脸色立刻变了，吃睡不下，说话都带着哭声。单干户宋志让家，吵闹声四起，不为别的，就是受不了单干的孤独，于是老婆、儿子、女儿一齐攻击他，对付他，老汉低头垂泪，大滴大滴的眼泪掉在地上。柳青惋惜地写道：“哭吧，宋志让，你用眼泪送私有制的终吧!”其字里行间，赞美之情，张扬新生事物的态度可见一斑。

一个作家的生活态度取决于他是否用笔热情地参与，真诚地反映生活中亟待解决的问题，这一方面，从柳青的《耕畜饲养管理三字经》便可见端倪。这是一篇关于农村工作经验之类的短文，虽然比不得《创业史》那样的辉煌，但却是他发现生活，观照生活，事无巨细之审美情趣的结果。诚如评论家胡采所言：“作为一个革命的作家，在生活中，在群众中，就应当有这种编写《三字经》的精神。一种关怀群众生活的精神，一种为人民服务，也就是为工农兵服务的精神。”“正因为作者在生活中有和群众一起讨论、编写《耕畜饲养三字经》的精神，有密切联系群众，向群众学习和为群众服务的精神，然后，他才有可能经过长期的积累和深刻的观察、体验、分析、研究，经过艰苦的艺术创作实践，而终于产生出《创业史》来。他在《创业史》中所体现的精神，乃是他在生活中为群众服务，为群众编写《三字经》精神的一种合乎逻辑的深化与发展。"① 所以说，上述数篇文字连同他的《创业史》等作品一起，都是作者一种文化心理的积淀，一种积极观照生活的心态的体现，它从不同侧面显示着同一个问题，即柳青对生活良好的审美观，不以巨细，只以群众之所急，之所需，之所想的热切情绪。

综上，我们观察了柳青作为文化人的忧患意识和参与意识的表现，自身的情感改造是重要源头，由此生发出忧民思想的不断增长；作为作家，以文学为人民代言，因而其参与意识也就毫无疑问地贯注在他的一切作品和非作品的字里行间。我们从柳青的非文学作品中，直接触摸到文化积淀对他的极大的渗透，以及对他人格建构的内化，看到了他对生活审美观照的全息思维状态。

三　人品与诗品的珠联璧合

柳青文学成就在小说，可以说是小说家，而非诗人，虽然诗作篇什微薄，数量不多，但却是他人品的一种折射。这些诗作大都在他的后期，也就是经受了"文化大革命"严峻考验后的10年间。在这10年中，世事险恶，信念倾圮，文坛上不乏倒戈隐退者，投靠求荣者，然而柳青却以共产党人的浩然正气，以无产阶级作家的党性原则，以追随马列主义的坚定信仰独抗一方卑劣。其义无反顾的行为，坦荡的思想胸怀，洒脱面世的人生态度全然体现在诗作的字里行间，形成了一种人品与诗品的崇高壮美。本文就柳青的诗作予以解读与欣赏。

1968—1976年的诗作。柳青很少写诗，虽然不乏其文学家的气质，但与那些文思敏捷的诗人相比，他写诗与他写小说一样，也是极苦的。当然，鉴诗不在量而在"品"，柳青的诗歌正是他人品的折射和扩展。1968年10月，被囚在"牛棚"中的柳青，创作被中断，在痛苦悲愤之下写下

---

① 胡采：《读柳青编〈耕畜饲养管理三字经〉有感》，《延河》1963年2月号。

了这样的诗句：

落户皇甫十四载，事半人在心未灰。
堆中蜷曲日如年，盼望大哥放我回。①

无华的语言哪里像诗，然而字里行间却见其悲欢，悲其“事半”，欢其“人在”。堆中蜷曲日如年，一个“盼”字将诗人“心未灰”振笔豪，力尽“事半”的忧忧之情全然道出。可不，对于一个作家来说，最大的痛苦是什么呢？莫过于笔稿两离。一次柳青在西北大学被批斗后，一些保护他的学生说，你可以看看报纸，但不要出校门，躲一会儿就可以回去，将来的文学事业还要靠你呢。此时，柳青深邃的瞳孔顿时放射出两道希望的光，由此可见出诗人盼望回归文坛的拳拳之心以及真朴之情。

“诗人最宝贵的东西是真挚”（普希金语）。那些鹦鹉学舌、浮躁、底蕴不足的人决不是真正的诗人，充其量是“写诗的人”。在那些“出租诗人”（西方国家代写情诗的人）的笔下，神圣的缪斯遭亵渎，被践踏，还配谈什么诗。

1974 年，柳青第二次被“解放”，回到了故土长安县。劫后余生，哮喘病、肺心病集于一身。妻子含冤而死，年幼的孩子们似同“一群鸡娃”无人照料。然而“心未灰”善“事半”的拳拳之心油然而起，难以按捺。于是，情动而言形，诗出一首在床头，自勉自励：

落户皇甫志如铁，谋事在人成在天。
灾祸累累无望时，草藁还我有生机。
堆中三载显气节，棚里满年试真金。
儿女待翁登楼栖，晚秋余耕创业田。②

这首诗言真情切，无顾忌，不掩饰，将胸中的情怀全然道出。横祸飞来，谋事不得，无期的迫害确使他有过无望之感。“那时，我确实要自杀，这是我唯一能采取的反抗和自卫的形式。我在触电时，心里很坦然，

① 徐和民：《一生心血即此出——柳青写作〈创业史〉漫记》，《延河》1978 年 10 月号。
② 同上。

很从容，电把我的手心击黑了……尽管我主动采取自己处置自己的手段，但我可以告诉你，我对自己的信仰没有动摇，我的精神支柱没有垮!”皇甫的片草抔土再次给了诗人以“生机”。灵魂的搏斗终于使他迅速顿悟，调整了生活态度。“堆中三载”保持了革命作家应有的气节，“棚里满年”熔铸了铁骨铮铮的人品。这正是一个革命作家既作为普通人所具备的，又作为普通人所不具备的可贵之处。一个“登”字入木三分地勾勒出诗人虽病后步履艰难，但仍神情矍铄志气不衰，踌躇满怀地精耕晚秋的动人形象。这里诗品与人品完美统一。无人品，何以言诗？诗品正是人品的写照，因为圆滑与世故都不应当是诗的品质。

1976 年 10 月，“四人帮”被粉碎的消息传到医院，病夫柳青兴奋至极，顾不了许多，欣然提笔写道：

遥传京中除四害，未悉曲折泪满腮。
儿女拍手竞相告，病夫下床走起来。
忧愤经年吉日少，欢歌一夕新春开。
问讯医师期何远，创业史稿久在怀。①

的确，忧愤经年的柳青，身系囹圄，备受辛酸。一部好端端的《创业史》却要指令贯穿什么“三突出”创作原则。柳青当然拒绝这样做，迫害也就在所难免。《红旗》杂志编辑部曾两次约柳青写学习毛泽东《在延安文艺座谈会上的讲话》体会文章。柳青也拒绝写，因为“他们是为了自己的需要，你的稿子拿去，他们会改头换面”。对抗的结果是家破人亡。

1972 年 5 月，受审查期间的柳青仍念念不忘家乡陕北人民。不顾自身的处境，在呻吟床笫之际，抱病重写了《建议改变陕北的土地经营方针》一文，表现了忧国忧民、为民请命的崇高人品。而今，贼子一除，吉日大庆，回溯检视“泪满腮”“病夫”自然狂喜不已，伏枥老骥，沉疴未愈即耕耘，一位不畏强暴，执着事业的诗人形象灼然可见，显示出诗品与人品的崇高美。

柳青的人格可以说具有二维扩张的特质，一是反映在对党的工作和文

---

① 蒙万夫等：《柳青传略》，陕西人民教育出版社 1988 年版，第 155 页。

学事业上；二是表现在人际关系、家庭生活及对子女的教育上。二者合一才使得他既成为党的出色的实际工作者，又成为具有伦理常情的普通人。他的整个生活道路和创作道路实现了从环境领域到生活习惯、心理情绪的嬗变，一切农民化。这种神形之变，以自在到自为的自觉意识，是当今一般作家所不及的，尤其是以此来教诲子女，给孩子们一种深沉浑厚、求实求真的思想基因，这是难能可贵的。

大约在1969—1974年间，柳青在大女儿刘可风结婚前，给她赠勉了一首诗：

> 襟怀纳百川，志越万仞山。
> 目极千年事，心地一平原。①

这首诗是诗人作为父亲对孩子从宏观上爱抚的一个侧面。的确，柳青的孩子们大可以享受同类条件的同龄者的待遇与欢乐，然而，耿直秉正的父亲却把他们从充裕的阶层拉回到众多普通人的行列，以至植根于黄土地。在父母温暖的怀抱里孵化，在频繁的政治运动中过早地成熟，相随着父母的事业而苦而乐。因此，柔嫩的肩膀也极早地有了生活担子的印痕。尤其是1969年妻子马葳抗暴含冤离去后，撇下了一群孩子和柳青相依为命。柳青爱孩子，不愿离开他们去外地，"像个老母鸡一样"。"我走了，这一群鸡娃就没人管了。"孩子们更爱爸爸，遵照爸爸的"动员""围绕我的工作把生活安排好"。离家在外的刘可风几乎每星期都回来看望，他们尽量相助爸爸解除后顾之忧，支持他把《创业史》写下去。一部《创业史》浸透了全家人的心血。

成年后的刘可风要离开这个依恋的家了，作为父亲以何示儿呢？柳青自蕴于胸，他撇开了合情而又俗气的人间儿女情常式的寄语，似乎以一个政治家的超前意识赠勉了一首哲理诗。实际上，这首诗与其说是柳青的创作及赠勉，毋宁说是他自己在政治风云搏击中人生观的总结与转嫁，希冀有助于他的女儿襟怀宽广，志越重山，闯荡社会，极早地成熟。诗中"襟怀纳百川""目极千年事"，正是柳青一个共产党员半生坎坷、半生识见、光明磊落、肝胆照人品格的写照；而"志越万仞山""心地一平原"，

---

① 见蒙万夫复作者的信。

不也同样印证了柳青与党的事业共同着生命，披荆斩棘，始终保持了一个共产党员的浩气晚节么！因此，至今还能有谁不为柳青如此的铮铮人格而敬慕呢？从这个意义上说，赠勉刘可风的这首诗，又何尝不是对世人的一首绝好的励志诗呢。

以上所提及的几首诗，乍看起来，既无落笔惊风之势，亦无传世之妙章佳句。但若仔细品味，给人的感觉是，不仅内容纯真，情出自然，而且构句平朴，信手天成，与他那关中“老汉”的一派素气同脉。

下面是一首怀念亡妻的五言悼诗。

咄咄复咄咄，长安夜机耕。独坐望南山，不眠思故人。
结发未深知，相偕皇甫居。汝下乡三年，虽苦志犹坚。
四年忽思迁，非为恩爱浅。我汝背水战，成败皆不移。
权威有歧见，远近流谗言。夫妻同庭院，口角朝与夕。
汝怨我固执，我谓汝幼稚。五年汝离职，攻读在我侧。
古今中外篇，马列与巴托。八年我初成，汝已是同行。
寸步形影随，体贴则入微。风声略草动，嘱我唯谨慎。
人讥我小人，汝知我任重。谁料趁大乱，庞涓陷孙膑。
牛棚非猪圈，宁死树党性。棚外汝重义，煎遇即轻生。
水落石自出，我重见天日。呜呼汝有灵，如何得安息。①

如同党和人民的不幸一样，灾祸也无情地降在了这位倔强的“老汉”身上。1969 年 4 月，正当柳青身陷囹圄时，妻子马葳不堪忍受自身的侮辱，更不忍睹丈夫备受折磨，以死抗暴，含冤而去。

生活上的忠实伴侣、文学事业上的知音失去了，柳青身心衰竭。常常被儿女们抬架求医，曾几度摆脱死神，恨的火种泯灭不了那颗倔强的心。于是，在黎明前最黑暗的 1976 年夏，他不顾险恶的政治环境，和泪将爱与恨的心情倾诉于这首长长的五言悼诗之中。

篇首触物生情情更愁，将人们带进了一个凄凉的夜：孩子们酣睡，咄

① 《孟维刚谈柳青在长安的生活和创作》，《柳青传略》，陕西人民教育出版社 1988 年版，第 222 页。

咄的机声替代了往日马葳脆脆的声音，划破了沉闷窒息的星空。辗转反侧彻夜难眠，独坐对山麓。“望”与“思”虚实相衬，情景并生。憔悴、惆怅、煎熬、思念的切切心情袒露无遗。“结发未深知，相偕皇甫居。汝下乡三年，虽苦志犹坚。”

“结发”，即 1952 年 5 月。柳青要求去西北的夙愿得尝后，急急辞掉苏联《文学报》的约稿。匆匆告别首都抵西安，结识了在西北党校工作的马葳。婚后，清平为荣，事业为最。克制了各种嗜求，离省城，下长安，“相偕皇甫居”，“未深知”既是对此时淡泊家庭生活的写照，又是夫妻感情默契和谐的概括。

一个年轻的女性，尤其是身为华北联大的毕业生，西北党校的机要人员，离开闹市去外县生活，谈何容易！在 1953—1955 年的“下乡三年”中，马葳历尽辛苦，先后担任乡文书、乡党委副书记、区团委副书记，操尽了互助组的微节之事，分担老少妇幼之忧愁，同食农民之粗米淡饭，共饰村民之布衣便装，她以自己的善良、厚道、热情和诚恳赢得了群众的爱戴。“虽苦志犹坚”，这岂止是一个丈夫的赞誉，应该说是群众的心声。

随着柳青生活和创作的持续进展，引起了远近的议论，家庭出现了冲突。

“四年忽思迁，非为恩爱浅。我汝背水战，成败皆不移。权威有歧见，远近流谗言。”本来，在深入生活这一点上，柳青是执着的，他认为，这种深入生活的方式“只适合我自己，适合我写《创业史》这样的作品”，不求别人效仿。他的倔强引起了一些人对他这种做法的怀疑：柳青那样长期生活在一个村子里，根据这样的生活进行创作，那作品的典型性和概括程度会不会受影响呢？尤其是在几万字的小说《狠透铁》出版之时。类似的种种议论使马葳思想一度波动：“夫妻同庭院，口角朝与夕。汝怨我固执，我谓汝幼稚。”

“四年忽思迁”，即 1956 年，是柳青创作最困难的一年，也是“非为恩爱”实因“谗言”致使家庭矛盾最多的一年。这年，他成败不移，鏖“背水战”。在杜鹏程《保卫延安》成功的刺激下大改《创业史》第一部。他忘记了妻子、孩子和家庭，忘记了欢乐和痛苦。食不香，睡不宁，变得又黄又瘦，长了一身黄水疮。“这才真是脱胎换骨，狼狈极了。”（柳青语）柳青的“固执”感染了马葳，同时也弥补了与马葳的夫妻“口角”，更明确了鏖战的意义。“五年汝离职，功读在我侧。”

“五年”，即 1957 年 3 月，为了写作的需要，组织决定，马葳辞去区委副书记职务，做柳青的专职秘书。从此，她白天料理家务，教育子女，应酬来客，晚上整理资料，抄写稿子，处理文件，生活上关心柳青，体贴入微；写作上支持柳青，竭尽全力，成为柳青生活和文学事业上的忠实伴侣。

这里，诗人真实地记录了自 1952 年以来家庭及夫妻间恩爱—思迁—理解—和谐—互助的变化过程，浸透着对妻子的无限思念。“八年我初成，汝已是同行。寸步形影随，体贴则入微。”闯过困难期，但见柳暗花明处。“八年我初成”，即 1956 年 4 月，经过六年心血，四次大改的《创业史》第一部，以《稻地风波》的名称，开始在《延河》上连载，作品以深广的社会内容及高度的典型性平息了远近的“谗言”，使得权威折服，读者喜爱。作者深有感触地说：“从 50 年代到 60 年代的这 10 年，在死亡的边缘上挣扎过来，没有死，我胜利了。这时吃饭，饭香了，喝茶，有味了；人也胖了。”然而，巨著《创业史》却浸透着“同行”者马葳的心血，“凝结着我们两个人的心血！”（柳青语）“寸步形影随，体贴则入微”，展现了他们事业获得成功后感情融和的情景。

可以说，柳青长安 14 年深入生活的道路，《创业史》的诞生，是与马葳默默无闻地做出牺牲分不开的。也可以说，如果不是“文化大革命”中马葳被迫害致死，柳青肯定不会早逝。“风声略草动，汝我唯谨慎。人讥我小人，汝知我任重。”

柳青成功了，编辑、记者纷至沓来，小院无宁日，马葳深知丈夫的“固执”嘱“我唯谨慎”，以“三不”戒律而婉言谢之。当号称 10 万社教大军进驻长安时，风吹草动，又是马葳“嘱我唯谨慎”，有节、有力地保护了王家斌等大批干部。生活本不宽裕，还是马葳“嘱我唯谨慎”，巨额稿费 16065 元分文不取，捐献充众。柳青的这些作为自然为人所讥讽，然而柳青说得好：“只要有农村生活的条件，我什么也不再想，什么也不要求。”因妻子“知我任重”，深明大义。

不难看出，马葳所给予的力量岂止是生活和文学上的，更重要的还在政治上，昔日的“幼稚”变得老练、成熟，共同的夙愿使他们精力专一。“将把今后十几年的岁月，专注于《创业史》的写作上，戒骄戒躁，决意要完成这个工作。”

正当柳青致力于《创业史》第二部的写作时，一场变故在中国的大地上发生了。“谁料趁大乱，庞涓陷孙膑。牛棚非猪圈，宁死树党性。”1967年元旦，朗朗天空，一伙人冲进了柳青的住所中宫寺（村里一座空寺庙院）。劫洗之后，剩下了纸片、瓦片……柳青被押至西安，关进了“牛棚”，作为陕西省最大的反革命修正主义分子被批斗，马葳也扶老携幼地离开了苦心经营的生活基地长安县皇甫村的“牛棚”，善良的马葳也难以幸免。“棚外汝重义，煎遇即轻生。”她不堪忍受这精神上的打击，更不堪目睹对丈夫的残酷折磨。1969年4月，马葳丢下了身陷囹圄的丈夫、年迈的母亲和5个未成年的儿女，怀着满腔的悲痛，于长安县境内的三爻村坠井身亡，以死抗暴，含恨而去，保持了一个普通党员的清白。

马葳是清白的，她之所以死，是因为“承受了来自各方面所不能承受的压力，她受到比我更大的痛苦和折磨。她在丈夫，孩子的生命全无保障，一家人的衣食住行全都走投无路的情况下，最后选择了这条路，她是想以自己的牺牲，揭露残暴，争得我的存在，唤起人们的同情，让孩子们活下去！她走这条路，是她进行反抗、斗争所唯一能使用的武器。”（柳青语）

历史是不会让无辜的人冤沉百年的，劫后余生，身心憔悴的柳青竟奇迹般地活过来了。“水落石自出，我重见天日。”不负周恩来总理的嘱托：“把病治好，把四部写完。”此时的柳青虽然精力不济，“但炉口燃烧正旺，眼看夕阳西下，赶路心急，可惜诸事不宜；虽如此，心志不移。”（柳青语）每每值此，柳青感情深重地说：“有马葳在，夜里憋醒了，她给我倒上一碗水，捶上几下背，我就可以睡了。现在要我自己起来，倒水吐痰，一折腾就三个小时过去了，有马葳和没马葳可就不一样了。”虽然获得了解放，但诗人仍欣喜不掩其悲，愈加产生了对妻子的怀念。“呜呼汝有灵，如何得安息。”诗人百感交集，哀其不幸，在重见天日之时，以告慰亡灵，寄托了幸存者深深的哀思。如果说，诗歌在柳青的创作生涯中占有一席之地的话，那么，这首作于晚年的长诗则是这块绿洲中的一枝奇葩。

首先，宽厚真朴的感情是这首诗的第一个特点，诚如普希金所讲“诗人最宝贵的东西是真挚”。柳青做人实在，作诗也不会做作，从创作的发轫期到誉满文坛，期间少不了对特殊感受的抒发，表达了诗人在特殊环境中的特定心绪。

全诗四十行，依据不同的心绪及叙事可以分为五个层次，层次间以生活年代为纽带构成全篇，篇首几句以夜静思亲到结发三载，记叙了初到皇甫时的情态。诗人以“思”为引子，对以下叙事抒情形成了意向上的导掖作用。下六句真实地描绘了四年后的家庭矛盾、世人的偏见以及诗人当时所持的态度。接着，作者用八句回顾了五年后夫妻间由争执、埋怨到理解、信任的生活过程。字里行间透露出共同的志向及亲昵的感情。再下八句，从事业、生活、感情上记载了诗人生涯中的黄金期。八年苦磨的收获，浸透着夫妻的共同心血。最后十句，抒发了诗人对乱世的愤慨，自身的抗暴以及悼念亡妻的悲痛心情。由于诗人宽厚真朴的情感统领全诗，使得结构的起承转合节节顶实，无有虚档，一副现实主义的写实框架。感情的注入直倾直洒，毫无顾忌。爱与恨、悲与欢的心绪紧扣全篇。

排列整齐、韵味和谐是长诗的第二个特点。诗歌就形式而言，更重听觉，一首好诗能在反复吟诵中浮现意境，体味感情。全诗均为五言，两句一节，一节一韵，节节换韵，不求律诗之规矩，又别于散体句式的参差错落，限于大致整齐的五言之内，随感情的变化而停而顿，似有一种短促的音乐感。加之排列严谨无一增字，无一减字，行间干净晓畅，遣词避晦忌涩，读来琅琅上口，润滑贯耳。

总之，柳青的以上诗作，与名人名诗相比，虽有不精之弊，但具体到这位独特的小说家身上，却是别一收获，更应得到重视。

四　人格心理定势在作品中的显达

柳青是一位出色的小说家，诗歌在他的创作中仅是极少的参数。因而多年以来，理论界在柳青研究的宽泛性上，也就留下了一个不为人注意的角落——柳青诗歌研究。这些诗歌虽然篇什微薄，但却是作家创作主干上的一朵花蕾。笔者正是出于弥补空缺的目的，特将柳青的诗稍加梳理，以观其诗中积极心理定势的显达。古人曰“诗言志”，这是不言而喻的事。

据统计，柳青在从事小说写作期间，曾先后创作了四首短诗和一些悼亡长诗，写作背景均在1968—1976年之间，即“文化大革命”期间。从诗作的问世看，是在那个歌者不能，写者辍笔的年代，善以小说著称的柳青却例外地长歌低诉，这不能不认为是作者主体意识的明确导向。从诗作的思想内容看，几乎都是抒发沧桑变故安危迁转时的内心感受，因而构成了一种悲喜的诗彩。倘若将作者及作品与其写作背景作一横向参照的话，那无疑是处于逆境中的泣诉。然而这些忧愤悲喜的字里行间都毫无哀婉凄楚，分明折射出一个作家在特定环境下的一种心理定势。这种心理定势是积极的，既非于逆境中常见的那种清高孤傲、自嘲旷达，亦非超然世外、隐逸醉歌，而是在长期艰苦创作中形成的那种真与假、善与恶、美与丑相对抗、相斗争的凝重、凛然、刚正的心理积淀。这一积淀是柳青主体政治信仰、主体情绪和心境、主体人格旨趣和文化素养的组合结晶。即使在“文化大革命”波及微芥、柳青处于两难境地的情况下，积极的心理定势也使他的个人人格、精神面貌、行为等在一切斗争中自生自发，难以遏制地体现了先进社会力量的本质，具有深层意义上的崇高美。这时期的诗作也常常随着粗犷、坚硬、深厚的特点，给读者以积极的心理效应，毫不逊色于和平背景下产生的《狠透铁》及《创业史》。

柳青诗作中积极的心理定势形态，是一种“三维融合型”，即对党的文学事业的拳拳心理机制；对妻儿教诲上深明大义的心理机制；对一生创作诗化概括的心理机制。这三者互补融合，使得他的为数不多的诗作明朗晓畅、旨趣高扬、浩气荡人。

文学事业无疑是作家的第二生命。在柳青的创作被中断，痛苦噬心的日子里，他对党的文学事业的拳拳心理机制，驱散了逆境笼罩着的灰暗的心理情绪。以明朗的色调袒露了对文学的渴求：“事半人在心未灰，堆中蜷曲日盼年，盼望大哥救我回。”这虽说“事半”但欢其“人在”。一个“盼”字，不仅将诗人“心未灰”振笔毫，力尽“事半”的忧忧之情全然写尽，同时也概括了作者积极心理定势的亮色。正是这一亮色使他在任何困苦中坚强地活了下来：“谁料趁大乱，庞涓陷孙膑。牛棚非猪圈，宁死树党性”，表现了一个共产党员的气节。

心理定势作为外界事物对大脑知觉的刺激、调节和反馈，有时也会产生一种副作用，即消极的防御作用。客观地说，在柳青长期处于逆境中时，他的心理定势也同常人一样产生了些微的防御意识。譬如，当他第二次被“解放”，劫后余生时，哮喘病等集于一身，妻子含冤而逝，年幼的孩子无人照料。这些外界突发现象的刺激和骚扰，一度使他在心理定势中滋生了消极的防御抵抗意识：“谋事在人成在天，灾祸累累无望时。”横祸飞来，谋事不得，无期的迫害产生了无望的感觉，由此他想到了自杀。“那时，我确实要自杀，这是我唯一能采纳的反抗和自卫的形式，我在触电时心里很坦然，很从容，电把我的手心击黑了……尽管我主动采取自己处置自己的手段，但我可以告诉你，我对自己的信仰没有动摇，我的精神支柱没有垮!”这就是柳青在特殊环境下积极心理定势中那种被理性控制在潜意识层的两极情绪。

然而，柳青的可贵之处就在于，其主体政治信仰的超前性和主体情绪心境的明朗性，使得他在一刹那间对文学事业的心理机制，迅速悖谬了其消极防御的心理意识。“草藁还我有生机。堆中三载显气节，棚里满年试真金。”皇甫村的片草抔土再次给了诗人以“生机”，灵魂的搏斗终于使他顿悟，调整了生活的态度。“堆中三载”保持了革命家应有的气节；“棚里满年”熔铸了铁骨铮铮的人格。这正是一个革命家既作为一个普通人所具有的，又作为普通人所不具备的可贵之处。当他手脚稍有松动，便拳拳之心不死。第二次“解放”后刚回到长安县，这种心情便油然而生，难以按捺。“儿女待翁登楼栖，晚秋精耕创业田。”诗中的“待翁”与“登楼”既是意思上的对照，更是诗人主体情绪心境的嬗递。待翁者，乃身体虚弱，由他人扶助也；而登楼栖却分明是少年捷足者的旋律。因此，一个“登”字入木三分地勾勒出诗人虽病后步履艰难，但仍精神矍铄、志气不衰、踌躇满志精耕晚秋的动人形象。这是何等壮美的人品与诗品！

研究家公认，柳青把文学事业看得刻骨铭心，比生命还要紧。这种明确的心理机制使他无论在“堆中蜷曲日如年”的困境里，还是在“灾祸累累无望时”的逆境里，抑或是在“权威有歧见，远近流谗言”“夫妻同庭院，口角朝与夕”的烦乱之时，只要能从事文学事业，他就瞳孔放光，鏖“背水战”“成败皆不移”。当“四人帮”粉碎后，病夫柳青兴奋至极。这意味着文学事业长久有望的好兆使他欣然放笔：“遥传京中除四害，未悉曲折泪满腮。儿女拍手竞相告，病夫下床走起来。忧愤经年无吉日，欢聚一夕新春开。问讯医师期何远，创业史稿久在怀!”的确，忧愤经年的柳青，身陷囹圄，备受辛酸，一部好端端的《创业史》，却被指令要贯穿什么“三突出”创作原则，如此等等的要求遭拒绝后，迫害也就在所难免。今日，在回归文坛，从事文学有望之际，诗人回溯检视“泪满腮”的病夫自然欣喜不已。急急问讯医师，拳拳“史稿久在怀”。伏枥老骥，沉疴未愈即耕耘，一位不畏强暴，执着文学事业的诗人形象依稀可见。过去的欲写不能，欲罢不忍，悲愤交加的情愁，通贯于一个“久”字的了语之中，这是对柳青拳拳于文学事业的心理机制的点化。

一言以蔽之，这一层所要阐述的是，柳青的主体政治信仰、主体情绪心境、主体人格旨趣所形成的积极心理定势，即深明大义的心理机制。这一心理机制在创作中表现得颇为明朗。柳青与马葳组成家庭以后，还曾"未深知"，便"相偕皇甫居"。"汝下乡三年，虽苦志犹坚。"他们克制了各种嗜求，离省城，下长安。同食农民之粗米淡饭，共饰村民之布衣便装，甚至改小孩籍贯为皇甫等。"未深知"既是对此时淡泊的家庭生活的写照，又是对夫妻感情默契和谐的概括；即便他们在"夫妻同庭院，口角朝与夕"的不平和日子里，柳青对文学事业固执的拳拳心理机制感染了马葳。"五年汝离职，攻读在我侧。八年我初成，汝已是同行。寸步形影随，体贴则入微。"这是夫妻生活间一种由恩爱、思迁到理解、和谐、互助的纯朴感情的演化过程。

笔者认为，柳青全家从环境地域到生活习惯、心理情绪的嬗变，从自在到自为的自觉意识，与文学达到化境的做法是当今一般作家所不及的。他的积极的心理定势限定了他的"愚人型"的创作道路和生活方式，并依此来要求家庭，教诲子女，给孩子们一种深沉雄浑、求实求真的思想基因。譬如，在大女儿刘可风结婚前，柳青给她赠勉了这样一首诗："襟怀纳百川，志趣万仞山。目极千年事，心地一平原。"这首诗既是父亲对孩子从宏观上的爱抚，更是柳青抛开了合情然而俗气的人间对儿女的寄语，以一个政治家的超前意识所给予的哲理诗。实际上，这首诗与其说是柳青的创作和赠勉，毋宁说是他自己在政治风浪搏击中的积极心理定势的直接总结与转嫁。希冀有助于他文学事业的女儿襟怀宽广，志越重山，闯荡社会，极早成熟。诗中的"襟怀纳百川，目极千年事"，正是柳青一个共产党员半生坎坷、半生识见、光明磊落、肝胆照人品格的写照；而"志趣万仞山""心地一平原"，也同样不正效应了柳青与党的文学事业共同着生命，披荆斩棘，始终保持着一个共产党人的浩气晚节么？因此，诗作中表现出的对家庭、妻儿方面的深明大义的心理机制，与文学事业的拳拳心理机制相融互补，构成了他的诗作在逆境中的积极心理定势的两个主要基因，这是又一个所要阐述的观点。

随着柳青蜚声文坛，编辑、记者纷至沓来。然而，他却以"三不戒律"婉言谢绝。这就是说，柳青至逝世前仍无正面自我总结创作性的文字。但是，产生于逆境中的这些诗作，在客观上恰恰是对他的一生创作的诗化总结，诗中反映出一种潜在的对其创作道路及生活道路高度概括的心理机制。譬如有"落户皇甫志如铁"的发轫之志；有"谋事在人成在天"

的忧虑；有“牛棚”蜷曲“无望时”的栖惶；也有“三载见气节”“满年论真金”的长天浩气；更有“盼望大哥”“登楼栖”“晚秋精耕”的不灭灵魂；以及安慰妻儿，闻悉除害竞相告的步步印影，等等。这种创作道路及生活道路的诗化总结，不但具有同辈作家所经历的普遍性，而且更有这位独特作家的特殊性，是对文学事业的拳拳心理机制和教诲妻儿深明大义心理机制的映衬和升华。这三者互补渗透构成了柳青诗作中“三维融合型”的积极心理定势，使其诗作在艺术上形成了一种既无落笔惊风之势，亦无传世之妙语佳句，感情宽厚真朴，内容健康雅正，爱憎分明，形式随和，信手天成的风格。这风格似同他的人格——朴素得像终南山，淡泊得如涓涓高河。

总之，一个文学家心理上的积极定势多了，就势必使其作品增色，作家增辉。反映在柳青诗作中的“三维融合”型的积极心理定势，规定了他崇尚人格的高洁，以及高度的党性原则。

第七章 《创业史》与文化人格

文学作品虽然源于生活，但却高于生活，其典型化程度无不是作家人格的一种投影。人们常说“风格即人格”“文品即人品”都指这个道理。本章所要研究的正是柳青人格在他的代表作《创业史》中的投影。从这个意义上看，一部《创业史》包含着柳青人格的诸多基因。

一 人格心理与作品的生成过程

（一）作品是创造者灵魂里的创作行为

文学作品的创作不仅是一种社会现象，也是一种心理现象。凡真正的艺术品都是出于心灵的创造，诚如别林斯基所说的，这是“创造者灵魂里的创作行为”。从创作心理角度看，这种创作行为的发生至少有三种心理过程，即创作动机的发生，创作构思的发生，创作行为的发生。而三者并非在时间上有明显的前后界限之分，完成了前者才导入后者，相反，却常常是三种过程交错衔接进行。创作实践证明，越是小型的作品，其作家的创作心理过程越接近同步，或者动机、构思、行为同步发生。这已为创作实践所证明。

我们这里要研究的并非三种创作心理过程的交错、衔接或分界，“是作品与创作者的关系”。众所周知，人类社会形态自形成之初，就留下了许许多多需要释清的痕迹。这些痕迹表明，人类要努力赋予它朦朦胧胧的思想，要通过某种形式去表达，去阐释这些痕迹，明了这些尚待发现的人类课题。于是人便充当了这一阐释的工具，用心灵去感受，用视觉去观察，用触觉去记录，于是概括表达某种痕迹的思想也便因人而出，这时文学作品就产生了。鲁迅先生在论文学艺术的产生时说：“我们的祖先的原始人，原是连话也不会说的，为了共同劳作，必需发表意见，才渐渐地练出复杂的声音来，假如那时抬木头，都觉得出力了，却想不到发表，其中有一个人叫道‘杭育杭育’，那么，这就是创作，大家也要佩服，应用的，这就等于出版；倘若用什么记号留存了下来，这就是文学；他当然就是作家，也是文学家，是‘杭育杭育派’。”① 人类初始时的一个痕迹也就这样被一个人阐释了。由此可见，文学作品的生成之于人的先决因素是不言而喻的。

当我们确认了这一基本概念之后，就诚如别林斯基所言，艺术作品是“创作者灵魂里的创作行为”，也就是说是作家心理行为的一种反映。尽管创作也是一种社会现象，但说到底可归结到作家的心理现象上。因之，作品形成的心理学关系也就成为创作理论研究的一个重要问题，即个性心理与作品的生成过程。个性心理是一个人身上表现出来的本质的、经常的、稳定的心理特征，它影响着个体的举止言行，反映出个人的基本精神面貌和意识倾向，集中地体现了人的心理活动的特殊性。当作家面对生活进行观察体验，进入创作行为后，这种生活已不再是生活的原生态，而是融合了他个性心理意识的另一新的生活状态，从某种程度上讲，这一新的生活状态的审美观，就是作家个性心理活动的特殊性的体现，也是作品的思想倾向、基本格调、风格的体现。一个作家个性心理特征的积极因素多了，其思想的明朗，作品的色调便亮些，而消极因素多了，其卑下的情欲，淫秽的追求，庸俗的习气，保守的立场等也就会充满他的头脑，这种因素下的作品也就可想而知了。所以，我们从《创业史》这部作品主题之严肃，格调之高扬，人物形象之鲜明与感人，足以窥见作者柳青热爱生活，坚定社会主义合作化方向，坚信共产党救民于水火的积极的个性心理特征。

主人公梁生宝一心为公，身先士卒，从寥若星火的互助组到壮阔宏大的合作社，正是柳青人格心理投入生活的行为过程的体现。若无这个过程，便没有作品《创业史》，更没有梁生宝的人生过程。所以说，文学作品的生成，其根本是作家的心理创作过程，这有两层含义：一是社会现象，或者说社会生活在作家心理场中的过滤；二是作家心理特征在作品中的叠印与渗透。二者都说明了一个问题，即文学作品的生成都是作家人格心理的必然和再造。这是毋庸置疑的。

---

① 鲁迅：《门外杂谈》，《鲁迅全集》第6卷，人民文学出版社1988年版，第75页。

（二）作品生成的普遍性与特殊性

《创业史》是怎样产生的，它的生成过程有什么普遍性和特殊性，这是该研究的第二个问题。

从普遍性上看，《创业史》的产生是50年代初农业社会主义改造巨大变革的产物，这样一种新的生活构成了文学作品产生的基础和源泉。就当时创作实践而言，绝大多数作品都是这一生活的反映，如《山乡巨变》《三里湾》等。因此应该确立《创业史》与社会生活之关系的概念。而特殊性则主要体现在柳青的创作动机上，也就是说，他为什么要写作《创业史》，并且视其为毕生的艺术追求。这要从柳青的创作动机说起。

心理学认为，创作动机是艺术家内心的一种需要或欲望，当其不得满足时，便会达成心理上的驱动力或张力，这种驱力或张力会使艺术或迟或速地进入创作的过程。创作动机的发生是观察生活和艺术家心灵相撞击的结果，艺术家周围生活中的各种事物的刺激，就是创作动机的重要激发者。比如艺术家亲身体会到的生活事变，这种事变可以是新的事物的出现，也可以是旧的状态的破坏。屠格涅夫写《父与子》的动机，是他所碰到的一个叫他大为惊叹的外省青年医生。曹雪芹创作《红楼梦》，是经历了钟鸣鼎食、烈火烹油之盛，再败落到绳床瓦灶举家食粥的境地。所以说，一个社会越是处于变动不安的发展中，艺术家的创作动机越是容易激发高潮，而一个社会越是沉寂、僵滞，艺术家的创作欲望也就越是萎缩枯竭。柳青构思《创业史》，正是处在中国农村社会主义革命的大变动中，这是一个前所未有的历史性巨变。这种客观生活的催促与作家敏锐心灵的撞击，改变了柳青原有的创作计划，进而全身心投入《创业史》新的历史构图中，显示了其创作动机的特殊性。

那是在1952年5月，柳青放弃了在北京工作的机会，匆匆回到西北故乡，为的是能在他所熟悉的环境中生活工作，或创作。根据他的写作计划，此前他有两种打算：一是写一部反映陕北革命斗争的长篇小说；二是写一部反映老干部思想蜕变的长篇小说。当他初到西安后，便着手准备实现其中的一步，了解西北解放三年来的情况，翻阅文件，参加西北党校的整党工作。工作中，柳青发现曾在陕北工作的一些农民出身的老同志，在经历了战争考验的今天，却要回家种田，因想到了父母子女等问题。为什么在严重斗争中表现出了艰苦卓绝的优秀品质，在新的形势中却为物质享受所左右呢？他感到内心不安，特别惋惜。于是，柳青尽力搜寻材料，构思关于反映老干部思想问题的作品。一年后 30 万字的初稿完成，他的创作计划得到了最初的落实。

从理论上看，作家的创作计划具有稳固性，尤其是大部头的作品，从创作欲望、腹稿、创作过程，到初稿的形成，这一连环套似的程序包含着作家全部的精力和心血，一般说是不会轻易改变和放弃的。然而，作家毕竟生活在现实中，他的创作虽然无不受制于生活，但这种生活有两种现象：一是过去的历史生活；二是眼前的现实生活。在柳青的创作思维中，选取什么样的生活为材料，对生活的反映最有意义，最直接呢？他认定了后者，即眼前的现实生活。这是他心理定势对初始创作计划的又一次改变和调整。可见，后来《创业史》构思的酿成，也是他创作心理变化的又一次飞跃。

1953 年，农业社会主义改造全面展开，一个历史性的变革在中国大地上席卷而来，柳青自然也未曾经历，因而他为之震惊、惊喜。“我想把我正在写着的东西里的一章写完再参加，可我的思想已经拢不住了。”“人真有无法控制自己的时候，我不说写完一章，就是一页也写不下去了。正如外面是暴风雨，我在屋里不能工作一样。”① 于是他停止了自己的工作，投身到 1953 年冬季的互助组运动中去。一年间，他接触了许多人，研究这些旧社会逃荒来的九州十八县的人们的变迁史，了解他们对这场新的社会变革的内心活动。也就在这时，柳青结识了王家父子（梁生宝、梁三老汉原型）、陈恒山（任老四原型）、陈家宽（欢喜原型）、董廷芝（梁大老汉原型）、董炳汉（冯有万原型）、高梦生（郭振山原型）等村民，为他后来构思《创业史》奠定了生活基础。

更重要的是，这场变革给人们心理上带来的新的变化是前所未有的。其中有觉悟的农民坚信社会主义能救民于水火的强烈希冀；有徘徊迟疑、观望的农民心理；有热衷于个体经济固守不移的农民心理，有仇视互助合作的敌对心理等。这种生活现状，尤其是人们的心理、意识中的变化，对柳青触动较大。他认为，文学创作之能事，主要在于描摹历史时期人们精神、意识、心理上的变化过程，只有抓住了这一点，才能揭示出这个时期

---

① 柳青：《灯塔，照耀着我们吧！》，《柳青小说散文集》，陕西人民出版社 1980 年版，第 17 页。

社会变迁的本质。所以他说，描写生活最好是在所描写的对象到来之后同步进行，如果你放弃了它，等事情过后，你再追忆它，那过去的事情再不会出现，其描写也就失去了逼真性。因此，柳青强烈地感到，决不能错过这个机会，作家必须在实际生活中认真研究各种人，如果在实际生活中错过了这种机会，一旦进入创作过程，就无法补救了。

在这种心理的驱使下，翻天覆地的农业合作化运动极大地吸引着他，丰富着他的生活积累，开拓着他的思维，催促着他艺术构思的重新建构。于是，他坚决放弃已经完成的关于老干部的长篇小说初稿，调整创作计划，以全部精力来写农业合作化，以全部热情来歌颂新事物的诞生。在《灯塔，照耀着我们吧!》一文中，柳青写道："自然界的景象按照季节的更迭，年年总是循环着变化，而人世上的变化在我们这个祖国这个伟大时代，却是一年一个样。我在村外麦田里的小径上散步，在我目力所及的地方，到处是一长排一长排合作社和互助组的人在绿茸茸的麦田里，这边是男人们，那边是女人们，还有男人和女人混在一起的。偶尔有少数单干的人，孤身只影地在田野里闷着头锄草，看起来真像有些人说的那样怪裂裂的。两个局面，两种景象在我们人民奔向社会主义的道路上，我们很难在头一年里想象到第二年的样子。"这里，柳青并不是以一个作家的身份而感叹，分明是以一个社会主义带头人的心理来赞美。我们说，作家创作计划的调整，创作动机的激发，全部依赖于全新的社会主义农业改造对他心理的支使，使他认同、讴歌这一新生活，并使之尽力描写这场变革的创作意图自然而然地生发出来。所以说，《创业史》的生成，显然与柳青人格心理意图是分不开的。

（三）作者心理的渗透与再造

《创业史》的问世，渗透着柳青的人格心理机制，这是研究的第三个问题。

1954年春，柳青开始《创业史》的写作，计划以四部的规模出现。即第一部写互助组，第二部写初级社，第三部写两个初级社的竞争，梁生玉与郭振山，第四部写两个初级社合并成一个高级社。全书围绕一个主题，"农民放弃私有制，接受公有制的过程、方式、心理。习惯公有制，捍卫公有制"。这种宏大的规模及主题的确立，是作者对生活理解的一种心理渗透。对生活的把握，一般地讲，柳青是很严肃的，在《创业史》

的写作过程中，在作品涉及的现实生活的变迁中，以及在作者构思意识中也反映出这种严谨和严肃性来。曾有人问柳青，对人民公社这段生活你怎样在《创业史》中加以反映。柳青说，作品中的人物究竟怎样发展，现在还不清楚，也可能写到高级社那段就算了。如果要写公社化，我也有自己的看法，我是写小说，不是写历史，一部作品要有生命力，就要经得起历史的考验，就应当严格地遵循源于生活，高于生活，又要如实地反映生活的原则，不能跟着政治气候转，不能因为政治气候的影响而歪曲生活的本来面目。不论怎样，写集体化道路的大方向不变，但具体的演变过程，则不受当时具体方针政策的束缚。艺术家的真诚，不应为一时一地的政治所驱使，这在柳青的创作中是一贯的。

1955 年 8 月，经历一年之多的艰苦创作，《创业史》第一部初稿终于完成了。然而柳青并不满意，觉得仍脱不开过去叙事过程的旧套，他感到主要问题仍在生活不够和艺术不精上。恰巧这一年，同辈作家杜鹏程的《保卫延安》问世，给了柳青极大的刺激。他分析了杜鹏程成功的原因：一是杜鹏程自始至终都生活在部队；二是写作时间长，改写次数多；三是他读了许多书，逐步提高了水平。杜鹏程说，他写了九遍，下了大功夫，但主要是从青化砭战役跟部队到新疆，要没有这个过程，花费再多时间恐怕也难以写出来。柳青大彻大悟，明白了主要症结在深入生活不够上，于是他举家再迁，直插皇甫村王家斌的互助组。在这里他主要着眼于两个方面：一是贴近生活，亲自进终南山，赶集与粮食贩子攀谈，与皇甫村年长者交朋友，了解一切他所欲知的生活故事。常常为某个细节，一个人物，深更半夜跑到饲养室闲谈，使《创业史》的修改更加缩短了与生活的距离，仿佛把生活的原样搬进了作品。譬如全书 60 余个人物，基本上都有一个生活原型，梁生宝——王家斌，冯有万——董炳汉，任欢喜——陈家宽，郭世富——郭公平，徐改霞——雷改改，卢明昌——董廷芝，郭振山——高梦生，任老四——陈恒山，高增福——刘远峰，姚士杰——高怀余，梁三老汉——王三老汉。甚至闪现一时的杨明山、高增荣、素芳、李翠娥等也实有其人。同时，大量的事件，各类事物名称，如钻山、盖房、埋人、买稻种、统购统销、渭河、高河、终南山、郭县、富平、潼关、宝鸡、国棉三厂，灯塔社即是当时的胜利社、七一联社的缩影，竹园村即当地的竹园方等，无一不呈现出生活气息，使作品达到了较高的艺术真实和生活真实。柳青从心理上下大功夫在生活上的突破，赢得了《创业史》

的根本改观。

二是在艺术上的苦苦琢磨。这期间，柳青主要研究了关于作家和他的人物之间的关系问题，在《马克思恩格斯论艺术》中寻找他所遇到的艺术难题。他在一封信中这样说道："马克思说：'人不仅通过思维而且也用一切感觉在对象世界中肯定自己。'马克思把这叫做艺术工作者对象化。这意思正如今天人们所说的，演员登台要进角色，作家写小说要通过人物，不仅仅作家的五官感觉对象化，而且包括精神感觉对象化的功夫，决定艺术形象化的程度。"① 柳青吸取了马恩美学中的这一精华，提出了他的关于作家对象化的三个主体内容，即作家必须熟悉和懂得自己的描写对象，从直觉到精神使描写对象生动、准确地活跃在自己的头脑里；在熟悉和懂得自己的描写对象的过程中，使自己的艺术思维与所描写的对象保持鲜活感；积极反映描写对象，依照人化了的审美意识和原则改造加工所描写的对象。理论上的提高，生活上的突破，1955—1959 年，他倾尽四年心血，历经四次大改，《创业史》第一部终于以"稻地风波"为名在《延河》上连载，产生了意想不到的强烈轰动效应。

以上我们从三个方面研究了柳青人格心理与作品《创业史》的生成关系，可以看出，作家的创作动机、创作过程，以及对生活现象的静态观察，都务必通过心理的过滤、升华来加以表达。因此，作家具有什么样的人格心理，便会产生出相应格调的文学作品。从这个角度说，人格心理虽然并非作品产生的土壤，但却是对这种土壤的冶炼。由于柳青积极心理的良好定势，不仅促使《创业史》得以健康生成问世，而且使其品位高于同类题材。

二　作家认识论与小说的叙事视角

文学创作是一种带有高度技能技巧的操作，从一种生活现象，或一种细小的感觉，经过一定的过程，便奇迹般地变成吸引人、感动人的美文，这中间作家的操作技巧技能自不当言，本节所要说的"叙事视角"便是一例。

---

① 刘建军：《论柳青的艺术观》，上海文艺出版社 1981 年版，第 46 页。

然而，文学创作从来就不是单靠技能技巧就能完成的，它是创作主体认识论在作品中的深化。因此，作家创作是一种认识世界和改造世界的行动，具有自觉性，他必须对现实生活有深刻的认识和感受。一个作家从现实生活中汲取行动的动机，也就是现实生活作用于人的头脑，变成思想感情愿望，以推动创作动机的到来。应该说，一个作家生活愈深入，所产生的创作动机就愈强烈持久，从认识论角度衡量，属于感性认识与理性认识的关系。一部作品的出现，一种创作流派的产生，一种创作技巧的选择，都与作家的认识论不无关系。南宋爱国词人辛弃疾论他少年写诗无感而为时的情景说："少年不识愁滋味，爱上层楼，爱上层楼，为赋新诗强说愁。"没有愁情而"强说愁"，这是认识问题。而当他青年时代经历了国破家亡的惨痛变故，志欲抗金报国而又壮志难酬之时，即使有意回避愁情，也笔不由意，已是满怀愁情了，"落日楼头，断鸿声里，江南游子，把吴钩看了，栏杆拍遍，无人会登临意"。这种报国无门的愁苦，无处不在，再也不是"强说愁"了。

可见，文学作品的每一个细小环节，都是作家理解生活、认识生活的一种再现，包含着作家由感性认识到理性认识的全部信息量。作家通过自己独特的认识论，将其对生活的理解酝酿成一种作家愿望，借助小说的操作技法加以图解出来，而这种技法的选择和运用，最能体现作家对所图解生活的基本认识。《创业史》叙事视角的选择，也正是作家柳青对合作化运动所认识的理论再现。

正如世界文学大师们一样，柳青在谋构《创业史》篇什脉络时也颇有特色，较好地体现出他对社会主义农业改造这一巨变的认识程度。柳青究竟认识到些什么呢？他在叙述"社会主义这个新生事物"时选择了什么样的视角呢？我们看《创业史》扉页中作者选用的两段乡谚格言：一是"创业难……"二是"家业使弟兄们分裂，劳动把一村人团结起来"。这是作者对"社会主义这个新事物"的总的理解，也就是说，柳青已认识到一个民族企图以一种崭新的姿态创业立国，其艰难自不用说。正因为几千年来宛如散沙的中国小农经济并没有实现创业立国、创业富家之愿望，因此新的社会将要从一个新的起点，通过劳动、互助合作，团结凝聚一村人、数村人，以实施立国富民的艰难的创业大计。我们也可以从他将小说的初名"稻地风波"更名为严肃的"创业史"来透视作者的这一更深的认识论观点。在这种认识论的支使下，小说的叙事视角，从以下几方面展开：尽力描写立国富民的合作化途径，以梁生宝互助组、灯塔合作社为对象来再现这一认识；尽力描写旧事物汪洋大海的严重性，以梁三老汉、郭世富、姚士杰等各阶层的心理变化，对新事物的接受态度为对象来再现这一认识；尽力描写农民放弃私有制、习惯公有制的艰难沉重过程，进而指出教育农民的严重问题，以梁三老汉的转变为对象来再现这一认识；尽力描写中国农民几千年来虽受屈辱但不失人格的尊严感，以梁生宝、梁三老汉等为对象来再现这一认识；尽力描写劳动人民崇高的内在精神美，以徐改霞、梁秀兰等形象来再现这一认识。

（一）尽力描写立国富民的合作化途径

这是柳青对合作化方向的最基本的认识。他在体现这一认识中，集“梁三老汉草棚院里的矛盾和统一与蛤蟆滩的矛盾和统一”为一体，最大限度地展示了互助合作道路的优越性及其强大的生命力。小说以梁三老汉祖孙三代艰苦创业失败为视角，拉开了互助合作能否立国强民的演示线。

梁三小时候随爷爷逃到蛤蟆滩，在滈河边盖起草棚房定居。他爹曾为杨大财东家的佃户，凭着一身的力气和实诚，竟然在草棚院盖起了三间瓦房，并给儿子梁三娶了媳妇，老人抱着创家立业的希望，心满意足地辞别了人间。然而命运不济，梁三连着死了两头牛，媳妇也死于产后风，他不得不拆卖了他爹留下的三间瓦房，仍旧住进了那草棚屋。父辈的创业犹如泡影，使40多岁的梁三讨不起媳妇，创业彻底无望。但梁三并不服气，当他从难民堆里领回了外乡女人，以及过继了宝娃后，一种男人求生存的本能意识再次鼓足了创业的劲头。十几年过去了，家业没创起来，已50多岁的梁三却累弯了腰，严重的咳嗽气喘病使他再也没有力气进终南山。长大成人的梁生宝，目睹了父辈的失败，其创业的劲头大过百倍。他租种了地主18亩地，拼命干了一年，交完地租却所剩无几，全家大号一场，像送葬一样。不久梁生宝躲丁进终南山，又一次创业宣告失败。梁三既不生气，也不怎么伤心，认定这是命的安排，平静而又心服，和命运对抗是徒劳的，他再也不提创家立业的事了。作者通过几代人不同的创业道路，展示了千百年来个体农民创业的悲惨命运，给另一新的创业道路的展开做了历史的铺垫和鲜明的对比。

20年后，新中国的大业摆脱了历史的陈迹，梁生宝成为第一代创业者。这个年轻的中共预备党员，此时的劲头比以前更大，把自己完全沉溺在互助组的事务里去，做出一些在别人看来是荒唐的、可笑的、几乎傻瓜做的事情。他不顾爹娘老子的反对，失去了对女性的温存，以赤诚的心团结互助组一帮人，进山“取宝”，只身买良种，与组内外的不协调势力努力周旋，终于在多打粮食的斗争中，巩固了自己，赢得了群众，解决了数代农民想创业富家而不能的问题。互助组的巩固，灯塔合作社的成立，铁的事实，它不长嘴巴，却传遍了蛤蟆滩，显示了合作化道路的无比优越及其强大的生命力。小说的这一叙事视角，是作者对生活的认识，也是社会主流的客观存在。

（二）尽力描写旧事物汪洋大海的严重性

一件新事物的诞生，实际上就是与旧事物相斗争的过程，对这一点柳青耳闻目睹，深有感触。几千年来的旧中国农村，个体经济起落跌宕，几家欢喜几家愁，谁经历过互助合作，哪个见过社会主义，一旦这种新的社会形态摆在人们面前，所引起的各方心理上、观念上的震动是可想而知的。柳青就是通过作品中各阶层人们心理上的变化过程，来揭示新旧事物斗争之实的。

从阶级关系上看，对互助合作新事物的诞生，首先感到惊恐的是富农这个敌对阶级。他们从骨子里仇恨共产党，害怕日益壮大了的合作化。小说中的姚士杰抵制政府的活跃借贷，明目张胆地收买白占魁，反扑互助组，笼络富裕中农联合对抗合作化，以及诅咒老蒋不为他们撑腰，为此气愤地烧掉了两张秘藏多年的国民党党证。对富农阶级这种怀恨心理，柳青认识到了，也真实地描写了出来。其次是特殊阶层富裕中农，这是农村中自给自足、经济势力颇为强盛且又独立的阶层。他们把互助合作看成是累赘，极不愿为此做出牺牲。在他们的心理中，互助也好，单干也罢，都是为了多打粮食，红牛黑牛能拽犁的都是好牛，因此，谁手里有粮，谁就是村里之王。小说中的郭世富就典型地体现了这种心理。在多打粮食上，他可以与姚士杰合作，以对抗势单力薄的互助组，却仅限于竞争，不搞目的性破坏。他拼命积聚粮食，连夜将之转移他处，也不愿拿出半点借给贫雇农，视粮食为货币性的东西，比金子还贵。政府的政策在无形中保护了富裕中农这种特殊的经济势力，因而对他们只能团结教育，以集体的优越性逐步吸引这一阶层走上合作化之路。柳青认识到了这些，也就在小说中合理地反映了富裕中农最终走上合作化之路的结局。问题的复杂性却出在阶级内部。共产党员郭振山分得了土地，他不是一心互助合作，却热衷于个人发家致富。党内的这一态势所产生的严重后果，影响着像梁三老汉这样一大批老一辈并不开窍的保守、自私、狭隘的农民。他们长期处于观望、徘徊之中，互助合作优越便进，败落便退，在心理上、行动上、观念上严重地妨碍着合作化进程，阻碍着合作化力量的壮大与发展。50 年代初，农民的这种心理状况成为农业社会主义改造最根本的一面，其改造的重点并非生产方式、生产资料，而是人们放弃私有制，接受公有制的心理、思想。敏锐的柳青，从生活中、从农民布满皱纹、饱经风霜的脸上，认识到了它的严重性，因而选择了这一视角来表现这一革命中社会的和心理的变化过程，无一不折射出作者柳青的认识论水准。

（三）尽力描写教育农民的艰难过程

中国是一个农业大国，占人口 2/3 的农民的觉悟程度如何，代表着一定的国力程度，尤其是在 50 年代初。这中间，老一辈农民的转变过程更为沉重而艰难，互助合作道路又不得不以巨大的力量推动他们迈开艰难的步子，投身其间。小说中梁三老汉的心理嬗变过程典型地概括了这一面。

梁三老汉是一个跨时代的老一辈农民，他身上有着勤劳、正直、善良、保守、自私、狭隘诸种特点。他从心里感激共产党，十几亩稻田一夜之间姓了梁，使他做梦也不敢想的事变成了事实，因而他从骨子里与共产党有感情维系。然而，贯穿在他脑子里的个人发家致富、创业立身的思想积淀，像魔鬼一样困扰着他，他做梦也想当三合院的长者。于是，他极不愿参与互助合作，相信凭着自己的力气与勤劳，在十几亩稻田上定能致富发家。这种固执的认识使他对互助合作缺乏信任感和热情，处处与领导互助组的儿子做并无恶意的心理抵制和讽刺。生活中像梁三老汉这类心理在当时可谓普遍之极。柳青照实再现，将这种心理之巨细一并搬进了作品，尤其逼真地描写出他心理转变的过程。互助合作的发展，足以使人信服的事实，梁三老汉是亲闻亲见的。粮食增了产，富农、富裕中农泄了气，贫雇农脸上有了笑。互助组的扩大，合作社的成立，儿子梁生宝受人尊敬，最使老汉感动的是，祖孙几代都不曾梦想的“三新”棉衣，儿子给圆了梦，实实在在地穿在他的身上，最讲实际的老汉，从心里彻底服了。心理的嬗变标志着社会主义农业改造的胜利，梁三老汉走进了合作社，标志着这一道路的正确，同时也说明农民教育问题的长期性与艰巨性，以及过程的沉重性。柳青以梁三老汉为对象所构写的《创业史》也正是中国农民的心理嬗变史。

（四）尽力描写中国农民的尊严感

柳青作为一个革命家，其革命生涯使他经历了中国的风风雨雨，亲身感受并目睹了劳动人民虽苦难却不失尊严，虽饥肠辘辘却不屈膝媚骨的独立人格，尤其这些民族脊梁式的人们的高贵品质、精神力量曾深深地感染着他，使他由衷地融这种认识于小说的字里行间。在他的笔下，一个十一二岁的孩子梁生宝，给主人看桃园，把主人根本不知道的卖桃钱如数交给主人，孩子的尊严惊得主人脸色发黄。高增福继承了父亲宁死也不到东家讨饭的骨气，在他贫困潦倒之时，也决不肯让富农看他的笑话。柳青由衷地敬佩，将他看作汤河岸的白杨树、柳树和刺槐。

小说将劳动人民的尊严感写到极致的人物，要属梁三老汉。祖孙三代创业的失败，梁三老汉痛心疾首。然而，求生存凭力气的本能使他规规矩矩地领回了外乡女人，依照当地的风俗正经地收妻过子，租地买牛，靠庄稼人的尊严在生活的正道上行走。新社会诸多做人的教育，给了老汉更多的尊严，他起初虽不习惯参与互助合作，但决不黑着心做事，从内心深感共产党的人好，胆大，因而在心理上与他们近，在日复一日、年复一年的发展中，合作化自身的优越使老汉信服了。儿子的荣耀、事业的辉煌使他由衰到盛的人的尊严感回归了，他还能说什么呢？一次老汉去排队打油，人们认出他是社主任梁生宝的爹，一致提议让他先打，说上了年岁，站久了会腰酸，他感动得落了泪，一辈子的生活奴隶，如今终于带着生活主人的神气了。柳青不由自主地感叹道："人活在世上最贵重的是什么呢？还不是人的尊严吗？"是的，几千年的封建时代践踏着劳动人民的尊严，然而真正使这种尊严回归，并赋予时代新质，继而真正认识其价值，并以小说形式深刻反映出来的是柳青。他不惜笔墨地讴歌着梁生宝为事业所显示的尊严；高增福在贫困中所表现出的尊严；梁三老汉于自私与转变中的尊严；整个互助组、合作化扬眉吐气时的尊严。总之，柳青把对劳动人民尊严的认识，提高到民族精神的重要层次上，折射在小说的字里行间。

（五）尽力描写劳动人民崇高的内在精神美

中国的农民善良质朴、吃苦耐劳，有其他民族所不能比拟的地方。虽然这些都在漫长的封建社会里被扭曲了，未能展示出本来的光彩，但却更加积淀着难以销蚀的内在本质美。当一个新的社会制度到来，生活的奴隶一旦做了主人，其崇高的内在精神美自然而然地会不受压抑地展示出来。譬如勤劳勇敢、自我牺牲，一方有难大家同当等。人民的作家柳青正是怀着这种感情，把农民长期被扭曲的道德美、内在精神美，满腔热情地借助小说的叙事视角淋漓尽致地表现出来。

人们不可忘记，徐改霞身在农村，却向往理想的生活，积极向上，具有与梁生宝的事业相融合的道德美；生宝的母亲这个经受磨难的女人，默默无闻地与丈夫梁三一起承担着创业失败后的一次次悲苦，其坚毅刚强的精神美往往超过了丈夫；女儿秀兰，当丈夫杨明山在朝鲜战场挂彩烧伤了脸容后，秀兰无比悲痛，却更为他的英雄行为所感染，于是未过门便去丈夫家安慰思念儿子的婆婆，这里爱丈夫与爱祖国的感情被上升到了最高境界；梁生宝为集体买稻种，节衣缩食，回来后给大伙分足了，却短缺了自家的。这些无法一一罗列的感人事迹，充满在生活中，被作家柳青一一组织在篇章中，揭示出农民的精神美、崇高的道德美。这些朴实无华的伟大的同情心，无私忘我的情怀，正是中华民族具有凝聚力的宝贵处。柳青的这种认识是生活的客观存在，也是他个人正确的认识论的再现，因而在叙述这些事情时，其饱满的情感难以自抑。

总之，作家的创作是一种认识生活和改造生活的行动，具有其自觉性，是作家认识论在创作中的阐释和内化。作家要反映生活，只能选择一种视角，借一种契机来加以叙事言情，使其对生活的认识与小说形式完美地结合在一起，产生出一定质的作品。

三　个性特点与叙事语调的选择

作家的个性特点与作品叙事语调之间有何关系，这是文学创作的一个重要问题。大量的创作实践证明，一部作品基调的确定，叙事语调的选择，无不与创作主体——作家的个性特点有着直接关系。人们常说“风格即人格”，“把风格铸入到对象之中”就是指二者的关系。文学创作尤其需要它的创作者具有更多的个性特点，并把这种特质投射到他所创造的艺术品中去，熔铸为思想与艺术结合的特有风格特点，这样，艺术品就更具有其个性生命。作家的能事也就是要找到自己作为艺术家特殊的观察和表现角度，并让它以自己特殊的个性方式表现出来。

作家自己特殊的个性方式是语言表达方式。因为语言是思想的外壳，通过语言的表述、交流以及语言的感情色彩、语调的强弱疾徐、遣词造句的组合排列等，便足以窥见其人的心理情绪、性格特点之端倪。所以，研究作家特殊的个性方式，其语言因素可谓重要。当然，作为作家特殊个性的表现方式，这仅是一个方面，并非全部。

从创作客体方面看，文学作品最基本的要素也是语言，其中包括叙事人，也即作家的叙事语言，作品中人物对话语言，不论哪一种形式的语言，都是作家个人特殊的个性语言的翻版与变种，或明或暗地隐含着作家平日的用语习惯、用语色彩、语调等。诚如李太白之豪迈与狂放，其诗句基调也为之奇绝不羁一样，说明一部作品叙事人语调的选择，取决于作家的个性特点。作家个性持稳，其作品语调也呈明朗浑朴；作家个性激烈，其作品语调之昂扬急骤也就不可避免。所以说，作品叙事语调的选择，不仅仅是创作技巧的选择和运用问题，而是渗透着诸多作家的个性特点。曹雪芹的个性温婉良善，其《红楼梦》叙事语调也充满着春雨秋风般的柔和与温馨。鲁迅刚正不阿的个性，使其杂文语言不无投枪匕首的感觉。大凡古今中外的文学创作及文学批评在这个问题上大都作如是说。

柳青的个性特点，诚如前文所述是十分鲜明的。譬如正直无私、刚正不阿、热心助人、忧民忧国、事业为重、爱憎分明等，这些特点对他一生的创作，以及在作品中的渗透是显而易见的，有的甚至左右着他的创作思绪。这里，我们择其要，就《创业史》中叙事语调的选择来看柳青某些个性特点的渗透作用。

（一）讴歌生活与直抒胸臆调语的和谐统一

热爱生活、讴歌生活的个性心理与直抒胸臆、议论式语调的和谐统一。柳青在陕西同辈作家中，对生活的理解和认识是较早的、清醒的。他11岁读《共产党宣言》，14岁加入中国共产主义青年团，20岁加入中国共产党，赴延安，下米脂，居长安，这几十年的风雨中，他经历了生活的艰辛，认识到了旧时期的诸多弊病和新生活的无限光明。当他投身于如火如荼的中国农村社会主义改造大潮中时，当他倾其笔力涂抹合作化运动的长卷巨画时，他对生活的热爱，迷恋于生活的情感，使他自然而然地选择了创作理论上常说的那种“直抒胸臆，直接议论”的语调格式，一发将自己对生活的理解和认识、感受和内心的兴奋与郁积表现了出来。这种表述现象于《创业史》的字里行间无处不在。在“题叙”中，作者笔下那民国十八年的饥饿史，一群群操着外乡口音的无数的逃难者，倒在路旁无人掩埋的无名尸首堆的惨状，面对这一幅幅令人心酸的悲剧图景，作者以难掩饰的悲痛心情写道：

庄稼人啊！在那个年头遇到灾荒，就如同百草遇到黑霜一样，哪里有一点抵抗的能力呢？

（《创业史》，第1页）

这是对旧社会劳动人民无有回天之力的悲惨命运的哭诉。柳青曾经承认他的感情是脆弱的，他与王家斌相处，听着王家斌诉说旧社会他母子俩一次在瓦窑取暖，被窑主赶出，于风雪中无处存身的情景时，他眼里满含着泪花。生活对人的磨砺，实际上就是一种感情的磨砺，无论是喜还是哀，其感情的宣泄必然伴随着相应的语调，或直抒胸臆。譬如作品中社会主义初期的农村新人梁生宝，就隐含着生活中王家斌及作者的影子，其讴歌议论式的语调更为鲜明。梁生宝埋头于互助组的工作，忘却了女性的温存，以致与徐改霞的恋爱关系未有进展，柳青为此惋惜道：

年轻有为的小伙子呀！你对互助合作那么大的胆量和气魄，你对这样事这么无能？如果你大胆一点，泼辣一点，两人关系说不定你去郭县以前已经确定下来了。

（《创业史》，第62页）

惋惜感叹之中流露出一种敬仰。生宝买稻种，怀里装着大伙，节衣少食，只图把事办好。作者这样写道：

梁生宝，你急什么？难道不可等雨停了再走吗？春雨能下多久呢？你嫌车站、城镇住旅馆花钱，可以在路边的什么村里随便哪个庄稼院避一避雨嘛！何必故意逞能呢？

不！梁生宝不是那号逞能的愣小伙子。他心中燃烧着熊熊热火，——不是恋爱的热火，而是理想的火。年轻的庄稼人啊，一旦燃起了这种内心的热火，他们就成为不顾一切的入迷人物，除了他们的理想。他们觉得人类其他的生活简直没有趣味，为了理想，他们忘记吃饭，没有瞌睡，对女性的温存淡漠，失掉吃苦的感觉，和娘老子闹翻，甚至生命本身，也不是那么值得吝惜的了。

（《创业史》，第104页）

作为一种创作，作者如此急于议论和出面干预，其间包含着多少赞美之情，其语调的直率与热情灿然可见。年轻的梁生宝的确不是那号逞能的愣小伙子，在他的背后有一个伟大的党，他们都姓“共”，人多胆大：

生宝在街道上的庄稼人里头，活泼地趱行着，觉得生活多么有意思啊！太阳多么红啊！天多么蓝啊！庄稼人多么可亲啊！他心里产生了一种向前探索新生活的强烈欲望。

（《创业史》，第283页）

生宝啊！生宝啊！他这时高兴得不知道什么是好啊！他还说什么呢！人类语言的确有不够表达感情的时候。这哪是梁生宝的互助组？他个人，嘿！他哪会想到这些，办到这些呢？

（《创业史》，第282页）

柳青对生活的执着与热爱是世人共知的，因而出现在他笔下的新生活、新人物、新道德及精神风貌，也伴随着与其个性特点相适应的赞美式的议论语调和盘托出，给《创业史》平添了几分独到的议论色彩。

（二）爱憎分明与语调感情色彩的一致性

文学创作是一种感情的寄托，在《创业史》中，柳青一方面饱含着强烈的爱的感情，为他的人物喜而喜，悲而悲，不能自已，常常站出来替他们说话，赞美他们，形成了一种抒情与议论结合的特色。这种语调不是客观的，而是带着抒情主人公强烈的感情色彩的语调。另一方面，对一些自私的、丑恶的人物和现象则产生出一种鞭笞与暴露的感情。“百日黄”稻种在梁生宝的互助组引起反响后，郭世富联合姚士杰与互助组对抗。作者写道：

年轻的梁生宝把世富老大的挑战，根本就没有放在眼里头。右眼皮上有一块伤疤的姚士杰恶狠，也是暂时的。他们要重新服软的。生宝感到，蛤蟆滩真正有势力的人，被一个新的目标吸引着，换了以他的互助组为中心，都聚集在这里。坚强的人们，来吧！梁生宝和你们同生死，共患难！

（《创业史》，第229页）

这样的赞美语调凝聚着社会的期冀和作者柳青的希望。梁生宝是一个胸襟宽广的人，赢得了徐改霞的爱慕：

这就是在她心上的疙瘩！不是青翠的终南山，不是清澈的汤河，不是优美的稻地，不是飘飘的仙鹤，更不是熟悉的草棚屋，而是这里活动着的一个名叫梁生宝的小伙子，改霞才留恋不舍。

他心地善良，行为正直，他做事勇敢，同他的声音、相貌和体魄结合成一个整体。哪管他是谁的儿子，有多少地产和房屋、公婆的心性好坏呢，“不挑秦川地，单挑好女婿”。

（《创业史》，第245页）

一个理想人物就这样在饱和着情感的笔墨中活了起来。一场活跃的借贷失败了，而姚士杰却转运粮食，高增福找郭振山去拦截却碰了钉子，他想到困难，心中酸楚，作者写道：

他鼻根一酸，眼珠被眼泪罩了起来。但是他咬住嘴唇，没有让眼泪流下来。他眨了几下眼皮，泪水经鼻管流到鼻腔，到咽喉，然后带着一种咸味从食道流进装着几碗玉米面糊糊的肚囊里去了。

（《创业史》，第94页）

这是做啥，他责备自己软弱，骨头挺硬！到哪里说那里的话！你不是从旧社会也熬过事来了吗？即使郭振山靠不上了，共产党不是只他一个人，怕啥？

（同上）

作者带着一种对农民兄弟的同情与爱戴，字里行间充满了深厚的情感。正因为如此，他挖掘出高增福的本质特点，他作为贫苦庄稼人中的梁柱，没有一天放弃过“在党”的精神准备。他自荐负担组织掮扫帚脚力的责任，作者写道：

> 他希望，把这回敬爱的共产党员梁生宝委托的事务办好，善始善终，不要出什么大的差错。绝不让生宝失望。……人活在世上，怎能马马虎虎呢？应付谁呢？欺骗自己吗？
>
> （《创业史》，第 421 页）

“在党”的精神准备和对富农姚士杰的戒备，在柳青充满感情色彩的语调中各显特色。高增福熬长工之苦，被工作组选为重点在大会上讲，但他恐怕讲不好，是不是可以不上大会。柳青这样写道：“回答只是一句话，拿出点主人翁的气魄来！”“他的阶级自尊心立刻克服了他对自己讲话能力的自卑心。”姚士杰要笼络他，他从心里骂他从前的东家：

> 啥东西！从前你为啥不和我亲热？土地改革刚到划阶级、订成份的阶段，你小子就拉拢我？你想收买咱高增福，算是你眼里没水：认不得人！
>
> （《创业史》，第 192 页）

作者由衷地赞颂道：

> 他虽然有一个消化玉米糊糊、窝窝头的胃，他觉得自己在精神上，比这个富农要高贵百倍。
>
> （《创业史》，第 196 页）

共产党员、代表主任郭振山的自私退坡思想，在柳青看来是不能容忍的，他直抒胸臆作了这样的议论：

> 郭振山啊！郭振山啊！有几千年历史的庄稼人没出息的那部分精

神，和他高大的肉体胶着在一起，难解难分。旧社会在他的精神上，堆积了太多的旧思想，卢支书已经批评过他了，他刚才开始进行自我分裂。是共产党员郭振山战胜呢？还是庄稼人郭振山战胜呢？

你胡思乱想个啥？你想往绝路上走呀？放清醒点！你把眼睛擦亮！你怎敢想离开党？要在党！要在党！离开了党，仇人姚士杰会往你脸上撒尿呀！

一种怒其不争的情感形成一种哀怒斥责的语调，再次通过徐改霞的内心活动表达出来：

代表主任的思想，改霞已经看透啦。嘴巴上那一套拥护党的漂亮话，再也蒙骗不了二十一岁的徐改霞了。改霞这回可亲眼看见，生宝被互相组的纠纷苦恼着，而代表主任，埋头和他的兄弟振海插那二亩新槎稻地的秧，也不主动去给生宝帮个忙！什么思想！

（《创业史》，第 544 页）

于是，她爱“他的人”，做事和普通人不一样的人。小说中论人论事，叙事语调的运用，完全出自他那爱憎分明的鲜明的个性特点。梁生宝的豪气，高增福的骨气，徐改霞清晰而未退去的稚气都是作者柳青人格个性的寄托；郭振山的退坡，姚士杰的阴恶也无不是作者耳闻目睹的现象的一种还原，当他诉说这些人和事时，一种饱和着情感色彩的语调便自然而然地构成一种格式。

（三）阶级意识与语调把握上的分寸感

作为阶级的代表，在描写各种事态时体现出语调上的阶级分析色彩。文学艺术作为意识形态，其创作无不具有阶级的指向性。柳青在构思《创业史》这部大著时，大量地学习了关于农村各阶级分析方面的著作和材料，因而在描写小说中的阶级、阶层人物的心理、思想、观念及行为时，阶级分寸感是很恰当的。这种分寸感当然会先从叙事语调的色彩上表现出来。譬如写姚士杰：

那姚士杰，生得宽肩阔背，四十多岁的人像三十多岁一般结实，

> 穿着干净，黑市花棉衣，傲然地挺着胸脯站在那里。他的一双狡猾的眼睛，总是嘲笑地瞟着看景的人。他那神气好像说："你们眼馋吗？看看算罗！甭看共产党叫你们翻身呢，你们盖得起房吗？"
>
> 梁三老汉从姚士杰脸上看得出，富农就是这个意思。准是这个意思！一点不错！他知道姚士杰这个人，不管面面上装得多老善、多和善，心里总是狠毒的。姚士杰他爹活着的时候，就是这样的。人不离种子！
>
> （《创业史》，第41页）

作者给他下了个定义"恶人"。恶人自有恶行和恶德、恶语，对抗互助组，抵制借贷会，拉拢白占魁，其叙事语调之阶级色彩十分鲜明。写郭振山则把握住富裕中农阶层的分寸，虽然写了他对互助组的消极抵抗，但仅仅限于在多打粮食上，而不是在政治上的敌对心理。

> 郭世富是心中有数的稳当人，他不接受姚士杰过于厉害的主意，不搞明显的敌对活动。他只顺着共产党和人民政府所提出的路走——增加生产和不歧视单干！他决定：在任何集会和私人谈叙中，他只强调这一点。
>
> 当他听姚士杰狂疯地议论说："你思量思量，这伙穷鬼，分了财东的地，喊共产党万岁；借了咱们的粮食也喊共产党万岁。讲理不讲理？"

作者用这样的文字揭示郭世富这位富裕中农的心理：

> 郭世富慌忙左右前后转动着春天摘了毡帽的脑袋，看看左边的稻地里和草棚屋外面是不是有人。虽然土改的浪潮已经过去，村里已经平静下来，但是姚士杰这个危险人物，嘴里发出这样爆炸性的论调，郭世富心中悸动。
>
> （《创业史》，第788页）

很显然，作者在用语的感情色彩上与姚士杰的描写全然两样。写梁三老汉，作者将他放在阶级范围里来刻画他自私、个人发家的本能意识和心理。老汉内心热爱共产党，但不习惯搞互助组，不相信它能成功，于是表现出一系列合情合理的举动来。卢明昌支书的一席穷人全姓“共”的话刺醒了他。作者写道：

> 梁三老汉再也扳不住脸。他笑了。他的劳动者的善良，他的受过压迫的心灵，他的被剥削过的痛苦的记忆，以及解放三年来共产党所做的事，促使他本能地相信卢支书这番风趣的议论。
>
> 你老人家甭拉生宝的腿，俺工作得就快。河这岸，下堡村的人都说：“看人家稻地里梁三老汉指教出来的子弟吧！生宝心骨是渭北人，心术是梁三老汉的心术，真是好样！人家这样高看你老人家，你千万不要做低了，叫人家笑！”
>
> 老汉羞愧地低垂了光头，真是隔河千里远！原来下堡乡的人竟这样抬举他呀！他谨小慎微的庄稼人狭窄心境，怎能与生宝叱咤风云的气魄联系起来呢！他心中绞痛。他劳动人民的自尊心，现在翻到他庄稼人的小气上头来了。他问他自己：“你六十几的人了，你想从这个尘世上带走啥东西呢?”
>
> （《创业史》，第290—293页）

作者以善意、温和的语调叙述着梁三老汉这同一阶级的人，对互助组的热肠的复杂心理，其用语之阶级色彩也极显明。

总之，从总体上看，《创业史》在叙事语调上很有特色，抒情议论兼而合一，并且往往是作者面对某人某事的直接陈述。这不妨可以说是一种风格，是作者个性特点的一种灌注，其用语、语气、习惯就势必构成相似点，《创业史》叙事语调的选择便说明了这一创作中的问题。

四　人格积淀与梁三老汉性格系统

当《创业史》问世后，关于梁三老汉形象的塑造就一直毁誉参半，夹杂着“左”的色彩和庸俗社会学的噪音。在1962年大连会议上，邵荃麟以梁三老汉为例提出文学作品要写“中间人物”，以致招来祸端，葬身于政治，被定性为“站在反人民的立场反对英雄人物，提倡写落后人物”[①]。真知灼见，倏忽一闪，便悄然疾去。一年以后，严家炎提出就艺术典型来说，梁生宝不如梁三老汉塑造得成功，同样也被认为“意在贬低以至否定梁生宝的意义和价值”[②]，被几盆凉水浇灭了。于是对梁三老汉形象的评价，涉及了文学创作诸如革命现实主义和革命浪漫主义相结合，无产阶级英雄人物的塑造，以及所谓“中间人物”等重要问题。

时间检验着文学作品，同时也检验着文学评论。当弃去了庸俗社会学和“左”的思潮的外壳时，梁三老汉——这个贫雇农阶层的“中间人物”，却怎么也掩盖不住艺术的光灿，构成了一个完整的性格系统。

（一）梁三老汉：文学是人学的双重含义

从批评学角度讲，文学有一个参照系，那就是作品与社会的关系、作者与作品的关系、作品与读者的关系，这三种关系之结果则分别产生了三种批评模式，即社会批评模式、心理批评模式、接受批评模式，这三个方面都与作品有关，研究一部作品的得失无不由此生发，只不过侧重点不同而已。

我们这里研究《创业史》，剖析该作品中的典型形象梁三老汉，就势必要涉及塑造这一形象的创作主体——作者。依照上述批评理论，那就是研究作品与作者的关系，即作者柳青的人格积淀在梁三老汉形象上的显现和灌注因素。

生活中的柳青，其人格行为的规范，世人皆知，他经历了人生道路上的痛苦选择，在决定人生道路信仰等重大问题上有过选择性的徘徊，因为他并非“圣人”和救世主，如梁三老汉在入社，送自家白马进社合槽时的心理状态一样，这种心态，作者柳青有过，自然他笔下的梁三老汉不会没有。柳青作为农民的儿子，植根于黄土地，珍爱这片热土，至死也要魂留渭河两岸万户人家，这样一种心理积淀深深地灌注于其笔下的梁三老汉身上。1949 年，一夜之间十几亩稻地姓梁了，老汉怎么也接受不了这一事实。于是他拼命创业，为儿子“梁伟人”创立的灯塔合作社操心，用他那小眼睛盯着曾经仇视过互助组的人们。梁三老汉的爱社、爱土地，其

---

① 王庆生：《中国当代文学》第 2 册，上海文艺出版社 1984 年版，第 42 页。

② 冯健男：《再谈梁生宝》，《上海文学》1963 年 9 月号。

情感不正是作者柳青十几年扎根农村的象征么？柳青是善良朴实的，深得老百姓的爱戴，梁三老汉是敦厚、正直的，虽有其中国式农民的自私和保守，但从不以依靠剥削他人发家为目的。老汉讲究实干，重实务正是柳青的基本人格特点。柳青生活在农村，甘愿吃苦，虽苦犹坚，十几年吃穿极俭，一副地道的关中明理老汉打扮，与笔下梁三老汉的外在着饰是那样的形同。如此等等，不一而足。梁三老汉的行为、思想及社会生活方式也正是柳青所经历、所熟悉、所体悟的。只有作者所谙熟的，方能转化成典型形象。而这个形象无处不渗透着作者的人格因素。诚如别林斯基在论《死魂灵》时所说："到处可以感到他的主观性，渗透了出来。"这种主观性，别林斯基认为是作者的热情心灵，同情的灵魂，是在精神上、人格上对笔下人物的一种体现。古今中外的创作规律大都如此，所以柳青人格积淀与梁三老汉性格系统是相因相渗的。

正因为作者柳青谙熟生活，才写出了梁三老汉作为旧式农民的全方位的性格侧面，一个典型的"中间人物"。不用问，文学创作固然是写人的，但在怎样写的问题上，理论家有各自的主张。作家也有自己的选择，那么，柳青对梁三老汉形象的塑造又是如何抉择的呢？

法国理论家丹纳说："人物是作品构成的第一个元素。"高尔基认为文学是"人学"。然而，与此相悖的另一种主张却往往把描写人看作是一种手段、一种工具，如季莫费耶夫认为："人的描写是艺术家反映整体现实所使用的工具。"这样，人在作品中就自居于从属地位。作家对人并无兴趣，他为了"反映整体的现实"，就只能使笔下的人物成为他心目中实际现象的图解，而抽去人物所特有的个性、感情，把它写成一个作家头脑中既定的整体现实的傀儡。譬如梁生宝形象的塑造。柳青曾说："我要把梁生宝描写成为党的忠实儿子。"[①] 作者是把梁生宝作为马克思主义真理和中国共产党的政策在农村的接受者、执行者、传播者和体现者来表现的。正因为如此，梁生宝虽然也确实成了党的"忠实儿子"，却未必像梁三老汉的儿子，他的欲望、个性全然被党的"忠实儿子"所遮盖。由此可见，文学作品如果仅仅在于反映整体现实，把描写人当作反映现实的一种工具、一种手段的话，那么，势必会使人物流于概念化地图解政策，这不能不说是对文学的一种背叛。

---

① 柳青：《提出几个问题来讨论》，《延河》1963年8月号。

文学是人学的双重含义就在于，不仅要把人当作文学描写的中心，而且还要把怎样写人、怎样认识人作为评价作家及其作品的标准，正是从这个意义上讲，梁三老汉是“文学是人学”的忠实体现者，是作者经过抉择后的落笔点。这即是论者首先须细述的。

（二）梁三老汉：艺术典型的自然质

梁三老汉是人不是神。然而，如何完整地认识人，在文学创作主张中几经波折。长期以来，对于人的本质意义的认识，只囿于“人是一切社会关系的总和”框架中，而忽略了人还是一个有生命的自然个体这一本质意义。在观察和评价人物时，只注意研究人的社会属性，而抹杀了人的自然属性。刘再复的“人物性格二重组合原理”理论冲破了这一边界，给文学创作带来了生气，对“人”有了完整的认识。他认为：“人的性格是一个很复杂的系统……但是，不管性格多么复杂，都是相反两极所构成的。……从个人和人类社会总体的关系来看，有适于社会前进要求的肯定性的一极，又有不适应社会前进要求的否定性的一极，这就是性格两极的排列组合。或者说，是性格世界的正反两大脉络对立统一的联系。”[①] 从这一观点看，梁三老汉性格的自然质就明显地表现为老实、善良、勤劳、耿直、倔强、固执、忠厚、天真、幽默、贤明、识大体、心软、保守、自卑、小气、自私、多疑、无能、嫉妒、咄呐、逆来顺受、窝囊受气，等等。却很难用“社会关系的总和”来包括，这里面有适于社会前进要求的肯定性的一极（勤劳、善良、耿直、识大体），有不适于社会前进要求的否定性的一面（保守、自私、逆来顺受）。两极合一，可感可触，真可谓性格复杂，蕴含深厚，信息储存量很高。

成功的艺术形象，不管其性格系统多么复杂，都有明确的主体要脉，以此来制约、支配其他次要性格。梁三老汉的主导性格是什么呢？就是他的双重矛盾性格，既有劳动者勤劳善良的一面，又有小生产者自私和保守的一面，这是一个有机整体，包含了柳青对农民深邃的哲理性思考，包含了震慑人们心灵的美学底蕴。

如果说阿Q性格系统构成了一部中国半封建半殖民地国民可悲可叹的奴性心灵史，那么梁三老汉的性格系统则又构成了中国农民在新旧社会

---

① 吴亮：《批语选择——访青年评论家吴亮》，《中文自修》1986年第8期。

变革时期的转换心灵史。

从信息论角度看，人物性格复杂，是信息储存量高的标志。而作品的信息量越高，读者反馈的时间就越长，艺术生命力就越久远。梁三老汉性格系统的自然质，蕴含深厚，不是穷形尽相，则很难一眼望穿，反复审查，反复琢磨，常读常新，必有新意。那种多重性、多层次的性格组合所构成的方方面面，都可以深化自己的审美体验，从中不断获得新的美的享受。可以想象，如果作者仅将梁三老汉的描写作为一种工具、一种手段，尽力“反映整体现实”之目的。那么，无论从什么角度，梁三老汉性格的自然质给人的感觉只能是单一的、干枯的，是某种概念的产物。端木国贞在他的《试论恩格斯的典型学说——从〈创业史〉谈起》一文中这样描述道：“以柳青《创业史》为例，仅在北京就先后印行了五十八版，一百零四万册，仍然满足不了读者的需要。安徽一位读者把《创业史》看了二十遍，不肯释手；内蒙古一个工人已经看烂了四本《创业史》，还准备买一本新的。广大的干部、工人、职员、战士、教师以及识字的和不识字的农民都对它发生了浓厚的兴趣。……越读越觉得有劲，越读越觉得有味道。”这种决非偶然的现象，正说明了梁三老汉艺术典型自然质所达到的艺术魅力。

“文学批评所直接面对的，并不是世界本身，而是业已被文学家们谈论着的感知化世界。这样一来，文学批评已不能直接观察那堵原先的世界之墙，而只能去观察那层层地遮盖在墙上的糊墙纸了……”[①] 面对这层层叠叠的“糊墙纸”，中国传统的研究方法，即社会学方法，首先把文学艺术作为社会现象列为自身的研究对象，并在文艺与社会的相互作用中探索文艺的特征和规律。但是，曾被曲解了的庸俗文学，在文学必须反映社会“本质”，必须让人物成为某一种社会力量的代表的趋势下，给文学批评（包括《创业史》）带来了极坏的影响。当系统科学与文学联姻后，就意味着文艺研究要跳出窠臼，从一个全方位的角度去打开文学研究的新门窗，即文艺研究对文学应有三个层次的审视。这三个层次是文学的现实感、历史感、哲理感。一部好的文学作品，自然都应具有这三个层次。

当农业合作化运动来临，波及人们思想体系的前瞻和后延的时候，柳青深知其中的意义。在构思中，他没有选取梁三老汉生活的横断面，而是

① 刘再复：《论人物性格的二重组合原理》，《文学评论》1984 年第 3 期。

把他放到历史的流程中加以表现，站在历史的高度来观照生活，作者把他的作品最后定名为《创业史》，意思是很深的。他亲自参加社会主义改造的全过程，对我国现代农村生活长期的观察、体验，对现代农村的历史作了透彻的剖析，从而奠定了小说构思的基本脉络，即通过梁生宝父子两代人，用新、旧社会不同创业道路的对比来展开人物和情节，并有机地结合特定时代的重大历史事件，使合作化运动的伟大意义得到相当深刻的艺术表现。在此期间，梁三老汉便应运而生，因为只有他最有资格，是历史的见证人。

作品的题叙概括了梁家父子乃至数千年来辗转于封建重轭之下的中国贫苦农民的创业史，是他们共同命运的缩影。题叙的主要作用是把《创业史》的内线伸向中国农民历史命运的纵深，作品所描述的社会主义革命的环节，同整个历史的链条结合起来，只有从历史的各个环节中看历史，才能看出真正的历史。正因为如此，作者所选取的社会主义革命时期最重大的题材——农业合作化运动，才清晰地反映出中国农民已经走完了数千年不断反抗，不断失败，充满无穷无尽悲剧的历程，迎来了崭新的生活转机。作者把梁三老汉放到历史的流程中加以表现，使得他身上充满了凝重的历史感。

《创业史》第一部描写的是新旧变革的相对平静时期，土地改革的暴风骤雨已经过去，合作化运动的高潮还未到来。农村阶级斗争的形势是：地主作为一个阶级已从经济、政治上被消灭，而其他各个阶级、阶层则按照新的关系进行了组合。一方面，富农从土改以来的惧怕和不安中镇定下来，依仗其经济势力蠢蠢欲动；富裕中农则力图使自己变为富农，发家兴头正浓。他们在1953年上半年成为农村中的实力派，保持着其优势地位。另一方面，广大贫雇农、下中农究竟向何处去，还处在迷惘状态。

当时，面临着两条道路的选择，即组织起来进行集体生产或者继续实行单家独户的个体生产方式，《创业史》要表现的就是这两种势力、两条道路的矛盾统一的全过程。

作者独具匠心，将梁三老汉这一形象放在两条道路的交点上来描绘，就更增加了人物性格的系统化及社会主义农业改造的复杂化。梁三老汉衷心拥护土地改革，却不能接受互助合作的做法。他不愿罪恶的世道重现，一心发家立业。梦想成为“三合头，瓦房院长者”。他与儿子生气，既是父子关系，又呈现出两种创业思想的对立。这样，“梁三老汉草棚里的矛盾和统一”就得到了深化，富有十分典型的意义，它不是普通的家庭纠纷，而是整个农村社会主义革命时期，广大的还没有觉悟的劳动人民和社会主义道路的矛盾和统一。小说情节围绕着梁三老汉的变化而推进，以梁三老汉父子的矛盾开始，又以梁三老汉父子的矛盾统一而终结，形成一个完整的系统。

毫无疑问，柳青对于生活有着高于一般人的理解，他用自己的眼光、自己的理解探索生活，追求生活的真谛。这样，他不脱离现实与历史的进程，却达到了比现实感和历史感更高的美学层次，使得梁三老汉这一形象具有很高的艺术价值。

法国早期的马克思主义文学评论家拉法格说过：“哲学是人的特点，是人的精神上的快乐，不发表议论的作家只不过是工匠而已。”[①] 柳青曾明确指出，《创业史》这部小说就是表现“农民是如何放弃私有制，接受公有制的”。这个主题是从对新的社会生活的深刻认识中提炼出来的。在把握不同时期革命的性质和矛盾冲突的不同方式时，作者感到的是如何教育农民的问题，这个问题不解决，社会主义革命则一事无成。土地革命消灭了封建所有制，把土地分给了农民。要大力发展生产力，大干社会主义，但谁也没见过社会主义是个什么样子，大有再失去土地的担心。而共产党又不能强迫农民入社入组，这样，矛盾冲突就变得特殊化了。

柳青巧妙地将这一矛盾安排在合作化带头人梁生宝的家庭内部，集中表现在苦了一辈子、好不容易分到土地的梁三老汉身上，因而强化了问题的严重性和深刻性。如何教育和吸引这些背着旧制度包袱的人们，就成了决定互助组能不能站住脚跟的大问题。唯一的办法只能是说服教育、典型示范。作者深刻了解农民的心理，通过作品中杨书记的口对这个问题做了透彻的论述：“不光要做教育工作！在互助合作这方面，还要做出榜样来，叫群众看一看哩。有一部分先进群众，讲道理，可以接受，可是大部分庄稼人要看事实哩！这个和土改不同，你说得天花乱坠，他要看出是不是多打粮食，是不是增加收入。”梁生宝正是这样，一刻也没有忘记要“做出榜样来”。他大公无私，感动了周围的庄稼人；他买种子、跑山、度过春荒，给蛤蟆滩显示了光明的前景；他没有教训“他的老子，没有强迫老子凭良心”报共产党的大恩，凭不长嘴巴的事实使梁三老汉到底

---

① 罗大冈：《拉法格文学论文选》，人民文学出版社 1962 年版。

“服气”了，感到“最替儿子担心害怕的时期已经过去了”。我们认为，梁三老汉形象的主要社会意义就在于说明“严重的问题是教育农民”！因此，当梁三老汉穿上新棉衣，以生活主人的姿态出现在黄堡街上的时候，我们不能不感到这场社会主义教育运动的重大意义。

柳青引用毛泽东的一段话为卷首语：“社会主义是这样一个新事物，它的出生，是要经过同旧事物的严重斗争才能实现的。社会上一部分人在一个时期内，是可以顽固地要走他们的道路，在另一个时期内，这些同样的人又可以改变态度表示赞同新事物。”这也就是《创业史》及梁三老汉形象所蕴含的深刻的、耐人寻味的哲理。

（三）梁三老汉：艺术典型的系统质

中国小说刻画人物形象多是通过对话或人物行动来完成的，而现代小说则加强了对人物的心理描绘和心理分析，这是文学创作的一大革命。小说对心理刻画的加强是现代生活发展的要求，社会心理复杂化，要求在艺术表现上由外在走入内心，不仅要刻画好人物的外在形象，而且要刻画好人物的心理形象，这样的形象才是整体的形象，立体的形象，具有符合系统学形象的意义。过去，有人对《创业史》的心理描写持否定态度，认为是欧化的倾向。这是不公正的。“文学是人学”，文学要写人，写人的什么？写人的灵魂和心理，作家的笔只有深入人的（包括作家自己的）内心世界、感情世界，真正意义上的文学才能实现。

柳青一向重视人物的心理描写，他在谈及写作经验时说过，人物是小说构思的中心，要重视写人，而写人，“主要写思想感情的变化过程”。他在《创业史》的“出版说明”中写道：“《创业史》是一部描写中国农村社会主义革命的长篇小说，着重描写表现在这一革命中社会的、思想的和心理的变化过程。”他对梁三老汉形象的刻画实践了这一理论主张。柳青是怎样揭示梁三老汉心理世界的呢？作者把人物置于社会环境中考察人物在具体环境中的感受，以及环境对人物思想意识的影响，从梁三老汉性格发展的角度描写他与环境之间的关系，表现出特定的性格在特定的环境中形成的过程。

梁三老汉在《创业史》第一部中走完了一个历史阶段，终于由生活的奴隶开始变成生活的主人。从“题叙”开始，梁三老汉继承了父辈改变命运的“理想”，拼命地苦熬。“倔强的脖子铁硬。不肯在艰难中服软。”死了妻子，死了二回牛也不消极。当他 40 岁刚刚娶了生宝妈的时候，就当着邻居的面对新妇表白，他是“有力气”的人，要跑终南山，要“重新买牛、租地、种庄稼”，“把孤儿当亲生儿子一模一样抚养成人”“创家立业”；当着乡邻露出一副自负的笑容：“唔，当成我梁三这一辈子就完了吗？我还要成家立业呢！”但家难接踵而来，创业失败了，儿子被抓兵。卖掉牛、退回地，他认为和命运对抗是徒然的。可悲的是，他把创业的失败归结为命运的安排。在他失去了创业的信心的时候，连做人的自尊心也失掉了。他慑服于富人的权势，胆小怕事，以致生宝告诉他要分掉下堡村杨大剥皮和吕二细鬼的土地时，他还怀疑地发问：“啊！共产党这么厉害？还敢惹他两个……”当十来亩稻地果真姓梁时，“老汉如同在梦里头，晃晃悠悠多少日子，他的脑筋怎么也转不过这个弯来”。当梁三老汉终于明白过来，这一切的变化都是真的时候，他仍然没有明白历史发展的必然趋势，并且也没有觉悟到，他命运中潜在的必然要求与社会主义方向的一致性。他是带着死灰复燃的发家旧梦，和小生产者沉重的精神负担，站在社会主义革命起点上的，并不是自觉地进入社会主义革命时期的。因此，他们主观追求与社会的客观发展仍然存在着不一致性。生产资料的获得使梁三老汉重新鼓起了生活的勇气，他那破灭了的发家理想使他坚定了自信，禁不住笑眯眯地对老伴说：“告诉你吧！用不了几年，我年轻时拆了的那三间瓦房就新盖起了。稍有办法，就不盖草房了，要盖瓦房！咱老两口住不到新瓦房里去，我就是死了也闭不上眼睛。”说起这些，老汉非常动情，“在胡子丛丛的嘴唇上，使着很大的劲儿”。这一次，梁三老汉又想差了，因为他们这种自发倾向与社会主义方向是不相容的。他虽然拒绝接受梁生宝的互助合作，可是，由于性格中积极因素的支配，现实的启发和党的教育，随着互助合作事业的不断稳固，老汉对自己的追求惶惑了、动摇了。特别是在互助组割竹的时候，他没有办法阻止……从前，梁三老汉只是在村人面前感到自卑，现在，在生宝面前也感到自卑了，他几乎没有一点信心。他开始认识到“世事是你的世事”，而且决定“只要给我吃上，穿上，你生宝爱怎样弄怎样弄去”。由反对到不管，这是老汉的一大进步，这说明他已经对自发道路失去了自信，追求也开始发生变异。新生活的感召力已吸引了他的注意，如他秘密去互助组的扁蒲秧观看，等等。

当然，梁三老汉的感情和追求的转变并不是直线的，柳青也没有把两种因素的消长在老汉性格中作简单化的处理。正如生宝所说的："俺爹那自发性儿，就和神经病一样嘛，有几天犯了，有几天好哩。他独独一个人蹲在那里，拧住眉头子想、想、想。你知道他想啥呢？你给他说些进步话，他说好了；他看人家过光景，又生我的气了。"《创业史》充分表现了这一复杂过程，将历史的必然趋势寓于梁三老汉心理变化的具体过程之中，真实而又深刻。互助组的生产获得了丰收，无可辩驳的事实使老汉感受到自己命运中的潜在要求与社会主义道路的一致性，感受到了人的尊严。梁三老汉提了一斤豆油，庄严地走过庄稼人群。一辈子生活的奴隶，现在终于带着生活主人的神气了。

毫无疑问，梁三老汉形象从《创业史》中站起来了。柳青正是通过梁三老汉形象的塑造，对旧社会贫苦农民的悲惨命运寄予了深厚的同情，并且站在历史的角度，含着微笑批评了他们的弱点，毫不放松地抓住他潜藏的，哪怕是细微的社会主义积极性，准确地加以表现。这样，作品不仅令人信服地描述了互助组巩固和发展的过程，而且向读者清楚有力地展示了未来合作化运动的磅礴气势。

作者不仅完整地展示了人物的心路历程，也系统地完成了人物外在形象的刻画。譬如梁三老汉 40 岁上下的时候，身材高大，穿着没有拆洗过的棉衣，头包脏毛巾，手里提只一巴掌大买不起嘴子的旱烟锅。

> 创业失败后，累弯了腰，颈项后背上，被压起拳头大一块死肉疙瘩。

> 土改后，竭力把弯了多年的腰杆挺直起来了，气喘病也好了些，也丢了棍子，满草棚院忙乱着。

> 同生宝在道路上发生分歧后，提着空粪筐走进小院，盯了梁生宝独自住的那个草棚一眼。

> 互助组丰产以后，排队买油，穿一身里表三新的棉衣，显得笨手笨脚，低头用手抹眼泪，抹掉又溢出来了……

这些外在的笔墨无不是时代脉搏的折射，无不是人物内心世界的反映。

可以说，梁三老汉形象在同类题材中、在同类人物中实不多见，后如《山乡巨变》中的亭面糊，《汾水长流》中的郭守成，虽然不失其艺术魅力，但就其艺术典型的系统质不能不说要略逊一筹。在郭守成身上，我们看不到多少积极因素，作家对他有着过多的讽刺和嘲笑，不免使读者由同情变为厌恶。亭面糊这一形象虽然光彩夺目，然而油滑因素和生活趣味冲淡了对这一形象本质内涵的发掘。他们的转变远不如梁三老汉来得自然可信，梁三老汉的特点正如作者所写，他的心“和孩子一般纯洁，只不过几十年的旧思想，在他头脑里凝固起来了，一时不易化开而已”。在梁三老汉身上我们看不到油滑懒散的恶习，他对互助组不理解，不赞成，看不惯儿子的举动，嘟囔归嘟囔，干活归干活。甚至在他发誓不给“梁伟人”干了的时候，也没有因此而躺倒不干、大吃大喝。梁三老汉是真正的贫苦农民的典型，在他身上蕴藏着极大的社会主义积极性。只要摆脱旧的传统思想的束缚，他的力量和智慧将是无穷无尽的。在他身上，无论新的还是旧的，显现的一切都是扎实、本分、农民式的心理品质。

也许从作家的创作意义上说，梁三老汉并不是他着力刻画的人物，但实际上，由于这一形象凝聚了作家丰富的农村生活经验，熔铸了作家的幽默和谐趣，表现了作家对农民的深切理解和诚挚感情，因而反倒显得深刻、浑厚、丰满、坚实，成为全书中一个最有深度，概括力相当深广的社会历史人物。

梁三老汉形象的成功说明了文学作品只有以人物为中心，作家只有全面理解人，才能塑造出真正意义上的具有性格的艺术典型。

五　新版《创业史》修改的问题思考

柳青的《创业史》迄今有两种版本，即1960年的原版和1977年经过修改后的新版。修改作品本身就是创作的一部分，是完善创作的重要步骤。然而，《创业史》的修改由于众所周知的原因，却成为一个具有实质性的问题而异见纷起，如“作家失误论”“蓄谋已久论”等说辞。

联袂以往的结论，笔者总觉理穷，似有一种假言推理感，譬如有人这样认为：“因为《创业史》的写作年代是极左思潮开始泛滥的年代，所以柳青和《创业史》就一定受了影响。”[①] 其实，据考究，《创业史》的写作时间是1954年。此时正如《决议》所讲：“从1949年10月中华人民共和国成立到1956年，我们党领导全国人民有步骤地实现从民主主义到社会主义的转变，迅速恢复了国民经济并开展了有计划的经济建设……在这个历史转变中，党确立的指导方针和基本政策是正确的，取得的成就是辉煌的。”看来并非“泛滥年代”。同时，就《创业史》成书过程而言，初稿于1955年4月，其间做了四次大改，在1955年9月的大规模修改后书稿基本定型，用作者的话说：“这是一次根本性的，脱胎换骨的修改。《创业史》面目焕然一新。”此后的三次修改仅是局部的修饰，若以1955年为界，这个过程也非处于“泛滥时期”。

再如，有人从现实与人的相互关系上引证：“随着左的思潮对农村生活和文艺创作越来越大的影响，即是政治上严肃、艺术上成熟的柳青，也不可能不打上时代的印记。进而得出人人都受到左的思潮影响，《创业史》就一定有这种影响。”[②] 人与现实的关系本来就是一种相互作用的辩证关系。茅盾先生这样认为：“人创造环境，同样环境也创造人”“‘人’是在‘环境’中行动的，‘环境’固然支配了‘人’，但由于这种被支配而发生的反作用，能使‘人’发生破坏束缚的思想而形成改造环境的行动。由此可知，‘人’和‘环境’的关系不是片面的；‘人’和‘环境’之间的作用，是交流的，是在矛盾中发展的。”[③] 所以，不能把人机械地看成环境的依附物。倘若依此而论，那么，“文化大革命”中“四人帮”推行的一套唯心主义创作理论，受影响者固然有，但据理力争者也不乏其例，而柳青正是其中的一位，这该作何解释呢？显然，这在方法论上是一种偏差，一种脱离作品实际，以年代背景囊括、替代作品思想内容的假言推理，因而其结论失之熨帖。

笔者绝非否认《创业史》没有受“左”的影响，庇护、粉饰未必会给柳青增辉，给《创业史》增色，只是说在对这个问题的解释上，如何借助翔实的资料，扣住作品的实际，找出较为中肯的、切近作者创作意图的、言足理实的答案。

---

① 《如何看待极左思想对〈创业史〉的影响》，《陕西师范大学学报》1982年第2期。

② 中国作协西安分会《文学简报》1981年第4期。

③ 《关于〈创业史〉评价的再认识》，《当代文学研究参考资料》1983年第10期。

带着这样的目的，笔者对《创业史》反复琢磨，得出了另一种拙见：那就是作者所表露出的反“左”的思想倾向。譬如，对郭振山企图停留在民主革命阶段的二次分财思想的否定，活跃借贷中所坚持的自愿互利原则，否定了威逼富农、富裕中农筹粮的过“左”做法，一个前国民党大车连上士班长白占魁要入社，梁生宝并没有因为他不光彩的身份而加以拒绝，等等。同时，在《创业史》中，就情节的发展、人物的安排、作品的创作目的及整个四部书稿的总体构思，无疑要精布细排，而“结局”部分，是应该允许作者作艺术处理的。那么，为什么就一定要认为这种结局是“急躁情绪，对生活中左的现象没有抵制，作者都搬到纸上去了”呢？为什么就非得排除这种内容所需要的艺术处理呢？

值得注意的是，对这样一个实质性的问题，既不说作者更深的意蕴是什么，也不从原版、新版的情节中去把握，而紧紧扣住只言片语进行铺张扬厉，首先是错误地点了某某同志的名；其次是在点某某名的同时，“两处提到‘下堡乡小学的一个教员’，这和当时把广大教师作为所谓修正主义路线的社会基础批判不无关系”。“作家的创作思想、创作方法是有严重缺点的。……当他1977年修订第一部时，在‘四人帮’被粉碎后，竟然热衷于增添三处点名批判”① 的内容。

柳青是一位严谨的现实主义作家，他向来视创作中的轻率、肤浅为“赶场”。创作修改，斟字琢句达到了捻断根须的地步：“速度不快，一天干把实，少则七百字，但这是经过反复琢磨才写下的，是十分结实的。”这里，企图以“性急的硬贴说”“晚年政治上的失误说”来评判《创业史》都失之有据。即使作家在晚年呻吟床第之际也不失现实主义作家的本色，怎么可能一改往日之严谨态度，草率地、轻易地、不负责任地涉及一个政治问题呢？这种修改究竟是年老昏花，还是正常地做出的，大有深究的必要。

柳青的旨意究竟如何，正如有人这样认为的：“其实可以不点名，点了名是个很深刻的问题，并不是轻易下的，值得重视，表明了作者的态度与一些人不相同。”

我以为作家这种做法，其倾向是明显的，即柳青通过参加农业合作化运动的亲身经历，凭着自己的直觉，热情赞同并颂扬了互助合作的农业社

① 茅盾：《茅盾论创作》，人民文学出版社1999年版，第417页。

会主义改造这一方向，表示出在反映合作化问题上的两种理论思考。这种倾向渗透于整个作品的字里行间，作者也认为“点名不点名对作品的内容是没有什么影响的”，点名只是使问题明朗化罢了，即使不点名也无法掩饰这种倾向所指。

新中国成立初期的现实生活告诉我们，由于中国生产关系的长期落后低下，并没有给这个新政权积累多少先天的优惠。当时的境况是：“人口众多、已耕的土地不足（全国每人只有三亩地，南方各省很多地方每人只有一亩地），时有灾荒（每年都有大批的农田，受各种程度的水、旱、风霜、雹、虫的灾害）和经营方式落后，以致广大农民的生活，虽然在土地改革后，比较以前有所改善，或者大为改善，但是他们中间的许多人仍然有困难，许多人仍不富裕，富裕的农民只占比较的少数。”[①] 面对现实，出路在哪，我党正确地估计了当时的国情民情并做出了重大的抉择：“资本主义道路，也可增产，但时间较长，而且是痛苦的道路。我们不搞资本主义，这是定了的。”基于这样的认识和选择，也正是从这种实际出发，党中央照顾了农民的两种积极性，提倡组织起来，按自愿互利的原则，引导农民走合作化道路，这是一条适合国情的国策。实践证明，这条道路选对了；在当时，除了社会主义道路外再无别的路可走；要想防止农民卖地，办法就是合作化；为了摆脱贫困，改善生活，抵御灾荒，只有组织起来向社会主义道路前进才能达到目的。

列宁在评论托尔斯泰时说：“如果我们看到的一位真正伟大的艺术家，那么他就一定会在自己的作品中至少反映出革命的某些本质的。”[②] 合作化的胜利给柳青这位真正的艺术家提供了创作的素材，而表现在《创业史》中的不是什么抽象的理论，而是他 14 年丰富生活的积累；是他作为王家斌互助组组员的经历和直感，作品真实地描述了农村社会主义革命初期的“生活故事”，高度赞扬和肯定了合作化道路，反映出初期革命的某些本质方面。相形之下，对确立新民主主义秩序等理论有所表示，这是作者鲜明的倾向在作品中的表露。尽管原版没有明朗化，但实际上已作了形象的表述。

在第十六章中，合作化的三位领导人就互助组发展问题的一席阔论颇

① 蒙万夫等：《柳青传略》，陕西人民出版社 1988 年版，第 39 页。

② 列宁：《论文学艺术》（一），第 81 页。

为精当。生宝认为，“党的政策是依靠贫农、团结中农”，并非依靠中农，几句爽快的话使县委书记听得哈哈大笑。但他收敛了笑容，严肃地说：“有些地方在错误地批判中农哩，认为互助组里只有贫农，没有中农是一种偏向，有的连土地集中也不让，说怕弄乱影响不好！”末了，这位高个子陕北人思忖着说：“要所有的同志，在思想上转过弯来，还得一个时期啊，多少年的民主革命嘛，现在换任务了。旧脑筋、新任务，这是个矛盾。”王佐民说：“这是农村工作干部的普遍现象。”在同一章里，一场名哭死者实为家产的哥俩纠纷，使梁生宝挖心地难受：“私有财产——一切罪恶的源泉！快、快，尽快地革掉这私有制度的命吧！”淋漓尽致，嘹亮动听。柳青这位关中地道的明理“老汉”简直是在呼吁了：搞合作化焉能与确保私有财产齐驱。

在第二十七章中，农技员在参与了互助组的实际斗争时，心中感慨地想道：“杨书记说得对啊！解放几年，经验证明，离开互助合作化的基础，甭想在单干里头，大规模地推广农业新技术。”是的，“个体农民，增产有限，必须发展互助合作”。靠个体经济增产粮食，解决国计民生的大计是办不到的。

总之，“皮之不存，毛将焉附”，只要紧扣情节，就不难看出作者的意图；离开了情节，忽视了作家的创作意图、思想倾向，笼而统之地谈修改是言不实、据不足的。在文学创作中不乏这种现象。有的作家，特别是一些严谨的作家愈到晚年，在修改作品时，愈力求把自己的观点加以明朗化，表明他对人生、社会诸问题的看法以引起后人的关注。我们认为，柳青正是一位坦率的作家，这种修改符合他的气质、性格。

综上所述，我们可以看到，当从原版和新版的字里行间，从作家的创作倾向去把握、审视，《创业史》“重要的修改”是有着必然的内在联系的，不能轻易认为，这种修改是受极“左”思潮影响的硬贴；从作家本应回避但并未回避的做法中，更应认识到这是作家思考的结果。

古今中外的创作实践证明，大凡作家愈到晚年，其笔法愈加凝重老辣，见解愈加敏锐独到，艺术风格愈加圆熟、富于个性。柳青也是如此。但是，其晚年对《创业史》的“重要的修改”却使人甚感突兀。当作家离世后，众人翻检其作品时，这个问题便成为创作上一个令人费解的谜。

当然，曾有不少人试图探讨作者的旨意，却都未能得出中肯的答案。一些评论者以现实作为评判的依据，以当年现实之变为中介，来回视 50

年代的历史生活，进而确认作者“左”的主体意识的存在性。但不忍于已经去世的作者坎坷多难的一生，而不愿说开去，以“恕不赘述”等字眼做遮掩；一些评论者却以50年代的生活为依据，以历史的眼光为中介，遵循生活的真实，考察作品的实际，认定作者修改的深刻性。但与不相适应的政治背景相撞击后，却笔力减弱，言语模糊。不管怎样，在事实上将一个政治问题如此明了化，在柳青的创作史上还是不多见的。

《创业史》再版时的修改是在1977年，即粉碎“四人帮”后的第一年。这期间，柳青先后两次到京。1977年5月后，作者第一次到京“躲病”，日读夜写，致力于《创业史》第一部的修改及部分清样的校对工作。同时在文艺界朋友谈及作品时，柳青一再表示说：“根据我对生活的分析，全书要表现的主题只有一个，就是农民接受社会主义公有制，放弃个体私有制。”他特别强调指出：“根据多年的农村生活经验，我深感到农村发生的革命，是历史的必然。整个中国的社会主义革命不是共产党强加给人民的，农业合作化也不是共产党强加给农民的，党教育农民，使农民认清了社会发展方向，广大农民自愿放弃了私有制，接受了公有制。”①这种认识与20年前的创作愿望毫无二致。不久，1978年5月，柳青又到京治病，即在修改《创业史》第一部后，与文艺界朋友谈起《创业史》的第二部，柳青真诚地说：“一个作品出来，要让人把缺点和意见说尽，我的书不能说全好。要分析形象，就作者的意图和形象所达到的程度进行评论。”恰好这时文联在北京召开全体委员扩大会，文艺界人士齐集北京。柳青作为大会的代表，虽因病不能与会，但阅读了大会文件，熟知新的政治形势。那么，除旧布新，拨乱反正之信息难道于柳青无闻？一个作家应有的敏锐难道不知道如此修改会造成什么后果？

记得柳青早年的一篇作品，因排版时误将“柳青”排成“柳清”，他为此不远数里去校正，体现了作者严肃认真的态度。那么，1978年，他又身处北京，却对这样一个重大的政治性修改如此轻率，而不急于校正呢？因此，笔者认为，上述推论虽不是附会，但却说明了作者修改《创业史》的某些旨意。

倘若上述观点成立，那么，《创业史》修改的主旨也就在于作家创作意图与创作实践的统一。50年代作品的酝酿到70年代再版时的修改，作

① 《毛泽东选集》第5卷，人民出版社2004年版，第179页。

者一再强调其“农民接受社会主义公有制，放弃个体私有制”的主题，强调农民自愿接受社会主义方向的趋势，字里行间明显地表现出对社会主义公有制的赞同。

其实，在这个问题上，作者所扬抑的两种理论，其核心思想是一致的，即选择社会主义道路，坚持合作化方向。不同点是实施这条道路、这个方向的具体过程、步骤、设想上的区别。在柳青看来，靠小恩小惠无法从根本上解决农民问题，在新中国成立初期至少不能很好地发展生产。作者将这种认识付诸创作实践，使得创作意图与创作实践得到统一，也就保持了新、旧版本主题的统一性。

可以断言，作者这次修改仍是立足于50年代的生活真实来阐发农业合作化的社会主义方向，并没有立足当时的现实，渗透现代意识，基至去强化，去刻求。只是在这个问题上，耿直的作家以贴标签式的作法破坏了作品情节的含蓄美，形成致命的缺陷。

值得重视的是，这种缺陷不是创作中的一般情节、结构、人物刻画等问题，而是作家能回避却没有回避，超越创作规律的政治性问题。因此，有人提出研究《创业史》必须区分三个界限，即“历史和现实的界限，政治和艺术的界限，柳青和一些作家的界限”（张长仓）。这是很有一番道理的。

作为历史，作品所反映的是50年代初期生活的真实，是共产党作为执政党以来唯一选择的方向。解民倒悬，救民水火，扶植人民求生存。所以，无论哪个阶层虽一时不甚习惯，心理上有徘徊，但经抉择后仍是极尽感激之情的。从这个意义上讲，作品概括了一定历史时期的生活本质，作为历史光辉的一页，是首肯无疑的。当你用历史的眼光阅读一定时期的作品《创业史》时，得到的只能是真实。

然而，历史历来是螺旋式上升的。在历经20多年的沧海变迁中，历史的点点斑疮，于现实生活中不得不再来个回视翻检，矫枉过正，又构成了一层新的历史时期的重要内容。这期间，除旧布新有之；大破大立有之；甚至又出现与上一时期生活的重叠，譬如农村责任制等。但这种重叠却形同神异，具有两个历史时期不容混淆的质的区别，因之，要分清哪些是过去的生活，哪些是现实生活。在柳青的《创业史》中，描写和修改的分明是上一时期的历史生活，倘若不是以历史的眼光，而是以当代意识去质疑《创业史》的修改，那实在是一种勉强。

所谓政治和艺术的区别，对于新版《创业史》来说，可以分两步看。一是若将作者三处直呼其名，明明白白的“重要的修改”置于当时政治范畴，于作品之有弊而无益，这是世人明白的。二是若用艺术的光筒去看，此次修改犹如洁玉有瑕，看起来碍眼，却丝毫不影响整个作品的思想性，所以，点不点名无关紧要。

柳青和一些作家是有区别的。从深入生活看，柳青固守一地，数年如一日，极少“走马观花”。所见所闻大都局限于终南山下，渭河两岸。因之，在大的政治演变之时难免信息闭塞。同时作者生性耿直，认准之事难以更改。其性情容不得半点趋炎附势，赶场求“新”。加之晚年忍受着极大的病痛修改作品，以实现“不拿草稿向人民交卷”的夙愿。尽管这样，此次修改仍出现了不应该出现的问题，给本来已经明白晓畅的主题附加了触目的标签。

“偶尔出现败笔，即使对于杰出的作家也在所难免，在修改过程中，‘弄巧成拙’的情况也是有的。此次修改中出现微瑕，或许就是下次修改时画龙点睛的前奏，这毫不足怪。不然为什么大作家总是劝我们反复修改呢?”[①] 且不说《创业史》的修改是否弄巧成拙，而我们以为最重要的是从作者修改旨意中总结点什么。

---

① 阎纲：《新版〈创业史〉的修改情况》，《新文学史料》1980 年第 2 期。

第八章　“柳青经验”的永恒参照

柳青作为一名优秀的作家，他崇尚道德的完善，躬行于事业之间，走完了人生的六十几个春秋。那么，他给人们留下了什么呢？是完整意义上的人格形象。人格是一个人各种心理特征的综合，是一个人于长期的社会实践过程中所形成的最基本的精神面貌，是一个人思想、行为、道德、内外本质的体现。人格形象从客观角度看，对当时所处环境中的个体行为及群体行为都具有潜移默化的作用。柳青人格，作为一种力量，更莫能外，在他生前逝后的较长时期内，其永恒的参照系，对作家人格的修养、文学创作，尤其是对陕西本土文学创作的奠基渗透、后发的动力作用是不言而喻的。本章从这个角度着重研究柳青人格的烛照意义，以及柳青重要研究家对其人格的共识。

一　柳青文学的沧桑经历

论及柳青的人格，当然要涉及其代表作《创业史》，因为《创业史》是他人格的一种综合体现，而人格诸因素无一例外地投射到《创业史》之中，这是两个事物同一本源的问题。由于柳青所作《创业史》在同类题材中被视为代表作，其作品的思想艺术性也较好地反映了当代文学创作的水准，因此也就势必成为随着社会政治、思想潮流的变迁而一再争议的潮头作。事实上，也正是在柳青及其《创业史》几经沧桑中，其人品和文品经历着历史和时间的砥砺，愈加显示出他不可磨灭的应有光灿。

纵观柳青及其《创业史》的文坛经历，大致有这么四大纷争：一是60年代初作品问世后的争论；二是在70年代“文化大革命”中被批判的不白时节；三是80年代初随着时代的变化而来的关于农村题材作品的“再评价”；四是80年代中后期面对西方文艺思潮，在“重写文学史”下的又一次冲击。

（一）问世，60 年代初的文坛纷争

要界定柳青的人格，自然不能以 50 年代为限，事实上，他的人格建构的重要阶段渗透在六七十年代《创业史》的写作过程中。可以说，随着《创业史》的问世，他的人格的建构与完善也日趋有了大的跨步。也可以说，《创业史》的荣辱沉浮与作者人格交织在一起，繁衍在中国当代文坛诸多论争的历史记忆中。

《创业史》第一部是 1959 年在《延河》上连载问世的，1960 年由中国青年出版社首次出版。作品问世后至 1963 年 6 月以前，评论界予以高度评价，誉为反映中国农村社会主义改造的“史诗”。围绕作品及作者的创作，公开见诸报端的评论文章有 80 余篇，这些文章从不同角度、不同侧面、客观地就作品的思想性、艺术性、作者深入生活、题材处理等方面予以全面评价。其结论的倾向性使作品在同类题材中，甚至在新中国成立后“17 年小说”的创作中名列冠首，作者柳青也由此蜚声文坛。此期间，有见地、有影响的代表作如朱寨的《读〈创业史〉》，李希凡的《长篇小说的新收获——读柳青的〈创业史〉第一部》《漫谈〈创业史〉的思想和艺术》，严家炎的《谈〈创业史〉中梁三老汉形象》《〈创业史〉第一部的突出成就》，张钟的《谈〈创业史〉的艺术方法》，冯健男的《谈梁生宝》，何文轩的《论〈创业史〉的艺术方法——史诗效果的探索》，徐文斗的《蛤蟆滩的“三大能人”》，冯牧的《初读〈创业史〉》，晓立的《〈创业史〉第一部的矛盾冲突和思想意义》，王向峰的《社会主义新农村的创业史——略谈〈创业史〉（第一部里）的三个人物》。

1963 年 5 月，严家炎在《文学评论》上发表了《关于梁生宝形象》一文。文章从文学创作如何塑造社会主义农村新人的角度，指出了作者在梁生宝形象塑造上的某些不足，于是在此前一段首肯赞誉声中，严文的观点便十分突出，由此引出了对《创业史》及其作者评价上的另一种具有纷争的现象，讨论也逐步向纵深发展。此期间公开发表的有分歧意见的文章 27 篇，代表性文章有冯健男的《再谈梁生宝》，蔡葵、卜林扉的《这样的批评符合实际吗——与〈关于梁生宝形象〉一文商榷》以及吴中杰、高云的《关于新人形象的典型化——与严家炎同志商榷》，陈辽的《时代变了、人物变了、作家的笔墨不能不变——关于塑造社会主义新人形象的几个问题》，秦德林的《这样的谈艺术价值是恰当的吗？——评严家炎同志对〈创业史〉的评论》，朝耕的《对〈关于梁生宝形象〉一文的意见》，张钟的《怎样评价梁生宝形象——对严家炎同志〈关于梁生宝形象〉一文提出的几点商榷意见》《梁生宝形象的性格内容与艺术表现——与严家炎同志商榷》，甯阳翔的《评严家炎同志对〈创业史〉的评论》，陈耀东的《从梁生宝形象塑造谈英雄人物塑造的几个问题》。其中严家炎的《关于梁生宝形象》《梁生宝形象和新英雄人物创造问题》两文，成为分歧意见的主要一方。

严家炎文章肯定了《创业史》成功的一面，作者认为就作品本身而言，梁生宝较集中地展示了农村新人的光辉品质，概括了一定的时代内容，比同类题材的青年农民形象有发展。再从读者方面来看，早迫切希望见到一部完整地表现农村社会主义革命进程的作品，尤其希望看到群众中出现聪明、能干、公道、积极的领袖人物，因而，《创业史》的问世满足了这种需求。但是，文章认为，人物政治上的重要性并不能决定形象本身的艺术价值。从这个角度看，小说真正成功地着眼于人物精神状况，且表现得惟妙惟肖，令人拍案叫绝的是梁三老汉，而非梁生宝。文章分析了梁生宝形象塑造不足的原因，指出柳青的意图在于调动两结合的艺术方法，把人物写得高大，这是无可厚非的，但问题却暴露在实践这个意图的过程中，即忽略了王家斌先进农民的气质这个基础，忽略了人物个性本身的特点，忽略了依照艺术的要求，通过矛盾来展示人物的思想这些规律，于是造成在塑造梁生宝形象上的三个明显不足：

1. 塑造梁生宝形象时，不是抓人物的性格和气质特点，而是大量写了人物的理念活动，即从原则出发，由理念指导一切。如梁生宝与徐改霞的婚姻问题，柳青设置了一种热恋—提出—误会—冷淡—拒绝的理念模式，梁生宝的原则性、公而忘私的品质似乎突出了，但这种描写恰恰很难说是梁生宝性格的必然表现。

2. 在塑造梁生宝形象时，更多的篇幅用在写梁生宝处处从小事情看出大意义上。如从农民争要稻种的行动中，想到“党就是根据这一点，提出互助合作道路来的吧？”从某哥俩的吵架中，立即看到“私有财产——一切罪恶的源泉”，等等。严家炎认为，在土改后互助组合作时期，实际生活中梁生宝式的新人还只是萌芽，成熟得尤其少。这种从小事情发现它的深刻意义，提出具有哲理、理论高度的本领，是一般参加革命若干年的干部都很难具备的。因而，梁生宝的这些光辉思想，与他的思想水平、政治头脑不相一致，不完全属于他本身的农民气质，是柳青思想的加高。

3. 在塑造梁生宝形象时，从矛盾冲突中展开具体描绘少，通过外围描写多。如梁生宝十几岁时，认为继父的生活是没出息的，以及在全书几个重要情节中主人公梁生宝都未成主角；搞活跃借贷，去买稻种；试用新法栽稻，进山割竹子；搞统购统销，去培训学习。这些避开矛盾冲突的描写，成为这个形象的一个弱点。对以上三点，严文归纳为“三多三不足”，即写理念活动多，性格刻画不足；外围烘托多，放在矛盾中表现不足；抒情议论多，客观描绘不足。从这些客观的分析中，严家炎中肯地提出了文学创作如何加高人物，如何塑造新英雄人物形象的艺术方法问题，从根本上讲，也即作家的生活基础，对新英雄人物的思想性格的见解、熟悉程度的把握问题。[①]

由于严家炎上述观点的不合众议，因而引起了反响。理论界以大致相近的意见对严文的观点展开了规模较大的争论，集中在以下问题上。

1. 关于理念活动和性格刻画问题。讨论者对严文的观点提出不同的看法。认为严文说“小事情”和“大意义”，实际上是第一个五年计划时期的大事情，梁生宝为集体买稻地，分稻种，组织进山等，是改革生产制度和社会主义制度的大事，而梁生宝懂得这些大意义，实际上也是1953年农村整党教育的结果，不能说是梁生宝一眼看出来的，也并非像严家炎所说的，是作者为显示人物思想的成熟而拔高的。诚如柳青所说：“根据我的思想感情和多年来的亲身体会，是指导合作社的党成熟了，而不是梁生宝成熟了，梁生宝只不过是处处按党的指示办事，合作化运动是因为有了党的正确领导，不是因为有了梁生宝。”[②] 吴中杰认为，应从梁生宝本人的性格发展着眼，而不能从当时一般农民的“农民气质”出发。所以说，严文低估了互助组带头人的觉悟程度，又脱离作品实际，将作品的思维活动夸张成“成熟”的“高度”，梁生宝是政治上的清醒和热情，而不是成熟，这是有区别的。

---

① 严家炎：《关于梁生宝形象》《梁生宝形象和新英雄人物创造问题》，《文学评论》1963年3月号。

② 柳青：《提出几个问题来讨论》，《延河》1963年8月号。

2. 关于矛盾冲突问题。讨论者对严文关于柳青“没有在现实的故事范围内，充分利用梁生宝处在斗争第一线上的已有条件展开正面描写”的看法，认为不同时代的社会矛盾斗争，决定了文学作品对它不同的表现形式。冯健男说：“作品几乎没有写到梁生宝个人与姚、郭个人间的直接冲突，正是他的高明，没有流入庸俗化。面对面斗争，既不能赢得革命的胜利，更不能赢得艺术的典型。”吴中杰、高云认为，实际上梁生宝一开始就处在矛盾冲突的中心：和继父梁三老汉的矛盾；与党内郭振山的矛盾；与村里郭世富、姚士杰的矛盾。明显的如与梁三老汉；隐蔽的如进山事件；缓慢曲折的如与郭振山等。梁生宝英雄性格正是在这些斗争中表现出来的。柳青说：“社会主义革命时期，阶级斗争的历史任务是社会主义思想和农村的资本主义自发思想的斗争。在这个斗争中，强调坚持社会主义思想在农村的阵地，采用示范方法，思想教育，吸引广大农民走社会主义道路，孤立走资本主义道路的富裕中农和富农。根据矛盾的这个特点，互助组带头人以自我牺牲的精神，组织群众生产，坚持阵地，在两条道路的斗争中就具有特殊的重要意义。”①

在这场讨论中，柳青也发表了《提出几个问题来讨论》《怎样评价徐改霞》《关于〈创业史〉复读者的两封信》等文章，积极热情地参与讨论，提出了自己的看法：“我按照长篇小说的完整结构写第一部应该写的部分。我不至于幼稚到没有全部小说的情节安排，写一部安排一部，我也不至于在出版第一部后，接着把全书的情节预告给读者。”“像《创业史》这样规模的小说，有几条线索就有几条矛盾。如果在第一部里将梁生宝与梁三老汉，与郭振山、姚士杰、徐改霞的矛盾一一都解决，那么，在写以后的几部时，是不是只写合作化历史的大记事呢？”柳青诚恳地表示说：“《创业史》第一部的确是有缺点和弱点的。我每每感到自己才疏学浅，力不胜任。……我很感谢《文学评论》发表了严家炎同志的文章。我建议《延河》编辑部发表我的文章的同时，转载他的文章，便于大家探讨。”②

（二）不幸，于历史变故中的冲刷砥砺

1966 年，所谓的“文化大革命”，使整个意识形态领域溃决，柳青与

① 柳青：《提出几个问题来讨论》，《延河》1963 年 8 月号。

② 同上。

其《创业史》一起被淹没在这场污浊的浪逐之中。那时，由于阴谋政治使然，将一大批五四以来的优秀作家和作品视为“毒草”“黑作家”，进而加以排斥，从而企图以他们的所谓革命来替代整个无产阶级的文学艺术。在这场艰难复杂的斗争中，《创业史》也未能幸免，被诬为“毒草”，柳青也被诬为“反革命”，经历了一场众所周知的劫难。依照“阴谋文艺”的政治目的，他们要求将《创业史》以“三突出”创作原则去修改，柳青执意不肯，坚持了生活的原样，其结果是可想而知的。他二次被“打倒”，作品长期受批，直至1976年柳暗花明时节。庆幸的是在这段非常时刻，柳青九死一生地挺了过来，坚持了《创业史》的生活真实，梁生宝还是那个梁生宝，梁三老汉也还是那个“中间人物”，那字里行间仍浸透着生活的艺术张力，因而在粉碎“四人帮”之初，《创业史》被确定为第一批复出的重点书目。虽经十年历史的冲刷与砥砺，《创业史》之灿，柳青的人格俨然可见。张炯的《重评〈创业史〉的艺术特色》，武原的《〈创业史〉第一部评论概述》，马敏学的《“生活之树是常青的”——谈〈创业史〉等重版书随感》，阎纲的《从〈创业史〉看“三突出”的破产》等文均作如是观。

（三）检验，牵动在80年代初的文艺思潮中

当代中国进入20世纪80年代后期，一场前所未有的政治、经济的变革迅猛袭来，于是意识形态领域内也相应地出现了审美观念的新变化。就文学作品内容而言，50年代的创作绝大部分为农村题材，反映共产党人组织农民走集体富裕的道路。时至今日，由于农村经济形势的新变化，包产到户、责任到家的新形式与50年代集体合作、共同富裕显然相悖，那么，文学作品又该怎样反映现实农村生活？又该如何评价50代初的农村题材作品呢？这些都成为评论界争论的焦点问题。于是，一种以80年代初农村经济形势新变化为坐标，以政治思潮中的反思意识为媒介，对50年代农村题材作品的检验、审视在评论界再次掀起，而柳青及其《创业史》作为一代作家及作品的典范，毫无例外地成为重点研究的对象。公开见诸报刊的文章有25篇之多，其代表性文章有李士文的《关于〈创业史〉和极左思潮》《正确认识〈创业史〉等反映农业合作化的作品》；王志武的《如何看待极左思想对〈创业史〉的影响》，刘敏中的《梁三老汉和历史的辩证法——重评〈创业史〉》，孟蒙的《关于〈创业史〉的再认识问题》，卜晓文的《〈创业史〉中梁生宝形象的生活原型王家斌由富变穷记》，刘敏会的《梁生宝形象再评价》等。同时，陕西作协、西北大学中文系、《延河》编辑部等单位举行了《创业史》及农村题材创作研讨会，成为这次讨论的中心。与会者就《创业史》的再评价发表了不同的观点，对作品总的倾向，认为在文学史上的地位是确定了的，它的出现标志着我国社会主义文学的新发展，但在一些具体问题上存在不同意见。

《创业史》是否受“左”的思潮影响的问题。一种意见认为，作品虽然反映的是1953—1954年的互助合作运动，但它写作时间是在1956—1958年间，而这几年正是我国极“左”思潮逐步抬头的时期，随着“左”的思潮对农村生活和文学创作越来越大的影响，即使政治上严肃、艺术上成熟的柳青，也不可能不打上时代的烙印。譬如作者在作品中对蛤蟆滩阶级斗争形势估计严重，加强了阶级斗争的内容，过分渲染了汪洋大海般的资本主义自发势力，以及作者在70年代修改本中，删去了原著中那些歌颂老红军、老干部的词语，尽量冲淡爱情方面的描写，特别错误的是三次点刘少奇的名字，等等，都说明作者在政治上对生活中“左”的现象没有抵制，而在艺术上坚持了现实主义对生活的反映，柳青遇到了巴尔扎克、托尔斯泰曾经遇到的矛盾。另一种意见认为，不能因为《创业史》的写作年代是极“左”思潮泛滥的年代，就说柳青和《创业史》一定受了影响，从作品中看不出这种“左”的影响。譬如作者写互助组，坚持了自愿原则，用增产粮食来感染人。事实上，是通过典型示范和思想教育来完成的，并非强硬性的发动。就柳青当时的一些实际言行来看，他在政治上是清醒的，对1953年过急、过“左”的做法有不少看法，认为“初级社的优越性发挥得不够”，等等。这些都说明，作品批“左”的倾向是深深地隐藏在情节里面的。如郭振山企图永远保持斗地主分田地的阶级关系不变的言论；对当时私有制普遍存在的前提下，郭振山兄弟企图发家，梁三老汉企图个人致富的态度的背向；对展示农村汪洋大海般的小生产自发势力的描写；对保守派陶书记，不善调查研究的领导作风的否定等，都说明了作者通过艺术形式对极“左”思潮的戒备心理。还有些意见认为，对《创业史》的优缺点，应实事求是地看待，不一定与“左”联系起来。一方面，从作品本体来看，反映历史潮流高于《山乡巨变》，而在描绘中国农村的风俗风貌上，又逊色于《山乡巨变》，给人一种严肃有余，欢快不足，诗情画意描绘淡薄之感。另一方面，作者对社会变革中农村矛盾冲突、思想斗争、心理冲突的典型化概括程度超过了赵树理及其同辈作家，但对农村几千年封建宗法思想的巨大影响的揭示，却不如赵树理。诸如此类，对《创业史》的总体把握作了客观的再检验。

另一个议题集中在对《创业史》中几个形象的讨论上。小说总体上塑造了梁生宝、梁三老汉、高增福、郭振山等有深度的艺术典型。尤其是梁生宝形象，是一个真实的农村新人形象，在新中国成立后的农村新人形象的创造中最为突出，从这个意义上说，他是一个开创性的人物。但从艺术形象的高度来要求，这个形象仍有很大的不足，如梁生宝性格的形成发展，不无概念化的倾向，主要表现为人物性格成长史模糊，传奇性交代代替了人物成长，把复杂的性格简单化；爱情处理也不近人情，一方面强化公而忘私的品格，另一方面片面地将家庭劳动、继父的一些想法都归结到“私”字上等，因而相比之下，梁三老汉形象刻画得最为成功，作者赋予他矛盾统一的性格，从他身上再现出老一辈农民复杂矛盾的心理过程，所以，人物形象丰富生动。总之，这次对《创业史》及其柳青创作道路的检验，各种观点基本上都得到了充分表述，也进行了一定程度的讨论。论者客观地从各个方面再次肯定了柳青及其《创业史》的成就，也从新的高度指出了作品所存在的不足，确立了《创业史》及其作者在中国当代文学史上的应有地位。①

（四）冲击，在所谓“重写文学史”下的“柳青现象”

20世纪80年代中后期，中国文坛失去了昔日的平衡，出现了新中国成立以来未曾有过的骚动与不安。经济的开放、政治的宽松带来了意识形态领域内观念的裂变，哲学界、文学界又一次对西方理论的大幅度认可，形成了一个强大的冲击波，覆盖了思想文化领域。于是现代派文学、各种文艺思潮、哲学思潮被引进，对中国文学观念及创作的猛烈冲撞也自然形成。可以说，80年代中后期，中国文坛呈现出一种中西相互渗透，重铸新的文学格局的局面。在这种文学思维氛围中，理论界带着反思旧有，重建新局的锋芒，提出了一个严肃的“重写文学史”的命题，以期对过去的创作实践予以深层反思，于是新中国成立初期文学史上的代表作家及其作品，便一一成为“重写”的对象，如赵树理、丁玲等，“柳青现象”也

① 引自中国作协西安分会《文学简报》1981年第4期。

首次被标新提出。①

宋炳辉撰文首先从《创业史》总体构思上，探讨了作者创作的局限性。认为《创业史》以狭隘的阶级分析理论配置各式人物的写作，作品中的人物始终没有脱离“左中右”的三分法和“主导倾向”与“非主导倾向”的两分法。以阶级分析配置人物为起点，把人物之间矛盾线索的安排建立在阶级矛盾的哲学基础上，使作品的情节展开从根本上失去了偶然性和独特性。一切都是经过精心设计的，惨淡经营的多样化和差别化，并未脱离文学形式对政治运动直接模拟的樊篱。其次，宋文认为，柳青的文学功利观念是根深蒂固的，这种政治化倾向表现在对梁生宝理想人物的塑造上。在分析了上述二点后，宋文指出，从《创业史》中，可以看到一种矛盾现象，一种是作者单一的政治视角，把作品中的人物和行动全部纳入阶级阶层的矛盾和斗争的框架中，使作品的所有叙述趋归于“先验”的结论；另一种是作品中人物的行为方式、情感方式、语言方式，又具有扑面而来的生活气息，这是柳青忠于生活的表现。于是在《创业史》中就出现了一方面依据狭窄单一的尺度对现实生活进行取舍，另一方面在尺度允许的情况下，竭力表现生活的原生状态的混合现象，也就是单一政治视角的自我封闭性，对生活丰富多样性的钳制，宋文将这种创作现象视为“柳青现象”。为进一步解开“柳青现象”，宋文从作家主体文化渊源中寻找答案，认为柳青所处的解放区文化是以农民文化为本位的新文化，在50年代中后期，日益暴露出它的局限性。同时，作为“柳青现象”的重要组成部分，作家的生活方式长期固定在一个区域，在今天看来也和产生并推崇这种方式的时代一样，带有明显的局限性，因而必须重新审视作家“深入生活”这一命题。

宋炳辉的文章代表了当时一方的主要倾向，从另一方面看，评论界相继发表了与此相反的有见地的文章，与宋文观点进行商榷。

当我们从四个不同历史时期对柳青及其《创业史》所经历的沧桑沉浮予以考察后，似乎可以这样说，其一，作为一代作家之典型、同类题材之代表作，伴随着历史的发展予以长期的检验，纯属正常。柳青自己也曾强调说，一部作品不在读者群众中间经受考验，再过50年就没有人点头

① 宋炳辉：《“柳青现象”的启示——重评长篇小说〈创业史〉》，《上海文论》1988年第4期。

了。其二，柳青本身势必也有无法超越的历史局限性，也毫无疑问地导致《创业史》在写作上的不足，这是客观存在的。然而，就柳青的整个创作倾向，《创业史》所达到的艺术高度而言，仍不失为新中国成立后的重要收获，柳青人格之光灿，在经历了风风雨雨之后亦俨然可见，它是任何时间和人力所难以冲刷得了的。

二 “柳青经验”对文学创作的永恒参照

在柳青的创作生涯中，很有一些经验值得汲取。因为这并非作者些许零星之感受，而是文学创作中带有限本性的、可供久远享用的一笔财富。

人们曾记得，诞生在皇甫村中宫寺里的《创业史》，犹如一石击水，使1959年的文坛哗然。梁生宝的精明强干，郭振山的退坡自扪，梁三老汉于公私两难之间的踌躇，姚士杰仇视土改、烧掉两张国民党党证的仇共心理；以及徐改霞授人以柄、对梁生宝爱情的断续波折等，无论过去或现在读来都散发着文学的应有魅力。作者的这些现实而又精细的技法，吸取于生活深层中的独到经验，使《创业史》卓然高出同类作品一筹，影响着当时的众多作家，成为50年代小说创作的高峰，这是文学史家们所公认的。

在其后30年中，小说创作在不断求新的嬗变中几经风雨，跨过了几个大的回环，譬如从50年代传统文学描写的稳定期到近年文学的嬗变期，文学以向内转的走向折回到了柳青当年坚持过的现实主义创作轨迹上。期间，作家们以不同的创作支点、不同的审美意识、不同的探索方式，在各自品尝成功与否的甘苦后，表现出群体意识上求实求真的返朴意向。与此同时，“柳青经验”也被置于创作走向的大回环中，在作家们个体意识鉴别中更显示了对过去、现在，抑或将来小说创作上的实际参照价值，这同样是文学史家们所认可的。那么何为“柳青经验”，我以为，从文学创作的外部规律和内部规律来观照，要点有三。一是文学与革命的结合；二是文学与生活的结合；三是人物塑造上独特的典型化方法。这三点集其根本，互为鼎立，构成独特的“柳青经验”。

（一）文学与革命的结合是“柳青经验”之魂

作家首先成为具有高度党性原则的“革命人”，然后才能做出为之服务的“革命人”。鲁迅先生对此是极为重视的，他认为：“革命文学家，至少是必须和革命共同着生命，或深切地感受着革命的脉搏。”他强调了“至少”，那么至多呢，在我看来，就是倾身倾力于革命了。的确，纵观柳青 42 年的创作，其作品量并不是很多，然而他却极孚众望，读者群涌，其秘诀就在于以“至少”达到至多。

革命作家的崇高愿望是以自己的文学活动为人民群众服务。柳青认为，一切人民所需要的，都是和他日常用笔为人民服务的工作不相矛盾的，他都会满腔热情地倾其全力从事它。事实上，柳青是先革命，后文学，先生活，后创作，视工作为己任，自觉代言，毫不惜时。譬如 40 年代的《米脂县民丰区三乡领导变工队的经验》，50 年代的《长安县王区人民公社的土地经营方针》，60 年代的《耕畜饲养管理三字经》，70 年代的《建议改变陕北的土地经营方针》等文。这些篇目虽难登艺术之殿堂，但却充分说明了柳青和党的革命事业的结合是自生自为，难以遏制的，数十年来，他从政所费心血是无法计算的，其价值何止一部《创业史》可比。也许有人会为此而惋惜，殊不知，正是这种主体参与意识才使得柳青敛得了生活的财富，以致产生了翘著《创业史》，使他不仅享有描写中国农村生活能手的盛名，同时享有党的出色实际工作者的声誉。

柳青与革命结合的心理定势是一种两维扩展的“愚人型”，即对革命事业的“愚”，对艺术追求的“愚”。“愚”使他长期积累，厚积而薄发；“愚”使他与革命共同着生命，而取信于人民，这一成功的经验给当今尚未稳足的作家们，给那些“浮泛型”“市场型”以及试图出新的“新派型”写作是极好的参照。实践证明，文学于革命，正如列宁所言：“不能是个人或集团的赚钱工具，而且根本不能是与无产阶级总的事业无关的个人事业。”[①] 当你走进了生活，并与之结合了，就写出了诸如《沉重的翅膀》《平凡的世界》《秦腔》等和社会人生紧密关联的作品。否则如名写改革，实则写成要么是改革与保守、改革与爱情，要么是改革人物的悲剧或失败如此之类的模式，甚至出现与主流相悖的作品。将文学作为个人发泄私愤的出气筒的现象，在近年来的文坛上也不在少数。

---

① 列宁：《党组织和党的文学》，《列宁选集》第 5 卷，人民出版社 1987 年版，第 112 页。

（二）文学与生活的结合是“柳青经验”的根本

实际上，柳青的成功在很大程度上是生活成全了他。然而，这一为众人所耳熟能详的“源泉说”在当前小说创作中似乎淡化了。譬如“寻根文学”倡导者们提出的“要从中国文化之中寻根”“文学之根应植于民族文化”的主张，笔者对此是不敢苟同的。因为文学是文化的一部分，文化则是人类社会实践和社会活动的产物，那么，文化之根就必须植于生活这块土壤里，而文学之根更应如此，怎么能植于文化之中呢？显然这是探索者的偏差。“寻根文学”中所表现出的玩味、欣赏落后地区中原始的、蒙昧的、野蛮的文化意识的少量低层次作品，“通俗文学”中那些低级庸俗、描写男欢女爱、有意挑逗读者感情的粗俗作品，以及近年来一些作家不愿贴近现实、生活枯竭、中气不足、摆弄技巧花样，自己重复自己等现象，恰好与柳青的这一经验形成反差，这是当深思之的。

柳青与生活的结合，不是一般意义上的深入，而是狭义上的“沉入”；沉下去，淹入其间，数年如一日，姑且称之为“沉入结合法”。

深入生活作为文艺创作上的专用名词，是指作家从此地到彼地，为获得创作素材所参与的社会实践活动，有其鲜明的阶级性。入为始，如作家环境的转移、感情的介入、时间的长短，出为至，即已获得某些创作素材，而最终不以彼地为归宿。这样，作家与生活之关系似同宾（作家）主（生活）。然而，柳青的“沉入结合法”业已突破了上述樊篱，打破了宾主关系，无阶段性，长久生活，久远感受，不懈创作，已非一般意义上的深入生活概念所能包括，具有三个鲜明的标志。

其一，始于彼地，亦终于彼地。柳青有一个理论观点叫“对象化”，他把作家介入生活后进入创作称为对象化，其目的是使作家与描写对象，与生活有机契合。为此他提出“一切归根于实践，对于作家，一切归根于生活”的主张。他把深入生活看得刻骨铭心，比命还值钱。明确的目标性使柳青执着诺言，职守半生，从此地（北京）到彼地（皇甫），主观上压根儿就未想到走。无论是呻吟床笫之际，还是身陷囹圄之时，抑或是临终前的遗嘱，也不离彼地半步。这种“沉入结合法”具有一种特质意义上的规定性，直接熏陶着有出息的后辈从文晚生。从贾平凹涉足商洛山脉的一串串脚印，到推出一篇篇商州系列小说；从路遥奔波于村镇的尘埃身影，到问世的《人生》《平凡的世界》等描写“交叉地带”的作品，无不印证着有心于生活，生活终不负我的哲理。当然，这仅是深入生活在环境地域范畴上的一个层次。

其二，生活农民化，与彼地达到了“化境”。环境地域上的转移并不完全了然创作的真味。黑格尔在谈到艺术家应跟生活建立亲切关系时说：“在艺术的哲学里，从‘理想’开始总是靠不住的，因为艺术家创作所依靠的是生活的富裕。在艺术里不像在哲学里，创造的材料不是思想而是现实的外在形象。所以艺术家必须置身于这种材料中，跟它建立亲密的关系；他应该看得多，听得多，而且记得多。”①柳青从环境地域的变化到生活习惯、心理情绪的农民化，是由浅到深的层次递进，是密切生活、建立关系的趋合。他穿对襟袄，戴小毡帽，甚至改小孩籍贯为皇甫，入乡随俗，丝毫不以作家自居，却以农民自尊。时过经年，皇甫村民还不知道这位“老汉”是写书的。笔者敢断言，柳青的这种神形之变、达到化境的作法是当前一般作家所不及的。半个世纪以来，在文坛上像《创业史》这样具有一定历史深度的同类作品并不是很多，其原因不归咎于什么技巧方法之类，恰恰在于文学与生活结合上的高低之分，以及自在自为的自觉程度。

其三，责任感使工作与写作并重。就深入生活而言，作家有他自己的倾斜点，从这个意义上说，工作与写作不妨是一对矛盾。然而，柳青认为：“先工作，后创作。当你身在其中了，创作的动机也就随之来到了。”理论上的明确性促使他主体意识自觉性的产生，他向来视那些经短期下乡就回去写作的人为“赶场”“打现成”，自己却佝偻着身子，拖着棍子奔波在滈河两岸，你简直无法分清何为工作，何为写作。工作使柳青从文，从革命到文学。

综上三个层次，联袂以窥，柳青在文学与生活结合上的独辟蹊径，可以上溯到40年代的赵树理、五四时期的鲁迅，构成一个不规则的圆圈。此后尽管不断有人鼓噪，但终未汲取个中的真谛，因而也不曾出现“史诗”和“大手笔”，这是当前小说创作的悲哀和不幸。当然，在某些玩弄技巧、慢待生活的作家看来，如此写作较劲大可不必。笔者觉得恰恰相反，一个作家的主体意识毕竟是有限的，不断需要在创作客体中孵化，以扩大主体意识的思维空间。如此往复，当主客体从自在向自由王国过渡融

---

①　黑格尔：《美学》第1卷，中国社会科学出版社2002年版，第98页。

合后，其精神产儿——作品的社会意识、历史意识、当代意识以及忧患意识就更加凝重深厚，更具有“史诗”的框架和容量。对此，著名作家赵树理深有体会，他认准深入生活的长期性，其好处是“久则亲，久则全，久则通，久则约”。柳青的“沉入结合法”不正是产生了如此良好的创作效应吗？

（三）典型化方法是自身创作的一个超越

人物塑造上独特的典型化方法，是“柳青经验”在文艺内部规律探索上的一个新超越。这一方法既不是福楼拜的装饰、修正、融合，也有别于鲁迅先生的“杂取种种”，而是紧扣生活，不失其原样，跟踪一人的典型化方法。跃然于作者笔下的众多人物，其音容服饰、心理状态、意识观念等无不是那个时代社会人的艺术再现，尤其作者从政治意识、经济意识、政策水平、伦理要求以及传统文化等角度勾勒了一副副中国农村农人的典型形象及其深层心理，这在当时小说注重塑造形象方面可谓令人耳目一新。

当然，目前小说创作随着中西文化的相互渗透，显现出一种悖谬于传统小说写作的所谓“三无小说”，即无情节、无人物、无故事。小说全然心灵化、情绪化、诗化、音乐化了，以多视角、多层次、多色调、快节奏的全景观的流向冲破了传统小说的艺术规范，小说不怎么像小说，这是继五四白话小说后的又一次超越。那么柳青的这一经验是否过时，其参照价值如何呢？我以为仍然是弥足珍贵的。第一，文学创作作为现实生活能动的反映，无论是中西文化融合后滋生的小说新潮，还是素有民族传统的作品，其根都毋庸置疑地与生活连缀，而柳青的典型观正是生活的直观折射。第二，尽管小说创作呈现了多元化，但重视、致力于人物形象的塑造仍是当前小说创作的主潮。作家们依据不同的感受选取不同的方法，创作不同类型的作品，如早些年王蒙等的“意识流”小说创作新奇；汪曾祺等的风俗小说醉人；高晓声等致力于人物命运的小说深刻。这些作品相互并存，各露千秋。因此，柳青典型化方法的普遍观照意义和各尽其妙的个案指导意义仍是显而易见的。

读过柳青有关纪实性文学，就会惊异地发现，其中诸多真人真事，甚至一张契约，都在《创业史》中找到了着落。这些粗糙的然而却散发着泥土芬芳的原始材料，无论是其全貌，或是一鳞半爪，一旦嵌入作品，必将使其具有强大的现实主义魅力。

为了使作品具有浓厚的生活气息，不失生活之原样，柳青在创作时弃凸平凹，采用跟踪一人的典型化方法。对人物和姓氏有意识地取同姓、同义、同字或谐音。如冯有万→董炳汉、郭振山→高蒙生取谐音。任欢喜→陈家宽、姚士杰→高怀余、高增福→刘远峰、梁生宝→王家斌声韵相同；郭世富→郭公平、郭庆喜→郭远文取同姓；徐改霞→雷改改、梁三→王三，以及竹园村→竹园方取同字。这样，人物同原型交融一体，可感可触，艺术形象之活脱脱，在浩瀚的当代文学作品中实不多见。源于生活又高于生活虽乃文艺创作之一般规律，但不同的作家却有其独到之处。柳青的这一“独处”不正是当前小说创作所要深化的么？

周扬在论文学的形象必须在生活中吸取时说：“作家是借形象的手段去表现客观真理的，而形象又是必须从现实中，从生活中去吸取。没有实际生活的经验就决写不出真实的艺术作品。”[①] 这里的“作家”“形象”“生活”“经验”“作品”，并非等量价值，而“生活”是根本，制约着其他。“柳青经验”正是发轫于实际生活，用于指导自己塑造形象以构成作品的。纵然当前小说创作新潮大起，方法翻新，手法各异，但其宗不离。因此，“柳青经验”无疑仍是当前小说创作的极好参照系，这一被搁置了的创作理论大有必要重温。

三　文化人格的史家共识

（一）“柳青的人格感召了我”（阎纲，著名评论家、柳青研究家）

我研究《创业史》，并不是从1959年、1960年或1961年开始的，而是从1976年底开始的。原因是柳青的人格感召了我，他对生活和写作的倔强感召了我。他呻吟床笫，奄留病榻之际，同我有过几次难忘的交谈，这对理解他的创作颇有价值，我不敢私有，当诉诸同行友好。

我是关中人，关心秦川事，蛤蟆滩的乡俗、乡情和语言，使我感到格外亲切。由于以上种种原因，我一往情深地研读起《创业史》来。柳青死了，他是一团火，照亮过人民，烧伤过敌人。十年风骤雨狂，火没有熄灭，他最后燃烧了自己。他羸弱，他坚强；他瘦小，他高大；他经不起强

---

① 周扬：《新的现实与文艺上的新的任务》，《新文学史料》1988年第3期。

人的一指头，他经受了多年的“暴烈行动”；他举止装束比山沟沟的老乡还要“土”，他的思想和艺术比一般作者勇于进取。在京衢大道上，人们对他侧目而视，提他的名讳，读者都要肃然起敬。一提《创业史》，人们就会看见作者柳青——一位饱经风霜，深深地爱着农民，两只脚牢牢地踏在土地上的文学家、教育家、心理学家、政治家的形象。这个形象是严肃的，态度是严谨的、严峻的，同时，又是热情的、亲切的、深沉的。作者火山爆发式的内在感情和力透纸背的刻意写实融汇在一起。一提《创业史》，人们就同真切、深厚、凝重、浮动、坚毅、压抑以及抒情性的哲理、庄稼人的幽默等联系起来。

柳青不但为他的作品穿上了合身的衣裳，而且选中了冷暖相宜的色调。他不论在政治、思想、艺术、风格等方面，都发挥了“语不惊人，死不休”的刻苦创新精神。他的《创业史》和他的刚直赢得了读者群众的广泛信赖。他把自己的一生交给人民，人民承认他是自己忠实的儿子。不论在政治上、艺术上，他都成熟了。然而，他过早地逝世了。他是一只受伤的春蚕忍着病痛，吃饱了他所能吃的叶子，正要吐尽银丝的时候，却力竭倒下了，闭上了他那锐利的眼睛。当我向他的遗体告别时，他已经瘦得不堪言状。他是这样一个深受人们尊敬的作家形象：鞠躬尽瘁，死而后已，为了照亮人民，终于燃烧完自己。柳青同志留给人民的，不但是《创业史》等反映革命历史的名著，还留下了他自己的形象。从“这个”“单个人”的身上，人们看出一个时代，一个时代的文学。中国人民和中国革命哺育了这位作家，这位作家在人民中树立了榜样。它不但告诉人们什么是社会主义文学，什么是无产阶级作家，而且更重要的是，告诉人们怎样做一个中国人、革命干部、共产党员（见《〈创业史〉与小说艺术》）。

（二）“战斗的唯物主义者的创作态度和生活态度永远值得学习和尊敬”（严家炎，著名评论家、北京大学中文系教授，柳青研究家）

读过《创业史》第一部，我跟许多同志一样，在很大程度上感到满足。虽然它还是整个小说的开头部分，故事的展开远不完整，斗争在这里还只是序幕，但一种宏大的非凡气势，已经在作品中显示出来，使读者为之震荡。以一部仅仅写互助组阶段村里情形的作品，就能把整个中国农村的历史动向表现得如此令人信服，这不能不是《创业史》第一部独到的和突出的成就。这些成就是作者在思想高度、生活深度和艺术能力几方面（尤其是前两方面）得到较好结合的结果。柳青同志遵循党的文艺路线，自1952年以来就在长安县皇甫村安家落户，八年如一日地跟群众保持密切的联系，参加基层工作，做一个普通劳动者，这使他有可能获得雄厚扎实的生活基础。同时，他对毛主席著作的学习，对党的理论政策所作的刻苦研究，保证了作者具有洞察生活本质并展望未来的眼力，能够站在社会主义革命和共产主义思想的高度，来正确观察、分析和表现互助合作时期的农村（见《〈创业史〉第一部的突出成就》）。

《创业史》第二部上卷的成就，是作者在艺术实践中勇于冲破“四人帮”重重封锁、层层帮规所取得的结果，是对“四人帮”那套唯心主义反动文艺理论的有力批判。记得还在“文化大革命”中，柳青同志有一次和我谈到创作问题时说过：“我适应不了今后的创作要求。”那正是“四人帮”“左”的文艺园地滥施淫威，用棍棒摧残百花的时候，柳青同志就毅然表示在文艺思想和创作道路上拒绝服从“四人帮”的指挥棒，这是多么难能可贵！“四海变秋气，一室难为春”，在文艺上一片秋风肃杀的局面中，柳青宁可沉默，也决不愿“为”这装点门面的“一室”之“春”。这种战斗的唯物主义者的创作态度和生活态度，永远值得学习和尊敬（见《厚实源于根深——读柳青〈创业史〉第二部上卷》）。

（三）“对现实的本质展示，透露出作者的理想主义光芒”（张钟，著名评论家、北京大学中文系教授、柳青研究家）

革命现实主义与革命浪漫主义相结合的艺术方法，是一个统一的整体，它既是作家的思想武器，又是作家的艺术武器，它是思想方法与艺术方法的统一体，它是指导作家作品达到革命的政治内容与尽可能完美的艺术形式统一的创作方法。长篇小说《创业史》，以我国农村社会主义革命初期的社会生活为题材，在广阔的社会生活背景上，展示出现实生活革命发展的历史进程，刻画出各个阶级各个阶层的人物在这个历史进程中的态度、关系和变化；它在充分反映生活的历史真实的基础上，从共产主义的思想高度揭示了生活发展的必然趋势，社会主义思想和制度是怎样一步一步取得胜利的。以新的人物形象来概括历史，这是个新问题。如果说古代的性格描写对我们是不够用的，那么对于社会主义新英雄人物的性格描写，就要靠社会主义独创性来解决，这是一条艰苦然而是最壮丽的探索和创作道路。柳青同志在这条道路上迈出了可喜的一步，作者把新英雄人物梁生宝放在社会主义革命的中心，使他成为矛盾的焦点，以揭示其性格的成长过程。《创业史》不仅是对新事物的形象歌颂，还是对旧事物的批判和鞭挞，作者站在共产主义的思想高度，通过生动的、典型的艺术形象，对现实做了本质的展示，在每一幅精确的生活的图画中心，都透露出作者现实主义的光芒。我们可以深深地感到，作者对现实的深刻观察并从本质上加以把握，从共产主义的思想高度加以集中化和典型化，才获得笔下人物创造的成功（见《谈〈创业史〉的艺术方法》《梁生宝的性格内容与艺术表现》）。

（四）“思想上站得高，是严肃的艺术家”（何西来，著名评论家、中国社会科学院研究员、柳青研究家）

柳青是严肃的艺术家，经过长期刻苦的实践和探索，他的艺术风格已经趋于成熟和基本定型。这一风格可以概括如下：画面的宏图与笔致的严谨、细腻相结合；精确的肖像、细节描写与深入的内心分析相结合。尤其运用革命现实主义与革命浪漫主义相结合的艺术方法，对现实作史诗性的概括和反映，柳青是这一探索中最有代表性的作家。我以为，柳青关于史诗因素的探索，代表了近几年叙事文学，特别是长篇小说创作中作家们探索的一个主要方面。要达到对历史本质的真正了解，掌握人物性格形成的客观规律，还必须站在一定的思想高度，对于掌握革命现实主义与革命浪漫主义相结合的作家们来说，就是共产主义理想的高度、党的政策思想的高度。许多评论文章都承认，《创业史》之所以成功，其中很重要的原因是作家站得高，这是不错的，我以为，所谓站得高，应当包括两方面：一是思想上站得高，二是艺术上站得高。思想高度与艺术高度都直接影响着史诗效果的展现，也正是从这个高度上，柳青以雄伟的结构与规模完成了《创业史》史诗般的构图。从柳青在艺术上对史诗效果所进行的多方面探索中，应当得出什么结论呢？（见《论〈创业史〉的艺术方法》）

（五）“虚怀若谷，进取精神，值得我们重视”（冯健男，著名评论家、河北师大中文系教授、柳青研究家）

经过十年浩劫，特别是自党的十一届三中全会以来，我国人民思想大解放，用社会实践这个检验真理的唯一标准来衡量一切精神生产的东西，这样，文学艺术当然要受到群众的检验，看哪些作品是不真实、不艺术的，甚至是冒充文学的赝品。新中国成立以后，反映农村生活的作品较多，柳青的《创业史》就是一部引人注目的作品。对于《创业史》这样一部概括了巨大的、重要的和时代的生活图景的作品，看来是需要更长时间检验的。不过，从“史”的角度来考察作品的创作意图也许并不是毫无意义的事。

《创业史》第一部在1960年出版后，许多读者给作者和出版社写信，表示希望很快读到第二部，并询问第二部何时出版。柳青因此于1962年给读者群众写回信，其中有这样的话：“我想，至少在二三年内不可能出版。这是因为对农村各阶层、各阶级人物的精神状态进行系统的勘察、掘进、开采、提炼和加工，是很费工夫的工作。不错，我从头至尾参加了我国农村社会主义革命，整个《创业史》的故事情节大体上也想好了；但对于这样的内容的小说，所完成的，包括第一部在内，难道不仅仅是一点基础，远远地没有决定性的意义吗?”作家对于生活和艺术的这种学习、实践和探索的精神，或者用他自己的话来说，这种“系统的勘察、掘进、开采、提炼和加工”的功夫，是值得我们重视的。他说他的修“史”工作，在当时所完成的“仅仅是一点基础，远远地没有决定性的意义”，这种虚怀若谷、谨慎从事的精神，也是值得我们重视的。由此可见，《创业史》的创作计划和艺术构思，是建立在坚实可靠的生活基础之上的（见《检验〈创业史〉》）。

（六）“柳青是群星中发出特殊光辉的人们中间的一个”（胡采，著名评论家、中国作协陕西分会主席）

柳青同志已经离开我们多年了，他的去世是林彪、“四人帮”极“左”路线直接摧残迫害的结果，他作为一个作家，是属于从30年代走到70年代的老同志之一，如果把这个历史时期走过来的革命作家分为两种类型的话，比如说一部分同志是从文学到革命，另一部分同志是从革命到文学，那么，依我看，柳青基本上属于从革命到文学这一类型的人。就是说，他是从革命工作的需要出发从事文艺工作，拿起笔来写东西的。他所走过的这一革命与生活创作的道路，既是形成他的世界观的基础，也是形成他的艺术观的基础，反过来，这种世界观和艺术观，又影响、作用着他的生活和创作本身。他所提出的关于搞创作要进“三个学校”（生活的学校、政治的学校、艺术的学校）的见解和“六十年一个单元”的主张，就是他的世界观和艺术观在如何对待生活创作问题上的具体反映。在柳青的同时代人当中，在他的同辈作家中，通过他们各自富有特点的艺术成果和色彩斑斓的作品，构成了这一时代闪耀着艺术光芒的群星。而柳青是这一群星中发出了特殊光辉的人们中间的一个，他的这种艺术光辉不是从天上洒满人间，而是从人间的大地上升起，是他在人间的生活土壤上，经过辛勤劳动的心血和汗水浇灌而成长起来、挥洒出来的。

我个人认为，在我们这一代作家中，在柳青的同辈人中，他所走过的生活创作道路，是有相当大的代表性的。他是一个作家，不是一般的作家，是驰名中外的杰出作家，是当之无愧的“三个学校”里深造出来的作家。他的密切联系群众、深入生活的作风，已经为大家所熟知了，他在艺术创作上的严肃认真、刻意琢磨、精益求精的精神，他的深刻的艺术造诣和成熟的艺术技巧，人们通过他的作品，也是能够看得很清楚的。历史实践证明，任何一个真正的杰出作家往往同时又是一个思想家和理论家。他的每一点论述，他关于任何一个问题的考虑，他所阐发的某种意义的精神实质，都凝聚着他多年的文学劳动心血，沟通着他整个生活实践和创作实践的广阔领域，为不断充实和丰富马克思主义的文学理论宝库，提供了可贵的实践经验和对创作具有实际指导意义的观点和见解（见《论柳青的艺术观》“序”）。

（七）“柳青经验的积累，都是弥足珍贵的。有一定的借鉴意义”（王愚，著名评论家、研究员）

柳青的创作生涯早在抗日战争前就开始了，他创作的《种谷记》《铜墙铁壁》《狠透铁》《创业史》，可以说，是其穷毕生之力，探索中国革命的一个重要组成部分——农民革命的特点，举凡这场革命所激起的大波微澜、人世沧桑、家庭纠葛、婚姻组合、情绪转变，均一一反映在他的笔下，他的作品的现实主义力量所以厚重而犀利，其源盖出于此。他的作品严格从生活真实出发，是现实主义的胜利。柳青从创作《种谷记》开始，就以清醒的头脑注视着农民革命对整个中国革命所起的促进作用，他对党制定的一系列方针政策是深信不疑的，这也是他作为一个革命作家极为珍贵的品格。1961 年，他在回答个别评论家对《创业史》的批评时，就直截了当地指出：“小说的字里行间徘徊着一个巨大的形象——党。”这样的作家在工作时不考虑党的方针政策是不可能的，在当时的历史条件下，要求一个作家根据生活的真实去抵制某些指导方针上的偏差，也是不现实的。问题在于，柳青作为一个革命作家，他是要为一个新的社会制度的诞生谱写历史新篇，他热情地赞颂党的领导在这个新制度过程中的巨大作用，但又不是简单地描绘党的政策方针的执行，而是在作品中充满着深厚的历史内容，表现出鲜明的时代特点，即使其中贯彻情节线索的某些事件已成为过去，这样的内容与特点也能使我们怦然于心，受到感动，得到启发，这倒是值得我们认真加以探讨的。

应该说，柳青的作品之所以现在还葆有艺术的生命力，其原因是多方面的。近年来，对他的创作，尤其是《创业史》，议论较多，研究他的作品和创作道路的文章，也是研究当代作家中数量较多的，就是证明。但是，他在把握真实的历史精神上所做的努力，无疑是他的几部长篇能够蜚声中外的一个主要原因。从这个角度看，柳青积累的经验包括不十分成功的经验，都是弥足珍贵的，有一定的借鉴意义（见《把握真实的历史精神》）。

（八）“生前曾享盛誉，死后令人怀念不已，是时间和人力都无法冲刷得淡漠的”（刘建军，著名评论家、西北大学中文系教授、柳青研究家）

我们现在纪念的这位作家，生前曾享盛誉，死后令人怀念不已。因为他对艺术的执着态度和独特的艺术创造，是时间和人力都无法冲刷得淡漠的。柳青在进行艺术创造的同时写了不少理论文字，其中要说的一个核心问题就是，他认为革命作家应该信奉遵循的美学原则，也是他身体力行的美学原则。这个美学原则简略地说就是真善美的统一。柳青作为一个具有饱满政治热情的无产阶级革命作家，从不掩饰自己同旧的阶级意识和旧的文艺思想体系彻底决裂的态度。但是在真善美的原则面前，他却没有轻率地加以否定，而是在继承传统认识的基础上，以历史唯物主义和辩证唯物主义的观点，再结合无产阶级革命的美学原则予以运用。具体说，真是真善美统一原则的基础，是柳青美学思想的核心，以真为基础，以善为核心的主客观的统一，不是在一般的认识论范畴之内，而是以文艺特有的方式进行的统一，这就是艺术美。柳青的真善美统一的美学思想，最显著的特色是，把作家的一切都和生活紧密地结合在一起，生活成了他美学思想的出发点，也成了最后的归宿。

深入生活，才能创作。创作，为了人民的斗争生活，离开了生活，真善美的统一也就成了空洞的教条，柳青对真善美统一的阐释，富有特色的地方，也是他从生活与艺术的结合中获得的（见《柳青美学思想浅探》）。

（九）“时刻铭记作家崇高责任，他的作品将在人民中永存”（徐文斗，著名评论家、曲阜师范大学中文系教授、柳青研究家）

打倒“四人帮”后，报刊上发表了一些重评《创业史》的文章，其目的就是尽快洗掉十年浩劫时期泼在它身上的污水，同时也为它恢复名誉。在人们以饱满的热情给《创业史》恢复名誉不久，继之而来的是对它的重新检验。

在我国合作化后期，曾经出现“要求过急，工作过粗，改造过快”的问题，而且愈演愈烈，以致酿成了极“左”思潮泛滥的情势。《创业史》写的是农业合作化题材，又成书于极“左”思潮愈演愈烈之时，对它进行重新检验，不仅是社会生活发展的必然要求，也是文艺发展的必需。确切地说，包括《创业史》在内，对十七年内某些作品的重新检验，是新时期思想解放运动的必然。新的时代条件给了人们观察认识问题的新的历史角度。在重新检验《创业史》之后，人们无限惊喜地发现，柳青以何等深邃的洞察力和高超的表现力，在广阔的历史背景下，生动地再现了一代人为命运抗争的“生活故事”，从历史漩涡的最深处揭示历史发展的内在规律，不仅表现一个时代的本质，而且从不同时代的转折和衔接上，展示了历史发展的必然趋势。在时代条件已经改变了的今天，我们更加深刻地感到《创业史》所表现出来的那种现实主义的巨大力量！柳青既是一个极为清醒而又深沉的现实主义者，又是一个执着的理想主义者，他对生活的观察和认识，决不只停留在“曾经有过的人和事”上，而是从人民的历史命运出发，对这些人和事进行把握。他对理想的追求，不是听命于某一时期的现行政策、宣传，而是听从人民命运的历史呼唤，深沉而又执着。因此，《创业史》表现的作家倾向性与生活的真实性在人民历史命运，即社会发展内在要求上的契合与统一，使其现实主义既有动人心魄的巨大历史音量，又有不同于旧现实主义的浓重的时代特色。他对现实主义的追求，像他的性格一样倔强，终于选择了一个革命现实主义者生活与创作密切结合的最彻底的道路，终于写出了我国农村社会主义革命初期的史诗《创业史》。这是柳青对社会主义文学事业乃至整个社会主义事业的重大贡献，也是人民和生活对柳青的丰富馈赠。

为什么柳青的创作不像有些作家那样，常常在稍有成就之后便停步不前，甚至倒退下来，而是能够一步一层楼，始终保持着创作的青春，从他把文学事业和人民的事业联系在一起，从他自己维护文学事业的严肃性，从而时刻铭记作家崇高责任的态度上，可以得出明确的答案。他的作品将在人民中永存。他对我国社会主义的重大贡献将载入史册！（见《漫说〈创业史〉的现实主义力量》）

（十）“坚定的前行者的足迹和经验，对我们有着宝贵的启示”（蒙万夫，著名评论家、西北大学中文系教授、柳青研究家）

在和人民群众结合的道路上，坚定的前行者的足迹和他们的经验，对我们有宝贵的启示意义，已故作家柳青就是这条道路上的一个坚定的前行者，这位我们党和国家的优秀的著名作家，不但在国内深受广大读者的喜爱，而且在国外享有较高的声誉，这种声誉是他在几十年的生活道路和创作道路上，和人民在一起，辛勤地进行艺术探索和艺术创造的结果。凡是熟知柳青的人，不论是一般的读者，还是专业的文学艺术工作者，都强烈地感到，他是党的文艺路线的不屈不挠的实践者。

柳青在学生时代就开始了文学活动，但他创作道路的真正开始，是在毛泽东同志《在延安文艺座谈会上的讲话》发表以后。从此，他在一种正确的思想理论的指导下，投身于生活的海洋，勤劳地耕耘着中国社会这块广阔无边的土地，终于成为当代作家中和人民群众，特别是劳动人民保持着密切、深刻联系的杰出的艺术创造家。在中国现当代文学发展史上第二代革命作家中，柳青的生活创作道路具有某种代表性。我认为，他毕生追求的生活实践和艺术实践的道路，是在中国新民主主义革命时期涌现出来的一代无产阶级革命作家具有典型意义的道路，是一条根本不同于任何旧时代文艺家所走的新的独特的生活和创作道路，它在中国当代文艺运动史上是具有长远意义的（见《论柳青的艺术观》，《柳青传略·序》）。

中　编

文学陕军个案论

第一章 路遥文学现象

当代作家路遥在生前和逝后的许多年间，其精神似山高水长，烛照后人，其文本在民间广为传颂。一个文学生涯还不足二十年(1973—1992)，著作并未等身的平凡作家，何以牵动世人情感而为之神往？本文就路遥人生、路遥精神、路遥文本、路遥范式四个层面探讨“路遥文学现象”。

一 苦难人生的文学书写

谈起路遥，一种压抑和沉重感直逼椎骨，许多话任其信笔也难以诉尽。这是许多人的感觉，并非单个的我和你，或你和他（她），而是有一个很大的受众群。路遥那蕴含深情的字里诉讼，直捣心窝的激扬话语，常常勾起诸多老年人往事的记忆，中年人昨日的共鸣，尤其青年人当下的感同身受，好似重叠着自己的身影。路遥，一个文学生涯还不足 20 年，著作并未等身的平凡作家，究竟是什么牵动着几代人的情感而使其为之神往不已？

近 20 年来，尽管对路遥的评论被精英批评家们整体忽略了，但它却以民间的方式在千百万读者中以更大潜能默默传播着。一部《平凡的世界》一版再版，总也不足供求。2005 年 3 月 4 日，媒体披露，坐落在延安大学图书馆前的路遥铜像被盗，社会舆论一片哗然，除切齿诅咒那个下作坏坯外，掀起了又一个路遥热回归潮涌。人们眷恋的是那位粗犷而又真诚的陕北汉子；人们敬重的是那位秉承了“教父”柳青的血脉，42 岁以文殉身的平民作家；人们企盼的是他那字字看来都是血与苦难大地同在的、当下日渐稀少的珍本。生前的路遥是孤独的，其原因是对 20 世纪 80 年代西方现代主义文学狂潮的抗衡。他是那样的固执，出奇的冷静和“不识时务”，坚信现实主义并未过时，进而一如既往地感受着黄土地尘埃的芳香，操持着贴近现实的写作方式，从《人生》到《平凡的世界》，依然故我，一个地道的独行侠。但是，喧嚣纷繁的文坛遮蔽了他的身影，矫情文学狂人的噪音淹没了他真诚而又微弱的抗争，追逐新潮的精英批评家笔下也就自然率而弃之。他被遗忘了，成为一个真正的文学孤独者。

然而，有道是风雨过后必现彩虹。正如列宁所讲，那些在市场上叫卖得最凶的小贩，必是将自己的破烂最想推出去的人。实践是检验一切的标准。在路遥逝后的数年间，当喧嚣和叫卖过后，几多文坛狂人从洋人"佛脚"下抱回的并不是什么文学精粹，却是散发着臊腥味的脚气诟病，其声已嘶、力亦竭的败象便尽显出来。于是，文坛痛心疾首，幡然省悟，再次回眸那些被精英批评家整体遗忘了的拥抱苦难大地的文学信徒们，路遥，这位执着的英雄已悲壮地倒下了。人们在极度悲伤中，将英雄重新归位。痛定思痛，人们明白了一个事实，谁说文坛无英雄？路遥就是一位真正的文学英雄！他与黄继光堵枪眼，与董存瑞炸碉堡价值同在，只不过战场不同罢了。

别林斯基说过，不幸是一所最好的学校。然而太多的不幸铸就了路遥苦难的人生，他的确从未有过间歇的轻松与潇洒。从童年起就面对着贫困和饥饿的逼迫，对精神的追求和对爱的渴望远远低于对生存的需求。7岁时就遭遇了被父母"遗弃"的苦痛（父亲王玉堂），将其过继给伯父王玉德。路遥清楚地记得，那天在伯父家（延川），父亲说要上趟集，下午就回来，咱们一道回老家（清涧）。"我知道他要悄悄溜走。我一早起来，趁人不注意，跑出去躲在一棵老树背后，眼看着我的父亲踏着朦胧的晨雾，夹着包袱，像小偷似地从村里溜出走了。我伤心极了，任凭泪水唰唰地流下来，但我咬着牙忍住了，没有喊出声，跟父亲走。"7岁的王卫国经受了人生第一次感情的揪心离析。从此，苦难与他结伴而来，或写作，或家庭，或婚姻，或病痛一路缠绕着，从婴儿时节落地的哭声中来，又在他人哭声中悲壮地去。

西方哲人萨特曾说，上帝把人抛入苦海。近代学者梁启超也讲，人生幸事有二三，悲事有八九。或许人生本就如此，是苦难的。从这个意义上讲，承受过多苦难的路遥，注定要与受苦人在一起，终身感知和领略其间的悲欢离合。也许正是如此的磨难，使路遥以如椽之笔解剖苦难本相手不软，寄托超越苦难情怀溢笔端，才这样一次次、一步步地走向了悲剧的终端。一个老实的农民，一位虔诚的作家。悲剧与正剧同在，英雄与逝者同辉，我不知道，的确不知道，这个结局意味着成功还是失败，一个捶胸顿足的天问，一个远未终了的苦难文学英雄的命运魂曲。

二　文学创作准则的本质彰显

一直以来，学界将文学创作视为以人为轴心的精神劳动。所谓文学是人学的命题，我以为包含了文学的人写、写人和人看三层意思。而人又是处在纷繁现世中极具变异和本我的“这一个”，对何为文学，则因其各自的图谋不同，又产生出不尽相同的种种说词，如文学私语说、文学零度介入说、文学冷漠叙写说、文学与梦同源说，以及官场失利、情场失意，着笔为文，骂一声爹娘扬长而去的文学宣泄说等。如此言词，既为人语，也不失为一种理解。

然而，凡事须以规矩为方圆，文学创作自不待言。这就是路遥一生情守的、以生命置换的基本创作原则，即贴近现实的写作方式，坚持现实主义的创作方法，坚守知识分子的立场这样三点要津。我称其为“路遥精神”，它从完全意义上彰显了文学创作的基本路数和本质原则。

众所周知，所谓贴近现实，就意味着文学的写真实。除此之外，任何信口采借和巧言辩解都无法迈过写真实这个坎，无法抽去文学的生活底蕴这个魂，而去玄谈什么荒诞、魔幻、梦源、泄情之类。路遥的创作过程一开始就是出自内里的真实过程，是对生活、艺术和读者忠实的过程。他认为：“作品中任何虚假的声音，读者的耳朵都能听得见。无病的呻吟骗不来眼泪，只能换取讽刺的微笑；而用塑料花朵装扮贫乏的园地以显示自己的繁荣，这比一无所有更为糟糕。”“任何花言巧语和花样翻新都是枉费心机。”① 可见，艺术创造这项从事虚构的劳动，其实最容不得虚情假意。从这个意义上看，贴近现实的路数，求取文学的整体真实、局部真实和细节真实，甚至背景资料的真实是路遥终生追求的首要原则。在如何获取《平凡的世界》更大的真实性上，路遥搜集了十余年的《人民日报》《光明日报》和《陕西日报》，进行奴隶般的机械性阅读。“手指头被纸张磨得露出了毛细血管，搁在纸上，如同搁在刀刃上，只好改用手的后掌继续

---

① 《路遥中短篇小说·随笔卷》，陕西人民出版社 1992 年版，第 73、457 页。

翻阅”。仅全书的一个开头就酝酿了三天，为的是求取贴近现实的叙述角度及相应的语境。“重新到位”是路遥进入生活氛围的又一新说。在那些日日夜夜里，他常常拎着帆布包，下了这辆车，又上那辆车。今天在某农村饲养室，明天又在某渡口茅草棚，这一夜无铺无盖和衣睡，另一夜又缎被毛毯热水澡，像一个孤独的流浪汉在无边的荒原上漂流奔波着。“我知道占有的生活越充分，表现就越自信，自由度也就越大”“甚至作品背景上的一棵草一朵小花也应力求完美真实，准确地统一在整体之中”①。如此贪婪地占有生活，构成了路遥形而下的贴近现实写作方式的独有，与那些同时代新潮作家们的闭门造作、矫情自怜的写作有文质粗细之分，认识有高度之别，其可贵谁能与比？

如果说，贴近现实是“路遥精神”的核心，那么，坚持现实主义的创作方法，则是其艺术精神的更高体现。我们知道，创作决非单纯的方法、技巧问题，而是集作家世界观、生活观及审美观等艺术思维的整体映象。对此，路遥有刻骨铭心的感触。他几乎平移了“教父”柳青的全部资源，从肉身到精神，从文本到方法，活生生一个脱胎。在《柳青的遗产》一文中，路遥这样说道：“比之某些著作浩繁的作家来说，柳青留给我们的作品也许不够多，可是，如果拿了一两金银和一斤铜铁相比，其价值又如何呢？”是的，一部残缺的《创业史》，耗尽了柳青 1/3 的生命。但它的珍贵正如人们站在雅典不够完整的神庙前，仍被那残廓断柱的奇迹所震惊一样。面对生命垂危的柳青，病榻前的青年路遥，看到的是那衰败的身体里所包藏着的一副坚硬骨头，那张老农似的脸上仍掩饰不住智慧的光芒，镜片后一双无法描述的眼睛，放射出尖锐、精明和一丝审度的光芒，柳青的血脉由此传承并再造了路遥精神，甚至生命的终结方式也是那样的酷似。62 岁的柳青，42 岁的路遥，在现实主义文学之道上为时过早地走到了生命的终端。我不知道是巧合还是必然。80 年代以来，中国文坛“现实主义过时论”一度甚嚣尘上。路遥清醒地认为：“现实主义作为一定历史范畴的文学现象，它的辉煌是永远的。”“现实主义在中国的表现，决不仅仅是一个创作方法问题，而主要应该是一种精神。”② 从早期《惊心动魄的一幕》《在困难的日子里》，到后

---

① 《路遥中短篇小说·随笔卷》，第 457 页。

② 同上书，第 226 页。

期《人生》《平凡的世界》，现实主义贯穿始终，是作者在完全清醒状态下的一种自我选择。毫无疑问，这是一种挑战，其结果，“冥顽不识时务”的他在当时的新潮文学运动中陷入孤独境地。路遥对此心知肚明，反倒觉得孤独并非坏事，它不会让人变得软弱，而会“使人精神更强大，更振奋”。真可谓处变不惊，以不变应万变。尤其值得提及的是，在《平凡的世界》这样一部费时数年，甚至耗尽作者一生精力的大著上，路遥没有盲目任性地赶现代主义狂潮的时髦去做实验，而是力图展示现代意义上的现实主义的广阔前景。实践使路遥成功了，《平凡的世界》在实践中获得了成功。它作为中国的“诺贝尔文学”，跻身于“茅盾文学奖”的殿堂。一个来自乡间，从僻壤小城一张16开《山花》小报起笔的文学青年，终于以现实主义胜利的辉煌走上了中国文学的最高颁奖台。在他的身后，有现实主义强大渊源的脉流，有“教父”柳青“愚人”精神的滋润，更有他以生命置换的一个后现实主义守望者的全部精魂。

坚守知识分子的立场是“路遥精神”的思想根源，他的贴近现实的虔诚态度，坚持现实主义的惯常性，无不源自一个知识分子的心灵真诚。接触过路遥的人都有共识，他是那样的豁达透明，粗犷而又细腻，真诚地面对一切，时有孩童般的稚气与纯真。他最迷恋的歌是陕北民歌和《冰山上的来客》，最钟情的是毛泽东在家乡清涧填的词《沁园春·雪》，最惬意的是躺在毛乌素沙漠中静静思考。这些点滴从意识、心理和情趣诸方面透露出路遥式的心灵真诚及情怀。后期病中的路遥生活窘迫，为不能给妻儿带来幸福而深感歉疚。于是在经济十分拮据的情况下，借钱3万，装修了不甚宽敞的居住空间，以了却为家人提供舒适生活环境的微薄夙愿，也因此留下了身后尚未偿还的一笔债务。

啊，路遥，与你相处，触摸到的是安全和港湾的感觉，激励和帮衬的实惠，温馨和亲昵的甜蜜，一种大家君子的风范。如今当红的叶广芩说：“步入文坛，首篇作品便是经的路遥之手。”陈忠实说，他“挤在同代人们中间又高瞻于他们之上”。李凤杰说：“从未听他非议过陕西作家群新老作家的任何作品。那些热衷于文艺界的是是非非，喋喋不休贬斥他人作品的人，在路遥同志这一高尚品格面前，会惭愧得无地自容的。”真诚是路遥人格魅力的重要质涵，它不同于一般意义上的人格界定，而是像他的“教父”柳青那样，处心积虑地突出一般人，求取更高价值层面的人格境界。为此，他找准了自己普通人的位置。“作为一个劳动人民的儿子，不论在什么时候，都永远不应该丧失一个普通劳动者的感觉。”“像牛一样的劳动，像土地一样的贡献。”“写小说，也是一种劳动，并不比农民在土地上耕作就高贵多少，它需要的仍然是劳动者的赤诚而质朴的品质和苦熬苦累的精神，和劳动者一并去热烈地拥抱大地和生活。”[①] 这种对先辈杜鹏程“自我折磨式”生活方式的深刻领悟和秉承，在80年代新潮蜂拥的中国愈加显得鹤立鸡群般的傲贵和显尊，由不得你不肃然起敬。

路遥的聪慧和悟性是鲜为人知的。他敏锐地感到，虽然人们的物质财富增加了，但精神境界和道德水平却下降了，拜金主义和人与人间所表现出的冷漠充斥着生活的空间，他为之焦虑。提出如果不在全社会范围内克服这种怪象，我们就很难完成一切具有崇高意义的使命。正是基于这种思考，中篇小说《在困难的日子里》的创作，就是意在表现出战胜三年困难时期的道德折光。以文说法，路遥的用心可谓良苦。改革开放以来，知识分子首先成为获利者。不少人凭借政策的惠利机缘很快成为职业作家，或社会名流，一举跻身于新富阶层的行列。当他们完成了最初的名和利的原始积累后，就表现出与“路遥精神”悖逆较大的写作流向去追名逐利，以完成欲壑难填的二次财富的更大积累。于是，写作方法与现实脱离，靠贩卖昨日的经验而不再躬身生活，以开发所谓自身却美其名曰为回归个人的情感体验；于是，创作方法也急于弃之现实主义而攀附现代主义，以装扮出自欺欺人的所谓自我超越状；于是知识分子的立场也随之游离，没了真诚，多了幻觉，进入连自己也难以道白的游戏迷宫。新潮写家们的“经验式”写作方式，逼仄着路遥“生命体验式”的创作方式，“路遥精神”遇到了前所未有的遭遇战。

然而，文学的轮回自有其运作的轨迹。“路遥精神”不仅在昨日、今日抑或明日，其足够的劲道将更加雄浑老辣，永不言衰。当下的《中国农民问题调查》（陈桂棣、春桃）、《定西孤儿院纪事》（杨显惠）、《受活》（阎连科）、《沧浪之水》等力作的问世，不正是“路遥精神”之魂的延续与勃发么！

---

① 《路遥中短篇小说·随笔卷》，第73、457页。

三　特定文学语境下的价值高度

论创作数量，路遥和柳青一样，都不属于那种才华横溢、著作等身型的作家。然而，其共同的量少质精却为世人所称道。如果说柳青是典型的文学“愚人”，那么路遥则是地道的文学“痴者”；柳青著有共和国初年农村变迁史《创业史》，路遥留下了共和国转型期城乡变革史《平凡的世界》；柳青展示了社会主义新一代农民的创业进程，路遥再现了城乡交叉地带平凡人的奋斗过程；柳青塑造了梁三老汉、梁生宝两代农民形象，路遥刻画了孙玉厚、孙少平两辈人的典型性格。二者师承缠绕，代代相传，成为当代不可多得的文学绝唱。

对路遥的文本内涵，我界定为全身心拥抱苦难大地的文本，写苦难的本相，写超越苦难的本真，具有过人的穿透力，在同时代、同龄作家中属于“高瞻远瞩”的一种（陈忠实语）。他的来自生命体验的文字，在生前和逝后的几十年间，不以时间的销蚀而存在，不以政治的冲刷而生辉，其足够的内里本色的确堪称晚近的优秀文学遗产。路遥主要代表性文本有《惊心动魄的一幕》（1981 年，中篇），《在困难的日子里》（1982 年，中篇），《人生》（1982 年，中篇），《当代纪事》（1983 年，中篇），《平凡的世界》（1986 年，长篇），《早晨从中午开始》（1992 年，随笔）。文本获主要奖项有《文艺报》中篇小说奖（1981 年），《当代》文学荣誉奖和中长篇小说奖（1981、1982 年），第一、二届全国优秀中篇小说奖（1981、1983 年），第三届茅盾文学奖（1991 年），陕西省文学创作“开拓奖”（1984 年）。上述文本发表和获奖时间均在 80 年代和 90 年代初年。此时间概念就规定着有必要将路遥文本置于新时期 20 年的全息文学语境下做比较性观察，以彰显其在特定背景下的价值高度。

新时期 80 年代的文学现状，是西方现代主义文学思潮与中国传统现实主义的冲撞与对峙，是作家们对新潮趋之若鹜的迷恋，生吞活剥的追捧，和对现实主义冷淡与弃之的又一选择。于是，一时间西学狂潮席卷中国的文学、美学、哲学等领域，“尼采热”“萨特热”“弗洛伊德热”及“文体革命”“先锋小说”“现代派”“意识流”“魔幻荒诞”“黑色幽默”等风起云涌，潮水般地冲击着传统的中国文学彼岸，甚至改变着人们的生活方式，连同那话语体系。在当时的学界，你可以不知道国务院总理，但不能不知道萨特、弗洛伊德、马尔科斯，否则便是“老古”或“老土”，其背时之尴尬难入新潮话语之围。

在这样一种文学狂颠，失去了民族自我的语境下，众多作家急于经由“现实”向“现代”转型，完成所谓“自我超越”的创新升层，去一味地盲目膜拜新潮，背弃了传统文学非常注重的“写什么”这个根本命题，而过多地纠缠在“怎样写”的技术操作上花样翻新。从80年代初“痞子”王朔的《玩的就是心跳》《过把瘾就死》《千万别把我当人》《我是流氓我怕谁》等“玩主”文本开始，到先锋文学马原、余华、苏童、格非的《迷宫》《虚构》《访问梦境》《请女人猜谜》等文本的延续，文学所呈现出的“文本实验”“叙述圈套”“零度情感”“冷漠叙述”等创作流向，一路解构着文学的思想，颠覆着文学的英雄，消解着文学的崇高，放逐着文学的精神，传统文学“写什么”的根本命题被动摇，诸如嬉皮、戏说、迷宫、梦魇、凶杀、暴力倾向充斥在不尽相同的文本中。苦难的文学被迫离开了苦难的大地，成为西学狂潮形式与技巧的试验田。

这时的路遥正值构思巨著《平凡的世界》之际，是随着群人之时髦去超越旧我，以示创作的提升，还是仍旧背负大地，贴近生活，去彰显文本的人文精神，这无疑是一种考验。理智清醒地警告他：“不能轻易地被一种文学风潮席卷而去。”“在当代各种社会思潮、艺术思潮风起云涌的背景下，要完全按自己的审美理想从事一部多卷体长篇小说的写作，对作家是一种极其严峻的考验。你的决心、信心、意志、激情、耐力，都可能被狂风暴雨一卷而去，精神随之都可能垮掉。我不得不在一种夹缝中艰苦地行走，在千百种要战胜的困难中，首先得战胜自己。”① 路遥冷静地审视了80年代文坛现状后，坚守并保持了往日“与当代广大的读者群众心灵息息相通”的写作原则，决定继续用现实主义手法结构这部规模宏大的作品，以“直接面对读者”，不再理会文学界，“不面对批评界”。并认为：“只要读者不遗弃你，就证明你能够存在，这才是问题的关键。”② 他有意识地终止了对眼前文学形势的关注，仅仅“只知道出现了洪水一样的新名词、新概念，一片红火热闹景象”，对自己认定的事却充满着宗教般的热情。从1982年的《人生》到1986年的《平凡的世界》，路遥的文

① 《回忆路遥特辑》，《陕西文学界》2002年增刊。

② 《路遥中短篇小说·随笔卷》，第261页。

字里呈现出的是完全与新潮话语相悖的写实的生活和生活的写实——想往新生活环境的高加林，纯朴痴情的刘巧珍，脸朝黄土而富有哲人智慧的德胜爷爷，身为干部的高明楼倚权仗势，位居公职的高占胜拍马钻营，城市姑娘黄亚萍的佻达多情等与辱、善与恶、雅与俗、进与退的复杂纷繁的种种生活本相。这种对现实的独特观照在80年代文学狂潮语境下实不多见，显示出路遥文本难能可贵的清醒而严肃的现实主义深邃性。尤其在80年代中期现代派与寻根派思潮覆盖文坛之时，路遥却独辟蹊径，观照现实生活本相，把握变革时期人物，一往情深地塑造了孙少安、孙少平这类性格刚强的开拓者典型，田润叶、金武、金秀、兰香这类农村青年自强者典型，孙玉厚、贺香莲这类本色淳朴、勤劳多难者的典型，田福堂、冯世宽、玉亭这类有着更多因袭重负和“左”的思想难以蜕变者的典型，田福军、冯世宽、乔伯年这类中高层领导者的典型。特别是以悲怜之笔描写了一群普通者的人生苦难：田润叶的孤独，李向前的无端致残，田晓霞的英年殉身，郝红梅的年轻守寡，田润生的有爱难婚，李小翠的卖身糊口，金波的“柏拉图式”的爱情守望，等等，使人读来热泪盈眶，感慨万千。文本中难遂人愿的生活图景，不打折扣的人生本相，是那样的本色地道、直逼眼帘，没有丝毫的魔幻荒诞游戏之色，也无些许凶杀暴力冷漠之意。作者于热忱的叙述中全身心地拥抱苦难的大地，使文本富有厚重的思想深度和鼓荡心扉的人文力度，其本身价值所赢得的读者受众和专家的评奖倾力是事实的必然。

如果说路遥文本在80年代文学语境下体现着一种显在价值，那么90年代则更具有深厚的永存性潜在价值和意义。

90年代以来，文学在经受了80年代的解构思想、消解崇高、颠覆英雄、放逐精神的肆虐后，又一次遭遇着更为迅猛的商业化、世俗化的冲击。昨天的文学神圣被媚俗所替代，既有的中心位移于边缘。受后现代主义思潮的再度引发，一批以“新”字出现的所谓“新体验”“新状态”“新市民”“新都市”“新历史”“新写实”“新女性”“新生代”“新现实”“新新人类”和“后”字出现的所谓“后现代”“后殖民”“后文化”“后新潮”“后结构”“后学”等名目繁多、标新立异的文本样式纷纷兜售于文坛。文学进入了浮躁的快餐式迷途通道，成为飘失了价值标向的风筝，以及飘落了思想精神的空巢。从“新写实”一族的池莉、方方、刘震云的《冷也好热也好活着就好》《有了快感你就喊》《一地鸡毛》的世俗加媚俗的书写，到“私语化写作”一族的林白、陈染、徐小斌的《私人生活》《一个人的战争》《同心爱者不能分手》的自话自说、自顾自怜；从“新新人类”一族的卫慧、棉棉、皮皮的《上海的宝贝》《商场的宝贝》《夜幕下的宝贝》的下半身肉欲物欲的叫卖，到“80后”一族的韩寒、郭敬明、李傻傻的《见鬼》《十爱》《梦里花落知多少》的小太监病态的写真，文学没了思想感召的深度和精神冲击的力度，整个一副胎里患疾的软骨症。苦难的文学在剥离了政治的桎梏才十余年，便又一次陷入了商业世俗的围圈。

在迷乱浮躁的90年代文学语境中，相比之下，路遥文本以其观照现实社会的广度，揭示出转型期社会心理的深度，描写了平凡人超越苦难的前瞻力度，更昭示出潜在的永恒性烛照价值。比如，在同样描写普通人生存现状问题上，10年前的路遥文本明显比10年后的池莉深刻了许多。池莉文本提供的是苟活的人生、卑微的人生，冷也好热也好活着就好，只要能活着，无论采取什么生存方式、手段都行。而路遥文本提供了奋斗的人生、进取的人生，以自强不息活出生存的意义和价值，超越了池莉笔下柴、米、油、盐式的琐细物象事象，展示出更高人生追求过程中的价值取向，其对世俗的穿透力为池莉所莫及。这里，池莉、路遥二者之学养高度、思想深度、文本精神之差异尽显纸背。当你细读路遥文本时，你会深深地感到其字里行间关于人物心理的描述，并非林白、陈染等小女人病态的自怜，而是与转型期社会心态紧扣的现实映像。其关于人物情爱的描绘，亦决非卫慧、棉棉式的肉身揭秘，下半体作恶的艳事，而是孙少安、田润叶式的美好情感两难碰撞的苦痛感知，孙少平、田晓霞式的分享生活之苦和精神之悦崇高的感动。其关于校园生活的描写同样有别于韩寒、郭敬明式的痞男浪女玩世的玄言与虚语，而更多的是对处在贫困与友情、奋斗与自强的超越苦难路径中青年男女的深情存在关怀。这一取向决定了路遥文本的庄严与深邃以及思想与精神的引领价值。

中外文学史证明，任何艺术描写都必然浸透着作者的人生态度和审美选择。如果说90年代的“新”字号和“后”字号作家，其文本看重的是个人名利的当红和攀升，那么路遥文本则远离名利，侧重的是平凡人的生存状态和生命体验的现实写照。他从《平凡的世界》和《人生》中一路走来，着眼于改革转型，涉笔于苦难岁月，揭示了多难的命运，以至诚激活人们的心性，以坚守高扬人文精神。如此鲜明而又厚重的文本底气，在他生前和逝后的许多年间，在浩繁的当代文本中，其应有特质和价值高度彪炳史册，为人们所传颂。

四　社会和谐层面的文学范式

强烈的社会责任感，操持现实主义的创作方法，提供富有先进文化思想的作品，在一定时期、一定范围内形成特有的创作景观。这一现象，我视为“路遥范式”，其内涵可表述为：高度体现意识形态层面的社会和谐观，标示文学创作走向的科学发展观。

文学创作，其目的有二：一是即时应用性；二是前瞻架构性。前者要解决文学为什么人和如何为的问题，后者则解决在意识形态诸层面的比重和发展问题。从这个角度看，任何作家的创作都不属于作家个体的私有劳动，而是社会整体架构中的一部分，都毫不例外地须纳入即时性应用和前瞻性架构的总体目标中来。即高尔基所讲的“文学从来不是司汤达或托尔斯泰个人的事业，它永远是时代、国家、阶级的事业”[①]。是为其提供真善美的精神食粮，使之成为化解社会矛盾的和谐剂，以及促进社会进步、精神文明的催化剂，从而达到特有的社会生态、道德生态、人文生态平衡、健康发展的文化期待。大凡中外经典作家向来都置自身的创作于历史、时代、民族、事业之中，即使政治上保皇的法国的巴尔扎克和俄国的旧民主主义作家契诃夫也不例外。巴尔扎克曾说：“教育他的时代，是一个作家应该向自己提出的任务，否则他只是一个逗乐的人罢了。”[②] 契诃夫则更明确地说：“文学家不是糖果贩子，不是化妆专家，不是给人消愁解闷的；他是一个负着责任的人，受自己的责任感和良心的约束。”“文学家是自己时代的儿子，因此应当跟其他社会上人士一样，受社会生活外部条件的节制。”[③] 这就是说，旧时代真诚而有良知的作家们，把文学的意识形态作用看得重于泰山，并以之作为自己的思想导向、行为规范和创作准则，那么，作为20世纪新时期的作家又当如何呢？

在这个问题上，毫无疑问，路遥范式的即时应用性和前瞻架构性呈现

---

① 高尔基：《论文学及其他》，人民文学出版社1958年版，第109页。

② 巴尔扎克：《致“星期报”编辑意、保利特·卡斯狄叶先生书》（1846），《文艺理论译丛》1957年第2期。

③ 《契诃夫论文学》，人民文学出版社1958年版，第5页。

出一种宏大、丰富而又激进的意识世界，即政治意识、时代意识、道德意识、文化意识、进取意识、人格意识、精英意识、大地意识、平民意识、苦难意识和超越苦难意识等层面。这些蕴藉无论在宏观上还是微观上，是构建和谐社会、科学发展文学所急需的。在他的小说中，路遥以塑造政治意识很强的从政人物，揭示出转型期社会的诸多政治问题，从不回避和淡化问题；他善于以当代意识、以历史眼光看现实，言事状物写人总是直入时代脉搏，认为“作家的劳动绝不仅取悦于当代，而更重要的是给历史一个深厚的交代”；他的道德意识是那样的深沉浑厚，成为贯穿小说的精魂，极注重从道德视角观人论世，展示出做事先做人的道德至上的境界；他集传统文化、民俗文化、现代文化与地域文化于一炉的多元文化观，与马克思主义哲学观的有机融合，使其创新视野格外的清晰开阔；几十年的饥寒困顿、挫折与折磨的漫长经历，历练了他的进取意识，使其领悟到“不得巨大的悲怆，如何能得巨大的快活”的真谛，于是便有了“无榜样意识”的前行超越；“一切都得靠自己”的坚定信念，使他心性极高，总不服输，铸就了“像牛一样的劳动，像土地一样的贡献”的极强的人格意识；坦然面对现实与保持良久竞技拼搏状态的精英意识，使他对人生感悟充满着过人的睿智和见地；浓厚的土地意识又滋养着“永远不丧失一个普通劳动者感觉”的坚定理念；平民意识使他心里时刻装着父老乡亲的冷暖，和庄稼人真诚平实的生存体验；他的苦难意识使其笔下的苦难者虽身处苦难而位卑未敢忘忧国，以其奋斗的自觉去超越苦难。如此等等，全方位地呈现出路遥范式对社会和谐、精神文明及科学构建文学格局的多角度、多层面、多内涵的思想烛照与精神渗透。世人从路遥范式中汲取的无疑是孙少安穷而后生的守土创业之得；是孙少平出走奋斗终而未果的人生过程历练之值；是孙玉厚贫而重德的教子之方；是贺秀莲倾心于家而卒的妇道之德；是田润叶真情难托的守望之憾；是田晓霞英年殉职的献身之敬；是高加林渴望新生的两难得而复失之鉴；是刘巧珍痴情达理、依然故我之美；是德胜爷爷深谙人生哲理之尊，等等。这些浸透着和谐文明、至善至美的事理，无论从事业、家庭，抑或在婚姻、爱情、友情方面，无疑是化解社会诸多矛盾不可或缺的中和因子。它昭示着人们，路遥范式如同抗战期间毛泽东称赞郭沫若的史剧《屈原》一样，大有益于中国人民，只嫌其少，不嫌其多。

相反，在新时期20余年间，由于文学的浮躁与功利，文学批评的疲软与乏力，的确出现了与意识形态和谐观不相协调的“蓝色文学潮流”，如拜金主义、物欲意识、文坛炒作、下半身写作、暴力描写等现象。究竟如何规范文学市场，科学地构建和发展健康的文学未来，一个重要问题就是作家的清醒与清醒的作家。从这个意义上说，时代需要路遥范式去构建意识形态领域的和谐，文学需要路遥范式去构建科学的文学格局。只有这样，作家们才能全身心地拥抱生活，多一些生活的“大写”，才能关注当下举世瞩目的“南水北调”“西气东输”“三峡大坝”“青藏铁路”“飞船载人”的现代神话，关注“三农”、再就业工程、抗击自然病灾等领域中的人文关怀和存在关怀，还文学之厚重，给文学以风骨，赋文学以豪壮。

正如路遥称前辈杜鹏程是少数敢踏入“无人区”的勇士，敢在文学荒原上树起自己的标志，是文学行列的斯巴达克斯一样，他又何尝不是在新时期文学低迷、疲软的状态中树起自己鲜明标志的斯巴达克斯呢！

第二章　贾平凹文学意义

在当代中国文学领域，贾平凹以其殷实足量的作品和超透支的写作姿态，不仅赢得了自身应有的文学席位，与此同时也为20世纪后期中国文学新的生长点的繁荣、鲜活倍增了无限的厚重质采。因此，基于世纪文学史视域和史学格局的建构，就有必要思考贾平凹的当代中国文学高度问题。

2005年以来，贾平凹新作《秦腔》《古炉》《老生》的又一次热评与大评，标示着这位作家在历经了别样生命体验后的又一次深层创作推进。与此同时，学界也忙碌着对新世纪初年文学创作前景进行种种预测和评估。那么，在世纪之交的往年和来年这一文学横亘的山脉上，贾平凹始终以其生机盎然的创作涌动，使其作品绿荫成行、层林尽染，传承着文学前辈的文学精神。

一　贾平凹文学的文化图式

20世纪初的中国作家，其文化积淀与艺术修养是当下作家们不能企及的，如鲁迅学养之博大与思想底蕴之精深，郭沫若之博才与多种艺术门类之融通等。从这一比值看，当代作家艺术修养的落差还是较大的。相对而言，贾平凹无论生活积淀与文学造诣都是多维的、深厚的和宽广的。他不仅长于小说，又工于散文，且书法劲道，绘画别裁，同时酷爱收藏，鉴赏有道，钟情民俗，熟知易术经略，更深得老庄学说之精奥，这表明一个作家应有的才情和必需的多维艺术潜质，我称其为贾平凹的“杂学艺术观”。那么作为作家的贾平凹，他又如何看待这种积淀呢？“喜广吸收，在于着力于转化，创造第二自然”，尤其觉得“禅是个修行过程，渗透在日常生活当中，是在生命过程中的一种悟”①。基于这一认识，贾平凹常常以禅的心境作文作画。每逢大作开笔，上书房硕大的汉罐里，日日燃香，香烟袅袅，直线冲顶，以聚气平心，各种生活事象如魔术般涌于笔底，或真或假，亦虚亦幻，使大著微篇充盈着浓厚的文化底蕴。过去对贾平凹作品的研究，史家多以“改革小说”，或“寻根小说”，抑或“心灵小说”谓之，真正从多维文化图式的角度给以足量界定还未见其权威性。因此，我以为贾平凹文本（含散文、小品、游记），其内里典型地呈现出多维文化学图式，是作家本在的杂学艺术观的深厚积淀，有待细致梳理和深入研究。

从新时期文学的历史进程来看，自20世纪80年代始，中国文学艰难地实现着从“政治文学观”向“现实文学观”的转移，尤其在向“文化文学观”的审美视角转移上，许多作家、理论家都做出了应有的文学贡献和理论贡献。那么，作为特定时代中坚作家的贾平凹责无旁贷地以其批量的创作文本昭示出文学文化学的走向，其斑驳丰杂、殷实多彩的文化品格使80年代中期以来的文学质地上了台阶，在剥离文学的社会学、政治学、阶级政党学的特定转轨时期，起到了弥足珍贵的牵引作用。从审美的角度看，究竟什么是贾平凹文本中的文化学图式？我概括为“五大文化系脉”和“六大文化层面”。五大文化系脉是传统文化系脉、现代文化系脉、民间文化系脉、神秘文化系脉、生态文化系脉。六大文化层面是经济文化层面、政治文化层面、制度文化层面、女性文化层面、民俗文化层面、饮食文化层面。这种文化系脉和文化层面，顾名思义，就是同社会的整个文化现象相联系，带有社会生活“总体性”的特征。贾平凹文本的文化学追求，使得它超越了社会的、政治的、历史的、道德的价值范畴，而更具其文学的原在性。正如马克思所说，文化上的每一个进步，都是迈向自由的一步。文化是对自由的确证，由此可见，贾平凹文本文化学图式至境的自由通达，以及贾平凹独特人格自由的形成，就是迈向这种大文化气象自由的必然。下面就贾平凹文本的“五大文化系脉”和“六大文化层面”的内涵作一阐述。

---

① 贾平凹：《秦腔·后记》，作家出版社2005年版，第93页。

二　五大文化系脉的情感观照

（一）传统文化系脉的认知与恋眷

中国传统文化素以儒、释、道为一体的大文化景观，它是滋养人们存在所依凭的潜在和显在的特有精神范式。在这一范式中，文化既是一种结构、样态、物质，又是过程、动因和主体力量。那么，作为人类进步的知识分子，必是人类先进文化的代表者和承载者。贾平凹对传统文化的认知和眷恋已进入了一种巨细知晓度和存在融通度的较高境界。据考察，他爱好广泛，较多接触了传统文化中之经典作家，如苏轼、韩愈、柳宗元、袁中郎、蒲松龄、曹雪芹等；能感悟到苏轼艺术上的率真随意，蒲松龄对女性描写的诡秘与精细，曹雪芹正气写作的大境界，以及沈从文、张爱玲、孙犁、朱自清文本艺术之精湛。读野史、闲书、志书、杂书胜于正书。嗜好石雕、画论，尤其是系统研究过老庄哲学，深得“静”“虚”修养之道，认为“做到神行于虚，才能不滞于物；心静才能站得高看得清，胸有全概，犹如站在太空观地球”[①]。这种对传统文化认知的眷恋情怀，使他作品的文化因子始终占有强势，从而跳出了政治历史的社会学桎梏。比如被人们称为描写改革力作的《浮躁》，实际上展示的是当代国人的文化心理，突出的是人物社会文化行为的诸种特征。一个金狗，一个雷大空，两个文化行为标本，形异本同，典型地代表了社会的普遍“浮躁”情绪，犹如作品中始终贯穿的喧嚣、浩荡、奔腾、焦躁不安的州河一样，其总体意象特征是社会文化形态变革的映像。正如作者所言：“《浮躁》就是力图表现当代中国现实的，力图在高层次的文化审视下概括当代社会的时代情绪的，力图写出历史阵痛的悲哀与信念的。”[②] 我们看到即使篇幅短小的《天狗》，其文化意味也不乏独到。一个“招夫养夫”的旧俗，在作者笔下却赋予了那么美好的人间帮扶的人情味。打井师傅李正因施工塌方而瘫痪，天狗进门成了师娘的第二任丈夫，承担了全部家庭责任，但从不与师娘同床共寝。天狗爱师娘，更敬重师傅和师娘，师娘是天上的月亮，是菩萨，最好的女人。这就是传统地域文化中的古朴人情美，一个传统文化

---

① 贾平凹：《秦腔·后记》，作家出版社 2005 年版，第 563 页。

② 鲁风：《与贾平凹对话上书房》，《当代中国》2006 年第 9 期。

强势系脉的亮色。《腊月·正月》中旧的文化秩序（韩玄子）与新经济文化秩序（王才）的冲突；《小月前本》中才才、门门、小月的爱情纠葛与文化观的选择；《鸡窝洼人家》中麦绒、回回和烟烽，两种文化观的冲突。许多作品无不以全景观体现出贾平凹浓浓的对古朴文化的认知、怀旧与眷恋。而且更为重要的是，作者从古朴文化民俗中挖掘人性之美、人格精神之美，思考传统文明中人性的潜在价值。

（二）现代文化系脉的企盼与追寻

贾平凹的文化世界呈现出怀古恋旧尚静的主旨，这是否就如他所说“有时怀疑自己是否属遗老遗少，如王国维给人的感觉”[①]。其实并非这样，多变才是他的主色。孙见喜先生做过这样的解释：“理论家只听他在东边放枪，赶前去，他却在西边露营；理论家刚观赏到他在这条河里要水，理论的飞毯刚投过去，他又在海边钓鱼。所以，近 20 年来，理论家赶他赶得筋疲力尽。就在不少理论家因而放弃追踪的时候，他又吸引来更多的追踪者乐此不疲。”[②] 这就是贾平凹，一个“鬼才”（汪曾祺语），既怀恋传统文化，又企及现代文化新秩序。一种“贾平凹式”的多维文化图式的创作样态。《高老庄》便是这样一种文化经典，颇为精彩。来自乡村，具有乡土文化根味的高子路，其文化身份已是大学语言学教授，多年受现代文明的濡染。然而他的内心深处却仍旧摆脱不了高老庄乡人的心理自卑及短小身材的肉身自愧。在城乡文化的巨大反差中，他难以接受糟糠之妻菊娃的土身土气，以致产生了按照城市女人的标准去改造她的想法，但未果，两种文化在这里发生了碰撞。当子路最终结束了与菊娃的婚姻后，饱尝了现代都市女性西夏磁性般的魅力，心理趋同于现代文明。西夏形体高大健美，性格开朗热情，且有开放的文化观念，因而在子路眼里是城市文明、现代文化的象征，与她的结合方使乡土文化得以接受现代文明的滋润与改造，并能产生出新的文化质点。于是，多少有些惬意的高子路带着现代都市文明的使者西夏返回高老庄，以做怀孕生育的较长驻留打算。然而，乡土文化中的诸多封建陋俗、生态荒蛮、人种退化等歧异之象不仅使子路放弃了这个想法，而且只身先于西夏匆忙逃回城里。子路的回

---

① 鲁风：《与贾平凹对话上书房》，《当代中国》2006 年第 9 期。

② 孙见喜：《鬼才贾平凹》第二部，北岳文艺出版社 1994 年版，第 357、56 页。

乡与逃乡，正是在传统文化与现代文化碰撞中苦恼的文化行为的选择。从放弃菊娃到选择西夏，从携西夏回乡到只身逃乡返城，作者苦苦寻求乡土文化与现代文化的新文化秩序的结合，其对现代文化的赞许、追寻之情依然可见。那么，贾平凹在社会文化结构的大变革中，能否寻求到他的理想文化图式呢？

（三）民间文化系脉的鲜活与原在

贾平凹深谙民间文化是世人皆知的，所谓“鬼才”“怪才”“奇才”之誉，是说他善识博收民间文化之诡道与丰杂，深具有别于他人创作文本的深厚文化底蕴。文学创作说到底就是生活原本、原在事象物象的逼真呈现，而最具鲜活色彩的生活之本、之源、之形、之象、之物、之意恰恰在于民间。从这个意义上说，文学是民间的文学，是民间原本、原在的文学。贾平凹作品，无论是小说、散文或游记小品，一幅民间文化的“清明上河图”尽显其中，给其文本增添了无限的审美韵味和民间意识的人文精神光彩。可以说，贾平凹作品的民间文化系脉之源在商州故土，这是他创作的基本定位，是贾平凹之所以成为具有乡土民间文化价值的贾平凹的根本所在，从这个意义上说，学界“商州情结”的概括是准确的，因为“商州成全了我作为一个作家的存在”（贾平凹语）。于是，由“商州情结”所爆发的“贾平凹式”的民间文化别裁的作品源源而至。最为典型的是他于 1984 年前后踏遍商州，几度涉足商州的山山水水所完成的《商州初录》《商州又录》《商州再录》的“三录”系列作品，奠定了他民间文化系脉的深厚底蕴。这些文字构成了商州人文的、地理的、传统的、风俗的、历史的、文化的等民间斑斓异彩的风俗民情史、历史文化史、人性精神史。正如作者所言，让“外边的世界知道了商州，商州的人知道自己”①，知道在多杂斑驳的历史文化覆盖下的商州人古朴、守道的永恒人性美和特定地域伦理观的淳厚美。《远山野情》中的吴三、香香及跛子丈夫的情感关系就有着野中守规、情中有俗的洁净美，即使未曾婚娶的汉子吴三，对香香的恋情时有冲动，但更具怜惜的情怀以及香香施恩于他的感念情怀，使他正气坦诚之道义感顿生，人性的光华就这样在一个远离文明的山野中开放。如此体现民间文化的人情美、人性精神、道义

① 贾平凹：《怀念狼》，作家出版社 2002 年版，第 270、267 页。

美的作品不但在《黑氏》《天狗》《美穴地》《小月前本》等小说中有所体现，而且在《商州游品》《关中游品》《陕南游品》《陕北游品》《丝绸之路游品》中更胜一筹，典型地体现出民间文化系脉之丰盈、鲜活与原在。这是他创作中最具文化气蕴的园地。

（四）神秘灵异文化系脉的意象与哲思

就贾平凹作品通观性的创作文路而言，他是纯粹贴着大地行走的现实主义作家，虽然其许多作品神秘灵异，文化象征符号较多，常被人误读为怪异或荒诞，而实则是现实主义手法的别一变衍，更为现实主义的力度增了色，添了彩，使其作品的文化象征底蕴更为冷峻、深厚与遒劲。他这样说道："当今的中国文学，不关注社会和现实是不可能的，诚然关注社会和现实不一定只写现实生活题材，而即使写了现实生活并不一定就是现实主义。""文章是天地间的事，不敢随便地糟蹋纸和字。""我热衷于意象，总想使小说有多义性，或者说使现实生活进入诗意，或者说如火对焰，如珠玉对宝气的形而下和形而上的结合。"[①] 这就是说，神秘灵异文化现象的大量涌现，是作者追求现实生活之多义、之灵动、之丰涵的写作观念的自在转移与艺术超越。1991 年的《太白》，神秘灵异意象就十分浓厚，它和《太白山记》一并被学界誉为"新聊斋"。作者从禅的角度观照人生，虚实相衬，意象横生，意蕴深长，其神秘之禅宗符号尽在字里，致使后来的《废都》《高老庄》《怀念狼》《秦腔》气贯而下，作整体象征处理。"局部的意象已不为我看重了，而是直接将情节处理成意象""以实写虚，体无证有"（贾平凹语），写作兴趣自然渐成。可以看出，贾平凹依托老庄深邃的静虚经略，凭借中国神秘灵异文化的博大与多诡，着眼于作品大情节的艺术处理，而不是小细节的修饰，做整体作品大布局，而不是局部意象小穿插，这就加大了单纯现实主义手法描写生活的容量，凭借神秘灵异文化的多维、多态之诡秘来揭示其深邃的哲理思考。比如《怀念狼》中大情节的处理，仅一个书名——对狼的怀念，就是以意象联篇。因为狼是恶的象征，人类的敌物，既如此，又何以怀念呢？须引人入内，探个究竟。当我们走进《怀念狼》的内里，不禁为作者如此忧虑人类何以生存的大境界之哲理意蕴性处理所震撼。狼没了，并非人之幸，实为人之灾，

---

① 贾平凹：《怀念狼》，作家出版社 2002 年版，第 270 页。

与狼共舞可谓生态平衡，无狼为伴其悲可见。商州仅有的15只狼终于人为的灭绝了：

> 那一天，是商州的施德主任来单位找我，他人瘦得如干柴，我的办公室在七楼。他说他是拿了一张报纸，上两层楼坐下歇二十分钟，七层楼整整爬了近两个小时。他衰弱成这样令我惊骇。①

因为狼没了，人的抗击防御能力逐渐消失，精的退化、气的退化、神的退化、体的退化，爬两层楼歇20分钟，爬七层楼歇两小时就是自然的了。商州行署专员在作商州地区现状报告时讲，尤其山货特品丰富，如木材、竹器、核桃、木耳，"还有十五只狼"，专员语气平和，没有故意和幽默的口气与神情，认为狼是商州的一份家当。专员得意地说：

> "假如没有狼，商州会成什么样子呢？你们城里的人是不了解山地的，说个简单例子吧，山地里的孩子夜里闹哭，大人们世世代代哄孩子的话就是'甭哭，狼来了！'孩子就不哭了，假如没有狼，你想想……"
>
> "商州的黄羊肉是对外出口的，可狼少了下来，你不认为黄羊会更多了吧，不，黄羊也渐渐地减少了，它们并不是被捕猎的缘故，而是自己病死的。狼是吃黄羊的，可狼在吃黄羊的过程中黄羊在健壮地生长着……老一辈人在狼的恐惧中长大，如果没有了狼，人类就没有恐惧嘛，若以后的孩子对大人们说：'妈，我害怕'，大人们会为孩子的害怕而更加害怕了。你去过油田吗，我可是在油田上干过五年，如果一个井队没有女同志，男人们就不修厕所，不修饰自己，慢慢连性的冲动都没有了，活得像个大熊猫。"

这些极富哲理性的文字，既是神秘的，又是现实的，字字滴血，印入脑际，令人不得不思考。生态失衡，人种退化，阴阳失调，一个相生相克、相辅相成、相缠相绕的和谐环境将不复存在。那么为狼拍摄照片的"我"回省城后一字未写，缄口不提。雄耳川出现人狼事变，是一件

---

① 贾平凹：《怀念狼》，作家出版社2002年版，第267页。

悲哀又羞耻的事，“它不能不使我大受刺激，因为产生这样的后果我是参与者之一啊，憋住不说可以挨过一天，再挨过一天，巨大的压力终于让我快要崩溃了”[①]。这里，贾平凹的焦虑、忧患尽显其间。像这样体现神秘灵异文化的大情节、小意象，整体的、局部的艺术处理在贾平凹的作品中俯拾即是。再如《废都》之“废”的整体意象处理；“高老庄”之古老文化与现代文明冲撞的整体意象处理；《秦腔》之乡土中国与现代中国断裂与何以衔接的整体意象处理，尤其是《秦腔》乡土民间之“腔”、之声的绝唱，极富诗意，振聋发聩。更不必说作品中所呈现的意象之密集了，如“疯子”引生自阉；以“仁义礼智信”“五常”和“金玉满堂”福禄命名；先天性肛闭女孩；人头顶的光焰；夏天义葬身于滑坡；鼠、狗、蜘蛛、螳螂及植物之人语意象；“狗剩”“来运”之取名；立筷驱鬼；鸡蛋招魂；桃符手法；庙里坐化；引生佛眼；神秘的鱼。《废都》中四个太阳、埙、铜镜、四色奇花、阮知非的狗眼；牛的反刍、鬼市、牛老太的神魔、孟云房的卜术卦算；以及《高老庄》中的碑刻、石像砖、飞蝶出现；神秘的白云湫、石头的残缺与奇异、子路祭坟的神秘感受，等等。这些都在追求一种意象，一种象征隐喻的神秘灵异或寓言效果。这是“他天性中所偏爱的东西，在孤独中耽于玄思幻想，对人生和宇宙神秘现象的敬畏，好奇和探求的兴趣以及对佛道境界迷恋”的结果，因而“创造各种具有神秘色彩和佛道意味的玄虚意象或朦胧意境，以寄托在现实中无所依归的灵魂”“消解焦虑浮躁，复归于心灵的平和宁静”[②]。这正应了贾平凹的话：“各人有各人生命里头的那种本来之才。”“有一个天生，天生就会。为啥天一亮鸡就叫唤，别的咋不叫唤，兔子咋不叫唤，它鸡就叫？”“我从小生活在山区，山区多巫风，而陕西出现的奇人异事也特别多，这种环境影响多。”[③] 至此，贾平凹作品神秘灵异文化体系的形成有其生活的必然性，由此也折射出生活哲理的必然性，这是作家由早期原在生活移入场到后期创作境界移出场的写作风格的衍变。

---

① 贾平凹：《怀念狼》，作家出版社 2002 年版，第 267 页。

② 李星：《巍然矗立的艺术山岳——再谈贾平凹的文学意义》，《当代中国》2006 年第 9 期。

③ 贾平凹在宝鸡文理学院贾平凹文学创作报告会上的讲话，2006 年 10 月 23 日。

（五）人类生态文化系脉的焦虑与追求

人类生态问题是一个世纪性话题。美国生态学家布依尔这样认为："生态批评通常是在一种环境运动实践精神下开展的。生态批评家不仅把自己看作从事艺术活动的人，他们深切关注当今的环境危机，还参与各种环境改良运动。他们坚信，人文学科，特别是文学和文化研究可以为理解及挽救环境危机作出贡献。"① 这是布依尔寄予文学家的生态期值。中国的生态学家鲁枢元则进一步阐述说，生态批评的任务不在于鼓励读者重新亲近自然，而是要灌输一种观念，一种人类存在的"环境性"意识，使每个人都认识到"他只是他所栖居的地球生物圈的一部分"②。

从这一意义上看，贾平凹作品文本就是摆脱了狭隘社会学，具有一种自觉人类存在的"环境性"文学意识的文本，正如他所说的，他的兴趣是关注"传统文化怎么消失掉的，人格是怎么萎缩的，性是怎么萎缩的"③。这是人类生存情怀的文化观照。可以说，贾平凹作品是集社会生态、文化生态、精神生态、自然生态为一体的人类生态利益文学，反映出作者所具备的人类大图像的生态思维和生态诗学理念。

首先，以《浮躁》《秦腔》为代表的社会生态系脉的时代映象。1987年的《浮躁》是贾平凹的第22部著作，是继前诸多描写社会生态的短、中篇小说以后的又一倾力关注。刘再复评价说："作为当代中国农村社会世相与心相的一幅形象画卷，《浮躁》有助于人们认识我们这个农业大国的经济、政治和文化上的诸多特点，也使人们更真切地看到改革对于我们社会的迫切和必要，以及它在古老的土地、古老的心灵所引起的深沉颤动。"④ 汪曾祺也认为，作者把州河两岸人们文化心理的嬗变概括为"浮躁"，是具有时代特点的。1980年以来的中国农村，经济体制的改革和商品经济的崛起，使一个新的社会生态结构形成了。《浮躁》中的人们从此获得生产力的解放，以最大的能效实现着自己的致富期值。然而，社会生态的复杂性又使他们不得不置身于城乡巨大的各种人际关系网中，充满着何以迎合关系网与决然冲淡关系网的各种利益的互动冲撞。作者从州城、

---

① 韦清琦：《打开中美生态批评的对话窗口》，《文艺研究》2004年第1期。

② 鲁枢元：《生态批评的空间》，华东师范大学出版社2006年版，第13页。

③ 贾平凹：《平凹与友对话录》，《多色贾平凹》，陕西人民出版社1983年版，第208页。

④ 穆涛：《文学访谈录》，陕西人民出版社1993年版，第203、210页。

白石寨到两岔镇、仙游川村；从盘根错节的官方象征的巩家家族到坐地为王的乡霸田家家族权力的明争暗斗；从老辈乡民的敬畏权势、安分守己到年轻后辈的自强谋生、反叛现实，构成了如同躁动不安的州河一样的中国社会改革开放以来的生态百图。其中有巩田两族危机时的联手，利害时的反目；反叛英雄金狗正义良知的张扬与悲剧末路的无奈；“混世魔王”雷大空敢为人先的改革弄潮与玩世不恭的自毁结局；小水的怨命认命的脆弱；英英恃权自傲的心怀；翠翠因暗恋幻想的破灭而致死；韩文举虽存文墨却无助困境的屈辱人生，等等。贾平凹以其时代大图像的笔墨勾勒出充满着社会文化生态意味的中国社会农村经济改革的浮躁“州河”，世态百相的躁动“州河”，以及一条希冀正义化身的“看山狗”，这无疑是作者一部典型的社会生态利益文学之大著。正如他所说：“《浮躁》是力图表现中国当代社会现实的，力图在高层次的文化审视下来概括中国当代社会的时代情绪的，力图写出历史阵痛的悲哀与信念的。”① 36 岁的贾平凹，其文学的生态理念，人类存在的“环境性”意识是多么的早先。

如果说《浮躁》是贾平凹社会生态映象的早先大著，那么，1985—2005 年，这种“环境性”意识从未中止，《秦腔》便是一例。以贾平凹的解释，“秦腔”不叫“秦剧”，而叫“腔”，一个“腔”字，是出自民间心底的声音。《秦腔》从更为广阔的社会经济改革的深层和社会行进的纵深揭示了城乡社会生态环境衍变、断裂的文化关怀，倾注了作者惶恐而又无奈、期盼而又无助的情感观照。小说中，象征几千年乡村环境文化生态稳型结构的夏氏家族，在现代文明的冲撞下一夜之间消失了原有的家族气脉和门庭神气。老大夏天仁，六十不仁而未衰早亡；老二夏天义，行事不义而未能善终；老三夏天礼，缺礼投机而最终暴死；老四夏天智，智不承后而气绝归西；仁义礼智皆无“行”（信），因此老五夏天信未世而先于胎中死去。真可谓仁、义、礼、智、信，夏家飘摇去，是一种超稳定社会形态的衍变。作者这种文化价值的情感关怀异常复杂，穿越了夏氏家庭的代际辈序，构成了一幅清风街社会生态文化圈之图式。作为夏天仁之子的村官夏君亭，是两种社会生态文化的象征，革新守旧，民主专权，传统现代，或进或退，忽左忽右，无一定数。加之其妻麻巧自私刁蛮，也非省油的灯。因而“仁”不通达难传后。夏天义虽有五子，“金玉满堂”和瞎

---

① 贾平凹：《平凹与友对话录》，《多色贾平凹》，陕西人民出版社 1983 年版，第 208 页。

瞎，可谓“五子登科”，人丁兴旺。然而五子不成器，金玉虽满堂，品质皆瞎瞎，连孙子也是哑巴。夏天礼倒也儿女双全，父子双薪，好不快活，然而有钱却被银圆误，架子车拉尸首，终无坐车的命，儿子是司机，都是徒雷庆，其爱女也做定了流浪歌手的陪客。更具时代变衍意味的是夏天智，这位任过小学校长的乡村智者，向来恪守宗法礼数，守命“秦腔”，酷爱“秦腔”脸谱，以此维系他心目中的社会生态文化秩序。儿子夏风的文化人身份使他感到荣耀，儿媳——秦腔名演员白雪是他平衡文化心理的一种慰藉。然而，子不惜其父之事，媳之秦腔事业夭折，加上次子夏雨的浪荡不仁，终于“智”不治家，父子相悖，夏天智一命呜呼。处在变革时代社会生态漂移衍变的大动荡中，一个新的社会文化生态结构的形成，无情地冲击着一切，作者既惆怅惋惜，又追问寻觅，情感茫然，处于无奈之中。他期待着。从这个意义上说，《浮躁》之“躁”、《秦腔》之“腔”，实为中国社会变革时期民间底层生态情绪的折射。

其次，以《高老庄》为代表的文化系脉的时代映象。《高老庄》在贾平凹小说创作史迹中，作为五大界碑（其他是《浮躁》《废都》《怀念狼》《秦腔》）之一，价值匪浅，是对当代变革时代的诸种深层文化冲突的聚焦和映象。简言之，以高级知识分子，具有浓厚文化符号意味的大学语言学教授高子路携妻西夏还乡（西夏也是一种现代文化与都市文明的象征符号）和只身逃乡的文化经历，尽显了乡村原始文化与都市现代文化的冲突，乡村落后的自然经济与现代商品经济的冲突，以及愚昧闭守的乡村文化氛围下人种弱钝退化与现代先进文化滋养下人种改良的冲突。三大深层文化制约和改变着高老庄人们生活秩序的衍变，而每个人的行为无不体现着一种文化的律动，有着深层文化制导的基因，如高子路由乡及城的城市文化外表的附着和乡村文化内核的依然。虽然受城市文化濡染多年，而一旦入乡，其土著内瓤便尽显现，早起不刷牙，晚睡不洗脚，饭毕要舔碗，随地就撒尿，毫无顾忌地乱放屁等乡村陋习，甚至连昔日颇具诗兴的性事也变得直接和粗鲁。因此，西夏称他是“睡在自己身边的一头猪”。一个具有城市现代文明的文化人，竟被乡村文化顷刻改变，高子路由起初的向往返乡，到后来的只身逃乡，这无疑是两种文化制导下的转换与衍变。西夏作为外族（非汉民族）和现代文明的文化化身，人种优良，高大健美，现代文化精神无处不在。如能坦然面对子路前妻菊娃，且以姐妹相称、和睦相处，真诚地对待其子石头，帮助乡村改革者蔡老黑葡萄园致富，化解外来企业家苏红、王文龙与村人的矛盾冲突，认同蔡老黑与菊娃的爱情并为之感动，等等。而菊娃则更多地体现了乡村文化超稳定性的美好人格的一面，如善良怀柔待人，遇事有主见，做事沉稳，具有农民求实的价值观，接纳、认同乡村致富者蔡老黑和外来改革者王文龙等。作者围绕菊娃所连接的高子路、蔡老黑、王文龙，实际上构成了城市文化、乡村文化、新经济文化相交织的现代中国社会的文化图式。高子路的返乡与逃乡，蔡老黑致富的沉浮，王文龙高老庄经济的发迹，映衬了三种文化的进退、互渗与转换，构成了《高老庄》式极为灿烂与多边的文化景观。正如作者所言："我感兴趣的是中国传统文化怎么消失掉的，人格精神是怎么萎缩的，性是怎么萎缩的（性也是文化，笔者注）。人到中年后都有高老庄情结，高老庄情怀。'高老庄'是个象征的东西，子路为了更换人种，为了一种新的生活，离开了这个地方，但等他重返故地，旧的文化、旧的环境、旧的人群使他一下子又恢复了种种旧毛病，如保守、自私、窝里斗和不卫生。'高老庄'是一个烛，照出了旧的文化的衰败和人种的退化。"[①] 由此可见，《高老庄》反思传统文化之弊，思考何以与现代文化整合的主旨甚为鲜明，它在贾平凹小说史迹五大界碑中实为文化之范本。

再次，以《废都》《白夜》为代表的精神生态的时代映象。写于1993年、1995年的《废都》《白夜》是贾平凹着力揭示人的精神生态焦虑的两部力作，其淋漓尽致、入木三分的叙写达到了他全部作品心像图式的至境，产生了强烈的反响。在精神生态问题上，生态学家早意识到人的存在的自然性和社会性，更重要的还在于精神性。这就是说，在整个人类生态圈中，自然生态、社会生态、精神生态各自体现着不同的生态关系，即自然生态中人与物的关系，社会生态中人与人的关系，精神生态中人与自然的关系，而精神生态是人类最高的生存方式。正是从这个意义上，比利时生态学家P. 迪维诺尖锐地指出精神生态系统紊乱的严酷现实："在现代社会中，精神污染成了越来越严重的问题。人们的生活越来越活跃，运输工具越来越迅速，交通越来越频繁；人们生活在越来越容易气愤的环境污染之内。这些情况使人们好像成了被捕追的野兽；人们成了文明的受害者。于是高血压患者出现了；而社会心理的紧张则导致人们的不满，并

① 穆涛：《文学访谈录》，陕西人民出版社1993年版，第203、210页。

引起强盗行为、自杀和吸毒。”① 迪维诺所描述的这些现象在《废都》和《白夜》中也极为典型。它展示出社会变革大潮中传统的退去，趋时的涌现，人们无所适从，于新旧交替的文化夹缝中灵魂无着落，精神恍惚，心理失衡，行为茫然。西京城内四大文化名人，作家庄之蝶，书法家龚靖元，画家汪希眠，乐团团长阮知非在人文精神生态坍塌之下坠落为四大文化闲人，追逐女人，玩赌占卜，倒卖字画，心灵空虚，人格也随之坍塌。不仅文化名人如此，一群普通人也于精神生态坍塌中偷生苟活。市长秘书黄德的弃文从政；洪江借名人暗中捞钱；唐、柳二女士依附名人之寄生；阿兰、阿灿的卖身求存；钟主编、景雪阴、周敏、赵京五、农民企业家、牛月清、女尼慧明等背离精神原本的作为。如此类征不一而足。作者又以西京四大恶少、四枝奇花、四个太阳、七条彩虹、鬼市、十二朝古都的面目全非、制假药、硫黄馍头术、狗眼移植、牛的反刍、气功热、宗教热、灵怪文化，收破烂老头的讽喻歌谣等预示失去了往日面貌的精神生态失衡的世纪末浮躁情绪和社会世相。“几十年奋斗营造的一切稀哩哗啦都打碎了”（贾平凹语），而这一切的碎相（废都）、碎势（废势）、碎态（废态）无不是变革时期精神生态颓败的写照。于是又有了《白夜》中夜郎灵魂的浮游与无以安顿。如果说庄之蝶于精神生态环境中的生存状态是极度的泼烦的话，那么，夜郎便是心理生存的高度紧张焦虑与苦闷烦恼，是来自社会生态之伪善、欺诈的弊害，以及自身的自悲自哀。正如上文所言，精神生态是人类生存的最高追求，从庄之蝶发出的“我是谁”的自问，到夜郎试图超越现状的生存追求，深刻地扩射出社会转型期的时代精神特点，这无疑是贾平凹对精神生态问题的时代拷问。

最后，以《怀念狼》为代表的自然生态的时代映象。自然生态就其本义而言，是关于人与物的生态平衡问题。詹姆斯·乔依斯认为：“现代人征服了空间、征服了大地、征服了疾病、征服了愚昧，但是所有这些伟大的胜利，都不过在精神的熔炉中化为一滴泪水。”② 这就是说，人类虽赢得了物质而失去的却是精神，是在以破坏物为沉重代价前提下的所谓“生态文明”。《怀念狼》就是揭示人的极度扩张，逼仄物的消亡、绝迹的自然生态悲剧的一部大书，传达人与环境相因的时代信息，折射出作者希

---

① P. 迪维诺：《生态学概论》，科学出版社 1987 年版。

② 詹姆斯·乔依斯：《文艺复兴运动文学的普遍意义》，《外国文学报道》1985 年第 6 期。

冀生态平衡、和谐以及对人类生存困境、生命力萎退的忧虑。商州仅存的15只狼绝迹了，山里人没有了生命张力的依赖，于是，雄耳川出现了人狼，打狼队长傅山成了人狼，专家住进了精神病院，打狼委员会主任施德身无气力，记者“我”也成了人狼。自然生态失衡，无狼为伴皆为人类之祸事。这真是“人走到哪里，哪里就生态失衡、环境破坏。人，其自身已经成为大自然的天敌，环境恶化的污染源”[①]。因此，《怀念狼》既是一部文学书，更是人类生态的理论阐述学，自然生态的时代映像学。

三　六大文化层面的艺术再现

文学的文化学命题是贾平凹创作的基本意识和作品的基本底色。他认为：“当前，中西文化深层结构都在发生着各自的裂变，怎样写这个令人振奋又令人痛苦的裂变过程，我觉得这其中极有魅力，尤其作为中国作家怎样把握自己民族文化的裂变，又如何在形式上不以西方人的那种焦点透视的办法而运用中国画的散点透视法来进行，那才诱人着迷有趣，这是我正想做的。”[②] 贾平凹正是以这种散点透视法大于焦点透视的方法，艺术地再现着中国社会变革时期的政治文化、经济文化、制度文化、风俗文化、饮食文化以及女性文化诸类人生层面，构成了总体性时代的大文化图式。

（一）政治文化层面

这是贾平凹一直关注的视域，他的作品没有“十七年文学”政治化的痕迹，更多的是政治文学化的艺术式，任何社会政治的变迁都被作家以艺术的方式而文化化了。譬如80年代初，尚年轻的贾平凹对特权政治的厌恶，以及对人们盲从于特权的愚昧极为反感，在《上任》《山镇夜店》《夏家老太》等小说中，以一双迷惘而探寻的眼光透视政治事象。山镇要来位大人物安歇——地区书记（《山镇夜店》），于是人们由起初的床铺争夺，骤然变为争相奉迎献铺，送水送物。这一奇怪而微妙的变化引起一个

---

① 张英：《文学的力量》，民族出版社2001年版，第155、152页。

② 贾平凹：《商州又录·小序》，《贾平凹游品精选》，陕西人民出版社1992年版，第38页。

小孩的好奇，于是他爬上屋顶窥看这位令众人态度骤变的所谓特权大人物究竟啥模样。原来，“被人们视为大人物的书记，和普通的山民一样，都有一副丑陋的睡相”。可见，“不管何人，睡着了都一个样，只有醒来了，才都变了的”。作者巧妙地以孩子眼光的朦胧折射，是对政治特权问题以及人们委身于特权的文化思考。由此推而大之，这种搜寻政治文明失落的幼稚病、盲从征、弱化态导致作者此时创作上的低迷，出现了诸如《年关夜景》《好了歌》《二月杏》《亡夫》《沙地》等关乎政治文化层面的低调作品。这批作品以一个侧面折射出贾平凹内心深处希冀政治文明的应有情怀。随着中国政治文明所制导的改革开放的发展，贾平凹笔下喷吐出诸如《小月前本》《鸡窝洼人家》《腊月・正月》《远山野情》以及《浮躁》这样体现新政治文化层面的板块式作品。关注政治的变革，再次经由《废都》——“废都意识”、《白夜》——“灵魂焦虑”、《高老庄》——“高老庄情结”、《怀念狼》——社会生态、《秦腔》——乡土挽歌而一发未止，字里行间浸透着作者对社会政治文明的诸多文化感知。“文学是摆脱不了政治的，文学也不是政治的附庸。”“观文学艺术史，凡是各个时期的极致作品，必是反映了那个时期的社会，也就是具有强烈的时代精神”“是弥漫于那一个历史阶段的‘气’”“一个历史阶段的社会心态，一种‘势’”。这就是贾平凹政治文化层面艺术图式的文化学阐述。

（二）对经济文化层面的情感关注

这是贾平凹作品的主旨，其动因源于一个农民作家对苦难生存境遇独有的感同身受。他认为：“长期以来，农村却是最落后的地方，农民是最贫困的人群。”“农村又成了一切社会压力的泄洪地。”“四面八方的风向不定地吹，农民是一群鸡，羽毛翻皱，脚步趔趄，无所适从，他们无法再守住土地，他们一步一步从土地上出走，虽然，他们是土命，把树和草拔起来又抖净了根须上的土栽在哪儿都是难活。”[①] 这种感觉是自幼年起生命的逼真体验，是对农村、农民爱之深的心灵情感观照。因而任何社会经济体制的改革，经济制度的变化，农村、农民经济实惠的获得，他都喜于心间，涌于笔端，使大量经济文化层面的事象呈现于作品中。如王小月、门门式的突破传统观念，善于生产经营的农村新经济开

---

① 贾平凹、走走：《我的人生观》，云南人民出版社 2006 年版，第 136 页。

拓者的出现(《小月前本》)；禾禾、烟烽、回回、麦绒因新经济生产方式所带来的家庭裂变与经济体式的新组合（《鸡窝洼人家》)；韩玄子式的旧经济保守式理念与王才式的充满活力的新经济经营理念的对垒（《腊月·正月》)；金狗、雷大空式的社会变革狂潮中经济文化突变后的浮躁，以及人们在利益驱动下的价值取向与行为选择（《浮躁》)。同时，都市经济的观照也进入了贾平凹的视野，比如《废都》市井文化阴影下各式经济文化层面的透视：柳月、唐宛儿的色相经济文化式；阿灿、阿兰的肉身经济文化式；洪江、周敏的盗名欺世经济文化式；龚靖元、汪希眠敛财自毁的经济文化式；庄之蝶淡泊名利又招惹名利而猝死的经济文化式。这些描写无不表现了都市人性的生存经济文化的本能。在《土门》中，作者展示了城市经济对乡村经济的挤压，乡村经济难以抗衡的弱势与无奈。“仁厚村”作为城乡接合部，面临西京城市的扩张，农民原有的农耕生活方式已渐变为出租屋、修鞋、打工等经济生存式。为维护村民原有的经济生存方式，以云林爷、成义为代表的抵制力量百法使尽，也终未阻止这一新的经济文化式的时代掘进。社会经济文化体制的历史转轨，在《高老庄》尤其在《秦腔》中淋漓尽显，王文龙、苏红作为新经济的象征，进了高老庄，新型家具厂如火如荼，逼仄着蔡老黑乡村经济式的农家葡萄园。而清风街更是不清风，流行歌手陈星修车铺的街头经济文化式与县秦腔剧团稳守式的经济文化形成了抗衡。丁霸槽的酒楼自营经济文化式，引发了农贸市场更大的经济文化式的滋生。甚至夏天义死守土地而葬身土地的悲剧，也宣告着一种旧式经济文化的逝去。而国道改造、马路拓建又昭示着现代经济文化的崛起。

总而言之，经济文化的方方面面贯穿于贾平凹创作的始终，任何社会、时代经济文化的变迁都能找出相应的印痕，他的作品是社会经济文化的历史全书。以《浮躁》为界，此前的作品反映的是社会变革初年经济文化观念的折皱形态；《废都》《高老庄》《白夜》《土门》反映的是经济文化延伸后的纷繁、混沌的形态；《怀念狼》《秦腔》则反映了城乡经济文化冲突的深层形态，而这一切构成了经济文化层面的大气象景观。

（三）制度文化层面

制度文化是国家意识形态领域内的一种法度，是规范人们社会行为的一种准则。随着时代的推进，制度文化的演绎则更有其时代的适应性和共时性。在贾平凹的诸多作品中，对制度文化时隐时现的点射是格外分明的。如对农村土地经营、经济分配方式、生产资料、人口控制、家族聚散等相关制度文化的展示；对城镇市容卫生、流动人口、文物保护、就业就学等制度文化的聚焦；对社会文明素质、道德提升、政策法令等文化制度的思考；对人类环境问题、生存状况等生态制度文化的焦虑；对政治、经济等领域特权制的文化反思；对民生民权民主制度文化的情感观照，等等。而这些描写又都是细化在点点滴滴的人与事、事与情、情与理之间的。在这些制度文化观照中，贾平凹最为倾情的当然是农村制度文化的变迁。“对于农村、农民和土地，我们从小接受教育，也从生存体验中，形成了固有的概念，即我们是农业国家，土地供养了我们一切，农民善良和勤奋。”“可农村在解决了农民吃饭问题后，国家的注意力转移到了城市，农村又怎么办呢?”[1] 可以说，一部《秦腔》就是作者关注农村农民生存制度文化的拷问。而城镇制度文化的思考则以《高老庄》《废都》《土门》体现出来。现代文明的到来，从某一种角度又滞碍着民族古老文明的推进，人种的退化，都市之废，人心之废，气象之废，何以使古老文明滋润于现代文明，使现代文明不以牺牲古老文明为代价，是贾平凹苦苦思考的问题。于是便有了对市场商品经济下废势、废象文化制度的点射，如《废都》；有了对人类灭绝他物种的生态制度文化的否斥，如《怀念狼》；有了对人权失衡、平等衍变的特权制度文化的揭示，如早期的《山镇夜店》；更有了对《我是农民》的本根认知的人格制度文化的确认与昭示。这些制度文化层面的生成与变迁，虽唯作者的意志而不能改变，但却体现出一位现实主义作家的人文大关怀，与那些零度感情、冷漠叙述者有高低之别、质地之分，无论怎么说都是令人称道的。

（四）民俗文化、饮食文化以及女性文化层面

这些在贾平凹作品中也俯拾即是，呈现出别一景观。对于民俗，贾平凹说：“我写时并未注意。我本是山里人，大多写的是商州山地里的人事，因为我太熟悉那块地方，作品里自然就有了民俗的成分。”“我的故事很平淡，笔法憨笨，但我是真诚地写的。”“支撑我能继续写下去的是

① 贾平凹：《贾平凹民俗小说选·序》，青海人民出版社1992年版。

这种静气。”① 这种心态驱走了作者追逐新潮的浮躁写作，保证了作品中民俗文化、饮食文化的原生态质味。如商州民间婚俗文化、鬼神文化、吟唱文化，特有的商州狼文化，特有的洋芋糊汤、搅团熏肉杠子馍饮食文化，以及民间特有的土匪文化、田间生产耕作文化等。另有整百篇作品中对陕北、关中、陕南名胜古迹、山川风光、风土人情的发思古叹和身临感悟。这些笔法、气韵、情致、哲思显示出活脱脱一个“鬼才”，一个民俗风情的贾平凹。《天狗》《黑氏》《美穴地》《白朗》《五魁》《鬼城》《晚唱》《晚雨》《商州又录》《游华山》《三边草记》等一组板块式作品尽显民俗、饮食风情之妙。在贾平凹作品中，女性文化的展示不可忽视。从早年的满儿、月儿、小月、小水，到师娘、黑氏、香香、柳月、唐宛儿，再到菊娃、西夏、白颜铭、白雪等对女性生存现状、生命体验的文化观照构成了整个作品的坐标系，其中既有男权视角下女性生存哀婉的史的纵向勾勒，又有叛逆伪道德，走出深山，改变自身命运的横向描写；既有传统谨守生活秩序的深山闺秀，又有现代革新理念的新人；既有乡村善良宽厚的贤妻良母，又有体现现代文明的都市女性。在这些人物身上，寄寓了作者无限的同情、幽怨、感伤和充满希望的企盼，一种浓厚的女性文化意味的情感观照。

综上概之，正如评论家孙见喜所言：“贾平凹文化视角的确立使他洞察人间比上代作家更为精微，且他接纳古人的时候，不拒绝全球意识，对域外文化的冷静选择和吸吮使他没有在摩天大楼面前迷失自我。人化不了他，而是他要化人。贾平凹‘食谱’的宽广也是维持创作活力的能源之一。”② 这一观点，我以为正是贾平凹杂学艺术观的形成，是他作品文本具有大文化图像的根本，更是他自 20 世纪 80 年代以来所确立的应有的文学高度的支撑所在。

---

① 孙见喜：《鬼才贾平凹》第二部，北岳文艺出版社 1994 年版，第 357、56 页。

② 孙见喜：《孙见喜文学评论集》，太白文艺出版社 2006 年版，第 107 页。

第三章　陈忠实文学视野

一　中国农人民生权的新开掘

农村题材创作是中国文学一个旧有的母题话语。陕西文学的农村题材因了柳青、王汶石等的存在，其话语权自然就具有霸权性，形成了在此创作领域内独有的传统与先锋特色。自 20 世纪 80 年代以来，又因路遥、贾平凹、陈忠实的先后胜出，使这一题材创作超越旧有，描写边界也显然放阔增大，出现了诸如《白鹿原》这样描写中国农人人权问题的先锋性表现新亮点。然而，由于 90 年代中后期文学生态大环境的世俗化，写作人自身内里心态的蜕变，农村题材陕西版的先锋性因被挤压而塌陷，《白鹿原》等作品初始触摸到的中国农人人权描写的亮点也即渐逝，使这一优长于他地的创作题材滑落至滞重的瓶颈状态。如何再树农村题材陕西版，展示社会主义新农村的文学景观，中国农民人权意识觉醒的十大悄然暗转心迹与演变，便成为陕西作家乃至中国作家们表现的又一新空间。

陕西文学的农村题材创作，是中国当代文学极为重要的板块，它的演变过程和未来走向，既具个案性，又具普遍性。我曾在《陕西地缘文学本体形态论》① 一文中这样概括陕西文学的题材特点："农军工城"。其各自的比重为农一、军二、工三、城四。这一大致齐整的题材涉猎，说明陕西作家生活范围的相对稳定与守恒，与京城作家生活范围之繁嚣，沪上作家之见多识广，有着起点的不同与落点上的差异。

应该看到，农村题材陕西版也并非在一个静止的模板上，它的生机恰恰在作家们对新的表现空间的不断开掘上。从农村题材描写较时近的且产生重大影响的许多作品来看，《白鹿原》就隐含了这样一种新的创作视角

---

① 冯肖华：《陕西地缘文学本体形态论》，《当代文坛》2003 年第 3 期。

的转移与开掘，即中国农人人权意识的深情关怀。这说明，农村题材陕西版在对已往黄土地生活事象的描写上实现了又一次新超越。

作为揭示民族“秘史”的《白鹿原》，尽管人们对其理解仁智各见，但我以为，陈忠实以其揭秘的手段，打开了隐含在悲怆国史、畸形性史背后的久抑与尘封的人权失落史、纷争史。这是陕西作家以其生命在场话语对农人人权问题的一次深切情感关怀。早在1776年，美国《独立宣言》宣称，人人生而平等，生命权、自由权和追求幸福的权利是“造物主”赋予他们的不可转让的权利。马克思称其为“第一人权宣言”[①]。然而在阶级社会里，人权常常被剥夺被蚕食。试看陈忠实笔下“白鹿原”人们的生存境况，全然滑离了“造物主”所赋予的天赋权利，在阶级人赋权利的漫漶下，殃及池鱼，祸及生命。白孝文这个白家祠堂精心培养下的仁义典范，其人本有的意欲权被无情的阉割。婚后夫妻的房事缠绵，被“奶奶替你打狼”的粗暴监听所阻断，板直的父亲进而以没能割断床上那点事的“豪狠”予以严厉训斥，继而断定“一辈子成不了大事”。白孝文这位血气充溢的年轻人初始萌动的意欲生长点就这样被所谓礼义廉耻、成大事的虚伪人赋权利所扼杀，使其成为人权纷争场的葬品、“废人”。这是一个外守礼义、内存意欲的仁者与逆子的人权冲突。而白灵面对的是自由权和享受教育权。一个在白家看似依着性子撒娇的掌上明珠，实际的自由极有限，被锁定在“女子无才便是德”的人赋权利的固有围圈。当她以逃离的方式获得了身体的自由权后，却被割断了情感上的亲情享有权，被冷酷的父亲判了“死刑”，声称“全当她死了”。白灵身心的自由换来了什么呢？是情感的缺失与冷酷。一个孝子，一个娇女，白鹿原上处优群类人权的如此倾斜，作家的观照是何等的忧愤与通透。那么，白家庭院的主妇又如何呢？仙草遇到的是女人的尊重权。可以说，她是白家人财两旺的福星，得到丈夫的抚爱与尊重是理出自然，但实质上她却扮演着传代工具和干活帮手的角色，领略夫爱和尊重少得可怜，一次坐月子时仅喝了丈夫亲自端来的一碗开水就感念泪下，其悲哀足以可见。

从理论上说，意欲权、自由权、尊重权本是人权中重要的“天赋权利”，即通常所说的“上帝赋权”，它是人的生理必需的，是人类公认的权利，因而具有普世性，不受人赋权利的制约。然而在仁义白鹿村，人赋

---

① 《简明社会科学词典》，上海辞书出版社1992年版，第16页。

权利以浓烈的阶级色彩，不仅侵蚀着“造物主”给予人的天赋权，而且野蛮又血腥。如外姓女子田小娥的生命享有权顷刻被吞噬。她仅仅为了做个庄稼院好媳妇的微末愿望，再三被白鹿原上的男人们欺凌、侮辱、利用、杀害、焚烧，连尸首也不放过。婚姻幸福权被人为架空的鹿兆鹏媳妇，同样于悄无声息的意淫幻想中结束了年轻的生命。

正如陈忠实将小说确定在揭示“民族秘史”的立意上一样，白鹿原上充满着全景式的天赋权利与人赋权利的激烈斗争，人人被无形或有形的人赋权利所控束，个个失去了天赋权利应有的自由与平等。中国农民人权的深度沦丧秘史被揭示得淋漓尽致。如“交农事件”呈现的民生权，农民协会凝聚的反抗权，白鹿书院蕴含的安居权，以及黑娃为匪的反叛权，鹿兆鹏拒婚的自主权，鹿三缺失的土地拥有权等。甚至白鹿原上仁义承载者白嘉轩，其貌似挺直板正的身躯内依然存储着人权飘落的一腔苦涩：仁义的分化，礼教的瓦解，逆子的背叛，爱女的出逃，妻子的逝去，土匪的劫抢，政治的纷繁，王旗的变幻，一切都呈现出江河日下道将不存的末世景象。使原本有威望的家族，仁义的风范，如同自身直不起的佝偻腰，砸碎了的仁义碑一样，在“公元一九四九年五月二日”① 这个神秘短促的月子里，永久性地消失了。是的，历史改变了原本。白鹿原上农人人权的悲哀沦丧结束了。

可以说，作为与陕西地缘有着千丝万缕关系的陈忠实，正是因其长久生活于本土，才具有了此种生命体验的感知，生发出观照千年来中国农人人权的艺术视野，这是陕西作家写事、状物、言情的表层观照到注视人权的深层描写，一次写作视野、写作艺术与写作精神的突破。“陈忠实视野”的精髓，其内涵我以为有三：一是创作突破了往日狭窄的阶级文学、政党文学和承传文学的桎梏，回归了文学直面生活的本来。从《蓝袍先生》到《白鹿原》，其阶级、政党的标志淡化了，人的本来的欲望、生存、意念提升了，无论怎么读也读不出“一个阶级一个典型来”，从而提供了中国文学通向世界的成功范例。二是突破了往日创作事象、人物一清二白的简单化、平面化现象，还原了生活本有的丰富性、复杂性、异变性。一个黑娃就是一种生活形态，一个白嘉轩就是一个中国家族的变衍，一个田小娥就是中国千万个善良妇女的遭际……以上两点揭示出陕西作家

① 陈忠实：《白鹿原》，人民文学出版社 1997 年版，第 615 页。

自“柳青经验”以来不断创新、不断超越的写作轨迹，其写作视野在放大，写作边界在放阔，艺术之精髓在逐一回归。而这两点又归于陈忠实写作观的嬗变，即“重史实”“褒共不颂扬，抑国不抹黑，引导读者对这段历史得失的思考”“民族利益大于阶级的尺度”。正是这一具有艺术之髓的观念保证了陈忠实创作在后20世纪陕西地缘文学中的先锋特色，保证了“陈忠实视野”的独特性和可贵性，使后20世纪陕西地缘文学的创作上了一个新台阶。

然而，作者陈忠实所触及的中国农人人权问题的创作亮点，在90年代中后期并未引发创作者们的普遍关注，就人权描写极其重要的视角转移上，也未被作家们所重视，评论家们所推崇，如同流星一闪般滑落到自闭无序的创作散点上，使90年代中后期以来长于农村题材创作的陕西文坛处于久滞的沉闷状态。这种因作家忧患意识的变味走样，过分倚重神行于实、滞于物的功利性，以及文思贵在静虚心态的相对减弱，就自然遮蔽，削弱了文学创作的神圣感，从意识和行为上无有了农人、农村、农业的在场感和生命体验，怎能写出具有“三农”生活体验的作品呢？如叶广芩创作出现的令人费解的“错位现象”。她20岁离京到陕，在陕工作生活近40年，然而写皇亲家族的文字大于写秦地生活，且津津乐道，回望其间，与三秦大地的当下生活擦肩而过。叶广芩创作的“错位现象”，概言有三：一是当下生活与流年生活的错位，这是个创作视角问题；二是回望皇亲与存在关怀的错位，这是个感情投向问题；三是文学精神与文本范式的错位，这是个叙事修辞问题。其错位之要害是传统经典创作理论在叶广芩笔下的失离，发生着创作路径方向上的根本性移位，其作品受众远不及《平凡的世界》等。从这一角度看，重树新农村宏大叙事的描写意识，开掘新农村，描写新空间，就显得极为迫切了。

那么，何为新农村新生活？陕西作家及中国作家又何以面对呢？正如上文所讲，农村题材创作是中国文学一个旧有的母题话语，20世纪，从鲁迅到赵树理，再到柳青，直至高晓声，形成了一个乡土中国题材创作的根梢盘结链条，其作家们人缘、情缘、地缘之厚重关注难以割舍。这说明农村、农业、农民始终是中国至关重要的问题。历史表明，谁赢得农民，才能最终赢得中国，这是考识历史有识之士的一道哲学命题。毛泽东，一位熟知农人艰辛的锐智者；鲁迅，一位见惯了乡村困顿的忧愤者，他们感同身受，思悟略同，以异曲同工之妙，不仅善择中国农民之革命潜能，又痛陈农民之病根末梢。毛、鲁思想的伟大天合，抨击了控束农民王权和神权的等级社会，从根本上撕开了千年中国尘封农民人权的一丝缝隙。正如毛泽东所言，历史是人民创造的，农民是中国的主体，是中国革命的重要力量。“农民成就了多年来未曾成就的革命事业”，是“革命先锋”①。毛泽东以非凡的政治性宣言话语，颠覆了农民位卑的千年历史排序，给20世纪中国文学提供了农民人权问题描写的历史契机。从这个高度看，所谓农村、农业、农民的一切事象，所谓白鹿原、蛤蟆滩、双水村的一切生存遭际，所谓白嘉轩、梁三老汉、孙少安们的一切生命演绎，其实质无不系于人权这个结上。中国的历史无不是一部农民人权纷争的血泪史、心酸史、生命经历史和人权的奋斗史。

当历史进入21世纪后，新农村人赋权利的逐一消解，造物主所赐予人的天赋权利的迅急复位与扩展，新农村显然已不再具有白鹿原上人赋权利所漫漶的血腥味，不再是蛤蟆滩自决权失落的整齐划一，不再有双水村“左”倾幼稚病所酿造的艰难苦痛，而是呈现出一种全方位、大景观的中国新乡土农村的鲜活风貌，这给陕西作家及中国作家们描写新的农民人权生长点提供了极大的表现空间。

（一）政治文明与意识权生长点

政治文明是体现中国社会改革开放的重要成果，关注8亿农民的生存状况，是有史以来实现政治文明的又一重大战略转移。“三农”政策机制的法规化、长效化，触动了亿万农民人权本原中的觉醒意识和久抑的心理萌动，激发了他们走出精神萎缩圈、物质贫困地的勇气。农民意识权的失而复得，反映出社会主义新农村新农民的精神状态，是因政治文明之得、巨大意识权觉醒后的一次人权生长点，这是文学所要表现的空间之一。

（二）经济体式与发展权生长点

正如历史所早已界定的那样，中国农民的经济体制是捆在土地上的自给自足式小农经济，是一家一族互为连带的生产体式。这种体式虽如毛泽东所描述的无力抵御天灾人祸等弊端，但必定是特定历史下的独有存在。随着社会主义新农村经济体制的变革，农民终于获得了独立组建经济体发

① 《毛泽东选集》第一卷，人民出版社1991年版，第48页。

展权的权利，出现了以人员的技能、资金、生产资料及相互间的情缘等因素为聚合点的具有诸多西方经营新理念、新模式的工、商、贸新经济组合体，从而解体了传统家族的血缘式、裙带式。于是，在农村经济发展领域内的转轨和中西文化理念的深层冲突，是文学所表现的空间之二。

（三）法律意识与公正权生长点

在中国农村，农民法律意识的拥有是近年间的事，20 世纪 80 年代的《秋菊打官司》，可以说是农民以法维权的初始。旧时农民的所谓“法”，大多是长者之言、家族之规、家长之威。新农村农民法律意识与公正权的觉醒，淡化了传统家法、族化、礼法、情法和族长、家长、年长者以言代法、以威施法等的无公之“法”，代之而起的是寻找公正练达、事理通透的现代规范法律诉讼。这种缠绕在事与理、理与情、情与法、法与人之间的复杂民事、法事的农民心理、观念、习惯等的演变过程，是文学所表现的空间之三。

（四）大家解体与小家即富的自决权生长点

“家”在中国农村是一个神圣的概念，既是农人生存歇脚的寓居地，更是灵魂归宿的精神家园。农民对家的文化心理一般注重家大业大、人丁兴旺、多子多福、四世同堂，这是所谓大家的最高理想范式。从《红楼梦》到《家》再到《白鹿原》，这一范式莫不如此。时过境迁，新农村大家的内涵显然在散化，家长的统领作用也在淡出，成员自决权的取得，以其小家即富、迅富、能富的现代理念，替代了大家节制式、成员利益均衡式的所谓“阖家共荣”的生活模式。这一中国农人尤为看重的大家范式的消解演变，自决权的生长，是文学所表现的重要空间之四。

（五）社会角色转换与平等权生长点

中国农村大家庭的解体，意味着家庭成员社会角色的悄然变化，其焦点是平等权的获得，其特点是性别转换，内外移位。所谓能人、强人意识已不再是男人们的专利，男外女内传统社会角色的置换，折射出隐性政治文明所带来的表现在性别平等上的显性社会文明进步的深刻变化。正如有学者预言，21 世纪将是女性的世纪。那么，政治文明与社会进步，与性别平等间的转换关系及其深层动因，必是文学所表现的空间之五。

（六）自在谋生与追求幸福权生长点

长期以来，中国农民的谋生处在人为制约与自身自闭的双层抑压状态。人权公约表明，人人有为自己和家庭获得相当生活水准，并不断改变生活条件，追求幸福的权利，这种权利是满足人类生存的共需。新农村农民谋生手段的改善，是对幸福权生长点的内在追求。比如从传统守土为食、守家为安、守妻为伴的自满式，转向农、工、商、贸互为的松散多向谋生式，并由此带来精神心理层面的最大自由度，生存实惠层面的最大效益化。这种从“三十亩地一头牛，老婆娃娃热炕头”的小农即安，到不为炕、无炕的现代奋进型求幸福活法的权利之得，其中诸多心理观念的、情感行为的暗转，可谓文学所表现的空间之六。

（七）孝悌伦理新理念与尊重权生长点

作为礼仪之邦的中国，其孝悌伦理渊源久长。然而，我以为，古今孝悌伦理在其行为理念上似有区别。古之孝悌多以形而上的君臣、父子、兄弟、邻里等礼仪来规范，是礼仪驱力使然。今之孝悌却是因了社会政治文明、物质足裕所带来的以身施孝的自在和睦，从而遮掩和阻隔了农民那种缘于穷争恶斗所引发的庭院不和、兄弟反目、邻里相争的伦理失范的紧张关系，从理念上实现了农民自尊、他尊和尊人基本权利的享有。关注和描写物质文明对农民孝悌伦理秩序的改善，关注农民获得社会尊重权的心理感受，是文学所表现的空间之七。

（八）生存发展与渴求教育权生长点

教育权是一种基本人权，《世界人权宣言》表明：“人人都享有教育的权利。”实现教育公平是达到社会公平的重要环节。从这个意义上看，农村教育的投入比重，直接关系到农民的生存发展。随着新农村教育投资的加大和农民接受教育所得实惠的显现，一种渴求受教育的生长点正在形成。比如，当下现实中影响农户家庭收入的因素已不再是传统的耕地量和劳力量的增加，而取决于劳动力的文化程度，也就是说，收入与农民文化程度成正比。因此，一个好身体、一身好力气的旧有理念开始向获取技能型、知识型转移，并由此引发了农民自身重教和重视子女教育的深刻革命。资料表明，农民教育投资占家庭收入的23%，其中80%为子女教育的支出。这说明，农民教育权的获得，教育需求，教育受益所引起的农民文化心理的历史性嬗变，是文学所表现的空间之八。

（九）乡情民俗的暗转与文明权生长点

乡情民俗与文明是矛盾的统一体，文明蕴含于乡情中，民俗又常常遮蔽着文明。由于以往中国农村教育的大面积塌陷，农民通往文明化的进程受阻。据报端披露，中国农民受教育年限平均不足7年，仍处于文明童年期。这种状况致使乡情民俗中原本美好的一面，也被灰色的蒙昧所遮蔽，恶风、陋俗、刁情的残存，严重阻隔了农民文明权利的拥有和享受。当新农村自给自足的土地捆绑式被剥离后，一个进军工商、城市、市场并与之接轨的新态势迅猛出现。农民文明权的获得和享有，发自内心深处的变革古老乡俗都市化，传统礼俗简单化，陋风习俗漠然化，民风民俗现代化的追求文明的风尚便蔚然形成。因此，从考察中国农民文化心理积淀与现代社会转型的时代背景高度思考、个中的冲突与融合、承续与超越，是文学所表现的空间之九。

（十）希冀新农村农民未来畅想权的复归

人人生而自由，在尊严和权利上一律平等。从权利的角度看，公民的权利不仅有物质的，更多的是精神层面的，如畅想权、欲望权的享有等。然而，中国农民长期受制于人赋权利的挤压，本来就少有的畅想权和欲望权被锁定在面朝黄土背朝天的一招一式的静止生存空间里。于是，农民没了对美好人生的幻想和对追求幸福欲望的畅想。如农民陈奂生连想买一顶御寒的帽子也觉是件奢侈事，李顺大更不敢有三间新房的欲望，同样梁三老汉羡慕郭世富“四合院”的梦想也仅仅是一闪念，如同喜儿不敢想有一根红头绳一样。这种极其悲哀而又心酸的精神压抑与委曲，窒息着中国农民美好心灵的丰富想象空间，使其畅想的活水变枯，欲望的憧憬干瘪，人生而自由平等的理想权利变异泯灭。相形之下，社会主义新农村给了农村、农业以广阔的发展空间，给了农民心理世界以应有的畅想权，也给了文学努力表现现代农业新农村，现代科技新农村，现代生态园林新农村，现代旅游资源新农村，现代最佳人居环境新农村的未来憧憬构筑畅想权，使农村题材、乡土文学一改沉闷窒息、滞重的写作模式，从积重的桎梏中解放出来，走向畅想未来的浪漫天空。

正如作家要树立科技意识、未来意识一样，“新科技乡土文学”“新未来乡土文学”必是文学表现的重要空间。我们不能满足于已有的史诗《创业史》《白鹿原》《平凡的世界》和《古船》等，更期盼出现“哈利波特”式、“达·芬奇密码”式的新乡土文学冲击波，期待一个重树社会主义新农村文学畅想版写作时代的到来。

二　人类精神探寻新视点

人类文明史告诉我们，当人作为“类”，成为人类后，就具备了人的类特性——精神的共构。于是，精神作为形而上的意识形态，是生命与生存的伴随和永恒。从哲学意义上讲，有道是精神的坍塌，便是生命的坍塌，而生命的绿舟，则在于精神的常青。这一生命的哲学演绎在海明威和陈忠实笔下，以桑提亚哥与白嘉轩形象的塑造，从文学场的视角做了淋漓尽致的生命实证演示，这就是桑提亚格生命密码——个体生命精神；白嘉轩生命密码——封建文明精神；二者的共构与异质，则呈现为一种精神、两种内涵的人的类特性本质——精神的自在、本在与共构状态。对此生命现象的破译，《老人与海》和《白鹿原》有着精彩的文学阐释。

人从哪里来？又要到哪里去？其生命的演绎、生存的依凭又是什么？所谓生命的坍塌，就是精神的坍塌，而精神无疑成为生命的绿洲。这一哲学命题，一部人类文明史昭示我们，当人作为“类”，成为人类后，就具备了人的类特性本质，于是与物的类特性有了质的区别。与此同时，人类也因此超越了物类生存的不可知性和无限定性，赋予人与自然、人与社会、人与人、人与自身生存关系的可知性和无限定型的生命认知意识，这是人的类特性的自觉和自在状态。因而马克思称“人的类特性恰恰就是自由的自觉的活动”①。“人把自身当作现有的、有生命的类来对待，当作普遍的因而也是自由的存在物来对待。”② 这种自由、自觉的活动，我以为就是人的类特性所生发的对生命、生存的可知把握，是改造他类和自身不断从蒙昧走向文明的演进过程。

从这一层面讲，我们研究人的类特性，就不能以通常认识物的类特性

---

① 《马克思恩格斯全集》第42卷，人民出版社1979年版，第96页。

② 同上书，第123页。

视角，让其物类的生物圈淹没人类的精神圈，即康德所说的“身体必须死去”，某种精神、思想的持久延续，这是人类的生命密码——精神源的共构。它不以民族、国家所隔，也不以种族、疆域所限，是人类延续生命的伴随。那么，从文学角度破译生命密码，阐释人的类特性本质——精神的共构，《老人与海》和《白鹿原》便有其典型性。在海明威和陈忠实笔下的人物画廊中，作者以各尽其妙、各显质采的笔力，勾画和彰显了桑提亚格和白嘉轩两个不同时代、不同国别硬汉的精神共构与生命张力。

（一）桑提亚格生命密码：个体生命精神

桑提亚格是一位典型的个体生命演绎的精神标志者，就其精神成因之外延和内涵而言，虽不乏其社会性，更多的却是个体生命在精神层面自在自觉的张扬，一种生命的原在张力。这种生命的存在和生存的诉求，常常会超越生物圈的遮蔽，抵至人的类特性本质——精神圈的高度。桑提亚格的生命演绎就极富这一意味。“一个人可以被消灭，可是不能被打败。”这句看似平朴却又蕴含几多哲理的话语，正是人的类特性本质的点睛，是人类超越物类得以顽强生存的生命密码的清晰破译与概括。尽管在人类需要层次的划分上，马克思主义创始人将人的需要概括为生存需要、享受需要和发展需要三个层次，而人本主义心理学家马斯洛则将其进一步细化为生存需要、安全需要、爱和归属需要、尊重需要、自我实现需要几个层次，但生存需要是前提，是第一位的，而发展需要和自我实现需要是在此基础上的高一级需要，一种“高峰体验”，是实现自我价值最大化的需要。其中能体现需要因素的意识、思维、心理状态的支撑点便是人的类特性本质——精神，这就是一个人“身体必须死去”“可以被消灭”，而精神不会被打败的人类生命密码之所在。作为文学形象，桑提亚格生命的精神支点无疑是海明威人生经历所凝聚的人的类特性本质的折射。

众所周知，海明威的《老人与海》初名为《人的尊严》，作者为什么直奔“尊严”而来？这是一个值得思考的问题。在我看来，尊严就是人类超越物类，把握生命与生存可知性后，在形而上层面所呈示的人格最高理想范式。海明威正是一个个体生命在社会化过程的演绎中，领略了诸多尊严的失落，生命的逝去，西方传统文明的崩溃，两次世界大战的严酷，饱尝了在美国、意大利、西班牙、法国、德国战场上的生死滋味，历经了两次飞机失事的病痛，体内 237 块弹片取出的昏死，57 针头伤缝合的煎熬，使他感悟到理想与现实、光明与黑暗、美与丑、善与恶的颠倒，这些逆差的强烈反射使他陷入了精神漂泊的迷惘与悲哀之中。所以说，种种现实社会的逆差给海明威所孜孜追求的个体生命的理想蒙上了阴影，使人的类本质特性——精神的彰显受阻。面对现实生命的存在与精神追求的巨大逆差与困惑，他不得不换一个角度，在文学的天空里释放其精神的张力，生命的力度，人的类本质特性。于是，桑提亚格不能被打败的精神存在与寄托，便是作者作为社会人和文学人之类特性的逼真再现。

“一个人并不是生来要给打败的，你尽可能把他消灭，可是打不败他。”桑提亚格的精神信念支撑着他孤身与马林鱼、群鲨搏斗，并且涉足深海区三天三夜，捕到并打败了他平生未见过的巨大的马林鱼，实现了他一个老渔人捕鱼的最大生存价值和精神快乐，获得了一种有生以来从未有过的精神层面的“高峰体验”。当他发现这条马林鱼“比小船还长两英尺”时，就断定“这是一条大鱼”。过去他虽然“看见过许多条大鱼，看见过许多重有一千多磅的鱼”，但都不是他一个人捕到的。现在他是孤单的一个人，因而“一定要叫它服服帖帖的。我一定不能让它知道它的力气多大，也不能让它知道它要跑掉会有什么办法”①。这种源自内里的精神渴望，正是他 84 天来捕空与背运的生存需要的物质补偿和自我实现后精神快乐的补偿，一种有意味的“高峰体验”。更让人惊叹的是，老人在与数群巨鲨的顽强搏斗中，展现了更高层次上舍身忘境的精神强势和人的类特性——精神能量的巨大释放及魅力。百折不挠，坚韧的毅力，大无畏的拼搏精神，这一魅力正使人之类特性与物之类特性在人与自然、人与自身的把握中具有了可知性、无限定性的本质区别，是人类的类特性所赋予人类创世的生命密码之源。尽管后来老人在与象征大自然的群鲨的搏斗中最终失败了，但这仅是体力和肉体上的失败，并非精神上的失败。他的肉体睡着了，“依旧脸朝下睡着，孩子坐在一旁守护他。老头儿正在梦见狮子”。这里，海明威以隐喻的手法，于结尾营造了浓烈的象征意味，狮子喻为精神的勇敢与无敌，肉体可以死去，精神仍是狮子，孩子的守护，则作为又一代精神力量的传承和寄托，以此还原作品的初衷——“人的尊严”的本义和人的类特性本质——精神的永恒，这是海明威生命之树常青的点睛之笔，也是他捍卫人的尊严，阐释和破译人在精神上是不可战胜

① 海明威：《海明威作品集》，浙江文艺出版社 1994 年版，第 396 页。

的生命密码。

从另一个侧面看，作为个体生命存在的海明威，其类本质特性中就洋溢着极富传奇色彩与精神张扬的冒险性格。比如，他一生酷爱具有肢体精神的体育活动，曾在非洲的丛林里狩猎，古巴的海上捕鱼，好斗牛，恋拳击，迷踢球，喜游泳，善射击。这些充满着精神意象符号的行为经历，必然使其笔下多次塑造了诸种类型的拳击师、斗牛士、猎人、捕鱼者等百折不挠，坚强不屈，敢于面对暴力、死亡而无畏无惧的硬汉形象。从杰克、布莱特（《太阳照常升起》），凯琴师（《永别了，武器》），乔登、玛利娅（《丧钟为谁而鸣》）到桑提亚格，无不表现了人的类本质特性的自制与忍耐，坚韧与拼搏，奋斗与张扬，改恶与从善等生命得以存在的资源——精神的共构。这是海明威创作思想不可忽视的亮点。至此，桑提亚格形象所蕴含的超越自然、超越自身的生命可知性精神，不仅是现实人海明威个体生命存在的精神映象，同时又是人类精神的共有、共存与共构，一种不可或缺的生命伴随与永恒。

（二）白嘉轩生命密码：封建文明精神

对于生命密码的文学阐释，桑提亚格形象无疑是完好的实证，中国作家陈忠实对此十分赞赏。“《老人与海》写得很理智、冷静，作者没有发表任何看法、议论，就通过写人物和环境、人物动作，把人物感情、巨大的热情和生存痛苦、主人公顽强的意志完美表达出来了。”“如果作品里没有实在的精神、思想，作品肯定是苍白、无力的。”[①] 正是对人类生命密码的清醒认知和感悟，当代作家陈忠实以《白鹿原》为创作实例，塑造了白嘉轩充满精神魅力的崭新形象，再次印证了人的类特性——精神资源的共构与魅力。

海明威的《老人与海》当年获诺贝尔文学奖，无独有偶，陈忠实的《白鹿原》也因白嘉轩人格精神魅力之质采而获“中国诺贝尔”茅盾文学奖。相形之下，两部作品同工异曲、各尽其妙地聚焦在生命密码——精神资源的共构与阐释上，因而才打造出中国文学中不同于以往众多封建族长的一个异数白嘉轩形象，展示了他承载封建文明几多坎坷的演绎史，彪炳人格精神几多力度的生命垂范史，以及苦其心志的生存韧性和生命的凝重

① 张英：《文学的力量》，民族出版社 2001 年版，第 198、206 页。

色彩。

作为一个风雨飘摇世道中的族长白嘉轩，他何以能立足白鹿原，又何以树人望，被遵奉为原上的人格神和仁义的化身呢？这一点无疑基于人的类特性——精神资源的支撑，使他于坎坷中坚韧，曲折中挺立，不屈不挠，治家治族，忍辱负重，纵然万般苦，心里能立一把刀，坚守精神信念永不倒。为使白嘉轩的精神魅力彰显出生命的力度，作者将作品的初名《古原》更改为富有原生态意味的《白鹿原》，以求其作品的草根性和原在性，以及人物白嘉轩生命演绎精神状态的自然张力。这一良苦用心无疑意在淡化作品的社会性和主观性，与海明威的“冰山原则”如出一辙。如果说海明威在《老人与海》的描写中所表现的并非是老人捕大鱼，斗鲨鱼之事象，而是自然力，赞颂老人的坚强意志，不能被打败的精神力量，那么，陈忠实在《白鹿原》的描写中也绝非白嘉轩治家治族之苦，同样是不易摇撼的封建文明精神的绵延与永恒，这就是他既作为个体生命的白嘉轩，又作为封建文明精神承载的硬汉白嘉轩的文化人格之终结所在。

白嘉轩的生存氛围是封建宗法文化浸染久深的仁义白鹿村，白鹿两姓争端数年，而作为白家族团代际承袭的族长白嘉轩，自然是威慑地方的民间权威。他行仁义，树人威，以自强出人头地，靠自立凝聚民心，治家治族得心应手，全然一个不借外力自封自闭、自耕自食，自我内练，犹如原始部落般的自治村落壁垒。人们不禁要问，白嘉轩凭借什么行事？生命魅力何在？其力量的支撑点在哪里？对此可以确切地说，是封建文化精神的依傍与支撑。这一蕴含在中国社会意识形态中源远流长的传统文化资源，使这位学识甚少的农人却以极高的悟性深谙其文化精神之髓，会心于其文明事理，以致造就了白鹿原上民众认同的权威。

诚如作者所见：“我选择了白嘉轩，他身处的封建社会政权形式已经解体，但他的社会心态仍然在延续那个时代的社会结构意识。他的精神上延续着封建文明和封建糟粕，他身上具有几千年延续下来的封建人格力量，他的硬汉精神就是这个民族的封建文明制造出来的民族精神。如果封建没有文明的一面就不可能延续几千年不变，它铸成了几千年绵延的民族精神。白嘉轩身上负载了这个民族最优秀的精神，也负载了封建文明的全部糟粕和必须打破、消灭的东西。"[1] 这种理解是精到的、深邃的，是对中国社会文化形态的有效思考。从这一意义上看，封建文明精神正是特定时期人的类特性所生发的人与社会、人与自然、人与人、人与自身综合关系的概括与体现，一种互为制约的无形的泛社会精神圈的行为范式。作为族长，白嘉轩以身示范，彪炳乡里，洁身自好，自立自强，率民执事尽力彰显封建文明之精神规范。他正民风，立乡约，灭白狼，拒灾祸，尊礼克己，禁烟绝赌，顺天应人。其苦心苦为终使白鹿村文明精神敞亮，人人抑欲守道，遵从礼数，即使年轻媳妇给婴儿喂奶也未敢敞怀于自家街门。在白嘉轩心里，始终执着于一种生存理想，即过和谐、太平、秩序、平安的生活，有自耕自食，自强自立，不以外力而自治的世道。这种生存需要和为此理想而自我实现的需要正是中国农人几千年来的生存追求和理想范式，与桑提亚格的生存理想似同。比如桑提亚格的狮子意象，白嘉轩的白鹿崇拜，洁白、灵性的白鹿，暗喻封建文明精神之太平世道。作品这样描写道："一只雪白的神鹿，柔若无骨，白毛白腿白骨，那鹿角更是莹亮剔透的白。欢欢蹦蹦，舞之蹈之，从南山飘逸而出，在开阔的原上恣意嬉戏。所过之处，万木繁荣，禾苗壮茁，五谷丰登，六畜兴旺，疫病廓清，毒虫灭绝，万象乐康，那是怎样美妙的太平盛世。"[2] 这里，狮子与白鹿，寓意尽显，桑提亚格与白嘉轩，海明威与陈忠实，民族不同，信仰各异，而人的类特性——精神却是共构的。所不同的是，桑提亚格的精神内涵，个体生命张力意味浓烈，白嘉轩的精神内涵，民族文化意味醇厚。当然，作为个体生命存在的白嘉轩，作者自然赋予了他诸多体现人的类特性的精神着力点，使其内在的精神气质更有力度，显示出三军可夺帅，匹夫不可夺志的生命气象。他身躯挺拔威武，目光敏锐洞穿，令人寒战，使人敬畏。平日走路，身板常常挺得很直很直，即使后来被土匪打折，也要尽力挺得很直。然而白鹿原毕竟世风日下，道将不存。政治风云的冲击，家族矛盾的激化，儿子孝文的背叛，女儿白灵的出走，种种矛盾的夹击，他仍自信地认为："要在村上活人，心里就得立住一把刀。"这种顽强坚韧的心理承受，正是人的尊严的自我捍卫，它同样证明了人在精神上是不可战胜的。所以鹿三说："嘉轩，你好苦啊！"由此可见，白嘉轩的生命活力，

---

① 张英：《文学的力量》，民族出版社2001年版，第198、207页。

② 陈忠实：《白鹿原》，人民文学出版社1998年版，第27页。

他的生存信念的支撑点和桑提亚格一样源自人的类特性——精神的共构。这里，两个硬汉，桑提亚格奋力抗鲨肉身虽败而精神不倒，白嘉轩尽力维护仁义礼制的愿望虽坍塌而心志不衰，精气不败，人的类特性的超我精神之自觉、自在和本在尽显纸背。“身体必须死去”，灵魂不朽，精神思想的持久延续，这就是人之类区别于物之类的生命密码——精神的共构作用。

（三）共构与异质：一种精神，两种内涵

精神，作为人的类特性，自然是人所共有的生命资源，然而，这种资源又历史地注定了其特定的历史范畴内涵。因此，从历史形态的动因嬗变中考察和把握桑提亚格和白嘉轩的一种精神，两种内涵的共构与异质就显得十分必要了。

桑提亚格的精神内涵，更多地体现出个体化生存需要层面的执着与追求，是个体生命欲望在特定时期自由自在的抵达与张扬。84 天捕鱼未果，反使他愈加自信和坚定，不顾年迈，只身驾船直奔深海，信心与肉体必胜的自负显示出不靠外力而自我实现的忘我境界。终于与从未见过的巨大马林鱼相遇并制服它，三天三夜其生命能量的释放使人惊叹，一个硬汉的精神世界之坚韧达到了极致。可以说，桑提亚格式的精神世界，正是作者海明威式独立精神世界的写照，即一个拳击师、斗牛士、猎人百折不挠、坚强不屈，敢于面对暴力和死亡，在任何逆境中都能保持人的尊严不倒的特定历史范畴的精神指向。

白嘉轩则负载着双层精神内涵，即个体生命与家族生存精神的演绎。作为个体生命，他是白鹿原上的硬汉，自立自强自信，耕读传家，仁义守信，不以外力而成就。为传延香火六娶六亡的精彩描写先声夺人，格外体现出一个大丈夫的雄性能量和生命旺力的过人之处，可谓精神刚猛。作为一族之长，生命承载着更为浓烈的封建文化精神的历史内容。仁义教化，礼制治族，刻毒血腥，残忍冷酷，无论对村人、族人、家人莫不如此。视女儿百灵出走为“全当她死了”，鄙儿子孝文染欲而父子恩断情绝。封建文化精神和个体生命精神之两极显现于白嘉轩一身，它确证了人类生命资源——精神共构的力量支点。

综上所述，桑提亚格、白嘉轩两个硬汉，尽管所处的历史境遇不同，个体生命演绎有别，所承载的精神内涵各异，但是作为人的类特性所伴随的永恒的生命资源——精神却是共构的，由此所呈现出的超越生命的意识也是可知的、无限定的，这就是人的类特性生命精神的自觉、自在状态，人类社会也因此而文明。正如陈忠实非常钦佩海明威砍掉已完成的长篇《老人与海》4/5 的篇幅，而保留 1/5 章节的果断做法，其个中意味，分明体现出两位不同国度作家之创作胆识的共识，这可以说仍是一种精神的共构。

第四章　文学陕军新生代

新时期素以劲旅称世的陕军在社会变革的多元文化冲击下，昔日文学强势的式微和当下作家的换代（有论者称为“作家断代”现象），引起了学界的普遍关注。

一　前代劲旅的强势创作

文学的此消彼长，因素是多重的，很难就某一缺失便抽绎出个精准的律理来。文学陕军的强势就其先锋性而言，一直以来都被学界看好。这不仅应了20世纪五六十年代柳青、杜鹏程、王汶石、李若冰等人文学成就先机的奠定；更因了这批来自延安文艺圈，寻得了文学真谛的，担当文学使命的，胸怀民族忧患的，具有伦理责任的一代陕军前辈文学薪火和文学精神的代际传递，使后辈仰承了这一富有生命性的、鲜活的文学热脉、地缘血脉、人文命脉，再造了文学陕军之创作新高和先锋的延续，并生发了标志文学陕军特色的路遥“交叉地带”，贾平凹“商州系列”，陈忠实“关中叙事”，红柯“西部书写”及叶广芩“家族话语”诸多稳定成型的、经世可存的文学新品牌。

很显然，品牌递增，说明文学陕军创作在延伸。80年代走高，90年代多元，以及新世纪文学样态的愈加密集。强势文学效应更在于激发了“70后”、“80后”甚至“90后”新生代文学向往的涌动。尤其是以《平凡的世界》《白鹿原》《秦腔》三届“茅盾文学奖”荣膺文学陕军之仅见现象，所蕴含的三种文学精神气质，即“高原型文学精神气质”（路遥）、“平原型文学精神气质”（陈忠实）、“山地型文学精神气质”（贾平凹）[①]，

① 李建军：《新时期陕西文学三十年研讨会》，2008年12月22日。

以及笔者认为的“稻谷型文学精神气质”（柳青）、“铁血型文学精神气质”（杜鹏程）、“村舍型文学精神气质”（王汶石）、“拓荒型文学精神气质”（李若冰）这样源远流长的整体性陕西文学精神的多质多元与多彩；与此同时呈现在写作形态上的史诗型气度，伦理形态上的责任型精神，价值形态上的使命型取向，情感形态上的忧患型意识，色彩形态上的黄土地质地，技术形态上的求变形理念之多维文学品质，无不反映出文学陕军潜在和显在的创作强势。而强势涵盖尽在文学陕军前三代。这是特定时代所铸就的强势文学风骨和作家特有的人格基质。比如“柳青代”在民族解放的战火中锤炼，革命、奋斗、奉献成为他们的人生目标；贴近时代，为之呼号是他们创作的追求；从革命到文学的史线是他们的从文模式。“路遥代”于“十年动乱”、灵魂重负中走向了历史的春天，在担当时代改革的文学书写中，以《平凡的世界》《浮躁》显示了早熟文学的独有真言。“红柯代”面对物欲横流、名利诱惑的市场经济，一切于转型中发生着价值取向的附势和移位，然而他们守命的仍是文学的真谛。这说明前代文学陕军在不同历史时期的淘漉中，选择的是民族精神的演绎和社会进步的记录。与其说是一种强势文学的书写，不如说是自觉地提供着蕴含精神砥石的社会核心价值。

应该看到，文学强势的可否持久，与时代、作家、文学的传承、师承等因素的转换渐变有关。正如刘勰在《时序》《物色》篇中所言：“文变乎世情，兴废于时序。”因而“岁有其物，物有其容；情以物迁，辞以情发”。从不同的岁时景物中，作家可产生出不同的思想感情，有不同的“写气图貌”和抒情篇章。[①] 从这一意义上看，前代的文学强势作为一种资源，一直都激励着后辈新生代。他们的确也以其最大的潜能谋求着文学的雅洁和神圣，与时代通达之大气和丰盈之底气，表现出对文学的依然虔诚。然而，文学强势的日渐式微现象，还是逼仄着陕军新生代群体，有论者称之为作家“断代现象”。对此，笔者不敢苟同。自古文学无断代。作为意识形态的文学，其能指在于以无形向有形的渗透，或潜移默化式的入侵，也即文学意识的自在流动。所谓“断代”，我以为只具有文本层面的含义，也即陕军新生代群落仍未见其蜚声文坛之强势文本的产生而已。他们缺失的则更多在生活认知程度、情感投向判断、叙事文本选择、写作心

① 陆侃如、牟有金编著：《刘勰论创作》，安徽人民出版社1982年版，第19页。

态调适，以及知己知彼、优长互补的把握等方面。正视了这些问题，陕军新生代的强弱转化、此消彼长可有待发生质的变化。

那么，文学陕军强弱转换的瓶颈是什么？新生代突围的出口又在哪里？

二　后代陕军的转换与消长

从文学陕军的现状看，前代文学强势的弱化现象，的确给“70后”以降的新生代提出了严峻的挑战。这个群落据陕西文学大普查获知，其特点是群众、体杂、基座大，创作阵营规模大大超过了前代。40—45岁之间的作家有1787人，“70后”作家有474人，“80后”作家有306人。职业形态呈现出体制内、打工族、漂流者、农民工、校园写作者等类型。创作分布在长篇、中短篇、诗歌、散文、杂文、报告文学、影视文学、少儿文学和文学评论等领域。他们中的张金平、李沙娜、杨则纬、张宁娟、韩炸及“90后”的高璨都已文坛有声，榜上留名，且过早地成为“夏衍杯”、“冰心作文奖”的得主，成为被媒体推评的全国十大“90后”作家。[①] 陕军新生代的这一后续，再加上除红柯等先行者之外的“60后”的温亚军、唐卡、丁小村、杜文娟、谭易、安武林、伊沙等；“70后”的李小洛、周暄璞、孙卫卫、方晓蕾、阎妮、王朝阳、吴梦川、王飞、杨广虎等，其创作已经有了自己较稳定的生活认知场，也相应写出了属于他们自己“场”内的标识性作品，初步具备了生活认知的较好的思维定力，体现出在生活认知上的应有智慧。所以在他们中间“鲁迅文学奖”（温亚军）、“冰心儿童文学奖”（孙卫卫）、“张天翼童话寓言奖”（安武林）、“郭沫若散文奖”（王朝阳）、“华语文学传媒大奖”（李小洛）、“全国百花文学奖”（王飞）、“冰心文学奖”（杨广虎）等奖项的得主频出，这是十分可贵的，显示了陕军新生代由弱渐强、蓄势待发之反转趋势的上升。

然而，从前代文学陕军强势的存续和赓延，与下代的涵融和积储之要求方面观察，陕军新生代的上述文学表现，作为一个写作者，几十万字，甚至百余万字的记录仅是一个写家身份的标识，与生命的文学或者文学生命之筋络血脉标高尚有距离。这恐怕就是影响陕军新生代走强的瓶颈，以

---

① 《陕西文学普查工作报告》，《陕西文学界》2008年专辑。

及所要突围的出口。“谁想要当作家，谁就必须在自己身上找到自己——一定要找到自己。”[①] 这是文学大师高尔基的话，是说文学作为精神美的一种表现形式，必使外界的一切生活化为“我”的血肉表现出来，这才是活生生的有血脉流动的生命文学。所谓“外师造化，中得心源”就是这个道理。进入新时期以来，就其整个新生代创作而言，正如有学者所判断的：“现在的一些70后作家，他们的写作是快乐原则，没有深度，是消费时代的作品。”[②] 这个现象在陕军新生代中并不鲜见。如陕军新生代，自20世纪90年代以来，面对生活形态的纷繁多变，其生活认知功力显然不足，认知思维受社会文化生态的濡染而漂移。在如何捕捉具有潜质的生活形态上显得有些迷茫与浮泛，急躁而不得其要。不能恰当确定适合自身写作的稳定生活场，轻易追逐时尚题材热点，且自觉或不自觉地贴近功利性题材而谋求现世欲望。题材换手率快，对一种题材不能很好地挖掘、穷尽其内涵资源，因而导致许多作者的创作看似多题材、多转移、多文本，实则蹴就了浅之无甚高瞻的浮泛创作表象，以致跌入了生活认知上的错位误区。有调查这样概括说：“……每个人都有文化细胞，多数人从小学、中学起就有一个终生化不开的文学情结。”“但是这些文学爱好者、埋头写作者，大都靠一种盲目的文学热情写作，对文学理解十分有限，视野十分狭窄，创作水平当然不会很高。”[③] 一位陕北安塞40岁的作家说：“文学是我一辈子的梦，我现在需要点拨一下，我很着急，给我提供一个学习的机会，这层纸捅破了是一层纸，捅不破就是一架山。”[④] 事实上，前代作家的成功经验，只要细心研读揣摸，这架山是不难越过的。如路遥从《人生》到《平凡的世界》；贾平凹从《浮躁》到《秦腔》；陈忠实从《蓝袍先生》到《白鹿原》，都是在同一题材、生活场里深度开掘的创作范例。

由此可见，陕军新生代创作经验的不足，他们与同辈佼佼者红柯、李春平们在透视生活之入场，阅读生活之出场和生活认知思维定力上尚有距离；比之上代路遥之善感知，贾平凹之善洞析，陈忠实之穿透力，以及前辈柳青之生活认知的恒定理念，尚待补差的空间较大。据此，笔者认为，

① 高尔基：《文学书简》上册，人民文学出版社1978年版，第133页。

② 李震：《〈叶落长安情深深〉研讨会发言》，《陕西文学界》2009年第2期。

③ 《陕西文学普查工作报告》，《陕西文学界》2008年专辑。

④ 同上。

陕军新生代突破瓶颈的出口仍在作家与生活的关系上，即作家对生活的认知程度、内化程度。其要有三：一是对生活形态普泛性的认知；二是对本我写作生活场的认知；三是对生活路径选择的认知。

关于生活形态普泛性的认知。究竟什么是生活的普泛性？一般认为，生活就是人或生物为了生存和发展而进行的各种活动，是社会、民族、个人的一种生存存在。这里“各种活动”则反映出生活形态的复杂性、丰富性和变异性。比如从个人生存形态看，生活作为“流”，便有物质生活形态、行为生活形态、心理生活形态、情感生活形态、伦理生活形态等层面。从社会结构形态看，又呈现出乡村生活形态、都市生活形态、工业生活形态、科技生活形态、军旅生活形态、校园生活形态、民间生活形态等层面。从民族生存形态看，又可分为形而上的崇高生活形态、奋斗生活形态、奉献生活形态、不息生活形态、勤勉生活形态、激励生活形态、乐达生活形态等层面。这种集社会性、自然性和个人性于一体的生活样态的存在，就如歌德所言：“使你不会缺乏做诗的动因。也就是该现实生活既提供做诗的机缘，又提供做诗的材料。诗人的本领，正在于他有足够的智慧，能从惯见的平凡事物中见出引人入胜的一个侧面。”[①] 这是处理作家生活入场和离场的认知转换的关键问题。透过现象汲取本质，其重要效应正如王国维所认为的：“诗人对宇宙人生，须入乎其内，又出乎其外。入乎其内，故能写之。出乎其外，故能观之。入乎其内，故有生气。出乎其外，故有高致。”[②] 只有内外游刃，方可工于笔端。这是一道高深的写作学技能考评题。

关于本我写作生活场的认知。陕军新生代作为文学年龄短、实践历练浅的青年作家，对生活的认知，不仅要具备普泛认知的能力，从阅历面上扩张视野，更要具备本我写作生活场的定位认知能力，“在自己身上找到自己”（高尔基语），去进一步选择适合自身审美思维、审美习惯、审美表现的某一领域生活，做深层精细的过滤、判断，去伪存真，去粗取精，以充实创作所需的生活底本资源，使其丰沛充溢的生活底本之热流时时冲击作家内心情感的奔涌，并朝着预定的审美方向自然萌动。这种建立于生活底本和辅之以叙本之巧而成的作品，其色彩、文质、基调、情感必然与

① 爱克曼辑录：《歌德谈话录》，人民文学出版社 1978 年版，第 6—7 页。

② 王维：《人间词话》，人民文学出版社 1960 年版，第 220 页。

生活底本成为互文，从而产生出具有深闳粹质之互文意义。这即创作动力学原理。那么，陕军新生代在如何认知本我写作生活场，如何权衡生活底本之重要时，我以为细心研究前代作家的经典经验是关键，务必舍弃在心向上的东解构西先锋，前殖民后现代的盲目吞吐之疲劳行为。比如柳青皇甫14年，本我生活场认知定力的持有，舍弃业已完成的30万言的旧作，而投身于新的生活场的《创业史》写作，且一举成功；杜鹏程在移出准战争生活场后，又入亚战争——筑路工地生活场（脱下军装的军人）。他们无不在选择适合本我写作路径的乡村、军旅生活场间出入转换，其定力终未所移，没有生活认知上的过大跳跃性。贾平凹亦然，从文30余年，生活场由早期单纯的商州叙事，到近年城乡复调的《秦腔》《高兴》《古炉》《带灯》的写作，亦清醒地保持着生活场的出入一致性，在纷呈多变的生活与创作视野问题上不曾有过错位。相反，生活认知场的迷途、紊乱和错位，一时间也可能会四面着墨，题材呈新，八方成文，且为另类写作，其作品样态似杂货店琳琅满目，然而能否上升为品质性写作还是个问题。因此古人云："眼处心生可有神，暗中摸索总非真。画图临出秦川景，亲到长安有几人?"[①] 这说的是生活认知的专一、深层与精细，眼观心思，心领神会之举一反三的道理。当然，在这个问题上，陕军新生代的突围并非朝夕之功所能成就。但能有个清醒的认知，能建立起符合文学创作规律的合理理念，就是个好开端。

关于生活路径选择的认知。作家生活路径的选择，与自身文学成就的取得在心向上应该是一致的。明代文学家胡震亨在论唐杜甫时说："凡诗，一人有一人本色，无天宝一乱，鸣候止写承平，无拾遗一官，怀忠难入篇什，无杜诗矣。"[②] 可见，生活制约文学，生活路向、经历是产生作品的基础。作家只有虔诚生活，选准路径，才能写出气理绵劲的洁雅文学。选择什么样的生活路径，前代文学陕军和陕军新生代有着明显的路向上的不同。前代作家取"下行策略"，即由城而乡，也即柳青所说的"沉下去"。新生代则普遍为"上行取向"，即由乡而城。前代柳青舍北京来皇甫；杜鹏程离西安去深山（秦岭筑路）；王汶石植根渭北；李若冰西去阳关；路遥穿梭于陕北荒寒；贾平凹勤于商洛山间；陈忠实5年封闭于白

---

① 元好问：《论诗绝句》，人民文学出版社1958年版，第527页。

② 胡震亨：《唐音癸签》卷二十五，中华书局出版社1959年版，第220页。

鹿原，他们淘到的是生活之金石，写下的是经世的文字。而新生代的“上行取向”，则从两翼（陕北、陕南）蜂居省城，甚至京城，以满足所谓生活质量的现实生存欲望，这在陕军新生代中为数不少。究竟什么是生活质量？作为以创造精神美为能事的作家而言，我以为提高作品质量，树立精品意识方是生活质量的核心价值观。尤其是以劲旅称世，“以作品说话”（贾平凹语）的文学陕军。如此说来，陕军新生代这一拔根、弃土、离乡之“上行取向”的生活路径认知，势必影响作品质涵的厚重，且濡染洋场脂气而浮躁曼妙，导致作品质地稀薄的可能是极为自然的。当然，时代的不同，我们并不苛求陕军新生代模仿前代作家“下行策略”去作秀扮酷。但在新形势下新的下行策略之生活路径无论如何是需要的。这就在于陕军新生代怎样去做，如何去认知了。这方面“70代”作家杜文娟已迈出了可喜的且有成效的一步，她的一系列作品业已具备自己生活场的质地特色，呈现出自己独有的风格，我称其为“青藏劲风系列”[①]。

综上三点，生活认知对于作家是一个古老而又新颖的重要话题。错位可否，影响几何，都是对作家学养与素养，艺术与生活之历练的考验，素以陕军骁将著称的叶广芩也不乏在生活认知与创作视角上出现错位现象（笔者这样认为）。比如在陕生活40余年，写皇亲家族的文字大于写秦地民生，并常常与此擦肩而过。从创作视角看，造成了当下生活与流年生活在叶广芩笔下的错位。因而其作品虽然传播广泛，但较之于《平凡的世界》《白鹿原》《秦腔》之宏大厚重之影响似嫌不足，其受众也就弱了许多。叶氏错位究竟何故？是否遇到了红柯“地域差写作”的同类问题，以避开路遥、贾品凹、陈忠实秦地乡土题材描写之重而另寻路径以成就欲望？还是有意拉开现实距离，写流年比之当下更易把握？抑或以叙本之巧补生活底本之缺？需另文研究。

如此看来，叶广芩尚且陕军新生代在生活认知的重要问题上，如能着眼普泛，力在本我，恰择路径以切实突破，那么，文学陕军之强势再现和代际顺转的希冀将在有望之中。

我们期待着。

---

① 冯肖华：《精神珠峰与生命彩虹的情感张扬——杜文娟“青藏劲风系列”创作风格论》，《文艺理论与批评》2011年第4期。

第五章　白立诗歌的哲理品质

作为多年从事学术研究的学院派笔者，因本业使然，对当下文艺创作并不是十分上心去关注。但是，白立其人其文之热却早已冲击耳膜，成为固性记忆。当我稍稍梳理了一下诗界对其诸多评说时，不难发现，“幽默风趣”“潇洒从容”“豪放大气”“坦荡率真”“聪慧睿智”“灵性俊逸”“敬业惜才”“勤于思考”“本质诗人”，以及“玩家”“酒神”“闲人气”“浪子气”“阔家少爷”“算命先生”等多色多彩、多角多棱、多面多层的关键词进入眼帘。这是说作为社会人的白立之放阔的一面，作为诗人的白立之才气的一面，作为哲人的白立之深沉的一面，而作为俗人的白立之洒脱素性的一面，一个立体的、通透的、会心的活脱脱的白立。而我要界定的是白立诗歌的诗学品质，因为他毕竟是作为诗人的存在，而非闲人的浪迹。

一　成长叙事中的品质

不论诗界作何介质，白立的诗歌无疑属于品质型，这并非高位讨巧以取宠。事实上，白立从文出道颇早，写诗本就有着一个成长的叙事过程，似爬坡，如此为诗，也就渐渐织入了品，步步堆积了质。所以一个三口成形的“品”字，是诗人自然天成地垒起来的，而不是他人帮衬修起来的。“品”，一字了语，涵盖着白立多少个日月星辰，多少个撒满格子的思绪，多少条布满额头的沧桑。我真正进入白立诗歌的实质性习读是在2004年，即“西部之恋”研讨会，再相隔许年的2012年的今天，又获读其新作《一个被漠视的诗人》。七载春秋流逝，既是作为辗转风雨间的肉身白立的成长历练过程，更是视为诗人白立成长叙事中诗品萃出的提升过程。这在西方文学中谓之“成长叙事”理论，它主要涵指作品“主人公思想性格的发展，经历一场精神危机后认识到自己在人世间的位置和作用”；[①]作家“在经历了某种心理危机和精神危机后，获得关于个人与社会关系的健全人格”，并将“某种社会价值观、生活方式的认同和皈依深藏于个人的潜意识中，具有持续性”[②]。这种西学中作家、作品互文成长的叙事理论，在白立的前后两部诗作中体现得尤为分明，由此折射出无论是作为诗中“我”意蕴隐含品质的提升，还是作为诗者人格品质承载的提升，都构成了一种相辅相成、互文性的诗学品质的应有维度。比如，2003 年冠名“百首抒情诗”的《西部之恋》，作者自称“生活的印象”而以示不胜之意，而笔者在当年也做出了相应的评价，认为当诗人在抒写小我、小情时，便显得空泛无物，且似有伤感之嫌，如《季节情缘》篇、《爱的代价》篇；当抒写生活之见、现实之得时，便有一种拥抱大地的生命亲历感，如《西部之恋》篇、《城市之光》篇。为什么陈忠实说“创作是一种生命的体验”，体验是一种磨合，是一种诗学品质的冶炼、锻造、淬火，火候已到，其品质自然彰显。这就是诗人抒情主体和客体在获得个人与社会、诗学与价值同一性和持续性认知前后创作路径的差异。而当下的白立自然就有了比如“一个被漠视的诗人”这样大空间、多含量、耐琢磨的诗句。仅此一句诗，我以为其诗学品质呈多维状，是他漠视？我漠视？你漠视？社会漠视？世俗漠视？还是漠视的反漠视？等等。其间不乏隐含着诗本身真实、坦言、率性、美刺、忧患的诗学品质，更有诗人主体胆识、见识、反叛、感慨、愤懑、使命依然的人格品质。可以说，一句诗活脱出诗人面对世俗社会的深度思考，活脱出对欲望人生的精神坚持，活脱出反叛漠视的坦荡率真，活脱出追求已有的浪子豪气。其意境使我感到了李太白“天生我才必有用，千金散尽还复来”诗句之潇洒和豪气。的确，好诗贵在精，要有髓、有气、有骨，这即诗之“品”。我相信“一个被漠视的诗人”将会延传。由此，白立 2012 年的诗集《一个被漠视的诗人》，其整体诗学品质还呈现为《我是一个庸常的诗人》之依旧“庸常”行进的执着品质；《废墟是什么》之摒弃“废墟”的重构品质；《被诗歌武装着》之士子从文“武装”的济世品质；《怀恋青涩》之“青涩”时

---

① M. H. 艾布拉姆斯：《欧美文学词典》，朱金鹏、朱勤译，人民文学出版社 1990 年版，第 218—219 页。

② 芮渝萍：《美国成长小说研究》，中国社会科学出版社 2004 年版，第 238 页。

节的生命能源汲取品质，以及《我的梦沉浸在乡村》之“乡村”拥抱的土地意识品质，等等。据此，西方文学中作品与作家双重规定的成长叙事理论，成为诗学品质初成和终成的重要环节，中国古代文论中“言志”和“缘情”双重规定的理论，同样成为凸显人文精神之诗学品质的本质要素，二者都强调主体（作家）的言志和客体（作品）缘情的同一性，从这个意义上考量，白立诗歌正是基于诗人言志与诗作缘情相构合的成长叙事理论之上，于字里，于行间，产生出力透纸背的应有的诗的品质。

二　洞穿世事中的哲思

我们不得不承认，在当前冷文学热文化时代，文学的哲学意味在退化，时代引领、社会关怀、人生命意等的现实描写日渐淡出，听命市场，获取利益最大化的需要书写复为上升。作为既赚不来钱，兑不来物，引不来乐的特殊的纯文学的诗歌，被逼仄到了一个十分尴尬的边缘地带，在旅游忽悠文化，市场叫卖文化，影视票房文化，作家富豪文化，脂粉身体文化等的狂热气浪的裹挟中愤慨着、孤独着、傲挺着，依然吟唱着。怨谁？因为你是赚不来钱的主！你的哲思不是获取短平快欲望的最应手的工具，被弃、自失尚在意中。然而，笔者始终相信，古今中外文化大潮，千帆竞过，沉淀下来的仍然是文学，是诗之粹质，诗的洞穿人生的哲学思考。“野火烧不尽，春风吹又生”，其生命意象的多维思考是何等的通透、敞亮啊！所以，将白立的诗歌置于这一冷文学热文化的背景下考量，就可以看出些端倪来：他放逐其他而持之诗歌，爱得深，走得远，玩得酷，把得高，俨然西部诗界的准大佬之一。

白立认为：“这个时代是以嘲笑诗歌和诗人为时髦的，然而我决不以自己是个写诗的人为耻。我庆幸自己是守护者中的一位。”① 寥寥几句点破了时代走样、文学失形、诗人心迹三者关系之沉重的哲学思考。哲学是诗人必备的智慧学，通透哲学方可哲理层出。哲理是关于宇宙和人生的原理，比如天要下雨，鸟要飞，女人要嫁人，这就是根本问题。那么，洞穿世事，体察人生，抽绎出你对社会人生的看法当为诗的最高境界，当然伟人有伟人高深的哲理，俗人有俗人朴素的道理，一个诗者只要讲出本我的

---

① 白立：《西部之恋·后记》，作家出版社2003年版，第168页。

生活体认就是一种境界，何况诗和诗人在中西古代都被看作传播道德的工具。古罗马诗人贺拉斯认为："诗人的愿望应该是给人益处，他写的东西应该给人以快感，同时对生活有帮助。"① 白立在一组关于"人"的命意的哲学思考中给出了自己的答案："一声尖叫"，道出了脱衣舞女们在不真实的"卖肉"和"赶紧将自己的胴体掩盖"的内心真实间的冲突，灵与肉、欲望与悲哀、自尊与自辱难以协调的诟病心态（《脱衣舞女的真实》）。而"小秘"在"懵懂中与老板相识"，便有了"她肉体的信息/自己的职位/单独的办公室/不知为什么大家一致感觉/小秘是靠睡上去的"（《小秘是靠睡上去的》）。这里，有舞女们"脱"的不真实，小秘们"靠"的真实，两种社会现象对立而存在着，字里折射出对欲望价值观的批判。这是一群鞭其不勤、怒其不争的社会附着物，诗人以白描笔触平静地将其勾画了出来，给世人、家人、同龄者以足量的思考。欲望之手并非裹挟着这些拜金女，它是整个人之本性的魔杖。诗人洞穿世相地感叹道："无论什么，一个都不够/一个家庭不够/一个老婆不够/一个情人不够/一个手机不够/一份薪水不够/一栋房子不够/一辆车子不够"。这种"无论什么，一个都不够"的"过度需求"，"过度地使用"的疯狂现象，诗人认为"这是一个独一无二不存在的时代"。现实与往昔的臧否，使诗具有了历史纵深感和现实比对的思考和冲击，如果说拜金女以己之身填补欲望之坑，世人以贪婪之心满足欲望之豁的话，那么，你、我、他（她）的幼稚轻信便上演了一幕幕骗子与傻子欲望智斗的滑稽剧。为什么？诗人写道："是因为我们相信学历""向往神医""膜拜大师""太急躁太疯狂""遗忘速度加快"，所以"傻子越来越多/骗子越来越多"，这就是"人性的弱点/注定了骗子的存在"。傻子与骗子的哲思，诗人的敏锐就在于这并非一个简单的欲望人性问题，而是深层的文化愚昧和文化救赎的哲学问题。高度、厚度、力度认知的提升，这就是哲思，给人益处，对生活有帮助的诗。

洞穿世事，透视世相，往往体现着诗者外部知人论世的文化修养，而人难以把握和超越的又往往是自身，这就是人与社会、人与人、人与自然、人与自我的四大社会化关系。白立将生活视为大海，文学是条船，自己是"一名荡舟者、一个独行者、一位赶海的人"。作为一个社会人，的

① 贺拉斯：《诗艺》，杨周翰译，人民文学出版社 1984 年版，第 155 页。

确在万般尘世中有着无端的无奈、无力而常常矛盾着、叹息着、奋斗着、抗争着、前行着。不掩饰，不做作，不矫情是白立——一位诗者的明哲思虑。为此，我特别欣赏《我是一个庸常的诗人》和《一个被漠视的诗人》。一方面“我的天赋”“我的才情”“在心间”，而且“不必为吃饭而写作”；另一方面“功利的需求”“哗众取宠的事”“扼杀了”“窒息着”“我的天赋”“我的才情”，所以常常处在“写得很快/却不能写好”“写的很慢/却写得很好”的思绪纠葛和自我诘问中。这里，两种文学需求，两种文化人格，两种哲理意象矛盾地交织着、冲撞着，而我们听到的是诗人的断言：“一支唯利是图的笔下/产生不了任何伟大的诗篇”，感到的是一个貌似“庸常的诗人”实则才情于心间的哲思诗人的笑傲存在。这真是上轿的闺女哭是笑，落第秀才笑是哭，看似无情却有情的独到的诗情、诗哲和诗思的反观描写。同样，在《一个被漠视的诗人》中，“我的生命的尊爱”“清醒的梦幻”“自己的一腔热血”“被遗忘”“被抛弃”“被泯灭”“被窒息”“被漠视”。然而它“却存在着”“蒸发着”、张扬着“巨大的我的生命的尊爱”。白立自虐道，我的诗“没有丝毫生命的意义/似乎也没有任何乐趣/一钱不值/像是狗屁”。两组漠视和反漠视的意象组合，透视出文学滑落的世态窘境，诗人与之挑战的心理愤慨，以及坚守诗之生命的挚爱。此刻，笔者联想到1965年毛泽东在《念奴娇·鸟儿问答》一词中，针对苏联修正主义的某些论调而放笔作答“不须放屁，试看天地翻覆”之诗句的豪气，同样地，诗人的这句调侃具有面对文化漠视拍案愤起之诗辩的豪迈。

诗的哲理来源于诗人宽广的胸襟，宽广而善思，常思会融通，通者可飞跃。清代诗论家叶燮在谈诗之“胸襟”时就认为：“我谓作诗者，亦必先有诗之基焉。诗之基，其人之胸襟是也。有胸襟，然后能载其性情、智慧、聪敏。”[①] 这是人、文互为的哲学道理。如诗人对何以抵达爱的本意的思考时这样理解：“爱是一种慢速的过程/慢速的爱情一定更接近爱的本真/慢速的爱是为爱而爱”；而对圈子的思考更有哲学意味：“北京是个圈子/上海是个圈子/西安是个圈子/圈子连圈子/圈子套圈子/外围人看不清/其实所有的事物/都是从圈子中心扩散/圈圈相连/成为大海波浪/最后通通都/化为泡沫”；《因为没有被打碎》中新与旧、明与暗的诗辨；《我

① （清）叶燮：《原诗·内篇》。

们无法摆脱》中欢乐、自由、向往的心性与法规、戒律、羁绊现实的思考，以及娱乐、宿命、废墟、欲望、佛事等的拷问。同时诗人以雨季、雪天、长城、蚊子、老鸟、石头、冬梅、玫瑰等多色意象元素，组成了多层多元多维的哲学寄寓情思，完成了诗人作为一个“赶海人、荡舟者”穿越海浪，观其七彩人生搏击的夙愿。南梁批评家钟嵘以“味”论诗，提出了“文已尽而意有余”的“滋味说”的诗论标准，这个“味”和“意”就是哲理，惟其如此，才赢得了诗古之以来的品质。试想假如无有了滋味，那会是怎样的诗呢？新生代诗人阿吾写过这样的诗——《三个一样的杯子》：“你有三个一样的杯子/你原先有四个一样的杯子/你一次激动/你挥手打破了一个杯子/现在三个一样的杯子/两个在桌子上/一个在你手里/手里的一个装着茶”。这种抽调了“滋味”，以极尽简单的语言表达事物间的单纯关系的诗还觉得有味咀嚼吗？充其量一漱口水而已啊！

由此，洞穿世事中的哲思，不仅是白立诗歌的一种品质，也是一切诗歌和诗人应追求的品质。

三　字里隐含的真情

一切艺术皆为情，任何文字有情致，这即生命的文学文字。从创作学讲，基于情，经过思，抵达辞，方为文学艺术。所以英国诗人华兹华斯认为，“诗起于在沉静中回味过来的情绪”①，回味就是诗人主观感触作用于客观现象的情感化过程。这里，情—思—辞，三者互为、互生、互映的连缀微妙关系，是为诗者须拿捏的必修课。这些问题在白立诗的创作实践中都有着较好的体现。比如爱情诗字里的情缘结；写实诗字里的忧患结；故乡诗字里的眷念结；畅游诗字里的美幻结；追梦诗字里的怀恋结，等等，彰显着诗人不同叙事、不同角度、不同情感的诗化效应。

爱情究竟为何物？“为什么平常的一个爱字/代价如此沉重”。诗人的诘问，正是千百年来无数文人墨客追寻的不解之谜。一个“情”的哲学奥秘谁人能看透。这真是天下之难莫过于情难，天下之苦莫过于情苦啊。诗人在一组关于爱情的诗中，着眼于“缘”之相逢，落墨于“情”之相恋的诗意描摹，由此顿悟出一个道理：“终生都在寻找的东西/比如一种

① 朱光潜：《谈文学》，安徽教育出版社2006年版，第130页。

简洁的高尚/一种博大宽厚的胸怀/都来自青春而诱人的雨季”（《顿悟》）。《雨季》《雨季来临》《今夜的雨》《下雨的日子》《相恋在雨季》[①] 五首诗，描写了爱情款款期至的梦中之“缘”。“唤醒青春的/几经孕育的雨季/是一种来自血脉深处的羸弱”。以雨作意象，借雨诉情，托雨言寓，雨，便有了情的灵性、柔性、妩性。“青春”的躁动，有着雨季浇灌的“孕育”之潮湿，所以是源自“血脉深处”的情缘。为此诗人常常“独自一人/幽幽立在雨夜/等待充满希望的花季/犹如发生在当年的时刻”，但“梦醒时/只有腮边泪滴/未眠的心/无奈的思绪/心灵的呼唤”。这即一个梦缘的期盼。大凡青春过来人，谁不曾有如幻的梦缘的寻觅、向往、期盼。一组“幽幽”“等待”“未眠”“无奈”“呼唤”，字里透出的情愫既真诚且感动，而“腮边泪滴”的梦醒一幕更增添了“心灵”“希望”的伤感，读来很是心碎、惆怅啊。描写细腻，字字出情。这就是说诗是文字的、浓缩的语言，它不需要什么大框架、大背景的渲染，要的是情尽乎辞，情溢乎辞，辞溢乎情的描写效果。何况“情”本是一种看不见、摸不着、无色无味无形的抽象物，所以用精准、含蓄、妙曼的机巧文字，描摹出微妙的情感荡漾，方是诗者最见功底的考量。你看《相恋在雨季》，一个浪子情缘弃之的忏悔是何等的真切。“我在你的窗前/伫立了整整一个雨季”，为何呢？“我们相恋在南方的雨里/心有灵犀地买了同样的伞/你的用来挡雨/我的为你遮阴/可年轻的我学不会珍惜/为你撑伞也觉得累”“你说我们有缘无份”，而“我知道/淋湿我自己的/是男子汉最坚强的泪”。这首诗岂止字里的真实魅力，更有着时下世人坚守信念爱情的教益所在。一首穿透轻言弃爱，失去真情而自悔自忏自责自思的警诗。所以诗人感叹：“为什么平常的一个爱字/代价如此沉重”。你以为呢？这组爱情诗，其情缘的描写细致、真切、感人，体现出情尽乎辞，情溢乎辞的美学原则。

同行调侃白立为“玩家”“闲人气”“浪子气”，其实，他的骨子里结织着的是颇为厚重的忧患情结。这一点在他写实诗的字里映现得尤为真实、分明。“戈壁滩的沙漠上/我看见了悲壮的落日/在我骑上骆驼时/我感到我是孤独的漂泊者/落日就像殉道士/对戈壁大地作最悲切的一瞥/而我这个孤独的漂泊者/今夜在哪里归宿”（《漂泊者》）。本来戈壁落日是何

① 白立：《西部之恋》，作家出版社 2003 年版。

等的壮阔、壮美、绚丽灿烂，然而在诗人的情绪里却是“悲切”“悲壮”，犹如夕阳末了的“殉道士”，这一残景带给我的是“孤独”，是“最悲切的一瞥”，作为漂泊者的“我”，今夜无处归宿。一位忧愤深广的精神文化的探求者、精神家园的寻踪者浮现眼帘。中国文学在文与道的问题上，历来强调文学对社会现实的终极关怀。孔子关于文学价值之“怨”的学说，就是指诗的忧患意识。从屈原的“发愤以抒情”，司马迁“发愤著书”，韩愈“不平则鸣”，到“愤怒出诗人”“文学是苦闷的象征”这些中西名言中可以看出，忧愤深广愈厚重的诗人，其创作的成功率就愈高。《凝望长城》对文化“断章”的忧伤：“凝望长城/犹如凝望注视旧时的情人”，但“滋生的不是激情/也不是欲望/而是忧伤”。为什么？因为“它仅有空旷伟岸的身躯/成了一段历史的遗物/一个虚无的残存/像沙漠、像戈壁一样”。“我虽然可以靠近且踏住它/但觉它很远/时常会让历史断章”。诗人的“历史断章”思考不仅颇有哲学穿透力，而且与余秋里“文明的碎片”说，中国文化周期性自残说的诗学考量不谋而合。的确，当你走进白立，不时能从他习惯急促表达的言辞中，听到类似忧愤思考和真情坦露的话语。如《微观世界》对生态文化的忧思；《蚊子的血与死》对社会净化的忧思；《佛的阴影》对虚无与现实关怀的忧思；《行走在世界》对生命存在问题的忧思，以及《酒杯》对人之沉浮的忧思，等等，特别是情、理、思、味兼之，耐咀嚼的《碎片集》77 首。如此说来，“闲人”看世界可谓真看，“浪子”看世界可谓透看，一点不假！

白立善交友，念故乡，是位情意诗人，故乡诗写得情意深重，神采飞扬，令人流连。如《山村印象》：“山村的人习惯了弓着身子走路/男人们个个都是一张弓/把希望之弦绷得圆满/把妻子女儿搭在弓上”。这里“弓”的希望，“弓”的辛劳，“弓”的生命艰辛在一个意象中被诗化了。而诗人要表达的是艰辛中的温暖、殷实和快乐。你看“当男人们和耕牛一起/把太阳挤下山的时候/女人们便背来了月亮/月亮就泡在女人臂弯上的陶罐里/里面盛满着女人们叮叮咚咚/浓郁的柔情”。这“挤下去”“背来了”“泡在女人臂弯上”，多机巧细腻的词，多美妙柔婉的句呀，真是一幅劳者乐淘图。《渭河女人》中，一个“迎着漠风走进城市”的渭河女人的“篮子”，虽然装满着“辛酸”和“梦境”，但她给予公婆丈夫儿子和邻里姐妹们的却是“纯纯的情”“鲜嫩的日月”。一个勤劳、孝顺的西府女子被诗人勾画了出来。我不知道白立可否呆过乡村？写起乡村叙事来可谓有眉有眼。《我的梦沉浸在乡村》中，“歌唱诚实的土地/唤起古朴的乡俗/冬日里的烟斗/吧嗒吧嗒着悠闲/苦难渐渐地消瘦/生活的日子/渐渐丰盈起来”。乡亲们的日子，全在一个“吧嗒吧嗒”“烟斗”里“悠闲”地悄然变化着。这里有诗人情感的亲历感受，有描写方法的细致入微，有诗艺技巧的不动声色，有遣词造句的动感对仗。《我的城市叫宝鸡》写了它的祖先摇篮的神奇辉煌，它的生活氛围的宁静情趣，它的未来发展的梦飞。这组诗从地域、人文、历史，城市、乡村、工厂，风俗、伦理、情谊等多个空间、多个层面抒发了诗人思乡眷恋情怀，诗者民间意识和平民心态的可贵。①

如何写好畅游诗，中西诗学都有着“物我互化”和“审美移情”说的明确定论。也就是说，自然之物象本无情思，那都是作家主体之情移入的、互化的，或者说是妙造自然的。“黄河之水手中来”多豪气！那是贺敬之豪情的移入，赋予了诗句的豪气之势。白立写关山的“战争梦想”，倾吐了“到达比关山更远的地方”的穿越心境；写白桦林的“逃离”，感慨生态渐失的悲哀；写九寨海子，自叹作为“尘世浑浊俗子”的我不配的忧伤；写洁白的月光下，那“一池碧绿”“一丝期待”“一份秘密”的美幻赞叹；写太阳出世的“庄严”，自审人生准备的缺憾；写海峡涛声，希冀“两岸峰峦失眠”的觉醒；写西湖天堂，那“宁静的湖水/一半火红一半凄凉”的人生见证；写太湖，抒发“一个太阳从湖边落下/无数月亮从湖边升起/把质朴的原色赋予儿女/生命之舟便漂泊四方”的慈母情怀，等等。这些无论是美幻的、自叹的、感慨的、忧伤的、悲哀的，抑或是倾吐的、赞叹的、觉醒的、见证的、情怀的，无不是诗人美好、美幻之主体情感的移入和物化的结晶，是诗者妙造自然，神与物游，思理为妙，以抵达圣境、神境、化境的较好的艺术水准。

诗歌作为一种比较精准、精细的文体，依照古人的理解，有着三个“境界”水准的层次追求，即一境，对宇宙物象的情感反应；二境，对生命情调的鲜活感应；三境，对人格本体的高远寄托。三境合一方为意境邈远，具有通天尽人之怀的上品。② 白立的追梦诗句里，对其人格成长过程的怀念情结也有相应的表现。童年时光“放飞风筝线”的无忌；少年时

① 白立：《一个被漠视的诗人》，青海人民出版社 2003 年版。

② （清）蔡小石：《拜石山房词序》。

期“阳光灿烂”的回恋；青年时节“莫名的无奈”“懵懂的感觉”“执着的守候”“纯真的漪涟”、最美的“缤纷梦”；尤其是80年代有着“精神通贯的生活/纯度很高的浪漫”“经常怀念”“视为成长礼”的收获，然而“那种情感真像是挽歌”，是永远不可追回的怀念。诗人由此总结道：“人生真有点像树木的生长/真的一点也急不得/只要有足够的阳光水分/就总是能够成长”。这种意味不仅是一种怀恋，却是百年树人之深长的哲理性穿透。

总之，白立诗歌自有其诗情、诗思、诗性的自在品质，但这并不等于说已是至美之境了，“艺无止境”，给一切艺术提供了追求完善的空间张力。那么，从诗艺上说，白立的诗还应在意境的构设上更美些，在语言的简约雅洁上更晓畅些，在哲思蕴含上更凝练些。从题材涉猎上看，可抓大放阔，少就小著微，能产出壮美、豪气、振奋、力度的大作更好。

愿诗人如此而为，希冀能向诗学之“三境”逐步推进。

第六章　白麟诗歌的社会关怀

让生活慢下来，是诗人白麟诗作中要表达的一个心理期盼，一份和谐社会的生态关怀，一位使命记者应有的文学担当。其代表作《慢下来》以“附庸风雅”六个乐章，延揽古今社会生态，洞穿人生浮躁世相，表露了诗者面对时代欲望快车所带来的种种现实扭曲和误区的忧患，对返璞归真、回归自然生活状态的情感向往。

近年来，白麟以其诗文、歌词、电视专题片等的优质创作，大型文化活动的智性策划，在学界和文化界产生了广泛的学术影响和社会影响。这表明作为不甚年高，却有着一定文学潜质及使命意识的诗人兼记者的白麟的独识、独有。尤其是厚积薄发的诗集《慢下来》（太白文艺出版社 2009 年版）的推出，无论是对他个人还是学界，无疑幸事一件。作为读者，当我掐着句头踏着句尾，饶有兴致地快乐阅读后，的确难以想象，这位身板挺拔而又单薄的白麟，其内里竟有如此的情感热量，鼓荡灼人。一组焦虑、思考、关爱、念想、忧患之关键词浮现脑际。

一　有了焦虑，便有了思考

“诗言志”“文以载道”，作为中国文人传统的从文古训，始终彰显着历代士子们忧国忧民、为之鼓呼的文学贵气和时代正气。热血诗人白麟自然也不例外。在《慢下来》诗作中，他以忧深的情感、静默的思考、哲理的透视，叙说着中国社会的万般变迁和变迁中的无奈变味。字里行间传达出这位青年才俊所具有的穿越社会浮尘、直逼生活肌理的哲学思考和问题意识，这也正是白麟诗歌高于同龄、贵于同道的应有品质。

诗人的警示的确让人们看到了时代行进中的种种现实扭曲，感到了人为进入的诸多误区，即使盲人也会触到与日俱增的社会急躁气浪的拂面刺激。《慢下来》作为诗人的创作积累，以《附庸风雅》《依依乡情》《山水行吟》《边缘地带》《至亲至爱》《聆听长卷》六篇富有情感乐章的吟唱，回恋着古老世风的清雅，感念着沐我乡情的醇厚，赞美着秀美山水的怡人，悲叹着边缘坊间的苦乐，享受着至亲大爱的温馨，以及寄托着未来希望的期盼。很显然，白麟的情感不是当空穴风，而是源于足下的体味，生活的感触，泥土的回发，坊间细节的直入。字字句句让你感到的是似曾有过、经过、体会过，因而是那样的质朴、逼真、亲切、动容。这就是白麟的诗，生活的真实置换了情感的真实，由此带来了审美情境的真实，白洁淡雅，清清粼粼，似唐诗，有白居易哀民痛之味，察民情之意。在这里，一切道德文章的所谓精神、思想之类，均从不经意的自然感受中融入，从不做作不晦涩的明了字句中缓缓升腾，抵达应有的品位和境界。

从哲学层面讲，一般认为，有了焦虑，便有了思考，自然就产生了问题意识。白麟视野所及，《慢下来》焦虑所指，皆在对前世诸多美好的回恋，对今世社会问题的忧患，而这些问题既含社会性又具时代性。当然，我们毋庸置疑时代进步所置换的物质财富，然而我们又不得不怀疑，以牺牲文明生态为代价的置换似乎太昂贵了。没了文明之规，一切都在走样，变得恍惚、模糊和迷糊。现代化、高科技、大都市、快物流之宏观霓虹让人眩目；政府要的是 DGP，官员谋的是政绩，百姓求的是实惠之微观生存，使社会更趋物化。这一切所系，无论庙堂还是坊间，官人还是俗人，大思维还是小九九，其目标终极都指向了一个词——“财富积累”。于是，拜金潮涨，文明潮退，一副穷尽资源换资本、透支后代富前代之攫取贪婪、欲壑难填的畸形社会败象昭然浮世。人们在惊喜与恐慌、富裕与贫困、满足与失去、竞争与蚕食、真言与假语、压抑与无奈等的狂颠中，模糊了清澈的原样，遮蔽了原本的善良，消失了以往的静气，在欲望快车行驶的高速环道上烦躁着，疲惫着……问题的复杂岂止于此，这远非一介诗人之力所能抑。然而白麟的执着正在于此，看在眼里，郁在心里，泻在纸上，生发呼号便开将去：慢下来！慢下来吧！一个记者、一位诗人的天生秉性赫然眼前。

这就是激情诗人白麟，敏锐记者白麟，有了焦虑便思考的白麟。

二　有了思考，就有了关爱

关爱，是一个温馨的暖词，人性的本然，“人之初，性本善”。然而在当下社会，诸多国人的肌理中就缺这两个字。因为它被物欲挤压着，被拜金逼仄着，在欲望快车承载中狂奔着、风干着，爱的情、情的暖渐行渐远，彼交换、此交易却愈来愈近。白麟触摸到了，诗中便有了关爱的意味，有了穿越历史寻爱的原点的诗学情怀。《附庸风雅》篇以洋洋37首乐感富足、构架缜密、情感流畅的与《诗经》同名和体诗，诠释着周族先人们质朴不伪、何以关爱的人性本然之诸多真谛。这里，笔者首先感到的是白麟诗学理念的狂羁与冲力，敢于新解《诗经》，注我意趣，用他的话讲是“自作多情尝试附庸风雅”[①]。我以为，这种尝试是可贵的，有着巴赫金诗学狂想的冲动、福尔摩斯探案的诗学之勇，起码在我的阅读记忆中是少见的，当然也符合白麟记者与诗人所特有的素性和性情。其次悟到的是，白麟采集《诗经》元素，并非是在古人堆里寻开心，却有着当代作家应有的社会担当，也即田汉先生所说的“给古人古事以亮色”[②]。《附庸风雅》37首，就是依着诗人这样的“尝试”和“多情”，合着自身的体温，逼真敞亮地、细致入微地、神采飞扬地与时代对接，静静地梳理着先祖周人们纯真初恋、素性热恋、求真苦恋、淋漓性恋的人性原点，以及在生存空间和生命历程中普泛关爱的至性温暖。

关爱作为情感范畴，有着多维的层次分野，爱情可谓情中上品，这是诗人的认知：“是啊，世间唯有爱情/能让天地混沌初开/你听，风生水起，雎鸠欢鸣/大地至今都在怀念/年少无邪的初逢”。你看“鸟翅在河面清粼粼的格子里/试探着填写一首/打动人心的情诗”，你听“‘关关’之声/已分不清是鸟语水音/而叶下袅娜着的/可是淑女窈窕的倒影/竟轻歌曼舞地害起羞来”（《关雎》篇）。恬静神秘，桃红般的羞涩。诗人笔下活脱出一幅水鸟相声、男女求欢的原生乐歌图。这里无有现代人示爱的了当与直接、世俗与索取，显然是诗人在参透古今情爱后当下价值的比对。像这样蕴含着关爱意味的诗句即篇即是：“到哪里找这么好的姑娘/一个心眼

① 白麟：《慢下来》，太白文艺出版社2009年版，第54页。

② 田汉：《田汉杂谈观察生活和戏剧技巧》，《剧本》1959年第7期。

地爱着一个人/思念一个人/就是想把他从心里斩草除根/任由一团野火/烧得你人仰马翻”。而“情郎翻过高岗/春天就急不可耐/像微醉的酒杯/让满怀私语闪着趔趄/哪个时代的背影/叫人如此怀想”①。然而，昔日情郎倩女，纯情纯性，相爱如始的背影竟也渐去了：“在风土纯朴的老家/有不少痴情的村姑/年轻时也曾出演过这么一部/永远看不见男主角的老电影”（《卷耳》篇）。歌谣文理，随时推移，白麟要寻找的正是那些远去的“怀想”、纯真的“老电影”，要揭示的正是关爱的原点，要观察的是原点的元素，接近情爱形态的真相。如爱在简单：“不要玫瑰那么矜持/不要百合那么高雅/只一身红妆/就敢让乍暖还寒的风冷裱一生。”（《桃夭》篇）爱在快乐：“田家少闲月/在牛铃叮当的乡野/这些红妆素裹的农家女/忙里偷闲学女红捉迷藏打水仗/还呼朋引伴地上山采草药摘野杏/欢笑闹得山响”，她们“最不缺的就是笑声”（《芣苡》篇）。爱在贵气：“我就是那头温和的麟/诚实的麟/我只想用原野的情怀/收留一个女子最初的娇媚/我不想用卑鄙的行径占有你/我要用这种崇高的方式爱你。”（《麟之趾》篇）爱在理解：“不要嘲弄她的轻浮/不要嫉妒她的奢华/不要用旁人的眼光挑剔她/就当她是你的姐妹/让她好好享用这一刻/一生只此一次的炫耀吧/百车迎迓/怎能比得上一个女子的痴情。”（《鹊巢》篇）爱在守望：“相爱却不能厮守/生生看着心上人远走高飞/哪能比这生死离别/更让人揪心/送一程再送一程/泪的尽头/把单薄的身影/披在暮色苍茫的路口。”（《燕燕》篇）以及爱在担当——《击鼓》篇、爱在珍藏——《君子阳阳》篇、爱在诚信——《丘中有麻》篇、爱在信誓——《遵大路》篇、爱在意会——《有女同车》篇、爱在欢快——《风雨》篇、爱在神魂——《子衿》篇、爱在苦痛——《采葛》篇、爱在精神——《有狐》篇、爱在向往——《静女》篇，等等，可谓各有性情各有形态的多维情感表现原点。

37首情诗不仅回恋古之醇厚的爱、参透今之败絮的情，白麟的苦心，诗人的情怀已尽显，而且挖掘已有，翻版新意，呈现出如此丰富的情感样态，蕴含着现代爱情理念的深层阐述，即婚姻爱情岂止是人类生命的重要延续，更是情感寄托、精神世界的寓居地。当人们面对任何抉择，显示出果敢与决断的自如驾驭时，而情感却往往并非如此。这就有了天下之难莫

---

① 白麟：《慢下来》，太白文艺出版社2009年版，第5页。

过于情难、天下之苦莫过于情苦的种种情感范例。而我们需要的是关爱的放阔、诚信的固化、心灵的素净，任何偏执和虚伪都会妨害这特有的精神物种之花的绽放。朋友，当你读着如此清新轻快、鲜活动感而又意趣飞扬的爱情新诗经时，你的心稳了么？你的情厚了么？你的躁平了么？你的欲寡了么？你的爱博了么？你的神定了么？

三　有了关爱，即有了念想

焦虑、思考、关爱、念想固然是人类情感发展中生理和心理之逻辑必然，而唯有念想是其要，因为这是良心、良知的证明。列宁说得好，忘记过去就等于背叛，想必白麟于学涯中已有此感悟。因此，15年来，虽显贵于都市繁华，却不失太白乡情，仍旧有“吃着城市鼓胀的狼奶却依然留恋乡村的母乳”的感觉，甚至“走过很多地方，可心思总萦绕在这片父母之邦，不经意间南望秦岭，就会看到父亲从不曾远去的身影，听到原野草木的低吟浅唱，往往这时候，诗歌离我最近、离心最近！我知道，弯弯山道连着我此生无法挣脱的脐带”（《诗人的城市》）。念想之浓厚，这就是白麟良心、良知的可贵，由此赢得了诗的内质之贵气。也正是从这个意义上界定，白麟的诗与当下那些游离生活的缺钙诗、涉奇弄险的招摇诗、自话自说的病态诗、豪情恣肆的贵族诗有质的分野。它是生活的、情感的、念想的，因而也是温馨的、温暖的。诗集《慢下来》中的《依依乡情》篇、《至亲至爱》篇、《山水行吟》篇完成了作者对乡情、亲情、地域情眷念的心理抒写，从情感表达层次上看，作为诗人则是一种母题记忆式的情感还原和还愿，即本乡故土情感还原和他乡山水情感还愿。还原，即情感回家；还愿，即情感出游。

白麟入住都市许多年，其乡里情结和童趣记忆丝毫未被都市尘埃所污染。在他的笔下，乡间仍是那样的宁静、祥和、善美、至趣，那万物花草、五谷庄稼、山溪沟壑是那样的生气洋溢、芳香怡人：“蜜蜂，一张翅/一万座山都振翅欲飞/牛鼓足劲拉开春的序曲/就是推开农历惊蛰的门楣/给大地缝纫新衣//槐花又香又白/是老银匠摊开的银箔吧/针脚细发的黄花雨/终于让春风回心转意/让素妆的乡村/一下子浪漫起来/瘦小的胡麻轻如江南女子/竟让贫寒显得金贵/芝麻大的金币/给庄稼人换来多少好日子/山泉，就捧着一颗热乎的心/给全村人/舀来多少村姑山花烂漫的脸庞/

乡间的葵/蹲在半坡/摇头晃脑/像一群无忧的少年/合唱金色的歌。”（组诗《春天鸣奏曲·回望乡村》）还有对野草莓、野百合、野樱桃、火罐柿子等野生物的情感怀念。值得注意的是，诗人并未套用什么朦胧、意识流、荒诞、后现代之类的装潢技法使其“贵族化”，而是紧贴诗之本体采用拟人、象征、比喻、借代的质朴修辞手法，使其达到了内容的质朴与写作手法简约的完美相应。这是当下文学创作回归本体的重要话题。

情感回家，诗人在乡风中行吟，最为感念的是故乡的人：“周围都是花草亲昵的手语/万木葱茏皆乡亲呐”，于是，“绿风总托着我这个游子/一遍遍触摸双亲的眼神/四面八方传来跌宕的回声/唤我，常回故里。”①在乡人、亲人的诗里，看得出，白麟最动情的是《怀念父亲》《雪潇秦岭》和《手的怀念》，这也是笔者最爱不释手的诗。念到深处，感到痛处，情感的共鸣簌然泪下。他的父、我的父、人间的父，我的母、你的母、天下的母，几多“大事化小/甚至病倒都不肯传话给我/怕儿分心怕耽误了公家的事/怕耽误了儿的前程”的朴素而又伟大的心！几双“比屋檐还大/比整个春天还温暖/从小到大/让儿扶摇直上”的张满母爱风帆的无私之手！爱之深、念之切。自古忠孝难两全，我们能情感还原的只有“最后轻拍墓园的/一定是些如掌的枫叶/捧着一颗心/轻轻落地。”② 诗是情感的，是个体的。这些来自白麟内心深处情感还原的诗篇，且不说读来感人肺腑，使人涌动，就其写作策略看，是在努力做到“寻求唯一适当的字句来代表唯一相当的意念”的阅读效果，是在尽力达到“完美的体形是完美的精神的唯一的表现”的诗学效果。③

在第二层面情感还原的诗中，诗人尽情放逐着一个记者见多识广的情感认知。似余秋里，一路感知、一路放逐，东西南北，行吟所及皆在诗人的文化审美视野中：“麦积山，含满旷世的爱情/阳关，披着残阳/悲壮地杵在风口/敦煌的月亮/哼着儿时的母语/莫高窟的风铃/祭祀曾经的时光/塔尔寺的金顶/像一张完美无缺的金箔/擦亮我落满风尘的脸/包裹我支离破碎的心/青海湖畔/草原踏浪/真的就看见民歌中白净的月亮。”④ 在诗人眼中西部文化的具象是粗犷而浑厚的。而“风吹西海固/却吹硬了骨头/

① 白麟：《慢下来》，太白文艺出版社 2009 年版，第 79 页。

② 同上书，第 167 页。

③ 徐志摩：《徐志摩诗文名篇》，时代文艺出版社 2003 年版，第 292 页。

④ 白麟：《慢下来》，第 176 页。

多么硬气的名字/镇北台，镇住被北风吹皱的纸墨/烽烟里留守的士卒/能否再吹一曲杨柳枝/红石峡，敢爱敢恨/才敢趟过这凶悍的风沙/敢叫这生硬的石头/给自己勒上红头绳”，更显示了塞北文化的古朴与苍凉。“中秋登泰山/安详静谧圆满/孔子登泰山而小天下/登长城，站在高大敦实的烽火台/看壮丽河山/血管就跟着一寸寸热起来/长城这根缆绳/为江山永固拉纤/为过往历史拉纤”，丰盈与隽永是东部文化的个性。南疆却有着“乌蒙高原静默着/苗家妹子唱酒歌/山歌好比春江水/水底透红的桃花鱼”①之漓江、苗寨南国文化的独特风情。这里，诗人的情感是敞亮的，胸怀是宽阔的，由情感回家到情感出游，由故乡到他乡，唱响了一位博爱诗者的情感追魂曲。

四　有了念想，多了份忧患

忧患，是民族文学的底色，是文化人文化品质的应有和必需。惟其如此，你的思想才有了深邃，你的心里才会涌动温情，你的笔下才能倾泻出“长太息以掩涕兮，哀民生之多艰”的忧患诗句。你才能身处物欲社会，廓清富家烧钱酒肉臭、弱势群体仅生存的两极现状图。白麟诗歌就有着这样的关注弱势的情感涌动，注目民生维艰的几多忧愁，而作为一介歌者的他又何为？能何为？《边缘地带》篇就透视了诗人为此感叹、哀伤、痛楚以及不平的忧愤无奈和无助。边缘地带的穷人，虽然被一些文化良知者称为“城市的美容师”，然而由于户籍弊制判定了他们政治地位低下、经济待遇弱寡的社会现实，进而被隔离在主流社会之外的边缘地带。为生存，他们不得不“兄弟姐妹一起上，进城！进城！打工！打工！”维护着城市的一方明净，但到头来他们仍是未被城市接纳的边缘人，正如贾平凹《高兴》中五福痛言“狗日的城不要咱！”《边缘地带》篇就聚焦了这样一群弱势者，倾满着诗人忧愤深广的情怀，笔触所及使人凄然又敬然。泥瓦匠像“秕谷”“在破旧的脚手架下/晒焦的脸让汗一浇黑红黑红/就像快化的铁淬火/嗞啦一声/就得脱层皮/一身臭汗一张打呼的板床/就是一天的身价/泥瓦刀离开城市的时候/怀里揣着鼓囊囊的钞票/他不知道/自己已被这把磨薄了的瓦刀/削成一颗秕谷。”而千间广厦、万家灯火不是他们的

---

①　白麟：《慢下来》，第94页。

栖身地。扫把军“看不见谁的眼睛/只有一个个身影钟摆似的/让手中的扫把变成时针/都是些下贱可怜的中老年/不过欺辱、殴打环卫工的新闻/倒常在媒体披露/何必拿他们撒气不当人/阎王爷不嫌鬼瘦/有本事欺负市长大款去。”① 诗人显然愤怒了，字里的情感也尖刻了许多。在这里，作为记者的白麟，以其特有的敏锐游走城市、搜罗万象，不仅聚焦着都市诸多边缘人的创伤，如外乡弹棉花匠人的《白云》，拾荒军团的《感谢垃圾场》，餐厅里吃剩饭的姑娘、少三元钱学费服毒的小学生的《满桌狼藉的生活》，“三无母子”的《我看见爱的颜色》，护工大妈的《护工王大妈》，等等，更给予其人格的尊敬和尊严的肯定，歌其质朴善良，颂其勤劳宽厚，以一个外乡者的身份，尽着城市人的责任。他们“不偷不抢不坑不骗/靠勤劳的双手吃饭/也就在‘5.12’地震那会/王大妈不忍心见几个瘫痪的病人没人管/当她背起一位截肢的七旬翁时/老汉流着泪劝她别管一个老不死的/快自顾自逃命吧/可王大妈不管三七二十一/硬从摇摆不定的高楼把人背出来/在城里打工的儿子慌乱中赶来找母亲/正赶着王大妈从八楼第二趟背人/就这样母子俩背了四趟/比科里的医护人员还主人翁。”② 这就是一个外乡者的身份，却尽着城市人的责任，令人起敬。同时诗人也揭示了城市欲望快车对人精神造成的创伤和扭曲：“城市便是个大火炉/多少像我一样单纯的年轻人/被架在灯火辉煌的铁砧上/一遍遍锤打淬火/逼我们交出真诚理想/还有如火如荼的激情。”欲望动车也在扩张着：“发育的城市/消融的冰川/以及迅速灭绝的物种。”诗人忧虑：“听说还要提速/我担心到时人像飞一样/变成太空种子/或是地球复仇的子弹/不少人也成了大棚植物/不经风寒/心就长不实/多像这空心的城市。”③ 忧患中有思辨，思辨中有痛楚，痛楚中更见出诗人的社会担当和责任意识。这就是典型的“诗言志”“文以载道”从文古训在白麟诗中的再现。

诗者，思也。生活多一位诗者，便有了怡人的气象；社会多一位思者，便有了行进的风帆。虽然白麟说：“以后再写诗、出诗集的概率越来越小，但我从内心还是保持着期待。”④ 我以为这正是一个诗者、思者的可贵，在保持期待中进一步思考诗情何以掩藏于内而巧泻；诗体如何节节

① 白麟：《慢下来》，第 96 页。

② 同上书，第 103 页。

③ 同上书，第 111 页。

④ 同上书，第 203 页。

缜密、句句扣环、字字浓缩而忌散疏；诗志、文道又怎样更好地蕴含和彰显。那么，有了这种思的思考、技的提升，即使不著文字，其心底之诗情、诗性、诗思、诗品也足以怡人醉己。只要心中有“诗”，一切如镜。你以为呢？

第七章　彰显时代的叙事长诗《丰碑颂》

秦地诗人何小龙，以“陇上雪”为笔名，写下了许多脍炙人口的灵性诗篇，在诗界产生了较大的影响，这不仅为他的文学之路奠定了厚重的诗学底气，更为当代诗坛平添了言之有物、嚼之有味、触之有骨、赏之有品、诵之有情的阳光、尚真、率性、积极向上的诗歌新风。两千余行的叙事长诗《丰碑颂》（刊于《平凉日报》2011 年 10 月 17 日）便是其中一例。

长诗由《序曲》《记忆》《接力》《鏖战》《奋进》《感怀》《尾声》七个乐章构成，洋洋洒洒，大气磅礴，情感鼓荡，并兼以记叙、抒情、议论、描写等叙述手法，全方位勾勒出“梯田王国”“中国梯田化模范县”甘肃庄浪人民勤劳善良、改造自然的聪明才智及其人定胜天的大无畏精神，完成了一位诗人应尽的历史使命和应有的文学担当。由此也彰显出何小龙作为一名记者兼诗人的诗学观的贵气和时代正气。读着《丰碑颂》的字字句句，你会由衷地感到，这位仍不甚年高却富有经历的陇上汉子，那眉宇间的气宇棱角，那身躯内的精神激荡，在如椽之笔的挥洒中倾吐着、唱响着、叙说着中国社会万般变迁中精神质地的永恒不变，在直逼生活肌理的哲学思考中穿越社会浮尘，抵达生活的本相。这也正是何小龙诗歌高于同龄、贵于同道的应有品质。

诗究竟怎样写？写怎样的诗？近年来，作为意识形态的文学表征，出现了一些悄然的变化，即写诗者人群居然多了起来，学子群、女性类、社会文学青年族，等等。且不说此现象是否因了人们于商品经济气浪的无情裹挟挤压，崇物拜金追风之心态日渐疲惫后的产物，还是诗者们以诗之清雅平抑拜物的浮躁，以文学的淡泊阻隔市场的喧嚣，抑或因由另见，但总体说来是令人兴奋的快事。因为文化的回归，精神的反璞，定是市场叫卖终极的必然路径。人毕竟是人，追求精神愉悦，享受情感滋润，附庸文化怡情是其本原。由此，写诗也好，作文也罢，张扬主流，直击时弊，关爱自我，或言情及爱、辞语无拘等都无可鞭及。而诗终究是诗。既是诗，便诗艺有循，诗道有规，这即作诗之大法，如古训所教诲“诗言志”“文以载道”，是中国文人的传统从文规式，一直以来主导着历代士子们忧国忧民的文学情怀。正是从这个意义上说，何小龙长篇叙事诗《丰碑颂》的营造，在诗艺和诗道上使我想起了50年代的时代鼓手闻捷，那曾被称颂一时的“诗体小说”《复仇的火焰》三部曲。时隔许年，两个时代，隔代诗人，同在西北，却在不同的历史时期放歌新陇，阐释着中国文人言志载道的从文传统，为共同的时代精神、理想的文学预期而忧国忧民，为之鼓呼。这就是笔者崇尚“陇上雪”诗歌的思想契合点，并由此与之比对当下诗歌写作的诸多问题。

一　《序曲》：秦陇汉子的情感牵动

序曲56行，统贯《丰碑颂》全诗之首，总括了诗人何以言情奋笔的因缘。是的，诗是言情的，也是纪实的。究竟何因拨动了诗人的琴弦，作如此篇幅的铺陈叙事？可以说，这首长诗是诗人迄今以来的字码之最，字里行间气韵可触，更是诗人源于生活、体验至深、贴近地气、情感放纵、不吐不快的一次抒怀喷吐。而立之年的诗人，已不再有年少者的顿感冲动，或虚渺廉情般的呼号，能拨动他琴弦的定是那内心深处的诗人良知的灵魂纠结，记者责任的使命诉求。这就是“庄浪人民付出40多年心血雕刻的梯田”“飘出的汗的味道”“血的味道”“麦子的味道”“胡麻花、洋芋花的味道”以及“苹果的味道”。在诗人看来，家乡这种芬芳而又眷恋的特异的味道，和着庄浪人民的创业心血，早已超出了“物本”的概念范畴，已升华为西北黄土高原无比瑰丽的精神的诗魂，无比伟大的人化自然的奇迹的创造。这种诗化的感觉与父老前辈情感的碰撞与衔接，“把自己投进去”的自在情感融合，非一般于浮躁中攀比着时髦的追逐，在猎奇中呈示着先锋的亮相，从自说自话中穷尽着私欲的挖掘，以及在欲望中暴露着感观的刺激等浅薄的写手们所能及。当你稍稍检索一下何小龙的从文轨迹，揣摩一下他的诸多文字，你就会发现这一界定并不为过。多年来，他是以一个记者的执着、敏锐和真诚履行着身份的使命，足及家乡的山山峁峁，叙说着父老乡亲的善良、智慧及生命的悲欢，聚焦着家乡古朴天伦的生存范式，留下了一首首、一篇篇清纯雅洁、质涵纯正的有效文字。正是有着这样的生命亲历，贴近地气的写作锤炼，惯于思索的哲理拷问，才自然而然地产生出《丰碑颂》这样彰显时代脉搏、质地硬朗、内涵深邃的唱响大歌。

诗中的庄浪县，位于甘肃省六盘山麓。此地常年干旱多灾，地薄雨寡。全县43万人，92万亩地，人均2.3亩，加之资源贫乏，是国家重点扶持的贫困县之一。正因为如此恶劣的生存环境，庄浪人民举全县之力，以40多年的创业经历改变了水土流失的现状，雕刻出被世界农业专家称为“人间奇迹，世界奇迹”的山川秀美的“梯田王国”，被国家水利部授予第一个“中国梯田化模范县”，进入了全国文物文化保护遗产范畴。

人民的创举，英雄的丰碑，史实的存在，是那样鲜亮地树立在中国西部的黄土高原上，震撼着记者何小龙，激荡着诗人“陇上雪”：“面对这些劳作的痕迹/写在黄土大地上无比瑰丽的诗行/我的心啊如何能保持安静/是的此刻/感动的波涛在血管里翻卷着浪花/因为梯田的诗行吆/随便吟出一句/都会飘出汗的味道/飘出血的味道。”何小龙，一位在浑厚的黄土文化中浸泡的后辈学人，一位在父辈古朴的情感系脉中滋养的新一代诗人，如同众多“有出息”（毛泽东语）的作家一样，其感情的投向、价值的取向便自然而然地流向了前辈的创举、英雄的业绩，并以文学的载体、诗的旋律，将显赫世人既成的史实丰碑树了起来，淋漓尽致地抒发了我手写我心的一腔情怀：“任凭我如何控制/也没能阻挡/一滴激动的热泪。”是的，诗人的情怀就像花草和香味的色彩一样，始于本真的流露，是生气的洋溢，精灵的焕发。西人弥尔顿说得好：“谁想做一个诗人，他必须自己是一首真正的诗。”“言为心声”，要看“言”如何，须看“心”如何。[①] 诗人艾青之所以能写出《大堰河——我的保姆》《我爱这片土地》等动人心魄的诗篇，究其因就在于“为什么我的眼里常含泪水？因为我对这土地爱得深沉”。这就是一个作家的土地情结，由此而来的忧患意识和使命感。1964年出生，已站在中年山头的诗人何小龙，《丰碑颂》就这样出自一个农民儿子的笔下，其情感的牵动便更有了本根的依凭。

值得注意的是，诗人在《序曲》中，巧妙地运用了比喻的叙述策略，开篇以“我”40余年的成长经历切入，“从人生低谷不断向高处攀登/带

① 朱光潜：《谈文学》，安徽教育出版社2006年版，第93、140页。

着梦想/穿越岁月的风雨/如此执著地在西北黄土高原的皱褶里延伸/没有随一片被秋风驱逐的落叶腐烂”，从而建造了属于自己的成就“梯田”。然而“小我”的“梯田”能有几何？诗人笔锋一转：“可是呀我建造的‘梯田’又多么渺小/我播种的汗珠又能长出多少收成”。这里，以“大我”否定了“小我”，将“小我”融入了“大我”，“我把自已投进去”，放笔尽情展开了缔造丰碑的抒情主体的情感诉诵。艺术构思机巧，叙事切入自然，尤其诗意的转换富有意境的深层哲理，有着思想感情厚化的意味，也即“有意味的旋转”，这是一切文学作品铺陈转换的必然流程，诗人做到了。

据此界定，《序曲》的开篇技巧是娴熟的，其风格也是笔者所欣赏的，它与诗者质朴无华的人品是合拍的，是《易经》主尚“修辞立其诚”道理的又一创作实践。

二　《记忆》：担当诗人的情感寻梦

《记忆》是《丰碑颂》的第一乐章，共150行，由“六盘山以西”“1964年纪事”“麦客”三节构成。从字面上看，所谓记忆，就是个体人生理发育成熟过程中往事在大脑过滤中的滞存，与失忆是一个相反的概念。这一生命现象对于常人而言是再普通不过了。然而，对于一个作家却是至关重要的。因为纷繁生活的映照，大事小情、针头线脑无所不包。作家如何透过现象汲取本质，这就存在一个感情投向、价值取向以及对诸类事物进行哲理思考的问题。作家陈忠实曾这样说道：“创作是作家的一种生命体验。”[①] 我理解为，这种生命体验须是崇高的生命体验，有价值的生命体验，真善美的生命体验，而绝非所谓“文学是个人情感发泄的出气筒”之诳语。从这一高度看，诗人何小龙关于《记忆》的命意，是他置身黄土地生存过程中对父辈创业精神的有效感悟，是发轫于黄土地情结体验之热脉的自然流淌，其效果当然是崇高的、真善美的，是有价值的生命记忆。作为同样崇尚崇高精神的笔者怎能无有同感呢？这里要看到的是，何小龙的情感寻梦，并非一介纯粹的文学人，而是有着记者神圣使命支撑的，记者崇尚真诚、执着精神的厚重底蕴。这就使得《记忆》的内

① 陈忠实在宝鸡文理学院文学创作报告会上的讲话，2009年12月22日。

核有了质的本真、意的质朴、韵的灵光以及理的启迪。

诗人首先将“六盘山以西”——“庄浪县”置于中国革命红色地域带的情感系脉中：“自从1935年一支扎绑腿的红色队伍/把一串长征的脚印留在山上的巉岩草丛间/六盘山这个山名/被写进中国革命史册/广为传诵。”这就使得“我的情感变得庄严”起来，而非仅仅是对古朴黄土地的单向眷恋。我以为这一视觉是高远的，是将足下土地与革命的滋润相糅合，给抒情主体的创业注入了历史的深厚向度。正因为诗人有着如此美好的红色地域的情感寻梦和记忆，不堪回首因自然环境造成家乡过度贫瘠的情感伤痛：“庄浪千百年来旱魔的反复蹂躏/使这里的山塬沟壑到处布满贫瘠的痕迹/十山九坡头/松动的地埂托不住一头瘦牛的重量/不过百斤的收成啊喂养的日子/是一碗能照见月亮的清汤。”诗人的感觉是真实的，描写是精细的，寥寥几笔勾画出了庄浪土地的贫瘠，百姓生存贫困的境况：“山高地陡大雨瓢泼/当天河决堤/黄土在痉挛/携带着洋芋蛋随洪水流浪/每年流失的1000万吨泥沙/那是土地母亲的血肉啊。”史实正是如此。六盘山以西、以北的甘陕西北部，均属于广阔的黄土高原地带，土质蓬松，常年备受暴雨的切割，形成了一块块酷似馒头状的光秃秃的小山包。贫瘠使世代生存此地的人们望天兴叹。当年历经长征到达陕北的毛泽东，看到眼前的这般荒凉景象，这位刚强坚毅的伟人亦以天不佑我的伤感流下了热泪（这是毛泽东一生第二次流泪，第一次是在长征路上毛泽民被敌人杀害，第三次是毛岸英于朝鲜战场殉国）。何小龙，一位植根黄土地，耳闻目睹诸多生民艰难的西北诗人，岂能不为此感到痛楚、伤感。于是，一个哀怨的声音在哭诉：“天上下雨地下流/肥土冲到沟里头/无雨苗枯黄/有雨泡黄汤/庄浪你憔悴的往昔如此悲怆。”这里要说的是，我特别欣赏诗人“把自己投进去”这句话。在“六盘山以西”一节中，典型地体现了“投进去”的内里书写，其言其语，其情其意无不逼真、形象，历历在目，似同亲历。朱光潜先生曾说：“文艺家对人生自然必须经过三种阶段。头一层他必须跳进里面去生活（live），才能透懂其甘苦；其次他必须跳到外面观照过（comtemplate），才能认清它的形象；经过这样的主观的尝受和客观的玩索以后，他必须把自己所得到的印象加以整理（organise），之后，笔下的人生自然才变成艺术的融贯整一的境界。”[①] 这

① 朱光潜：《谈文学》，安徽教育出版社2006年版，第93、140页。

就是亚里士多德所说的“诗比历史更富于哲理”的道理。[1] 我以为“六盘山以西”一节，对往昔庄浪大地“历史真实”“自然真实”和“人生真实”的描写和判断都是合拍的，且有着情感书写的艺术贯通，只是在“更富于哲理”性的开掘上提炼仍有不足。

“麦客”一节，应该说是第一乐章《记忆》的核心部分。从字里行间可以感到诗的生活感饱满，细节描写密集。麦客的声、形、貌，劳作的艰辛，生存欲望的诉求，以及憨厚忠诚、吃苦坚韧的内在精神被刻画得淋漓尽致，且以细腻的笔墨使其栩栩呈现，从而引发了读者对这些“关中六月麦黄遥远的诱惑无法抗拒/他们三五一伙/挥别故乡贫瘠的炊烟/肩背镰刀和一只蛇皮袋/穿越关山腹地/一头扎在八百里秦川金黄麦浪/开始在自己的汗水里游泳/捕捞低廉的报酬”的令人尊敬而又痛楚的劳动者、乡亲们的深深关怀。的确，“庄浪麦客”作为那个时代处于饥饿线上的群体的代名词，在中国文学的书写词典里留下了难忘的记忆。诗人以细微的笔触，精确地展示了他们吃、穿、住、行的艰难生存境况、灰暗凄惶的精神状况，以及低微求生的生命过程。“皱巴巴的蓝色粗布衣裳”“黑色的大裆裤”“绣满汗花的草帽”“厚底方口布鞋”“更显黝黑的肤色”，是他们留给世人的体貌形象。“一簇歪斜站立的土坯房”“被柴草熏黑的没有亮光的日子”“一年到头仍是几颗洋芋几把糜子”的扎心的痛，是他们年复一年的生存境况。于是，他们离别家园，“带着洋芋和炒面/星夜兼程/用一双脚板/翻过秦岭肩头”开始了求生的劳作。“太阳在燃烧/硕大的汗珠像一颗颗豌豆/从弯成干豆荚的古铜色躯体里流出。”这是用高强度的付出来换取低廉的生命期值啊。尽管如此，他们“不能偷懒啊/不能让汗水的河流/在生命的河床停止流淌”。他们唯一能安慰的就是“票子票子/实实在在地攥在手心里/他们才会背靠一树荫凉神情怡然地/卷一支喇叭烟/点燃有滋有味地品咂着蝉儿的歌声/不时吐出几个/舒心的烟圈。”庄浪麦客呀，我的父老乡亲，他们没有过高的欲望和要求，在并不对等的互换中，依然接受着微薄的报酬而舒心着、惬意着、快乐着。这就是庄浪麦客——中国农民，一个伟大憨厚、勤劳质朴、令人敬重的群体！诗人的描写力透纸背。凝重中蕴含着几多悲凉，哭诉中深藏着忧患的情怀，叙说中充满着未来希望的期待，一个出自内里的农民儿子应有的情怀，一位故土

① 朱光潜：《谈文学》，安徽教育出版社 2006 年版，第 93、140 页。

诗人的父老乡亲的悠悠哀歌呈现纸面。同时，一位忠于历史、聚焦现实的记者形象依稀可见。

读“麦客”，我佩服诗人的生活积累，欣赏他的观察细致。写人画物，叙事言情，均能辞意传神，精到准确，形象逼真。如“蛇皮袋”“大裆裤”“方口布鞋”“皱巴巴”“弯成干豆荚”“攥在手心里”“一支喇叭烟”“品砸着”“舒心的烟圈”“土坯房”“没有亮光的日子”“背靠一树荫凉”，等等。这说明诗人在用心看，用心思，用心写，使其诗歌往往能以生活感冲击人，感染读者，如《被唢呐洞穿的清晨如此悲怆》这样如泣如诉的诗篇。从文学的要义上讲，文学就是对生活的记录、报道、纪事，纪述生活，传达情感是它的本来要义。而诗歌比之小说那“巍峨灿烂的纪念碑的文学”（鲁迅语）来，其体似乎小了些。但诗小却“道”“志”大，“情”“理”大，“诗比历史更富于哲理”，远不是那些病态诗、私欲诗、自话诗所能充斥的。即使再美的辞藻，再华丽的语言，若远离了生活，读读自然也就倦了，至于冲击、感同身受等接受美学的动力因素是无从谈起的。何小龙的诗因此有着他的独特处。

相对于“麦客”，“1964 年的纪事”一节，在篇章结构的安排上我以为有些失当，游离于第一乐章《记忆》的情感之外。大寨人的叙述，秦川故地的叙述，以及母亲劳作的叙述，都与庄浪历史记忆这个总情感是背离的，它好似一笼快要蒸熟的馍突然揭了盖，露了气一般，使得庄浪历史情感叙事横插了一个外来楔子，气贯不通，情感不畅。大凡文艺作品都有一个“母题”或一个主旨，一切人物、事件、感情，都应以这主旨为中心，做到精进的程序为好，尽管诗有其跳跃性，但情感的跳跃总是围绕一个主旨的。从这个层面上说，“1964 年的纪事”一节就有着如此的结构布局瑕疵。作为读者，一并点出，以供探讨。

三　《接力》《鏖战》：当代愚公的历史镌刻

《接力》《鏖战》是《丰碑颂》的第二、三乐章，计 13 节，共 976 行。我以为这是《丰碑颂》全诗的主体，是英雄群像这尊“丰碑”的主题乐章。从叙事诗的体式看，可谓完整、典型地体现了这一诗体所具有的艺术因素，即叙事、写人、状物、抒情。每一节都是独立完整的叙事单元，有着细致入微的人物描写，特有环境的逼真勾勒。有着“诗体小说”

的构架规模，合起来又是当代英雄群像、愚公精神的历史镌刻长卷，一幅长长的、耐人寻味的、使人感慨的、促人奋进的关于人的生命力的诸多哲学思考。甘肃庄浪的“梯田王国”，河南林县的“红旗渠”，中国大地上于艰难困苦时期，不同区域，同一人民战天斗地的英雄壮举同辉着共和国的鲜亮旗帜。一位文弱诗人以其文学方式，竟将这特一地域、特色创业、特种精神、特别人民、特异贡献的历史丰碑竖了起来。可以说，如此文学担当于当下只嫌其少，并不甚多。相形之下，许多诗者却被私欲私情蒙住了双眼而不能洞穿，被琐屑陈念裹步而无一远瞻，使得诗的气象渐折，风骨不足，精神委疲，劲道退位。关注民生、彰显精神、回恋英雄的大作《丰碑颂》的推出，真可谓给予当下诗的缺钙死穴以有力一击。

阅读《接力》《鏖战》，我佩服诗人丰厚的生活积累，13 节 976 行诗，故事的叙述铺排竟如此密集，大大小小，桩桩件件，感人肺腑，反映出作者生活储备的饱满与淘选嵌入的精细；写人亦泼墨如画，勾勒出众多栩栩如生、各显性情各显精神的诸类人物，使人感念眷恋，体现了诗人刻画人物白描简约的描写技艺；状物更是谙熟叙述对象的每一处山峁、沟岔、村庄、街道、乡镇，可看出诗者亲历观察，贴近生活，在场写作的真诚。

作为呈现英雄群像“丰碑”主题的《接力》《鏖战》两乐章，其主要诗学成就是，高度体现了诗人在处理生活真实和艺术真实中的应有笔力及分寸把捏。1964 年出生的何小龙，对于 60 年代初的庄浪生态环境，老百姓生存境况，有着不曾经历的巨大时空差距，以及较为遥远的时代阻隔。那么，在 40 年后的今天，如何将这一历史壮举真实地诉诸笔下，如何将英雄群像的惊天史实再现还原，要完成这一创作预期，势必要看作者的“生活真实”功课修得怎样，是否有冰冻三尺非一日之寒的巨大投入。事实证明，现实中偌大的庄浪县，代际创业的漫长路，诸多星罗棋布的村镇，工地洪流般的队伍，于诗中的铺排却是叙事有序，状物有章，无一不可感可触，历历在目。如郑河乡上寨村，第一步梯田鏖战脚印的苦涩；李家嘴水库洪水决坝，667 条生命的危急；永宁乡鱼嘴村旱魔的常年肆虐；安洼村冰雹突袭的造孽；鲞背山 1500 亩梯田大会战；岳堡乡岔口村 61 座示范坝的落成；杨家湾战场 21 台推土机的阵容；创造 3400 亩优良梯田，进入全县“十强村”的杨河乡马寺村，以及阳山堡村、刘罗村、石马川、野狐尾、三岔沟、王家山、秦家湾等禀赋着时代气息，镌刻着时代印记，浸透着黄土芳香的故土山川。这些叙事在诗人的笔下，洞穿了时空的阻隔，既无有虚其一面，强其一方的故意，更无有披上灵光霓裳的人为，而是尽力还原60年代特定环境下的古朴荒芜、真实自然的生态叙写，这就使诗的字里、诗的内质禀赋了一种事件的真切、场面的真切以及诗人在场的真切感，诗的古朴苍凉的力的感觉。意大利作家钦提奥在论诗的真实时说："历史家有义务，只写真实发生过的事迹，并且按照它们真正发生的样子去写；诗人写事物，并不是按照它们实有的样子而是按照它们应当有的样子去写，以便教导读者了解生活。"[①] 这里"应当有的样子"，正是诗歌如何写事状物的艺术规律所在。在《接力》《鏖战》两乐章里，诗人较好地把捏了60年代初庄浪生态环境，老百姓生存境况"应当有的样子"的生活真实，对读者了解往昔起到了有效的导读作用。这是显而易见的。

然而，文学的要旨并非仅仅停留在"应当有的样子"的描写上，却是如亚里士多德所指出的"诗比历史更富有哲理"。这种哲理我以为就是作家要超越生活真实，对所描写对象做出符合历史发展的，体现一定社会理想的正确的认识和评价，这也是作家主观感情和社会生活的客观实际相一致的结晶。一个作家能否将生活真实升华为艺术真实，取决于作家是否具有进步的世界观、丰富的生活经验和高深的艺术修养。应该说，在《接力》《鏖战》两乐章里，诗人较好地完成了这种升华，着眼于庄浪人民面对困苦、灾难、贫穷所爆发出的与天灾地荒对决的敢为人先的持恒精神、决胜心理、果断行为的尽力书写，彰显了庄浪苦难英雄们的悲壮情怀，镌刻了一组组英雄群像。不仅写出了英雄们敢与天公试比高的铮铮风骨的外在豪迈气派，而且揭示了他们古朴憨厚、苦做巧为、智慧聪颖的内秀品质。当你读着这些掷地有声的句子时，当你走进这些"穿着黄胶鞋的县委书记""兄弟'愚公'""铁姑娘队"、80多岁的"S"形老人，以及众多村长们的行列，感受着他（她）们敞亮无私、激情燃烧着的胸怀，你顿时会悟出什么是民族脊梁的存在，什么是华夏大地浑厚地气的依傍和支撑。诗人在艺术真实的层面上，升华了其哲理的意蕴，达到了"文学是人学"，诗学更是人的情感学、精神学、心理学的本根旨质。作为从文多年的记者兼诗人何小龙，丰富的生活经验和艺术修养证明，他有能力担当这一文学使命，有能力完成这一艺术表现。

---

① ［意］钦提奥：《论传奇体叙事诗》，《世界文学》1961年第8、9号。

作为长篇叙事诗，诗人以饱满充沛的情怀，叙说挚爱着的足下的土地，赞美命运多舛而又锲而不舍的父老乡亲，并给以应有的历史定位，这是诗者的必需和文学的必要，从这个意义上来界定《接力》《鏖战》，诗人达到了这一预期。“记住他们/被死神带走的区秀叶/记住牺牲的阎凤英/她被一块冻土砸死前/还让女儿用针线缝过皴口/记住上寨炮手解文喜/他抱着自治的炸药包冲上去/却和石头一起飞上天/年轻的生命像陨落的流星/变成一块站立的石头/记住这些默默无闻的英雄/在他们倒下的地方/山塬耸立为碑/那些他们生前雕刻的梯田/每一片庄稼/就是悼念他们的祭文。”正因为诗人有了如此的情感投向和价值取向，笔下的组组人物，其音容笑貌如同在侧，古朴热肠如同似家，生命的奉献才那样的生动感人。同时，诗人切入机巧，淘选有法，组组人物以点代面，取其典型，映射一般，全面昭示出庄浪人民的整体精神面貌和心理世界。如四届县委书记决策上的高瞻远瞩：“和村民一起吃过野菜的县委书记史俊英/果断决策‘庄浪人翻身靠做（整）地/适时发出‘远学大寨，近学上寨’的口号/为中国梯田化模范县丰碑的树立/铺垫了第一层基石。”而“穿黄胶鞋的县委书记刘思义/任职6年修建梯田33.3万亩/离开庄浪的那一天/眼泪如断线的珠子滚落/打湿脚下凝重的土地”。还有被称为“船长”的老书记李文清，“一根骨头/从未被困难折弯/‘宁可干着吃也不等着要’”，一位具有强大“马力”的破浪行进的感染式“船长”；还有降除旱魔带来源头活水的“个头高大”的书记张力学。这些人们眼中的官员，却是那样的平易如父，慈祥似母，情义同兄，智慧过人。40余年的庄浪创业，涌现出多少个平凡而又伟大的焦裕禄。这里一个值得注意的时间细节是1962—1972—1980—1994年的描述，诗人的标示，意味着接力棒的延续。“易人不易志/一届接着一届干/传到手里的接力棒/陡然加重了分量/绷在梯田上的神经/被崇高的责任拧紧。”对这组形象，诗人的刻画是深沉的，用心也是良苦的。假如你将他们做一个当下的比对，那么你会想到什么？感慨几何呢？

如果说县委书记系列，诗人凸显的是决策的智慧、行进的方向，那么，村级干部系列则倡扬的是他们实干的表率、苦干的坚持、决胜的信念。兄弟“愚公”，两任支书，哥哥王应江“积劳成疾/生命的琴弦戛然绷断”。一个英雄的逝去，老天动容，雷电声哭。“王家山秦家湾马家寺/每一块梯田/每一个村民/泪流满面/谁来支撑/王丕江被推上支书位置/依然挑起哥哥搁下的担子/3400 亩梯田的推进/让马寺村终于挺直了腰杆。”历史常常有惊人的相似，战争年代的前赴后继，在兄弟村长身上再次体现，在诗人的笔下再次复现。17 岁的张嘉科，由司号员到专业队长，再临危受命担任村长，以他高中文化程度的有限知识，做着无限的工作急需。“活字典”张嘉科，一位聪慧的丰碑始者。

对于中国庞大的农民阶层，毛泽东这位熟知农人艰辛的睿智者，提出了历史是人民创造的，农民是中国的主体，“农民成就了多年来未曾成就的革命事业”，是“革命先锋”①，清醒地看到这个群体中潜藏着的巨大力量。记者何小龙以诗的形式诠释了这一论断，不仅写出了男性的气概，更彰显了女性的风采——罗翻调和她的“铁姑娘队”“被一种精神震撼的情感/我绕不开她们/庄浪人民血汗书写的创业史/绕不开她们”。由 30 多名未婚女青年组成的“铁姑娘队”“以铁的意志/在寒来暑去的山上/在风风雨雨的沟壑/用一把沉甸甸的镢头/完成着伟大的雕塑”。然而强体力透支，必使她们妇科落病，身体变形。“我终于明白多年后/已经 50 多岁的罗翻调接受记者采访时/为什么说不出一句话/只是流眼泪。”是啊，苦难的往昔，鏖战的岁月，青春的逝去，百感交集，能说些什么呢？诗人的描写是真实的，读者的内心是心酸的、苦楚的，当今的女性们又是如何呢？这就是文学，其真，其情所带来的历史的思考、哲理的思考。21 岁的区秀叶，“凌晨 4 点和丈夫就下了炕/两岁的女儿在熟睡/一条布带拴在了孩子的腰上窗格上/迎着嗖嗖的冷风上了地。”就在她想起孩子的时刻，一方冻土埋住了她，2 岁的女儿，再也感受不到 21 岁妈妈温热的乳头。一个为庄浪千万个后代谋幸福的母亲，就这样逝去了年轻的生命——1974 年 1 月 1 日。我不知道是悲哀、悲痛，还是悲壮，可以感到诗人的感情是痛苦的，笔力是沉重的。当诗人将自己的感情投进去时，读者就必然有一种被带入的感觉，使其共鸣，使其感同身受。这就是诗的力量，诗的烛火。像这样的英雄系列群像在《接力》《鏖战》中还有许多。如“把自己变成‘S’的老人马玉林；双脚失去了趾甲，却走进了庄严的人民大会堂，接受邓小平、叶剑英会见的孔祥吉劳模”，等等。《接力》《鏖战》的叙事富有层次，英雄群像的勾勒更显梯队，一组组、一队队扬起了庄浪人民前行的风帆，彰显着民族精神的巨大张力，浓缩着亿万人民的历史轨

---

① 《毛泽东选集》第 1 卷，人民出版社 1991 年版，第 18 页。

迹，其诗情、诗意不仅感染着诗者，更冲击着读者。一位伟人曾说："人民是推动历史的真正动力。""世间只要有了人，什么人间奇迹都能创造出来。"①诗人所要诉诸的正是这人间奇迹的创造，奇迹神话的本真还原，庄浪精神的尽力弘扬。

> 记住他们/记住这些默默无闻的英雄/在他们倒下的地方/山塬耸立为碑/那些他们生前雕刻的梯田/在梯田上生长的每一颗树木/每一片庄稼/就是悼念他们的祭文。

综上，作为英雄群像"丰碑"的主题乐章——《接力》《鏖战》的叙事，自有它主流思想的厚度，人文精神的高度，价值引领的向度，以及红色记忆眷恋的历史纵深度。这不仅仅是一个庄浪地域性的革命史实的存留，更是民族性的颇有特色的革命史实的红色实证。记者何小龙聚焦了它，诗人"陇上雪"还原了它，已大大超出了文学成就的范畴，其价值在于英雄的再现，精神的呼唤，思想的回归。这是一个好的尝试、好的开端。

四　《奋进》《感怀》：高原绿洲的诗化行吟

《奋进》《感怀》是长诗《丰碑颂》的第四、五乐章，共10节476行。这部分是诗人对庄浪人民代际接力战胜自然，艰苦卓绝超越自我，苦尽甘来终得硕果的纵情放歌，是对庄浪人民自立自强自信精神飞扬的诗意书写，是庄浪人民春华秋实历史史实的诗化行吟。"穷则思变，要干要革命。"庄浪成功了，穷山恶水变绿洲，人民胜利了，昔日麦客扬眉梢。这就是人与自然动态平衡关系的哲学诠释，是改造和被制约转换规律的历史见证。庄浪作为自然界表征之一，它的生命意义和价值的深层含义在于，其本身作为一个生命体，不仅是人类生命的价值之源，生命的发育过程和载体，同时要靠人的改造来实现，人才是自然界生命价值的最终承担者和实现者。所以古代哲人荀子提出"天人相分""制天命而用之"。主张"适时""有节""以时顺修"（《荀子·王制篇》）、"节用裕民""节流开

① 《毛泽东选集》第1卷，第18页。

源”（《荀子·富国篇》）等生态主张。这是中国社会“究天人之际”的天人关系重要追寻的哲学课题。庄浪人民以自己的勤劳智慧、坚韧持恒、富于创造的精神和实践，扭转和改造了天人相悖、和谐两分的自然逆差，完成了人类对自然界化育的神圣使命，这怎能不为诗人动容？为天下人动容？

在这两乐章诗里，诗人发挥了惯常的叙事和抒情才能，以记者的敏锐搜索、感怀、聚焦着庄浪人民用汗水漫过的一块块绿洲的巨变，一个个人们心田喜悦的微妙波动，一缕缕神情若狂的情感荡漾。并以饱含深情的生花妙笔，灵动点染的组合结构，写实象征和写意传神的艺术手法，对高原绿洲新貌做了六个层面的诗化行吟：黄土吟——生命哲学的守候；梯田吟——崇高伟美的象征；水之吟——智者情怀的浪漫；山之吟——持恒精神的内存；果园吟——春华秋实的芳香；大道吟——幸福畅想的绵长。

黄土吟——生命哲学的守候。土地作为自然界的表征，有着人类生命价值之源，育体之本的哲学意义。费孝通认为：“我们的民族确是和泥土分不开的。从土里长出光荣的历史，自然也是会受到土的束缚。”“靠种地谋生的人才明白泥土的可贵。”“土是他们的命根子”“是最高地位的神，最近于人性的神”[①]。诗人在“黄土的庄浪”一节中，细致描绘了昔日“土质松软”的“山大沟深的庄浪”人化自然后的美貌容颜：“时令已进入十月中旬/冷风吹拂/我试图要渲染萧索的气氛但我看到/占满庄浪山川的色调/仍然是葱茏的绿色。”山花草丛“笑靥灿烂”，鹅黄梯田“层层延展”“井然有序”“肤色鲜嫩”“腰肢婀娜”。夜晚的水上公园“明月皎洁”“树荫婆娑”“湖水银光”“小船泊岸”“女士健身”“翩翩起舞”。诗人层层点染，状物抒情，好一个黄土庄浪，“没有一点荒凉的迹象”。其人文景观分外瑰丽，景象一片生机：“鸟有树木栖身/花有园地绽放/鱼有水库游弋/人啊有小康屋居住/怀春的少男少女/在伊甸园享受甜蜜的爱情。”不仅如此，诗人点出了庄浪人守候土地，敬畏土地，执着土地，相信土地“永远是最强劲的支撑/最温暖的臂弯”，坚信能从土里长出光荣历史的生命哲学。黄土吟，一曲庄浪人敬畏土地的生命歌。

梯田吟——崇高伟美的象征。梯田，在庄浪已不是本义泥土属性的概念，而是升华为庄浪人民崇高伟美的人格象征。那层层叠叠的梯田，是庄

① 费孝通：《乡土中国》，三联书店 1985 年版，第 1—2 页。

浪英雄们用扁担、背篓、箩筐和双手铸就出来的。“34 年奋斗不息的历程”“敢叫山河换新装的精神”，使“2.76 亿立方米土方/堆成 1 米见方的土墙/足够绕地球 7 圈”。这是一个没有神话的时代，却实现了愚公移山史实的存在。庄浪从根本上告别了沙尘呼啸，大风浑搅，“看不见山的巍峨/河流的清澈/花的娇艳/蝶的舞姿/鸟的歌声”的恶劣生态，梯田使庄浪的发展发挥着“抗旱抗涝”“气血畅通”“走出贫困峡谷”“登上富强峰巅”的希望之路。诗人在“凝眸梯田”“仰望梯田”“梯田·画”三节中，以拟人化的手法，对从梯田美景到梯田设计者、创造者的伟美人格作了富于深情的书写：“山顶沙棘油松戴帽/山坡梯田果树缠腰/地埂牧草柠条锁边/沟道刺槐穿鞋。”梯田层层旋向天地，似少女编织的彩带，圈圈绕绕，“把依恋泥土的情怀/缠绕在山塬的腰间/于是风站住了脚跟/留恋地触摸着麦子/于是雨雪的柔情被挽在山塬的胸前/黄土地的臂弯/怀孕的庄稼神态安详”。一幅绿意盎然的美丽画卷。而这一切都得益于“熔铸建设者的血性/使梯田有风雨撼不动的硬度”，得益于“织进劳动者的血汗/梯田便具有张扬活力的风采”。诗人“仰望梯田/我的血液和灵魂里/写满对劳动者的敬意/捧在双手的饭碗/盛满他们馈赠的恩泽”。抒情写意和写意象征达到了和谐的统一。梯田吟，一曲庄浪人伟美身影的写真歌。

水之吟——智者情怀的浪漫。“水之歌”和“竹林寺写意”两节，作为诗的衡量格外显得清新、柔美，富有诗的特质及意境。“一泓碧绿”“翠色水波”“粼粼涟漪”“水映山影”“清水欢唱”等极尽水的属性的美好词汇一抹拈来，汇集于诗人的笔端。同时，因水而至的鸟儿、蜜蜂、蝴蝶、鱼群、野鸭、白鹭的追逐嬉戏，湛蓝天色、洁白云影、山塬树荫的本色再现，跃然于纸上。庄浪人民用智慧、以豪迈的情怀亲手绘制出了如此恬静、温柔、翠绿、碧水般的浪漫水乡图。昔日“水贵如油/半脸盆水从早用到晚/长辈洗了晚辈洗/男人洗了女人洗”的黄土旱原，一跃成为陇上明珠，塞上江南，一方特异的清凉世界。诗中分别勾画出的“水乡图”“生态图”，全都系于创造者们的科技规划之“智慧图”，这才有了多业发展的雨后春笋，“庄浪新生皮肤的健康和柔嫩”。由此，诗人坚信：“人类的智慧/是最强大的骑手。”水之吟，一曲庄浪人浪漫情怀的智慧歌。

山之吟——持恒精神的内存。以山作比，言其挺拔、岿然、傲立、不屈的性情和精神，在文学中不乏其例。诗人笔下的山，并非古之文人墨客虚化了的山，而是庄浪人民攻克荒芜、改换新貌的“二郎山”“火焰山”，其艰苦卓绝的化育过程就蕴含着一种无形的山魂——庄浪英雄锲而不舍持恒精神的内存。“绿染‘火焰山’”“二郎山的怀念”两节有着形象化的诠释。有位护林老人叫孙仰贵，“家里的热炕/留不住他匆忙的脚印”“14年铁锹用断十几把/脊背被岁月压弯”，如今长成参天大树的600多株苗木，“就是老人留给这个世界最珍贵的财富”。这就是山的精神、人的精神在一位老者身躯中的化境与内存！山依着人映着生机，迸出苍翠；人护着山更显挺拔，力的持恒。山成为庄浪人巍峨雕塑的象征。什么“火焰山”“二郎山”，无不在庄浪精神的化育下，使其苍翠如盖，林涛欢唱。山之吟，一曲庄浪人神魂化一的形象歌。

果园吟——春华秋实的芳香。当水果的清香扑鼻而来时，每一个人自然会想到那园地的鸟语花香，碧水粼粼，果满枝头的诱人景象。然而庄浪干裂异常的黄土，就其洋芋、胡麻的收成也难以糊住饥饿的口，更不要说享受什么水果之类的奢望了。“退耕还果/退耕还林/要迈出脱离粮食的这一步/多么艰难/多么忐忑。”诗人以其洞穿的目力，深刻地写出了春华秋实的背后——一道对于庄浪人有生以来何以转变生存理念的哲学考题。这就使得“果园吟”一节，突破了春华秋实果子丰收芳香的表征，而上升为人的固有观念、生存理念、新的精神世界内里的深刻变化，从而折射出整个时代的变化，社会的进步。同时，诗人以“依恋”“迟疑”“多么艰难”“多么忐忑”“那种紧张”“那种疼痛”等词汇，细腻地勾勒出憨厚和保守、希望和担忧的父老乡亲面对新事物的抉择，以及完成抉择涅槃后的欢欣飞扬的心理过程。描写细腻如丝，读来真朴入境。果园吟，一曲庄浪人深刻变革的理念歌。

大道吟——幸福畅想的绵长。“乡村公路畅想”一节，是诗人感怀庄浪的又一个侧面。俗话说：“想要富，就修路。”庄浪人终于告别了“能擦屁股的陡坡坡”“能绊倒松鼠的土坑坑”的羊肠小径。宽阔平坦的蓝色大道，使“山门豁然敞开”，接通了外面世界的精彩，吸引着山里人的目光，激活着庄浪人致富的神经。诗人写道：“五彩缤纷的信息/是一种倾洒的春雨/泡软板结的观念/萌生增收的思维。”公路给庄浪的土特产长上了翅膀，成了故土最亲密的伙伴。诗人深情地做着这样的比喻：它们“彼此相互偎依/一个像女子般恋家/一个如汉子般心系山外/梯田公路/宛如一列拥有两条铁路的火车/在轰隆轰隆的行进并且/不断提速。”诗情画意，动态静态，情乎自然，感叹万般，言尽而意未穷。一个庄浪人幸福前景的畅想，蕴含于诗人“不断提速”的了语之中。这就是“伟大的目的产生于伟大的毅力”（斯大林语），而伟大的毅力必将获得应有硕果的人生大道。大道吟，一曲庄浪人幸福指数的现状歌。

总之，第四、五乐章的《奋进》《感怀》，由于内容多为对山、水、田、地、林木等人文自然生态的描摹，因而更有着诗情画意之美，其笔法细腻，写意状物，借景抒情都达到了较好的诗的意趣和境界。当然不尽之处是有的，这就是内容安排上诗思、诗理逻辑的紊乱，似有段落上的重复之感。如三节关于“梯田”，两节关于“水”的排列穿插零乱，不在一个标题下的整合面上，有望再作调整。

五　没有《尾声》的精神长歌

一段创世般的惊天神话，作为时空的概念已远离现实，成为历史的一页，留下了一堆供人们观瞻的镢头、石杵、背篓、箩筐、扁担、马灯以及印记性的黑白照片，“沉默于不被世俗惊扰的安静”中，“幽暗岑寂”“就连灰尘也悄声无语”。时代在推进，人们的观念在演变，难道“所有的故事都会变成黑白照片”“被岁月镶嵌在玻璃橱窗里”吗？诗人何小龙发出了忧患而又困惑的情感追问。

作为叙事长诗《丰碑颂》的《尾声》，以“所有的故事都会变成黑白照片吗”和“陇东”两组106行诗，表达了诗者两种不同层面的情感寄寓，即信念坚执、情感执着、恋乡怀旧，以及对已逝创世英雄肃然敬然的情感向往和价值取向。这就是没有《尾声》的精神长歌。高尔基认为：“有许多例子表明，一个艺术家往往是自己的阶级和时代的客观的历史家。”[①]《尾声》中就其“黑白照片”之精神长歌的依旧坚信叙事，陇东黄土后人之精神恋歌的依旧唱响，其诗、其人、其例进一步表明诗者彰显时代丰碑，力尽文学担当的应有素养。

“真正的诗永远是心灵的诗，永远是灵魂的诗。”[②] 何小龙是一位灵性诗人。所谓灵性，就是一种心灵、性情、感悟的临界真诚表露，从许多诗中我感受到了他的真实与真诚。所以心灵的诗、灵魂的诗，是他的诗思中

---

① 高尔基：《论文学》，人民文学出版社1978年版，第160页。

② 高尔基：《文学书简》上卷，人民文学出版社1962年版，第482—483页。

最宝贵的。在这里，诗人以高亢的激情坦然地做着肯定性的情感回应："他留下的脚印未必就会如草枯萎如花凋零/你看那仍然鲜活于黄土高原的层层梯田/不就是伟大的劳动者/留在身后的生命痕迹/它们不会被时间的巨手抹掉/而成为一种精神的放大和延伸。"诗人以"一幅画""一首诗""交响乐"比其精神的放大，以"斑斓瑰丽""节奏跌宕""大起大落""轻柔细腻""激越奔放""小溪流淌""飞流直下"比其放大的效果及延伸。呼之真诚，比之贴切，诗情与画意有着精神长歌的节奏和旋律。

不仅如此，诗人还勾画出了"黑白照片"应有的历史内涵和现世的存在价值，即粮食的增产，林果的效益。这些就是劳动者们的"汗珠""智慧""付出""都值得歌颂和颂扬"。诗人坚定地呼吁："请把你们思考的火炬/举向他们吧/举向——/一片破旧的褡肩/一柄古老的石杵/一把快要生锈的镢头/一只被石压烂的背篼/一盏保持原始形态的马灯/一条像老农一样驼了背的扁担/请不要忽视它们/更不要鄙视它们。"一位文学担当者的激情与哲理，历史与现实之精神长歌的愤青书写跃然纸上。

大凡在文学领域，人们常常提及"土地意识""家园意识""恋乡情结""忧患感""使命感"等。从文学伦理层面讲，这是一个作家所具备的从文根本，必备的必需的意识装备。假如一个作家的笔下离开了土地意识的挚爱，离开了家园意识的热情，淡漠了恋乡情结的向往，那这个作家无疑便成了"空心作家"，其文字势必是无根之木、无源之水的飘然物，它是无法抵达担当、忧患、使命的文学伦理高度的。因此东西方哲学家无不呼唤、捍卫这一文学伦理的存在，召唤作家这一文学大爱情怀的回归。如柏拉图构想的善美"理想国"，卢梭强调的"回归自然"，尼采呼吁的"价值重估"，亚里士多德的"净化说"，孔子的"志于道，据于德，依于仁，游于艺"，等等。何小龙已从文数年，作为穿堂入室有着一定修养的文学诗人，这种意识装备在"陇东"一节及其他诗作中有所彰显。"陇东啊我是一株靠露珠滋养的草/在你山塬的皱褶里默默生存/你的泥土里/有我的一粒微尘/你的绿色里/有我的一丝生机/你的色彩里/有我的一缕芬芳。"诗人与故土交融，"小我"变"大我"，情感与家园融汇，私情成大爱。"天地茫茫/苦乐交融/我一步一个脚印/至今没能走出你牵绊我的视线。"为何呢？因为"陇东啊我爬上你高高的山顶/却像树一样扎下的根/将自己拴住"。可以看出一种难以割舍的土地意识、家园意识和恋乡情结的深厚对接。同时，诗人用"父亲""母亲""太阳""月亮""关注"

“唠叨”“操心”“安抚”“冷暖”这样温馨暖色的词汇，拟人化境的手法来倾诉与土地母亲的情缘、地缘、人缘的私密关系。诗人由衷地唱道：“陇东啊不论我把歌唱到哪里/歌声里/总会弥漫你黄土的气息。”坚执文学伦理，坚守黄土写作，坚信“从土地能长出光荣历史”的信念，这就是诗人何小龙之所以能写出《丰碑颂》——一曲黄土地生命歌，黄土地人民不屈的创业歌的根本因缘。

徐志摩认为，诗人应该是“精神困穷的慈善翁，展露真善美的万丈虹，居住在真生命的最高峰”[①]。愿以此为寄语，将黄土地之歌唱得更响！

---

① 徐志摩：《徐志摩自传》，江苏文艺出版社1979年版，第53页。

第八章　大爱情怀：陈若星报告文学创作

报告文学，作为别一文体，就在于着文学色彩言社会事象，其本质依然强调的是作家的价值取向和文字抒写的感情投向问题。这种文体，较之于诗歌的空灵，更多了些地气的殷实；较之于小说的虚幻，则注重社会性、时代性的勾勒；较之于散文的意趣，却有着聚焦精神、镌刻榜样、彰显力量的倚重，而这一旨质均源于作家人文情怀和人间大爱的拳拳心结，以及社会关怀的深邃积淀。试想，一个工于欲望，巧于随梆唱影者，岂能成就如此文学使命的担当。

当三秦大地一个个平凡而又伟岸的英模报道进入人们阅读视线时，当一篇篇记载感人事迹的文字温暖着人们的心灵时，当一批批秦地先哲精神被挖掘激励着人们生活前行时，一位严正的资深媒体人，一位勇于担当的优秀记者，一位才卓温婉的女性作家为人们所熟知。她就是《文化艺术报》总编、全国优秀记者、“百年三八·杰出女性”荣誉获得者——陈若星。

陈若星近年来的文学创作多彩多姿。说多彩，则有作为记者出访落下的三秦大地或名流或坊间英模慷慨感人的励志文字；说多姿，则有作为作家留下的观人论世敞亮情怀，抒发见地的美文文字，以及其他域外作品的翻译文字，等等。这些大著小篇，总揽一窥均可见其著的品质、章的风采、句的意蕴，在秦地女性作家风采中独树一帜，独占一流，在陕西媒体界亦独当一面，卓然而立。

一　大爱情怀的拥抱

“探索与创造者的礼赞”①，这是作家陈忠实对陈若星文字的由衷评价。一个作家，一位记者，在从业中以什么样的态度看待生活，这不仅仅是一个创作的视域问题，而是一个作家文化观导向的重要问题。这是因为文化观决定价值观，价值观决定人生观，人生观指导生活态度。一个具有先进文化价值观的记者、作家，必是挖掘人类社会创造者的精神存在，探索其精神得以延续、烛照后来的文明规律，而并非揪其一暗、添加放大、说三道四、攻击其余。陈若星的报告文学，呈现的是大爱情怀的拥抱，她以大爱情怀之墨，挖掘所述对象大爱情怀之真，来激发社会受众大爱情怀之意。三者大爱情怀的洋溢与叠加，使世间的美好、人性的温暖在作家的笔下产生出应有的烛光效益。

纵观陈若星近年来的报告文学创作，那《守望格桑花》《鸿雁高飞》《震不倒、摇不垮的钢铁生命线》《那一份乡情，历久弥浓》《一本书·一部片·一个团队》《让大爱传递，让美丽延续》《东方骄子》等集束性篇目，作者就不同领域，以不同角度、不同精神层面，以及不同的艺术表现手法，抒发了一个作家、一位记者对记述对象无尽的挚爱和情感关怀。那抗震英雄们大爱身影的悲壮；那雪域高原守候国门者的伟岸；那年少壮志舍身为人的崇敬；那擎臂凝聚团队一搏的感动；那醇厚乡情依恋的温暖，以及那身在异国情在故园之心的拳拳。我们说，文学的能事是记载世间的美好，鞭挞其丑恶，而穿越鞭挞彰显的仍然是对美好的倡导和向往；那么记者的能事则是发现、挖掘散落在社会各层面的精神事象，以镌刻榜样、彰显力量，激励世人前行。陈若星集作家、记者于一身，其作家的使命，记者的担当，使她的文字既有作家的深邃与洞见、情思与温馨，又有记者的敏锐与坦言、凌厉与哲思。《守望格桑花》的字里行间就处处彰显着作者大爱情思与坦言哲思的个性特点。“格桑花”，一个象征生命神圣、永恒的名字。“山峰之间的深谷，究竟带走了多少人的思念？大概没有人能说清楚……就在这里，生活着一个群体，他们本不属于这片土地，却将生

① 陈若星：《夏花秋叶》（上），西安出版社2012年版，第4页。

命融入这片山川与河流。他们，就是解放军基建工程兵部队。"[1] 是的，一群本不属于这片土地却将生命奉献于这片土地的"格桑花"，军旅作家党益民以《一路格桑花》炽热的文字记下了他们大爱情怀的历史刻度。陈若星走进了他，触摸到了这位长期从事军旅创作的本然的"格桑花"作家，同样以炽热的文字记下了他们的苦乐，他们的坚强，他们的大义，他们对祖国的忠诚。19 岁入伍，进驻唐古拉青藏公路建设工地的党益民，十余年间，在雪域高原凌厉劲风的拍打下，在战士们热血与汗水的战斗中，锻造了深厚的"格桑花情结"。"用我的笔写我战友的故事，我停不下来。"党益民如是说。就这样他每年进藏，至今已有逾 40 次的采访记录。一次穿越阿里无人区，至拉萨到成都，40 余天的采访途中多次遇险，已触摸到了死神的额头。就在这次出发前，党益民买了 5 份人身保险，悄悄放在家里，以防不测，妻儿可以用这笔保险金维持生计。当妻子发现后，伤心地哭诉说："你干吗非要去西藏呢！""我热爱那片土地，热爱那里的战友，进藏的每一条公路都有我的战友的身影。"[2] 丈夫淡淡的话语蕴含着无尽的深情厚谊，对家人，对战友，对土地。这就是陈若星笔下所呈现的"格桑花精神"，一种对将生命奉献于这片土地的战友的大爱，对战斗过的这片热土的大爱。

善于以一个人物、一个故事的娓娓叙述，以动情而又质朴的文字，勾画人物悲壮震撼的灵魂世界，是陈若星报告文学的特点。如《鸿雁高飞》中对邮差与生活情怀的描写；《震不倒、摇不垮的钢铁生命线》中对抗震线上官兵大爱情怀的描写；《那一份乡情，历久弥浓》中对台胞老人乡情依恋的描写；《让大爱传递，让美丽延续》中对励志少年壮怀感动的描写；《一本书・一部片・一个团队》中对科学家事业情怀的描写等无不体现着这一特点。尤其是在《守望格桑花》中，一个个人物故事的简约叙述，白描似的笔墨勾勒，使其精神境界在有限的文字中释放出较大的思想张力，感染着读者。一位战士王立波"死"过三次，有两座坟墓。运送物资被大雪封住，用草根雪水充饥，坚持五天五夜，终未醒还。一位于"老虎口"打风钻的战士，瞬间倒在了塌方的血泊里逝去。开追悼会时，因腿脚伤肿无法穿鞋，总不能让战友光着脚板上路啊，战友们只好将鞋剪

---

① 陈若星：《夏花秋叶》（上），第 63 页。

② 同上。

开，勉强为其穿上，在场的战友则放声大哭。作者的这些报告性文字，简约逼真，真切感人，既无过多的文学渲染，也无落笔惊风之哲奥，其字里行间透视出的是英雄们朴素的最美壮行和最烈壮举，以及无言无华、无怨无悔、默默奉献的内心世界的外在践行。这里，崇高与伟美，崇敬与敬重，震撼与激励，悲怆与感念，其寓意、心意、情意全凝聚于作者拳拳字意之中。可以说，这里的“格桑花精神”，就有着三维融合式的叠加与构成，即青藏线上战士们的格桑花精神；塑造他们形象的作家党益民的格桑花精神；挖掘报告这种精神的记者陈若星的格桑花精神。正是这种大爱拥抱生活的“格桑花情结”的延绵、链接与传承，使得社会更多了些妩媚美好和温暖，人性向善和宽容。这是作家的能事，也是记者的担当。

陈若星以其诸多洋溢着大爱的文字，完成着一个作家的能是，以其深厚绵长的大爱情怀，践行着一位记者的担当。十几年如一日的大爱链接，烛光效应，如同朱自清当年评价徐志摩诗作那样，“是不舍昼夜的跳着溅着的一道生命水”①，陈若星的报告文学，正是这样一道拥抱人间大爱情怀的温馨、柔婉、励志荡漾的生命水。

二　视野论域的广阔

将陈若星报告文学“视野论域的广阔”作为一个话题，是有其深刻的文体学命意和作者文化身份思考的。

首先，作为记叙文体的报告文学创作，一般来说，其作者的精力付出则往往大于它文体的写作。这是因为面对现实生活中报道对象的多广，使得报告文学作者不能择定相对固定的生活场域去恬静地散淡写作，而总是伴随着社会重大问题、热点人物、感动事件的多领域、多层面、多群体的涌现而多追逐、多转移、多报道、多创作，以至多精力、多耗费、多付出。这种劳动与十年磨一剑的纯文学创作之法也就大相径庭了。陈若星作为重要媒体的主政者，无一例外地处在这种新闻事件、社会事象之多浪浴中冲刷、磨砺，在采访、写作又编报的紧迫中，在纷繁、艰辛又严谨的群乐中，与时间争分，与空间夺秒，以至于多成果、多回报，赢得了报告文学行云流水皆成文，短平快妙手能成章的文体学写作意义。无疑，这是她

① 朱自清：《中国新文学大系·诗集》，上海良友图书印刷公司1935年版，第58页。

的文学才华和行业行事的本领。

其次，作为文化身份的思考，则有着陈若星一个记者责任担当的呈现，一个作家情感投向的呈现，一位媒体人职业操守的呈现这样三维融合的深刻含义。

记者的素养，虽然说重在勤于思考，敏于发现和长于沟通，实际上这是一种责在自我、任负自身的品质呈现，陈若星做到了。收在《夏花秋草》（2012 年）中的 72 篇报告文学，就其采写对象所从事工作的领域而言极为广泛。筑路工地、地质矿区、邮政系统、农科院所、历史场馆、青藏建设、国庆阅兵、空降兵种、抗震救灾、延安老区、榆林文化、汉中艺术、关中民俗、文化产业、影视基地、医疗卫生、文学团队等各行各业各领域尽收眼帘，囊括笔底，一派大气覆盖、生花妙笔、抒写若定的大家风范和大笔如椽之气魄。这其中所要解读的是，陈若星作为记者的勤于思考、敏于发现的特有素质和素养，以求异、求新、求变的思维，特立独行、另辟蹊径。如对青藏建设工程兵“格桑花精神”的抽绎；对空降兵“鹰魂即军魂”的概括；对科学家们“理性、严谨、缜密，宛如一尊圣神雕像”的界定；对邮政战线“鸿雁南来美好情愫”的赞美；对抗震救灾“大爱诗魂生命旋律”的讴歌，以及对“秦腔即古老的摇滚”的趣比，对“宝汉高速即彩虹之上”的浪漫勾勒，对“狂飙为我从天降的黄河文化”魂魄的唱响等“陈若星式”新异发见的独立思维，给她的报告文学的质地平添了几多敏锐、鲜亮和深沉。那么，类似的自我超越，究其因都指向了一位主政总编的责任担当，即与那些稳坐一室、不着笔墨、不及尘埃、充当老大、指拨下属的一类巧言辞令官员形成了鲜明的对照。实践证明，《文化艺术报》的高品位、广影响、聚人脉、传正气的社会口碑便是最好的注脚。

与此同时，在 72 篇报告文学中，有相当篇幅聚焦于各级各类各条战线上的英模事迹及感人事件，作者无不亲临采访，直面对接，予以深度沟通并将其书于纸面，反映出作者陈若星长于沟通、善于沟通的记者修养。这里的沟通绝非简单的对话，而在于这些人物访谈中，一人一事、一事即篇的心血的胜出，同样呈现出多领域、多层面、多群体、多追逐、多转移、多报道、多创作，以至于多精力、多耗费和多付出。这篇篇文字印证着作者的无尽汗水与辛劳，其劳动强度是对坚持的考验，其各类被访者的文化背景不同，是对采访方式、策略和智慧的考验。陈若星自然是出色的，驾轻就熟，随方就圆，显示出职业方家智慧的老道和技巧的圆融。如对国学泰斗文怀沙，诗界前辈胡征，文化名人霄云儒，哲学家陈世夫，喜剧美学家陈孝英，作家高建群等的采访报道文字，着色深邃厚重，谦卑崇敬；对秦腔艺人王新仓、李小锋，音乐家崔炳元，歌唱家张智斌，画家王胜利、王之云，舞蹈家程鹏民，影视制作人郭敬宜、李涛、王苗、许还山、王乐等的采访报告文字，却有着热烈活泼、激情敞亮的色彩；而对植根民间的矿工、边陲战士、白衣天使、少年英雄等的采访报告文字，则显现出外在辞章的质朴温馨，内在精神镌刻的倚重。不仅如此，陈若星还采访报导了一些海外游子、国外友人，其文字更多了些包容、气度、感念和眷恋的感情色彩。这就是作者文化身份的思考——一个记者责任的全部诠释，即"拼命三郎"的社会公共意识，囊括社会事象的热切精神。

陈若星文化身份思考的另一维，就是其作为作家情感投向的呈现。以文学报告社会事象，就必然投射着作家的主观感情色彩。从这个意义上说，报告文学亦即人学，人的情感学。上述 72 篇报告文学的字里行间，投射着作者热爱生活的激情，敬慕英模的深情，感念凡人伟业的纯情，以及对改革开放新气象的恋情，等等。这些积极向上、健康炽热情感的投放，使得她的文字更多了些女性情感的柔媚温馨，人化自然的秀美娟气和物情相融的哲思大气。在《彩虹之上》篇里，宝汉高速五座特大桥连通陕甘，其气势磅礴，雄伟壮丽，长虹飞渡，伏波挽澜。其惊叹和赞美，一切语言似乎都意犹未尽，难述其怀。作者感动了。她这样写道："当我在那些飞架于百米多高河谷之上的桥梁工地，在那些被青山翠谷环绕的钢筋混凝土之间，见到邓江明、汪峰、杨真等一群栉风沐雨、肤色黝黑粗糙的年轻建设者时，突然明白，最伟大、最动人的美，其实是在这些建设者们的身上，在他们的心里。"① 字里行间有对特大桥彩虹飞渡雄伟的赞美，有对年轻建设者们身影的敬慕，更有透过物象挖掘其精神世界的哲理情思。当她得知，建设者在冬季浇筑桥梁承台因温差较大，需采用内部降温、外部保温措施并予以日夜监护时的工作状态后，作家写道："一些诸如心细如发，体贴入微这样的词便浮上心头，但这又如何能涵盖建设者们艰辛的付出与无尽的操劳呢？这哪里是在建构大桥，仿佛是在呵护着自己

---

① 陈若星：《夏花秋叶》（上），第 8 页。

的亲人啊。"[①] 这里，以著有体温的情感文字，轻轻描画着，细细叙说着，丝丝感念着建设者的伟岸和精神的感动，这里，文字的热量同样给读者传递着无限的眷恋和感动。作者进一步挖掘说："这就是他们对大桥的感情，这就是他们对大桥的态度。这种感情，这种态度，弥漫在宝汉高速线上的每一寸空间。"[②] 复沓句式的连用，其哲思的胜出可见。一个记者，究其新闻写作要素，是主要通过叙述展示报告事实，而"展示"一词的词源学意义在于，将认知对象展现、显示给人们看。陈若星的这种展示是深情的展示，是与建设对象精神世界融入的会心的展示，所以产生的受众效应也就大得多。这就是报告文学之所以谓之"文学"的精髓所在。作者当然心领神会，其文字情感的浇灌也就满满当当的了。

媒体人职业操守的呈现，是陈若星文化身份思考的又一维度。媒体人是一个特殊的人群，其职业操守有着严格的规定性。热情而不失原则，敬业而不依附，用情而讲求分寸，所谓"今天的新闻就是明天的历史"道出了媒体人对历史负责，对现实报道真实的刚性职业准则和行业道德。陈若星的报告文学，其写作立场所遵循的就是"以事实解释事实""以事实证明事实"的最高创作理想，虽然有着文学色彩的抒发、描述和感情色彩的灌注流淌和倾入，但这种倾向都被作者巧妙地隐蔽在事件事实报道的背后，体现出高超的"隐蔽的存在"。这就使得她的报告文学既有"以事实解释事实""以事实证明事实"的媒体人行业原则，又有作家文学性、感情性丰润的富有，以及对这一文体特性的有效把捏和艺术处理的技巧。《今夜无人入睡》篇，由观赏一场中国交响音乐会而产生出这样一个令人遐想美妙的报道篇名；《涟漪》篇，是对一位省级干部驻队期间所写下的《驻队日记》中反响事件报道的作品。而"涟漪"的题名，其哲意可见：一位省级干部躬身下乡驻队调研，表明好干部好作风在民众中泛起的涟漪；所写下的《驻队日记》中的农村真实状况在社会各界里所产生的涟漪；这些问题又引发了作家陈若星心底社会关怀的涟漪；于是她在文章中又情不自禁地抒发了初读《驻队日记》的富有哲理议论的涟漪："民心向背，事关国家兴衰存亡。政之所兴在顺民心，政之所废在轻民生。"[③] 以

---

① 陈若星：《夏花秋叶》（上），第160页。

② 同上书，第147页。

③ 同上书，第10页。

及1947年毛泽东与黄炎培谈到历史周期问题，警惕“其兴也勃焉，其亡也忽焉”的感想[①]，等等。这里，作家的情感，文学的色彩，报告的原则三者在媒体人陈若星的文章中得到和谐统一。

三　清朗风格的怡人

文学有色彩，文章有风格；风格属于那些执着于文学者。作为女性作家的陈若星，前有界碑李清照婉约词人的传承，后有谢冰心以“爱的哲学”构体的清新隽丽，轻倩灵活之风的膜拜，其清朗怡人的自身风格在这些先秀前辈的熏陶中渐成。其特点我概之为散文化、诗意化、心语化、哲理化四个方面。

报告文学散文化，是对报告文学文体法度的一种拓展。中国古代文论注重和讲究文体学的法度意义。“有定法而无定法，无定法而有定法”的“法无定法”的理论。在创作中，相对恪守报告文学纪实报道、真实描述的法度下，兼容散文抒情、议论之优长，使其在更大文体空间中或记事，或抒情，或描述，或议论以释放主体情感及客体信息量的最大化。这是陈若星报告文学的风格之一。《让大爱传递，让美丽延续》篇，报道的是少年英雄熊宁事迹一书的首发式活动。文章纪实感人至深，各界赞评记事亦沁人肺腑，而作者的行文则全然散文化。优美动感，情思由衷，意切沛然，夹叙夹议：“青海湖的红嘴鸥来啦，吟诵着：熊宁、熊宁……玉树州的布谷鸟来了，鸣叫着：永恒、永恒……在饱含深情的诗句与优美舒缓的音乐中，看哪！最美女孩熊宁带着和煦温馨的笑容与美丽善良的容颜，以亭亭玉立的身姿，向我们款款走来……现场许多人的眼睛湿润了。”[②] 这里面既有真实纪实报道的法度，更有散化式色彩元素流动的灵光，是“法无定法”理论的有效体现。同样，《他从煤矿深处走来》记叙了一位有着农民、矿工、军人、大学生、编辑、干部、厅级领导多层经历的奋斗者的励志事迹。作者笔走波澜，文墨变换。写农民的他，“血气方刚，不甘心命运的安排”，文字有着地气的厚重；写军人的他，“怀揣文学梦的遐想”，文字有着追求的意味；写矿工的他，“他要做从煤海深处锤炼出

---

① 陈若星：《夏花秋叶》（上），第11页。

② 同上书，第12页。

一块‘精煤’，哪怕燃烧自己，也要放出光彩”，文字则多了品质的刚毅；写大学生的他，“凭着坚韧的毅力，他终于演绎出了矿区的神话：一个初中毕业的地道矿工，越过高中的阶梯，直接跨进大学的门槛！”而且“经过黑暗的人，更知道光明的可贵。从煤层深处走出来的他，特别珍惜上大学深造的机会”。文字蕴含着自信的底气，以至于后来的做干部、当领导的文字描写，等等。就是这样一位“儒雅、白净，曾经有着被煤灰熏得像铁铸一般黑的面孔的他”“在没有启明的清晨下井，在一个落尽了霞光的夜晚出来”“最繁重、最累人工作的掘煤工”在作者多彩的笔下，呈现出多彩的励志光芒。可以说，陈若星报道文学散文化的如此严谨事实，如此散化描摹，如此酣畅抒情，如此放笔议论之多维手法的例子成就了其风格的存在。“陈若星的报告文学是速写式，在于篇幅都不大，然而却不像一般速写式的轻泛，而是每篇都有充实的颇具分量的内容……从写作艺术和笔底功夫说，不仅不易，而且突显出陈若星的独具一格的表述风格……柔情甚至柔弱的一脉文字。”陈忠实如是说。[①] 评论家李星也认为有“书卷气”，等等。这些都意在点赞一种散文化文学形式的美学灵光。

追求文字的简约精粹，文意的诗化意蕴是陈若星报告文学创作的又一追求。从这个意义上说，诗意化特色装扮着陈若星报告文学的华美霓裳，使其文本更有着赏心悦目、诗意盎然、神采飞扬的动感画面。如果结合她的仪态情态心态、生活状态以及工作状态观察，她是爱美的，一位理想美和现实美结合的完美主义者。既典雅文静，又儒雅大气；既外秀怡人，又惠中丰盈；既衣带华贵得体，又不落俗饰随流；既柔声细吟沁人心肺，又侃侃哲思使人顿悟；既采访写作步履如旋，又全局把捏丝丝有序。可见，作者这种点点滴滴、层层面面的亮点闪现，本身就是诗意的外化，一种诗化生活的个体追求。有道是人品即文品，看其人，观其文，你就会明白陈若星报告文学何以如此诗意化的原因。

如前所说，“以事实解释事实”是陈若星报告文学遵循的基本原则，然而她的人物素描却是那样的诗意化，充满着诗的遐想和意的无穷回味。一位著名的中国油画家王子云夫妇走进了作者的笔下：“在苍茫的岁月云海之间，在中国西北角的滚滚黄沙中，一架农家的木轮牛车逶迤蹒跚而来。车上的人，一位身材伟岸，浓眉神目，直鼻阔嘴，高额方颐，是典型

---

① 陈若星：《夏花秋叶》（上），第362页。

的东方英俊面孔；与他相伴的女士，则娇小玲珑，清丽秀美，温婉端庄……这是当时的中国教育部西北艺术文物考察团团长王子云先生与其夫人何正璜女士。”[①] 这段诗样的文字，有云飘动的流霓，有海苍茫的雄浑，有黄沙滚落的凌厉，有牛车悠悠的信步；有男性伟岸英俊的刚毅，有女性柔韧端秀的情致。真可谓一幅天、地、人叠印的阳关图。这还不够，作者拓笔妙喻，“想起了同是负笈西方，栉沐欧美，风华绝代的伉俪——梁思成与林徽因……”[②] 给读者留下了又一个意的回味和诗的遐想。可以说，如此诗意化的描述在《穿越白桦林的气息》《长空雁叫霜晨月》《狂飙为我从天降》《大别山上草青青》等篇什中比比皆是。

心语化特色的厚重与彰显，从另一层面平添了陈若星报告文学的温馨与可读性。以文字诉说真情，以文章道出心声，这即古人“言志”“载道”的从文教诲。文字、语言作为作家的工具介质，是有“心”的生命，“情”的脉搏的。所谓“心语”，就是作家借助文字诉说心里的一脉话语、一种衷肠、一丝见识。作为女性作家的陈若星，性别使然，其文字间更有着心语化的独特表现，如细雨润物，读来或沁人心脾，或顿觉豁然，一种素性曼妙、清新畅翠、刚正肃然之文气扑面拂来。

农村问题是中国革命乃至当下的重大问题，农民阶层是中国社会的根柢，谁若赢得了农民便赢得了天下，这是中国革命胜利的实践证明。在西北大学出版社放弃赢利图书，而选择农村系列图书出版的事件报道中，陈若星以“穿越乡野的思索”为题，发出了她对这个问题的一脉拷问：“中国当下的农民问题，以及着眼于此，转型期的社会问题有无路径依赖？由此出发，究竟能走多远？”[③] 这是一种亲农心语的思考和追问。“中国社会的城市化发展也不过是最近几十年的事情，城里人不论身份地位如何，不是农民的儿子就是农民的孙子，所以对农村农民的关注应该是人人有责”“因为，没有农村的现代化，中国的现代化就无从谈起”[④]。心语的警示和呼吁是凝重的、肃然的，如同鲁迅笔法一样，给那些不以农人为贵的浅薄者以猛醒。由此她赞赏“西北大学出版社为此付出努力，作出了不俗的业绩”。《为了忘却的纪念》篇，写的是广东文化界几位中青年创作者推出的

---

① 陈若星：《夏花秋叶》（上），第 363 页。

② 同上书，第 358 页。

③ 同上书，第 359 页。

④ 同上书，第 381 页。

新片《国魂》的报道，文章涉及《凌志汽车与橄榄树》一书作者谈及全球化的国家形象问题。该书作者认为："凌志汽车代表世界，而橄榄树代表民族文化传统，前者是强势形态，后者是遭遇挑战的前景模糊的存在。冲突不可避免，民族的东西将居于下风。"① 此观点显然值得怀疑。陈若星则直言不讳："我们要问的是，民族的东西，真的只能像橄榄树一样只有美丽而承受不住'凌志汽车'的冲击吗？我们相信，一种叫'国魂'东西，不是'橄榄树'。由此我们想起一种更有力量的，并且以固守的姿态沉默地宣誓其精神价值的东西。它就是每一个国家所必然有，也必须要有的纪念碑和烈士陵园。"② 斩钉截铁、慷慨陈词的一番秀中刚外的民族自信的心语令人振奋。诘问在继续："凌志汽车后面是跨国公司，未来的中国将会由它们来塑造吗？我们不相信！我们会找到历史告诉未来的答案：不要等到被压迫、被侮辱、被攻击、被损害时，才想到民族昨天的灵魂！""我们不能放弃国魂。"③ 这里，作家成了思想家，就全球竞争、国家形象、民族尊严的情感认知道出了内在的心语认知，志气、正气、浩气全在字里，一个文弱女性的掷地声音。延安，对于陈若星来说是刻骨铭心的。她以"神奇的延安""聆听杨家岭的谈话""在枣园的油灯前遐想""南泥湾徜徉"四组文章表达了一个作家对革命圣地的敬勉之情和拳拳眷意。采访有终而流连无尽，浓浓的心语又穿越至过去："驱车回程，山川田园急速地后退。恍惚间，时间又仿佛倒流至60年前的延安。眼前白色闪亮的柏油路幻化成轻土飞扬的山间土路，路上，正络绎不绝地从全国各地来投身革命的男女青年，间或有身着戎装的抗日将士策马飞奔而过。他们目光坚定，神色刚毅，直视前方，勇往直前。啊！延安，你以少胜多，以弱胜强，置之死地而后生，在最贫瘠之地崛起的神奇，名垂千古，光照千秋……"④ 这简直就是一首诗的心语，诗的情语，状物言情，借景抒心，一位当代记者宛若身处60年前对投笔从戎前线的神往中……其感觉真可谓亲历在目，其情感亦绵透纸背。另外，在陈若星的心语情结中，也同样有对域外命运多舛、悲惨女性的关怀和包容。她采访了日本女性史学家山崎朋子讲述日本最底层、最悲惨的"南洋姐"的生活后，写下了《山打根——那望眼欲穿的乡愁》的记叙悲

① 陈若星：《夏花秋叶》（上），第381页。
② 同上。
③ 同上。
④ 同上。

惨人群的伤痛文字。“在酷热的山打根那些凄苦的日子里，为了能早日回到家乡，这些女孩子日复一日、年复一年地葬送了自己尚未绽放的花季，葬送了自己的青春乃至一生……”① 温暖关怀寄予笔端。但作者的视点却在于透过她们如此伤痛的日子，看到人性的善良和美好的光点。“生活在极度贫困中的阿崎婆，还收养了 9 只因主人搬迁而被丢弃的小猫”“无论是人还是猫，只要对方需要就尽力去帮助，对他人的自由始终保持着尊重，这就是阿崎婆身上所体现出的那种出污泥而不染的莲花般的美好人性。”② 深情地议论带着几多关爱和敬重，几多伤感和同情。女性作家陈若星心语化的独特表现是如此鲜明。

最后，哲理化特色呈现了作家陈若星良好的善思辨的文学素养，给她的报告文学对社会问题的分析注入了活的灵魂。那么，作为报告文学，它的哲理化因素主要体现在所报道事件背后的“哲理化意味”方面，即对时代精神、人格力量、社会风尚、道德榜样、正义引领等正能量的挖掘和透视，并以诗化的色彩去呈现、去抽绎。这是一个记者、作家、媒体人文字胜出的必需和必然。如“复原一个海外妓女的故事”一节，作者的字里行间透出的是置身人间最悲惨、最伤痛、被侮辱、被损害的困境中，依然有着尽力帮助他人，出淤泥而不染的美好善良的灵魂。一个自身生存悲惨而内在灵魂却美好的悖论哲理被展现出来。《一个叛逆者的生涯》透过美国历史人物艾伦·伯尔的聪慧与执迷、功勋与叛道等的复杂迷乱的一生，揭示出个人政治野心欲望的膨胀与无所顾忌行事的极端的人生警示。这就是说，无论是伟人还是平民，过度的欲望和极端必是自我泯灭的开始。报道军旅音乐家崔炳元的成长史，抽绎出来的哲思是“军人因战争而生”“战争会造就英雄豪杰”，崔炳元的音乐成就来自于那大漠长河交响的军旅“激情燃烧的岁月”，那“戈壁深处，广袤草原兵团垦区的野花、棉田、白云间”。参军不仅仅是年轻人履行保家卫国之义务，更是历练人格、人品、才华之途。篇篇文字所渗出的哲理思考，件件事迹所抽绎出的社会前行的精神指引，盖出于一个作家深沉的问题思考。诗言志，文载道，这个被朱自清先生称为“开山纲领”的古老理论，在陈若星笔下再次得到新的诠释。

① 陈若星：《夏花秋叶》（上），第 381 页。

② 同上。

第九章 《天上人间》的仁爱与亲和

宝鸡是大秦文化的故乡，姜炎文化与周秦文化的积淀深厚绵长，使得宝鸡后世文学的发生和发展生生不息，诗文的创作成为大秦文化中一道引人注目的文学风景线。集记者、编辑、作家于一身的李涛，其优美、和雅、淡定的文字中蕴含着浓厚的仁爱之心与亲和之态的和谐美。这是作者透过纷扰、浮躁社会世相的一种文学人性和正能量文学意味的审美追求，与当下欲望文学的肆虐和泛滥形成鲜明的对照。

在宝鸡诸多作家中，无论是阅读他们的作品，还是参与相关文学活动，接触较多的还是白立、白麟和李涛。因为是知人知性，所以对其作品内里美学意蕴的感触和靠近也就慢慢地清晰起来。可以说，这是一个接受者对阅读对象的直观审美感觉和把握。由此，我得出了白立的性情写作，有灵性，很机巧，能智性判断生活的创作美感；白麟的接地气写作，有泥土味，很质朴，具有爱恋情怀饱满的创作美感；李涛的体悟写作，很敏感，长思考，具有担当社会关怀的创作美感。做这样的一个区别，就意味着他们已各具性情和精神，即创作个性的凸显和成熟。

一 仁爱之心的体悟

说到李涛的体悟写作，其散文倾向带有社会关怀的浓厚情怀和达到某种期盼的热切渴望。这一写作路数和情感脉络的形成，究其因来源于一个记者的敏锐、作家的深刻和编辑的责任。所以说，记者、编辑、作家的三重身份，使其文字的内涵储存饱满丰富，情感程度细腻绵长，旨质意象明晰可见。其代表作《天上人间》就展示和抒发了作者理想与现实的美好夙愿，即天上人间和谐的理想美，仁爱之心与亲和之态的现实美。一个记者的社会关怀，一位作家的渴望期盼，如同一杯有限的甘露，洒向了社会变革中浮躁的人群。这就是担当，哪怕是有限的，也是可贵的。《天上人间》由“故土情怀”“望断天涯”“心音交鸣”“星空璀璨”四部分构成。四个部分，四个层面，四种美学意蕴，饶有兴趣地传达了作者对世态民生、物种事象、文明遗存、乡俗民情、都市景观、社会思考、精神追寻以及理想期盼的审美判断，十分清晰地折射出作者寄寓天上人间和谐美幻的心理轨迹。

“人是需要交流的，和他人，也和自己。这种交流，是心灵和心灵的碰撞，精神与精神的沟通。”作者的这一认识当然是深刻的，期盼自然是美好的。然而，这所谓“碰撞”“沟通”“交流”却是双向的，是你、我、他意愿的相向而动，感情的向心融通，其难度也就可见了。所以，作者不无感慨地指出了人际交往之三难，即“交流可以，沟通也行，但要通过交流而达到人与人之间心音共鸣，相知相同则很难”。这为一难。受制于“太多的世俗、太多的利益关系和经济、地位等条件的限制，使人们很难有完全统一的观点，如能大体一致，那就已是很难得的知音了”。这为二难。“想法不一，多于世故，观点不明，或深藏不露，或虚与委蛇，或佯装首肯，其实心里并不以为然。”[①] 这为三难。现实与现状的确无法超越，而作者向往的是穿越时间隧道的“俞伯牙和钟子期这样的高山流水，令人向往而敬仰之的千古知音”。这就是李涛作品既能面对现实，又有仁爱之心与亲和之态的文字所洋溢的魅力，是他个人心与手的内里对话，天地人和大美的一种情感关怀。

由此观《天上人间》，其著字从文的闲适心境，娓娓道来的淡雅韵味，无技巧之技巧的自然趣成，以及包罗古今轶事、南北遗存、民俗万象、山水景观、人生剪影、情谊抒怀等的聚焦，无不赋予了一种唯美的色彩、良善的祝愿，以及敬畏天上人间的虔诚。当我顺着“天上人间”所勾画的美丽彩虹之寓意文脉，魅力走笔之阅读感染时，我的脑际便自然涌现出如下审美判断之附和，这就是：故土情怀——仁爱之心；望断天涯——和谐之境；心音交鸣——亲和之态；星空璀璨——心灵之敬。

“故土情怀”篇，充分体现了作者仁爱之心的厚重。在《爱鸟说》中，作者目睹了一群闲人枪杀鸟的血腥场面，“我心中一阵痉挛，赶紧闭上眼睛”“心也随着这窒息和恐怖在颤抖、在哭泣……”一位中年汉子竟也感

① 李涛：《天上人间 · 自序》，作家出版社 2005 年版。

伤不已，透过戚戚的文字，我们不仅可见作者之爱心、人性的善良，更揣摩到他意识深处关于人鸟共居、活化自然、和谐生态的文化哲思和情感眷恋。“我想起了鸿雁传书，义鸟救主的动人故事”“憧憬着鸟语花香，百鸟朝凤的仙境”，以及“两个黄鹂鸣翠柳，一行白鹭上青天”“劝君莫打三春鸟，子在巢中盼母归”的千百年来代代传诵着的人鸟情歌佳话。《爱鸟说》千余字，真可谓仁厚之情饱满。而《动物园的故事》却从另一个侧面感念、痛惜动物们做困兽状的悲哀和无奈。作者用“笼中之虎”“戴镣的猴”、看似悠闲却被人类驯化了的“鸡”为题，透露出对动物们因此失去野性淋漓本能生气的愤慨。“我心中泛起一股悲凉。”“他长啸，无济于事；他愤怒，没有回音；他想发威，麻醉枪伺候……真是英雄末路。”“是动物就要有点匪气，有点兽性。如果兽没有兽性，就和人没有人性一样，不是也很可怕吗?”爱屋及乌，还原动物原生态属性，张扬与兽共舞的生态理念，臧否无兽共舞的生态悲哀，使《天上人间》有了哲理的深刻。同样《菊山》中的自然生态美，《清水小路》中淡薄宁静心境美的映现，都有着与此相依相融之仁爱之心的审美感受。尤其是《炎帝陵漫笔》的较大篇幅凝结着李涛记者生涯富有创见的深邃的哲理性感悟，具有一定的时空穿透力和历史评说的真实论。“历代皇帝为争权夺利，曾使多少人尸横遍野”“炎帝也是部落首领，他却没有王者的霸气。一生致力于部落繁荣、人民的安乐，甚至不幸以身殉职。那些王者的杀气、霸气，在炎帝这种平和祥瑞的绵绵大气面前，显得多么渺小，多么微不足道!”这种历史性的穿越比较评论极其新颖、独到，笔者也很少读到如此精辟的思考。不仅如此，作者进而认为“炎帝在所有显赫人物面前树起了无法逾越的高杆”“他，不是一个说教家，不是个理论家、哲学家，他是一个伟大的、空前的实践家”[①]。由此，祖先的仁爱之心就这样源远传承，才有了普天下有识之士、文化群人的仁爱之态、仁爱之怀和仁爱之识。作为作家、记者的李涛便是其中一位仁爱文化的承接者和弘扬者。

二　亲和之态的绵长

“望断天涯”篇换一个角度看人生，展示的是作者对和谐之境的赞美

① 李涛：《天上人间》，作家出版社 2005 年版，第 41 页。

与唱响，记叙着作为记者的他一路见闻和亲历性的目及感悟。在作者的笔下，山水物种、星空坊间、人文风貌之天上人间都寓于一种和谐之境的美妙之中，即天人合一的自然气象。这是作者特有的哲学思虑和体悟。众所周知，中国哲学的基本问题是“究天人合一”的问题，其基本理念是“天人合一”论。尽管道家看重“自然”，儒家看重“人文”之各派认识不一，但这一理念的基本含义则是人与自然的内在统一。所以，提倡“内外合一”“物我合一”“天人合一”的德性精神，就使得我们以亲近、爱护自然而非控制、奴役自然的社会行为为天职，去倍加珍爱自然，建设美丽家园。“望断天涯”一个“望”字，就囊括了西部美丽的自然大美，天人和谐系脉的社会氛围。《峨眉金顶看日出》那三峨之秀甲天下，陟峰方见天地宽的感慨；《夜宿清音阁》那涛声、蝉鸣、清风拂面的舒坦；《嘉峪关印象》那昔日风吹石头跑，地上不长草之荒寒的皆无，而今绿草茵茵、楼群高耸、人饰艳丽的呈现，等等。作者由此解读道：“古老而年轻的嘉峪关啊，因为古老，你才魅力永存、最具吸引力；因为年轻，你才生机勃勃、充满活力。”这种诗性的穿透和回望，胶着着诗者对民族人文历史文化价值的心理判断和认知，因而其字里行间才流淌出如此的美幻情怀。阳关的雄阔悲壮；莫高窟艺术殿堂的瑰丽；月牙泉冰清玉洁的妙曼；长城第一敦的民族肝胆魂魄；小三峡旅游资源的奉献；江南三楼（黄鹤楼、岳阳楼、滕王阁）的文化气象；武夷山的茶韵文化；鼓浪屿的海岛柔情；王洛宾的多情歌声；牧羊女的花样长辫；吐鲁番的扑鼻果香；飞机穿云的奇妙，等等。这些天上人间的仙境，人间天上的美幻相偕而聚，相向而存的魅力景观，尽显在作者“望”而未断的思考中、感慨中、感动中。“天地伟大，自然伟大，而人类只有在天地之间虚心一点，谦虚一点，才能取得和大自然和谐相处的资格，才能在有限的程度和范围内，顺应和改造自然，造福人类，创造美好。”① 朴素的解读，蕴含着“究天人合一”的哲学理念。这就是智者的李涛和李涛望不断天涯绵长的意味文字。

“心音交鸣”篇，是心的交流，坦露出作者心灵碰撞、精神沟通的亲和人生态度，我将其界定为亲和之态篇。“自序”是其解读的注脚。“心灵总是要沟通的，不然就是行尸走肉。和别人交流不到位，那就自己和自

① 李涛：《天上人间》，作家出版社 2005 年版，第 139 页。

己来个心灵交流。这就是心与手的对话，笔与纸的倾诉，以此来和别人交流、沟通。”于是，“心音交鸣”篇便顺而产生。此八篇心音对话，排列机巧，互为映衬，针砭臧否，价值判断极为鲜明。《心灵的奠基》告慰奶奶的在天之灵。这位佃农的女儿，15 岁来到爷爷家，28 岁就丧父守寡，65 岁又黄泉归去。三个凄然数字，一篇沉重文章，记叙着老人一生的辛酸经历，以及在多舛命运中的坚强善良、从德守道，支撑家里的不屈生命力。很显然，作为晚辈与老奶奶生前的沟通，逝后之怀念、感恩、孝道的祭奠伦理情怀的回还，读来颇具同感和令人赞赏，这里，感人和自感达到了统一。而《高老头之死》对吸毒自断者的怨恨交加之愤，形成了鲜明的情感对照。两篇排列比对，两情互为映衬，两种人品德性的对话，作者的心音指向甚为分明。作为社会人的李涛，其公共责任意识使他在《朋友》《作家》《演员》篇中，倡导“要悲天悯人，有风吹竹、雨打萍、疑是人间疾苦声的情怀”，主张君子之交淡如水，心存祥云一片天的对话理念。这些点滴的心音对话、漫谈式的哲思散点，盖出于记者的体悟行走和作家的惯常思考，同时，也不时目睹弱势群体的不公遭遇而常常为此感伤。《风马牛三题》以“小草”“空气”为对话介质，言说小草的不避苦寒却生命顽强，空气无踪无迹，却虚怀若谷养育人类，而民工付出巨大贡献，却依然待遇微薄，进而为此伤感不已。作者的一腔仁爱之情就这样静静地流淌在心灵的深处。“心音交鸣”篇，真可谓是心的交流，它是坦荡的、炽热的、迫切的，又是细腻的、真切的、温暖的。

“星空璀璨”篇，作为心灵尾声，回响着作者对祖国各业建设者们平凡而又壮举事业的情感书写及心灵敬仰。在他看来，他们都是璀璨星空中的启明星、智者、贤者和英雄。历史是人民创造的，作家是对创造生活主体的记录者、报道者、弘扬者。在他的眼里，他的笔下，一桩桩可叙之事，一个个可赞之人就这样被感染着、感动着，这就是记者的情怀，作家的责任。于是在他的笔下就有着一位雷锋式好干部列车助人的可敬；一位致富的福建农民再次只身西北创业的感动；一位深山“奇人”多学科著述拓展的震惊；一位伟人的侄儿 19 岁的烈士毛楚雄青山埋忠骨的敬仰；一位文坛逝者路遥精神贵气的回恋；一位文学武侠金庸深邃文化底蕴的感叹；一位古之诗仙李白豪气万丈的膜拜；一位文坛泰斗巴金文学遗产的珍贵；一组奥运健儿刘翔、唐功红、孙甜甜等民族争光的自豪。这些点点滴滴的剪影，无不构成了星空的璀璨和辉煌。作者的聚焦，体现着一位作家对其正能量精神价值的认知和肯定，一位记者职业道德的高度凸显。这些篇什，合起来说，仍然是自我心灵的净化式对话。

鉴于此，李涛散文自有着独特的心灵对话，是对天上人间仁爱之心与亲和之态的审美情感观照，寄托着作者深广的人文关怀。作为多年从文著述的作家，且有着多年记者生涯的职业积淀，我以为借鉴余秋雨散文对历史文化路向拷问的成功经验，再关注足下炎帝故里、周秦文明历史文化遗迹的系列对视与勾画，就更有着当下切实的现实意义。因为那是块有待开垦的厚重的历史文化高地。期待着。

第十章　励志长诗《圣水吟》的生命伦理

当下中国学界，有关家族文化的发掘和研究已是方兴未艾，潮起潮落；有关家族记忆的小说、影视剧的文学创作更是年甚一年，华章比肩；而以叙事长诗的形式，诗性化的诗学手段聚焦复现家族历史的篇章并不多见。陇上诗人何小龙的《圣水吟》[①] 便是一例艺术形式的新的尝试和探索，其创作付出当值，其探索精神可贵。

长诗《圣水吟》说的是甘肃灵台白草坡村古今历史变迁，时代演绎的古老而又新颖的故事。全诗 1470 余行，由《沧桑老屋沟》《圣水泉记忆》《白草坡纪事》《永恒的怀念》《咏怀》五个乐章构成。诗人以白草坡村千年流淌、源源不断、滋润土地、滋养生命的“圣水泉”为时代符号，以任氏家族几代掌门人造福乡里为描写对象，在较为广阔的历史背景下，聚焦、浓缩、再现了白草坡村民的艰难生存过程和顽强的生命演绎，彰显了任氏家族成员于白草坡众中挺立，群中垂范，以其仁厚排忧解难，以其智慧勇于创新，以其胆识敢为人先的脊梁品质和家族伦理精神。诗人以记者的亲临、诗者的情怀、作家的敏锐，从人文精神到生态环境，从整体视觉到细节织入，从往昔记忆到未来点拨，较为深刻地揭示了白草坡村民的勤劳朴实、聪慧贤淑、纯净善良的本质，揭示了以任氏家族为核心所凝聚的勇于改变贫困面貌的奋斗精神。从这个意义上看，长诗较好地处理了集体力量与个人引导的关系；民间精神与家族功德的关系；乡村文化与智者先觉的关系；社会进步与民众愿望的关系，使得长诗避免了个人崇拜的极致描写，家族歌德的至上叙述等弊端。这就保证了长诗在家族功德与

---

① “圣水”，是诗人诗化的一个符号。实指甘肃省灵台县西屯乡白草坡村老屋沟底的一眼千年自然流淌的泉水，此泉水供白草坡村方圆数里以内的人畜用水，老百姓亦称之为“生命泉”。在诗人笔下升华为“圣水泉”。

民间精神中轴上的客观秋色和历史进程的相益和谐，保证了诗者把捏这一题材的分寸感和客观历史性。

一　“老书屋”“老油坊”：家族贵气的启示

中国社会政治结构的形成，是以家庭成员为组成基点的分封制，以家族血缘关系为纽带的宗法制，以祖先崇拜和孝悌伦理为特征的文化规范制，以君权与民本互补思想为特征的集权一统制，以人与自然整体观为特征的生态和谐制，以中庸价值观为准绳的礼仪垂范制的强大政治国体。千百年来，人们在中央集权精神、民间文化精神、家族伦理精神三者既互为影响，又不无掣肘的纷纷扰扰中演绎着千姿百态的生存悲歌和生命壮歌。叙事长诗《圣水吟》所及的陇东黄土高原白草坡村的历史变迁便是这生命壮歌中的一例。

作为商周文化发祥地，古丝绸之路一脉的甘肃灵台，文化积淀深厚，历史遗存丰富，地缘文化之内涵和外延特色鲜明。商周文化的文明源头，对本辖区后人、后世社会道德规范、民众伦理情操、行为心态的濡染发生着深刻的影响。这种地缘文化的历史性和区域性张力，使白草坡村产生了诸如任氏家族这样的先进文化类族，和具有周人进取精神的英雄村民类群，当是先进文化怡人，时代发展造物的本然典型了。

一个家族的诞出，“老书屋”“老油坊”两个历史焊接点的创业演示，成了白草坡村改变现状的启明灯。任氏“祖先对知识的重视”，使一个“家族的胸怀/更接近蓝天的辽阔”。所以“耕读传家”成了祖训。“简陋的窑洞/变成祖先智慧的头脑/可以粗茶淡饭/甚至可以吃糠咽菜/但求知这碗饭/不能减量。”任家的窑洞书房，延伸至白草坡村天地；书房窑洞里的知识曙光，点亮了村人们的智慧。这就是一个家族先知先觉的文化搅动与群体后发勃起共谋事业、求取幸福的历史史实和时代真实。这样的事例遍布中国大地。历史是由人民创造的，是由千百个诸如任氏先知祖先们的文化启蒙者所推动的。所谓先哲、先贤、志士、仁人、英雄、领袖，无不是这样的文化启蒙者、智慧推动者、勇气弄潮者。敬佩当为自然，缅怀须更为时常，因为“忘记过去就等于背叛”（列宁语）。

虽然时过境迁，任家的老油坊，以它黝黑的面孔留下了岁月的记忆。那“转动绳索的天辘轳、地辘轳”“蒸熟油籽的锅灶、大陶缸”“碾场用的碌碡”，是“祖传的胎记/像是要为后代/留下怀念的依据”。这些原始的、充满艰辛的手工作坊劳动，正是任氏祖辈创造财富、历练精神、造福村人的时代记忆。它如同“老书屋”的文化启蒙一样，在精神和物质两个层面上体现出劳动技能智慧的先知先觉。从大处说，是中华民族聪明智慧的结晶，从小处论，是灵台先祖们生存智慧的传承和再现。

第一乐章《沧桑老屋沟》，诗人紧扣“老书屋”“老油坊”两个颇具历史具象的视点，亲临其境，予以感同身受地细致寻访、体察认知和情感书写，勾勒出任氏祖辈于精神文化和物质生存层面的个者生命追求以及奉献乡里的家族贵气。

二　“圣水泉”：生命载体与情感供养的符号

“多好的泉呀/难怪老祖宗会在老屋沟安家。”这是任氏门人任耀恒的由衷感慨。是的，纵观华夏先祖们的起家落根，无不是依山傍水的最佳地缘选择。山，成为遮风挡雨的天然屏障；水，成为生息繁衍的生命保障。史载，炎帝以姜水居，黄帝以姬水成，都体现着安居成业的生存大智慧和上天造人赐物的神秘学经略。

位于甘肃灵台白草坡村老屋沟底的圣水泉，便成为方圆数里百姓的生命泉。有论者这样描述：“圣水泉水纯净，清澈，甘甜，不含杂质”“水清如澈，一眼到底，冬暖夏凉”，夏饮“甘甜可口，清热纳凉”，冬用“不觉冰冷而倍感舒服，使你神清气爽”[①]。不仅如此，还有医治和预防关节、大骨节病痛的疗效作用。这样一种聚天地万物精华为一眼的泉水，被老百姓敬之为“圣水泉”，自然蕴含着敬畏天地自然赐福的良好意愿。从人文自然观论，诚如当地百姓说“圣水泉的水，千年来，哺育着白草坡人民，生长在这里的人们聪慧、善良、贤淑。男性高大，英俊，健康壮实。女性秀气，白净漂亮”。“圣水泉赋予了白草坡人民不可磨灭的灵性和不可改变的志气，这里的水使我们洗一身清洁，染一池灵动，追一方梦想。”[②] 这种现实生存写照与理想情感的交织，使得“圣水泉”没有理由不成为白草坡村众生生命载体与情感供养的特有符号。

---

① 任义祥：《灵台县白草坡老屋沟圣水泉》，见“平凉毛体书法家协会网站”。

② 同上。

诗人以欢快的节奏、舒畅的笔法由衷地书写着圣水泉的“泉旺水甜”，那“翻卷着莲花般的波浪”，那“一担担闪颤着圣水的兴奋水桶”，那“家家水缸盛满的清澈圣水的爱”，以及元宵节户户锅里圣水飘起的“汤圆”，大年三十，沸腾在圣水中的“饺子和长面”。有道是“一方水土养一方人”，白草坡村民对圣水泉的依恋，使诗人置身其间，感动着、享受着，“感觉自己/也成了被‘圣水泉’喂养的孩子”。将自己投进去，予以对象化的抒情，这在诗学理论中尤为讲究和重要。诗人做到了。

1956 年，作为第一任白草坡村的合作社社长任耀恒，成为白草坡村维护圣水泉洁净思虑最多最缜密的智者。“一堆牛粪的提醒”，得知“泉水蒙受委屈”。于是，他果断解决了“人畜争泉的尴尬”“一座半人高的草棚/让‘圣水泉’住进/她的‘闺房’”。这里，作为社长的领导责任，作为任氏门风的垂范责任，作为任耀恒个者的生态伦理责任，被诗人“一堆牛粪提醒”的精彩了语，提升了对圣水泉天赐敬畏的生命意味。真可谓画龙点睛、了语成章。“月亮如一条鱼/静静地游弋泉里/栖枝的山雀/打盹的蒲公英/提着灯笼夜游的萤火虫/都会听到泉水/哼唱的摇篮曲。”静默淡然，如同少女羞涩婀娜的圣水泉夜半身姿，在诗人的笔下被描写得惟妙惟肖，令人神往……

鉴于此，“圣水泉”，白草坡方圆的生命载体与情感供养的符号有了诗性的历史刻度；任氏家族的伦理贵气亦同时被赋予了时代记忆。

三　白草坡鏖战：脊梁挺立的任氏汉子

甘肃灵台白草坡村，是中国传统乡村的一个缩影，而中国传统乡村文化中的民间权威，又是以具有先进伦理垂范的明哲家族来体现的。这就出现了不以阶级、不为政党而独立存在的，村民认可、信服、敬佩、爱戴的乡村领袖，即民间权威性人物。这类人物遍及中国乡村各个角落，其职责是以传统文化、古礼祖训、乡约族规来约束人们的行为，教化民众的情操，维护乡里的伦理规范，确保本地的一方平安。这种特有的中国土生土长的千千万万个地方领袖（民间权威），正是中国封建社会秩序在民间于君君臣臣、父父子子、男男女女、上上下下、左左右右等的规范中长期得以稳固延绵、长治不衰。从文化层面说，这即民间精神隐性和显性的自在，而具有先进伦理垂范的家族（族长）便是这一精神的重要载体。

在长诗《圣水泉·白草坡纪事》篇中，诗人记载了甘肃灵台白草坡村这样一个民间精神的载体——任氏家族，鏖战白草坡，脊梁挺立的七位任氏汉子的英雄业绩。

共和国初年，白草坡合作社的第一位任氏社长任耀恒，是“一个称职的社长”。“性格耿直/作风正派/两袖清风”，在党旗下“宣布了自己朴素的想法/——垦荒增地”。于是，“喇叭一响/镢头铁锨就聚拢在一起/曾经站不住雨水和羊蹄子的山坡/硬是从荒草和石头缝里抠出来/千亩良田”。这就是共和国初年社长的豪气和英气，一个崭新的、赋予国家创业大计的“民间权威”。“他站在那里/就是一座顶天立地的路标/就是白草坡的旗帜和希望。”可以说，任氏家族的贵气由此延传，一种精神和血脉的传承。第二任村支书任步祥，“拖着一条/在延安培训时受伤的跛腿”，思考的是孩子们在环境恶劣的村庙里念书的不安。“他决心把白草坡的花朵/从钟钵和香火的夹缝里/移栽到一座阳光明媚的‘温棚’/白草坡走得出穷窝窝/还得靠这些娃娃哩!”朴素的话语却有着文化哲人前瞻性的思想。于是 200 平方米建筑，六间桌凳齐备的教室，“让白草坡/从贫困到富足/从蒙昧到文明/实现一次精神的飞跃”。这里，诗人选材精到，以两位人物的不同行事方略，从物质和精神两个层面，揭示了任氏家族成员所承载着的深层文化生存智慧和理念。事实证明，这一文化生存智慧和理念，对白草坡后世经济文化的发展有着实践性的导向意义和实质性的施教作用。

如果说，任耀恒的增田生存理念，任步祥的文化智慧理念是任氏家族文化积淀之一脉的话，那么，作为庄子社社长的任步贤，却是以坝体垮塌、山体掩埋的英年早逝完善着任氏家族献身乡里、造福村人的贵气精神!“泉水呜咽/雨声淅沥/悲痛的村民/一捧一捧掬来泉水/为他清洗着沾满脸上的黄土/一张 36 岁的脸颊。”是啊，36 岁，一位多么年轻的领夯汉。“在他身上/秉承了/前几任村支书的美德/干练正直有魄力。”多少年后，他那激越的夯声，依旧回荡在白草坡人们的记忆和怀念中。

从增田的土地意识，到建校的文化意识，再到舍身的奉献意识，一条任氏家族血缘贵气的伦理传承责任甚为鲜明。三个汉子，三种精神，三种导向，这就是家族贵气和民间正气在个者、民间权威中的融合与彰显。诗人的勾勒可谓力透纸背，浩气淋漓而又深沉悲壮，感念生者的伟岸，怀念逝者的不朽。同样使读者的心灵震撼，情感几多酸楚啊。

如前所说，乡村文化与智者先觉的关系，民间精神与家族功德的关系，常常在村落广众人们的生产劳动和生活琐细中体现。不同的文化教养，各自的内在修养，也随着个者技艺、品德等的优劣、高下、巧拙而凸显。这就涉及中国乡村文化的教育普及问题，和家族文化率先垂范引领的问题。纵观古今，凡大户家族由于倚重文化教育，就使其成员大都胸怀笔墨，身有技艺，于是在服务乡里的社会化过程中其德才兼备也就随之享有，成为村人尊敬的所谓乡里能人。那么这种服务既是个者先觉智慧的荣光，同时又给家族功德的彰显增添了色彩。

《圣水吟》所叙述的任氏家族虽然非名门望族，但其祖辈对文化知识作用的认知在白草坡村是先觉的，因此好学聪慧的任氏族人任志敏便成为白草坡村民众公认的乡村能人。这是共和国初年一批农村社会主义革命的有知识、有技能、有思想的先进分子代表。他能“让哑巴了的收音机重新唱”，能把“村里第一辆自行车/蹬断了的链条/重新接上”，能让“第一台不吐烟圈/瘫痪的铁牛/撒开欢子”，能使“一台电磨的轰鸣/打破小村亘古的寂静”。在那个年代，一个小学生就是一位令众人尊敬的大先生。任志敏的技艺和品德，赢得了村民们亲昵地夸赞：“你日能的咋办呀!”是啊，这种“能”是家族文化教养和自身修德所致。虽然“他的孩提和青春/那时日子紧巴”，但他的脸上“找不到一丝消沉的杂色/胸前飘动的红领巾/焕发出蓬勃的朝气/校园土台上，他的歌声清亮/不论谁听到/心里都会溅起赞叹的浪花。”俗话说，三岁看大。青少年时期的任志敏就如此的懂事、朝气、坚定、好学。诗人尽其笔墨，就其成长叙事的挖掘，给他日后乡村能人的技艺施展做了信服的铺垫。1975 年，西屯乡农中校办工厂，“他被聘为机械教员/自学的手艺/成为一本活教材/教出了许多技术员”。一个自学成才，常年与黄土打交道的地道农民，竟然成为农校讲台上的先生；一双被锨把打磨的粗糙的手，依然那样灵巧，为学生们所惊叹。任氏家族的智者，白草坡的能人；乡村文化的体现者，家族功德的秉承者，在农村社会主义初期革命的起跑线上，给后人留下了励志的足迹。

在中国社会发展演变过程中，一个先进家族的伦理责任对所在村落的整体影响往往是潜在的、深刻的、持久的。这不仅仅是指所谓能人技艺之表率层面，还在于对事物发展的认知判断，对利益争端中是非把捏的思想水平，对大局和小我界限的价值取向。《圣水吟》中诗人捕捉到了这样一件令后世赞叹的事情。任氏成员任邦儒、任耀杰，在山洞里刨出了西周文物散件。“1967 年 9 月的白草坡/出现许多陌生面孔/鬼祟的眼神闪烁不定。”“任步祥顿感保护西周古墓/责任的重大。”于是，“十几把警惕的手电光/像钉子一样/铆在了古墓跟前/将磨着贪婪牙齿的阴谋阻断/使今天的人们/才能在灵台博物馆一睹/西周‘青铜王国’的神秘与瑰丽。”此举使小小的白草坡村成为新闻热点，任氏族人率先护宝，以身垂范的文物意识在考古界、在民间成为佳话。相形之下，白草坡农民当年的真诚朴质之举，与当今欲望社会时见的哄抢、盗卖文物的利欲恶行，其灵魂、道德之高下形成鲜明的对照。作为叙事体的长诗，诗人以“顿感”“果断”“及时”“知道”“采取”等行为词汇，形象地刻画了任步祥这位领导者处世作风的敏锐、决断，以“十几名身强力壮的社员”“十几把不灭的手电筒”“打草惊蛇的策略”等有效措施，赞美了一位出自任氏家族的白草坡带头人的智慧谋略，以及肯定了任氏族人任邦儒、任耀杰在私欲小我与国事大局问题上心底透明的价值取向。可以说，这些叙事和描写达到了作者“还原和再现任氏家族的生存轨迹”和“以期为白草坡子孙后代树立一座追念先祖生存与进取精神的路标”的创作目的。

白草坡鏖战，任耀恒的荒山要地，任步祥的建校先知，任步贤的筑坝殉职，任志敏的技能巧施，以及任邦儒、任耀杰的公私两分，等等，几位脊梁挺立的任氏汉子，在诗人饱含深情的笔下，被淋漓尽致地活脱出来，其形象英气，其品德贵气，其壮举豪气，其思变勇气，其做人骨气有着雕塑般的质感。这一组组浸满着任氏家族伦理贵气和民间精神正气的劳动创举，似一曲曲壮丽的行进歌，似一幅幅英雄的鏖战图，改变着白草坡的贫困面貌，改写着人们古老的生存方式。他们的创世业绩将伴随着《圣水吟》的问世，又一次在新时期以文学的方式永远镶嵌在甘肃灵台历史发展的宏伟版图中。作为诗的艺术机巧，诗人以任义祥作为叙述人，使得长诗更多了些感同身受的亲历意味。很显然，作为再现任氏家族生存轨迹的长诗，这部分当为核心。

四　复调情歌：从白草坡到什字塬

号称灵台“一塬”的什字塬，地处灵台县腹内中心要地，而西屯乡白草坡村又位于什字塬的腹地。面对这样一处中心与毗邻相连的上风上水之地，及其生活在这片土地上的勤劳而质朴的人民，什字塬、白草坡就成了诗人纵情抒怀，肆意放歌的情感投放对象。

要知道，诗歌这种文体的特殊性，就在于诗者对客体情感投放中的恣肆汪洋和不可抑制性，进而造成“天地与我并生，万物与我为一”的“魂交”“形接”的最高艺术境界。[①] 这在中国古代诗学理论上被称为“物化理论”，在西方美学史上又被叫做“审美移情说”。朱光潜先生曾这样解释“物化”和“移情”的作用：“它就是在人观察外界事物时，舍身处在事物的境地，把原来没有生命的东西，仿佛它也有感觉、思想、情感、意志和活动，同时，人自己也受到对事物的这种错觉的影响，多少和事物发生同情和共鸣。”[②] 这即主客观一体化的物化和移情，而一体化艺术效果的取得，必是人之所造这一诗学奥秘。因此，一个好的诗人必是一个情感的奢侈者，情感恣肆的“疯子”，否则他只能写小说了。

对何小龙的了解，我觉得真是这样一位诗情饱满，作诗能移情恣肆不羁，吟诗常忘情自抹珠泪的诗人。《圣水吟》的诸多章节，故事情境、人物场面、典型细节，其字里行间所触摸到的情感律动，读来无不感觉到诗者的炽热体温。如“古老农具的遗照”一节，一组静态的老照片，在诗人的物化移情作用下就有了生命的体征、思想的灵魂，情感的奔涌。“石磨石磙碌碡/木叉木锨簸箕/竹筐背篓箩筐/镢头耧耙镰刀/马车手推车架子车”，这些被赋予了生命灵性的农具，都早出晚归的劳作，去“耕地播种/施肥灌溉/收割打碾/扬场晒粮”；这些被赋予了思想使命的农具，“熟悉自身木头的纹理/遵从节气的安排/始终和庄稼保持着亲密关系/完成环环相扣的生长和收获的程序”；这些被赋予了情感取向的农具，“和祖先一起/在泥泞的山路经受颠簸/在瓢泼大雨中忍受透骨的寒意/在晒场承受烈日的炙烤”。它们和面朝黄土背朝天的祖先“生死相依/它们是祖先的另一个影子/以里程碑的姿态，见证/祖先胼手胝足的奋斗历程”。这里，静态的古老农具，动态的鲜活诗人；客体的张张遗照，主体的灵魂诗者，就这样在一个诗的境遇中，在诗的论域下有了“天地与我并生，万物与我为一”的“魂交”“形接”的物化移情的审美效果和哲理思考。

由此可以说，作诗已许年，且创作实践和经验积累较丰富的诗人何小

① 《庄子·齐物论》。

② 朱光潜：《西方美学史》（下），人民文学出版社1984年版，第597页。

龙，这一诗学基础理论的修养，实际习作中的运用还是较为熟练和得心应手的，这在他的许多诗作中都能得到验证。

作为叙事文体的叙事诗，故事的叙说，情感的织入，其构架就有了客体和主体的相依，叙述人和抒情人二者的交替并存。那么，诗中的任义祥以亲历者的身份，提供了白草坡鏖战的壮行，讲述了他们当年陕西赶场当麦客的艰辛。于是在诗人的笔下便诗化为这样的情景："每年端午节前后/旋黄鸟一叫/关中麦子黄了/三把镰刀/三件破棉衣/一条装有干粮的蛇皮袋/被一个共同的心愿/捆在一起/扛上父亲和两位哥哥的肩头。"这里，讲述者和诗者不仅共同完成了白草坡人民和任氏家族的创业故事，而且共同完善了叙事诗所必需的情节场面的推动，思想情感的赋予，故事构架的圆满等艺术要素。诗也就多了些故事的真实可感，人物的可亲可触，艺术的灵动飞扬。这就是所谓"复调情歌：从白草坡到什字塬"的含义之一。

复调情歌含义之二，指第五章"咏怀"篇。从长诗《圣水吟》总体艺术构思看，从任氏家族和白草坡人民这一叙事对象看，这是叙事主体的放大和拓展，即白草坡在什字塬以东；从诗者情感投放的程度看，又是诗人情感视角、情感律动恣肆汪洋、不可抑制的放纵和放阔。情感色彩、抒情气韵、语感的灼热程度都有所加强。尤其对什字塬以东更为广袤的文化景观、自然景观、村落景观、历史名人的诗性聚焦和书写，有着"陇上雪式"的情意绵长和拳拳留恋的特有韵味。"我原来如此喜欢乡村的黄昏/一钩新月如镰，收割着最后一缕/晚霞的余晖/落山的太阳""蛐蛐的叫声/纺织着一种静谧的气氛"，多美的村落黄昏景观，读来有些陶醉啊！"达溪河，以一腔柔情/医治着大地的创伤/让几经裂缝的灵台/重新勃起昂扬的雄姿/难怪她会被灵台人视为自己的娘"，多么柔怀而乳汁饱满的圣母河，读来有些依恋啊！"苹果树酥梨树牛心杏/有露的晶莹/风的柔情/在大地的怀里/显得如此安详"，多么丰富的果品经营，读来有些春华秋实的喜悦啊！那西川的"蔬菜基地/黄瓜番茄辣椒/在一根根丝带的扶持下/攀援生长/远离二聚氰胺/一切人为的灾害"，多么生态的无公害蔬菜，读来有些饭桌放心的惬意啊！更有那什字塬的人文景观也被赋予了诗性的历史内涵。西周古墓中的"车马残骸""征战沙场的宝剑""宏伟壮观的宫殿"，抑或"盛放佳肴的器物"，无不是"荣华与卑贱""欢笑与哭泣"的一曲悲欢的历史记忆。而这一切在辽阔的什字塬黄土覆盖中，正催生和孕育着一种"新的生机和希望"，多么具有哲思的历史穿透，读来有些中国未来梦自信的坚定啊！

所以，复调情歌之二“咏怀”篇，是《圣水吟》全诗的一个艺术提升，即叙事视域的提升——从白草坡一隅再到什字塬时空；叙事哲思的提升——从任氏家族聚焦再到西周文化思考；叙事情感的提升——从个者艰苦创业抒怀再到历史回声和未来梦想的放歌。一个好的递进式的结尾，曲尽而意味悠长。

《圣水吟》是何小龙第二部叙事长诗，从他个人从诗的基础来说，有许多成熟的技巧，如基调的长于抒情；语言词句韵律的圆润；诗行排列组合因情、意、韵相谐的搭配；叙事主次、轻重的考虑安排等都是值得肯定的。但叙事长诗必定是一项较大的综合性的艺术工程，就本诗而言，一些潜在的艺术缺陷仍须再修饰琢磨。如结构上一些诗节穿插失当，影响了以《圣水吟》为主题叙事的统一性；如一些诗节的过度抒情，出现了诗句膨胀浮华而失精当的现象；如一些典型事件、典型细节的选材不够意味，减弱了诗的感染力。这些不足仍需要再思考和提高。

第十一章　杜文娟"青藏劲风"小说创作论

在陕军新生代作家中，杜文娟的创作日渐胜出，显示出独异的个性风采。由城即乡，由内地至雪域的下行化生活路径的实践与体验，使她的创作形成了厚重而质感，激扬且凌厉，大气又粗犷的风格，我称其为"青藏劲风"系列，即情感投向：精神珠峰的不疲追求；情感张扬：生命彩虹的浓笔重抹；情感寻梦：文学女孩的天堂行走这样三个层面。这是她有别于同龄、同道的独得和享有，大气大成的播种和收获。

当人们习惯于将秦地作家的创作称为"黄土地文学"时，猛然间有一股劲风从此升腾，那就是杜文娟的"青藏劲风"系列创作。

作这样的命名，并非是我的一厢情愿，而是作者近年来以别样的视角，进入别样的领域，用殷实的创作，所堆砌起来的别样风格、别样文本的佐证。据统计，杜文娟自2004年以来，对此领域的创作命意日渐浓厚，文本也逐年见多，长中短篇及散文共20余篇（部）。如此创作放量，不难看出，这位陕西作协首批签约的青年作家所具有的创作潜质的强劲爆发，同时也是突围秦地女性创作弱化、黄土地围圈的有效见证。由此，杜文娟、叶广芩、红柯业已构成异于黄土地创作的"类三角"，完成了一幅异于黄土地文学色彩的劲风图。杜文娟，一位已具备了自我写作生活场认知能力且创作路径日渐清晰的成长型作家。

一　情感投向：精神珠峰的不疲追求

1997年，从事小说写作的杜文娟，正处在文学政治化和文学西仔化病象的消长背景下。当时，这两种病象交织，使中国文学断代（与传统文学）、扭曲变态（与文学本真）、失掉自我（盲目西化）。尤其是1979

年前后，文学在逐步弱化了政治幼稚病后，却以极端的姿态活剥着西方学界近百年来的主义、思潮、流派及其理论，这一文学欲望的膨胀使得此后20年间的中国文坛几乎成了舶来文学的偌大试验场。于是，文学在否定中演绎着极端的比赛，在浮躁中攀比着时髦的追逐，在猎奇中呈示着先锋的亮相，在自话自说中穷尽着私欲的挖掘，以及在欲望中暴露着感观的刺激。文学的清纯雅洁消失了，本义的能指意象改变了，应有的质涵边界放逐了。许多问题被掣肘于文学政治化和文学西仔化病象的两难境地而语焉不详，许多作家亦裹步于二者之间指涉维艰，这是20世纪中叶以来中西文学撞击融合大潮中的无奈。杜文娟文学创作的起步恰逢这一裂变和尴尬时期。那么，西学如何化入，中学怎样相融，文学是否需要精神，作家做何情感投向，这些问题对于杜文娟来说不仅是一道茫然的考题，更是一个心向、目力和智慧的选择。

几年过去了，我们欣慰地看到，在《杜娟声声》（1999）、《有梦相约》（2005）、《天堂女该》（2008）、《走向珠穆朗玛》（2008）四部作品中，杜文娟视野宽阔，涉猎广泛，命意新颖，文字灵气，尤其是笔底透出的那股男性作家才有的浑厚广袤的底气，青藏高原野性淋漓的元气，恰似凌厉的劲风，一扫你的担心。这位来自陕南秀水的女作家，字里行间竟无有小女人的唠叨，自话自说的病态，山中猎奇的卖弄，却有着属于自己的文学理解，有着精神珠峰的标高追求，使你对这位已具备了自我写作生活场认知能力，创作路径清晰可见的成长型作家的认识和判断更为明确。正因为如此创作新质的存在，才使得杜文娟的创作异于同龄、贵于同道，成为强化秦地女性创作，突围黄土地文学围圈的特有标识。

杜文娟“青藏劲风”系列创作的界定，就其命意而言，两个核心质点是不容忽略的，那就是作者首先将情感的投放置于精神层面的追求上，其次将生活样态的揭示落脚在对生命彩虹的张扬上，从而奠定了小说文本的厚重，内容质涵的厚实，艺术张力的冲击，以及审美阅读的悲壮效果。这对于一个年轻作家的起步而言无疑是弥足珍贵的。从作者早期《杜娟声声》中《进藏宣言》篇始，经《有梦相约》中的《相约拉萨》三篇、《天堂女孩》中的《行走在天堂女孩》16篇，至长篇《走向珠穆朗玛》，形成了一条完整而又坚实的精神寻梦创作史线。面对一堆如此厚重而质感，激扬且凌厉，大气又粗犷的文字，作为读者，你不得不去思考这样的问题：杜文娟，一位年轻作家，何以起步就悖于女性作家惯见的琐屑悄语脂粉气，却去涉猎形而上精神层面的创作追求，做情感观照呢？她是这样认为的："我是个多情的女子，常对着雄大的美景惊愕万分。""孤身进藏，从踏上旅途的第一分钟，小说就开始了。与雪山草地的亲近，与藏族小伙洛桑的歌唱，与哲蚌寺喇嘛的交谈，与那曲父女的邂逅，在雅鲁江等待，在布达拉宫凝望……无处不闪耀着野性的光芒。我把热情和豪迈沉浸在步履之中，把感情和色彩投入到感应之中。在身体和心灵的漂游中，进行着一次又一次激烈又磅礴的心理征程。"[①] 杜文娟的这种认识，从自然人看，是崇尚自然美的素性必然；从社会人看，却是一位作家情感投向的有效选择。崇尚美好，追求精神，书写生命气象，一个作家应有的社会担当和情怀由此见出。她不仅这样认知，且自觉落在实践中，自称"是个野性十足的女孩，常常在生活轨迹之外奔腾"。因而走了很多地方，"用脚步去丈量前辈书写过的巍巍昆仑，圣洁的珠穆朗玛峰"，去感受梦中的胜景。感悟和思考成为她创作中的一道风景线，自然也就产生出更加细密、更加繁茂的灵性文字，这些文字恰与她骨子里与生俱来的高远情结相呼应，完成了"在自己身上找到自己"（高尔基语）的、适合自身审美理想、审美表达的"青藏劲风"式的凌厉风格和创作路数。

《进藏宣言》篇（1999），是"青藏劲风"系列开篇的有效情感投向选择，即一种"进藏心态"的情感宣言。在作者看来，高原的辽阔，雪域的洁净，可以阻隔你"世事繁杂的烦恼"。"当你伫立在高高的青藏高原，眼望入云的布达拉宫。你的心情，你的心灵，你的所有以前经历的纷纷扰扰统统化为乌有，全部随了高原的气流直升蓝天，淡了，少了，没了。"这种首先置身于内地浮华之外，心系雪域洁净超脱之地的情态，给她的创作赢得了追求精神标高的志向和贵气。《相约拉萨》《我把一朵鞋花丢在了拉萨》《西藏归来》三篇（2005），从情感向度上看，是作者进藏心态实践的情感放量，浓墨重抹着西藏特有的文化符号，辽阔广袤，空灵超脱，神奇而神秘，静谧而洁净的大地文化特质，以及质朴沉静，安详和善，自然无为的人文品质特征。在作者的字里行间，相约拉萨中的"他"，虽话语生硬，却有着宽厚助人的主动，脸颊印有高原红的年轻妻子，分明是拉萨河女神的妩媚再现，这一切都是那样的诧异而又温馨。无论是喇嘛、藏民、康巴汉子，抑或司机、三轮车夫，其心理世界的单纯和

① 杜文娟：《有梦相约》，中国文联出版社 2005 年版，第 1 页。

醇厚，无不是西藏这块纯净大地所赐。只有在西藏，龙达和觉萨的爱才获得了属于自己洁净空间的拥有，36万字的情信，才透出了毫无诱惑的真实。“在拉萨的夜晚，我们的心紧紧相连。我们的身体紧紧相依。我们的情感是纯粹的。我们的倾诉和倾听是真实的。在西藏，我们是相知的。在拉萨，我们是信赖的。在高原的白天和夜晚，觉萨和龙达是和谐的。龙达和觉萨是相爱的，觉萨和龙达是相通的。”[①] 然而一旦离开这块净土，进入诱惑沼泽，一切都将走样、变调。所以作者《西藏归来》的痛感是“我把一朵鞋花丢在了拉萨”。很显然，这个“鞋花”之丢，不仅是一种和谐、真实、信任、相依、相知、相连、相爱、相通的纯粹感情和精神的痛失与留恋，同时也是“能洒脱地对待苦难和爱情，能珍惜和怀念美好的东西”的情感精神之历练。这种成长“全是西藏给的”。这就是杜文娟小说情感投向的起点，直逼精神标高的追求，而非私欲化、琐屑化、自话自说和感观刺激的媚俗写作。在《天堂女孩》中，杜文娟以其16篇的文字，尽情抒写了一个女孩在天堂行走的情感经历。对于西藏，她有过太多的幻想，“在我还是少年的时候，就知道西藏，就幻想着什么时候亲身体验西藏”[②]。当然，这仅是一种少时的好奇和神往。当她成为作家后，体验就多了份自觉、自在和自为，感知就多了份细腻和体味，视野就多了份广阔和敏锐。皑皑白雪，草原牛羊，潺流峡谷，经幡浩荡，哈达飘扬，三江并流，格桑花遍地，天上珠峰，以及康巴男子的高大英俊，康定女子的婀娜多姿，康定情歌的韵味悠长。这些既新鲜又陌生，既惊奇又向往的异处圣地，使她的生命也多了份淡定和从容。杜文娟觉得“西藏在天边，拉萨在天上，珠峰在云彩里”。而这样一块令人魂牵梦绕的天堂净地，有种“与世无争，闲淡似神仙的感觉。每个人都轻松随意，每个人都好奇敏感，每个人都友善和谐，每个人都喜欢热情，每个人都多情浪漫，每个人都静若处子，每个人都返璞归真，每个人都纯洁美艳。即使你语言不通，点点头，笑一笑就能解决问题”。如此深深爱恋的地方，“除了西藏，不知道还能去什么地方”[③]。读着如此深刻的感受，琢磨着如此独到的感悟，杜文娟精神珠峰情感投向的追求便不难诠释。

---

① 杜文娟：《杜鹃声声》，陕西旅游出版社1999年版，第269页。

② 杜文娟：《天堂女孩》，黄河出版社2008年版，第70页。

③ 同上书，第24页。

由此我想到，秦地作家，尤其是“60年代”以降的作家，若能如此认知自身的生活场，坚定而又频繁地深入、吸纳、补充自己的生活库，且有如此精神情感的大气神往追求，秦地文学的黄土地色彩将不再单调，秦地文学新生代亦将不再疲软弱化，特别是秦地女性创作将会注入强势的阳刚、凌厉和磅礴。也正是在这一创作势头下，杜文娟的长篇《走向珠穆朗玛》（以下简称《走向》）更为鲜明地展示了“青藏劲风”的创作意味。

《走向》全书22万字，如编者所推介是“以青藏铁路通车前后为故事背景，刻画了现代人若即若离的友情、爱情以及更加私密的情感。是中国目前第一部刻画从情感、旅游、汉藏友谊及尊严，全方位书写青藏高原的长篇小说”①。作者以散化的笔墨，以旅游为载体，在看似不经意的描写中，却蕴含着友情、爱情在与自然环境、生存空间的相互碰撞中，其失去与得到，强悍与懦弱，崇高与卑微的精神转化的生命哲理叙说。“走向珠穆朗玛”就是寻求精神标高，抵达精神珠峰的意象追求。作品围绕这一意象，刻画了两组人物，即精神贫困者和精神富裕者。或者说寻求精神洗礼者和给予精神助力者。前者如“病者”吴紫藤，一个游走在娱乐场的精神迷失者；张海洋，一个情感苍白毫无内质的欲望男人；教师司马君，一位柔弱无骨的儒者。后者如南方人潘先生，一位体格弱小却历经了高原洗礼，深得生命密码的强者；独臂骑士，一位曾服刑寻找天堂圣地的灵魂洗涤者；高原建设者，一群无私奉献的精神标示者；小武威、李天水，同路助人的热心者；以及早年进藏的周晓鸽的爷爷，一位珠峰精神的象征者。两组人物，鲜明对比，在寻找与给予，感同与身受，经历与熏陶，自责自愧与榜样力量的数次碰撞、融合、历练、超越中，其病除神健，强弱置换。作为主人公的吴紫藤、司马君，在走向珠穆朗玛的漫漫路上，历经了风雨，助长了精神。“司马君磐石一般”，吴紫藤“疯一般地跑出冰塔林，向珠穆朗玛飞奔而去”“雪粒打在她身上，打在一个飞翔着的女人身上。透过银色的雪粒，她看见了珠穆朗玛峰，峰顶上红色一片，火一样的燃烧着。燃烧的云彩中，驰奔着一对雄奇伟岸、高贵如玉的骏马……”② 显然，主人公昔日的失恋、空虚、精神无着，懦弱、胆小、阳

---

① 杜文娟：《走向珠穆朗玛》“扉页”，花城出版社2008年版，第339页。

② 同上。

刚逝去已不复存在，而置换的是“走向珠穆朗玛”后的精神充实，感情的回归，内里底气的张扬。这就是《走向》的全部哲学意蕴，也是作者杜文娟情感投向的终极追求。

为完成这一创作意图，《走向》采用了层层思想衬垫，环环精神救赎的意味深长的写作策略。如潘先生诉诸“生命密码”的精神救赎；独臂骑士拉萨朝圣遇难的精神救赎；周晓玲爷爷献身西藏的精神救赎；青藏建设者榜样力量的精神救赎；商贩李天水、武威涉水救人的精神救赎；以及“黄河形象”、梦里阳刚英雄的精神救赎。同时，在《走向》的路径上，以环境的改变及洗礼为触角，以内地与高原文明差别为对比，勾画出步步走向精神圣地的西行图。如杭州西湖—西安闹市—兰州黄河—青海格尔木—德令哈草原—西藏拉萨—珠穆朗玛。杭州、西安的世俗、浮躁、虚伪；兰州、青海的热情、豪爽、友情；拉萨、珠峰的宁静、祥和、神圣。这种写作策略与精神救赎创作思想的划一，使得《走向》在杜文娟小说完成精神珠峰情感投向的不疲追求主旨中有了一个新的升华。

二　情感张扬：生命彩虹的浓墨重抹

生命，当然是珍贵的，不仅是人类繁衍的特有符号，有着生物性意义，而且有着推动人类前行的积极的社会性价值意义。这样的生命我称其为“生命彩虹”。

杜文娟聚焦生命彩虹意义的挖掘与张扬，是她完成精神珠峰追求创作的又一亮点。2009 年，她又推出了《彩虹阿里》《进藏英雄先遣连》《喀喇昆仑的红旗袍》三个系列中篇小说。从创作视域看，是“青藏劲风”命意的再次深化，因而其内容更为肃然、凝重和深厚，风格更为遒劲、凌厉和悲壮。作者选取的不是雪域的山水胜景、风光意趣，而是改变这一险恶境遇中的建设者——人，人的情操的崇高、精神和奉献，人的生命的坚韧、顽强和震撼，人的形象的伟美、钦佩和感念。可以说，杜文娟的这一选择，不仅准确诠释了文学即人学之要义，而且聚焦了文学即人学之精义——精神贵气、崇高彰显、生命顽强、奉献担当等文学品质之主旨。在我看来，此三部中篇比之《走向珠穆朗玛》更有思想冲力、精神张力、灵魂震撼和阅读的悲壮效果。由此可视为作者当下创作的又一成功转折。

《彩虹阿里》[①] 是一篇心理小说。主要描写了在世界屋脊阿里地区工作十余年的人民解放军的一名军医李银桦，舍家敬业，潜心研究高原病(即无名病)，被阿里群众誉为“行走如飞，药到病除，白求恩第二，昆仑神医第一”的感人故事。作者巧妙地采用了截取横断面的写作策略，选择李银桦只身出诊救治一名阑尾病患者，路遇暴雪，挑战生命极限，与险恶自然环境搏斗，再现了李银桦生命自危，却心系患者生命救治的心理、情感过程，谱写了一曲雪域军人以己之命救他人之命的生命乐章。

作为小说，作者注意了小说本体应有的悬念、烘托、对比及心理描写。开篇以悬念胜出，李银桦出诊遇暴雪迷路，掉入雪坑无有自救和他救。雪埋、冻僵、饥饿、搏斗，生命处于困境中。随后，作者运用穿插和铺垫手法，勾勒了两组对比鲜明的家事与国事，个体与集体，亲人与友人，生与死，苦与乐的事象，来彰显雪域军人战胜险恶，挑战生命极限，乐于奉献的本在崇高生命彩虹。李银桦雪坑遭险，“想到死的时候，眼泪一下就流了出来”“一个三十多岁的男人，即使在生命禁区阿里，他不能死”。作者以细腻而深情的笔触描写了他九年离家，忠孝不能两全的心理愧对感。父亲病危，他面对唐古拉山以北的内地方向号啕大哭，无遮无掩。“爸爸，儿子对不起你啊，我真的想做到忠孝两全，可我是军人。”妻子胆结石，他只能在电话里说：“老婆啊，下次回家，一定陪你做手术，给你煲汤，好好伺候你。”施压妹妹婚姻，以招婿进门，为的是能照顾父母。三岁的女儿，只知道照片上的爸爸，常常见到穿军装的男人，就撵着叫爸爸。这里，雪域军人舍家卫国，疏亲人救他人生命的价值在杜文娟笔下张扬得淋漓尽致。正如李银桦女儿雪儿所说：“阿里在很高很高的地方，那阿里就在彩虹之上，你也在彩虹之上。爸爸站在彩虹最高的地方，是世界上最帅的男人。”这些富有诗意的描写，不仅平添了作品的诸多悲壮，也活画出一幅军人舍家奉献的生命彩虹图。相反，在阿里他自穿上军装十多年以来，挽救过多人的生命，战友、百姓以及外国游人。尽管眼下身陷雪坑，暴雪披靡，飓风凌厉，气温骤降，“他李银桦凭什么要死，有什么资格比自己的父母、妻子、战友先死。他没有死的资格，没有死的权利”。军人禀赋的豪气，战胜困难的志气，家人、战友给予他的冥冥勇气，使他终于爬出雪坑，穿过雪原，抵达患者驻地。在这里，《彩虹

---

① 杜文娟：《走向珠穆朗玛》“扉页”，花城出版社2008年版，第339页。

阿里》岂止是李银桦个案生命彩虹的叙说，而是整个奉献、鏖战在阿里地区人民的生命彩虹的彰显。作者所要表达的主旨，“青藏劲风”之“劲风”的主旨，正是这“阿里彩虹”的标识。

如果说李银桦是阿里彩虹的标志，那么，写于2009年11月的《进藏英雄先遣连》[①] 便是这一标志的放大和张扬。作者以纪实的笔触描写了1950年8月1日，即中国人民解放军建军23周年，西北军区某部136名官兵，遵循党中央“出兵西藏，解放藏北”的命令，抗着“向西藏大进军”的红底黄字的大旗，翻越数座5000米以上的高山达坂，穿越万山之祖昆仑山，从新疆南部来到广阔无垠的藏北高原，挺进阿里首府葛大克，解放祖国大陆的最后一块31万平方公里土地——西藏。那时的藏北，人烟罕见，飞鸟难进，八月雪天，寸草不生。气候无常，热则汗流浃背，冷则地冻天寒。同时，难以名状的高原病时时吞食着人的生命，更有乱匪、叛乱分子等的破坏。作为远离后方，进入茫茫千里洪荒之地的先遣连，所有的武器、物资、粮草就靠只有三四百头的马匹、骆驼和骡子的驮用。这些脚力因气候、疾病不时倒下或病死。如果遇大雪封山，从南疆到藏北的千里驮运线就自然中断，于是饥饿就成为更可怕的灾难，远比与阿里政府斗争，与叛匪的刀光剑影搏斗更艰险和困苦。

正是在这一极端、极度的困难中，作者精心刻画了先遣连总指挥兼党代表李狄三、连长曹林海、副连长彭清云、蒙古族战士巴利祥子以及卫生员徐金金等英雄群像，勾画出一批同样为解放西藏献出生命的无数马匹、骆驼等驼队生灵。而巴利祥子只身打猎，守护作为先遣连食粮的三头野牛肉不被老鹰叼走，在飓风飞雪纷扰，阴霾寒冷透骨的莽原上因几次吐血而身亡。这一中心情节，从饥饿的视觉，既写出了先遣连战士抗击饥饿的生命耐力，又折射出战士们于险恶环境中乐观、坚韧、互爱的豪迈激情和革命英雄主义精神。在这里，我们感到了李狄三虽身处恶境，却“脸上常泛起的红光，洋溢着幸福快乐的神情”。看到了连长曹林海命运多舛与忠诚职守，徐金金医护备至与活泼睿智。尤其祥子活泼开朗，能歌善舞，骁勇善战的蒙族生性，在困难逼仄下的“颧骨凸出，面色蜡黄，脸跟刀子削了一般”的消瘦神情，以及双手抱长枪，只身守护三头小山一样的野牛肉，雕塑般冻死的悲壮身影。字里行间透出一股肃穆、庄严和震撼感

---

① 杜文娟：《彩虹阿里》，《橄榄绿》2010年第2期。

怀。“一只雄鹰张开巨大的翅膀，安详的依偎在他身边，他们并排躺着，就像一对亲密的爱人。雄鹰好像才睡醒一般，扑棱棱扇动翅膀，腾空而起。奇怪的是，祥子和雄鹰安睡过的地方，遍地盛开着大朵大朵的雪莲花，他们俩简直就是躺在鲜花丛中。”是的，作者以敬重而又浪漫的笔触勾画出祥子的敌手老鹰也为此感动，放弃了叼食来护卫英雄。从1950年8月1日到1951年8月3日，一年零三天解放阿里的征程中，先遣连136名官兵，有63人长眠在这块冰天雪地上。他们用自己的鲜血和生命赢得了“进藏英雄先遣连”的称号。作者将“青藏劲风”的标识，在这里由单个李银桦放大、扩充到群体，劲风之悲壮、之震撼、之感人显而易见。

在杜文娟“青藏劲风”系列创作风格中，虽以彰显悲壮、悲烈为主调，但也不失其多样性。《喀喇昆仑的红旗袍》[①] 便是一篇思考空间较大的佳作，比之《进藏英雄先遣连》更多了些小说化的元素。“红旗袍”是昆仑冰峰爱情与悲情的象征。作品中的三个人物，各自呈现出三种向度不同的感情，即王海文的悲情，郭紫烟的哀情，马天山的壮情。爱情的演绎和结局，展现出想爱而不能，如王海文；真爱却无果，如郭紫烟；大爱得而失，如马天山。其间凝聚了时代演变、政治气候、世俗偏见等的阻隔与掣肘，使得昆仑红旗袍应有的常人之真爱一波三折，如此的苍凉悲哀，不幸而悲壮。

旧时饱受屈辱被卖到上海妓院的风尘女子紫烟，新中国成立后经教育改造参军来到西藏建设兵团，与“温文尔雅，心平气和，白皙皮肤，高大身材”的技术干部王海文相遇并产生爱恋。然而作为国民党起义过来的王海文因政治身份的自卑，迟迟未能示爱于郭紫烟。当他最终以一枚象征白头偕老的青花瓷银簪为信物，表示求爱时，郭紫烟热血沸腾，即刻赶做了绣有鸳鸯的漂亮别致的红旗袍和笔挺熨帖的中山装，以备结婚用。这时，外出带队测绘的王海文遇暴雪失踪，从此杳无音信，郭紫烟承受着巨大的悲伤。然而更为令人伤痛的是，王海文单位在了解其家属时，人们得知了王海文的国民党历史身份和郭紫烟的妓女身世。在50年代极“左”肆虐的气候下，郭紫烟顷刻间被击倒了。危难当中，兵团马夫马天山以其善良宽厚的胸膛护佑着紫烟。当紫烟三进昆仑寻尸时，马天山只身匹马去喀喇昆仑山寻她，因雪崩而冻伤截肢。“马天山，一个熟悉的陌生人，一

① 杜文娟：《进藏英雄先遣连》，《西北军事文学》2010年第3期。

个兢兢业业，苍老的马夫，为了寻她，竟然被冻得要截去双腿。”紫烟感动了。“不，他不能截肢。”毅然做出了令医生拭泪，战友感激的非常举动。她脱光衣服，赤身裸体，冲向病床，以体热温暖着马天山。这里，人性的善良，情感的淳朴，在普通人马夫及昔日风尘女子身上体现得淋漓尽致，尤为令人震撼。马天山得救了，郭紫烟有了感情的归宿。然而中印战事的爆发，作为战斗在补给线上的战士马天山辛劳过度，因胃病突发而逝去，郭紫烟又一次失去了所爱。出人意料的是王海文的失而又复，因其历史问题不愿玷污烈士之妻紫烟的名誉进而投海自杀。悲剧又一次落在了这位命运多舛的柔弱女子郭紫烟身上。她所爱而不得的王海文死了，所念而得的马天山牺牲了。在得而失，失而得，得而再失的疼痛和感念中，她能做的就是种植象征生命的胡杨树，为两位爱过的男人留下人化的念想——“后代”。

在这部作品中，杜文娟以一个较好的故事构架，容纳了较丰富的社会内容和情感表达：爱情的真挚，友情的可贵，历史的荒诞，人性的良善，世俗的可恶，以及悲壮掩映于平凡，伟大悄然于身边。首当耸立的英雄当然是马天山，他是喀喇昆仑之魂，而滋润昆仑冰山的古旧而亮丽的“红旗袍”——紫烟，无疑是昆仑之魂幡。在守护康西瓦高原的烈士陵园里，“她的脸上始终洋溢着久违的幸福和安详，有着天使般超然物外的神情和泰然”。一个老兵马夫，一个起义兵技术员，一个改造过的妓女，在人烟罕至的喀喇昆仑山演绎了一出悲壮、悲哀、悲惨的爱情魂曲。可以说，揭示生活样态，对生命彩虹张扬的创作命意，在杜文娟近期的这三部作品里有了更为突出的表现。

三　情感寻梦：文学女孩的天堂行走

作家柳青曾说文学事业是“愚人”的事业，“是一种终生的事业，要勤勤恳恳搞一辈子，不能见异思迁”[①]。这一界说道出了文学路上的艰辛和不易。从上述论域不难看出，杜文娟日积月累的四部作品和近期的三部新作，已表明在这一艰辛路上摸爬滚打的应有付出，且已成为陕军新生代出品量大，风格独有，影响力强的实力作家。那么，杜文娟，一位秦巴女

---

① 杜文娟：《喀喇昆仑的红旗袍》，《西部》2010年第11期。

子，衣食无忧的国家供薪职员，却放弃女性习有的家事妯娌适性生活方式，而执着于笔墨苦力行当；既如此，却不着身边人，家乡事，不取秦巴多趣闻，不涉汉江风光景，愣是以男性的恣肆与豪迈，坚韧与狂放，执着与神往，在雪域高原劲风凌厉的天堂行走，在生命罕至的茫茫空间历练。这使我既想起了李若冰、闻捷、李季这些隔代文学英雄，又目睹陕军新生代西出阳关，苦作苦为，敢当文学愚人者的稀少，这也正是我从事执教大文学之余来关注这位个性作家的由衷理由。

那么杜文娟究竟是出于玩性，还是真爱文学，痴于精神？从关注一个年轻作家的成长叙事看，这无疑是重要、必要和极有趣的问题。杜文娟常常提起“杜家兄妹”概念。据查，父辈原本一读书人，“工书法，好文史，敦笃古风，正直谨勤，坎坷一生。工作之余，有感而发，写下了很多未示他人的诗词、随感。从父亲身上，我们学到了做人，也衣钵了父亲喜书爱文的秉性”。尤其是父亲在“弥留之际，不让告诉远在云南边防部队执行中国边境第二次大扫雷任务的小弟，让他在老山前线安心排雷，为国尽忠”[①]。缘于这样的家风，就有了书香传递的学脉渊源，有了文学精神的代际影响，有了杜文娟、杜文涛兄妹作家的承续存在。由此寻迹，“文学寄托了父辈的希望，文学引导着我们的人生向上”“做人的情怀，为人的品德，又让我们后辈心戚感念，无尽的相思只能寄托在笔端”“他影响给我们的喜爱将与我们的心灵接引，他留给我们做人的镜鉴，将以心灵的方式长存”。也许正因为这种家风正气的潜移默化，使杜文娟的文字充满了原野、广袤和辽远之气，有了骨子里与生俱来与高原情结相呼应的精神豪气。这是理解杜文娟“青藏劲风”创作风格形成的必需。

然而文学是件奢侈品，她需要诸多生活、思想、理念、精神、技巧、能力等学养的富有，需要淡定、寂寞、信心、耐心、超然等素养的陪伴和相随。这就意味着一个作家的巨大付出，以及付出的巨大艰辛。当然，宾馆里酒吧间的神侃也能成文，挖掘私欲出卖自身不失为品，如此例子在当下已是见怪不怪。杜文娟却非这样。她走了很多地方，读了很多书，“利用一切时间，背上行囊，独自一人，一次次踏上浪漫而孤独的旅程”“在身体和心灵的漂游中，进行着一次次激烈又磅礴的心理征程，从一种艰辛走向另一种艰辛，从一个感受跳跃到另一个感受，把人世间所有美好和丑

---

① 柳青：《生活是创作的基础》，《延河》1978年5月号。

恶尽收心湖，编制成缤纷的花篮，每天挎在臂腕，一路走来，一路芳香。”① 这种看似富有诗意的表白，其实正是她努力完成一个作家必备的自觉实践，从而她打开了蛰居在大山里的褶皱，喜欢上了天外世界如此美妙的景致，感悟着前辈那些饱经剥蚀又魅力四射的多情文字，尝试着用轻盈的文字写散文，用厚重的话语写小说，使得其作品涉猎广泛、视野开阔、笔触细腻、诗情盎然、泛着灵气、蕴出底气、透出豪气。自然就有了突围秦地女性创作弱化、黄土地围圈之“青藏劲风”别一种写作风格，有了杜文娟、叶广芩、红柯异质创作的“类三角”之界说。

正如任何作家最满意的作品都谓之“下一部”，杜文娟的下一部如何，今天看来，她的创作（小说）仍有许多待提高的地方。譬如，杜文娟虽然秉承了前辈作家体验生活由城到乡的下行策略，其视野、见识、感悟都有所丰富，且贵于同龄，但广积多思，思而提炼，炼出典型不够；未能更好地在占有素材上静心思考，百般拿捏，打造提炼出符合小说艺术所需要的情节、结构、故事及人物来。如《彩虹阿里》《进藏英雄先遣连》《喀喇昆仑的红旗袍》三篇，《彩虹阿里》篇略过诗意，《进藏英雄先遣连》篇又有些过实，唯有《喀喇昆仑的红旗袍》篇的小说框架、故事空间基础绝好，但作者却未能拉开放大，去填充更丰盈曲折精彩的内容而匆匆收尾，放走了一个好题材。问题就出在多思、提炼、拿捏不够上。又如，小说是叙事的艺术，既是叙事，讲故事就是使命，作家只有把自己对人生体验、社会感知依照一定的艺术原则，以故事的形式讲出来，方为完成了小说的使命，而虚构是至关重要的。对此，作者应忌诗意化、散体化，注重故事性，营造引人入胜、情节回环的故事魅力，并以杂取种种、添加虚构的手法，多些人物性格的刻画为好。《喀喇昆仑的红旗袍》篇中的郭紫烟、马天山、王海文应该是三条相缠相绕，既神出又淡入的魅力故事源，三个人物亦不乏特定环境下多性格、多行为，既始料未及，又在情理之中的雪域悲惨、悲哀、悲壮式的人物，这种效果仍显火候不够，被淡化了。再如，也许杜文娟是以写散文起家，因而习惯于散文化描写语言的运用，散文化情境的营造，散文化情感的抒发，这样，作者就常常亮相前台直抒胸臆了，以致掩盖了小说语言应有的冷静、理智、分寸要求。小说就其修辞而言，并非像散文那样“我”即作者可以在前台说话抒意的，

① 杜文娟：《杜鹃声声》，陕西旅游出版社1999年版，第269页。

小说作者是隐形的或者隐含的，他在小说中的作用是创造人物，绝非似散文中的“我”即作者来现身说教，这就是与散文不同的叙事策略。小说是靠叙述人讲故事，以人物间对话来完成故事的，作者则处在幕后。比如《白鹿原》开篇：“白嘉轩一生里娶了七房女人，”这是叙述人在介绍故事，作者在这里是隐含的，怎么能够于前台直抒胸意呢？所以从修辞关系上改变散文的写作习惯，回归小说应有的叙事策略，以改变在语言使用上的误区是十分必要的。

综上，文学女孩杜文娟在天堂寻梦，这个梦是痴迷文学梦，非她一人，是秦地作家共有的梦。如她所说“有梦相约”“是对我文学之梦的诠释，也是对我人生的激励。我相信，有更多更瑰丽奇妙的梦在太阳升起的地方等着我，彩霞般渲染在海阔天空”[①]。是的，作为读者的我也相信，并期待着。

① 杜文娟：《杜鹏声声》，第269页。

第十二章　秦客小说的叙事策略

陕西“80代”作家，作为秦地文学重要的后续创作力量，已在整个秦地文学格局中占有一席之地。许多作家已有了属于自己的生活领地，自己特有的论域视角和体现个性风格的文学话语。“80代”作家秦客（笔名）便为其中的一位先行者。其特点在穿越现实与荒诞之间书写着世间诸多看似荒诞却现实的人生镜像，在苦苦寻求着未知而不得求解的社会人生问题。这种问题意识的存在，不仅是作者主体思虑的深度体现，更是文学陕军整体现实主义创作再深化的彰显，以及文学品质再提升的可贵。

一　“80代”文学陕军的“异数”

“80代”作家秦客，其小说创作有着自己的特有个性，在有限的人生经历中，常常呈现出善思考、多忧患的问题意识特点，以及面临社会问题而不得破解时的情感忧患与纠结，这就使得他的小说内涵有着较丰满的张力；同时作者所熟练采借的荒诞、魔幻表现手法，不仅将受众的审美带入了更为宽广的思维空间，同时也增强了小说耐读、咀嚼和回味的艺术魅力。

以年轮而论，秦客算是介于“70代”末和“80代”初，一位来自路遥家乡，深受“身处逆境却不断挑战苦难自强奋斗的路遥精神核心价值”[①] 影响的文学青年。就“80代”作家的创作整体观看，不客气地说，缺席的是问题意识，缺乏的是思考精神。当“60代”从“文化大革命”荒芜中脱胎，面对新时期文学大潮，感受着“50代”的时代文学豪气的

---

① 赵正清：《为天地立心，为民生立命——由“文学陕军”引发的几点思考》，《人民日报》2013年5月20日第11版。

劲风并自觉膜拜追随时；当“70代”面对文学潮汐去伪存真的推进，而敞亮内心情感诉求时，“80代”在物质过剩、欲望横生的温床襁褓中降生、成长。如此生而逢时，使他们不曾经历“50代”生活路径的艰辛，“60代”物质享受的贫乏，“70代”时代变革的困惑。这一切的历史境遇使他们不需要什么跨越就软着陆到一个物丰情怡、自由翱翔的乐淘世界，所谓问题的思虑对他们来讲是浅淡的。因此，问题意识的缺席，思考精神的缺乏就成了他们的胎里疾、代际病，即使作为作家，其字里行间历史叙事的内涵承载也依然空荡贫弱。于是，他们所能表达的就是所身处的校园、家庭、父母、娱乐等微量的生活元素了。如果这种说法不为绝对的话，那么这就是“80代”文学的普遍特征，以及“80代”作家们集体无意识的普遍写作境况和共有心态。

从这一背景和命意视角考察秦客的小说，作者常常掣肘于荒诞与现实的情感纠结里，其穿越浮尘的荒诞写真，问题意识的情感自问，可以说是这个群落中一例“另类”的存在和凸显。其实，从秦客的成长叙事看，他生于1981年，为代际之交，更多了些上代人社会变革之思考的秉承，自然也就少了些代中人之幼稚单纯的底色。这种特殊的代际之交的成长叙事，正如M.H艾布拉姆斯所言，作家“在经历了某种心理危机和精神危机后，获得关于个人与社会关系的健全人格的潜意识”，并将“某种社会价值观、生活方式的认同和皈依深藏于个人的潜意识中，具有持续性”[①]。这一理论视点正应了作者20年间社会化过程的风雨历练之实，应了秦客小说关注社会世相的写真，勾勒形色群人的情态，采借荒诞策略叙事的穿越，宣泄无一把捏的情感纠结的小说面貌。这种写作思维的新视点，思考问题的社会广角度，以及寻思求解不得而苦闷纠结的问题型创作，使其文本的艺术效果显示出“80代”文学陕军创作的思想水准和技法运用水准的新推进，同时也是秦客小说较之于同代创作的一大优长。

二　穿越荒诞的叙事策略

基于这样一个认识，笔者解读了秦客的三篇作品《在街上无望地寻

---

① M.H.艾布拉姆斯：《欧美文学词典》，朱金鹏、朱勤译，人民文学出版社1990年版，第218—219页。

找一个人》《在黑夜里唱歌的人》《邂逅》。这三篇作品无一例外都涉及一个话题，即形色人群的精神情态、欲望心态、生存状态以及所透视出的作者求解社会问题，追寻群人精神归宿，自身情感纠结的茫然和质疑。值得注意的是，当作者面对形色群人的这些社会问题时，并不像一些救世型作家那样自以为是地开出新旧、善恶，革除诟病，换上新衣之泾渭分明类的乐道药方，而是极力寻找形色群人何以如此的社会病象纠结处、情感病象纠结处和生存病象的纠结处。秦客说："《在黑夜里唱歌的人》这篇小说充满了忧伤，在写'乌鸦'和'白鹭'这仅有的两个甚至有点苍白的人物时我内心充满了痛苦。为什么不能叫她们生活得更好些，为什么她们会这样地去选择生活。"[①] 是的，为什么这样，社会病象的纠结，生存环境的纠结，既然作家解决不了，又何必以虚幻的文字划一道美丽无用的七色彩虹呢。要知道文学自古救不了世，所以鲁迅说："一首诗吓不倒孙传芳。"先生的清醒令人钦佩。秦客也是清醒的，他当然解决不了，所以在他的小说中没有救世的明白答案，革除病疴的有效方略，有的是社会现象存在的真，形色群人作为的实，以及作者求道不得、求解不能的模糊的苦、郁闷的愁、纠结的闷。他只有让"乌鸦"和"白鹭"这两个小人物做一次虚幻的了却心愿的空中自由飞翔。这个结局是美幻的，也是现实的，富有魔幻现实主义的空间感和想象力。这就是秦客小说的本真，忧患文字的魅处，穿越浮尘荒诞写真的妙处，问题意识情感纠结的贵处。

《在黑夜里唱歌的人》描写了两个社会底层弱者——风尘女子乌鸦与男友白鹭的矛盾情侣生活和矛盾生存方式。乌鸦出入夜场供养着白鹭，白鹭不嫌弃乌鸦的职业而情恋着自己的女人。乌鸦习惯于"夜晚的气味"而恐惧白天的味道，以致使"白鹭"将小屋的白天遮掩成夜晚样，以适应这"夜晚的气味"。于是"夜晚的气味"很神奇，气味越来越浓，房子顿时充满欢乐和歌唱。"乌鸦"的歌声充满了荡漾，充满了树绿的感觉，充满了农田金色收获的惬意。然而，这种畸形的生存方式终究容不得白日的晾晒，也躲不开自身病入膏肓死去灾难的到来。"乌鸦"和"白鹭"的仅存期盼，是能够有一天扔掉面具在白日的空中真正自由翱翔，飞过大海，飞过麦田，飞过高山，飞过茂密的树林，逃出这夜晚的气味，向往白日天空的晴朗。这里作者将人物意象化，将现实荒诞化，将具象模糊化。

① 秦客：《我为什么要写短篇小说》，《西湖》2009 年第 8 期。

以黑夜的异象透视白天的真实，以“夜晚的气味”反衬白天清新的期待。“乌鸦”的“歌唱”有着收获的艰辛和痛苦，“白鹭”的守护珍藏着情感的坚贞、信任和呵护。这里求生和爱情的单纯存在，自有挑战世俗荣辱的对决。歌唱的“乌鸦”病了，守护的“白鹭”忍痛精心打扮出了“乌鸦”的漂亮。“乌鸦，我和你一起飞翔，白天也是美丽的，我想让你看清白天这个世界。”“乌鸦”幸福地微笑着。秦客将底层人生存的艰难，艰难中的相依，相依中的快乐，快乐中的呵护，通过荒诞的抽象和抽象的现实不经意地描摹了出来，袒露出作者无法改变其命运轨迹的情感焦虑和内心纠结。这种看似荒诞却现实的技法，好似无情却有情的冷静写真，是秦客小说问题意识、矛盾叙事质疑的重要特征。

同样，《在街上无望地寻找一个人》直逼社会病象中的病象群人，多角度、多侧面、多情感、多策略地投射出现实生存状态中的人际隔膜症、责任缺失症、心理孤独症、情感困惑症、欲望荒诞症、假面行色症，等等。对这些病象，作者不是以个别代替一般的方式呈现，而是以普遍性涵盖整体性的扫描式出现，尤其以多策略放射性的技法和视觉囊括了妓女、厨师、画家、秘书、个体户、业务员、公务员、教师等各种职业，以及12岁、24岁、36岁、48岁、60岁、72岁、84岁等各年龄阶段人群的病态心理。“我对麦田说，龙城住着一群有病的人”，于是我“在街上无望地寻找一个人”，一个健康的人。令人深思的是，作为一名职业心理医生的我，治病救人却濡染为疾而变成病人，需要治疗。龙城唯一无病的就是田麦——一个甜美、淳朴、真实、单纯的护士。这是作者心理困惑的最后一点美好的保留和存在。

可以揣测，秦客在做如此众多病象的病例卡片时，其内里情感并不轻松，面对如此生存环境，如此现实生态险象的横生，即使作者采借荒诞手法予以荒诞的描摹，其荒诞处也未必越过现实病象之真之实。因为在西方荒诞创作理论中，其主要特征是将作者的主观意识和现实感受极度夸张，或通过人物梦呓般的语无伦次话语，来表现世界的非理性和人物的非人性，从而实现某种精神上的净化。而秦客对这些病人病态病语的具象勾勒，并没有做过多的夸张、变形，只是以时间和空间的紧缩叙事，将他（她）们聚焦在周一至周日的有限范畴内，龙城和医院的狭小地域间，放笔涉及诸多病案病例病象病态病人病事，艺术地体现了多与少、张与弛、个别与一般、典型与普遍、形式与内容互为一统的哲学思考和社会批判，揭示了现实社会中的世俗荒诞和万般无奈。如妓女们竟乐意和“喜欢这种职业，并不是为了钱”；厨师“不喜欢我的职业，喜欢在我做好的饭菜里吐一口水”；中学教师不敢说出“她们一个个转学的秘密”；公务员恐惧人事网的厉害，“小心环顾屋内有没有监视器”；大学毕业的业务员因过分的劳动强度而“真活不下去，该不该自杀”；画家产出优秀的作品使“朋友们妒忌，为了朋友应该把它毁掉”，等等。这种异化现象虽然是违背人性本义、事物本来、社会发展的正常秩序、规律和进程的，然而却堂而皇之地存在着。你不用什么荒诞去穿越透视，其本身也就够荒诞的了。

不仅如此，各种欲望无限地蚕食着各类人的心灵使其更加欲望化。如12岁的孩子自信地做着“我是一个天才”的梦；24岁的男人不想梦遗，迫切“需要一个女人”；36岁女人的丈夫满足不了要求，“除了找情人再无它法”；48岁的男人“因讨厌我的黄脸婆女人”而到一个“不厌恶的去处”；60岁本不是作家的人却“想写一本纪念一生的小说”；72岁仍想入非非“重新计划人生轨迹要回到年轻时代”；84岁的人虽然老了却“并不想死想不明白”，等等。这些男男女女、老老少少之群人，尽管其想法各异，心理有别，但归其一点，那就是欲望的诱惑与躁动。这真是龙城熙熙皆为利，嚷嚷龙城皆病区。巧妙的是，作为小说，秦客并没有以此演义出更为丰富曲折、一波三回的故事性叙事，而是以简洁清朗、浓缩白描、极尽意味的谋篇构思为策略，达到了社会广角病象涉猎之密集度的效果预期和病态社会引起疗救注意的美刺效果。从这一意义上说，这篇作品所具有的是鲁迅文学意味的继续，是改造国民性问题这一话题的又一新的时代语境下的扩展和警示。

从小说叙事策略讲，秦客小说的构架的确是简约型，不繁复，文字也并不十分讲究形象华丽和色彩之圆润，但却有着耐咀嚼的厚重，有着问题探求的追寻意味。正如他说：“从我个人来说，我喜欢那些具有探索精神的小说文本，写出来的小说至少要‘有那么点意思’。”① 正是对探求精神的追求，对“那么点意思”的倚重，这位“80代”业余作者的文字才有了品质的层次，有了精神的骨力，有了作者笔下情感难以排解的纠结和诘问。“作家这个称谓在我国是有道德和良知的职业。我不是职业作家，有趣的是，这些年来我作为业余的写作者，却秉承着专业作家的道德和良

① 秦客：《我为什么要写短篇小说》，《西湖》2009年第8期。

知，在今后也将以业余的身份去操守这份职业者的职责。”① 这些来自创作实践的总结和表白，在他作品的字里行间都能感觉出作者性气、思虑和体温的存在。

生态病象是一个社会问题，岂是一个年轻作家所能解决的，尽管如此，作家的责任不是漠视和冷酷，总是以其应有的智慧去面对，去思考，去化解，做出自己的价值判断和文学的前瞻。在小说的结尾，秦客以龙城一条轰动消息的描写，给出了理想现实期盼和小说叙事智慧的有效性释放，这就是龙城群人病象的解除。作为心理医生的我，不仅自治而且“做过多次难度的外科手术”“医治好大量还有心理疾病的人”，并且结婚生子，写出了书，担任过主演等，还原了作为健康之人的本来。这里，写真的现实与荒诞的叙事有了相应的互文回应。历史总是在曲折中行进，在行进的现实中解决问题，破解荒诞，还原真实。秦客做的就是穿越荒诞的现实真实，这是一个固执而较真的认知。

《邂逅》篇构设了一场没有约会而遇到，没有预期却邂逅的茫然人际境遇。“我因为生活无聊而打算出行一次”，要到哪里，去做什么，要见谁，这一切都是茫然的。于是作者通过不相识的人物，陌生的地方，虚幻的印象，甚至“我是谁”的模糊，编织了一个复杂而又隔膜的人际邂逅的特有环境，以荒诞穿越性的叙事策略描写了相互间陌生而幻影般的邂逅关系。“我”圣诞夜为什么要外出的内心矛盾“困扰”；在龙山火车站与孕妇玲玲为何同车的茫然；孕妇玲玲与我小学同学玲玲重叠遐想的矛盾；寻访诗友与林镇韩诗人存在与否的矛盾；我是谁与身份自辨的矛盾；林镇女人与韩诗人多角关系的矛盾，等等。这里多类人物、多边关系、多样存在的人生场域与多种意象的模糊性，以不确定性的矛盾与纠结、糅合与对立的样态呈现。作者以自问、他问式的灵魂对话和荒诞扫描，直逼现实问题，诘问人与人、人与物、人与社会相间相悖的朦胧关系。很显然，秦客借荒诞叙事感叹世态虚妄、世情浅淡、世人隔膜的种种乱象，画出了文化失落、理想退去、茫然无措群人的胸无所托、事无所挂的心理荒凉和精神空虚的炎凉图景。百无聊赖的“我”，外出寻访似乎有种现实追求和精神探寻的冒险。然而却陷入了现实观感的迷惑之中，看到了和遇到了并非真正意义上的邂逅，却是以孕妇玲玲、同学卢玲玲、林镇韩诗人、神秘

① 秦客：《我为什么要写短篇小说》，《西湖》2009 年第 8 期。

《小说》为魔幻意象的典型写照，折射出真与假、实与虚、形与幻、我与他等的人的分裂、物的分离、情的分散的生存状况之现实。

可以说，作为“80 代”的作家秦客，在其写作生涯并不绵长，艺术积淀不甚饱满的年龄中，却能以先锋叙事的尝试突出代中同辈者的青春叙事，校园描写的稚嫩围圈，驾驭颇有难度的荒诞艺术策略，去透视现实社会的诸多问题，实属可贵不易。如果从期盼秦客小说的叙事成长计，这种荒诞叙事似乎更晓畅、明了些好，使形式与内容的融合更能得到受众的通识通解，得以更好地传播。依据秦客的智性和对小说写作的悟性，有效地提升将在写作实践的自然之中。近年来，秦客创作日渐丰厚多彩，其诗歌、小说作品多见于《青年文学》《延河》《黄河文学》《诗选刊》《星星诗刊》《诗潮》《新大陆》（美国）等，以及作品被《2003 年最佳大学生诗歌》《被遗忘的经典诗歌》《80 后诗歌档案》《2007 中国最佳诗歌》等各种选本选入。2014 年 3 月，秦客主编的 23 万字的《路遥纪事》新著由北京时代华文书局出版，此书不仅呈现了作家路遥一生的传记，同时涵盖了陕军所有重要作家和文学事件，更为值得提及的是，它是秦客由创作而批评，由批评再创作的互为表里、文学规律互文认知的良性发展。这在“80 代”青年作家中显然是一大优长。

第十三章　陕军"90后"长篇新作《咸的人》

"90代"青年作者王闷闷的长篇新作《咸的人》，以新的视角讲述了一个以传统工艺制盐的故事，揭示了黄土高原上一群隐匿者的苦乐、他们的生存状况、他们的喜怒哀乐、他们的生命演绎，以及他们对赖以生存的土地的挚爱。就题材而言，《咸的人》填补了陕西文学传统乡村叙事的空缺，作者王闷闷以坚实的文学起步，走出了"90后"青春文学的围圈，给文学陕军再出发以良好的回应。

几年前，当人们面对陕西文学的发展，惊呼陕军断代时；几年后，当文坛热议文学陕军再出发时，究竟是巧和抑或是再出发的必然，"90后"青年学子王闷闷26万字的长篇新作《咸的人》①，便呈现在陕西学界面前，给陕军断代的担忧一个切实的回应和丰厚的回报。

其实，文学作为一种意识形态，其历史传承、潜移默化之情感织入，其作家代际师承、广而效之的本然特性，犹如日出日落、晨辉晚霞般的亘古复至，是不可能中止和断代的。所谓断代，与文学的永恒并无因果关系，断代只是个扶持培养新人的问题，况且并不意味着原有的消亡，这才是现实的症结所在。在这个问题的认知上，热切的人们因其情感使然，并不理智地进入了一个文学的期待误区，

常常拿陕西"茅盾奖三大家"作比，以此为高山仰止之标志来观其后续的文学创作现状。于是就有了"断代""乏力""无人""萎缩"等

---

① 王闷闷，原名王震（1990—　），男，陕西榆林人，现为西北大学现代学院文学与新闻传播系2012级学生。在校期间多有作品见诸报端，曾荣获"冰心文学奖"等七项文学奖。《咸的人》是他的第一部长篇新作。中篇《戴面具的列车》《活着就为那口吃》，长篇《米粒》由陕西人民出版社2015年出版。转引自王闷闷《咸的人》"师长寄语"，太白文艺出版社2014年版，第296页。

的说辞，有了期望值极高的良好期盼和愿望。这是可以理解的。但是，这种作比显然是不切合实际的，高山之所以为高山，能有几多？那仅是一个文学的标高尺度，并不意味着无有了“高山”之后的文学便为断代。纵观三千年，虽无《红楼梦》第二的出现，中国文学并未断代。由此可见，切实关注当下创作现状问题，关注年轻一代的文学成长，给予良好的文学生态环境，“高山”便会有来日的显现。王闷闷的创作势头便是一个良好的开端和起步。

一　一位文学青年的坚实起步

《咸的人》的作者，是“90后”的一位在校学子。按常理论，或者以“90后”的阅历看，这代人的文学初试几乎都是青春文学的书写。青春忧伤、青春痛感、青春遭遇，是这代人笔下的关键词，甚至“80代”的韩寒、郭敬明们当年也概莫如此。这说明人的阅历是无法超前的，尽管你有文学穿越的想象，那毕竟是想象的穿越和穿越的想象，虚无缥缈的情感层面的释放，以缓解在这个年龄段认知世界的恍惚，判断生活无一定势的飘移，情感把握不能自持的苦闷。所以说，写青春，诉痛感，言文学，释苦闷，用文字，聊感情，一种自写自读自恋之校园文学的青春涌动便油然而发。王闷闷也应该属于这一文学躁动者的行列。

然而，让人惊喜的是，读《咸的人》，打破了你阅读前的想象预料。作者竟然摒弃了青春文学写作的路子，以坚实的现实主义笔触超越了青春忧伤的围圈，直逼当下他耳闻目睹的、亲历了的、有所感触的父老乡亲既遥远而又显近的制盐人的生命经历及其生存百态，使你不得不对这位“90后”作者的破土有了新的思考，进而重新认识市场经济大潮冲刷30年之后，社会开始返璞归真，人们开始回归博雅文学时代转折的到来。如果你稍稍留心，就会发现和感觉到，近十年来，当人们在商品经济气浪的无情裹挟挤压下，崇物拜金之追风心态也日渐疲惫。作为意识形态的文学表征，却出现了悄然的变化，即写作者人群居然多了起来，学子群，女性类，社会文学青年族，等等。且不说此现象是人们以诗之清雅平抑拜物的浮躁，抑或是以文之淡泊来阻隔市场的喧嚣，还是因由另见，但总体说来是令人兴奋的快事。因为文化的回归，精神的反璞，定是市场叫卖终极的必然路径。人毕竟是人，追求精神愉悦，享受情感滋润，附庸文化怡情是其本原。这就是笔者感受一位“90后”学子纯文学写作所引发的社会思考。

王闷闷是地道的陕北人，和他交谈，你能明显感觉到那陕北人所具有的黄土高原般质朴的气息，那层层叠叠黄土台塬般厚重的韵音，那话语表达的急促和叠字连缀的情态。文学是生活的，也是感情的。他生活在黄河文化和游牧文化杂糅这样一个恣肆厚重的文化狂欢地带，丰盈多彩的民间文学和前辈们崇高豪迈而又感人心脾的文学牧歌，给了他近水楼台的先天熏陶，使他在文学的起步时就脚踏黄土置身其间，写下了诸如《奶奶，我想你了》等一系列习作，并以“冰心文学奖”荣誉的获得，肯定了一位怀揣文学梦想的陕北文学青年的文学存在。看得出，在《咸的人》中，路遥文学的气息、笔法、手法以及写作的基本路数，都无一例外地出现在小说的字里行间，隐含和流淌于作者的文气与语气中。小说描写了陕北高原一个特殊人群，一种传统工艺制盐的特殊故事，他们的生存状况，他们的生命演绎，他们的喜怒哀乐，以及他们对赖以生存的土地的挚爱，等等。我们似乎依稀可见孙少安、孙少平、田润叶、田晓霞的影子。尤其值得点赞的是，小说字里行间呈现着对浓郁的陕北黄土地人情风貌的描摹，其行文走笔、故事架构、创作手法全然是文学陕军现实主义精神的延续。诚如作家和谷言：“作者传承并突破传统文学精神的怀乡路径，试图勾勒出崭新一代心中的田园面孔，关注并痛心疾首地善待人和土地。”作家何弘也认为：“身为90后一代，能从虚幻的想象中回到坚实的土地，去关注乡土的变革，关注现实的生存，关注普通人的命运，实属难得。”①

王闷闷，一个“90后”的青年，《咸的人》的生活容量，显然超越了他有限的观察阅历和思考库存。但是，这种“试图勾勒”和“回到坚实的土地”的写作理想，彰显着他对黄土地文学理想诉求的探寻和追逐。一个文学年资虽然轻，但文学心气依然高的后来者。这难道不是当年的路遥么！一种文学贵气精神的膜拜者。

作家陈忠实说过：“创作是作家生命体验和艺术体验的一种展示。”②用生命体验生活的甘苦，用艺术感受创作的艰辛。在怎样写，写什么的路径上，王闷闷的去脂气、去铜气、去侩气，接地气、写豪气、显贵气的坚

---

① 转引自王闷闷《咸的人》“师长寄语”，太白文艺出版社2014年版，第297页。

② 转引自张英《文学的力量——陈忠实访谈录》，民族出版社2001年版，第198页。

实起步及价值取向，以《咸的人》赢得了自己以及自己文学价值的存在。

二　一种别样生活领域的首次揭示

创作对于一个作家而言，一般地讲都有一个相对稳定的生活领地，即属于自己的生活场。以陕西作家为例，如贾平凹的商州视域，路遥的城乡交叉地带，陈忠实的关中描写，以及老辈作家柳青的皇甫情结，王汶实的渭河两岸等。虽然这绝非一概地画地为牢，但始终是作家入场与出场转换的情感寓居地。如此一来，诸种色彩斑斓的生活领地就在作家的笔下被神奇般地分割、描摹，呈现出极具个者的风采，又具地域风情般地记录不同时代的万般生活形态，以及各有性情各色精神在场人的诸多情感图式。

纵观陕西作家的生活涉猎，除有所共识的现代工业领域，现代新兴科技领域，现代都市生活，以及知识分子题材描写的集体缺失外，三秦大地乡村领域的叙事和关注几乎无所不有、巨细不论。作家们对这种黄土地题材的密集涉猎，使得一些粗心的作家也常常苦恼其叙事的雷同和独木桥相抵牵绊的写作尴尬。那么这一问题何以破题呢？记得高尔基说过：“谁想要当作家，谁就必须在自己身上找到自己——一定要找到自己。”[①] 这是文学大师的话，是说文学作为精神美的一种表现形式，必使外界的一切生活化为“我”的血肉表现出来，这才是活生生的有血脉流动的生命文学。所谓“外师造化，中得心源”就是这个道理。这就是一种功夫，观察的功夫，感悟的功夫，从生活到文学提升的功夫。细心的作家总会从蛛丝马迹中发现其情感倾诉的要脉，写作冲动的灵感。而让人难以置信的是，生活在陕北，描写陕北的作家数以百计，传统制盐领域、制盐人的生命演绎、生存状态、情感悲歌竟被一位“90后”青年学子所揣摩、所感触、所把捏，以至于厚积薄发、情动于中、细细致致地说开去。照实说，这种题材实在应是一位中年作家该做的事，怎么反倒被一位年轻者占了先呢？我当然不能说是王闷闷观察生活、了然于心的功夫深，那又是什么呢？每个从文者当应思之，以解读其中的奥妙。

如此说来，制盐人群生命悲歌的叙事，在陕西文学中是一个空缺，一个极为新鲜而又鲜活的题材。在现代化盐业生产的早期，陕北黄土高原一

① 高尔基：《文学书简》上册，人民文学出版社1978年版，第133页。

群住着土窑洞、穿着粗布衣，同样面朝黄土背朝天的勤劳质朴的特殊从业者，浸泡在盐土相间、卤水相伴的辛酸岁月里，生活浸满着盐的咸味、汗的苦涩，以及劳作间隙中淡淡的欢乐。年复一年，日复一日，紧巴巴的日子如同层层土层层水周而复至的浇灌。数九寒天，烈日炎炎，两个最为难熬的季节，却正是制盐人最为忙碌的时节。比起以农事为业的人们，制盐人的艰辛和付出可谓多多。小说以细密的针脚，通过对一系列制盐工艺过程、制盐工具的具象勾勒描写，揭示了一个隐秘群体的特殊生活。那黑乎乎的石窑，一排排的灶火，红火火的大炭，咕嘟着的盐水，硕大的水瓮，星罗棋布的盐土，架架绞水的辘轳，个个洒水的马勺，件件挤水的筛子，置放盐浆的土槽，晶莹剔透的卤冰，以及最后制成的洁白无瑕的食盐等的精致描写呈现于读者眼前。难以想象，供养人们生存的食盐竟然是在如此原始、传统、繁琐、艰辛的环境下制出的，是这些名不见经传、含辛茹苦于天寒地冻、炎炎酷日中的人们终年辛劳智慧的结晶。年年岁岁，祖祖辈辈，咸人们就这样过着，已经成为约定俗成的生命惯性。然而，艰辛并没有使他们丧失生活的信心，反而却更多了些地缘惠泽的自豪和乐观。每当制盐老人向外人介绍时说："噢，老祖宗留下来的东西能不神奇吗？这是咱这里独有的。咱这里有得天独厚的条件，决定了其他地方没办法与这里相媲美。"[①] 神气的自豪、语气的乐观字里可感，折射出这位制盐子弟对父辈精湛技艺的赞美，以及对此种劳动壮美浩气的由衷赞叹。制盐业、制盐人，这一特殊群体的生命演绎终于有了文学的诉求，这群善良勤劳、以己劳作之苦奉献社会，供养千万人们生存需要的父老乡亲也终于有了自己的代言人，这一精湛的且已失传的传统制盐工艺也终于结束了尘封的历史，走进了社会档案的记载，呈现于人们的视野里。一位"90 后"的年轻作者，以文学的方式完成了一件"非遗"挖掘、抢救的浩大工程，不能不为之惊叹。正如作家安黎所说，这个群体"他们隐秘于社会的幕布之后，在无人留意的缝隙中，艰难地蠕动，辛勤地劳作，默默地来，又默默地去"。"于是，他们的生存、他们的命运、他们的欢乐、他们的痛苦，都像是密封于罐头瓶中，无法传达到外面更为广阔的世界。"王闷闷"是第一个用笔来再现盐民生活和表达盐民心声的作家。他用深情饱满的笔为

---

① 王闷闷：《咸的人》，太白文艺出版社 2014 年版，第 3 页。

自己的先辈与同辈画魂，为那个鲜为人知的群体画像。"[①] 这就是《咸的人》的文本价值，一部充实陕西文坛题材空缺的难得作品。

三　一个群体生命悲歌的情感演绎

《咸的人》写了七个家庭的生存状态，刘庆有勤劳持家之风；艾永平贤良淑慧人家；刘克礼家门官运政通；刘田遥贫寒蜗居艰难；刘平虎家霸气庄里作为；二老婆人丁稀薄势单；艾明亮众家艺技强身。七个家庭，一个社会，同辈间乡情醇厚，代际间情感纠葛，各自演绎着自己的生命轨迹。作者以较为熟练的蒙太奇复线交织，或场景转换，或事件穿插及组接的写作手法和技巧，复现着同为制盐人却各有性情各有精神，各有生存各路径，各有情感各纷扰的丰富多彩的盐人特有的生活事象，使人耳目一新，眼前一亮。全然异于以往陕西文学乡村叙事中耳熟能详的农事图景，以及那咸人群体与关中农人"三十亩地一头牛，老婆娃娃热炕头"的小农心理、小富即安生存意识迥然不同的心理世界、情感世界和精神世界。关中农人依傍肥沃的土地，一年庄稼两料，春种秋收，衣食无忧，过着捞一碗长面喜气洋洋，没有辣子还嘟嘟囔囔的惬意日子，吃饱穿暖，秦腔一吼，精神舒坦。

而制盐人则无有如此的轻松。分割条块的盐滩是他们赖以生存的守命地，细腻严密的制作工艺是他们唯一求活的手段。这层层铺土，遍遍洒水，十几遍水，五六层土，水土成泥，盐泥分离，盐水熬浆，卤冰成型等琐碎、复杂、严密，既体力又脑力的劳作过程，远比关中农人简单格式化的季节性劳动繁重得多。尽管如此，终年所值勉为温饱，更无力扩窑改变居住的逼仄。田遥老汉一家五口，蜗居一窑，三儿三光棍，不体面的家境，阻隔着他们求取婆姨的念想。人类生存的第一要素，有一孔新窑，住的奢望，成为田家无力解决的难题。于是儿子有才领回了外乡女人，只好宿住他处；于是小儿学文也就只能选择离家做上门女婿。盐滩的汗水浇不出田家庭院的欢乐，卤冰化不开田遥老汉苦涩的心结。那么，日子还得这么过着，盐滩还得这么守着。沉重中积淀着生活的执着，苦涩中充满着期待的希望，艰难中田遥老汉仍忘不了对在外谋生的儿子们守规、守信的叮

---

① 安黎：《咸的人》"序"，太白文艺出版社2014年版。

咛和教导。这就是陕北黄土高原制盐人信守本业、信守勤劳、信守天地永恒，周而复至生命延续的一曲悲歌。父辈生命中那种坚实的绵长，那种苦楚的坚韧，那种坚持的担当，在作者的笔下被描写得淋漓尽致。

不仅如此，王闷闷对同辈的生存际遇寄予了热切的关怀。海东的憨厚本分，海涛的艺人才气，学文的老实厚道，有才的机灵灵活，蓉蓉的俊俏善良，欣欣的活泼精灵，王艳的文化念想，以及艾强盛、艾小芳的多才多艺，等等，都在作者的文字中有着较好的个性化的描述。在这些同辈叙事中，作者以较多的笔墨，着力刻画了海东诸多性格侧面，在他身上倾注着陕北年轻一代尚实厌虚、耿直憨厚、古道热肠的优秀品质，以及凭着一身力气，靠着一双勤劳的手，打造一片属于自己生存的天地——圈新窑、置家业、娶婆姨、谋幸福、奔前程的生活理想。

海东两兄弟作为黄土高原新一代的典型，其骨子里流淌着父辈创业置家、勤劳能富的信念血脉。海东的"瓷脑"，有着不善虚伪的本质；海涛的活泛，有着守信的规束。作为老大的海东，深感家中顶梁柱的责任。"一个家，要是连顶梁柱也没了，就要坍塌，成为一片废墟，那还叫什么家?"[①] 所以，家的理念、置家的理想在这个沉默寡言的后生的心里升腾。他认为："生活，只要你还活着，想活下去，那就要干活。""想活得有尊严，那就更得努力。"[②] 于是，他一个人租了六份盐滩，受死受活地干。凌晨四点起，晚上十二点归。堆土，洒水，看火，铲泥，熬盐，寒冷浸身，炎热灼人。头发长得像个筛筛，胡子拉碴，脸色灰沓，瘦干巴巴的。王青和蓉蓉两个深爱着的姑娘看在眼里，疼在心里。"看得出，海东真的是累坏了。步子都迈得不利索。"作者包含着笔端的温馨，描绘着海东一个陕北青年心中的理想家园：一线三孔窑，围个墙，盖个门，瓷砖一包。老老少少身一搭。人活老小，不就为这个么。这里，代际同堂、安居乐业的家园观，浓浓乡情、喜盈庭院合家欢乐的民间图景尽显眼帘。海东家一进三开式，整齐明亮的三孔新窑的落成，羡慕着庄里人。劳动致富的生存理念，就这样在人物海东的理想奋斗中和作者王闷闷的现实关怀中达到了完美的契合，其描写可谓入情入理。

勤俭持家，勤劳致富，深深地嵌入中国农人的意识里。作为盐人这一

---

① 王闷闷：《咸的人》，太白文艺出版社 2014 年版，第 155 页。

② 同上书，第 201 页。

特殊群体，更能体悟到其中的甘苦、欢乐。后生们的勤快憨实、勤奋求进，往往是庄里庄外俊俏女子追逐爱慕的对象。蓉蓉、王青就自然成为海东的追慕人。用王青的话说"你就是个瓷脑""老实疙瘩"。正因为这一信念里的瓷，意识中的实，使得刘海东步步脚印，步步高，典型地引领着陕北后代对传统伦理道德承续的风帆。当面对国家铁路横穿盐滩，以盐土面积多寡给予经济补偿时，庄霸刘平虎惑众推土造假，海东却不以为然。坚定地说："不铲。就是打死我也不铲。我不想作假，一辈子都是老老实实的人，作假就是拿了钱也用的不放心。"[①] 这位被讥讽为"憨憨""老实疙瘩""有钱不捡的瓷脑"，得到了婆姨王青的赞赏："自己男人说得对，老实本分好。"[②] 作者浓墨重彩地予以了高度的赞赏。海东500方的实土，12万的补偿，刺激着那些作假的庄民。道德的较量，做人的比对，真善美与假恶丑的因果报应，被作者以严肃的文字完全融入一个憨实的人物描写之中，且生动、形象、厚实，可感可触。真是一人一典型，字里字外见精神。

刘海东，显然是作者精心刻画的人物之一。

黄土高原古老的生存悲歌，大都隐含着几多人性中的陋习和边缘地带沉积着的生活诟病。盐滩没了，补偿给了。守业失了，钱却有了。有道是，虽然穷相讥，饿相吵，但手中有了钱，这邪恶也便有了。庄里人开始了赌博，一夜豪赌，三四万、五六万全输殆尽。这种并非在盐滩用汗水挣来的钱，怎么来，又怎么变戏法似的去了。于是，穷图窥偷，偷庄里，偷铁路工地，一些年资高的私欲者也卷了进去。还有暗处的皮肉色相的龌龊，等等。刘庄，一处以勤劳为生延绵数代的传统乡村生态，一处以礼义廉耻为信条的道德底线被撕破，因钱，因现代文明的骤然推进而祸起萧墙了。于是，庄里再也无有了往日盐滩忙碌中帮衬的温情与感动，无有了闲暇聚首聊天的温馨与怡然。人人都像起窝的鸡，庄里庄外奔波于钱的眼里，欲望的沟里。于是，生命悲剧的帷幕也随之拉开。

二老婆家，在外从事出租车生意的唯一的小儿子浩伟，因误拉了盗贼而被公安人员逼供，野蛮的警察因贪功心切而误拘误断，浩伟被活活地屈打致死。一个年轻的生命就这样如同草芥，消失在野蛮的现代文明中。本

① 王闷闷：《咸的人》，太白文艺出版社2014年版，第202页。

② 同上书，第228页。

就瘫痪的忠实老汉，可怜而无助的一介盐民，怎能斗过官？只有自己带着无奈的悲凉和无尽的泪水去寻死、去陪伴、去安抚先他而去的儿子。一老一少，两条生命，在光天化日、凿凿文明的夹缝中，带着难以诉说的怨恨，带着窦娥冤的委屈走了。沉重的笔触，字里的愤怒，父辈、同辈生命瞬间的逝去，作者以《窦娥冤》中《滚绣球》的唱词，诘问天地的不公，欺软怕硬，不分好歹！其情感深处流露出无限的酸楚和痛哀。这里，作者情感的厚度，内里的醇度，笔端那愤然的气度，你丝毫感觉不出来自于一位“90后”青年的情怀。

当咸人们失去了百年盐业的生存依赖，庄里的秩序也在紊乱，生命的悲剧也在加深和恶化。忠实老汉的死像传染病一样蔓延着。永平老汉痴了，整日闷烟闭语；明亮老汉傻了，喝水不能自理；二老婆疯了，神神叨叨；田遥的婆姨死性不改，仍然做着龌龊的事情，甚至刘克礼家的也有所染。而有才依然漂泊着，守义赌光了盐滩钱，吸毒成瘾被收监外地。更有永平的婆姨李杏，一个好端端的活人，死于来回狂奔的渣土车轮下，田遥的婆姨粉桃死于塌窑，以及庄霸刘平虎父子聚赌、聚色、贩毒而被捕入狱。这些死于非命的盐人的悲哀，恶人恶报的盐人的惩罚诸如此类的变化，在作者笔下不仅被真实地描摹了出来，还浸透着几多感同身受。“城镇化的步伐让农村失去了原来味道，一切都在重建中。城镇化正处在一个关键时刻，要么走城镇化，要么就走农村原来的样子。中间的过渡要是过不好，就会把所有的都毁于一旦。就像人们出门在外说普通话一样，几年后，普通话没学成，方言也说得不地道了，成为一个什么都不像的四不像。”① 深刻的感触显现出思想的含量和思忖的焦虑。见出年轻的作者对城镇化大问题的思考、担忧，一种忧患意识溢于笔端。真可谓一曲黄土高原深沉的父老歌。

就这样，黄土高原一个不起眼的小刘庄；一座浸淫着古老伦理传统的小刘庄；一群盐人生命悲歌演绎的小刘庄，在现代化火车的轰鸣而过后，“咸人不晓得还有没有那么咸了，估计是淡了”②。

是啊，制盐人的生命味道从此的确是淡了许多。

---

① 王闷闷：《咸的人》，太白文艺出版社2014年版，第293页。

② 同上。

第十四章 《迷局》：励志叙事与情爱描写的错位

陕西青年作家田冲的长篇小说《迷局》，2015 年 1 月由广东旅游出版社出版，三次增印，市场销量看好，各路媒体都给予了不同报道，称为“直击文艺青年情感软肋的世情小说”“青春版《废都》”等，同时，作为第九届“茅盾文学奖”入围作品上了大榜。陕西作家协会也依照惯例举行了新作《迷局》研讨会，与会者自然众声美誉有加。于是，《迷局》一书成为陕西作协青年签约作家创作的标识，一部似乎不可多得的范例佳作。如此看来，对其作品的探讨，文本不足的细化臧否就有些逆风的难度了。然而，文学批评贵在求真，读出个中的真实感受，只要不是捧杀和棒杀，就是对文学神圣的敬畏了。因之，本文就《迷局》的励志故事与情爱描写的价值坐标问题做点说辞，与之商榷。

笔者对当下文化生态的看法，认同经典阅读淡出，俗流读本上升的学界共识。一部作品并非以市场销量定高下，在很大程度上，往往销量高者，多为大众俗流类读本。那么，利欲图谋写作，还是雅洁正气写作，就成为一个作家价值取向的重要选择。在这种雅俗兼杂斑驳的文化背景下，文学境况是悲哀的。知识论斤秤，人人称作家，个个是专家，头衔充斥，名人爆棚，文字的过剩泛滥、贬值便成了自然。写作、制造文字就成了一些行业人士跻身社会，获取荣誉，提升身价砝码，游走行业内外的一种可用介质工具。于是，书籍成山，作品似海，一片所谓创造知识的盛世繁华覆盖着社会的每一个角落，使人迷乱。昔日真正经世知识的认知稀薄了，经典作品的传扬承续被遮蔽了，而谋财的、票房的、好玩的却上架了、张扬了。这种现象的日渐胜出，固然离不开文化大背景的驱使，也与大作家小作家，大名人非名人关系的自觉不自觉互为推波不无关系。个中大作家、大名人充当了不自觉的推手，一种盛情难却、面子难搁、关系难舍等纠缠的推手。于是为其作序、片语举荐等言不由衷的文字衍生。那么，这种了了举荐文字并不能提升作品文本的质涵，却倒像一块粘贴的叫卖补丁，显得如此的苍白与蹩脚。古之《红楼梦》无人举荐，其本身赢得了经典，今之《平凡的世界》洁雅干净，亦无举荐“补丁”的粘贴，同样成为经典。这种当下文坛的普遍胜象，当然并非指《迷局》而言。

一　叙事：一个华丽可读的俗流故事

因其旧时“引车卖浆者的琐屑之言”，故古来小说不为文，登不得大雅之堂，终未能称之大说。而正是这一被庙堂所不嗤的特点，却赢得了坊间的青睐。于是，编织故事，营造波澜，巧言叙事就成了小说的基本文本要素和应有的文体魅力，以致形成了后来通俗小说的强大文学潮流。但是，作为今之已日臻完善丰富的小说文本构架，正如英国叙事小说的理论开创者笛福所言：“一是真实性，二是道德化，不管他讲的故事如何，他的目的都是为了教化读者。”[①] 这一点与中国文学“文以载道”“诗言志”的文学理论规义是相通的。

当然，田冲的《迷局》虽并非通俗小说，但却有着类似的故事编织、情爱描写，以及叙述语言媚婉可读等的通俗元素，所以我界定其为“一部华丽俗流的小说文本”。的确，作者富有文学叙事的才能，将一位初入社会，进入文学场的青年的人生经历编织得如此曲折有致。主人公秦风，一介出自大山深处的书生，懵懵懂懂闯入大都，职场巧遇或者说艳遇陈美美、柳叶、王虹、高媛媛四位美奂绝伦女性，且与四人周旋并有肌肤之亲、生子双双，更有与同乡荷花、自家保姆的潜意识性动，及一寡妇再婚谋面的出入，以及单位数名青年女子的追逐示爱，等等。这里，不说其故事的生活真实性、艺术真实性几何，单就一男多女的情爱、性爱厮磨与纠缠叙事就有着巨大的商业卖点的放量元素。书名《迷局》之拆谜诱惑力、好奇性更会诱发产生出几多受众之阅读期待和商业效应。这些使我想起了90年代中叶商品化大潮，文学营销策略时代出现的诸多艳俗包装小说《有了快感你就喊》《大浴女》《拯救乳房》《丰乳肥臀》《夜幕下的宝贝》等作品。而《迷局》产生的2015年的文化背景，已不再是文学媚俗非常

① 申丹等：《英美小说叙事理论研究》，北京大学出版社2005年版，第15页。

的那个时代，这不能不使笔者在欣赏作者故事构架的美妙才能之外，多少有些遗憾和不解了。

田冲从事文字工作多年，其文字的驾驭功力较好，尤为体现在小说人物的描写上，有着细腻、饱满、灵动的色彩感。如描写已婚少妇陈美美，“二十七八，年轻漂亮，一头披肩秀发无风自扬，她的身材很苗条，纤细的腰肢仅可一掬”。“那只纤细白嫩的手，精致、光洁、性感。”还有那弯腰扫地时的“浑圆微翘的屁股”，等等。[①] 写另个年轻女性王虹，“瘦高个，身材至少在一米七以上，上身穿一件白色T恤，胸部微微高耸，下身穿一条白色超短裙，双臂浑圆而优美，两条玉腿白嫩可人，就像那新挖的莲藕，臀部因为裙子小了点而显得异常突出饱满”。“她优美的身段，会说话的眼睛，脸庞都不知怎么形容，总之叫人过目不忘，情不自禁想多看几眼，把她装进自己的心里。好像被一个超强力的磁场吸住了。”“这个女人人间少有，一定是一尊女神，或者是一位令天下所有男人疯狂女人嫉妒超凡脱俗的影视明星。”[②] 这里，两位女性的用墨各有轻重，饶有风情，既有其基本共性特征的描写，又有其气质风韵灵动个质的刻画。而写未婚青年女子柳叶时则又有不同：“瘦瘦的身材，上穿一件牛仔衣，下穿一条健美裤，浑身线条优雅迷人，涂着淡淡的口红，胸部圆润高耸，弯弯的眉毛下一双大眼睛含着无限的深情，似乎要诉说什么。”“这是个非常迷人的小美人。”[③] 突出了肌肉的健美，青春的迷人，情感的饱满。还有荷花、保姆、媒妁相亲的小梅、朋友介绍的寡妇，以及单位的多位女性同事的描写，其风姿的多样，情态的多型，文字的多彩，用墨的多寡，感情程度的不同，等等，无不反映出作者驾驭小说人物形象化描写文字的应有能力，以及女性角色肖像描写勾勒的优长。不仅如此，更有一男四女间（秦风、陈美美、柳叶、王虹、高媛媛）多种、多态、多姿、多势、多氛围的性爱场面的细腻描绘，这些热烈酣畅的倾情文字，都无疑给受众带来了阅读的愉悦及心理和生理的快感。

一般说，华丽俗流小说的成功，离不开两个要素的描写。一是都市，一是女人。女人是都市的内囊，都市是女人的外衣；女人只有在都市的包

---

① 田冲：《迷局》，广东旅游出版社2014年版，第1页。

② 同上书，第57页。

③ 同上书，第23页。

装下方显其华丽妙曼，而都市因女人的存在，更有其流光溢彩之尽显。可以说，作为在都市文化界浸泡了多年的作家田冲，对逆境中的风雨沧桑，顺境中的惬意都有过亲历性的感知和体悟。所以构架此类情爱故事、性爱艳遇的艺术生活也就顺理成章，且能将主人公置于都市、女人、事业、爱情、婚姻的维度中去描写、去叙事，其受众的概率、商业价值的获得自然也就多多。这一点，不得不说作者在构架故事预设中的敏感和聪慧，在商业价值投向上的预测和先知。华丽俗流小说的成功，这是一条可鉴的经验。作家陈忠实这样评点说“激情饱满且圆融丰盈”①，批评家肖云儒称为“情节迷离，情事纠缠”②，作家方英文认为“行文激情，阅读起来很愉快”③。不错，这些粘贴的标签补丁，对《迷局》这部华丽俗流小说而言很是贴切适合的，也可见作者驾驭文字、编织故事之技术层面的可鉴之处。

二　展示：一介书生的人生励志经历

知识分子跻身社会，成就事业，自有其重重行业诟病的阻隔和艰难。早些年张贤亮因诗歌《大风歌》被打成右派，屈于农场劳改20余年，这才有了后来的亲历性自传小说《绿化树》《男人的一半是女人》。小说塑造了一位于极“左”狂欢年代的右派知识分子章永璘，在劳改农场物质极度贫乏、人性极端压抑的艰辛改造中灵魂得以净化的过程。两位大西北善良朴实、古道热肠的女性马缨花、黄香久，从物质上、情爱上、性爱上抚慰了他受伤的心灵，使他冲破了肉欲和传统道德的桎梏，萌发了一个知识分子走向新生的创造欲望，完成了灵与肉的人格提升，读来使人震撼。田冲的小说《迷局》，所不同的是在一个新时代市场经济文化背景下，一个来自山区，进入都市，创业自立的大学生秦风，在成就事业的自信追求与情爱迷失的艰难过程中的种种生存遭际，以及人伦道德迷茫的几多尴尬。两部作品，两个作家，两相比较，都程度不同地指向了一个主题，即知识分子的人生追求和自身价值创造最大化问题的揭示。是的，在中国有

---

① 陈忠实：《迷局》封底文字，广东旅游出版社2014年版。

② 肖云儒：《迷局》封底文字，广东旅游出版社2014年版。

③ 方英文：《迷局》封底文字，广东旅游出版社2014年版。

两类人群不可小觑，那就是知识分子和农民，从某种意义上说，农民是中国社会的根柢，而知识分子是中国社会的灵魂，二者缺一不可。知识分子以其科学文化知识的富有，以及骨子里改造世界的拓荒精神和创造欲，来实现利国利民利己的双重价值，因此，作家们对其文化精神追求的彰显和揭示成了常写常新的文学主题。《迷局》中的秦风便是一例。

秦风，一个初撞多色大都市的小资，在事业立足、衣食温饱、爱情懵懂、家庭建构等生活事象中，历经着逆境的逼仄、恶势的打压、权势的排挤，以及自身的奋力抗争与生存的博弈。他所在的《西京文化报》组建广告部，以向企业拉广告索赞助费缓解经费的短缺。本来有着外交特长，好的写作能力，学界尚有影响的秦风可谓最佳人选，但是报社主编吴聊的嗜色心态使其委任有几分姿色的荷花为负责人。领导的恻隐之举，官场的畸形病灶阻隔了秦风的仕途发展。而秦风并不以为然，依然凭借自身的才华能力和文学的社会影响，获得了某银行数万元巨额广告赞助费，给报社带来了较大的经济利益。依照报社的规定，经费到位，有功者可得到30%的奖励提成。然而可恶的是，主编吴聊以权弄人，私扣提成为己有，秦风未能如数如规兑现，权势的逼仄使秦风感受到了人性的险恶与阴冷。他的愤青与不平几曾抗争并与之对面交锋，但弱势的秦风依旧未能获得公正的对待。文化厅长、梁副厅长、办公室主任、报社主编，一条权、钱、利彼此为伍的官场现形记，懵懂的秦风哪里是如此的对手。这些他都认了。作为知识分子的秦风，其源自大山深处的宽厚坦然，忍让良善之心，仍然以不太介意的心态，去帮助如同自己一样打工且有趋势尚利性格的弱者荷花写稿和出谋划策。

世态逆转，人心不古。当社会舆论将人们引向一个物质积累、金钱崇拜的极端怪圈时，人性的扭曲也随之到了近乎疯狂的地步。明争暗斗，设套陷害，使谦谦君子之人，也变得狰狞可怖。《西京文化报》由于运行体制的变化，当往日的财政拨款转换为自负盈亏的企业型后，全报社似乎笼罩在一片世界末日的阴影之中。秦风，这位被报社领导排挤的小角色，面对报社艰难的困境，知识分子固有的担当意识和创造欲，以及乡土文化给予的忠厚和善良，秉着分忧解难之心，继续为报社的生存勇于担当策划，提出了企业出资与报社共同打造企业文化，组成董事会以解决经费问题的有效方案。秦风自认身轻言微，将此良策让荷花转与主编。建议被采纳，全社雀跃，荷花成了全社刮目相看的救星，真正谋划者秦风依然被冷落一旁。善良的秦风仍然做他该做的事，仍然积极出面四处奔走，因他作品的社会影响，再次获得了一大学 5 万元高额赞助费。然而可悲的是，主编吴聊、副主编高冠沆瀣一气，阳奉阴违，绕过秦风越俎代庖，签订协议，赞助之功不仅落在了高冠的名下，并从中拿走了属于秦风所得的 9000 余元提成费。秦风之功旁落，又一次尝到了权谋之卑，官场险恶，竟被出卖之行径的悲凉。高冠，这位社会上知名度甚高的谦谦君子，写诗的文化人，报社的领导，秦风素来尊敬的、大学时代深爱其作品的作家，竟然也为利欲、几千元的提成作出了使单纯的秦风所不齿的这等事。于是，愤怒的秦风决定与高冠摊牌以讨回公道，然而高冠的否认与无赖使讨要无果，秦风一方面再次领教了像高冠这类“文人无德”的可耻，另一方面又想到了高冠之家父瘫痪数年的困难，或许正因为这些困境才使得他宁愿无耻贪钱而置颜面于不顾的。秦风内心充满了矛盾，在作者笔下一个济贫弱又善良的秦风，一个怀正直又厌势的秦风，一个存大度又远展的秦风活脱而出。于是他决定与高冠的纠纷就此了结，谋求自己的新发展。

然而人性的扭曲，往往使心存善念的人们不及猝防。失了面子的高冠伙同买凶者对秦风实施了更为恶毒卑劣的陷害报复。以延安某环保企业产品打进西京大城市为理由，以高额报酬请秦风写一篇企业的长篇报道。于是，买凶者设宴洽谈，秦风酒醉中计，被拖进宾馆放到了一女子的床上，买凶者再报警捉奸，而秦风却全然不知，被稀里糊涂地扣上了嫖娼的罪名而收拘。真是道德无良，行径无耻，人性的底线被欲望冲溃。蛰居西京大都市的秦风迷茫了，排挤、打压、敲诈、陷害，他全摊上了，经历了，也见识了这灯红酒绿的文化场。在这里，你的善良，你的退让，你的包容，你的正直，似乎都显得苍白和可笑。但这些，似乎并没有让秦风气馁和退缩，依旧以他的善良之心，他的勤快之举，他的才华之能，他的助人为乐之行，帮助邻居陈美美，照料处在病危中的朋友王虹的丈夫李克俭，协助报社广告部荷花的工作，等等。作者的这些描写，一方面揭示了社会进入欲望化状态后，人们价值观的迷乱和倾斜，利益物质包裹下的世态炎凉的阴霾，文化人出入世道生存境况的逼仄与艰难，可以说作者田冲直逼现实，有着都市生活地气的创作视野。另一方面，更为可贵的是写出了在这种复杂生存下，秦风作为一介知识分子所代表的出污泥不自染的求进精神的可贵，帮衬弱者善良品质的可鉴，以己之长助人事业的可爱。这些集大山乡村文化的厚道和纯朴，现代文化的济世与助人结合的多层次、多风采的描写，使得秦风在西京都市的闯荡有了双重的底蕴和厚重。

秦风成功了，是以他的才华，他的智慧，他的善良助人所赢得的助人者的回馈，使他在西京文化场身手大显，声名大震。《含笑的太阳花》诗集风靡西京文化市场，《滚滚红尘》小说再掀风波，报刊约稿应接不暇，各种广告不期而止。尤其是经他推举、舆论打造而使名模王虹成功的骤然风浪，更平添了秦风的百倍身价。一个弱小的，来自大山深处的，被权谋者百般排挤的文化青年，终于以自身的文化追求和创造欲，以自己淡定的善良人格，自己应有的文学才华身任《西京文化报》主编，立足西京大都文化场。

《迷局》以其波澜起伏的情节营造，展示了社会大潮中文化人秦风生存的艰难，刻画了主人公于逆境中前行的不馁精神，描写出成功背后的种种悲喜心酸的情感遭遇。可以说，这些描写无不增添了作品的可读与耐读，也不失为一部文化都市生存者的励志大书。

三 情感：一种情与性叙事的多角错位

写情与写性是文学作品的常态要素，而诗意化描写抑或直白性描写却有着不同高下、不同境界的受众效果和粗野之分。这里仍以张贤亮小说《男人的一半是女人》为例，右派章永璘被平反后，他要离开黄香久的土屋，去追求一个知识分子更大的创造价值。纯朴明理的黄香久理解身为读书人的丈夫，将自己仅有的积蓄给了章永璘做盘缠。临别的当晚，妻子黄香久深情地说："上炕吧！今天晚上我要让你玩个够！玩的你一辈子也忘不掉我！"接下来一段夫妻性事的描写："月光升到当空，房里的灯一灭，月光陡然像瀑布一样向小小的土屋倾泻进来。她的细语碎声在月光中荡漾。我感到有两大烫烫的胳膊将我紧紧的搂住，把我拉下去，拉下去……沉到月光的湖底，耳边，又响起从水底深处浮上来的声音。'你别忘了，是我把你变真正的男人的……有一个小虫子在墙角沙沙地爬。啊，春天来了，好大好大的月亮啊！"① 文字是那样的诗意美、寓意美和怡情美，读来令人陶醉，使人释怀。作家张贤亮这种性描写之诗意化手法的采借，体

---

① 张贤亮：《男人的一半是女人》，《感情的历程——唯物主义启示录》第1卷，作家出版社1985年版，第419—420页。

现出80年代文化背景下作家们写情、写性问题上的伦理态度和价值取向的严肃与严谨。因此，小说情与性的描写就呈现出如此健康、怡情的本质朴实美，自然性情的妙曼美，与此同时，受众感受到的必是情与性的形而上的精神美感和愉悦。

遗憾的是，当下的小说在情与性的描写上，由于文字的过度泛滥，一些作家把控文字伦理态度的失度，谋求市场利益心态的作祟，以及本身文字描写驾驭功力的不足等因素，使得人性本就美好的情与性的艺术展示，被涂抹得直露龌龊和下流肮脏，或者挑逗和孤赏意欲，造成创造艺术美的作家们反倒成了亵渎美，制造人们恻隐之心和好奇之窥的导向者、推动者。这是一种文化艺术倒挂现象的悲哀。正如有论者说，文化的媚俗来源于文化人自身，这话不无道理，不得不引起我们的警惕和反思。

田冲小说《迷局》在这个问题上，就存在着情与性描写及故事构架层面价值坐标的多角和错位。或许在作者的潜意识中存留着社会的俗见，即一个成功的男人背后有一个或几个女人支持的预设，于是就有了这样一种故事构架，即少妇陈美美满足了秦风性的初次饥渴，给予性需求的支持；而柳叶又再次满足了秦风对一未婚女人性欲望的新需求，以及为他出书提供支持的需求；王虹又再次满足了秦风对“心中女神”“令天下所有男人疯狂”型女人的性欲望需求，以及凭借其名模效应而身价提升的更大需求；还有那青春妙龄、肌肉灵动文化女性高媛媛的性激荡需求，及其崇敬膜拜的心理需求，等等。于是，秦风，一个文化界闯荡的小生，终于在众多漂亮、美丽、甘愿献身，甚至为其生子的所谓无私奉献中脱颖而出，成为西京大都的成功人士。

如此故事构架的可读性，一个男人与数位女人情爱、性爱的多角周旋的细腻描写，无疑吸引了读者的眼球、欲望、心理满足及生理刺激。作者照猫画虎地圆满了其潜意识之写作俗见，达到了商业价值的不菲期值。但是，作为高于生活的艺术表现，其节点在于所述生活的真实性和描写程度的逻辑性、可信性，而绝非想象的毫无节制，离开文学规律的放浪编织，以及情与性叙事上作者价值坐标的迷乱、散乱和混乱。

秦风与第一个女人陈美美情与性事的描写，就其客观而言奠定了主人公性欲望的心理基础和人物基调。一个丈夫在外孤守空房的美丽少妇陈美美，与同居一院的单身男人秦风的性事合，以及常态“上课”，在生活中也不泛旧有。但是，当秦风乐此不疲地与第二个女人柳叶、第三个女人王虹、第四个女人高媛媛，甚至第五个女人（介绍的寡妇）的高频率厮磨周旋，不得不说这种故事构架的荒诞和伦理描写的肆意放纵。可以隐约地看出，田冲作为年轻作家，是在有意无意地模仿贾平凹小说《废都》中的人物庄之蝶，可惜的是仿了皮毛而未见其要。西京文化名人庄之蝶，本是一个深受传统文化熏陶的文人，在现代都市艳俗文化的冲击下，处在了传统文化与废都文化的夹缝中而焦虑，而忧患，而泼烦，在无能左右废都文化的痛苦中，作为文人只有去女人堆里求安慰，寻慰藉，找温存，以麻醉和抚摸难以平复的复杂失望的文化心态。这里的节点在于废都文化冲击下西京社会的生态背景使然，造就了庄之蝶多人多角性慰藉的行为，作者笔墨寓意的深邃也就在这里。而秦风并非如此，他无有传统文化生涯的造就与熏陶，而是于现代文化氛围的接受中成长的现代文化青年，且并未属于成功人士。所以，秦风本就无有两种文化夹缝的焦虑和忧患，对他而言，当下立足求生存是唯一的选择。在这种状态下，一无所有的秦风何以有如此兴致的性欲望，何以产生出于女人圈中如此乐此不疲、劲道不减的雅性呢？依照人之生存的自然规律，一般讲穷而思进，富则思淫，而此时的秦风属于大都漂流族，其立足、温饱、生存成为迫切之急。而作品的这些肆意繁衍，可见出作者如此过度虚拟媚笔的缺陷，过度编织意念预设的刻意显现。

在人类社会前行中，异性间的情爱是美好的，性爱更是有着人类生殖意义的原始本根美。好的作家，品质作品就应该从其人性、人情美的高度做出艺术的美妙勾勒和勾画，以体现出在情爱问题上的执着、挚爱的美好，在性爱问题上的肃正、纯洁的美好。而《迷局》却呈现了一种多角、多层情与性的颠倒、迷乱、荒唐和无忌。作者将这种人之深邃的情感美和人类衍生的生命意义美庸俗化了，媚俗化了，演义成一种三角（秦风、柳叶、王虹），甚至四角（秦风、柳叶、王虹、高媛媛）、五角（秦风、柳叶、王虹、高媛媛、离婚寡妇）间廉价情感的互让、谦让与互换、再换，真可谓滑稽可笑。人类社会最美好、美妙的东西，文学创作中最宜人、感人、动人的情感魂灵就这样被消解，被踏耍，在作者武断虚拟和编织的构架中，在媚俗浮华的文字中，不仅掏空了其应有的美好和本质的美丽，还糟践了人性的尊严。你看，陈美美因秦风怀了孕又得了子，丈夫杨龙受了辱，蒙了羞；秦风又见新媚柳叶，情与性双得，不再理会旧好，陈美美伤了心；而艳丽女人王虹的出现，又再次激发了秦风情与性的欲望之豁，柳叶见状忍痛离婚退出，柳叶被伤害处于抑郁中；这时已与秦风结婚的王虹深感不安离婚退出，又将丈夫秦风还给或者转给柳叶以安慰，王虹感情被践踏；在柳叶病故、王虹离开秦风的空档里，清纯女子高媛媛作为替补，再次成为秦风情与性欲望追求的又一对象。当秦风像狼一样“拨开熟睡着的高媛媛轻薄的衣服抚摸这优美的身体时”，被突然出现的前妻王虹一声“秦风”的喊叫，才止住了他性欲望的又一次狂动。这里，一个秦风游离于几个女人之间，爱此伤彼，爱彼伤此，像一个情种，一头公牛四处发情、发泄，游刃有余，而几位伤情女成了秦风的陪葬。小说末了，伤女散尽，“秦风走在古城西京的街上，看着黑夜茫茫的夜空，他觉得身体没有了知觉，整个人迷失在夜色中，不觉间流下了两颗眼泪”[①]。这种结局说明什么呢，事业爱情不可兼得么？或红颜散去情爱悔恨么？抑或人性良知迷失么？总之，《迷局》要昭示人们什么？其文字里透射的意味是模糊的。而且小说人物有其自身性格、命运发展的内在必然性，作者不得由着自己的主观想象去摆布，去搭配，这种技法显然是拙劣的。

综上一窥，《迷局》虽然展示了一介书生秦风事业追求中的艰辛和励志，但作者将其置于这样一种情迷性乱，文化意蕴稀薄，时代气息淡弱的情与性的欲望描写中，就使得主人公秦风的所谓成功，更附着了一些艳情与性慰的循环色彩，而产生不出励志者的励志教益和励志者引人前行的精神张力。所以说，《迷局》讲了一个励志叙事与情爱构架价值坐标错位的故事。

首先是文本故事构架的错位。曾几何时，写励志必有女人伴随，言人性，定是女人垫衬，女人成了文学写励志写人性的佐料，否则，无女人成功便无果，无女人人性就难迷失。《迷局》中秦风被几多美艳女人轮番献爱奉性，被单位一群女人围追示爱，秦风成了西京城里女人的香饽饽，于是，女人架起了秦风成功的桥梁。末了，几多女人死的死，散的散，走的走，秦风迷失了。一个拔地悬空的想象故事构架。大凡生活中励志成功者，古往今来与红颜结伴者有几？

其次是情爱观认知的错位。或许在作者看来，一个男人周旋于几多女人之间是现代社会成功者的必然，或者说男人们的移情别恋、乱性多角只要女人愿意便可以餐，抑或说女人们将已所爱因了对方之痛可以谦让、转

① 田冲：《迷局》，广东旅游出版社2014年版，第241页。

让，这种对情爱观的认知显然是错位的。所以作品中就出现了秦风、陈美美、柳叶、王虹、高媛媛、寡妇间的多角情与性的纠缠循环，出现了秦风、柳叶、王虹三角婚恋的复与离、聚与散的厮磨纠缠，出现了秦风、荷花、保姆、单位女同事间情的追逐，爱的献媚，性的冲动。情爱的错位无论是艺术还是生活都是对情爱美的亵渎。

最后是价值取向的错位。《迷局》作为小说，其虚构一个可读的爱情故事当为自然，选择一个男人和多个女人的情爱波澜构架展开亦本无大错。但是，故事一经作家的艺术化作为文字变成固体，成为作品进入市场销售，它的受众导向性所造成的社会影响将是巨大的。一部作品的价值取向，取决于作家价值观的取向。如果说，《平凡的世界》可谓男女老幼各类人群的读本，而《迷局》却不能，其男欢女爱，多角多层情与性的负面受众还是有的。

以《迷局》文本缺陷分析为例，究竟如何做小说，做好小说，使其生活真实与艺术真实相统一，社会效应和艺术魅力相统一，这是对热衷于小说文体写作者的考量。鲁迅在《我怎么做起小说来》一文中说道："自然，做起小说来，总不免自己有些主见的。例如，说到'为什么'做小说罢，我仍抱着十多年前的'启蒙主义'，以为必须是'为人生'，而且要改良这人生。我深恶先前的称小说为'闲书'，而且将'为艺术的艺术'，看作不过是'消闲'的新式的别号。我也并没有要将小说抬进'文苑'里的意思，不过想利用他的力量，来改良社会。"① 这里，视小说为俗流消遣好看的"闲书"，鲁迅深恶，而为人生、为社会，有自己主见的小说，鲁迅尚崇。应该说，小说是有这种推动社会进步，清明人们意识的力量的。这个道理，古今做小说的规义并未过时。《迷局》的故事为人生、社会提供了什么思考，是值得说道的。

---

① 鲁迅：《我怎么做起小说来》，《南腔北调集》，《鲁迅全集》第4卷，人民文学出版社1898年版，第394页。

下　编

集外文化现象论

第一章　欧美文化中国潮的新机与隐患

20世纪中国文学的百年历史进程，始终伴随着文学本身自省、自觉、自信、自强的律动诉求在前行。这不仅是一个民族文化意识的梦醒和自觉，同时也是人类何以实现从蒙昧到文明发展的共有挑战。作为与古罗马、埃及文明辉煌齐名的泱泱大国，也正是在历史赐予的文化挑战中，汲取、修复、融合和恒定着本民族文学的应有格局及民族文学自信力的考量。发生在20世纪初期（五四文学运动）和末期（新时期文学复兴）的两次欧美文化中国潮，就典型地彰显了文学本身自省、自觉、自信、自强的律动诉求和民族文学自信力的历史建构。期间既有自省、自觉之路径的感动，也有自信、自强之方向的深思，更有其寻求过程中的盲目盲动、失掉本我难以把持的悲哀。本文就20世纪中国文学自信力发展曲线的文学事实，对欧美文化中国潮的新机与隐患，20世纪中国文学自信力的民族性、实践性话题作一探讨。

一　五四文学新机的自觉与偏执

大凡世界文学发展进程，无不是在本土与外来文学相融共济的涅槃中得以再生的，这是一条无国界阻隔的文学发展的成熟的史学普遍规律。五四新文学作为20世纪中国文学首次西学东渐的潮头，其积极意义就在于撼动了封建时代的道统文学，颠覆了阿谀孤芳的贵族文学，摒弃了隐晦艰涩的病态山林文学形态，等等。使得长期侵淫着封建意识形态的文学构体，终于在欧美文化新机的冲击下破局、摇撼和坍塌，显示出20世纪初叶中国新文学现代性的文学自觉超越意识，文学寻求创新的自省意识得以彰显。所谓“诗界革命”“文界革命”，所谓“人的文学”“平民文学”，所谓“民主、科学”等的西学东渐文学新质、新象氛围的实践成效，正是一代知识分子现代价值观的缘起与勃动，一种首次吸纳西方现代文化激烈撞击猛醒的自觉蜕变。千年古国文学正是借助五四新文化运动欧美文化中国潮的新机，臧否着封建制度及思想体系，启蒙着“人”的观念的现代意识，变革着文学本体语言诸因素，接通着与世界文学构架的桥梁。可以说，欧美文化中国潮的新机，奠定了20世纪中国文学审美价值取向的观念基础、心理认同基础及其文学传播接受基础这样一个前所未有的新文学时代。

但是，一个新文学时代的开辟，总会有它不完备的问题。激进的五四文学革命，狂潮般的西学东渐的冲刷和覆盖，尤其是在鲜明的中西文学撞击对照中，在审视传统文化旧有中，倡导者们一些自卑自短的虐己心态所产生出的自卑心理，导致了全盘西化的文化盲动。于是，视传统文化一概为封建之旧文化、旧道德、旧思想、旧观念，视传统文明为“吃人的筵席”，公开宣称要清算“四千年的旧账”。其个中的不慎思，缺分辨，厚西学薄中学的一概论颠覆思维就显得有些仓促与偏激，主观和绝对，盲目和盲动，其缺憾也就可见了。如维新改革者裘廷梁认为：“文言误了中国历史两千年”“文言之美，非真美也”[①]。陈荣衮认为：“用文言，全民如处黑暗；改白话，人民嬉游于不夜。”[②] 钱玄同视旧文学为“选学妖孽，桐城谬种”。1896年，梁启超以西学现代思潮替代中国圣贤经典章句，以破拟桐城派之古文，尤其是陈独秀悲其传统文化之衰，做人亦无一立地了。“一国之民精神上物质上如此堕落，即人不伐我，亦有何颜面有何权利生存于世界。”[③] 这种表现在倡导白话文，反对文言文层面上的批判尊孔读经，读经救国，整理国故，不模仿古人，以及贬斥京剧，排斥汉字的种种言语和行为的偏激与偏颇，进而引发了“打倒孔家店，火烧赵家楼”摧毁传统文化的强大社会思潮。新文化创导者，将象征儒家传统文化的“孔家店”作为突破口，把号称“至圣先师”的孔夫子作为这一文化的代表而加以挞伐，孔子无疑成为罪魁祸首。而文学主将鲁迅当时的情绪是，对传统文化的态度采取了“置之死地而后生”的极端性的文化攻略，竟然也说出了“汉字不灭，中国必亡”的激进话语（当然，鲁迅也说过汉

---

① 裘廷梁：《论白话为维新之本》，载《清议报全编》第26卷，第26页。

② 陈荣衮：《论报章宜该用浅说》，《新小说》第1卷（1903）。

③ 陈独秀：《我之爱国主义》，《独秀文存》卷四，三联书店1987年版，第125页。

字有“三美”，即音美以感耳，形美以感目，意美以感心的冷静时节的合理话)，进而视梅兰芳的京剧表演艺术为“梅毒”，将传统文化总称为“黑染缸”等说辞。在新文化倡导者双方的论战中，当有着新人文主义思想的梅光迪提出“昌明国粹，融化新知，以中正之眼光，行批评之职事”的客观合理主张，[①] 希望尊崇中国古圣先哲，以抵达古今中西融贯之目的的良好愿望时，鲁迅的反应极为强烈，讽刺这些新学兼旧的学者为“于新文化无伤，于国粹也差得远”。这种简单化、绝对化的激进情绪之于文学主将，其余倡导者的感情倾向之偏颇就可见一致化了。如陈独秀的《孔子之道与现代生活》，吴虞的《儒家主张阶级制度之害》，李大钊的《孔子与宪法》，以及鲁迅《随感录》中诸多篇章的文化批判思维无不带有可敬可爱的挞伐激情色彩。

应该说，中国的传统文化是国家赖以生存的伦理基础。它以儒家思想为主体，形成了以儒学为核心的思想体系，即国学体系。而国学的核心是儒学，儒学的核心是经学，即四书五经各要义的许多优秀文化精华。如民本思想、孝悌伦理、礼义廉耻、仁义礼智信、尊崇先贤、英雄崇拜等信仰、信条和文化意识（当然也有“三纲五常”等文化糟粕）。正是这些古代先哲精心勾画出的伦理思想，规范着国人的一切行为规范，且已铸就了中华民族的一种集体无意识的文化心理积淀。那么，传统文化，既为文化，那“文”的诠释就在于传统文化知识的堆积和应用；那“化”的解释就是教育，“化人”“化境”，对人的教化和美育。一概的颠覆、否抑这些文化的存在，其“五四”文学革命岂不又拐入文化虚无的歧途。所以，那种极端的“汉字必灭，中国必亡”“文言误了中国历史两千年”“用文言，全民如处黑暗”等的批判尊孔读经，打倒孔家店的盲目话语和盲动行为，极大地遮蔽了传统文化的诸多优长，使得20世纪以降20年代的文学成为新革命文学，30年代的文学成为激进的左翼文学，40年代的文学成为血与火的战争文学，50年代的文学被提升为政治的文学，60年代的文学演变成了阶级斗争文学，70年代的文学成了阴谋家文学。一个偏执狂躁的否抑传统，否抑传统文学怪圈的造就，百年文学的自信心、自信力又在哪里呢！

---

① 梅光迪：《评提倡新文化者》，《中国新文学大系·建设理论集》，中国良友图书公司1953年版，上海文艺出版社1980年影印，第168页。

二　“文革文学”荒漠的自省与寻求

20世纪中叶，“文化大革命”红色风暴的疾风，使传统文学和近现代文学成了名副其实的革命屠场。当传统文化断裂，文学被强力驱赶至一个荒芜的极致境地时，其文学外延枝叶的式微和文学内涵精神的枯竭，使共和国初年文学的自信、自强与辉煌在瞬间黯然、坍塌。文学进入了长达十年之久的幽幽黑洞。此时，“五四”文学激发出的自省、自觉、自信、自强的律动诉求在消退和丧失。强大的政治惯性的挤压，几个历史罪人的挞伐，20世纪中国文学苦不堪言，竟然成为世界文学园地上罕见的荒芜期。毛泽东在回顾“文化大革命”文学时，表示过这样一个意思：这是一个没有诗歌，没有小说，没有戏剧，没有文学评论的文艺上的荒芜时期。然而，文学作为一种意识形态的存在，其生命的本能是生生不息。所谓“野火烧不尽，春风吹又生”就是对文学生命的形象叙说。从这个意义上讲，此时处于低谷时期的文学，依然在自省、自觉、自信、自强的生命惯性的律动诉求中抗争，在畸形政治的强暴下委屈地生发、发展着：舒婷的《船》，芒克的《相信未来》，绿源的《重读〈圣经〉》，曾卓的《悬岩边的树》，张扬的《第二次握手》，郭小川的《团泊洼的秋天》，以及“天安门诗歌”等文学的存在。这些分别写于1972—1976年非常时期对抗高压淫威的不屈的地下文学的战斗篇章，显示着文学生命的不可欺凌和文学精神的应有贵气，是20世纪中国文学中最为悲壮的挽歌和壮歌，是文学再次自省、自觉、自信、自强生命地火的必然运行。正如郭小川所言，这些“矛盾重重”“埋在坝下的诗篇”“也许不合你秋天的季节，但到明春准会发芽”①。这是诗人于文化荒漠中对文学生命自信力的预言，是对文学本体自觉回归的呼唤，是对文学精神自强的期盼代言。为此，一个文学自省、自觉、自信、自强的新一轮涅槃诉求将在非常时期狭小的文学空间里升腾、彰显。

---

①　郭小川：《团泊洼的秋天》，朱栋霖主编：《中国现代文学作品选》第4卷，高等教育出版社2003年版，第32页。

三　新时期文学自强的西化与狂热

缘于改革开放，20 世纪八九十年代的中国文学再次迎来了欧美文化狂潮的又一轮冲击。与五四文学时期不同的是，此次西学东渐是在长达 10 年之久的文化荒漠饥腹中的吸纳，所以其吸纳方式的蚕食，指向的颠覆，文化的拿来之意识是前所未有的快捷、全盘与覆盖而无从辨识。此前海子、顾城、路遥等作家的胸怀文学立命、文学救世的忧患意识，被诸如痞子作家王朔们反其道而消解和颠覆。单从文学层面说，他是抽掉文学之魂的第一人，也算一个“启蒙”性人物。于是，从新思潮、新理论、新批评，到新作家、新文本、新名词、新话语，再到新电影、新音乐、新美术等艺术形态，又所谓唤醒了创作主体的新写手、新人类、新女性等群体的丛涌，以及随之而来的后现代、后殖民、后历史等“后”字号文学书写，使得文学场纷乱，作家价值观飘摇。文学之魂逐步被剥离、丢失、改变。一切标榜以新为美，以新为时尚和前卫的理念覆盖了文学、美学、哲学、教育等领域；与之相对，以颠覆为目的颠覆英雄，消解崇高，解构精神，放逐思想的所谓新锐批评横空出世，自谓或他谓之为前卫精英、新锐批评。从 80 年代初痛骂鲁迅直至金庸的痞子王朔始，历经马原、余华等的先锋实验；池莉、方方等的写作零度感情；徐星、残雪等的现代荒诞标示；卫慧、棉棉等的下半身性意识宣泄；莫言、格非等的后现代崇高解构；林白、海男等的个体私密揭示；二月河等的帝王宫廷写作的风起；韩寒、郭敬明等的“80 代”小资自恋自赏；毕宇飞、朱文等的新生代社会边缘叙事；蔡智恒、安妮宝贝等的网络写作的良莠兼混，等等。一句话，西方的月亮比东方的圆。使得 1985 年以来如王蒙、高晓声、谌容、蒋子龙、路遥等作家以文学立命、文学救世的忧患意识和使命精神，以及理想主义文学高度的自信力一路被解构。西方百年文学思潮的粉墨登场，在新时期短短 20 余年的文学园地，成了欧美文化思潮、思想、主义、流派的操练场。其隐患直接影响着作家价值观念的紊乱，文学精神之魂的逐一剥离。于是欲望化、庸俗化、市场化，票房、奖杯、荣誉、红地毯，成了诸多作家们的梦想和追求。言志、载道、为民请命，思考民族、国家、社会、民生、人性等的民族自信力的作品在锐减，更不要说为文学殉身的壮美了。这是一段文学飘失价值观的乱象时节，一个个所谓文学“启蒙者”

却在制造着这样的乱象。在这个问题上，许多作家被私欲私情蒙住了双眼而不能洞穿，被琐屑陈念裹步而无一远瞻，使得文学的气象渐失，风骨不足，精神委疲，劲道退位。其后的文学价值隐患、伦理道德隐患、文学生态隐患已日渐见出。当然，从积极方面看，我们并不排除欧美文化中国潮所带来的文学技术性层面的出新，文学视野开拓层面的推进，文学品种多样层面的繁荣。但是这种以技术置换精神的买卖，对于脆弱的新时期文学而言实在并非赢家，反倒是一种看似金玉其外，实为败絮其中的文学自信力的致命伤害。因为，就其理论旨质而言，现代主义、后现代主义的主旨是反对事物的总体性、同一性，强调事物的差异性、异质性。在文化领域中的表现是反权利、反神圣、反主流、反崇高、反英雄化，崇尚颠覆和解构，强调的是破坏。这一理论的过度发散，正好迎合了一些文学狂人、批评狂者的说辞而借着所谓创新的由头更为肆意魍魉，任其言语跑马，纵笔放浪。王朔就这样说过："俺一不小心，就和曹雪芹同学打个平手，弄出个《红楼梦》来。"[①] 余华放言说："我心高气傲，经常在家里挥挥手，就可以把中国的文学给否定掉。"[②] 柯云路表示，"我代表宇宙"，"我会刷新一切现行的政治学、经济学、文化学和物理学"[③]。更有虽名不见经传，却略有文字见诸报端的一些所谓作家，一些读了几本书的所谓博士，也一味地自我感觉良好，做着解构、颠覆、批判、诋毁被文学史首肯了的，被社会认可了的，被历史检验了的，经时间沉淀了的名家和精品。《十诗人批判书》便为典型一例。书作者对郭沫若、徐志摩、艾青、余光中、舒婷、北岛等的创作逐一予以文学斥责。沈浩波狂言："让该死的优美见鬼去吧——徐志摩批判"；伊莎蔑视："我几乎从未正眼正视过这个人——郭沫若批判"；黄进进要"用一把铁扫帚扫掉余光中"；以及秦巴子的"海子批判"；"是谁修理了'大师'艾青——艾青批判"[④]，等等。真是小诗者特批大诗人，"风光"尽显，好酷（实为无知。俗话说"无知者无畏"倒也有些道理）。还有王彬彬对小说《红旗谱》既霸权又虚无的惊人酷语："每一页都是虚假和拙劣的。"[⑤] 葛红兵《为20世纪中国文学

① 黄浩等：《十少年作家批判书》，中国戏剧出版社2005年版，第73页。

② 同上。

③ 同上。

④ 伊莎等：《十诗人批判书》，时代文艺出版社2001年版。

⑤ 朱大可等：《十作家批判书》之一，陕西师范大学出版社1999年版。

写一份悼词”》[1]，以及《十作家批判书》之一的内容介绍这样说道：“钱钟书、余秋雨、王蒙、梁晓声、王小波、苏童、贾平凹、汪曾祺、北岛、王朔，这些充斥于教科书和报刊的显赫名字或人物，毫不夸张地说，是他们亲手把一大堆读者拖进了伪文化的深渊，是他们，正在糟蹋一个民族的方块文字，以及这个民族的想象力。《围城》，中国现当代文学中的一部伪经。”[2]《十作家批判书》之二的内容介绍也写道：“鲁迅、沈从文、张爱玲、刘震云、莫言、王安忆、北村、余华、池莉、陈忠实，这些赫赫的金字招牌，正在堂而皇之地引领着懵懂的中国读者，踏上杳渺的文学之旅，我们的审美情趣受到了无形的禁锢，我们的阅读路线也被误导，我们睡眼蒙眬了几乎半个世纪，今天，我们要对他们说不!”[3] 这些狂者似乎是在赶场，像麦客一样，在一茬一茬地用铁扫帚横扫着他们认为该扫的文坛，以所谓“我者”文学水准的褊狭自信，无度地踩踏着他者的文学智慧和信史。百年文学，百年作家，就这样被如此的漠视，如此的解构和颠覆。20世纪中国文学自信力的人为扭曲悲哀可见。

文化，作为一种意识形态，有其织入性的教化和浸淫作用。有道是文化之“文”，在于一种知识的启蒙与启迪；文化之“化”，在于一种精神的化人与化境。文化的精髓在于价值观的既定与恒定。欧美现代主义文化观的二次嵌入，使得“五四”文学构架起的启蒙文学、科学精神的主流文学审美再度丧失，其自信扭曲的隐患迅速加剧和导致着商业娱乐功能的强化。玩文学，下半身写作，感观刺激，宫廷仇斗，杀戮血腥蓝色文学潮流的上升。历史记忆的文学传统的渐去渐远，都市时尚，新新女性，青春校园，男欢女爱，叛逆主题，回归内心脂粉文学的充斥；宏大叙事的解构，史诗崇尚的褪去，日常事象，鸡零狗碎的琐屑描写走强。文学写什么不再那么关注，怎样写却位移首要，等等。当文学进入了这样一个乱象怪圈时，一切看是妙语华章的文本，经世豪阔的理论，都不过是哲学意味淡去，标签旗号尽显的市场文学叫卖的浮华而已。这就是欧美文学中国潮隐患之得，一条反审美、反启蒙、反主流写作路线的快速而畸形发展的现有文学生态，一种文学自信力丧失、变异的曲线。

---

① 王彬彬：《〈红旗谱〉：每一页都是虚假和拙劣的——“十七年”文学艺术分析之一》，《当代作家评论》2010年第3期。

② 葛红兵：《为20世纪中国文学写一份悼词》，《芙蓉》1999年第6期。

③ 王朔：《十作家批判书》之二，北京理工大学出版社2004年版。

四 新世纪文学自信的寻找与回归

纵观文学史向，作为意识形态的文学，螺旋式发展，返璞归真的周期尽在必然之中。在新世纪 14 年里，众多有识之士在目睹了西方文化潮，如何颠覆中华传统文化的一片现实乱象中幡然醒悟。当回眸传统文化丰盈时节那山花烂漫之草木醇香，那泥土醇厚之原本质味坚实时代时，甚感当下文学之脂气无骨，铜气仄人，浮泛寡淡的现状。于是，痛心疾首呼唤文学本原，精神贵气，价值坐标，思想含量，英雄壮志回归的文学正气日益上升。尤其是在当下认同传统，树立民族文学自信心、自信力的重新构建和张扬问题上，出现了 21 世纪文学的新亮点，即一种新文学气象正迅速崛起。

应该看到，文学是一个国家、民族生存和发展的精神支柱，是奠定大国地位的重要因素。那么，建构当前文化战略理论和文化自觉自信意识就成为前沿论域。从这个意义上讲，新世纪文学发展的趋势可以说是一个文学重新寻找的世纪，寻找社会主义先进文化价值体系；寻找文学言志载道、精神、思想、崇高、英雄的书写；寻找民间精神、伦理价值观的回归；寻找中华传统文学的复兴；寻找民族文化的自尊、自信，等等。这样一种寻找无疑给作家，给文学，给批评家提供了多种选择，一种于文学乱象中清醒的选择。那就是，主流写作——关注民族、国家、社会的大视野；民间写作——关注历史、人性、情感、道德、伦理的大视野；市场写作——关注时尚、大众、休闲、卖点利益回馈；素性写作——关注文学青年、校园学子、中小学教师的愤青、琐事、体悟、生活瞬间的视野。这些文学形态从质地上构成了创作、写作、写手三个品质有别的文学层面。那么，文学何去何从，作家何作何想，则取决于个中的是非观、价值观以及对民族文学的认知程度和创作的情感投向。这是一种文化战略和文学自觉自信意识的选择和抉择，其作家、批评家的背向如何，全在于自己的文化审度和正确的思虑。

虽然说，20 世纪中国文学的发生和发展是以现代性、自觉自信意识为特征的史学进程，但是，我们仍然要厘清一个文学理念，那就是文学自觉是抵达文学自信的唯一途径，而要建立文学的自信，就必然在自觉中求取。20 世纪中国文学正是在自觉自信的过程中，凸显出它自觉中的可贵和可敬，也暴露出它自信中的盲目和偏激。在这一点上，我们也看到了20世纪中国文学是一个不断生成的通便性文学，具有很强的包容性。百年中国文学史也表明，在外部如西方、日韩文学的冲击下，我们常常缺乏真正的文学自觉。就当下而言，我们文学发展的困境是仍然面临着泛滥无忌的文学消费和现代群人缺乏真正文化自觉和自信的两重性问题，这是当前推动文学自觉、自信文化战略建设中亟待解决的问题。

由此，笔者认为，构建当前文化战略理论和文化自觉自信意识的有效途径，关注和进入以下问题的研究是十分必要的。

其一，重新寻找和挖掘“五四”时期文学自省与自觉意识的宝贵优化资源。它是新文学初年转型期社会形态裂变，西学东渐引发思想文化新思潮勃兴中极其可贵的批评新动力。这一新动力萌发了文学自省、自觉的新意识、新思维、新观念，是有史以来对民族旧文学的一次激活和提升，是完成和首次赋予具有新质的文学新形态的开启。那么，总结和抽绎出这些成功经验，以便更好地形成民族文化战略理论，取得参与国际文化话语权的发声和国际意识形态权有效建设的权利。其二，清醒认知20世纪30年代以降至70年代国家意志与文学形态自觉相缠相绕的失衡关系，文学批评出位跌至病象的畸形状态，孵化出“文化大革命”阴谋文学变种的畸形文学形态，及其形态结构上的病灶的史学根源。其三，厘清和勾勒出八九十年代西方文化思潮冲击，文学自信意识滑落，批评自觉失度，自觉探求中现实审美、哲学意味、历史叙事、本土经验的丧失与剥离的无奈文学新病象。总结探寻自觉行进中所出现的左和右、盲目和偏激、主观和武断病象的史学根源。其四，新世纪文学在自信开放中的坚守与提升。传统文学魅力的自觉回归认知，本土鲜活经验的自信坚守提升，构筑民族文学价值体系，确立文学价值取向、价值诉求和价值承载的应有立场和是非观。探讨形成切合本土文学实际的自觉自信的史学精神。其五，重视当下文化战略意识的建设，既要有民族精神的核心价值观，又要注意偏执的文化决定论倾向。坚持汲取西方文学经典与本土文学融合并予以文学创新是当下新文学发展的根本。其六，在开放文学创新中摒弃与他者较量、竞争的过激意识，凸显中国传统文化的包容性，超越差异化的思维对立，建立足够的自立自信力，形成稳定的多姿多彩的民族文化软实力。

总之，这些问题的进一步研究，彰显着新世纪文学批评精神的学术体系建构，倡扬中国文学本土经验的坚守与自信力的确立，呼唤文化人身份和文化态度的介入，以及文化价值关怀理念的回归，有效倡导学人个体对话和思考方式自觉自信的文学路径的建立。这是在新的形势下，寻找和重构 21 世纪中国文学自信心、自信力的重要理论实践。

第二章　关陇神话传说与华夏文明渊源

关陇神话传说是中国西部地域丰富而又多彩的文化遗产，它作为中国古文化积淀的高位区域，与华夏文明的传承有着不可分割的渊源关系。本文主要以关陇经典神话传说为研究对象，挖掘梳理其蕴含的诸多民生智慧和创世精神，分析上古先哲人化自然的聪明才智及治世方略，勾勒出其民生智慧和创世精神对后世华夏文明的形成史迹，抽绎出华夏文明传承的渊源规律，从而提出打造和转化中国西部文化软实力的构想。

2009 年 6 月，国家发展改革委员会颁布了《关中—天水经济区发展规划》这一战略性的前瞻决策，给中国西部大开发的再次深化带来了新一轮的活力，开辟了更为广阔、更为丰富的物质及文化的有效视域。中国西部近 30 年来，虽然在改革开放的进程中取得了巨大的成就，但就其现代化、高科技、大城镇、快物流等目标建设的推进中，与东部似有一定的差距。然而对于改革开放的认知，我们不得不具有这样一种共识，那就是物质文明与精神文明的取得和双赢。正是从这一意义上说，中国西部的地缘特性，本就属于华夏物质文明与精神文明的高位区，即已经开发和尚待开垦的巨大物质资源，已经挖掘和需更多投向的精神文化资源的关注研究。费孝通先生认为："人类之目的在生活，此乃生物界之常态，文化乃人类用以此目的之手段。"① 所以，以人生问题为出发点，研究和挖掘关陇神话传说与华夏文明渊源的重要资源，便是当下民生关怀的必需和必要。

一　关陇神话传说与华夏文明渊源的文化认知

关陇神话传说是关陇文化的重要一脉，其文化元素蕴含着诸多民族根

---

① 马林洛夫斯基：《文化论》，费孝通译，华夏出版社 2002 年版，第 15 页。

性。关陇神话传说所传达的是上古先民最基本的征服自然的民生智慧和人格成就，因而伴随着民族历史的发展和变迁，其诸多民生智慧便在民间广为传播，且不断添加着民众美好的人生夙愿和精神寄托。关陇神话传说与主流文化一起，形成了博大精深的民族文化元典。正是从这个意义上讲，神话传说的存在和延续，并非“专门依靠故事本身的叙述所引起的文字兴趣，它是一种原始现实的描述，而发生作用于社会的现行制度和活动中，神话传说的功能在于追溯到一种更高尚的、更完满的、更超自然的和更有效的原始事件，作为社会传统的起源而加强传统的力量，并赋予它以更大的价值和地位”①。那么，拓展关陇神话传说与华夏文明渊源的文化认知研究视域，其目的并非复述上古先民和已逝时代的生活样态，而是从民族史实高度，发掘民族文明史的形成模式。显然，这种追根溯源、尊重民族史实的研究，对于当下“加强传统的力量”“作用于社会现行制度和活动中”的文化软实力之价值是显而易见的。

从民族文明史向序的关系看，关陇神话传说是关陇文化中最具经典性的艺术形式之一，是华夏文明起源、生发、传承的文化资源瑰宝。关陇概念，古代泛指陕西关中一带及甘肃的大部分地区，现代地理学则指关山、陇山（六盘山），以陇山山峰为核心向陕、甘、宁三省延伸的半径为三四百里范围的地域。关陇神话传说正是这一广袤地域中先民圣贤所创造的丰富多彩的、富有民族特性、民族气魄、民族精神、民族审美的物质文明与精神文明的遗存。从文明史角度看，关陇神话传说中诸多美丽而富有人文质涵的文化形态，许多民族繁衍的民生智慧，以及先民圣贤的创世精神，无不是华夏文明文化启蒙的昭示，是对后世文明的渊源传承和影响。就千年来的历史传说、大量的考古证据和丰富的文献记载三者相互佐证，华夏文明史的循序是以“伏羲文化”“炎黄文化”以降至周秦文明，这一历史向序明晰可见。《遁甲开山图》记载：“伏羲生于成纪，徙治陈仓。”② 而成纪、陈仓正是关陇之核心要地。由此表明，伏羲文化是华夏文明源头，炎黄文化则源于伏羲文化，二者渊源相依，融汇构成了华夏文明渊源的博大系脉。关陇神话传说中的许多叙事主体如伏羲、女娲、神农、轩辕、鲧

① 马林洛夫斯基：《文化论》，费孝通译，华夏出版社 2002 年版，第 15 页。

② 《遁甲开山图》，有清人，黄奭。又名开山图，为西汉纬书。散佚。涉及天下名山古先、神圣、帝皇发迹肇始等内容。

禹、后稷、西王母等，无不是上古关陇神奇大地上华夏文明的缔造者和智慧者。有论者认为，“秦文化的分布区域有一个自西向东、由小到大的发展过程”[①]，那么，秦文化的发祥地（今陇南礼县），乃在整个关陇地区无疑是华夏文明之上风上水之神奇圣地。作为中华西部的关陇大地，蕴涵着华夏国运的诸多机巧和灵气。从地缘分支学看，有资料曾这样描述，西北在奇门遁甲秘术中居为“天门”，西部为“乾部”，属于八门中的两个“吉门”之一。“天门”为正，“乾部”居中，集吉、祥、瑞、仙之灵气于一体，统帅他部，合为天体。有史记载，《周礼·大司徒》曰：“天不足西北，无有阴阳，西北为天门。”[②] 是说作为“天”的概念，不能无有天门这个西北（即关陇地区）。《神异经·西北荒经》更描述了西部的仙灵之源：“西北荒中有二金阙，高百丈，上有明月珠，经三丈，光照千里。”[③] 于是，荒漠之中，金阙矗立，明珠光焰，凭西东照，顿辉千里，瑞祥之灵气，使国运气脉灿然不衰。就关陇地质地貌而言也不乏诡谲，国人向来视高为“吉祥”，低为“阴晦”。位于西北的关陇地貌总体上西高东低，在客观上形成了山川凭西东俯，宛如人之骨骼以贯肌体，河流亦西源东泻，犹如人之血液以润经脉，华夏国运气脉也由之昌盛兴崛。因此，这些描述虽然富有美好象征意味，但事实上，华夏之强盛王朝莫不囿于“乾部”西北，择都于秦陇地脉，如先秦以兰州为中心的政治、文化、经济的文明高位时代，汉唐以长安为中心的政治、文化、经济的文明高位时代。这说明，关陇地域的确有着华夏版图之“天门”之重，作为关陇神话传说更是“天门”中之人文精魂所在。

二　关陇神话传说的本质意义和精神内涵

关陇神话传说在中国上古神话传说的博大系脉中，不但内容纷呈多彩，而且文化精神之元气自有其华夏族团所特有的引领和先导作用，因而

---

① 孟惠英：《西方民俗学史》，中国社会科学出版社 2006 年版，第 35 页。

② 《周礼·大司徒》。对《周礼》作者及成书年代，前人众说纷纭。大司徒的职责是掌管天下各国土地的地图和记载人民数的户籍，以便辅助君王安定天下各国。

③ 《神异经·西北荒经》，志怪小说集，汉代东方朔撰。全书分东荒经、东南荒经、南荒经、西南荒经、西荒经、西北荒经、北荒经、东北荒经、中荒经九章。其内容风格虽模仿《山海经》，但文字不及《山海经》那样古朴。书中涉及的昆仑天柱、扶桑山玉鸡等神话传说是珍贵的神话研究资料。

在远古炎黄、东夷、苗蛮三大文化系统中极具魅力。那么，对于中国上古神话传说的研究，学界一直以来多以少儿读物、通俗读本的面目出现，高校社科类教材亦所涉薄寡，从未进入学术性的文化认知研究视野，挖掘其与华夏文明渊源之内里质涵，这不能不说是学界对民族多元文化的轻视和傲慢。这种结果导致对民俗文化研究的误读，并被视为低层次投入（尤其对神话传说的研究），人为地将中华多元文化撕裂为所谓高雅和通俗、主流和边缘。近年来尤其极力追逐以所谓西方经典为时尚的研究，这实在是文化认知上的悲哀和不幸。殊不知，文化之根在民间，民俗文化之所以是民俗，就因为它适合于对民族精神的修正，民族心智的生成，以及区域民众素养和人格的健康培植。这就是说“民俗（或称传统的和通俗的文化），是建立在一个文化群体所创造的全部传统之上，是通过整个群体或单独的人来体现，来折射和反映出一个社会的全景，以达到其文化和社会的共识认同；它通过模仿或其他方式口头传承其社会标准和价值”①。关陇神话传说正是上古先民圣贤们，在生活实践过程中民族精神、民族心智、民族素养和人格标准、价值取向的修正和凝练的实践标示。当身在基层，关注民俗研究的陇东民间学者王知三首次提出“关陇神话圈”的学术问题后，在国内神话学界引起极大的震动。所以，关注关陇文化，将关陇神话传说纳入与华夏文明渊源的文化认知学术研究视域，考据挖掘关陇神话传说的当代意义，拓展关陇文化的研究边界，是适应当前国家“关中—天水经济区发展规划”建设的战略需要，是弘扬关陇文化学术思想，促进社会文明进步的时代需要，是在呼吁正能量彰显的新形势下追寻关陇文化与华夏文明源头的新的学术亮点，当然更是拓展学生知识视野的有效方式。

那么，置关陇神话传说于文化认知性学术研究视域，首要的是把脉关陇神话传说的内在本质意义和精神内涵。神话传说是远古时代的人们对生存环境中自然现象、社会现象，在其改造过程中形象而又人格化的美好幻想，是客观现实和生活斗争的反映。因而在当时有其客观存在性、生活实用性、精神指向性、经验效仿性，于后世人类文明的传承更有其诸多层面的影响和历史再生意义。譬如，征服自然的影响：奇肱国的人“能为飞车，从风远行”，羽民国的人能生羽翼以助其力；生活器物的影响：弓

---

① 王学理、梁云：《秦文化》，文物出版社 2001 年版，第 3 页。

箭、网罟、车船、耒耜的制造；民生的影响：五谷、草药、驯畜、造房、制字的发现，以及形而上的智慧层面、文明层面、政治层面、精神层面等的乐观主义、英雄主义、创造精神，以及心性修炼、弃恶扬善的影响。这些看似奇曼却现实的神话传说，被文学家们以其诗词歌舞、小说戏剧形式而放大，穷尽其精神内涵，赋予了应有的文化张力，使神话传说服务于后世社会。这就是说神话传说的衍生和演变，其目的仍在于人类生活，能给人以助力或神力，以达其精神、欲望的满足，或者生存技巧的实际获得。可见，关陇神话传说的研究也应着眼于人生诸问题，以此为出发点，挖掘梳理其蕴含的诸多民生智慧和创世精神，分析上古先圣人化自然的聪明才智及治世方略，勾勒出对后世华夏文明何以形成的史迹，以及抽绎出文明传承的渊源规律。我以为其内涵是：

1. 盘古开天与朴素唯物的思想；
2. 伏羲创世与民生智慧的开启；
3. 女娲炼石与人定胜天的意识；
4. 后羿射日与英雄崇拜情结；
5. 神农教稼与农耕文明的奠定；
6. 尧舜禅位与举贤为公的美德；
7. 鲧禹治水与造民福祉风范；
8. 炎黄联姻与婚姻伦理规制；
9. 精卫填海与执着追求的信念；
10. 夸父逐日与坚定奋进的勇气；
11. 刑天争神与叛逆权贵的精神；
12. 炎帝抬母与孝德孝心孝道；
13. 药王神话与民情忧患的意识；
14. 仓颉造字与华夏文明的启蒙；
15. 西王母信仰与女性崇拜，等等。

显然，这种文化认知性学术研究，无疑将会突破往之趣味通俗传播，少儿启蒙教育的一般性知识层面，进入更深的哲学认知视域，带出具有一定理论深度的、关乎华夏文明史迹的重要问题。又如：

1. 关陇神话传说中的民生智慧研究；
2. 关陇神话传说中的创世精神及其形态研究；
3. 关陇神话传说与华夏文明的渊源考察研究；

4. 关陇神话传说中的民族凝聚力研究；

5. 关陇神话传说中的民族价值取向研究；

6. 多民族文化何以汉化问题研究；

7. 少数民族汉化后的文明遗存问题研究，等等。

可以说，这种采用渊源学、原型批评、互文性原理的学术性学理研究，对于关陇神话传说当代意义的阐释，对于民族历史模式形成的发现，对于民族文明遗存的挖掘，对于当下民众人格健康的修正，提供了具有一定影响力、效应力的文化资源。同时，对弘扬关陇文化的历史价值，拓展关陇文化的研究边界，有其区域文化学学科建设意义。

三　关陇神话传说与文化产业链的打造

从文化地理学视域看，关陇地区涵盖陕、甘、宁三省区，地域广袤，物产丰盈，民族精神净洁，文化堆积厚重，在中华民族版图中属于古今文明高位区。再加之多民族寓居，生活形态叠加多样，因而其民族文化特色异彩纷呈，形成了结构完整的“华夏民族村”。而关陇神话传说正是以其美丽的、多层次的、多民族的、多形态的内容表现着“华夏民族村”先民们的生存样态和生命的演绎过程。那么，发源于关陇地区文明高位区的诸类地缘文化优势，既是他地区无可比争的史实，进而也给关陇神话传说本体提供了转化文化产业的基础和可能。使单纯以语言文字娱民教化的文学形式可转化为立体的、可视的、静态与动态一体的文化景观园、景观带。形成西起嘉峪关、兰州、天水，中经宝鸡、长安，东至洛阳、郑州、开封的“中华内陆文化景观文明长廊”，铺架起一条民族特色型、精神魅力型、经济效益型的横贯神州中枢的文化软实力之“陇海高铁”。这种因关陇神话传说学术研究视域拓展话题的构想，与当下国家 2009 年《关中—天水经济区发展规划》的战略构图是合拍的，因而其实施也是现实的、可行的。文学应该有这个担当和使命。

那么何以拓展关陇神话传说文化产业转化这一产业构想，笔者以为，“可视性与动态式”和“立体化与静态式”方略具有操作性。所谓“可视性与动态式”，即遴选经典关陇神话传说文学底本，创作视频作品，民间舞蹈，图文光盘等予以传播。所谓“立体化与静态式”，依据关陇神话传说的生发地，建筑能体现该故事内涵的景观园，如“嘉峪关长城文化景观园”“兰州黄河文化景观园”“天水伏羲文化景观园”“陈仓炎帝文化景观园”“黄陵轩辕文化景观园”“平凉西王母文化景观园”“西岐周文化景观园”“雍州秦文化景观园”“长安汉唐文化景观园”“洛阳河洛文化景观园”“郑州殷商文化景观园”“开封七朝都会文化景观园”，等等（当然这些景区已超出关陇文化圈之范畴，但是作为“大中华”文化概念是符合理论界定的）。使“中华内陆文化景观文明长廊”经济文化旅游景观带贯通，并配之中华神话传说文化旅游省际专线，造福地方人民，宏扬地域文化，借古富今，古今贯通，复活出关陇神话传说的历史内容以及华夏文明的活的史迹链；使古老的研究课题生发新意，使理性的学术研究为社会政治文明、经济发展、文化建设和民众素养提供应有的精神动力和人文智力之资源支持。

第三章　关—天经济区文化资源的价值认知

2009年6月，国家发展改革委员会颁布了《关中—天水经济区发展规划》，这一战略性的前瞻决策给中国西部大开发的再次深化带来了新一轮的活力，开辟了更为广阔、丰富的物质文化的有效视域。正是从这一意义上说，关中—天水区域的地缘特性，本就属于华夏物质文明与精神文明的高位区，已经开发和尚待开发的巨大物质资源以及已经挖掘和需更多投向的精神文化资源，就成为学界关注研究的聚焦点。本文就关中—天水经济区文化价值的认知；关中—天水经济区三种文化资源的认知；文化议政与政府文化决策的认知三个问题予以探讨。

关中—天水经济区，从民族史层面看是一个文化高位区域。中国政治、经济、文化的发祥和发展的基本走向兴于兰州、长安（继而南京、北京），而关中—天水经济文化区作为一段中轴有着承上启下的民族历史的脊梁作用。这就是伏羲文明的开启，姜炎农耕的创世，周秦国体伦理的规制。可以说，缺了这个区域，民族将国无规制，民无伦理，洪荒延续，文明推迟，这是不言而喻的历史史实。因之，对关中—天水经济区文化资源的价值认知，进一步挖掘经济文化层面的优秀遗存，必将惠利于这个区域乃至整个民族的后续纵深高端发展，这是他区域不可取代的稀缺资源。所以，《关中—天水经济区发展规划》提出，将把关中—天水经济区打造成为“全国内陆型经济开发开放的战略高地”。

一　关—天经济区的文化价值

位于中国西部的关中—天水经济区，是我们民族版图中少有的一个文化高位区域。许多民族生存的文化始兴都源于这个地域。所以说它具有上风、上水、上土之圣地特质，是先祖赐给后世的一块风水宝地。如果从地缘优势考察，它的文化价值具有两个层面，即物质文化高位和精神文化高位。作为物质文化高位的西气东输，西电东送，西煤东运，西矿富饶，以及河西走廊、八百里秦川古今粮运供给等，不仅给华夏民族提供了得以生存生息和发展进取的物质基础，而且地上地下仍待开发的可潜物质资源给民族未来高端拓展留下了更大的空间。作为精神文化高位的伏羲生存文化、炎黄农耕文明、周秦伦理定制、汉唐开放气象、近代延安精神的新质传承等，无论从民族生存层面、国体规制层面、伦理规范层面、精神延绵层面，都是他区域无以比争的。虽然国家在某文化层面上确定以京剧剧种为国剧，以北京语言为国语（普通话），但是作为源远流长，追根溯源的祖先神农炎帝故里的后世宝鸡方言，可以说也是这个民族最原始的母语，是汉民族的始兴语种。这一点值得我们深思。正因为这一文化高位区的先天优势，从文学范畴看，使得陕西当代文学有着浑厚壮阔的气象，而极少质理稀薄；也使得陕西作家透出品质贵气的神采，而极少卑琐萎靡，尤其是炎帝故里，周秦腹地的西府（宝鸡）作家群的异军突起，已成为当下陕西文学中一支强劲的“西路军”。所以，充分认知关中—天水经济区文化高位的内涵和外延，解读和领略每一个历史阶段的文化价值，就成为当下地域文化中实现文化自觉和自信的重要课题和关注点。

二　关—天经济区的三种文化资源

关中—天水经济区的文化资源可以说是多形态、多品种、多品质，但是作为提升这个区域（或者整个民族大区域）社会经济效益、民众素养层次、伦理价值取向、对其资源做一个基本把脉和认知的话，我以为三种资源特别突出和重要。这就是民俗文化资源、历史文化资源和伦理文化资源。三种资源，三种形态，三个品种，各有价值各有取向，合起来就是社会经济优化、文化历史转型、伦理道德净化的社会主义核心价值体系的基本内涵。

民俗文化从理论上而言，虽然功能是多方面的，但其认识功能和心意功能会铸造一代代人的品格、道德情操，使良俗在传习中优化，陋习在没有追随中逐渐消亡，驱使社区人心理因素、性格内核、性格特征的良性形成，达到佛学《心经》所指的超越凡尘的淡薄心境。所以，“风俗——一种依传统力量而使社区分子遵守的标准化的行为方式，是能起作用的，能发生功能的”[①]。那么，作为民俗文化的经济效益产出而言，就是一种技艺型、技巧型的产业或产品，一尊泥塑，一件绣品，一个面艺，抑或一种乡俗，它无不是劳动人民聪明才艺和生存智慧的结晶。而这极具艺术个案的文化样态，独具一格的艺术品式就赋予了产品本体的观赏、品位、装点等生活所需的文化特性，进而又具有了市场销售转化和输出的可能，以及民众饰美生活的文化消费愿望。所以，这一得天独厚的出自民间的自产自销的颇具地域特色的资源，政府只要给予足够的方向性引导和恰当的政策扶持就能达到相应的经济预期。

历史文化资源则并非单纯的经济效益产出，它更深的意蕴是对民族生存发展过程中一种文化态势、历史镜像的民族品质的认知、回味、提炼和再显。所以，对这种已固化了的静态资源，首先要做的是保护，在此基础上的发掘、复制、再造和还原。既使人们能从表象领略和目触到先祖先辈创造这一文化资源的神力伟岸和智慧的钦佩，更使人们能探究领悟到每个历史文化遗存深邃博大的民族精神的激荡，灵魂深处的震撼，以及对民族文化的自觉认同和自信心的坚持与坚守。从这个意义上说，历史文化资源的发掘打造，其文化景观样模型，历史遗存群落型的科学构设就十分重要。关中—天水经济区文化历史资源，如果放大看，不妨称为“中华内陆文化历史景观文明长廊”之“特区”。进而完全可以构设西起嘉峪关、兰州、天水，中经宝鸡、长安，东至洛阳、郑州、开封这样的中国中西部文化软实力的打造思路。如“嘉峪关长城文化景观园”“兰州黄河文化景观园”“天水伏羲文化景观园”“陈仓炎帝文化景观园”“黄陵轩辕文化景观园”“平凉西王母文化景观园”“西岐周文化景观园”“雍州秦文化景观园”“长安汉唐文化景观园”“洛阳河洛文化景观园”“郑州殷商文化景观园”“开封七朝都会文化景观园”。从而铺架起一条民族特色型、精神魅力型、经济效益型的横贯神州中枢的文化软实力之“陇海高铁”。以此还原民族史实，发掘民族文明史的形成模式，这对于当下区域民众文化素养的健康修正，提供了一种目及思虑的直观冲击力和行为的效应力。因而与当下国家关中—天水经济区发展规划的战略构图是合拍的，其实施也是现实的、可行的。文化应该有这个担当和使命。

---

① ［英］马林诺夫斯基：《文化论》，费孝通译，中国民间文艺出版社1987年版，第30页。

而伦理文化是一种形而上的资源，属于道德、人格、品行、精神、信仰等理念层面。伦理文化资源的挖掘，更多地着眼于理论性的抽绎、提炼、归纳、推衍和弘扬，以及作家、艺术家以艺术的方式、形象化的手段予以创作转化。理论性的抽绎提炼方面，如关中—天水文化及关陇民俗中神话传说丰富而又多彩的文化遗存资源就足以可见。这些文化积淀与华夏文明的传承有着不可分割的渊源关系。费孝通先生在《文化论》译本序言中说："人类之目的在生活，此乃生物界之常态，文化乃人类用以此目的之手段。在形式上虽然有种种变异，但就其所满足人类生活需要的功能上言，则绝相同对。"① 所以，以人生问题为关怀，以社会经济的发展为出发点，从文化认知的视觉研究和思考关陇神话传说与华夏文明渊源关系的内涵，从中抽绎、提取出盘古开天与朴素的唯物思想；伏羲创世与民生智慧的开启；女娲炼石与人定胜天的意识；后羿射日与英雄崇拜情结；神农教稼与农耕文明的奠定；尧舜禅位与举贤为公的美德；鲧禹治水与造民福祉的风范；炎黄联姻与婚姻伦理的规制；精卫填海与执着信念的追求；夸父逐日与坚定奋进的勇气；刑天争神与叛逆权贵的精神；炎帝抬母与孝德孝道；药王神话与民情忧患；仓颉造字与华夏文明的启蒙；西王母信仰与女性崇拜的内涵，等等。这些深广的文化内涵正是上古先民圣贤们，在生活实践过程中民族精神、民族心智、民族素养和人格标准、价值取向的修正、凝练的实践标示。所以挖掘梳理其蕴含的诸多民生智慧和创世精神，分析上古先圣人化自然的聪明才智及治世方略，勾勒出其民生智慧和创世精神对后世华夏文明的形成史迹，抽绎出华夏文明传承的渊源规律，从而实现关中—天水经济区乃至中国西部文化软实力的转化蓝图，直接为社会进步、精神文明和经济文化建设服务。

至于伦理文化资源的艺术创造和转化，其素材、题材就更为广泛多样而取之不尽了。如上述神话传说题材的再创作提炼，鲁迅先生能有《故事新编》，我们为何说不呢？如历史题材的古为今用，炎帝农耕题材的创作，周秦汉唐帝王治世方略的书写；忠诚良将为国舍命精神豪气的彰显；周公、张载等名士学人伦理思想的传承。如现实题材的聚焦，凤翔泥塑艺人的叙写，千阳刺绣巧妇的推出，清水剪纸能工的传记，陇州锣鼓精神的

① ［英］马林诺夫斯基：《文化论》，费孝通译，中国民间文艺出版社 1987 年版，第 2—3 页。

弘扬，宝成铁路英雄业绩的赞歌，西府地下党光辉历史的再现，等等。这些历史积淀的素材和当代鲜活的材料都可能成为作家、艺术家关注和创作转化的绝好对象。有道是文学是人学，只有对关中—天水文化区时代英雄们的历史创造和当代创业者社会奉献的关注和描写，这个文化圣域的伦理精神才能得以现世彰显和后世弘扬广大。所以，三种文化资源，乃上风上水上地之高贵，对之应有足够的文化认知。

三　专家文化议政与政府文化决策

古时候，读书人以修身齐家的素养被视为社会的道德楷模，以治国平天下的志向更被推崇至“一流举子”之“上九流”尊位。所以，入仕参政尽显才智便成为中国知识分子生存之道的荣耀追求，这种释才报国，施智于民的士子精神，千百年来彰显着文化人修身齐家治国平天下的英气和豪气。由此传承，现代的文化人同样作为执政者在上层意识形态领域内不可或缺的智囊朋友，那么，即为朋友，无疑就要尽到朋友的文化道义。

在当前，文化不仅作为人类物质和精神文明的智慧结晶，是人类赖以生存的重要食粮。文化议政与政府文化决策问题，在经济全球化，改革不断深入，文化作为软实力、一种产业的今天就显得十分重要。文化产业的开发利用，是政府调整产业结构，拓展产业领域，拉动消费内需，产生社会效益和经济效益，提升民众文化素养的重要举措。所以近年来，各地无不热衷于对本地区文化产业的开发利用，对区域特有文化品牌的精心打造，其目的就在于对前人、前代文明的传承和延续，以此造福今人、今代，提升物质文明和精神文明的应有水准。关中—天水经济文化区本就历史悠久，文化丰厚，民风淳朴，大自然赐予了秀美的山水风光。政府官员、专家学者、文化智者们共谋传承本地历史文化资源的开发、利用和整合，其目的就是为关中—天水经济文化区人民谋福利，意义是重大而深远的。因此，政府官员的全局视野，与文化专家们智性策划的认知契合，心灵融通交流相向而行是成功的最佳保证。

但是要看到，文化产业又是一项极其复杂的综合性工程，各种互为、渗透、掣肘的社会动态因素极多。虽然近年来在关于文化产业的策划、构想、实施活动中，各地都免不了聘请文化专家在场以出谋划策，进行理论定位，程度把脉，这一出发点和实施理念是对的。但是，专家的智慧所提供的必定是一幅美好的虚拟蓝图，要实现它，是需要社会、政府的共同合力的。事实上，一项文化产业工程的完成，政府是关键（决策、资金），民众是主体（参与、创造），专家是参谋（方略、智慧），即三位一体的动态互为关系。只有在这一“铁三角”的框架下，以其坚守的理念，坚定的信念，对路的方略之确保中，蓝图才有变成现实的可能。

那么何为理念？即领导层务必认准和坚守文化产业是拓展市场，深化改革机制，产生社会效益和经济效益，提升区域民众文化素养重要的长效途径这一理念。何为信念？即领导层对文化产业能带来社会效益和经济效益的明确认知，对其科学规划后的目标的坚定长效实施信念不变。什么是方略？即领导层对完善文化产业所采取的必要的方法和策略，如组建熟悉文化产业规律，有胆识、有见识的领导班子，接力工作传递不断线，换岗不搁浅，换位不搁事；稳固文化产业专业队伍，分工管理。注意轻重缓急，分批开发，形成资源完整的规模化产业链；凭借媒体平台，做好文化产业宣传渠道的畅通，打破好酒不怕巷子深的传统观念；多渠道、多形式筹措开发所需资金链。争取国家部委、省市政府文化产业工程项目经费，以及民间合伙式、外资独建式、私企自建式、原籍人士投资式，公益文化景点企业承建式；激发和调动群众以其聪明才智积极参与，呼应文化产业的氛围、气场、人脉，与八方商客达成诚信、尚礼、和谐、共赢的良性互信。只有集政府、民众、专家于一体，举社会之力、之智，文化产业方能终见成效，真正达到不变形，不走样，为当地百姓谋幸福的目的。

文化议政与政府文化决策，其关键是要做好文化产业特色方向的定位，这是一个前提性的重要认知问题。因为一区域文化产业，有其区域内历史文化的独有特质，因而它是个案的。它既不是所谓政府“形象工程”的树立，更不是官员们获取业绩的“政绩工程”的劳民伤财，而是依据本地区已有的历史遗存，已有的文化资源的利用，以及切合实际的新的资源的开发、整合所形成的一个能产生长效机制的稳定性的经济效益和社会效益的文化产业链。也就是说，在这样一个明确的前提下，需要对文化产业的准确恰当定位。我以为，政府官员们的理性，文化专家们的智性，相融一体形成既有“热中有冷”的理智，也有“冷中有稳”的把脉，更有“稳中求准”的胆识和见识，以此抵达全局视野与文化产业共谋共赢的战略构图的思维高度。关中—天水经济文化区的跨步推进，有政府官员和文化专家理性、智性相向而行的成功结合，有从文化战略角度做远景构图和付诸产业性的开发实践，应该说它的明天是更美好的。

第四章　大风掠过的生命绿洲

在秦陇文学圈内，作为小说家的马宇龙的创作日渐胜出，产生了新的文坛引力。说实话，在我的印象中，马宇龙是写小说的，因之作为读者，对这本诗集的翻阅也就无有了特定的兴致。然而当我默诵了数首后，的确难以想象，这位身板挺拔而又单薄的马宇龙，其内里竟有如此的情感热量，鼓荡灼人，激越处似滔滔飞浪，柔婉处似涓涓溪流，是那样的婉约怡性，妩媚动容，真个撩拨得人心痒痒的。于是，我掐着字头，踏着句尾，饶有兴趣地快乐阅读，其所读之得也就自然出自指间了。

一　政府官员的文化身份

马宇龙身为政府官员，却在文学领域内有着自己感知生活、认知生活的独有建树，这种政府工作与文学创作相向而行的有机结合，反过来给他所从事的政务注入了诸多人文情怀，这也正是近年来政府官员们贴近文化，走进创作，智性工作，以抵达社会、人际等方面和谐的重要路径。平凉作家马宇龙在他的工作地、他的生活圈、他的人脉氛围中，做到了小地域大引领的风标作用，这一点值得赞赏和肯定。据不完全统计，马宇龙近年来在诗歌、散文、小说创作领域可谓全面开花，结集出版长篇小说《天倾残塬》《秋风掠过山岗》，长篇文化散文《泾水大梦万年长》。另有近百万字的诗歌、散文、小说散见于《飞天》《诗歌月刊》《芒种》《南方周末》等报刊。这个创作量对于一位从事于巨细政务的政府官员来说，其时间、精力不是消耗在推杯换盏之麻将酒桌，而是以极大的毅力和坚持摒弃浮躁，沉心静气，翱翔在属于自己的艺术海洋中，一点都不逊色于专业作家。这种忠于事业，敬畏文学，政务文学一肩担的文化官员和官员文化的相融相间之难能可贵，令笔者钦佩和敬重。

2011 年，“新作家书系”选准并推出了马宇龙的新诗作《大风过耳》（大众文艺出版社 2011 年版），在诗界产生了一定的影响。著名诗人哑地这样说道：“马宇龙的心灵的空间很大，所以想象的翅膀就飞得高。”“他在生命、生活、感知、思想的空间自由地穿行，使他成为一名有着小说家背景的优秀诗人。”① 这个评价我以为是基于诗人、小说家、政务三位一体的命意之上，来诠释其创作、生活、感知的生命历程。所以说，《大风过耳》的问世是诗人创作生涯的一大跨步。

作为诗集的《大风过耳》，分别由《青春的风》《田野的风》《生命的风》《时代的风》四辑构成。耐人寻味的是均已“风”冠之，一个“风”字的了语意味着什么？意象何在呢？如果从原型批评角度看，马宇龙生活在西部，其居住地是“背靠山一个叫做塬的地方”，四季风终年呼啸而过，“风也便成了我文字中永恒的意象”②。风的妙用，正是诗人在风中感受生命的律动和时代气息的哲学思考。所以说，“风”是诗人生命历程的见证，是时代行进的目睹，是构成诗集意象品位的灵魂，是诗人心灵空间、想象翅膀的诗性飞扬。这就是作为诗人马宇龙的素性、率真、飞扬的可圈可点之处。

二　《青春的风》：花样年华的情感回放

《青春的风》是诗人花样年华的情感记忆。诗是青年的，又是年轻的；因年少轻狂而为诗，因浪漫飞扬而成就诗，更因激情四溢，不易左右而酷诗。《青春的风》正是诗者马宇龙诗情喷吐，诗性飞扬，诗思妙曼的集中亮相。真是句句情思遮不住，仿佛置身感触时啊。我不由地感叹马宇龙竟是写情诗之高手。总览全篇，诗人围绕青春，放飞情感，细致入微，饶有情致地描绘了年轻人豆蔻年华时节惟妙惟肖的情感心理互动，多姿多彩挠人的情感荡漾，以及多品多味的情感释放形态。如深沉的爱——《我从后面爱你》篇；期盼的爱——《问琴》篇；缘份的爱——《缘》篇；守望的爱——《颂荷》篇；向往的爱——《桃花，桃花》篇；相思的爱——《紫色的风铃》篇；纯情的爱——《少女如瓷》篇；祝福的

① 哑地：《大风过耳·序》，大众文艺出版社 2011 年版，第 1、3 页。

② 马宇龙：《大风过耳·后记》，大众文艺出版社 2011 年版，第 298 页。

爱——《黄昏看山》篇；温馨的爱——《月华》篇；痴情的爱——《琴音》篇；守护的爱——《元月中秋夜》篇；梦中的爱——《风狐》篇；安抚的爱——《空白》篇；朴实的爱——《结婚十年》篇；生活的爱——《婚床》篇；会心的爱——《夜色》篇；信任的爱——《暗伤》篇；给予的爱——《暮歌》篇；理解的爱——《读你》篇；痛苦的爱——《绝唱》篇；苦涩的爱——《酸杏：爱情历程》篇；邂逅的爱——《相逢的故事》篇，等等。真可谓一个爱的形态的汇展，情的形态的扬洒，理的哲思的透彻，艺的娴熟的自得。同时，无论是诗的构思意象，还是遣词造境，无不体现着诗的含蓄、妙趣和意象，真朴、无华和雅洁。“风把笑语灌注风铃/送我远去的笑容”“阳光纤纤的指/弹一下/真纯就漾了出来”。“圆圆的月儿抱在怀里/轻轻地弹/孤独的桥抱着你/伸展再伸展/只有月被你弹得隐了又隐/弯了又圆”。多美的诗啊，温馨、柔和、美妙、如影如痴，意象、含蓄全在里面。正如诗人所言：“一首好诗就像一首好歌、一首好曲子一样，瞬间能让你的心灵怦然一动。”① 青春，伴随着大风过耳，将承载着青春季的妙曼年华，和着诗人的感知洒向苍茫的人间，映现着你、我、他曾经的青春岁月。这就是文学的感动、感慨和感念！

三　《田野的风》：生活感知的情感爱恋

“在塬上行走/以亲近天空的方式/亲近我们永远的/生命之源”。这是诗人此辑的开篇寄语。是的，田野是人类的寓居地，赖以生存的家园，生命延续的源泉。敬畏土地，热爱田园是人性的天然属性。诗人在本辑中描绘了三类图画，即家乡勤劳善良、艰难而又欢快的父老乡亲图；山水田园古朴浑厚、贫瘠而又绵长的恋乡图；以及以“蒿草”为意象的生命性情精神图。三类图画，三种情结，或低吟浅唱，或激越高歌，无不抒发着一位陇东歌者在场的恋乡情怀和深沉的大地情思，读来使人感慨，如临其境，如在其中。陇东高原缺水是世人皆知的。然而“驮水女子”（《驮水女子》）于终日辛劳之中的快乐、率真、阳光、漂亮之性情一点不比现代女子逊色。你看她“太阳之潮/漾起一片阳光”时，“山花般的女子/一路

① 马宇龙：《大风过耳·后记》，大众文艺出版社2011年版，第298页。

而歌/歌声比炊烟还袅袅/水滋润的日子/丰满了女子的胸脯/驮水的女子/青涩的影子汗/美丽的让人心痛”。陇东人的艰辛诗人何尝不知。驮水女子也曾有“跌入一个幻想”的时光，“无奈的哽咽”“如烟如焚的忧伤”“让灿灿的波浪把自己淹没”，从“倔强的驮水女/长成母亲的模样”。生活的艰辛伴随着成长的坚强、精神的强大。驮水女子留下的是“一滴亮晶晶的水/和太阳一同闪耀/流成广袤的塬上/独一无二的精神”。诗人情动于中，一唱三叹，一副爱恋之情依然可见。这就是诗人！西北人性情的坚韧，生命力的顽强不是以年龄而论的，贫瘠荒凉与生存抗争本是成正比的。作为诗人的马宇龙，其人文关怀也触到了细处。在《牧羊少年》《青草妹妹》中，诗人注意到了他（她）们的苦乐，微妙的心理向往。牧羊少年“成天和它们打成一片/傍晚你和羊同挑落日/所不同的是：羊们很快进入睡眠/你却跌进一壶烧酒直到夜半/梦里梦外/全是那个扎羊角辫的妹子”。体悟细腻而不乏良好祝愿：草地上终于有棵“艳丽的小花/在微风中飘浮”。字里行间洋溢着故土热情、人伦情长的感动。离别故乡的他，对青草妹妹的留连忘返，在诗人笔下甚是一波三折。“你让我留下来青草妹妹/我用我沙哑的喉咙/洗净悲凉/我青草妹妹呀/你让我留下来留下来/谁还能拾起梳子/帮你拢拢头发”。浓浓呼唤的情思，句句揪肺的追问令人心碎。诗人以如此缠绵的口吻、语调、情致，逼真地勾画了西北人情感内里本有的素性和简约。父老乡亲图的描绘，是一曲深厚的父老歌。

山水田园恋乡图，诗人广泛涉猎了陇东高原秋的落叶的优雅与宽广；雪的滋润与向往；炊烟的惬意与满足；深秋的繁忙与收获；黄土的厚重与苦难；冬的静默与安详；远山的守望与坚持；秋水的喧嚣与远念；旷野的广袤与追求；苜蓿花的燃烧与奉献；家园的欢悦与温馨等陇东高原的古朴浑厚、贫瘠而又绵长的恋乡图景，并借助诗的意象、暗示、象征、比喻等手法，抽绎出家乡人化自然的神韵和农家院落、田间的几多原生态情致、景致、风光意趣，以及农人生存的喜怒哀乐、悲欢离合。可以说，诗人以在场身份出现，取得了观察、体悟的入微的较佳效果，透出了一副饶有兴趣的乡村民俗文化图。蒿草，作为一种散发着特殊气味的草本植物，在大西北路边田间垄头举目可见。本辑中诗人特以《艾蒿》《丛蒿》《冬蒿》等八首诗从不同则面予以人格化，勾勒出蒿作为草的生命的韧性，随遇而安的耐性，以及作为人化自然的坚强、与旁物睦顺的性情和旺盛的生命精神。这里有艾蒿“通贯血脉的燃烧”；有丛蒿的“任性挺拔”；有冬蒿

“风捶时叶发如乱的疼痛”却露出“向往天空的不肯折断的头颅”。有蒿地“为你守望”迎接“梦中的脚板”；有塬上蒿“簇拥生机的昂首挺胸”；有绿的蒿的“花儿盛开经得住开经得住谢/无处不在歌唱/绿着我的乡恋”；更有蒿祭的怀念“蒿啊，在这冷凄凄的一刻/在大风中怀念遥远的儿女”。捕捉司空见惯的蒿草，赋予其人格化、意象化、情感化，的确超出了小说家马宇龙的擅长，一种诗者的特有诗思，很有诗情画意之味。

四　《生命的风》：生命履历的情感记忆

罗曼·罗兰说：“世界上只有一种英雄主义，那就是了解生命而且热爱生命的人。”① 敬畏生命，就是对人类的尊敬。人类就是在不断了解生命，热爱生命的过程中完成属于自己的完整生命履历的。而这个生命履历是漫长的、艰辛的，它面对的是人与社会、人与人、人与自然、人与自我四重矛盾的纠葛。小说家路遥把人置于平凡世界的视域中，提出人生的苦难和超越苦难的人生命题。诗人首先从成长叙事入手，“迎接孩子”，一个生命的到来。“你来时高擎响亮的哭泣/母亲将血液/种植在你圆圆的脸上/你如约而至长歌而来（《迎接孩子》）。其次写到童年的记忆“牛鞭结满日子的疙瘩/留下记忆的亮痕”；写到一位师者母亲的“教师的标准”“隐隐的汗水”“总有的光芒”，以及布满地图每一个角落的“鲜艳的小花”的桃李芳香（《我当教师的母亲》）；写到陇东“传统女人”生命三部曲，“碗朴素而又洁白”的美学美，“铲子细数美味/嘴巴伶俐”的生活美，“竹筷光亮闪闪/一竿子插到底的”品德美，这些都是“岁月深处/喂我长大的/是我心上/憔悴的母亲”（《传统女人》）。这一组人的成长叙事的描写，可谓哲理胜出，一个滴水之恩涌泉相报的诗人在字里行间。《生命的风》以较大的叙事诗构架，表现了农家年俗以及陇东民俗文化节庆的风土人情，可谓真切怡人。《正月白描》以“回家”“鞭炮”“酒”“烧纸”“对联”“灯会”六个年节元素为题，详尽勾画出中国北方乡村传统年俗的古朴祥和而不失现代气息的民间极乐世界。“回家所有人都赶赴春天的约会/屋檐下的红灯笼/照亮了每一条归乡的路”，这是乡情的召唤；“鞭炮破坏掉一年里太多的压力/然后开心地笑”，这是释怀的放浪；“酒

① ［法］罗曼·罗兰：《名人传》，傅雷译，人民文学出版社 2008 年版，第 109 页。

一份情意/聚散悲欢”，这是相逢的见证；“烧纸照亮一张张凝重的脸/先祖在我们身边”，这是念想的情愫；“对联一切从门开始/打扮门，就是打扮一年的人生”，这是愿望的祈福；“灯会枯枝开着花焰/让所有的幸福幸福着”，这是内心快乐的燃烧。六个年庆意象，六个年节节点，在诗人笔下被描写得如此到位，生机盎然，美幻异常，体现了诗人用墨的机巧之功。而《民俗中的庆阳》则热情赞美了陇东女性的聪明才智，精于工艺的劳动巧手，及其映现在她们身上朴素无华的文化追求和时代印记。你看那剪纸“一把剪刀，几张红纸/咔嚓咔嚓/生命的曲曲折折/剪成永恒的意象”。这就是“素帕春心心灵手巧的/庆阳姑娘”。而刺绣是“走一针脸上泛一层红晕/穿一线心中结一个心愿”。噢，还听说“心一跳针尖刺破姑娘们手/咋一朵冷梅/在一个男人的唇上红了一世”呢！多美的诗句，多缠绵的情，彷佛你就是得了红的那个人。诗人白描之妙令人折服。文学源于民间，只有你沉入其间，方能获得如此精妙的体验，使其针头线脑之灵感游刃于笔端。

值得提及的是，本辑中诗人以其深情的生态关怀，提出了生态失衡的相关思考。如《荒了》《一头牛闯进庄稼地》《小镇》。关注生态，是近年有良知文化人的历史使命和当下应有的职业担当。以进入快车道飞速发展的现代中国，以其资源的过度开掘饱尝了生态灾害的对应惩罚。诗人痛苦地感叹道“荒了/草地一声洞箫吹走了绿色”“浅溪/水流走了/石头露出来，张望着”“田野荒了/鼠克制着饥饿/我听见它犹疑的轻微的鼻息”；荒了，空了，废弃了，无奈的我只能借助稿纸“用它们做伞守护住心灵的安宁”（《荒了》）。这就是诗人马宇龙，集抒情、描写、哲思于一炉，将自己的生活感知融汇于不甚年高的生命履历之中，完成了诗者的文学情感的喷吐。

五 《时代的风》：历史承载的情感岁月

虽然世人都了然人与时代的捆绑关系，但这种捆绑始终处在一个相互转换的动态结构中，主动顺应时代，积极参与时代，势必使你的被动命运迎得几多良机，命运从不有意眷顾谁。从这个意义上说，历史承载的任何情感岁月，无不在时代风轴上得以呈现。《时代的风》中 17 首诗，诗人涉猎了五大板块的生活具象，传达出民生关怀，思想精英崇拜，社会变迁，官场写真，文化传承的多角图景，这些饱含深情的民生关怀，伟人智慧引领的敬仰描绘，社会前行的快乐赞美，以及官场点滴的逼真勾勒，作为一位有思想、勤思考的政府官员的马宇龙，都在这里找到了合理的解释和应有的注脚。

关怀民生，作为政府官员的一项使命和责任，务必贯穿于一切政务之中，人性化管理，以人为本，百姓的事无大小，成为政府工作的一条永恒生命线。诗人马宇龙以其文化在场的身份，以官员的民间情怀，以特有的艺术之思对发生在中国大地上的矿难、雹灾、地震等民间的不幸哀事予以深切记叙，表达了爱民、惜民、抚民的忧患意识，这是十分难能可贵的。《黑血》篇如泣如诉，“三十一个民工兄弟/三十一双黑尽的眼睛里丧失故乡/百里以外，人肉的气味让野狼失声痛哭”。以人肉为食的野性的狼的痛哭，反衬出悲惨的不忍目睹。“刘宝，我的甘肃兄弟/你听到了吗？娘在唤你”。诗人的愤怒指向了深处“血，黑色的血/一滴，一泓，一条/流过了苏三喊冤的洪洞，流过了临汾、运城……/还要，流向哪里？”痛斥矿难，鞭及罪魁之心情，与民工兄弟们相向而在，爱民之情内里可见。而在《哭泣的土地》篇中，面对雹灾的袭击，诗人表现的是忧深的惜民情怀。冰雹像“一串串白色的催泪弹/向我击来我扶住身体/扶不住哭泣”。但“我得挺住。特别是在灾民面前/我要用沉默的劳作告诉人们/生活很艰辛，但是还可以/活下去”。用文学精神转换政务的宣教，是诗人的特有，且感染力似乎更强。汶川、玉树地震，国人痛哀。诗人以《母亲疼痛的心结》为题，表达他深切的哀悼和忧伤的抚民情怀：“坚持住，兄弟姐妹/温暖的穿透，水滴石穿/一腔腔热血，从九曲八方伸来”。这一组诗的价值，就在于作为政府官员的文化关怀的深度彰显。

赞美社会前行和对文化传承的深层认知，似乎是政府官员的业内必修课。马宇龙的《大道》《大风过耳》《行走崇信》篇艺术地表现了这一主题。以“荒路”“土路”“油路”“高速路”为题的《大路》颇有风趣，链接了不同时期社会行进的状态，且各有时代各有风貌，各有悲欢各有离合。荒路，“祖母一双小脚/目光便在泥泞里迷惘”；土路，那是父亲们“用手掌挖出/粗糙却温暖，弯曲却踏实”；油路，“一觉醒来/一条明晃晃的油带子缠在了半山腰/突然就让老家的生活有了油”；高速路，“就像一双翅膀/风驰电掣起来”。展现了时代行进的真实巨变。《大风过耳》则是一篇意象朦胧、多意、多层、多角度的时代展示图。诗人以“风”为意象，作为风的哲学思考，感受了时代在风的律动中的各类生命迹象的沉浮、掠过、演绎和成败，所以说，“风”是时代的见证，是时代行进的目睹。“大风过耳/风起云涌/从此，世界的眼里多了一抹云/我的帝王，我的臣民，我的上帝/色迅速转换”“神圣罪恶生命欲望俗人佳人先哲英雄贼寇伤痛凄寒痛楚苦难/纷纷登场又纷纷离去/大风过耳，过耳/看哪，我一一拆开”。历史本就如此，于混沌中见清醒，于清醒中持冷静，于冷静中出作为，关键就在于一一拆开的历史，你看到了什么！做了什么！艺术哲学之透视，诗人近乎哲学家。

我不知马宇龙入仕几载，却对现代官场世相的观察了解如此精细。一首《坐机关》，是关于“办公桌”“会议室”“麦克风”“文件”“电脑”的幽默史话。“办公桌就是办公桌/不管谁坐上去/脸上都会贴上标签/难怪，办公桌前多谈不成事情/好多事需要在酒桌上完成”。会议室，“谁坐哪里？/一切都成了预定/走进会议室/就像走进了一场阴谋”。电脑，“代替了茶杯、报纸/任何时间都可以谈情说爱/游戏人生/洞穿股市风云/人脑，早已成了空白的公文纸”。这种惯见的官场官风、官派、官规、官势之动漫图被诗人予以形象化、幽默化，可谓入木三分，惟妙惟肖。而《请求》则更多了些黑色幽默的意味，揭示了社会弱者为生存所屈尊权势、权贵的世风境况，以及自身人格、尊严、自尊不得已而变形扭曲的悲哀和悲凉。诗人从历史文化的深层诟病中，推衍出当代人在层层世俗围困的挤压下，在承受艰难生存之重中，其原则、品格、脾气、棱角、精神自失渐退的委曲求全的无奈心理状态。“请佝偻着你的腰/别嫌不好意思/就连你佝偻的对象/也曾这样佝偻着”，为什么？“哥们，你上有老下有小/佝偻下你的精神你的原则你的清高/你需要他需要大家都需要/哥们，别哭/活着多好/生命多好”。心酸的佝偻，世俗的诟病，为了活好而无奈地活着。“请你别发言/哥们，你看一桌子人/请别急着发言/沉默是金/把声音留给老婆吵架/留给情人缠绵”。内心压抑的痛苦，有语不能言的悲哀，为了顺活而缄默地活着。“请说好/为什么不呢/哥儿，这个字让人微笑/别管什么实事/也别问什么求是/说得越多就好得越快/说得越好就好得越好/他好你好大家才好”。为了同好而违心地活着。一群弱势生命的怨魂曲。诗人既辛辣调侃，插科打诨，又愤慨同情，酸楚凄悲，其表面看似无情却有情，而难以言表却尽在字里行间。

时代的风啊，承载着历史的岁月，印在了世人难以忘却的情感记忆里。

六　最后的话

读马宇龙的诗作，始终处在愉快的情绪中。《大风过耳》是他诗的精选，可以说是其诗艺的最好水准。由此界定，其优点是：其一，他能写诗，能写出好诗，具备诗所要求的基本技术修养。其二，他的确思维想象空间大，心灵翅膀飞得高，比喻、隐喻、象征、联想、铺陈手法多，遣词造句诗意浓，意境构设有机巧。其三，他的描写、抒情、叙事分寸把捏得好，写到深处令人感伤，写到愤处使人顿足，写到媚处让人心痒，写到乐处叫人喷笑。其四，他是一位婉约型诗者，符合他清秀、温和、静雅的性格，文如其人。其不足是：第一，一些诗仍提炼不够，句子嫌散，导致主旨不明。第二，诗要含蓄，但过于空灵似有空洞之感，不易把握。第三，生活丰富，涉猎多是好事，但泛其一般不如专其一域，写出自己熟悉领域的个性、个诗和绝对话语来更好。第四，鉴于诗人有做小说的实践背景，建议选大题材，成就叙事诗。这个时代咿咿呀呀，忽悠文学太多了！

愿诗人的艰辛文学路更畅顺！愿陇东的文学大业更上层楼！

第五章　读书明志与德性培养

读书可以明志，这是中国传统文化美德的一项传承工程，读书，它不仅铸就了这个民族深厚的文化品质，同时也培育了国人儒雅君子的应有学养，使得东方文明的历史早先于西方海盗诸国。但是近年来，随着文化市场的放阔，现代传媒的进一步勃兴，读屏之势风生水起，青少年、中年人群，甚至大学生群体读屏（指一切视频读物）胜过读书，蔓延普及至社会的每一个角落。这是件令人悲哀的事。

汉字在中国具有六千年的历史，是世界上最古老，最具魅力，最贴近生活具象的活体文字。当我们读到“水”字时，仿佛听到那蜿蜒小溪的潺潺流动；当读到“月”字时，仿佛看到那羞答妩媚玄月的明镜高挂；当读到“男”字时，你会为力挺壮男劳作健美而赞赏……这是远古时代勤劳聪慧的祖先所创造的源自生活的象形化、形象化、情感化、魅力型的中国汉字。每一个字无论其横、竖、勾、点、撇、捺多笔交错相容的结构，还是蕴含的情感文理，智慧意趣，生活象形，都远在干瘪、无声、无形、无象的26个英文字母之上。这就是中国汉字的生命力，一个富有生命的国度的语言文字。鲁迅先生这样赞美说，汉字有“三美”，即音美以感耳，形美以感目，意美以感心。我们作为华夏子孙，以汉字作为生活、生命介质工具的国人，就应该在美的享受中倍加珍惜汉字，规范应用和传承汉字。将学习兴趣从读屏转向读书中来，领悟其中的诸多奥妙。那么，如何读书，怎样读书，我以为一是读好书，二是好读书，三是用活书。

一　读好书，重在品质

时下是一个出版物过剩的时代，各种图书良莠兼混，这就需要有一个分辨的认知。一般来讲，通俗脂气一类书放弃，思想含量一类书拿来。所谓读好书，有两个层次，即国学书和当代价值书。什么叫国学书？是指以儒学为主要内容的传统文化方面的书。因为国学的精髓是儒学，儒学的精髓是经学，即“四书五经”（《论语》《孟子》《大学》《中庸》；《诗经》《易经》《书经》《礼经》《春秋经》）。这是老祖宗、先贤大哲们从实践中总结出的规范国制，教化国人伦理道德的至理名经，学做好人的大道。那什么叫当代价值书？是指传播正能量，树立人们理想信念，提升人们精神境界，增强人们真善美价值观的书。这两类书读到位了，知识的积累，就自然会改变、影响你的价值观。因为文化的精髓旨在价值观。知识是一种客观的东西，比如，你能识50000个汉字，能记20000个英语单词，能背诵100首唐诗，会做计算机程序等，但并不等于你有文化。文化是一种形而上的东西。它是一种情怀，一种精神，一种品质，一种素养。所以客观的知识要经过堆积转化，方能上升为一种文化，形成一种价值观。这即知识、文化、价值观三者的内在哲学关系。俗话说，这个人有知识，但没有文化就是这个道理。

从另一个层面说，读好书，必然会给人带来一种高远的境界，反之会使你萎靡不正，心境灰暗，无所成就，无能作为，这即文化的潜移默化作用。中国儒、道、释三大传统文化，就各有各的侧重。虽然儒讲入世、进取；道讲出世、退隐；佛讲虚空、来世。而在真、善、美、礼、义、信伦理层面却达到了和谐、认同和统一。这些文化均以各自的理论教义在说教，影响着每一个个体人。比如A青年要报考大学，首先请教了一位先生，是上好呢还是不上好？这位先生说，上学好啊，不但能修身齐家，还能学到治国平天下的本事。这是儒家的教导。A青年觉得片面，于是又请教了一位道长。道长说，年轻人哪，想要修身，未必就去求学，清心寡欲，自我修炼亦可达此境界。这是道家的出世教诲。A青年糊涂了，两种结论何以为是呢！于是，他再次请教第三方师傅。师傅慈眉善目，银发飘然，口中念念有词：阿弥陀佛，红尘茫茫，万事皆空，上是空，不上也是空，阿弥陀佛。这是佛学虚空的劝诫。A青年茫然了。三种文化的不同教诲，就在于你接受什么样的文化，以致形成什么样的价值观。所以说，人是文化的。读好书，获其益；读好书，明其理；读好书，远其志；读好书，受终身。

二　好读书，巧其策略

好读书是指读书的心境、态度和方法。俗话说，好读书不求甚解，好读书求甚解。这是读书的两种方略。不求甚解是言追求知识之杂，涉猎面之广，信息量之大。天文地理，文化艺术，科学技术，宗教民俗等古人谓之的万卷书，这是认知世界的知识量化入口。这个口径宽，吸纳的知识就多，就会使你认知世界，解读人生，把握自我，游刃社会的理性思维提升和飞跃，选择成才之路的渠道就多，当然成功的概率也就高。知识是财富，积蓄知识胜似积蓄金银。金银用尽方为了，知识常青永在身。一技之长了不得，不得了。它姓“己”，是自己的，万两黄金买不来。这就是知识胜似金银，知识置换金银的辩证法理。所以，多读博览天下好书，广纳艺技助你成才，这是青年群人入世，知识改变命运的唯一选择。

而好读书求甚解，是指读书时的精细程度，探寻未知的迫切程度，思考问题的深究程度。追问为什么？索根求源为什么？这是一种求知精神、探索精神、学术精神和宗教情结精神。精细考据，深究其义，以其所得补己思想之乏，以抵达和提高自己的思想武库、哲学思维、理论水平层面质的飞跃之目的。是较之于不求甚解，多杂读法的高层次收获，认知境界的大幅度升华，理论提升的快速堆积，是借他山之石，攻我山之玉的智慧读法，是以他者的命意，拓我者视域的妙奥读法。举一反三，何乐而不为呢！问题一旦穷尽根梢想明白了，这个所得无疑就转化成为你的收获，你的思想，你的理论，你的说辞。

人类知识的不断堆积、提炼、发展和创新，就是这样后学于前人的知识肩膀上站立起来的，创造出来的。所谓长江后浪推前浪，一代更比一代高。不好读书，求甚解，求精细，求深究，何来高？有些书，著者将其命意、问题、过程、结论说了个通透，你无须问津什么。有些书，著者提出问题，并未解题，留下思维余地让你探究，文学作品尤其这样，这叫艺术空白。那么这些地方就是你用武的地方。你的求知精神怎样，探索精神如何，学术精神有无耐力，宗教精神有无毅力，考据方略是否精细，全凭功力去考量了。功力深厚的学者，无一不是这么苛刻出来的。科学的道路从来就没有捷径可走。比如，你读余秋雨的散文《一个王朝的背影》，在讲什么？承德避暑山庄，一块清室权贵避暑的地方。在常人眼里，只不过是一堆红墙黄瓦的古式建筑群而已。而我们要想到的是穿越红墙黄瓦，透视出一个强大王朝背后的许多文化问题。这里，避暑山庄仅是一个象征物。请问，一个关外的少数民族，何以、怎能统治一个具有几千年文明的大汉民族？为什么？而且这种统治竟长达三百余年，为什么？许多满腹经纶的汉臣名相竟心甘情愿地诚服于其政，为什么？康、乾大帝入关前后率先躬身学习汉文化，不以满文化替代汉文化，为什么？而最终一个并不具有执政色彩的大汉文化，不但未被满文化所排挤，反而包容了满文化，这又为什么？等等。问题成堆，追问成串，搞明白了，你便通透为佛了（佛是觉着，大彻大悟）。学问就是这么做出来的。简单而又深奥，艰辛而又乐趣。大凡做学问的人都青春不老，绿水长流，道理就在这里。总之，读好书，好读书，两种方略，交替使用，成功就为期不远了。

三　用活书，学以致用

用活书，是说知识的实践应用问题，活学活用，知识用时方恨少。所谓知识，是人们在改造世界的实践中所获得的认知和经验的总和。一切知识皆实践。人类初年对世界是未知的，于是就产生出上帝意志、神的力量的想象期盼和良好愿望这样的神话传说，并以此为助力来征服自然。后来在改造自然的漫长过程中，逐步产生出了炎黄图腾文化，神农农耕文化，周秦青铜文化，汉唐艺术文化，以及近现代的诸多科技文化，等等。人们才由初期的蒙昧、未知的自然王国发展到如今能掌控自然、改造自然的自由王国的知识认知高度和应用知识的实践高度。这就是具有多层性、多科性的“知”，即知道，“识”，即认识、见识的解读。因此可以说，宇宙有多大，知识的产出就有多大、多厚、多丰。行行出状元，科科有能人，对于善于掌握知识的人尤其如此。

如此说来，知识的重要性是不言而喻的。过去常说，有理走遍天下，无理寸步难行。这“理”，即知识过滤提炼的结晶。古人认为“读书在于明理”，这是对书、知识能化人的最朴素解读。“万般皆下品，唯有读书高”，这是对书、知识价位的最高界定。“书中自有黄金屋”，这是对书、知识产生作用的理解。因此中国的“三教九流”就将书、知识排在了首位，即“一流举子，二流医”云云。可见其书、知识是何等重要了。从宏观来看，知识与社会表现为创造财富的关系，比如比尔·盖茨之计算机时代的开辟，袁隆平之水稻之父的贡献，等等，都推动了社会进步的历史车轮。知识与个人的关系，首先在于生命层面谋生资本、手段的取得。如按劳分配，这个“劳”有其技术含量的高低，高者则获益丰，低者则得到薄。当今社会，“书中自有黄金屋”之古语，被市场操作演绎得何其鲜明。其次就是个者品位、气质、精神层面的潜移默化作用。品位、气质不是装出来的，是在知识的海洋中浸泡出来的，修出来的。古时常讲“书香门第”“商贾世家”“官宦人家”等，无不是前代几辈在这个领域中独有的行业知识、经验的积淀、堆积、传承所形成。古时有一位秀才，雨天经过一条街道，不留神滑倒在地，被一伙避雨的闲汉所嘲笑。秀才爬起甩了甩泥水，对着闲汉吟道：“春雨贵似油，下得满街流；滑倒了我谢学生，笑死了一群牛。”反击也用知识，骂人也骂出了文化的风采。就这么简单，知识使然，文化所在，一种内秀气质。

读好书，好读书，用活书，都有一个获取知识的有效方法，那就是宽口径，广兴趣，多途径。注重文理渗透，打破学科壁垒。20 世纪初的现代文学巨匠“鲁、郭、茅、巴、老、曹”们，哪个不是古今中外多科学识融通的大师。具体到文科生而言，多读：读杂书不求深；好思：善思考不求多；勤写：多写作不求长是良法，以至于习惯渐成，贵在坚持。唐代诗人李贺平日出门时常背一布袋，将所思写成纸条装入。曹操御兵三十年，手不舍书，夜则读经传，昼则讲武策，登高必赋，文章风流今尚存。毛泽东戎马半生，指点江山，成书为卷，挥诗如洒，铸就了文人武将的伟岸风范。这些都是来自实践中的多科、多方、多法的知识攫取和获得。

历史的经验值得汲取，前人的优长务必借鉴。有哲人言：“知道变而不能应变，属于下品境界；能在变之先，而先天下将变时先变，为上品境界。”这种先见之明何来呢？无疑是书、知识的力量。让我们好书常伴，好读常在，活用常随，抵达上品人生之境界。

四　把好关，契约有法

大学课堂，教师授课言语失控也违法，这里有一个教师与“教育法”关系的认知问题。媒体报道学生的呼吁文章——《老师，请不要这样讲中国》，读后欣喜与沉重之情涌上心头。喜的是，我们为有这样热爱祖国，信仰民族，坚守理想的可爱的青年学子而倍感骄傲与荣幸。沉重的是，我们的大学老师、思想成人者却如此的虚无、肆意，胸无民族大义，口无国家信仰，一副奴媚西仔相。两相对照，这种不该有的年龄差异，民族认知差异，信仰理想储备差异，真叫人很是尴尬，难以置信。然而，这却是事实的存在。年轻学子们的口吻，带着体温的真诚，洁白灵魂的呼唤，在向他们敬重的师长们发出心愿的诉求。这如同一个单纯的孩子，向爸爸祈求："爸爸，请不要这样说妈妈了。"你是怎样的感觉？作何感受呢？这种极不对称的差异，直击着有良知的知识群人。值得点赞的是，在这一场小与老，丰富与单纯，洁净与复杂的代际人群民族情感、国家信仰的是非、价值观对峙中，《辽宁日报》媒体的义勇挺身，以《大学课堂上的中国应该是什么样的》真诚报道，体现了媒体人应有的社会担当和维护民族大义的敬业责任。

那么何为大学课堂？大学课堂是国家体制内文化科学宣教的重要场所，受制于国家意识形态的宏观指导和规束，不是个人情绪的排泄地，更非王府井自由市场（即是王府井市场，也不能随意脱裤解溲）。所以说，大学课堂教师授课言语失控也违法。乍一听，似有一头雾水。仔细琢磨，真有一定的法理和洞见。当然，这里的"法"，非刑法和民法，而是《中华人民共和国教育法》。当一个教师通过国家教育部门审核获取"教师资格证"后，你就取得和具有了向受教育者传教的话语权及公共权利，那么，这种权利也就必然要受制于《中华人民共和国教育法》之规定的约束。这是一个教师与教育法之间的契约制，即邀约和受约的法律关系。因此，在你所从事的整个教育过程中，就必须遵从、崇尚《中华人民共和国教育法》所明确规定的教育内容。

《中华人民共和国教育法》规定："教育必须为社会主义现代化建设服务，必须与生产劳动相结合，培养德、智、体等方面全面发展的社会主义事业的建设者和接班人。"（"总则"第五条）"国家在受教育者中进行爱国主义、集体主义、社会主义的教育，进行理想、道德、纪律、法制、国防和民族团结的教育。"（第六条）"教育应当继承和弘扬中华民族优秀的历史文化传统，吸收人类文明发展的一切优秀成果。"（第七条）"教师享有法律规定的权利，履行法律规定的义务，忠诚于人民的教育事业。"（第四章第三十二条）"国家机关、军队、企业事业组织、社会团体及其他社会组织和个人，应当依法为儿童、少年、青年学生身心健康成长创造良好的社会环境。"（第六章第四十五条）这些法律规定是教育者在从事教育过程中势必要把握的一个法律底线，是贯穿在传授文化科学知识全过程当中的一个教育生命线，道德育人线。作为一个获得了教师资格身份的智力健全者，就应该认同“教育法”的规束。在课堂授课中，虽然表象看起来，这种不利于教育法的失控的言语，似乎是一种情绪的宣泄，道德教养层面的表现，但究其本质仍是一种违背教育法的违法行为。

近年来，指责谩骂国家、政府，调侃、戏谑国家领导人的阴霾之风的确过盛。有些所谓文化“精英”，被西方敌对财团势力所收买而甘愿投其为奴，为其效命，充当着文化汉奸的可耻角色。如在中国香港“占中”问题上，一批赚足了大陆钱，肥了腰包的影视港星无骨之流，竟旗帜鲜明地支持这种乱政行为；一位生于西部的房地产暴发户竟以数亿的巨资赞助美国高校，而无视生他养他给他以睁开眼睛，文化成长的教育资源贫弱的中国教育，尤其西部教育，等等。俗话说，儿不嫌母丑，狗不嫌主贫。这些在国土上吃饱了，喝足了，拿足了，屁股一拍就走的国人败类，竟然无有一条忠主的狗的秉性。是可忍孰不可忍啊！这类人，百般搜罗阴暗，以讥讽光明，夸大其词，以诋毁社会，拿着国家的薪水，攻击国家的制度。如此阴霾之风蔓延至教育界，致使一些教师以美其名曰的所谓学术自由，站在神圣的讲台上，放浪阴霾，唆坏下一代。这种伪学术言辞及行为，与创新鲜活的真正学术毫不相干。作为教师，这就是身份的背叛，对教育法的挑战。所以说是违法行为，即违背《中华人民共和国教育法》的行为。

由此可见，大学课堂，教师授课言语失控也违法，不是没有这种可能。青年学子课堂有感的文章是一种敏锐，一种蕴含着对祖国、民族大义情怀的敏锐，一种难能可贵的民族关怀的敏锐，一种后辈信仰坚持的敏锐，一种让西方敌对势力梦想在下代实现和平演变落空的敏锐。《辽宁日报》媒体的真诚报道，是将这一敏锐强化、提升、提醒的行为关怀。这二者辉映，高度体现出民族大义，国家信仰的正能量。本人作为大学教师，诚望各位同仁应当思之，把好各自门户，在讲台上以健康、阳光、智慧的心态尽显中华文化科学之风采吧。

参考文献

《毛泽东选集》第 5 卷，人民出版社 2004 年版。

列宁：《论文学艺术》（一），人民文学出版社 2001 年版。

列宁：《列宁选集》第 5 卷，人民出版社 1987 年版。

《毛泽东选集》第 1 卷，人民出版社 1991 年版。

《马克思恩格斯全集》第 42 卷，人民出版社 1979 年版。

刘建军：《论柳青的艺术观》，上海文艺出版社 1981 年版。

王庆生：《中国当代文学》，上海文艺出版社 1984 年版。

刘再复：《论人物性格的二重组合原理》，中国社会科学出版社 1986 年版。

蒙万夫等：《柳青传略》，陕西人民教育出版社 1988 年版。

罗大冈：《拉法格文学论文集》，人民文学出版社 2004 年版。

茅盾：《茅盾论创作》，人民文学出版社 1999 年版。

黑格尔：《美学》第 1 卷，中国社会科学出版社 2002 年版。

《路遥中短篇小说·随笔卷》，陕西人民出版社 1992 年版。

高尔基：《论文学及其他》，人民文学出版社 1958 年版。

《契诃夫论文学》，人民文学出版社 1958 年版。

贾平凹：《秦腔》，作家出版社 2005 年版。

贾平凹：《怀念狼》，作家出版社 2002 年版。

鲁枢元：《生态批评的空间》，华东师范大学出版社 2006 年版。

贾平凹：《平凹与友对话录》，陕西人民出版社 1983 年版。

穆涛：《文学访谈录》，陕西人民出版社 1993 年版。

P. 迪维诺：《生态学概论》，科学出版社 1987 年版。

张英：《文学的力量》，民族出版社 2001 年版。

贾平凹：《贾平凹游品精选》，陕西人民出版社 1992 年版。

贾平凹、走走:《我的人生观》,云南人民出版社 2006 年版。
贾平凹:《贾平凹民俗小说选》,青海人民出版社 1992 年版。
孙见喜:《鬼才贾平凹》第 2 部,北岳文艺出版社 1994 年版。
孙见喜:《孙见喜文学评论集》,太白文艺出版社 2006 年版。
陈忠实:《白鹿原》,人民文学出版社 1997 年版。
海明威:《海明威作品集》,浙江文艺出版社 2002 年版。
陆侃如、年世金:《刘勰论创作》,安徽人民出版社 1982 年版。
高尔基:《文学书简》上册,人民文学出版社 1978 年版。
爱克曼辑录:《歌德谈话录》,人民文学出版社 1978 年版。
王国维:《人间词话》,人民文学出版社 1960 年版。
元好问:《论诗绝句》,人民文学出版社 1958 年版。
胡震亨:《唐音癸签》卷二十五,中华书局出版社 1959 年版。
芮渝萍:《美国成长小说研究》,中国社会科学出版社 2004 年版。
贺拉斯:《诗艺》,杨周翰译,人民文学出版社 1984 年版。
(清)叶燮:《原诗·内篇》。
朱光潜:《谈文学》,安徽教育出版社 2006 年版。
白立:《西部之恋》,作家出版社 2003 年版。
(清)蔡小石:《拜石山房词序》。
徐志摩:《徐志摩诗文名篇》,时代文艺出版社 2003 年版。
费孝通:《乡土中国》,三联书店 1985 年版。
高尔基:《论文学》,人民文学出版社 1978 年版。
徐志摩:《徐志摩自传》,江苏文艺出版社 1979 年版。
陈若星:《夏花秋叶》,西安出版社 2012 年版。
朱自清:《中国新文学大系·诗集》,上海良友图书印刷公司 1935 年版。
《庄子·齐物论》。
朱光潜:《西方美学史》(下),人民文学出版社 1984 年版。
杜文娟:《有梦相约》,中国文联出版公司 2005 年版。
杜文娟:《杜鹃声声》,陕西旅游出版社 1999 年版。
王闷闷:《咸的人》,太白文艺出版社 2014 年版。
陈独秀:《我之爱国主义》,《独秀文存》卷四,三联书店 1987 年版。
《中国新文学大系·建设理论集》,上海文艺出版社 1980 年影印。
朱栋霖主编:《中国现代文学作品选》第 4 卷,高等教育出版社 2003

年版。
黄浩等：《十少年作家批判书》，中国戏剧出版社 2005 年版。
伊莎等：《十诗人批评书》，时代文艺出版社 2001 年版。
朱大可等：《十作家批判书》之一，陕西师范大学出版社 1999 年版。
王朔：《十作家批判书》之二，北京理工大学出版社 2004 年版。
马林洛夫斯基：《文化论》，费孝通译，华夏出版社 2002 年版。
《遁甲开山图》。
孟惠英：《西方民俗学史》，中国社会科学出版社 2006 年版。
《周礼·大司徒》。
《神异经·西北荒经》。
王学理、梁云：《秦文化》，文物出版社 2001 年版。
马宇龙：《大风过耳》，大众文艺出版社 2011 年版。
[法] 罗曼·罗兰：《名人传》，傅雷译，人民文学出版社 2008 年版。
鲁迅：《鲁迅全集》第 8 卷，人民文学出版社 1988 年版。

后　记

2005年，我所申报的“陕西地缘文学与历史文化渊源互文性研究”课题被国家社科规划办批准立项，这对我此领域的研究工作是极大的激励。三年后，我以题为《文学气象与民族精神——20世纪陕西地缘文学的审美形态》30万字的专著和12篇核心期刊论文，经国家社科规划办通讯专家鉴定以良好等级结题，完成了我对秦地地缘文学学术思考的夙愿。在研究过程中，随着研究的深入，资料的广泛接触，一代秦地文学的奠基者柳青的文学思想及伟美人格品性每每使我感动，浮想联翩，尤其是在文学精神滑落的当下其比照意义愈外分明。于是，进一步挖掘柳青的文学思想，研究其对后辈文学陕军的创作影响，就有着新的文学意义和当代价值。再说，在近十余年间西化思潮的覆盖下，民族文学大师们的思想、精神被逼仄至一个边缘化地带，自然柳青文学思想的研究仍未有一部学理性的完整著述。在这种文化背景下，作为钟情于陕西文学的后来者，完成了这部《柳青文学思想与文学陕军创作论》著述，了却了一桩传承前辈文学精神，观照秦地当下创作现状的又一心愿。全书以上编——柳青文学本体论8章，中编——文学陕军个案论14章，下编——集外文化现象论5章三部分构成，合起来可窥见20世纪陕西文学、代际作家文学创作的基本面貌。同时，本成果也是我2009年获批的陕西省政府社会科学基金项目“柳青文化人格与文学意义研究”（项目号：09J004）的结题成果。

本著述的出版，得到学院相关部门及文学院领导的大力支持，在此深表谢意！

冯肖华

2016年3月9日